BASTEI
LÜBBE

Von Alexandra Jones sind außerdem bei Bastei Lübbe Taschenbücher lieferbar:

14329 Die Dinge des Lebens
14695 Die Wunder des Himmels
15202 Das Echo der Liebe

Über die Autorin:

Alexandra Jones wuchs in Indien und Burma auf und arbeitete auf britischer Seite mit am Übergang Pakistans zu einem eigenständigen Staat. Später kehrte sie mit ihrer Familie nach England zurück. Heute lebt sie mit ihrem Mann und drei Söhnen in Devon. Sie ist Autorin zahlreicher historischer Romane.

ALEXANDRA JONES

Der Zauber des Sommers

ROMAN

Deutsch von Michaela Link

BASTEI LÜBBE

BASTEI LÜBBE TASCHENBUCH
Band 26423

Vollständige Taschenbuchausgabe

Bastei Lübbe Taschenbücher ist ein Imprint
der Verlagsgruppe Lübbe

Published by Arrangement with Alexandra Jones

Dieses Werk wurde vermittelt durch die Literarische Agentur
Thomas Schlück GmbH, 30827 Garbsen
Einbandgestaltung: Andrea Barth – HildenDesign, München
Titelbild: © Peter Adams / getty-images
Satz: hanseatenSatz-bremen, Bremen
Druck und Verarbeitung: AIT Trondheim A/S
Printed in Norway, Mai 2005
ISBN 3-404-26423-1

Sie finden uns im Internet unter
www.luebbe.de

Der Preis dieses Bandes versteht sich einschließlich
der gesetzlichen Mehrwertsteuer.

Ich floh Ihn, nächtehin und tagelang;
Ich floh Ihn, hin den Bogengang von Jahren;
Ich floh Ihn, hin den wirr gewundnen Gang
Des Hirns, und in der Tränennebel Scharen
Barg ich vor Ihm mich und in Sprudellachen!
Auf weitgeworfener Hoffnung stob ich hin
Und schoss kopfüber tiefstem Abgrund zu,
Durch Riesendunkel hin voll Furcht und Krampf
Vor jener starken Füße Nahgestampf,
Das mich verfolgt', das folgte ohne Ruh,
Nie überstürmend, stets im Jägerschritt ...
Oh, immer hallten jene Füße mit,
Bedachte Eile; schnell und meisterlich
Schlagen sie auf und eine Stimme schlägt
Weiter, als aller Hall der Tritte trägt:
»Jed' Ding verrät dich. Mensch, verrätst du mich!«

Aus »The Hound of Heaven« von Francis Thompson: Die Autobiografie eines Flüchtlings vor der erlösenden Liebe Gottes. Deutsche Übers. Max Geilinger (»Die Hetzjagd vom Himmel«, *Englische Dichtung*, Frauenfeld: Huber 1945, S. 113).

Prolog

Toskana 1956

Der schwarze Wagen schlängelte sich über die Feldwege unserer Insel wie ein Weberschiffchen durch die Kette. Ich sah ihn ganz deutlich, denn ich stand in dem großen Erker, der auf die Terrasse hinausführte. Zu meiner Linken lag der sommerliche Garten, und zu meiner Rechten saß Veronica für mich Modell.

Sie hatte sich auf einem Esszimmerstuhl, über den eine Tischdecke drapiert war, so elegant in Pose gesetzt, dass man glauben konnte, sie säße auf einem Thron. Zwischen ihren langen, roten Fingernägeln hielt sie einen Zigarettenhalter aus Schildpatt und Silber. Hätte ich sie gemalt, hätten diese Details das Bild perfekt abgerundet. Stattdessen knetete ich mit dem Daumen wieder einen Lehmbrocken zurecht und drückte ihn auf die missgestaltete Nase, von der ich hoffte, dass sie am Ende des Sommers Veronicas gleichen würde. Ich hoffte auch, dass Veronica meine vorübergehende Geistesabwesenheit nicht bemerkt hatte.

Wie naiv ich doch war!

»Ich wusste ja immer, dass er ein Narr ist, aber ich hätte ihn niemals für einen Verräter gehalten«, sagte sie und nahm damit das ziemlich einseitige Gespräch wieder auf.

Ich blieb still, denn ich hatte ihrer Bemerkung nichts hinzuzufügen.

»Also, wenn du für heute fertig bist ...« Veronica blies einen letzten Rauchring in die Luft, bevor sie ihre Zigarette in dem Aschenbecher auf dem Fußboden ausdrückte und den Stummel

mit einer geschickten kleinen Geste aus dem Halter stippte. Dann erhob sie sich, einer Göttin gleich, von ihrem Stuhl.

Bevor sie den Raum verließ, bedachte Veronica mich mit diesem Blick, den sie ausschließlich für Narren reservierte, eine Gattung Mensch, die sie nur mit Mühe ertrug. Sie schloss die Tür hinter sich, laut und demonstrativ. Es widersprach ihrem Wesen, ohne große Auftritte durchs Leben zu gehen.

Aber ich habe meine Geschichte in der Mitte begonnen und muss daher die Seiten zurückblättern, bis zu dem Punkt, an dem alles angefangen hat. Das ist jetzt so lange her, dass sich durch meine Verbitterung die Farben meiner Erinnerung zu einem schmutzigen Grau verwischt haben. Und doch ist der Geruch von Ramsons Priorei noch nicht ganz verflogen und erreicht mich selbst hier in der Toskana, wo ich in einem einsamen Exil meine Tage friste, aufrecht erhalten einzig von der Erinnerung daran, wie es damals war auf unserer Sommerinsel. Ich habe alle Einzelheiten im Gedächtnis, als sei es erst gestern gewesen.«

TEIL 1

1. Kapitel

Scilly-Inseln, Sommer 1939

Sie alle waren in diesem Jahr erfüllt von einer Art magischem Wahnsinn, der nicht das Geringste mit Giles zu tun hatte oder mit der Tatsache, dass nach einem Jahr des monotonen Stadtlebens die Fäden wieder aufgenommen wurden und dass die begonnenen Geschichten aus dem vergangenen Sommer zu Ende erzählt werden wollten. Jedenfalls nicht zu Anfang, denn dieser Wahnsinn machte sich bereits bemerkbar, lange bevor Grayson – Giles Halbbruder und damals Herr und Eigentümer der Insel – die Bombe platzen ließ.

Gleich vom ersten Tag an spürte Roslin, dass diese Sommerferien anders werden würden als frühere. Die Atmosphäre um sie herum wirkte aufgeladen von einer spirituellen Telepathie, die selbst in den grauen Steinen von Ramsons Priorei zu pulsieren schien. Und dann fand Giles bei seinen archäologischen Ausgrabungen die Leiche, und Graysons seltsame Sommergäste trafen ein, um ihr Leben für alle Zeit zu verändern.

Man stelle sich eine vergessene Insel vor, einen Felsbrocken von zwei Meilen Länge und einer Breite von einer Meile. Dazu ein stahlgraues Meer, dessen dunkle Unterströmungen den Riesen des Pleistozäns Einhalt geboten haben, die über den steinernen Wall von Brehar bis nach Buzza kamen. Ein steingraues Meer, dessen Nordwinde den Sand vor sich hertreiben, der eines Tages den Hill of Samson bedecken wird. Und weiter einhundertvierzig winzige Perlen, die sich wie eine Kette durch die Gewässer von Land's End ziehen und deren fünf größte den Anhänger dieser Kette bilden – St. Mary's, Trescoe, St. Martin's, St. Agnes und Bryher, die uralten Scilly-Inseln.

Orca entpuppte sich jeden Sommer aufs Neue als ganz besondere Perle am Ende der Kette, winzig, unbekannt und unbewohnt bis auf Grayson, seine Tiere, die Seevögel und die *Familie*.

Die Insel wurde von einem halb verfallenen Kloster beherrscht, Ramsons Priorei, das auf eine höchst turbulente Geschichte zurückblickte: Hier hatten Männer gelebt, die vom Schicksal immer wieder gebeutelt worden waren, Männer, die in einem letzten Aufbäumen gegen religiöse Verfolgung in die Einsamkeit Orcas geflüchtet waren und dessen Felsenmeer eine Zuflucht abgerungen hatten. Eine Zuflucht, die dann letztendlich von der Familie zerstört worden war.

Bereits im Mittelalter hatten Mönche die Bäume gepflanzt und die Gärten angelegt, aber die Bärlauchwälder waren immer schon da gewesen, und ihnen verdankte Ramsons Priorei ihren Namen: Ramson war die englische Bezeichnung für *Allium ursinum*, den Bärlauch. Veronica hatte einmal lachend bemerkt, dass »man schon auf paranoide Weise gaga sein musste, um ein Haus *Allium ursinum* zu nennen, selbst wenn es sich dabei um ein Kloster handelte. So als nenne man eine Familie *Porree* oder *Knoblauch*.«

»Oder Verulamium«, hatte Abigail, die Scoots genannt wurde und die sich damals in Cheltenham mit der römischen Periode abquälte, gekichert.

Grayson, der Älteste der Geschwister, hatte daraufhin lediglich etwas Unverständliches vor sich hin gebrummt, da seine Gedanken zweifellos um weit wichtigere Dinge kreisten als Familiennamen.

Doch keiner von ihnen konnte die starken Gerüche vergessen, die Ramsons Priorei im Sommer verströmte. Die Bärlauchwälder waren dann voller süßer, schneeglöckchenähnlicher, weißer Blüten, deren Duft jedoch – ganz anders als der der zarten Schneeglöckchen – eindringlich war und so scharf, dass einem die Augen davon tränten. Giles hatte ihnen allen aus dem Herzen gesprochen, als er diese Eindrücke zusammenfasste: »Der Geruch von Ramsons Priorei hat einen unverwechselbaren Charakter. Es ist, als seien die Mönche niemals fortgegangen, sondern lebten immer noch hier, um nach ihren eigenen Rezepten in der großen Küche Bärlauch und Kräutersud zu kochen.«

Alles, was Giles sagte, war Musik in Roslins Ohren gewesen, denn sie hatte sich bereits im Alter von sechs Jahren bis über beide Ohren in ihn verliebt. Selbst wenn er sie grob behandelte oder mit sarkastischen Bemerkungen bedachte, verzieh sie ihm. »Warum heißt die Insel Orca?«, hatte sie, als sie die Insel als kleines Mädchen zum ersten Mal besuchte, gefragt.

»Weil sie wie ein Wal geformt ist, du Dummerchen!«, hatte Giles, zwar noch ein Junge, jedoch bereits im vollen Bewusstsein seiner männlichen Würde, spöttisch erwidert.

Veronica wusste genau, dass Roslin in ihren hübschen, rothaarigen und grünäugigen Bruder verliebt war, und fühlte sich ihr ebenfalls weit überlegen. Sie bezeichnete die Zuneigung ihrer entfernten Cousine zu Giles als Schulmädchenschwärmerei. Solange Ros errötete, wurde sie damit grausam aufgezogen – von Veronica, Giles und auch von Scoots.

Wenn sie alle zusammen in Ramsons Priorei waren, war ihnen als vollzöge sich in ihrem Blut eine Art Dialyse; es war eine chemische Reaktion zwischen den Verunreinigungen, die sie aus der Stadt mitgebracht hatten – den Kohlenmonoxidgasen –, und allem, was Ramsons Priorei, die die Mönche viele Jahrhunderte vor der Erfindung des Autos angelegt hatten, ausmachte. Natürlich gab es auf Orca auch damals noch keine Autos, es war dort kein Platz für sie. Wäre es anders gewesen, hätte Grayson sie gewiss von der Insel verbannt. Deshalb erschien es Ros auch so merkwürdig, dort einen schwarzen Humber zu sehen, der verstohlen den Schlangenlinien des von windzerzausten Fichten gesäumten

Feldweges folgte. Es war an dem Morgen, an dem sie ihre ersten Versuche mit Veronicas missgestalteter Nase unternahm, und sie dachte: Wie war das Auto auf die Insel gekommen? Mit der Fähre? Ros, die im Allgemeinen nichts auf Zeichen und Omen gab, sondern die praktische und vernünftige Lebenseinstellung ihrer temperamentvollen, aus Yorkshire stammenden Mutter geerbt hatte, empfand den Wagen dennoch als ein böses Omen; er erschien ihr wie ein kühler Wind, der eine radikale Veränderung für ihrer aller Leben bringen und damit den Frieden und die Harmonie Orcas zerstören würde.

Das alte Kloster thronte majestätisch auf dem Rücken der Insel wie auf dem Buckel eines steinernen Wals. Für Roslin war Orca wirklich ein prähistorisches Säugetier, das im Laufe der Zeit versteinert war. Wenn sie mit ihrem Malkasten und ihrer Staffelei unterwegs war, blinzelte sie nur kurz zu diesem grauen Monument der Vergangenheit empor, schauderte und malte an seiner Stelle die hohen, grünen, elliptischen Blätter und zarten weißen Glöckchen, die an Schneeglöckchen oder Maiglöckchen erinnerten. Das Kloster aber, das eigentliche Motiv, das sie in Graysons Auftrag auf der Leinwand bannen sollte, ließ sie einfach fort.

Sie hatte mit diesem Projekt im Sommer ihres siebzehnten Geburtstages angefangen, in dem Augenblick, als sie Zugriff auf ihr Treuhandvermögen bekam. Diese Hinterlassenschaft hatte es ihr möglich gemacht, sich an einer Kunstakademie in London einzuschreiben. Trotzdem war Ros im Verlauf zweier Sommer mit dem Gemälde, das Grayson bei ihr in Auftrag gegeben hatte, kaum weitergekommen. Ros wusste, dass Grayson mit einem freundlichen Naturell und einem ungewöhnlichen großen Maß an Toleranz gesegnet war. Grayson fand den Gedanken schrecklich, dass sie in London in einer Mansarde hauste. Und wenn Ros diesen Charakterzug ihres entfernten Verwandten auch nicht gerade ausbeutete, so nutzte sie ihn doch zu ihrem Vorteil.

Aber obwohl sie viel Zeit in das Gemälde investierte, tat Roslin andererseits doch alles in ihrer Kraft Stehende, um den Augenblick hinauszuzögern, da sie Ramsons Priorei in die Welt der Zweidimensionalität bannen musste. Sie hatte Angst, dass ihr Bestes vielleicht nicht gut genug sein würde. Geradeso wie sie es von ihren entfernten Verwandten gewohnt war, die ihr oft das Gefühl gaben, in allem, was sie tat, unzureichend zu sein. Und so malte sie zuerst den Himmel und das Meer und die mit breitblättrigem Bärlauch bestandenen Ufer und ließ mitten auf der Leinwand eine große Fläche frei, bis sie zuletzt das Gefühl hatte, den alten Bau auf die Weise in seiner ganzen Wirklichkeit erfasst zu haben.

Unglücklicherweise reichte ein bloßes Gefühl für die Wiedergabe des Motivs nicht aus, und so fehlte ihrem Bild auch weiterhin in seinem tiefsten Herzen die *Objektivität*. Unverändert prangte mitten auf der Leinwand eine leere Fläche, und verschiedene Personen nutzten das, um Ros ihre Unzulänglichkeit schonungslos vor Augen zu führen. Veronica zum Beispiel, Grayson, wenn man ihn zu einer Meinungsäußerung zwang, und zu guter Letzt auch ihr geliebter Giles.

In den frühen Tagen war die Familie ihr Ein und Alles gewesen, der Grund, warum sie lebte und atmete.

Ros war mit den Halbgeschwistern der Familie Ramson sehr entfernt verwandt – eine Cousine zweiten oder dritten Grades oder etwas in der Art. Sie wurde nie das Gefühl los, dass die Familie vor allem Mitleid mit ihr hatte. Das wäre schon von Gleichgestellten schwer genug zu ertragen gewesen – und sie, Roslin Taylor Ramson, war den anderen nicht gleichgestellt, sie war die arme Verwandte, die lediglich den gleichen Namen vorzuweisen hatte.

Ihr Vater hatte sich während des Ersten Weltkrieges eine Gasvergiftung zugezogen und war davon auch nach dem Ende des Krieges nicht wieder genesen. Als er 1924 starb, war Roslin drei Jahre alt und ihre gramgebeugte Mutter musste nun versuchen, sie beide allein durchzubringen. Was sonst hätte ihre Mutter tun können, als auf die Barmherzigkeit der entfernten Verwandten ihres verstorbenen Mannes zu bauen? Also bat sie die Familie Ramson in einem Brief um Hilfe: Sie wolle sich ihren Unterhalt selbst verdienen und sei durchaus bereit, in dem »großen Haus auf Orca, Scilly-Inseln«, als Hausangestellte zu arbeiten.

Einige Zeit später erhielt sie tatsächlich eine Antwort von den Ramsons, in der ihr mitgeteilt wurde, dass Ramsons Priorei für den größten Teil des Jahres geschlossen blieb, da die Familie es nur selten benutze. Wenn Mrs Ramson jedoch willens und fähig sei, so könne sie im Bayswater Mansion, dem Londoner Haus von Lord und Lady Ramson, den Posten einer Haushälterin bekleiden, der dort dringend besetzt werden müsse.

Dies war ein Gottesgeschenk für Roslins Mutter!

Zwar war Geld rar und eine Anstellung als Dienstbotin, anders als vor dem Krieg, leicht zu finden: Die meisten Frauen mochten sich nicht mehr als Hausangestellte verdingen, nicht nach ihren Leistungen im Ersten Weltkrieg, nicht, nachdem sie das Land allein über Wasser gehalten hatten, während die Männer in den französischen Schützengräben lagen. Aber Ada Ramson hatte keine solchen Vorbehalte. Sie und ihre dreijährige Tochter fuhren umgehend nach Bayswater Mansion, um sich ihren hochherrschaftlichen, wenn auch angeheirateten Verwandten – Carlisle Lord Ramson und seiner schönen italienischen Ehefrau, Gina Lady Ramson – vorzustellen.

Als Roslins Mutter mit ihrem Hilferuf an sie herantrat, hatten Carlisle und Gina bereits vier Kinder: Grayson, Veronica oder Ronnie, Giles und Abigail, die auf den Spitznamen Scoots hörte. Scoots war ein Jahr jünger als Ros – eine ideale Gefährtin für Roslin, dachte Ada, die ehrgeizige Pläne für ihre eigene kleine Tochter hatte.

Roslins entfernte Vettern, Cousinen, Onkel und Tanten trugen alle einen Titel vor ihrem Namen. Sie hießen Carlisle Lord Ramson, Lady Gina, der Ehrenwerte Grayson, Erbe von Lord Ramson, die Ehrenwerte Veronica, der Ehrenwerte Giles, die Ehrenwerte Abigail – die Reihe ließ sich endlos fortsetzen –, allesamt absolut lächerliche Titel, die der kleinen Ros nicht das Geringste bedeuteten. Damals nicht, obwohl ihr später im Leben mit übergroßer Deutlichkeit bewusst wurde, dass sie ohne ein »ehrenwert« vor dem Namen anders war, doch sie war sehr froh darüber.

Nachdem ihre Mutter pflichtschuldigst ihre Stelle als Haushälterin bei Lord Carlisle und Lady Gina angetreten hatte, musste sich Roslin im Bayswater Mansion in London ein Dachbodenzimmer mit ihrer Mutter teilen. Kurz nach der Ankunft und Unterbringung der armen Verwandten aus Yorkshire nahm die Ehrenwerte Veronica Roslin dann wegen ihres Namens ins Kreuzverhör – woher sie ihn denn habe? Ob sie sich auch ganz sicher sei, dass ihre Mutter die ganze Geschichte mit der Verwandtschaft nicht nur erfunden habe, um sich bei Lord Ramson Mitleid und eine Stellung zu erschleichen? Viele Menschen, zwischen denen nicht die geringste Verwandtschaftsbeziehung bestehe, trügen denselben Namen, nehme man beispielsweise Smith oder Jones oder Brown. Warum Roslin denn kein »ehrenwert« vor ihrem Namen trüge? Eigentlich sähe sie auch gar nicht aus wie eine Ramson. Außerdem müssten sie und ihre Mutter ja schrecklich arm sein, wenn sie auf ein Einkommen aus einer Dienstbotentätigkeit angewiesen seien. Echte, blaublütige Ramsons waren wohlhabende, angesehene, einflussreiche Mitglieder der Aristokratie Großbritanniens und des Empires, die nicht betteln gehen müssten, um eine Stellung in fremder Leute Haushalt zu finden.

Von diesem Augenblick an lebte Roslin in dem Gefühl, von den Almosen und der Herablassung anderer abhängig zu sein.

Ein Gefühl, das nach dem Tod ihrer Mutter umso stärker wurde. Ada Ramson starb nach einer schweren Grippe an einer Lungen- und Brustfellentzündung. Sie hatte sich geweigert, ihre häuslichen Pflichten zu vernachlässigen, und gearbeitet, bis sie auf der Hintertreppe buchstäblich tot umfiel. Damals, im Jahre 1927, erfuhr das Leben der fünfjährigen Roslin eine radikale Veränderung.

Nach der Beerdigung ihrer Mutter stieg Ros innerhalb der Familie auf.

Als Lord Carlisle sie nach Adas Beerdigung auf seinen Schoß nahm, machte er Roslin deutlich, dass sich ihre Position von nun an ändern würde. Er bat sie, ihn Onkel zu nennen statt Mylord Carlisle. Er erklärte ihr, dass sie immerhin ein Teil der Familie sei, wenngleich auch nur recht entfernt mit ihnen verwandt. Dennoch, Blut sei dicker als Wasser, sagte er zu ihr.

Ros bekam ihr eigenes Zimmer im Familienflügel, noch dazu ein sehr hübsches. Sie nahm ihre Mahlzeiten mit den anderen Mitgliedern der Familie Ramson ein, der feinen Seite, wie ihre Mutter sie zu nennen pflegte, statt mit der Köchin, dem Butler und den Hausmädchen in der Dienstbotenhalle zu essen, wie sie es mit ihrer Mutter getan hatte.

Vor allem aber informierte Onkel Carlisle Ros darüber, dass sie zusammen mit Scoots von deren Hauslehrerin im Schulzimmer von Bayswater House unterrichtet werden würde, und wenn sie beide das passende Alter erreichten, würde man sie fortschicken, damit ihre Erziehung in einem eigens ausgewählten Mädcheninternat fortgeführt werden konnte.

Zu den Unterrichtsstunden mit Abigail gehörten Französisch, Deutsch und Griechisch – Italienisch war für Scoots wie eine zweite Muttersprache. Die Beschäftigung mit diesen Fächern lenkten Roslin vom Tod ihrer Mutter ab, von ihrem Status als Waisenkind und der Tatsache, dass sie von der Barmherzigkeit anderer abhängig war. Geschichte gefiel ihr am besten. Sie liebte diese Unterrichtsstunden und übertraf ihre Cousine Scoots in diesem Fach um Längen.

Später fragte sich Roslin oft, ob Lord Carlisle sich nicht wegen des vorzeitigen Todes ihrer Mutter ein klein wenig schuldig gefühlt haben mochte. Immerhin war sie in seinen Diensten gestorben, und vielleicht hatte er Ros nur deshalb als vollwertiges Mitglied in seine Familie aufgenommen, um sein Gewissen zu beschwichtigen. Dann wäre das ganze Gerede von Blut und Wasser nur leere Luft gewesen.

Tragischerweise kamen bereits ein Jahr nach dem Tod ihrer Mutter sowohl Lord Carlisle als auch Lady Gina bei einem Erdbeben in Korinth, wo sie Urlaub machten, selbst ums Leben. Man schrieb das Jahr 1928. Ros war sieben Jahre alt, Abigail erst sechs.

Es schien, als läge tatsächlich ein Fluch über der Familie.

Ros nahm die arme kleine Scoots unter ihre Fittiche. Sie wusste, wie es war, die ganze Nacht in sein Kissen zu weinen, weil man keinen Vater und keine Mutter wie alle anderen mehr hatte. Sie wusste, wie es war, wenn man die ganze Nacht in sein Kissen weinte, weil man diesen kalten, grauen Ort hasste, an den Gott das eigene Herz verbannt hatte. Sie wusste, wie es war, wenn man die ganze Nacht in sein Kissen weinte und keine Menschenseele da war, die einen tröstete – nicht einmal Gott, denn er war ja derjenige, der einen in dieses kalte, dunkle Grab von Einsamkeit, Isolation und Schmerz hineingestoßen hatte.

Grayson, auf den Titel und Besitz seines Vaters übergegangen waren, hatte keine Ahnung, was er mit zwei kleinen verwaisten Mädchen anfangen sollte, die in seinem Haus den lieben langen Tag Trübsal bliesen. Er siedelte daher auf die Scilly-Inseln über, um der Verantwortung eines Ersatzvaters zu entrinnen. Grayson, der nun Lord Ramson IV. war, gab Ros und Scoots in die Obhut einer Abfolge inkompetenter Gouvernanten, bis sie im zarten Alter von acht beziehungsweise sieben Jahren in ein Internat verfrachtet wurden.

In dieser Phase ihrer aus den Fugen geratenen Kindheit erfuhr Ros langsam ein wenig mehr über ihren weit verzweigten Familienstammbaum. Da Grayson nicht mehr in London lebte, konnten sie sich in Bayswater Mansion ungehindert bewegen. Ros machte während ihrer gesamten Jugend in Graysons Londoner

Haus reichlich Gebrauch von der gewaltigen Bibliothek, in der sie sich all die Lektüre zu Gemüte führte, die ein Mädchen in ihrem Alter normalerweise nicht lesen sollte.

Auch ihr Onkel Carlisle war ein Bücherwurm gewesen; er hatte viel Zeit in den Bibliotheken von Bayswater Mansion und Ramsons Priorei auf Orca zugebracht. Grayson dagegen hasste Bücher, wie Ros bald in Erfahrung brachte. Grayson war Zoologe und sehr exzentrisch. Ros blieb daher nichts anderes übrig, als sich allein der ziemlich zeitraubenden Aufgabe zu widmen, mit Hilfe der Familienarchive ihren Wurzeln nachzuspüren.

Grayson war Lord Carlisles erstgeborener Sohn und stammte aus dessen Ehe mit Margaret, seiner ersten Frau. Margaret war, wie es hieß, im Kindbett gestorben, und anschließend war Lord Carlisle nicht im Stande gewesen, seinen erstgeborenen Sohn ohne Wut und Kummer anzusehen und ihm ohne kritische Verzweiflung zu begegnen, insbesondere, nachdem der arme kleine Grayson alle Anzeichen dafür hatte erkennen lassen, dass er *»nicht alle Tassen im Schrank«* hatte. Das erfuhr Ros aus einem von Lord Carlisles Tagebüchern, die sie in der Bibliothek in Bayswater entdeckt hatte.

Da sie nun absoluten und ungehinderten Zugang zu Informationen dieser Art hatte, erfuhr sie, dass Grayson sich zu seinem dritten Geburtstag einen *baboon* gewünscht hatte, einen Pavian also, und nicht einen Ballon, wie sein Vater irrtümlich angenommen hatte. Grayson hatte das ganze Haus zusammengeschrien, bis der Ballon geplatzt war und er stattdessen den Pavian bekam. Auf welche Weise ein solcher Wunsch erfüllt worden war, erwähnte Lord Carlisle nicht, aber außerstande, allein mit seinem widerspenstigen und launischen Sohn fertig zu werden, der bereits im zarten Alter von drei Jahren einen deutlichen Hang zur Exzentrizität zeigte, heiratete Carlisle sehr bald nach dem Dahinscheiden seiner ersten Frau wieder.

Veronica und Giles entstammten der Verbindung mit Imogen Lady d'Oilier Barra, die einen eigenen Titel führte. Das bedeutete der kleinen Ros recht wenig, bis die besagte Dame sich am Tag nach Graysons Abreise nach Orca auf der Türschwelle von Bayswater Mansion einfand, um das Sorgerecht für ihre beiden Kinder einzufordern. Ros lernte die große Dame nicht persönlich kennen, da sie und Scoots sich zu diesem Zeitpunkt im Schulzimmer befanden und mit einer Mam'zelle Moritius französische Verben konjugierten.

Veronica und Giles, Lady Imogens leibliche Kinder mit Carlisle, Lord Ramson III., waren erheblich älter als Ros und Scoots. Dass Ronnie und Giles überhaupt mit dieser Dame verwandt waren, hörte Ros zum ersten Mal an dem Tag, an dem nach Grayson auch noch sie beide verschwanden – nämlich als die Köchin ihr und Scoots an jenem Abend beim Essen davon erzählte. Während Lord Grayson zu seiner Sommerresidenz auf die Insel Orca gefahren war, kehrten Veronica und Giles nach Südirland zurück, wo ihre Mutter und deren erst kürzlich angetrauter Ehemann lebten.

Die ständigen Veränderungen in der Familie waren doch recht verwirrend für Ros, die von nun an ihre Vettern und ihre ältere Cousine nur noch in den Sommerferien sah, die sie alle zusammen mit Grayson auf Orca verbrachten. Lady d'Oilier Barra dagegen zog es im Sommer nach Südfrankreich. Während der Osterferien lernte Ros dann die italienische Seite der Familie kennen – Gina. Die Weihnachtsfeste wurden natürlich stets mit Grayson im Bayswater Mansion in London verbracht.

Abigail war die Tochter, die Carlisle mit Gina gezeugt hatte, einer schönen, witzigen, lebenslustigen Italienerin, für die es eine Selbstverständlichkeit gewesen war, die arme kleine Ros zusammen mit ihrer eigenen Tochter in ihre Obhut zu nehmen. Gina, eine typische Italienerin, liebte Kinder. Auch Ros hatte sich zu Gina hingezogen gefühlt und sich gern in ihrer Nähe aufgehalten, und der Tod von Abigails Eltern in Griechenland hatte sie fast ebenso getroffen wie die arme Scoots selbst.

Als Ros bewusst wurde, dass Grayson und Abigail nur Halbgeschwister hatten und lediglich Veronica und Giles echte Geschwister waren, verspürte sie ein leises Gefühl von Triumph. So kam sie sich weniger wie eine Außenseiterin vor.

Zu gegebener Zeit setzte der Familienanwalt, der gleichzeitig als Finanzberater fungierte, Abigail und Roslin davon in Kenntnis, dass sie ihre Ausbildung gemeinsam in Cheltenham, Gloucestershire, an einem angesehenen College für junge Damen fortsetzen würden. Mam'zelle Moritius würde in Kürze in den Ruhestand treten und so war es an der Zeit, dass die beiden jungen Damen ihren Platz an einer adäquaten Bildungseinrichtung einnahmen.

Lord Carlisle hatte finanzielle Vorkehrungen getroffen, um ihnen eine solche Erziehung zu ermöglichen, bis sie beide siebzehn waren. Danach würde Abigail auf ein Schweizer Mädchenpensionat gehen, um anschließend auf die geziemende Art und Weise in die Gesellschaft eingeführt zu werden.

Für Miss Roslin Taylor Ramson hatte Lord Ramson III. ein kleines Treuhandvermögen eingerichtet, da er sein Mündel versorgt wissen wollte. Sie sollte über das Geld verfügen können, sobald sie siebzehn wurde. Es war nicht viel, und es würde nicht lange reichen, sofern Miss Roslin nicht eine überaus besonnene junge Dame war und wegen ihres kleinen Erbes nicht den Kopf verlor.

Aber dennoch hatte, wie sich herausstellte, Carlisle damit eine weise Entscheidung gefällt, denn ihr Erbe gab Ros die Möglichkeit, unabhängig zu sein, ohne auf Graysons Gastfreundschaft oder auf die Mildtätigkeit von Veronica, Giles oder deren Mutter bauen zu müssen, die sie nie kennen gelernt hatte, über die sie aber dennoch alles zu wissen glaubte.

Ros beschloss, nicht länger in Cheltenham zu bleiben als unbedingt nötig und stattdessen das Geld, das ihr Carlisle freundlicherweise hinterlassen hatte, dafür zu nutzen, um sich in London für einen Kunsthandwerkskursus einzuschreiben, sobald sie siebzehn war.

Aber wenn man noch ein Kind ist und mit der Verpflichtung

aufwächst, aufgrund der familiären Gegebenheiten weltklüger und gewandter werden zu müssen als alle anderen, dann scheinen die Siebzehn noch in sehr weiter Ferne zu liegen.

Als Roslin und Abigail noch kleine Mädchen waren, die die Grundschule der Cheltenham Ladies Academy besuchten, beschloss Grayson, sein Erbe auf der Insel Orca zu öffnen – für Besucher, für angehende Zoologen und Tierärzte und für die Familie, die dort ihre Sommerferien verbringen konnte.

Durch diese glückliche Fügung gehörte Roslin in den Sommerferien bis zu ihrem achtzehnten Geburtstag zur Familie. Sie verbrachte auf Orca idyllische Sommer mit allerlei künstlerischen Aktivitäten, wobei sie besonders viel Zeit darauf verwandte, die missgestaltete Nase an der Skulptur von Veronicas Kopf in die richtige Form zu bringen, und ihre Bemühungen fortzusetzen, ein halbwegs authentisches Bild von Ramsons Priorei zu malen. Es sollte später in der klösterlich anmutenden Halle aufgehängt werden, um ihren wunderbaren, freundlichen Wohltäter zu beeindrucken, der sich fast noch freundlicher und onkelhafter ihr gegenüber zeigte als Lord Carlisle, nämlich ihren liebenswert exzentrischen Verwandten, Grayson, Lord Ramson IV.

2. Kapitel

Roslin glaubte nicht an Spukhäuser, Geister, Ghuls oder kopflose Gespenster der Nacht. Sie hatte einen Teil ihres Lebens in Ramsons Priorei verbracht und hatte niemals einen kopflosen Mönch über die steinernen Pfade des alten Klosters wandeln sehen, obwohl man oft genug in der Nacht unheimliche Geräusche hören konnte.

Sie alle wussten jedoch, dass dieser Lärm mit Graysons Menagerie in der Krypta zu tun hatten. Fairerweise musste man sagen, dass er seine Tiere wirklich ernst nahm und sich auf eine liebevolle, freundliche und fast schon väterliche Art und Weise um sie kümmerte.

Ob außer ihm noch irgendjemand die Verhaltensstudien, die er an seinen Zootieren erforschte, für eine Arbeit von wissenschaftlichem Wert hielt, hielt Ros für äußerst fraglich: Wenn diese Forschungen überhaupt zu etwas dienten, dann höchstens dazu, ihm einen Vorwand zu verschaffen, so exzentrisch sein zu können, wie es ihm gefiel.

Der arme alte Grayson interessierte sich hingegen nicht im Mindesten für die menschliche Spezies, und was junge Frauen im heiratsfähigen Alter betraf, so war er Veronicas Meinung nach »eine absolute Lachnummer«. Kein Wunder, dachte Ros, dass Grayson sich dort unten wohler fühlte, in seiner eigenen kleinen Welt der Grunzgeräusche – wo sich unter Androhung eines grauenvollen Todes keiner von ihnen unaufgefordert sehen lassen durfte!

Ros war nur ein einziges Mal »da unten« gewesen – mit zwölf Jahren und auf eine ausdrückliche Einladung Graysons hin. Er hatte sie herumgeführt und voller Stolz mit seiner Sammlung von Zootieren angegeben, weil er fand, Ros sei »eine Spur besser als die anderen«, »ein wirklich liebes, ruhiges, intelligentes Mädel, das ihn besser verstand als Ronnie, seine grässliche, fast schon vampirhafte Stiefschwester«.

Ros fühlte sich äußerst geschmeichelt, weil Grayson sie auf eine solche Weise mit seinem Vertrauen ausgezeichnet hatte, und hatte danach das Gefühl, dass er im Grunde ein ganz lieber Kerl sei, wenn er sich einmal gerade nicht selbstherrlich und tyrannisch aufführte.

Roslin war darüber hinaus schrecklich enttäuscht gewesen von Graysons Zoo. Damals bestand er hauptsächlich aus ein paar jungen Schimpansen, einigen Ziegen, ein paar Füchsen, haufenweise Kaninchen, Meerschweinchen, Hamstern, Rennmäusen und Ratten in Käfigen, sowie Seehunden, Möwen, Schlangen und tropischen Fischen. Der größte Teil seiner Sammlung war außerdem entweder krank, vernachlässigt, verletzt, halb ertrunken oder dem Tode nahe.

Ob Ziegen und Füchse zu den ursprünglichen Bewohnern Orcas zählten, wagte Ros zu bezweifeln. Sie hatte weder das eine noch das andere in freier Wildbahn gesehen. Ratten, ja, bei diesem Gedanken schauderte sie noch immer. Man wusste, dass Ratten auf der nahen Insel Samson schon Pferde und andere lebende Geschöpfe gefressen hatten. Früher einmal war Samson als Ratteninsel bekannt gewesen. Wenn Ratten schwimmen könnten, hätten sie es gewiss von Samson nach Orca geschafft – auf jeden Fall hatten sie es in alten Schiffwracks geschafft, dafür hatte Grayson die Beweise in seinen Käfigen.

»Was ist mit Katzen?«, hatte sie ihn gefragt.

»Das sind Haustiere, keine Zootiere, Ros. Ich kann Katzen nicht in Käfigen halten.«

»Nein, das meinte ich nicht. Katzen töten Ratten.«

Hätte Grayson nicht irgendwoher eine Katze bekommen können, um die Ratten auf Orca zu töten?

Ros erinnerte sich sehr deutlich an ihr Gespräch mit Grayson über dieses Thema, denn sie hatte sich damals sehr aufgeregt!

»Aber nein! Genau aus diesem Grund sind Katzen auf der Insel verboten«, erklärte Grayson.

»Aus welchem Grund?«

»Ich lasse nicht zu, dass meine Tiere einander töten. Katzen töten Ratten und Vögel. Ich brauche die Ratten für einen bestimmten wissenschaftlichen Zweck. Und damit wäre es vorbei, wenn wir Katzen auf der Insel hätten. Deshalb sind sie hier verboten, genau wie Autos.«

Roslin verstand durchaus, warum Autos auf der Insel unerwünscht waren, denn sie hätten nirgendwohin fahren können, ohne die Inselbewohner zu stören. Dafür war die Insel viel zu klein und zu zerklüftet. Aber Katzen?

Als sie nun darüber nachdachte, wurde Ros klar, dass sie tatsächlich noch keine Katze auf Orca gesehen hatte. Hunde, ja, Grayson brachte seine Hunde von Bayswater Mansion mit auf die Insel – reinrassige Tiere und auch Mischlinge jeder Größe und Gestalt; und auch Veronica hatte ihr eigenes kleines Schoßtier, einen Dachshund namens Darby, den sie einmal über die Ferien mitgebracht hatte.

Aber keine Katzen. Die Katzen in Bayswater Mansion waren Stadtkatzen, die von der Köchin und der Haushälterin versorgt wurden. Gewohnheitstiere, die jede einzelne nach Fisch stinkende Mülltonne von der Bayswater Road bis nach Notting Hill Gate absuchten. Grayson wagte nicht, sie in Hundekörben auf Orca zu bringen, und er erklärte ihr auch, warum: Auf Orca fraßen die Ratten Katzen, nicht umgekehrt.

Roslin wusste natürlich, dass Grayson ihr damals nur hatte Angst machen wollen. Sie verzieh ihm, aber in ihren Gedanken lauerte stets das Bild einer Ratte von solcher Größe, dass sie sogar eine Katze verschlingen konnte.

Als sie nach Beendigung ihrer zoologischen Führung durch den Küchengarten gestreift war, hatte sie eine Ratte von der Größe einer Katze gesehen, die zwischen den Mülltonnen auf dem Hof herumlungerte und ihrer Meinung nach nur darauf wartete, in Ermangelung irgendwelcher Katzen ein Pferd bis auf die Knochen abzunagen. Sie war eine ganze Meile weit gerannt und hatte nach dem Rattentöter geschrien, nach dem tumben Toby, dem Sohn von Bob Hargreaves, Orcas Gärtner und Faktotum, und Mrs Hargreaves, die alle auf den Inseln geboren und aufgewachsen waren.

»Okay, Missus«, sagte Toby belustigt, »aber deswegen muss man sich doch nicht fürchten, die tun doch nichts.« Woraufhin er die Ratte mit Erdklümpchen bewarf und diese ein Abflussrohr empor flüchtete.

Ros vertraute Scoots später an, dass Graysons Zoo ausgesprochen unheimlich sei.

Für seinen engagierten und sozialen Tierrettungsdienst konnte man den armen Grayson kaum kritisieren. Vor allem, wenn man bedachte, dass die Kosten für den Transport der Tiere nach Orca die finanziellen Mittel ihres Gastgebers dauerhaft wohl aufs Äußerste strapazieren mussten.

Als Roslin an diesem Abend im Sommer 1939 die schweren Damastvorhänge vor den Sprossenfenstern zuzog, hielt sie plötzlich inne. Der Lichtstrahl einer Taschenlampe durchbrach die Dunkelheit am Strand, als stiege dort jemand aus einem Boot und versuche, festen Grund unter die Füße zu bekommen.

Ob es wohl Grayson war mit seiner Ausbeute von gejagten halbverhungerten oder kranken Tieren? Aber Graysons Boot war groß und besaß eine spezielle Ausstattung – Käfige und Luken – für den sicheren und humanen Transport von Tieren. Er pflegte am Kai festzumachen, und ganz gewiss brachte er seine Tiere nicht in einem Ruderboot an den Strand.

Die Nacht war ruhig; helle Sterne sprenkelten den samtblauen Himmel, während der Mond das stahlgraue Meer mit silbernem Schein überflutete. Die Sommernächte auf Orca waren nicht immer so schön. Meistens war das Meer wild, weiß und aufgewühlt, und die Wellen waren drei, sechs oder sogar neun Meter hoch und rammten mit aller Kraft und Wut die felsigen Ufer der Insel.

Es war eine herrliche Nacht, und dann sah sie es ... *ihn*!

Es war definitiv nicht Grayson, denn die Silhouette, die sie sah, war nicht gedrungen und wohlbeleibt, sondern hochgewachsen und anmutig:

Ein *Mönch*!

Er kam vom Meer zur Priorei hinauf. Den Kopf gesenkt und gesichtslos in der schwarzen Kapuze seines Gewands, die Arme in den weiten Ärmeln verborgen, kam er aus dem Nichts und ging ins Nichts, ein Geist, eine Erscheinung, ein Spuk, eine Vision – eine Vorahnung dessen, was da kommen sollte.

»Ich habe die ganze Nacht kein Auge zugetan«, sagte Veronica nach ausgiebigen Gähnen am Frühstückstisch. Da der Butler gerade nicht zugegen war, schenkte sie sich selbst eine Tasse Kaffee ein. »Gott allein weiß, was für Kreaturen Grayson neuerdings in der Krypta da unten hält. Mich haben sie letzte Nacht jedenfalls die Wände hochgetrieben – bum, bum, bum und yuk, yuk, yuk, die ganze Nacht lang!«

»Eine vortreffliche Imitation eines Affenweibchens, Ronnie«, bemerkte Giles matt.

Veronica runzelte die Stirn, und ihre Miene verfinsterte sich derart, dass selbst Giles eingeschüchtert schien.

»Es klang, als ströme das Meer unter uns hindurch«, sagte Abigail.

Paul Powers, der Butler, früher Lord Carlisles persönlicher Kammerdiener und nun auch der seines Sohnes, brachte auf einem silbernen Tablett die Post herein: »Rechnungen, Rundschreiben, Bettelbriefe, so gut wie keine wirkliche Korrespondenz dabei«, sagte er und blätterte die Kuverts mit der präzisen Betriebsamkeit des Übereifrigen durch. »Das lohnt kaum das Benzin für das Postboot, Mylord, meine Ladies, Damen und Herren.«

»Warum kümmern Sie sich nicht um Ihre eigenen Angelegenheiten, Mr Powers?«, sagte Veronica spitz.

Er bedachte sie mit einem matten Lächeln. »Das täte ich nur allzu gern, meine Liebe, dann hätte ich mehr Zeit für mich.«

»Sie sind ein frecher Kerl, Powers!«

Mit einem blasierten Lächeln stolzierte er aus dem Raum.

Giles flüsterte indessen mit Grabesstimme, um Abigail einen Schrecken einzujagen: »Erinnert ihr euch an den Butler in diesem Horrorfilm, wie hieß er noch gleich? *The Moving Tomb?*«

»... Errr! Aahhh! Du! ...«, schrie Abigail übertrieben theatralisch, als er ihr mit einem stinkenden Bückling auf den Hals rückte.

Veronica sagte tadelnd: »Gebt Ruhe, ihr beide, ich habe Kopfschmerzen. Grayson, reich mir mal meine Briefe, und wenn du so freundlich sein wolltest, versuche doch bitte, sie nicht mit deinen klebrigen Marmeladenfingern zu beschmieren.«

Es war eines der albernen kleinen Rituale der Familie Ramson, dass der elfenbeinerne Brieföffner am Morgen bei Tisch von einem zum anderen gereicht wurde; man hörte dann zuerst nur noch das Rascheln des Papiers, das aus den Umschlägen gezogen wurde, und dann wurde die Stille von verschiedenen Bemerkungen unterbrochen, lustigen, verärgerten, verzweifelten, freudigen oder verschnupften, ganz nach Inhalt des jeweiligen Briefes. Es war ein Ritual, das Ros unweigerlich ein Lächeln entlockte.

»Was lächelst du so süß, obwohl du heute Morgen die Einzige bist, die keinen Brief bekommen hat?«, fragte Giles sie.

»Wie an jedem Morgen, wenn man es recht bedenkt«, setzte Veronica boshaft hinzu.

»Verbiestert wie immer, Schwesterchen«, erwiderte Giles kopfschüttelnd, der Ros am Frühstückstisch direkt gegenüber saß.

»Kümmer dich nicht um Ronnie, Ros. Sie ist eifersüchtig, weil ihr ganzes künstlerisches Talent nicht zu mehr reicht, als sich die Nägel zu lackieren. Ich finde, du siehst heute ganz besonders umwerfend aus ... findet ihr anderen das nicht auch? Dein Outfit ist große Klasse, Ros.«

Eine jähe Scheu befiel Ros, als sie an ihre Ferienshorts dachte, die die Länge ihrer Beine zur Geltung brachte, und an das ärmellose, tief ausgeschnittene Top, das sie trug, um so braun zu werden wie nur möglich, wenn sie draußen saß und malte oder zeichnete. Giles war so attraktiv und gut aussehend, dass ihr Herz in ihrer Brust die merkwürdigsten Hüpfer machte, sie närrisches, armes Geschöpf, das sie damals war.

Glücklicherweise achtete niemand auf Giles und seine Schmeicheleien. Die anderen waren viel zu sehr damit beschäftigt, ihre Liebesbriefe zu lesen. Während er mit der weichen Sohle seines Schuhs über Ros' Schienbein strich und versuchte, sie in Verlegenheit zu bringen, blickten seine grünen Augen unverwandt in ihre, um sie dazu zu bringen, dunkelrot im Gesicht zu werden – was unausweichlich geschah, ganz gleich, wie lange sie sich auch bemühte, seinem Flirten standzuhalten.

Um ihr eine noch heißere Röte auf die Wangen zu treiben, flüsterte er ihr über den Tisch hinweg zu: *»Du wirst ja rot ...!«*

»Verflixt und zugenäht!«, schimpfte Veronica, als sie von dem Brief in ihrer Hand aufsah und bedachte Giles von der anderen Seite des Tisches aus mit einem verärgerten Stirnrunzeln. »Wann hört ihr beiden, du und Ros, endlich auf, unter dem Tisch Spielchen zu spielen, Giles! Mutter hat aus heiterem Himmel beschlossen, uns zu besuchen. Sie ist uns während der ganzen letzten zehn Jahre im Sommer kein einziges Mal auf den Leib gerückt! Weshalb also jetzt? Sie hat uns noch nicht einmal vorgewarnt ... sie kommt schon heute. Verflixt und zugenäht! Ich habe Michael eingeladen, bin mir aber nicht sicher, ob er die Einladung annehmen wird. Er hat im Augenblick so viel um die Ohren. Aber du weißt ja, wie sehr Mutter ihn verabscheut.«

Jetzt war es an Abigail, zu stöhnen: »Willst du ihn etwa heiraten?«

»Das geht dich nichts an, Scoots!«

Giles warf gelangweilt ein: »Na ja, wir können der alten Dame schlecht absagen. Wenigstens wird Gina diesmal nicht da sein, sodass uns die endlosen Streitereien der beiden erspart bleiben ... T'schuldige, Scoots ...« Er tätschelte ihre Hand. »Ich wollte nicht respektlos von deiner Mutter sprechen.«

Sie zuckte zaghaft mit den Achseln und sagte leise: »Das macht mir nichts mehr aus. Aber ich wünschte, ihr zwei würdet mich nicht wie ein Kind behandeln. Ich bin nämlich schon siebzehn.«

»Ooooh!«, riefen Giles und Veronica im Chor. Wie alt Abigail auch sein mochte, sie würde immer das Nesthäkchen bleiben.

Grayson, der seine Umgebung grundsätzlich nur dann wahrnahm, wenn es ihm in den Kram passte, insbesondere wenn es sich dabei um Auseinandersetzungen innerhalb der Familie handelte, unterbrach das Gespräch über die unmittelbar bevorstehende Ankunft der zweiten Frau seines Vaters in Ramsons Priorei. Ziemlich geistesabwesend bemerkte er: »Ich würde euch jungem Volk gern etwas sagen ...«

»Schieß los, alter Knabe, wir sind ganz Ohr ...« Giles zwinkerte Ros zu.

»Ich, ähm ... habe noch mehr Besuch für den Sommer eingeladen.«

»Oh, schön«, rief Abigail entzückt, »je mehr, umso besser. Ich hoffe, es sind auch ein paar gut aussehende junge Männer mit von der Partie, Grayson.« Mit ihren siebzehn Jahren würde Abigail in Kürze ihre Schule in der Schweiz beenden, und sie brannte schon darauf, das Leben, das sich ihr nun bot, bis zur Neige auszukosten.

Veronica sagte: »Mein liebes Kind, lass stille schweigen dein schlagendes Herz! Als deine Anstandsdame werde *ich* diejenige sein, die dich auf die geziemende und korrekte Art und Weise in die Gesellschaft einführt, und zwar, sobald wir nach London zurückkommen.« Da das Frühstück inzwischen vorüber war, schob Veronica eine Kensitas-Zigarette in ihren Zigarettenhalter aus Silber und Schildpatt und widmete sich anschließend – unbeirrt von dem Familientratsch – ganz und gar diesem morgendlichen Ritual.

»Vorausgesetzt, dass wir dann nicht Krieg haben«, bemerkte Giles.

»Sie werden noch ein Weilchen hierbleiben, wenn ich abgereist bin«, fuhr Grayson unvermittelt fort.

Nachdem sie in der gesamten Runde auf verständnislose Blicke gestoßen war, stellte Veronica die entscheidende Frage: »Wohin abgereist?«

»Oh, ich denke, nach Südamerika.«

»Auf der Suche nach ein paar Lamas, die du mit nach Hause bringen kannst, was, alter Knabe?«, frotzelte Giles.

»Kommt drauf an.«

»Worauf?«, wollte Veronica wissen.

»Auf das Timing, altes Haus.«

»Wessen Timing?«

»Adolf Hitlers.«

»Was hat denn der damit zu tun?«

»Oh, Ronnie!«, unterbrach Giles sie ungeduldig, »so ziemlich alles, würde ich sagen!«

»Was wird denn aus deinen Tieren?«, fragte Abigail.

»Oh, meine zoologische Sammlung werde ich den Mönchen zu Studienzwecken überlassen. Es ist nämlich so, meine Lieben, ich habe beschlossen, sowohl die Insel als auch das Haus an einige Bettelmönche zu verpachten. Der Abt wird heute herkommen, um das Gelände und die Räumlichkeiten in Augenschein zu nehmen.«

»Ich glaube, Grayson, er ist bereits heute Nacht angekommen«, murmelte Ros.

In der Zwischenzeit starrten Veronica und Giles Lord Ramson vollkommen perplex an, zutiefst entsetzt über ihren exzentrischen – und jetzt eindeutig wahnsinnig gewordenen – Halbbruder. »An wen?«, fragte Giles fassungslos nach, »wenn ich so kühn sein darf, mich danach zu erkundigen, Grayson – du verpachtest schließlich einen Teil unseres Erbes ... ich meine, wem ... und warum?« Giles war so verwirrt, dass er seine Frage kaum noch zusammenhängend hervorbringen konnte.

Ros fand diese unwillkommene Neuigkeit nicht weniger erschütternd. Fremde auf der Insel, selbst wenn es sich dabei um Bettelmönche handelte, mussten das Gleichgewicht auf Orca einfach aus den Fugen bringen.

»An die Mönche«, sagte Grayson in gleichmütigem Tonfall als Antwort auf Giles' Frage.

»An die *Mönche*?«, wiederholte Veronica. »Was für Mönche? Bist du dir ganz sicher, dass du nicht Mönchsaffen, Mönchsgeier oder Mönchsgrasmücken meinst, Grayson? Deine Neigung, alle möglichen seltsamen Kreaturen in diesem Haus zu beherbergen, ist doch hinlänglich bekannt!«

»Dis«, bemerkte Grayson mit einem breiten, selbstgefälligen Lächeln.

»Was?«

»*Dis*. Das ist der römische Name für die Unterwelt, für Orkus und Pluto.«

»Deine Unterwelt kümmert mich einen Dreck, Grayson. Die einzige Welt, die mich in diesem Zusammenhang interessiert, ist folgende: *Unsere*! Wie kannst du es *wagen*, auch nur daran zu denken, Ramsons Priorei zu verpachten, ohne das mit uns zu besprechen?«, sagte Veronica mit einem eisigen Unterton in der Stimme. Ihre smaragdgrünen Augen bohrten sich ebenso wie die ihres Bruders in Graysons Gesicht, wie um dessen Daseinsberechtigung in Frage zu stellen.

»Es ist aber ... ähm, meins ... mein Erbe ... Ronnie«, sagte dieser unbehaglich, »und ich kann damit machen, was ich will ...«

»Warum?«

»Hm, ähm ... ich bin ziemlich knapp bei Kasse, ohne das nötige Kleingeld kann ich weder mein Tierasyl finanzieren noch die baufälligen Teile dieses altertümlichen Mausoleums restaurieren, das wir unser Feriendomizil nennen.«

»Was-für-Mönche?« Veronica zog die Frage künstlich in die Länge und betonte dabei jeden einzelnen Buchstaben.

»Er hat doch schon gesagt, an wen er das Haus vermietet hat, Ronnie, zweimal«, mischte Abigail sich nun in das Gespräch ein. Dann fügte sie hinzu: »Von welchem Orden sind die Bettelmönche?«

»Es sind Dominikaner«, erklärte Grayson.

»Und ich dachte immer, das seien die Einwohner der Dominikanischen Republick, die man aus dem Atlas kennt«, sagte Abigail gespielt naiv, als sei sie tatsächlich so dumm, wie ihre Verwandten es ihr unterstellten.

»Und sie betteln nicht nur, sie predigen auch«, fügte Grayson hinzu.

»Sie tragen schwarze Roben«, sagte Ros, da aber niemand auf sie Acht gab, behielt sie die Beobachtungen des vergangenen Abends für sich.

»Was ist mit meiner Ausgrabung?«, wollte Giles wissen.

»Nun, mein Junge, ich bin davon überzeugt, sie werden dir nur allzu gern dabei helfen, die Knochen der Toten auszugraben«, antwortete Grayson. »Und jetzt, wenn ihr junge Leute mich freundlicherweise entschuldigen wollt, muss ich gehen und Caroline füttern.«

»Caroline?«, fragten sie alle im Chor.

»Sie ist meine jüngste Neuerwerbung, zusammen mit ihrem Männchen. Caroline ist ein Pygmäenelefant mit abgebrochenen Stoßzähnen und Mundgeruch und braucht daher eine vernünftige Diät«, sagte Grayson, während er seine Serviette beiseite legte. »Sie und das Männchen sollten erschossen werden, aber mir ist es in letzter Minute noch gelungen, sie zu retten. Der Lärm, den ihr alle gestern Nacht gehört habt, hatte mit der Ankunft von Caroline und ihrem Männchen auf der Insel zu tun. Sie waren nicht übermäßig begeistert davon, als wir sie in ihr neues

Heim in der Krypta bringen wollten. Es hängt mit dem Grund zusammen, aus dem Caroline Mundgeruch hat und ihre Stoßzähne abgebrochen und blutverschmiert sind – durch ein paar elende Wilderer, die wegen ihres Elfenbeins auf sie losgegangen sind.«

»Hast du uns nicht gerade erzählt, dass sie erschossen werden sollte?«

»Ja, Ronnie, wegen ihres Elfenbeins.«

»Elefantenweibchen haben keine Stoßzähne«, bemerkte Veronica. Dann drückte sie mit einer abschätzigen Geste ihre Zigarette in dem Aschenbecher aus, den der Butler, der zum Abräumen des Frühstücksgeschirrs in den Speiseraum gekommen war, hastig auf den Tisch stellte, damit sie ihre Zigarette nicht in der Butterschale ausdrückte.

Grayson schlug sich theatralisch mit der Hand auf seine verschwitzte, rosige Stirn. »Oh, dann bin ich betrogen worden, nein, wie *schlecht* die Welt doch ist! Und ich habe sie doch nur wegen ihres verdammten Elfenbeins gekauft!« Nachdem er sich vom Frühstückstisch erhoben hatte, machte er eine winzige, behäbige Verbeugung vor Veronica, Roslin und Scoots und sagte dann mit einem süßen Lächeln: »Ronnie, Schätzchen, das indische Elefantenweibchen hat zwar keine großen Stoßzähne, sondern nur kleine Stummel, aber sie sind trotzdem vorhanden.«

»Und ich dachte, Pygmäen kämen aus Afrika, nicht aus Indien«, gab sie schnippisch zurück.

»Der Ausdruck ›Pygmäen‹ bezieht sich in diesem Falle auf die Größe, nicht auf die Herkunft, mein liebes Mädchen.«

»Ich denke, er wird immer konfuser«, sagte Giles kopfschüttelnd, während Grayson entschwand.

»Senil«, schnaubte Veronica angewidert. »Wer hat jemals von einem Pygmäenelefanten gehört? Und da er letzte Woche weder in Indien noch in Afrika war, wo um alles in der Welt hat er zwei Elefanten gefunden, die wegen ihres Elfenbeins getötet werden sollten? In Bayswater?«

Ros sagte nervös: »Entschuldigt mich, ich glaube, ich gehe jetzt und arbeite an meiner Skulptur weiter.«

»Ich komme mit.« Veronica folgte Ros ins Wohnzimmer der Familie, wo sie alle so viel Unordnung verbreiten durften, wie sie mochten.

»Mönche und Elefanten in Ramsons Priorei. Als nächstes werden wir Besuch von Hannibal kriegen!« Veronica warf sich auf den improvisierten Thron des Raumes, einen mit einem Tischtuch bedeckten Esszimmerstuhl. Dann schob sie eine neue Zigarette in ihren silbernen Zigarettenhalter und zündete sie mit einem Art-déco-Feuerzeug an. »Ich wusste ja immer, dass er ein Narr ist, aber ich hätte ihn nie für einen Verräter gehalten!«

Roslin, die als Einzige die Ironie der Situation erkannte, drückte weiterhin Tonklumpen für Tonklumpen auf Veronicas Gesicht, noch lange nachdem das Modell aus Fleisch und Blut den Raum türenschlagend wieder verlassen hatte.

Veronicas Gesicht war einzigartig – nicht wirklich schön, wenn man jede Eigenart für sich nahm, aber alles zusammen war wunderschön wie bei einem Werk, auf das man endlose Stunden verwandt hatte, an dem man so lange gefeilt und geformt hatte, bis alles vollkommen war: Hohe Wangenknochen und eine breite, weiße Stirn, ein vorgerecktes Kinn und, ja, eine Adlernase, die sie von Lord Carlisle geerbt hatte, ihrem aristokratischen Vater. All diese Dinge fügten sich perfekt zusammen, zu einem Bild präraphaelitischer Einzigartigkeit.

Giles ähnelte eher seiner Mutter, davon war Ros überzeugt, obwohl sie die schillernde Lady Ramson II. niemals kennen gelernt hatte. In den fünfzehn Jahren ihrer Verbindung mit der nobleren Linie der Ramsons, hatte sich ein persönliches Zusammentreffen mit Lady d'Oilier Barra, Lord Carlisles zweite Frau, nie ergeben. Natürlich hatte Ros Porträts von ihr gesehen, Gemälde und Fotografien an den Wänden von Bayswater Mansion, auf denen sie huldvoll lächelte. All diese Bilder hatten eine atemberaubende Wirkung, denn Imogen d'Oilier Barra war offensichtlich eine Dame von großer Schönheit. Lord Carlisles Augen waren haselnussbraun gewesen, soweit Ros sich erinnern konnte – sie hatte den Mann das letzte Mal vor elf Jahren gesehen. Giles und Veronica mussten ihre smaragdgrünen Augen also von ihrer Mutter geerbt haben.

Während sie hie und da Tonbröckchen auf dem halb fertigen Kopf von Veronica festdrückte, überlegte sie, dass diese durchaus einem Holman-Hunt-Gemälde der präraphaelitischen Schule hätte entstiegen sein können – bevor sie sich ihr wundervolles rotes Haar von einem Londoner Schickeriafrisör hatte glätten und zu einem Bob schneiden lassen. Diese Überlegung beschäftigte Ros jedoch nur am Rande; in Wirklichkeit war sie mit ihren Gedanken bei Giles.

Veronica mochte die auffällige Debütantinnenschönheit ihrer Mutter geerbt haben, aber Ros fragte sich, ob Giles nicht vielleicht sein träumerisches, romantisches Wesen von der keltischen Seite der Familie hatte, von der Seite Lady d'Oilier Barras, die in Kürze über sie hereinbrechen würde ...

Die Tür des Gemeinschaftszimmers wurde jäh aufgerissen, und Giles stürmte in den Raum, der ihr über den Sommer als Atelier diente. »Hör mal, altes Mädchen ... ich brauche unbedingt deine Hilfe.«

»Warum?«

»Ich habe eine Leiche gefunden.«

»Hau ab, Giles, ich habe zu tun.«

»Ich meine es ernst, Ros.«

»Ich auch.«

»Ich habe sie gestern bei der Ausgrabung entdeckt, aber ich wollte nicht, dass ihr euch alle falsche Hoffnungen macht. Deshalb habe ich gestern Nacht im Licht einer Sturmlampe weiter gemacht, weil ich hoffte, es würde sich vielleicht um die Reliquien von Pater Simon de Costard handeln, dem Abt von ...«

»Ich weiß, wer das ist oder war, Giles!«, sagte Ros und musste über seinen Eifer und die Besessenheit, mit der Giles sich seiner Beschäftigung widmete, lächeln. »Meine Güte, du hast uns lange genug mit deinen Geschichten über ihn in den Ohren gelegen. Und, waren sie es?«

»Waren sie was?«

»Die Überreste des Abts, der vor einer Ewigkeit hier auf der Insel gelebt hat?«

»Nein, natürlich nicht, altes Haus. So viel Glück kann man wohl nicht erwarten, oder?«

»Aber was war es dann? Oder sollte ich besser fragen, *wer* war es?«

»Ich weiß es nicht ... nicht genau. Aber es handelt sich eindeutig um eine Sie, und sie ist noch nicht allzu lange tot.«

Ros fragte sich langsam, ob dies nicht nur wieder einer von Giles' dummen Scherzen war. »Du redest wirres Zeug, Giles«, sagte sie daher etwas ungehalten.

Er schloss die Tür, warf sich in Pose und sagte mit Verschwörermiene: »Ros, ich brauche ganz dringend deine Hilfe! Gestern Nacht habe ich etwas anderes als einen uralten Mönch ausgegraben. Auf dem Gelände, auf dem ich gerade arbeite, lag mit dem Gesicht nach unten in einem flachen Grab, die Leiche einer jungen Frau, die vor nicht allzu langer Zeit auf mysteriöse Weise ums Leben kam.«

»Wie kannst du dir so sicher sein, dass es sich um eine Frau handelt?«

»Kann ich nicht, ich habe lediglich ihre Kleider als Hinweis. Natürlich habe ich sie mir auch ganz vorsichtig angesehen, aber ihr Gesicht ist zertrümmert und vollkommen unkenntlich ...«

»Könnte das daran gelegen haben, dass du sie dir im Dunkeln angesehen hast?«

»Oh, nun mach mal halblang, Ros! Die meisten ihrer Kleider – um genau zu sein sogar *alle* – waren noch unversehrt und entsprechen durchaus der gängigen Mode, deshalb weiß ich, dass es sich um eine Frau handelt und dass sie noch nicht allzu lange tot ist.

Dieser Fund war ganz schön gruselig und ziemlich erschreckend. Gestern Nacht habe ich schon eine ganze Menge Erde weggeschaufelt, aber in Anbetracht der Tatsache, dass es hier jetzt bald nur so wimmeln wird von fremden Leuten, brauche ich deine Hilfe, Ros, und zwar *sofort*. Bitte!«

»Sollten wir nicht besser die Polizei informieren?« Roslin fand, das sei in Anbetracht dessen, was er ihr gerade erzählt hatte, eigentlich das Naheliegenste. »Es könnte sich um einen Mord handeln, Giles. Sehr wahrscheinlich ist es tatsächlich einer.«

»Ganz genau! Deshalb können wir ja auch die Polizei nicht hinzuziehen – noch nicht. Nicht bevor ich herausgefunden habe, wer sie ist – vielmehr war! Außerdem würden mir die Polizisten mit ihren großen Füßen nur meine ganze Ausgrabungsstelle niedertrampeln, und ...«

»Du meinst, du willst sie beiseite schaffen?«

»Ich denke, genau das müssen wir tun.«

»Wo willst du sie hinbringen?«

»Ähm ... na ja, ich hatte eigentlich an die Krypta gedacht. Abgesehen von Grayson geht da nie jemand hinunter.«

»Mach dich nicht lächerlich, Giles!« Aber als Roslin sah, wie sehr diese Sache Giles aus dem Gleichgewicht gebracht hatte, nahm sie die Zügel in die Hand. »Grayson würde einen toten Menschen unter seinen lebendigen Tieren ziemlich schnell riechen.«

»Nicht wenn wir sie in eines der alten Mönchsgräber legen.«

»Was meinst du, wie lange wir wohl brauchen werden, um eine versiegelte Steingruft aufzustemmen, hm? Leichen verwesen sehr schnell, wenn sie mit Luft in Berührung kommen. Das weiß ich deshalb so genau, weil ich bei einem meiner Zeichenkurse einen Toten malen musste. Ich helfe dir lieber, das Grab wieder zuzuschaufeln. Und dann halten wir uns an das schöne Motto: Aus den Augen, aus dem Sinn.«

Er lächelte kläglich. »Du hast wahrscheinlich Recht. Ich wusste doch, dass ich mich auf dich immer verlassen kann – auf meine gute alte liebe Ros.«

3. Kapitel

Roslin war so sehr in Giles vernarrt, dass sie alles für ihn getan hätte.

Während Veronica an der gewaltigen, eisenbeschlagenen Eichentür zu Graysons klösterlicher Residenz ihre Mutter, die zweite Lady Ramson, begrüßte, hatten Giles und Ros bereits wieder Erde über die unbekannte Leiche geschaufelt und saßen jetzt zusammen im Nordwesten der Insel auf der höchsten Spitze von Orca. Hier stand Ramsons Folly, das einer von Graysons Vorfahren – der nicht weniger exzentrisch gewesen zu sein schien als dieser – gebaut hatte, lange bevor das Leuchtfeuer an Land's End in Betrieb genommen wurde.

Dieser besonders verschrobene Urahn der Ramsons hatte keinerlei Skrupel gehabt, denn Ramsons Folly, wie man es später nannte, diente nur dem einen Zweck, Schiffe bei rauer See auf die Felsen rund um Orca zu locken und auflaufen zu lassen. Dieses Werk der Zerstörung machte den Urahnen immer wilder und reicher, bis er eines Tages vor lauter Aufregung über einen neuerlichen Schiffbruch an seinen Gestaden von den Klippen stürzte und auf den Felsen darunter zerschmetterte. Sein Tod war eine Art Gerechtigkeit, fand Ros.

Von diesem Zeitpunkt an schien sich der Fluch, der auf den Ramsons lastete, auf die gesamte Familie ausgedehnt zu haben. Natürlich war auf Legenden kein Verlass. Eine Legende mochte mit einem winzigen Körnchen Wahrheit ihren Ursprung genommen haben, aber wenn sie dann immer wieder und wieder erzählt wurde – von Barden und Poeten, von Historikern und Musikern, von Verwandten und Freunden und fantasievollen Romanschriftstellern –, dann wurde sie verfälscht und ihre Glaubwürdigkeit oft durch einen Mangel an Plausibilität zugrunde gerichtet. Ros, die nicht abergläubisch war, hatte dennoch das Gefühl, dass es mit der Insel und der Priorei etwas Besonderes auf sich hatte. Es widerstrebte ihr keineswegs, mit der Vergangenheit zu leben. Dieser Umstand machte sie lediglich neugierig und weckte ihre Fantasie. Welche heimtückischen Taten auch immer in einer ihr unbekannten Zeit oder Dimension hier vollbracht worden waren, es hatte nicht wirklich etwas mit ihr zu tun. Die Vergangenheit, nun ja, das alles war ... vorbei und vergessen. Jede neue Generation musste dem Leben ihren eigenen Stempel aufdrücken und ihr eigenes Schicksal gestalten, denn nach Ros' Ansicht gab es durchaus so etwas wie einen freien Willen.

Giles drückte Roslins blasenüberzogene Hand. »Das werde ich dir nie vergessen, Kumpel, vielen Dank, tausend Dank!« Er beugte sich zur Seite, um einen schnellen Kuss auf ihre erhitzte, rosige Wange zu drücken. »Ich mache mich dann jetzt wohl besser ein wenig frisch, bevor ich Mutter unter die Augen trete ... warum um alles in der Welt sie ihren Wagen auf die Insel mitbringen wollte, übersteigt meinen Horizont. Und wenn ich so darüber nachdenke, übersteigt es erst recht meinen Horizont, warum um alles in der Welt sie jetzt hierher kommen will, nachdem sie all die Jahre lieber nach Südfrankreich gefahren ist. Aber Mutter war schon immer ein Plagegeist, deshalb hat Vater sich ja auch von dem alten Mädchen scheiden lassen, was ich ihm wahrhaftig nicht zum Vorwurf machen kann. Also dann, bis später, Ros.«

Er rappelte sich hoch, schulterte die beiden Schaufeln, die sie für die Operation *Vergrab-die-Leiche* benutzt hatten, und eilte über den Felsvorsprung, um den pflichtschuldigen Sohn zu spielen, der seine lang entbehrte Mutter begrüßen wollte. Sie hatte ein Haus in London, ein Haus in Cork, eine Villa in Südfrankreich und eine dauerhaft angemietete Hotelsuite in New York, und Giles und Veronica besuchten sie nur selten.

Von ihrem Ausguck beobachtete Ros, wie Giles zur Priorei zurücklief. Sie konnte sie alle dort unten sehen, als kleine, schwarze Pünktchen auf dem kümmerlichen Rasen im Innenhof des grauen Klosters. Sie sah den eckigen, schwarzen Humber, auf den Lady Ramson II. bestanden hatte, um den weiten Weg von einer halben Meile – von dem baufälligen Kai bis zu den Klosterruinen – zurückzulegen. Daneben konnte sie den Chauffeur erkennen, die Mutter, die Tochter, den Sohn und Grayson, dem sein ungeladener Gast offensichtlich gerade noch rechtzeitig wieder eingefallen war.

Ros ließ den Kopf auf die Knie sinken und fragte sich, ob Giles sie wohl jemals wie eine Frau behandeln würde und nicht wie eine Schwester? Er behandelte sie nicht einmal wie eine Schwester, eher wie eine alte Freundin, denn die da unten waren alle eine Familie, eine Familie, zu der *sie* nicht gehörte, und das tat weh. Es tat furchtbar weh, zu wissen, dass sie immer noch nicht dazugehörte.

Über ihr schrien heiser die Möwen, der Himmel war von einem dunklen Preußischblau, die Sonne schien heiß und golden herab, das Gras war hoch und voller wilder Blumen; sie erlebten dieses Jahr auf Orca den heißesten Sommer seit Menschengedenken. Der Geruch von Ramsons Priorei erfüllte die Luft um sie herum mit seinem süßen, stechenden, zu Tränen reizenden Duft.

Plötzlich stahl sich ein anderer durchdringender Geruch in ihre Wahrnehmung. Sie hob den Kopf und erwartete halb, dass Veronica mit ihrer unvermeidlichen Zigarette wie aus dem Nichts neben ihr erschienen war. Ros zuckte zurück, und ihr Angstschrei blieb ihr in der Kehle stecken. Die schwarzgewandete, in einen weiten Kapuzenumhang gehüllte Gestalt, die die Insel in der vergangenen Nacht von dem felsigen Ufer aus betreten hatte, stand jetzt vor ihr im hellen Tageslicht wie der Sensenmann höchstpersönlich und warf einen langen Schatten auf den Boden.

Hastig versuchte sie, ihre überreizte Fantasie im Zaum zu halten – die Geister lang verstorbener Mönche rauchten keine Zigaretten, und dieser Mann musste geraucht haben, sie konnte den Tabak in der Luft und an seinen Kleidern riechen. Und offensichtlich tat er es heimlich.

»Entschuldigung«, sagte er zerknirscht, »ich habe Sie wohl furchtbar erschreckt.«

»Das können Sie laut sagen!«, gab sie wütend zurück.

»Das wollte ich nicht, bitte verzeihen Sie mir.«

»Wer *sind* Sie?«

Sein Kopf war unbedeckt, er hatte die Kapuze seiner schwarzen Robe zurückgeschlagen. Er war groß und gut gebaut, hatte strahlend blaue Augen und durch sein dunkles Haar strich eine leichte Sommerbrise – kurz, er war der attraktivste Mönch, den sie je gesehen hatte. Nicht dass sie allzu viele Mönche und noch dazu aus solcher Nähe gesehen hatte – gar keinen, um genau zu sein.

»Ich bin Pater Luke, der Abt des Ordens der *Domini canes*«, erwiderte er. Er schien stolz auf sein Amt zu sein.

»Ich finde, Sie sind reichlich jung, um der Abt irgendeines Ordens zu sein, Pater Luke«, sagte sie schroff.

Er legte lächelnd den Kopf zur Seite. »Ich betrachte das als ein Kompliment«, sagte er. »Aber dafür ist unsere Bruderschaft sehr alt. Tatsächlich stammt der Orden der *Domini canes* aus dem zwölften Jahrhundert nach Christus.«

»Ich habe noch nie etwas von den Domini canes gehört, wohl aber von den Dominikanern. Übrigens ist es komisch, dass Sie Pater Luke heißen.«

»Warum komisch?«

»Weil es wirklich einmal einen Pater Lukas gab, der zur Zeit der Tudors Abt dieser Insel gewesen ist.«

»Sie kennen sich wohl gut aus in Geschichte? Studieren Sie das Fach?«

»Nein, eigentlich nicht. Aber ich interessiere mich dafür und zwar wegen der familiären Bindung an diese Priorei. Also, was sind die Domini canes?«

»Wir sind Prediger und als die *Hunde des Herrn* bekannt.«

»Welches Herrn?«

Wieder lächelte er. »Des Himmlischen.«

Sie sagte: »Ich habe Sie gestern Nacht ankommen sehen.«

»Ach ja?«

»Sie sind mit dem Boot gekommen ... oder war das der Erzengel-Express? Jedenfalls haben Sie sich wie ein Dieb in der Nacht auf die Insel geschlichen, Pater Luke. Warum?«

»Ich bin kein Dieb. Ich bin von dort drüben gekommen ...« Er zeigte mit seiner halbgerauchten Zigarette in Richtung Nordwesten.

»Was genau meinen Sie mit ›dort drüben‹?«, fragte sie und sah blinzelnd zu ihm auf, weil die Sonne ihr in die Augen schien. Im Gegenlicht erschien es ihr, als stände der leibhaftige Christus vor ihr.

»Cork.«

»Irland?«

»Natürlich, was sonst?«

Wahrhaftig, was sonst! Alle Mönche, Priester, Äbte und Klosterbrüder kamen aus Irland, woher denn sonst? Ros war einigermaßen erleichtert, zu erfahren, dass er am Ende doch ein menschliches Wesen war. »Ich hätte nicht gedacht, dass die Regeln es einem Abt gestatten, zu rauchen.«

Er machte ein schuldbewusstes Gesicht.

»Oh ja, ich glaube, sie tun es doch!«, sagte sie mit einem schelmischen Lächeln.

Er grinste ein wenig einfältig. »Eine sehr scharfsinnige junge Dame, das ist mir jetzt klar! Und Sie werden mir Ihren Namen nicht verraten, obwohl ich Ihnen den meinen genannt habe?«

»Ich heiße Roslin.«

»Ein sehr hübscher Name, wenn ich das sagen darf, und er passt gut zu seiner Trägerin.«

»Vielen Dank.«

»Also, nachdem Sie mich nun bei meiner Schwäche ertappt haben, möchte ich mich für mein schlechtes Benehmen entschuldigen. Ja, das Fleisch ist manchmal schwach, und ich versuche immer wieder, meine Schwächen zu besiegen, von denen ich viele habe. Ich habe mich hier herauf geschlichen, um mich ein wenig zu verwöhnen – nicht nur mit Tabak, sondern auch mit der wunderschönen Aussicht –, und Ihr scharfer Geruchssinn war mein Verderben.«

»Sie brauchen sich bei mir nicht zu entschuldigen, Pater Luke.« Ros, die seine Gegenwart als sehr beunruhigend empfand, wandte sich ab. »Ich bin an schlechtes Benehmen gewöhnt, ich bin damit aufgewachsen. Sie sagen, Sie stammen aus einem Orden predigender Mönche – ich bezweifle sehr, dass Sie auf Orca viele Menschen vorfinden werden, denen Sie predigen können. Sie hätten besser St. Mary's oder Trescoe pachten sollen, wo es viele Leute gibt, vor allem die Touristen, die im Juli anreisen. Und noch besser wären Sie beraten gewesen, wenn Sie es auf dem Festland versucht hätten, ich meine, in England.« Nach diesen Worten rappelte sich Roslin hoch und rannte, ohne eine Antwort abzuwarten, den Hügel von Ramsons Folly hinunter auf die Priorei zu.

Der gut aussehende Pater Luke mit seinen nackten, weißen Füßen in den offenen Sandalen hatte sie aus dem Gleichgewicht gebracht, ohne dass sie hätte sagen können, warum.

»Ich habe mich mit meinem ersten Eindruck nicht geirrt; die zweite Lady Ramson, sie hieß nach ihrer erneuten Heirat Imogen Lady d'Oilier Barra, ist die Tochter eines irischen Adeligen. Sie ist zwar (wie Giles respektlos bemerkte) mit ihren fünfzig Jahren nicht mehr gerade taufrisch, aber trotzdem sehr schön.

Keines der Porträts und Gemälde, die ich von Imogen gesehen habe, wird ihr gerecht, denn in Fleisch und Blut ist sie weitaus beeindruckender. Sie hat tatsächlich smaragdgrüne Augen und rotes Haar, in dem trotz ihres Alters nicht die leiseste Spur von Grau zu sehen ist. Und ihr Teint ist der vollkommenste, den ich bei einer

Frau ihres Alters jemals gesehen habe, so blass wie Porzellan, glatt und makellos. Aber andererseits ist sie Veronica zufolge extrem eitel und gibt in den besten Schönheitssalons von Paris und London ein Vermögen für ihr Äußeres aus.

Als Malerin, die ein Modell in Augenschein nimmt, den Gegenstand eines Bildes, bewundere ich Lady Imogen zutiefst, aber als Mensch habe ich nicht viel für sie übrig. Und sie auch nicht für mich, schätze ich. Ich denke, sie kann ziemlich grausam sein; sie hat mich an diesem Abend höchst herablassend wie eine arme Verwandte behandelt.

Ich war ihr am späten Vormittag vorgestellt worden, kurz nachdem ich auf mein Zimmer zurückgekehrt war, um mich frisch zu machen und in gesellschaftsfähige Kleider zu schlüpfen, bevor ich die vornehme Witwe kennen lernen sollte. Imogen schüttelte mir bei dieser Gelegenheit mit denkbar schlaffen Fingern die Hand, ganz als könne sie sich kaum dazu herablassen, die Haut eines Mitglieds der arbeitenden Klasse zu berühren – ohne eine Ahnung davon zu haben, womit ihr Sohn und ich uns erst vor kurzem beschäftigt hatten.

Beim Mittagessen ignorierte sie mich dann vollkommen und widmete sich ganz dem Gespräch mit ihren beiden Kindern und Grayson – Abigail wurde ebenfalls ignoriert. Imogen verlangte zu erfahren, warum Veronica ihre Heirat mit Michael Haviland-Carr verschleppte, und kam immer wieder auf die Tatsache zurück, dass die beiden doch nun bereits drei Jahre lang verlobt seien. Warum um alles in der Welt hätten sie noch kein Datum für die Hochzeit festgesetzt? Imogen wollte wissen, was mit Veronica los sei und was sie an ihrem Verlobten auszusetzen habe, woraufhin Ronnie mürrisch erwiderte, dass sie beide völlig in Ordnung seien, es aber vorzögen, sich nicht voreilig in eine Ehe zu stürzen, wie ihre Mutter es getan habe. Woraufhin Imogen auf Ronnies Alter zu sprechen kam und spitz bemerkte, sechsundzwanzig sei furchtbar alt für ein Mädchen und sie würde eine alte Jungfer werden, falls Michael etwas zustoßen solle, woraufhin Ronnie ihrer Mutter sagte, sie solle sich um ihre eigenen Angelegenheiten kümmern, sie habe sich doch bisher auch noch nie über ihre schwindenden Chancen auf dem Heiratsmarkt Sorgen gemacht. Sie solle doch bitte nicht einzig aus dem Grunde nach Orca kommen, um mit ihr und Giles Streit zu suchen. Imogen entgegnete darauf beleidigt, sie suche mit niemandem Streit, und als Mutter von Ronnie und Giles brauche sie sich nicht zu rechtfertigen, wenn sie einen Besuch auf Orca mache.

Scoots versuchte, das Thema zu wechseln, und fragte, ob irgendjemand Lust hätte, schwimmen zu gehen, da es so ein schöner Nachmittag sei. Daraufhin tadelte Imogen Scoots, dass sie ihren Körper allzu oft am Strand zur Schau stelle, was besonders abstoßend sei, da sich fremde Männer auf der Insel aufhielten. Scoots entgegnete darauf schnippisch, dass es sich bei diesen Männern um Mönche handele und dass Imogen eine schmutzige Fantasie habe. Es war schrecklich, ihnen bei ihrem Gezänk zuzuhören, und es stand fest, dass Imogen uns mit ihrem Erscheinen den Anfang unserer Ferien bereits verdorben hatte. Selbst Grayson wurde langsam wütend – und es gehörte eine Menge dazu, ihn in Rage zu bringen!

Die Mütter von Veronica und Abigail waren erbitterte Feindinnen gewesen; Gina hatte Imogens Platz in Carlisles Herzen eingenommen. Daher konnte Imogen Ginas Tochter schon aus Prinzip nicht leiden. Als Imogen Ronnie fragte, ob sie wisse, dass es bald Krieg geben würde, erkundigte Giles sich, was das mit Ronnies Heiratsaussichten zu tun habe. Imogen entlockte uns allen ein sarkastisches Lächeln, als sie sagte, dass Männer in Kriegszeiten schwer zu finden sein würden, Veronica würde daher noch größere Probleme haben, einen passenden Ehemann zu finden, falls Michael, der bei der Marine war, etwas zustoßen sollte.

Giles wies seine Mutter darauf hin, dass Michael Haviland-Carr im Marineministerium einen Schreibtischjob innehatte. Außerdem goss er noch ein wenig Öl in die Flammen, indem er Imogen fragte, warum sie sich keine Sorgen um Grayson mache, dass er vielleicht heiraten oder an der Front getötet werden könne. Imogen erwiderte entnervt, Grayson habe nichts mit ihrer Familie zu tun, worauf der arme alte Grayson beleidigt war. Es kränkte ihn zutiefst, dass sie seine Neutralität in diesem Streit nicht anerkannte, und er fügte hinzu: »Dein Mann war immerhin mein Vater, Imogen.«

Imogen erwiderte spitz: »Wie scharfsinnig von dir, dass du das ausgeknobelt hast, Grayson. Dann verrat mir doch eins: Hast du wirklich vor, dich zu verheiraten? Zeit genug, um eine Entscheidung zu treffen, hast du doch jedenfalls gehabt, oder?«

Natürlich hätte es ihr gar nicht gefallen, wenn Grayson diese Frage bejaht hätte, denn dann würde die Erbfolge von Grayson auf seine Kinder übergehen – vorausgesetzt, dass er welche bekam – und nicht auf Giles, ihren geliebten Sohn.

Grayson erwiderte daher nur: »Das könnte gut sein, böse Stiefmutter«, und beließ es dabei.

Imogen biss sofort an und hielt Grayson vor, wie unwahrscheinlich es sei, dass irgendeine Frau sich mit ihm und seiner abscheulichen Menagerie abgeben würde!

Schnapp, schnapp, schnapp! Imogen erinnerte mich an einen von Graysons Piranhas, die in einem Aquarium in der Krypta schwammen. Giles nutzte die Pause, die Grayson benötigte, um nach einer passenden Erwiderung auf Imogens Seitenhieb zu suchen, und wandte sich an seinen älteren Bruder: »Liebster, würdest du mich bitte, bitte heiraten? Sag nicht nein, denn Mutter würde uns das nie verzeihen, sondern würde uns beiden den Hintern versohlen. Sag doch bitte ja!« Woraufhin wir alle vor Lachen brüllten, vor allem der arme Grayson, der nie lange böse sein konnte. Nun, zumindest hatte Giles die Situation ein wenig entspannt.

Mittlerweile war uns allen klar, warum Imogen nach Ramsons Priorei gekommen war: Sie wollte ihren Erben ein wenig auf die Sprünge helfen in punkto Heiratspläne und zukünftige Apanagen. Ihr Mann, Lord d'Oilier Barra, war jüngst in Irland verstorben, und Imogen, die sich zwar zum zweiten Mal verwitwet fand, sich jedoch um sich selbst keineswegs Sorgen machte, war nach Orca gekommen, um sich in das Leben ihrer beiden Kinder einzumischen.

Imogens letzter Besuch auf Orca hatte jedenfalls vor meiner Zeit stattgefunden – ich hätte es niemals vergessen, wenn ein solcher Drache hier oder im Bayswater Mansion aufgetaucht wäre.

Bei diesem Dinner hörte Imogen auf, mich zu ignorieren, und verstrickte mich stattdessen in ein langes und unerbittliches Verhör, bei dem es um meine eigene Vergangenheit und die Verwandtschaft meines Vaters mit dem Rest der Familie ging. Jetzt war ich diejenige, die unter ihrem unerbitterlichen Blick seziert wurde.

Ich erklärte ihr, dass mein Vater der jüngere Sohn eines entfernten Vetters von Lord Carlisle gewesen und bei Verdun von seinen eigenen Leuten durch unglückliche Umstände vergast worden sei: Durch eine Drehung des Windes wurde der Kampfstoff, der für den Feind bestimmt war, zurück in die britischen Gräben geweht. Ich fügte hinzu, dass er als Invalide aus dem Krieg zurückgekehrt sei, woraufhin sie lediglich bemerkte: »Dann scheint es ja ein Wunder zu sein, dass du überhaupt geboren worden bist, mein Kind. Ich hoffe, sie haben deinem Vater wenigstens eine Tapferkeitsmedaille verliehen.«

Auf eine so gefühllose Bemerkung wusste ich nichts zu erwidern.

Natürlich kam die Rede anschließend auf meinen Großvater, Neville Ramson, der bei einem Eisenbahnunglück in Südafrika ums Leben gekommen war. Auch dazu hatte Imogen etwas zu sagen: »Ah ja! Carlisle hat deinen Großvater tatsächlich einmal erwähnt, allerdings nannte er ihn Woolly und nicht Neville, wenn mich meine Erinnerung nicht trügt.«

»Woolly?«, fragte Giles, der über diesen Verwandten unbedingt Näheres wissen wollte. Imogen antwortete daraufhin lediglich: »Anscheinend war der Großvater dieses unbedeutenden Zweiges der Ramsons das schwarze Schaf der Familie«, woraufhin Gray-

son in hysterisches Gelächter ausbrach. Er machte mein Unbehagen und meine Verwirrung noch schlimmer, indem er das Ganze mit einer albernen Bemerkung krönte: »Mäh mäh, das schwarze Schaf, Woolly Ramson, der Sohn des Widders. He, das war ein Witz!« Und die anderen waren taktlos genug, in sein Gelächter einzustimmen, auf meine Kosten!

Ich bat darum, mich zu entschuldigen, und verließ überstürzt den Tisch. Hinter mir ließ Imogen eine weitere geringschätzige Bemerkung vom Stapel: »Armes Ding, sie hat offensichtlich schwere Komplexe und überhaupt keinen Sinn für Humor.«

Einzig Scoots trat für mich ein und sagte Imogen ins Gesicht, wie unfair ihr Verhalten sei. Danach stürzte Scoots ebenfalls aus dem Zimmer und gesellte sich im Kreuzgang zu mir. »Es wäre keine Lüge«, sagte sie mit Inbrunst, »wenn ich behaupten würde, dass ich dieses herablassende alte Miststück auf den Tod nicht ausstehen kann!«

Nein, ich konnte Imogen Barra ebenfalls nicht leiden! Wir beschlossen, die Dame zu vergessen, und da ich Kopfschmerzen hatte, entschied ich mich, früh zu Bett gehen.

Meine Kopfschmerzen hingen damit zusammen, dass ich am Nachmittag zu viel geschwommen war und zu lange in der Sonne gelegen hatte und danach die ganze Zeit versucht hatte, den Gestank loszuwerden, mit dem Imogen das ganze Haus erfüllte; da ist mir Bärlauch alle Mal lieber!

Ich fragte mich, ob es nun reiner Zufall war, dass Lady Imogen, die selbst aus Cork stammte, am selben Tag auf der Insel ankam, an dem die mysteriöse, irische Bruderschaft die von ihr gepachtete Insel in Besitz nahm?«

»Oh je, oh je, Ros«, schwärmte Abigail, »er ist einfach umwerfend. Hast du ihn gesehen?«

»Wen?«

»Pater Luke, den Abt!«

»Ja.«

»Ist er nicht der gut aussehendste und erotischste Mann, den du je in deinem Leben kennen gelernt hast?«

»Ja, könnte sein.«

»Du brauchst gar nicht so desinteressiert tun, Ros. Ich weiß, dass du genauso denkst wie ich ... du bist ganz rot geworden und hast deine Stacheln ausgefahren, was nur beweist, dass er auf deine Hormone genauso wirkt wie auf meine. Er muss so ziemlich der attraktivste Mann sein, der je auf dieser Insel gewesen ist. Und er ist jung – ziemlich jedenfalls. Findest du ihn noch anziehender als Giles?«

»Ich weiß nicht, wovon du redest, Abigail.«

»Doch, das weißt du sehr wohl. Aber keine Angst – ich respektiere deine Privatsphäre und werde dich nicht bloßstellen. Hast du schon mit ihm geredet?«

»Ja.«

»Wann?«

»Gestern.«

»Wo?«

»Oben bei Ramsons Folly.«

»Was hat er da gemacht?«

»Er hatte hinter dem Turm heimlich eine Zigarette geraucht. Weshalb willst du das alles wissen, Scoots?«

Abigail ließ sich mit einem glücklichen Lachen neben Roslins Malerhocker sinken. »Er benimmt sich gar nicht wie ein Mönch, nicht wahr?«

»Keine Ahnung.«

»Aber du findest ihn doch auch umwerfend, oder? Und so sexy!« Sie seufzte sehnsüchtig. »Du weißt doch, was ich meine, oder, Ros?«

»Und er ist so ... avantgardistisch! Was die Avantgarde betrifft, kennst du dich doch aus, Ros?«

»Meinst du?«

»Natürlich tust du das! Du gehörst doch dazu, nicht wahr?«

»Wie bitte? Ich verstehe nicht, was du meinst.«

»Ich meine, du gehörst als Künstler zu den Vordenkern unserer Zeit. Genau wie Pater Luke und seine neue Definition des Evangelismus. Es geht um eine ganz neue, moderne und aufregende Art zu leben – weg mit dem verstaubten alten Bild der katholischen Kirche, her mit dem Neuen; weg mit Art déco, Jazz und Boogie-Woogie, stattdessen wollen wir Frank Sinatra und ...«

»Entschuldige bitte, Scoots, hast du was getrunken?«, fragte Ros alarmiert.

»Oh ja, ja, ja!« Abigail warf, außer sich vor Begeisterung, die Hände hoch. »Ich bin trunken vom Elixier des Lebens, trunken von Liebe, trunken, weil er hier ist ...«

»Und von zu viel Sonne auf den Kopf! Wo ist dein Sonnenhut?«

»Es ist ja so aufregend!«

»Was?«

»Verliebt zu sein. Das musst du doch wissen.«

»Woher soll ich das wohl wissen?«

»Du bist schon seit Jahren in Giles verliebt.«

»Red keinen Blödsinn.«

»Na schön, wir werden nicht wieder von ihm sprechen, wenn dich die bloße Erwähnung seines Namens so aus dem Konzept bringt. Ich respektiere dein Recht auf Privatsphäre, Ros. Und umgekehrt würde es dir doch nichts ausmachen, wenn ich weiter Pater Luke anbete, oder?«

»Nur wenn du es aus der Ferne tust. Mach dich seinetwegen nicht verrückt, Scoots – er ist Priester, wie du weißt.«

»Ich weiß ... Und trotzdem werde ich mir tausend Möglichkeiten ausdenken, wie ich ihn von seiner Kutte befreien kann.«

Ros lachte laut. »Du bist absolut unmöglich, Scoots!«

»Nicht annähernd so unmöglich, wie ich es gerne wäre ... mit ihm ...« Sie lugte über Ros' Schulter. »Was malst du da?«

»Ramsons Priorei.«

»Die hast du letztes Jahr doch schon gemalt und im Jahr davor auch. Und trotzdem ist auf der Leinwand immer noch nichts zu sehen.«

»Ich weiß, ich arbeite noch dran. Ich muss ein Motiv fühlen, bevor ich es zum Leben erwecken kann. Irgendwie bekomme ich Ramsons Priorei nicht richtig zu fassen. Als wüsste ich nicht wirklich, was sie bedeutet oder wofür sie steht. Aber wenn ich das nicht ergründen kann, dann kann ich sie nicht in ihrer Gesamtheit porträtieren.«

»Puh, das klingt ja sehr tiefschürfend, Ros. Bringt man euch das auf der Kunstakademie bei, dass ihr euer Motiv zuerst überdenken und analysieren müsst?«

»Etwas in der Art.«

Abigail förderte aus der Tasche ihres Sommerkittels ein Päckchen Zigaretten und ein Feuerzeug zutage. Roslin hatte sie noch nie zuvor rauchen sehen, aber andererseits war dies Abigails siebzehnter Sommer, und sie war verliebt. Ihre ältere Halbschwester rauchte, und der Abt der »Hunde des Herrn« tat es ebenfalls, vermutlich wollte Abigail es ihnen nur gleichtun.

»Ich wusste ja gar nicht, dass du rauchst«, bemerkte Ros.

»In Cheltenham haben sie es alle getan«, erwiderte Abigail trotzig.

»Und wo war ich dann bitteschön?«

»Ich habe nicht in Cheltenham damit angefangen ... willst du mal eine probieren, Ros?« Sie hielt ihrer Cousine, die ihr inzwischen weit mehr eine Schwester war als Veronica, das dünne, weiße Symbol für Eleganz hin. »Ich wünschte, du hättest nie diese verflixte Kunstgeschichte in Clapham studiert, sondern wärest stattdessen im September mit mir nach Lausanne gegangen, Ros.«

Ros war halb und halb versucht, die Zigarette aus Abigails Hand zu nehmen. Aber aus der Erinnerung des dreijährigen Kindes stieg ein Bild ihres Vaters mit seinen vom Gas zerfressenen Lungen in ihr auf, wie er verzweifelt versuchte, einen letzten Zug Leben in sich hineinzusaugen; dieses Bild hinderte sie daran, nach der Zigarette zu greifen.

»Nein danke.« Ros wandte sich schnell wieder der Leinwand zu.

»Ros ...?«

»Ja, Abigail?«

»Was meinst du, was tun sie hier auf der Insel?«

»Ich habe keinen blassen Schimmer.«

»Wir bekommen nicht viel von ihnen zu sehen, oder?«

»Nein, abgesehen vom Abt scheinen sie alle mehr oder weniger unsichtbar zu sein.«

»Ich dachte, Grayson hätte ihnen die Insel vielleicht deshalb verpachtet, damit sie ihm helfen, die Priorei wieder aufzubauen. Und sie könnten ihm natürlich auch im Garten und im Wald helfen – vor allem könnten sie diesen stinkenden Bärlauch ausmerzen, igitt!«

Ros hatte bisher nicht gewusst, was Abigail von den Allium-ursinum-Beständen der Insel hielt. Sie hatte geglaubt, dass jeder, der auf die Insel kam, den Lauchgeruch in dem kühlen, grünen und feuchten Wald der Insel einfach lieben musste. Was offensichtlich nicht der Fall war.

»Grayson hat sie zweifellos hergeholt, damit sie sich um seinen Zoo verstümmelter und kranker Tiere kümmern, deshalb bekommen wir sie nicht allzu oft zu Gesicht. Meinst du, Grayson hat vielleicht den Wahnsinn unserer durch Inzucht gezeugten Vorfahren geerbt, Ros?«

»Nein«, erwiderte Ros nachdenklich, »vielleicht ist er nur ein wenig ... anders, das ist alles.«

»Was meinst du denn, warum sie hier sind?«

»Vielleicht hatten sie die Nase voll von Cork und wollten noch einmal von vorne anfangen, da, wo alles begonnen hat ...«

Ros hielt ihren Pinsel senkrecht zwischen die Augen und schielte daran entlang, um das Eingangsportal der Priorei anzuvisieren. Einer Laune folgend, zog sie kurz entschlossen einen sienafarbenen Strich von oben nach unten über die Leinwand, wo die eisenbeschlagene Eichentür ihren Platz haben sollte ...

Eine weiche, melodische irische Stimme ertönte plötzlich direkt hinter ihnen, nachdem ihr Besitzer sich auf seinen Sandalen lautlos fast genau zwischen Ros und Abigail geschoben hatte: »Oh nein, nein, nein! So stimmt die Perspektive ganz und gar nicht, Roslin ... Lassen Sie mich mal ...« Ehe sie begriff, was nun geschah, nahm Pater Luke ihr den Pinsel ab und machte sich mit ein paar gekonnten Strichen daran, Ros' Versuche, die mittelalterliche Priorei auf die Leinwand zu bannen, in die richtige Perspektive zu setzen. Etwas, um das sie sich schon seit vielen Sommern vergebens bemüht hatte.

4. Kapitel

Zum Aperitif vor dem Abendessen brachte Grayson, der in seinem Smoking aussah wie ein fescher Pinguin, den Priester mit. Mit einer schwungvollen Armgeste stellte er seinen Stargast vor: »Alles mal herhören, das ist Pater Luke, der Abt der Insel, der sich um euch verlorene Seelen kümmern wird, solange ich außer Landes bin, ha-ha!«

Ros erschien es ziemlich bizarr und unwirklich, einen Abt zum Essen zu Gast zu haben. Dass dieser Abt darüber hinaus mehr als ungewöhnlich war, verstärkte seine rätselhafte Ausstrahlung noch. Pater Luke lächelte augenzwinkernd in die Runde und hielt die ineinander verschränkten Hände in den weiten, schwarzen Ärmeln seiner Kutte verborgen.

Veronica, die in einem tief ausgeschnittenen, mit Pailletten bestickten, schwarzsilbernem Abendkleid aufreizend und verführerisch wirkte, ignorierte die Aufzählung der moralischen Tugenden von Graysons Gast vollkommen. *Er und seine Mitbrüder sind vor der Verfolgung durch den Antichristen geflüchtet und haben auf dieser Insel Zuflucht gefunden. Dafür werden sie sich durch handwerklichen und medizinischen Beistand revanchieren. Das heißt, dass sie als Gegenleistung für Unterkunft und Verpflegung einen hübschen kleinen Hafen mitsamt einer Anlegestelle bauen werden, zum Schutz der Fischerboote und der Schiffe, die Graysons Tiere zwischen dem Festland und der Insel hin und her transportieren. Selbstverständlich wird der Hafen auch jedem anderen*

Boot oder Schiff zur Verfügung stehen, das Schutz vor den grimmigen Stürmen sucht, die in den Gewässern um die Inseln herum häufig auftreten. Ferner werden die Mönche sich um die selten gewordenen Tierarten kümmern, die einen wichtigen Teil des wohltätigen Lebens ihres Gönners ausmachen. Also erhebt jetzt bitte alle eure Gläser und lasst uns auf Grayson, den vierten Lord Ramson von Orca trinken ... Bla, bla, bla und Amen; Veronica fand das Ganze jedenfalls extrem langweilig.

»Ich dachte, Priester würden nur geweihten Wein zu sich nehmen, Pater?«, fragte sie ihn herausfordernd.

»Dann freue ich mich um so mehr, mit diesem geweihten Rotwein darauf anzustoßen, dass seine Lordschaft im Ausland gesund bleiben möge, Mylady Veronica!«, sagte Pater Luke, den Ronnies Einstellung ihm gegenüber kein bisschen erschütterte. Er nahm ihr das Feuerzeug aus den rotlackierten Fingernägeln und zündete ihr galant die Zigarette, die sie soeben in ihren Zigarettenhalter aus Silber und Schildpatt geschoben hatte, an.

Dass er selbst ein heimlicher Raucher war, was sein geschickter Umgang mit dem Art-déco-Feuerzeug überdies verriet, war eine Tatsache, über die sich Ros und Scoots seit längerem im Klaren waren. Scoots stieß Ros in die Rippen. »Schon merkwürdig zu sehen, dass Veronica so auf einen Priester reagiert! Ich glaube fast, sie hat auch ein Auge auf ihn geworfen.«

Pater Luke entflammte offenbar nicht nur Veronicas Zigarette, sondern brachte sie auch sonst gründlich aus der Fassung. Ihre vollkommenen, alabasterfarbenen Wangen, die denen ihrer Mutter so sehr ähnelten, wurden unter seinem durchdringenden Blick und seinem gewinnenden Lächeln ziegelrot.

»Meine Güte!«, sagte Veronica mit einem nervösen kleinen Lachen, »Sie sind wirklich ein überaus ungewöhnlicher Mann. Ganz und gar nicht wie ein Priester!«

»Und was, bitteschön, sollte ein Priester denn sein, Mylady Veronica, wenn nicht ein Mann?«

»Oh ... hm, ich weiß nicht ... ich nehme an, hm ... fromm,

schätze ich.« Sie riss Pater Luke ihr Feuerzeug aus der Hand und winkte ungehalten den Butler herbei: »Holen Sie mir einen *Fitzgerald*, Powers!«

Der Butler zuckte die Achseln und ging mit einem Tablett voller schmutziger Gläser in Richtung Küche.

»Was, bitteschön, ist ein Fitzgerald?«, wollte Grayson wissen, der sich über Ronnies Unhöflichkeit ärgerte. Nicht genug, dass sie in Pater Lukes Gegenwart rauchte, sie hatte ihn sogar dermaßen bezirzt, dass er ihr eigenhändig die Zigarette angezündet hatte. »Ich hoffe, es handelt sich nicht schon wieder um eine neue Marke von übel riechendem Tabak, Ronnie«, fügte er finster hinzu. Wie sehr Grayson sich wünschte, die Frauen in seiner Nähe würden nicht rauchen, und wenn er es recht bedachte, galt dies auch für die Männer. Er bekam Asthma davon, es schadete seinen Tieren, und es war abträglich für Flora und Fauna auf Orca. Er würde ihnen unmissverständlich klarmachen müssen, dass sie seine Insel nicht derart verpesten durften. Grayson fuhr sich mit einem Finger in seinen engen Kragen und wusste, dass ihm Ärger bevorstand, als er sagte: »Ich ... ähm ... ich wünschte wirklich, keiner von euch würde in meiner Gegenwart rauchen.« Er hustete, um seine Worte zu unterstreichen. »Damit sind vor allem die Damen angesprochen. Ich weiß, dass Giles nicht raucht, und Pater Luke tut es ebenfalls nicht.«

Ros und Scoots reagierten mit einem erstickten Lachen auf Graysons Leichtgläubigkeit, und Veronica blies absichtlich eine Rauchwolke in Graysons Richtung, während sie sarkastisch fragte: »Seit wann bist du so eigen, was die Gerüche in deiner unmittelbaren Nähe betrifft, Grayson?«

»Der Zigarettenqualm stinkt einfach grauenhaft, Schwesterherz. Tut mir Leid, aber von jetzt an möchte ich dich bitten, deinen Zigarettenkonsum auf London zu beschränken.«

»Oh, du hast ja keinen blassen Schimmer von der Welt, Grayson!« Veronica schnippte ihre Zigarette erbost mit solchem Nachdruck aus dem Zigarettenhalter, dass sie durch die Luft flog und im Eisbehälter erlosch. Dann sagte sie vernichtend: »Was natürlich nicht anders zu erwarten war, wenn man bedenkt, in was für einem beschränkten Gesellschaftskreis du dich bewegst. Rauchen ist der letzte Schrei – was sollte man denn sonst mit seinen Händen anfangen? Wir Frauen müssen außerdem jede Unterstützung nutzen, die sich uns bietet, um auf unser Gewicht achten zu können. Warum sonst würden uns all diese Kensitas-Annoncen raten, uns mit einer Zigarette zu entspannen? Giles, hol mir einen *Fitzgerald* – oder ist der jetzt etwa auch verboten?« Veronica bedachte Grayson mit einem wütenden Blick. »Ich denke, ich werde nach London zurückkehren ... holt mir jetzt endlich jemand einen Drink? ... bevor ich aus schierem Mangel an passender Gesellschaft zugrunde gehe, bei Gott!« Veronica verdrehte verzweifelt die Augen gen Decke.

Ros wünschte, sie hätte einen Fotoapparat zur Hand gehabt – Veronica in ihrer tragischen Pose wäre genau das Richtige für ihr Projekt im nächsten Semester an der Kunstakademie Clapham gewesen.

Pater Luke rettete schließlich den Familienfrieden: »Wenn Sie mir verraten, welche Zutaten für einen *Fitzgerald* benötigt werden, Mylady Veronica, will ich das gerne übernehmen.« Bevor Giles hinter die Theke gehen und seiner Schwester den Cocktail mixen konnte, eilte Graysons seltsamer Gast ihnen abermals zu Hilfe.

Giles sagte: »Sie meint einen *Great Gatsby,* Pater. Champagner, einen Spritzer Gin und Wermut, dazu zerstoßenes Eis und Limonensaft.«

»Vielen Dank, Giles. Man lernt doch immer noch dazu ... alles Dinge, die man auf dem theologischen Seminar nicht lernt ... einen *Fitzgerald,* auch bekannt als *Great Gatsby* ... also, bitte sehr, Mylady ...«

»Nennen Sie mich doch bitte einfach Veronica. Und vielen Dank, Pater Luke.« Veronica nahm den ihr dargebotenen Drink, kostete davon und lächelte strahlend. »Perfekt!« Dann schlenderte sie durch die Balkontür ins Freie, um auf dem Rasen des Innenhofs eine zweite Zigarette zu rauchen.

»Und ich denke, er ist ein gottverdammter Betrüger«, zischte Imogen, als Giles sich abwandte, um seine Mahler-Aufnahme auf dem Grammofon umzudrehen.

»Bravo, Mutter«, sagte Giles, der genau wusste, von welchem Betrüger sie sprach.

»Wer ist er? Was ist er?«, erkundigte sich Imogen im Flüsterton bei Giles. Dabei blickte sie unverwandt an ihrer langen Aristokratennase entlang auf Pater Lukes Füße in ihren Sandalen. Selbstverständlich rauchte *sie* ihre Kensitas in aller Ruhe weiter. Imogen, auf deren Gesicht ein leicht spöttischer Ausdruck lag, achtete kaum auf Grayson und interessierte sich auch nicht für irgendwelche Regeln, die er aufstellte, war er doch letztendlich nur ein lächerlicher kleiner Hanswurst! Sie streckte die Hand aus und tupfte ungehalten mit ihrem Taschentuch den Schaum an Giles' Oberlippe ab, Spuren des Biers, an dem er genippt hatte. »Der zweite große Fehler, den er heute Abend gemacht hat!« Imogen stellte weiterhin erbarmungslos Pater Lukes Glaubwürdigkeit infrage. »*Er* scheint etwas nicht zu wissen, das uns anderen bekannt ist.«

»Und was wäre das, Mutter?«

»Weil wir nämlich alle selbst gute Katholiken sind ... nun, *ich* zumindest, Giles! Wenn du regelmäßig zur Kirche gehen würdest, mein lieber Junge, würdest du wissen, dass katholische Priester nicht im theologischen Seminar ausgebildet werden. Das sind die anglikanischen Priester. Unsere Priester kommen vom Priesterseminar. Unser betrügerischer Herr aus Cork scheint das aber offenbar nicht zu wissen.«

Trotz Lady d'Oilier Barras Vorbehalten in Bezug auf betrügerische Priester war besagter Gottesmann inzwischen am anderen Ende der Art-déco-Bar in eine ernsthafte Unterredung mit Grayson vertieft. Imogen zweifelte nicht daran, dass ihr Gespräch sich um das Wohlergehen der Tiere im unteren Stockwerk drehte. Es dauerte jedoch nicht lange, bis sie von Abigail aus ihren Betrachtungen gerissen wurde. Das junge Mädchen trat zu den beiden Männern und bat Pater Luke, ihr einen *Maiden's Prayer* zu mixen: »Das sind drei Teile Gin, drei Teile Cointreau und ein Teil Orangensaft, Pater.«

Imogen war schockiert. »Abigail! Jetzt aber sofort Schluss damit! Wenn deine Mutter noch am Leben wäre, wäre sie entsetzt gewesen über ein derartiges Ansinnen. Giles, schenk ihr einen Orangensaft ein.«

Abigail drehte sich wütend zu Imogen um. »Wenn meine Mutter noch am Leben wäre, würde sie sich nicht einmal mit dir im selben Raum aufhalten!«

Oh je, Zeit fürs Dinner!, dachte Roslin und wünschte sich inbrünstig, Paul würde sich beeilen und sie zum Essen rufen. Giles reichte Abigail ein Glas Orangensaft ohne den dazugehörigen Alkohol, während Scoots und Imogen sich mit unverhohlener Feindseligkeit anstarrten. Auf der anderen Seite hatte Ros, als sie Abigail und Pater Luke nebeneinander stehen sah, das eigenartige Gefühl, dass zwischen den beiden eine schwer fassbare Vertrautheit herrschte. Ros wusste nicht, wie sie auf diesen Gedanken kam, aber sie kannte Scoots nun schon seit einer Ewigkeit, und Scoots verstand sich nicht besonders gut darauf, sich zu verstellen, mochte Pater Luke auch ein Meister darin sein.

Imogen stand auf. »Wo um alles in der Welt ist eigentlich dein Butler abgeblieben, Grayson? Bekommen wir heute Abend noch etwas zu essen oder nicht? Es ist fast acht! Nicht dass irgendetwas, das Mrs Moffat kocht, besonders appetitanregend wäre, aber ...«

»Oh, habe ich es nicht erwähnt ...?«, fragte Grayson unbestimmt.

»Was erwähnt?«

»Das Dinner verzögert sich ...«

»Das haben wir inzwischen auch bemerkt. Es sollte schließlich um halb acht serviert werden«, sagte Lady d'Oilier Barra erzürnt.

Oh je!, dachte Ros, wenn sie sich nur nicht schon wieder in die Haare geraten, sie konnte es einfach nicht länger ertragen! Vielleicht war es nur gut, dass sie einen Priester hier hatten, der ein Pax vobiscum verkünden konnte, sonst würden sie sich am Ende womöglich noch gegenseitig die Kehle durchschneiden.

»Mrs Moffat kocht nicht mehr für mich.«

Ros fing einen Blick von Giles auf, der sie mit gerunzelter Stirn ansah. Dachte er dasselbe wie sie, dass Grayson vielleicht eine Auseinandersetzung mit Maudies Mutter gehabt haben und handgreiflich geworden sein könne? Nein! Unmöglich! Er neigte nicht zu Gewalttaten. Außerdem hatte Giles davon gesprochen, dass die Leiche stark verwest war, und in einen solchen Zustand konnte sie schließlich nicht während der letzten vierundzwanzig Stunden geraten sein.

»Warum nicht?«, fragte Imogen.

»Mrs Moffat und ihre Tochter haben es sich nicht zugetraut, für all diese Leute zu kochen – vor allem für dich nicht, meine liebe Imogen! Und für die Mönche. Ich habe ihnen erklärt, dass die Mönche sich selbst versorgen würden, aber sie haben trotzdem beschlossen, die Insel heute Morgen mit der Fähre zu verlassen.«

»Nun, ich schätze, das ist zur Abwechslung einmal eine gute Nachricht«, sagte Imogen.

»Ohne sich von uns zu verabschieden?«, fragte Abigail überrascht.

»Nun ja, sie waren ziemlich verschnupft über die Anforderungen, die in diesem Sommer an die Küche gestellt werden. Ihr wisst ja, dass Mrs Moffat fuchsteufelswild werden kann – und wir alle müssen dann mit Verdauungsbeschwerden dafür büßen«, sagte Grayson mit einem kurzen Lachen. »Es überrascht mich, dass keiner von euch gesehen hat, wie sie an Bord der Fähre gegangen sind.«

»Wahrscheinlich haben wir alle Besseres mit unserer Zeit anzufangen gewusst, Grayson, als auf die Moffats aufzupassen«, erwiderte Imogen spitz. »Also, wer übernimmt denn jetzt die Küche?«

»Paul Powers und Mrs Hargreaves werden sich die Arbeit teilen.«

»Das dürfte interessant werden!«

Paul Powers und Mrs Hargreaves erwiesen der Familie alle Ehre, denn sie wussten ja, dass sie an diesem Abend einen besonderen Gast zum Essen hatten. Abigail genoss statt des *Maiden's Prayers* den gekühlten *Graves Superieur*, der zu den *Filets de sole pastourelle* serviert wurde. Niemandem entging die ausgezeichnete Qualität von Wein und Speisen an jenem Abend; Grayson und sein Personal hatten sich selbst übertroffen, um alle Anwesenden zu beeindrucken. Mrs Moffat hatte nur gewöhnliche und meistens langweilige Mahlzeiten wie Hackfleischpastete, falschen Hasen, kalten Braten und Salat aufgetischt, die von einem wenig bemerkenswerten oder sogar völlig unbekannten Wein oder aber einem Glas Wasser begleitet wurden.

Giles äußerte erstaunt: »Ich wusste ja gar nicht, dass Paul kochen kann.«

»Oh doch«, erwiderte Grayson. »Er hat oft für mich gekocht, wenn Mrs Moffat nicht hier war. Er war einmal Koch, musst du wissen.«

»In einem Restaurant?«, fragte Abigail.

»Nein, bei der Marine.«

»Das wusste ich ja gar nicht.«

»Es gibt viele Dinge, die du nicht weißt, mein Mädchen«, sagte Grayson, bevor er sich wieder Pater Luke zuwandte: »Sie dürfen ihr keine neuen Kartoffeln von der Insel geben, erst recht nicht, wenn sie noch grün sind. Grüne neue Kartoffeln schaden ihren Zähnen und sind schlecht für die Verdauung. Ich will einige Forschungen über eine seltene Spezies von Regenwaldaffen anstellen, die in Kürze ausgestorben sein wird, falls die Indianer in Südamerika sie nicht von ihrem Speiseplan streichen. Eine derartige Massenvernichtung führt dazu, dass *alle* Tierrassen immer seltener werden – nehmen Sie zum Beispiel nur den Dodo –, während der Mensch sich überall vermehrt. Der Gedanke erfüllt mich mit Schaudern, Pater Luke, dass wir eines Tages in einer trostlosen Welt, mit nichts als menschlichen Wesen und deren Müll darin, leben werden – ganz ohne Gottes unschuldige und harmlose Tiere. Das ist der Grund, warum ich Ihnen Caroline und Hannibal zu treuen Händen überlasse, während ich anderswo meine überaus wichtige Arbeit fortsetze. Um es einmal zoologisch und voller Hoffnung auszudrücken: *In utero mammal probosidean der Familie Elephantidae*.«

»Und ich dachte, wir befänden uns *in retro pennisetum purpureum der Spezies Ramson,* alter Knabe!«, warf Giles ein, woraufhin Grayson so furchtbar lachen musste, dass er dunkelrot anlief und ein Glas Wein mit einem einzigen Zug herunterstürzte.

»Also«, sagte Grayson, der sich mit seiner Serviette Luft zufächelte, als er endlich wieder zu Atem kam, »ich hoffe stark, dass Caroline während meiner Abwesenheit trächtig wird. Im Augenblick allerdings scheint ihr Mundgeruch Hannibal noch ziemlich abzustoßen.«

»Was du im Übrigen auch tust, Grayson, und zwar mit deinem abscheulichen Gerede über Tiere«, sagte Imogen. »Bitte, reich mir doch das Gemüse herüber, Roslin. Das ist das erste Mal, dass mir ein Essen unter Graysons Dach wirklich schmeckt.«

Abigail fragte Ros leise: »Meinst du, er ist so ein Typ wie Oscar Wilde?«

»Wer?«, fragte Ros erstaunt.

»Grayson!«

»Grayson ein Typ wie Oscar Wilde? Also bitte, Scoots, tu uns allen einen Gefallen und sprich nicht in Rätseln.«

»Dann vielleicht der Abt der Insel?«

»Ganz bestimmt nicht.«

»Freut mich, dass du das sagst, Ros.«

»Warum?«

»Das weiß ich nicht genau ... aber so viele katholische Priester sind es, nicht wahr? Es heißt doch, weil sie nicht heiraten dürfen, würden sie sich von ihresgleichen angezogen fühlen, ich meine ...« Sie hielt sich betreten ihre Serviette vor den Mund und murmelte: »Du weißt schon, das *Unaussprechliche,* von dem wir im Schlafsaal geredet haben.«

»Tut mir Leid, Scoots, ich kann dir nicht mehr folgen. Ich habe keine Ahnung, was um alles in der Welt du da redest.« Ros' Meinung nach hatte Abigail dem Alkohol kräftiger zugesprochen, als ihr gut tat. Sie war sich nicht sicher, ob Scoots sie aufzog oder vom Alkohol ein wenig benebelt war.

»Homosexuelle, Ros!«

»Homo sapiens, Scoots.«

»Na ja, das auch. Er scheint viel zu viel SA zu haben, um ein Mönch zu sein, ein Priester, ein Abt oder auch ein Homosexueller ...«

»Homo sapiens.«

»Er hat jedenfalls Unmengen davon, findest du nicht auch?« Scoots konnte ihren Blick nicht von dem Priester losreißen, der rechts von Grayson saß.

»Was hat er?«

»SA, *Sexappeal,* meinst du nicht auch?«

Ros kam der Gedanke, dass SA ebenso gut auch für *stilles Anbeten* stehen könne, eine sehr viel weniger vergnügliche Angelegenheit.

5. Kapitel

Ros blickte, wenn auch bisweilen etwas verschämt, über die Schulter und wünschte sich insgeheim, *er* würde plötzlich auftauchen. Ja, sie erwartete förmlich, dass er mit einem Mal wieder hinter ihr stand und ihre naiven Malversuche kritisierte.

Auch Abigail war rastlos, denn sie hatte wie alle das Gefühl, dass Pater Lukes Anwesenheit auf der Insel ihnen nicht wirklich gut tat, auch wenn es sich um eine wunderbare Abwechslung handelte.

Pater Luke lebte nach seinen eigenen Gesetzen und kam und ging, wie seine Launen es ihm diktierten, so sprunghaft und schwer fassbar wie tanzendes Mondlicht auf dem Wasser. Eines Morgens dann machte Abigail eine höchst seltsame Bemerkung, während sie auf dem Kap einige wilde Gräser ziellos aus dem Boden zupfte. Ros versuchte, an jenen ersten, energischen Pinselstrich von Pater Luke, der den Grundstein zu ihrem Projekt bildete, irgendwie anzuknüpfen. »Er ist eine Art Kriegermönch, nicht wahr?«

Ros blickte verblüfft auf. »Findest du?«

»Ich weiß es!«

»Woher? Woher weißt du so etwas, Scoots?«

Abigail ließ sich in das raue Gras auf dem windgepeitschten Kap niedersinken, schlang die Arme um die angezogenen Knie und bettete den Kopf auf die Hände. »Das wäre Petzen. Und ich habe nicht die Absicht, anderer Leute Geheimnisse bloßzulegen, daher kann ich nur soviel sagen, dass er nicht das ist, was er zu sein scheint. Und seine Männer auch nicht. Was glaubst du, warum sie hier sind?«

»Ich habe keinen blassen Schimmer.«

»Du bist weder dumm noch blind, Ros!«, sagte Abigail scharf.

»Hör mal, Scoots«, erwiderte Ros und starrte dabei ihre blutrote Handfläche an. »Ich kenne dich gut genug, um zu wissen, dass du förmlich darauf brennst, mir etwas zu erzählen, obwohl dich irgendjemand gebeten hat, es geheim zu halten. Doch wenn es etwas mit Pater Luke zu tun hat, möchte ich es lieber nicht wissen.«

»Oh doch, möchtest du wohl! Du *brennst* darauf, es zu erfahren. Vor allem, wenn es Luke betrifft.«

Genau wie Veronica verstand Scoots sich bestens darauf, einen an der empfindlichsten Stelle zu treffen, wenn sie es darauf anlegte. Ros schrubbte sich schweigend mit einem öligen Lappen die Farbe von den Händen.

»Red keinen Blödsinn!«, sagte Ros nach einer Weile schroff.

»Oh ja, du möchtest sehr wohl Näheres über ihn wissen. Du möchtest sogar *alles* über ihn wissen! Ich kenne die *echte* Ros, die hinter deiner gleichgültigen Stimme steckt. Du fühlst dich genauso zu ihm hingezogen wie wir alle – einschließlich Ronnie und Imogen. Du tust nur so, als wärest du besser als der Rest der Welt, du baust deinen falschen Stolz wie einen Schild vor dir auf und spielst die verschlossene Auster, meine liebe Ros, weil du nämlich das gerne wissen würdest, was *ich* schon über ihn weiß.«

»Ach wirklich?«

»Ja, wirklich!«

Sie verfielen in Schweigen, und Ros hatte nur den einen Wunsch, sich wieder auf ihr Meisterwerk zu konzentrieren.

»Ros ...?«

»Ja, Abigail?«

»Ich glaube, ich bin verliebt – wirklich verliebt, meine ich.«

»Du glaubst es nur?«

»Es ist noch ziemlich frisch.«

»Kenne ich den Glücklichen?«

»Oh ja ...« Abigails Stimme brach ab.

Ros wusste sehr wohl, von wem Abigail sprach. Sie hatte allerdings nicht den Wunsch, der Sache näher auf den Grund zu gehen. Pater Luke und die Möglichkeit, sich in ihn zu verlieben, war ein zu schmerzliches und zu gefährliches Thema, um sich leichthin darüber zu unterhalten.

»Ich meine, ob er wohl ...?« Abigail kaute an einem dünnen Grashalm und sagte nachdenklich: »Meinst du, dass er jemals an mich denkt?«

»Wer?«

»Oh, du hast mir überhaupt nicht zugehört!« Abigail warf ärgerlich die Hände in die Höhe. »Wenn du mir gestehen würdest, wie sehr du dich in einen bestimmten Mann verliebt hast, dann wäre ich bestimmt ganz Ohr, aber du interessierst dich überhaupt nicht für mich und meine Gefühle. Ich glaube nicht, dass du irgendetwas über die Liebe weißt, Roslin, und ... und an die Gefühle, die dazu gehören! Schreckliche, beängstigende, wahnsinnige und gleichzeitig wunderbare Gefühle. Wilde, fantastische, atemlose, leidenschaftliche und zerstörerische *Gefühle*!«

»Ich habe wohl eine Ahnung ... ich kenne auch ...«, stammelte Ros hilflos. Sie hatte Mühe, mit Abigail und deren unberechenbaren Gedanken, Geständnissen und Begierden Schritt zu halten, die allesamt ebenso schmerzlich, verheerend und qualvoll waren wie die Dinge, die sie selbst bewegten.

»Gefühle, die mich des Nachts wach halten, hin und her reißen zwischen Glück und Verzweiflung, Verlangen und Begehren, Frustration und ... und ...«

»Und dem Wunsch, dir deshalb klagend auf die Brust zu schlagen wie die Menschen in Arabien, Indien und einigen anderen Ländern des Mittleren Ostens?« Ros wusste nicht, wie sie Abigail oder sich selbst angesichts derartiger Geständnisse helfen sollte, wenn nicht mit einer gehörigen Portion Humor. »Ich weiß, du bist zur Hälfte Italienerin und hast ein südländisches Temperament, aber du bist auch zur Hälfte Engländerin – um Gottes willen, Scoots! Wie kannst du dich ausgerechnet in einen Priester verlieben!«

Abigail begann zu lachen. Der Länge nach ausgestreckt und auf die Ellbogen gestützt, warf sie ihren Kopf zurück und lachte. Dann reckte sie ihr kleines Gesicht gen Himmel und rief: »Priester! Priester, sagst du! Sie sind Soldaten, Ros, britische Soldaten, die genau hier auf Orca eine ungeheuer wichtige, geheime Mission erfüllen, Ros.«

»Gütiger Gott.«

Abigail richtete sich eilig auf. »Aber du darfst wirklich niemandem etwas davon erzählen! Versprichst du mir, dass du es keiner Menschenseele sagen wirst, Ros?«

»Woher ... woher weißt du das alles, Scoots?« Ros war sich immer noch nicht sicher, ob sie Scoots glauben sollte. Ihre jüngste Cousine neigte zu wilden Übertreibungen.

»Denk doch einmal vernünftig darüber nach, Ros. Es wird bald Krieg geben. Lukes Leute sind zum Schutz der Inseln hier.«

»Weiß Grayson davon?«

Abigail zuckte die Achseln. »Du kennst doch Grayson, möglich, dass er über die geheime Mission dieser Männer im Bilde ist, aber es ist genauso gut möglich, dass er keinen blassen Schimmer hat. Er ist so begriffsstutzig, dass es mich gar nicht wundern würde, wenn er Pater Luke seine Geschichte abkauft.«

»Und woher weißt du so genau über ... über Luke Bescheid? Du scheinst ja bereits auf so vertrautem Fuße mit ihm zu stehen, dass du ihn beim Vornamen nennst.«

»Du bist doch angeblich so ein cleveres Yorkshirer Mädchen, also lös das Rätsel gefälligst selber!«

»Scoots ...? Ach, vergiss es!« Ros schüttelte ungläubig den Kopf.

»Ros, wenn du wüsstest, was ich für Luke empfinde, würdest du wenigstens ein klein bisschen Mitgefühl mit mir haben.«

»Habe ich doch ... du hast mein vollstes Mitgefühl, Scoots, wirklich.«

»Inwiefern?«

»Du kannst ihn nicht haben, willst ihn aber unbedingt haben, auch wenn er ein Geistlicher ist und in den Augen der katholischen Kirche absolut unerreichbar. Obwohl – unnahbar ist nicht ganz so schlimm wie unerreichbar. Ich nehme an, die meisten der Männer sind einigermaßen zugänglich, soweit es um eine hübsche Frau geht, obwohl ich auf dem Gebiet keine Expertin bin.«

»Jetzt machst du dich doch über mich lustig«, sagte Abigail ungehalten.

»Das tue ich nicht, Scoots. Das würde ich nie tun. Ich versuche lediglich, dich zu warnen, das ist alles.«

»Das heißt also, du glaubst mir nicht?«

»Was den Abt der Insel betrifft, nein, das glaube ich dir nicht. Ich denke, du hast das Ganze einfach erfunden, um zu sehen, wie ich reagiere. Du liebst es, andere zu schockieren, Scoots, das weiß ich, denn ich war wahrhaftig mehr als einmal die Zielscheibe für deine Witze.«

Ros war sich vollauf im Klaren darüber, dass Abigail, indem sie sich in einen Priester verliebt hatte, eine verbotene Frucht begehrte. Sie fühlte sich von Veronica hintergangen und war eifersüchtig auf sie. Sie war wütend auf Grayson, weil er den Priester und dessen Kameraden überhaupt erst auf die Insel geholt hatte, wo die Familie eigentlich einen schönen, friedlichen Sommerurlaub erwartet hatte. Grayson, der Herr der Insel, und die Heilige Katholische Kirche trugen eine Menge Verantwortung dafür, dass sie die Seelen unschuldiger, jungfräulicher Mädchen aus dem Gleichgewicht gebracht hatten.

Ros war schon früher Scoots und ihren Kapriolen zum Opfer gefallen, vor allem in Cheltenham. Scoots hatte viele Male wegen irgendwelcher Jungen in der Klemme gesessen. Darüber hinaus schwänzte sie oft die Schule und bat Ros, sie zu decken, und mehr als einmal hatten sie dann beide gehörigen Ärger bekommen und wären das eine oder andere Mal um Haaresbreite sogar von der Schule geflogen. Und das alles, weil Ros ihr ganzes Vertrauen in Scoots gesetzt hatte, die, auch wenn das kaum jemand wusste, in Wahrheit einen beträchtlichen Männerverschleiß hatte. Abigail *begehrte* Pater Luke von ganzem Herzen, sie musste ihn bekommen, ganz egal was es kostete, selbst wenn es bedeutete, dass sie eine neue Identität für ihn erfinden musste wie die eines britischen Soldaten, der in der Maske eines Priesters auftrat! *Jämmerlich!*

Es gab einen medizinischen Ausdruck für Menschen mit derart überschäumenden sexuellen Neigungen, obwohl Ros sich nicht darauf besinnen konnte, wie er lautete. Sie wünschte nur, Abigail würde endlich gehen und sie in Ruhe lassen. Gerade an diesem Nachmittag hätte sie es bei weitem vorgezogen, allein zu sein, um nachzudenken und malen zu können, ohne Scoots beunruhigende Bemerkungen über unerreichbare Männer in ihrer Nähe. Scoots jedoch schien besessen zu sein von ihren Gedanken an Liebe und sehnsuchtsvolle Schwärmerei – was wahrscheinlich mit der Hitze zusammenhing. Ros versuchte verzweifelt, ihre Cousine von ihrer Aufrichtigkeit zu überzeugen. Es klang wie eine Predigt, was durchaus nicht Ros' Absicht gewesen war: »Ich habe vollstes Verständnis für deinen emotionalen Zustand, Scoots, aber ...«

»Du machst dich *doch* über mich lustig!«

»Ganz im Gegenteil, keine Spur ... na ja, vielleicht schon, aber nur ein klein wenig. Alles was ich sage, was ich sagen will, ist, verlier nicht wegen Pater Luke dein Herz oder deinen Kopf. Wie großartig und romantisch er auch aussehen mag in seiner Ordenstracht, mit seinem freundlichen und kultivierten Wesen und seiner Weisheit – unterm Strich ist und bleibt er ein katholischer Priester, der Keuschheit geschworen hat. Und du bist für mich wie eine Schwester. Ich möchte nicht, dass dir in irgendeiner Weise weh getan wird, auch wenn du oft eine dumme Gans bist, die eine Gardinenpredigt braucht. Falls er tatsächlich ein britischer Soldat in der Maske eines Priesters ist und aus einem besonderen Grund und zu einem speziellen Zweck auf Orca stationiert wurde, dann musst du erst recht seine Identität wahren und ihn und seine Männer in Ruhe lassen, damit sie hier ihre Arbeit tun können.«

»Oh Ros, Ros!« Scoots schüttelte ihr langes, dunkles Lockenhaar, »immer der Moralapostel, immer die Mutter Oberin, immer die predigende Evangelistin! Du und Luke, ihr würdet so gut zusammenpassen – obwohl ich mir das nicht in einer Million Jahren wünschen würde, weil er nämlich *mir* gehört – und das schreibst du dir besser gleich hinter die Ohren!«, fügte sie so grimmig und entschlossen hinzu, dass Ros instinktiv zurückwich.

Nach einer Weile beruhigte sich Abigail und sagte entschuldigend: »Liebste Ros ... es gibt keine treuere Freundin als dich, und ich würde niemals etwas tun, das dich verletzt, aber manchmal bist du einfach zu ... zu gut, um wahr zu sein, verdammt!« Abigail rappelte sich unter Tränen aus dem Gras hoch und trat mit einer Mischung aus Aggressivität und Verlegenheit an Ros' Staffelei. »Ich weiß, du glaubst mir nicht, du denkst, ich wäre genauso dämlich wie Grayson.« Sie verstellte ihre Stimme, sodass sie wie ein James Catney klang oder ein Humphrey Bogart, der mit einer begriffsstutzigen Blondine sprach, einen Cocktailshaker oder eine Pistole in der Hand: »Na komm schon, Schätzchen, es geht nicht darum, was du weißt, sondern darum, wen du kennst, und du weißt, dass ich weiß, dass er das abscheulichste kleine Miststück diesseits einer Fleischpastete ist ... Du musst für deine Rechte kämpfen, Süße, und noch härter musst du um deinen Kerl kämpfen!«

Wenigstens reagierte Ros mit einem Lächeln auf diese kleine Scharade. Abigail wusste, dass die Laienkünstlerin aus der Einzimmerwohnung in Clapham nicht zur Eifersucht neigte. Wahrscheinlich glaubte Ros ihr sehr wohl, wollte das aber wegen der schockierenden Konsequenzen nicht wahrhaben. Es würde früher oder später Krieg geben, daran bestand kein Zweifel. Das friedliche Orca und der umwerfende, aber unerreichbare Pater Luke spielten in Ros' eigenen Zukunftsplänen keine Rolle, sie war ein Mädchen, das sich lieber von den Wagnissen des Lebens fern hielt. Auf diese Weise fühlte sie sich am sichersten. So sehr Ros sie zu durchschauen vermochte, wusste Abigail ihrerseits doch auch genau, was in Ros vorging.

Ros blickte von ihrer Staffelei auf und sagte zu ihr: »Du wirst niemals eine Schauspielerin werden, Scoots!«

»Vielleicht werde ich stattdessen Nachtclubbesitzerin, vor allem wenn es Krieg geben sollte. Ich suche mir irgendeinen Ort, wo ich jede Menge wohlhabende und berühmte Männer kennen lerne, die sich zu amüsieren wissen, Bargeld in den Taschen haben und an die Liebe glauben statt an Krieg und Tod, Elend und Tränen. Ich glaube, das würde mir gefallen. Weißt du was, Ros, wir können von Glück sagen, dass wir reiche und exzentrische Verwandte haben, denen wir auf der Tasche liegen können, bis wir beide eines Tages groß rauskommen, du mit deiner Malerei und ich mit meinem schauspielerischen Talent.« Mit diesen Worten stürzte Abigail davon, ihr schönes, dunkles Haar wehte hinter ihr her, und sie kämpfte die Tränen in ihren Augen nieder, während Ros nur verdutzt und zutiefst verwirrt auf die Leinwand vor sich starren konnte.

Pater Luke steckte sein Fernglas wieder ein.

Aus dem Schutz der dichten, schwarzen Kiefern hatte er über sie gewacht, über diese beiden reizenden jungen Engländerinnen, deren melodische, kultivierte Stimmen über die von der Hitze ausgedörrten Gräser zu ihm herübergeweht waren, manchmal in Gelächter erhoben, manchmal in eine erhitzte Diskussion verstrickt; alles in allem war es jedenfalls ein Gespräch gewesen, das er um nichts in der Welt hätte verpassen mögen.

Jetzt wandte er sich von dem Schauplatz ab, um sich ein Abendessen zu organisieren, und um seinen gut geschnittenen Mund herum spielte ein unwiderstehliches, rätselhaftes Lächeln.

Er wusste um sein Potential, seine Fähigkeit, zu gefallen, zu bezaubern, sich anderen sympathisch zu machen, und genau das war auch der Grund, warum er jetzt hier war, warum man ihn allen anderen Männern vorgezogen hatte – und das nur, weil er die Macht besaß, zu gefallen.

Unten in der Krypta blickte der frisch ernannte Abt der Insel auf und lächelte seiner Schar von Männern zu, die ihn ihrerseits anstarrten, als hätte er den Verstand verloren.

»Ich weigere mich ganz entschieden«, sagte einer von ihnen, »das zu tun, denn *deshalb* bin ich nicht auf diese Insel gekommen, Pater Luke, und das wissen Sie sehr wohl!«

»Warum haben Sie sich dann freiwillig für diese Mission gemeldet, Bruder Brendan?«, fragte der Abt mit einer Stimme, in der plötzlich die gewohnte freundliche Leutseligkeit frostiger Kühle Platz gemacht hatte, während seine schönen blauen Augen mit einem Mal von einem bedrohlich wirkenden Grau waren.

»Ganz sicher nicht um eines Haufen wilder Tiere willen, Pater, sondern zu einem erhabeneren Zweck.«

»Und was, Bruder Brendan, könnte erhabener sein, als das Leiden unseres Gastgebers zu lindern und all diese armen, wilden Tiere, die hier eingesperrt wurden, frei zu lassen?«

Auch Bruder Buchanan schien zu denken, dass er ein besseres Los verdient habe: »Wenn Sie mit Gastgeber unseren Herrn meinen, der am Kreuz für uns gestorben ist, dann stehe ich voll und ganz auf Ihrer Seite, Pater Luke. Aber Bruder Brendan hat Recht: Auch ich habe nicht die Absicht, mich einem englischen Elefanten zu nähern, dessen Stoßzähne die Größe des Empire State Buildings in *King-Kong* haben – ja, ich gestehe die Sünde, dass ich mir während unserer Zeit in Cork gelegentlich ein wenig Unterhaltung im Kino gegönnt habe. Dieser Platz hier ist verflucht, und ich scheue mich nicht, Ihnen das ins Gesicht zu sagen, Pater.«

Mit einem schiefen Grinsen fügte Bruder Brendan hinzu: »Wir sind gerade beim Abendessen, Luke, also seien Sie so gut und lassen Sie uns für eine Weile mit der Schauspielerei aufhören, damit wir etwas in den Bauch bekommen, bevor wir diese stinkenden Elefanten und all das andere Viehzeug ausmisten müssen. Wenn nicht, werde ich beim Papst in Rom persönlich um eine Versetzung nachsuchen, Pater, vor allem, wenn noch weitere Arbeiten dieser Art anfallen sollten – und beim Abendessen bleiben Sie mir damit bitteschön erst recht vom Hals.«

»Ach, Bruder Brendan, Bruder Buchanan, was für eine Ausdrucksweise!«, rief Pater Luke besänftigt und schlug Bruder Brendan auf die sonnengebräunte Schulter. »Habt Ihr denn vergessen, wo wir sind, um Gottes willen ...?«

Bruder Brendans Nase berührte fast die Schale mit der Suppe aus Linsen und Zwiebeln, die Bruder Buchanan mit zarten Bärlauchpflänzchen gewürzt hatte.

»Ich weiß, dass Sie es nicht so gemeint haben, Bruder Brendan. Und auch Bruder Buchanan nicht. Wir sind alle müde. Wir sind alle gereizt. Wir haben uns heute alle bei der Arbeit einen Sonnenbrand eingefangen auf unseren blassen, weißen, irischen Rücken und Schwielen an den Händen, weil wir nicht an harte Arbeit gewöhnt sind – erst recht nicht an so eine Schufterei wie den Transport von Steinen und Felsbrocken. Das ist übrigens der Punkt, an dem die englischen Elefanten sich als nützlich erweisen dürften, ihr Idioten, denn hinter all diesem Wahnsinn steckt durchaus Methode, obwohl ihr das scheinbar nicht einsehen wollt. Und jetzt noch eine Warnung an euch alle! Ich möchte, dass keiner von euch auf den Gedanken kommt, bei all der Arbeit auch nur eine Minute in seiner Wachsamkeit nachzulassen, hört ihr, nicht *eine* Minute! Sonst wird am Ende noch Miss Roslin Taylor Ramson, die eine gute Beobachterin ist, anfangen, unseren Platz auf der Insel zu hinterfragen. Weder hier unten, noch dort oben, noch *irgendwo* sonst! Habt ihr mich alle verstanden? Also, würdet ihr bitte tagsüber in eurer Mönchskutte bleiben, denn sonst werden wir hier bald Fälle fürs Krankenhaus haben, jemanden mit einem Sonnenstich zum Beispiel, der in die Notaufnahme auf St. Mary's gebracht werden muss, wo man möglicherweise Fragen stellen würde … wenn es uns nicht schon vorher zum Verhängnis wird, dass eine der liebeshungrigen jungen Frauen hier auf der Insel über uns herfällt …

»Das wär schön … Falls das wieder einer von Ihren Witzen sein sollte, Pater Luke, ich bin weit davon entfernt, mich krumm und schief zu lachen«, bemerkte Bruder Brendan gereizt.

Pater Luke richtete sich auf. Sie alle hatten hier eine bestimmte Arbeit zu verrichten. Er selbst musste versuchen, die Mitglieder seiner grantigen kleinen Truppe bei der Stange zu halten, das heißt, mittlerweile waren es wohl zwei, die nach nur einer einzigen Woche auf dieser gottverlassenen Insel die Nase voll zu haben schienen. Um der Sache willen mussten sie *alle* die Familie Ramson noch ein Weilchen ertragen, aber je eher die Zivilisten die Insel verlassen würden, insbesondere die Mädchen, umso schneller würden sich seine Männer wieder auf ihre Aufgaben konzentrieren können.

»Jeder Einzelne von euch hat sich freiwillig für diesen Auftrag gemeldet, lasst uns also die Ärmel hochkrempeln. Bruder Brendan und Bruder Buchanan, ihr zwei werdet mir gleich – zur Abwechslung mal ohne Murren – helfen, die Elefanten für die Nacht zu versorgen. Ihr anderen werdet die Käfige der kleineren Tierarten säubern, ihnen zu fressen und zu trinken geben und für sie beten, bis die Zeit gekommen ist, da sie die Insel verlassen werden. Danach werden wir *alle* in einem Zustand der Demut sein, bevor wir unseren nächsten Auftrag in Angriff nehmen, selbst wenn er sich nur als ein sehr bescheidener entpuppen sollte.«

»Amen!«, riefen sie alle wie aus einem Mund.

6. Kapitel

Ros und Giles hatten wegen der Frauenleiche in ihrem ungekennzeichneten, flachen Grab einen Pakt geschlossen. Ros hatte aber abgesehen davon das unangenehme Gefühl, dass sie sich in Bezug auf Giles etwas vorgemacht hatte. Sie musste blind gewesen sein, um nicht zu realisieren, dass Giles die Liebe, die Ehrfurcht und den Respekt, die sie seit eh und je für ihn empfand – jedenfalls seit sie sechs Jahre alt war –, nicht bemerkt hatte.

Während Ros also in Giles verliebt war, der blind gegen ihre Liebe war, liebte Scoots den Abt der Insel, der ihre Gefühle ebensowenig teilte oder zumindest so tat. Ros hatte Mitleid mit Pater Luke. Es musste furchtbar schwierig sein, ständig als keuscher Priester inmitten schöner und interessierter Frauen zu leben, und in diesem Zusammenhang dachte sie vor allem an Veronica, die Erzgöttin der Versuchung.

Für den Augenblick schob Ros die Gedanken an Pater Luke jedoch beiseite, da sie sich auf ihre eigene Liebe und Hingabe konzentrierte, namentlich auf Giles und dessen Besessenheit: das Ausgraben von Leichen. Es war eine unbestreitbare Tatsache, dass auf der Insel ein schreckliches Verbrechen begangen worden war. Aber wer war verantwortlich für diesen Mord, falls es sich tatsächlich um einen Mord handelte?

Ros stellte Giles deswegen erneut zur Rede. Er sagte ihr, er sei nicht bereit, sich mit der Sache an die Behörden zu wenden, weil er befürchtete, sie würden seine wichtigste Ausgrabungsstelle zerstören. Ros widersprach ihm entschieden: »Wir *müssen* es tun!«

»Nun mal halblang, Ros!«

»Dann sprich mit mir! Du hast mir nie richtig erklärt, was eigentlich passiert ist. Ich habe die Überreste einer weiblichen Leiche gesehen, die auf deinem Gelände begraben worden ist, und ich habe dir an dem Tag, als deine Mutter ankam, geholfen, sie woanders hinzubringen. Aber das ist auch alles, was ich weiß. Es könnte sich praktisch um jeden handeln! Sie hatte überhaupt kein Gesicht – ich spreche von der Leiche, nicht von deiner Mutter; einer Leiche ohne ein Gesicht, die irgendjemand mit einem überaus gewalttätigen Temperament hier erschlagen haben könnte.«

»Um Gottes willen, Ros, willst du damit etwa sagen, ich hätte sie getötet und begraben?« Giles sah sie von der Seite an.

»Mach dich nicht lächerlich, Giles! Ich kenne keinen Menschen, der weniger zu Gewalt neigt als du. Nach Grayson jedenfalls. Die schlimmste Gewalttat, bei der ich dich jemals beobachtet habe, hat sich zugetragen, als du beim Krockett gegen mich verloren hattest. Um dich an mir zu rächen, hast du dich geweigert, mir eines deiner beiden letzten Karamellbonbons zu geben.«

»Oh, mein Gott! Warum nur erinnern sich Frauen bevorzugt an Dinge, die in der Steinzeit passiert sind!«

Ros beruhigte sich langsam. Giles und sie sollten in dieser Angelegenheit Verschwörer sein. »Hast du gehört, was Grayson neulich abends gesagt hat?«

»Nein. Hilf mir mal auf die Sprünge.«

»An dem Abend, an dem er uns Pater Luke vorgestellt hat, meine ich. Es ging um Maudie und ihre Mutter, weißt du noch?«

»Ja, ich erinnere mich.«

»Fandest du das nicht auch irgendwie unheimlich?«

»Was redest du da, Ros? Willst du jetzt meinen Stiefbruder dieser schauerlichen Tat bezichtigen?«

»Nun ja, ich fand es ziemlich merkwürdig, dass Grayson später so eilig und ohne eine vernünftige Erklärung verschwunden ist.«

»Hör mal, mein Kind, ich versichere dir mit Nachdruck, dass Grayson kein gewalttätiger Mensch ist. Und ich bin es auch nicht. Töricht vielleicht, das sind wir beide, aber Grayson würde keiner Fliege etwas zu Leide tun, während ich möglicherweise eine Fliege erschlagen, aber vor Mord doch entschieden zurückschrecken würde.«

Ros zog es vor, nichts darauf zu erwidern. Grayson würde zwar einer Fliege vielleicht nichts zu Leide tun, aber er hatte doch ein sehr seltsames Verhältnis zu menschlichen Wesen, insbesondere zu Frauen. Giles ärgerte sich natürlich über die Störung bei seiner Arbeit, da die unbekannte Leiche ausgerechnet an seinem wichtigsten Ausgrabungsort aufgetaucht war, jenem nämlich, der auf einer uralten Karte von der Insel als der letzte Ruheplatz von Pater Simon de Costard ausgewiesen war. Pater Simon war Orcas erster Abt gewesen, und Giles hatte aus Gründen, die nur ihm bekannt waren, immer gehofft, sein Grab freizulegen.

Welche Gründe das waren, konnte Ros allerdings nach den Ereignissen in dem Sommer vor einigen Jahren vermuten. Damals hatte Giles sie zu seinem Laufburschen erkoren: »Sieh dir das mal an, Kind«, hatte er gesagt und mit dem Finger auf ein Pergament gezeigt, das in ihren Augen wenig Sinn ergab, da sie zu diesem Zeitpunkt noch nicht mit diesen Dingen vertraut gewesen war. Sie konnte damals höchstens vierzehn Jahre alt gewesen sein, als Giles den letzten Ruheplatz von Abt Simon de Costard entdeckt hatte:

»Was ist das, was ich mir hier ansehen soll, Giles?«, hatte sie gefragt.

»Ein vergrabener Schatz.«

Was sie damals mit einem Höchstmaß an Skepsis erfüllt hatte, obwohl sie nichts dergleichen sagte, sondern die Möglichkeit offen ließ, dass ihr geliebter Giles Recht haben könne. Vier Jahre später begriff Ros nun, warum Giles wegen der Frau auf dem Gelände des Mönchsgrabs nicht die Polizei holen wollte. Sie sagte ihm auf den Kopf zu: »Du hast immer noch die Hoffnung, Costards Schatz zu finden, nicht wahr, Giles?«

»Nicht Costards Schatz, sondern den des Tudorpriesters, Pater Luke. Er hat die Kunstschätze des Klosters damals in unsicheren Zeiten in Simon de Costards Grab versteckt.«

»Das kannst du nicht mit Sicherheit wissen.«

»Ich habe übereinstimmende Angaben aus verschiedenen Quellen, auf denen meine Vermutungen basieren.«

»Und warum weiß sonst niemand etwas über Simon de Costards vergrabenen Schatz? Wenn dergleichen Manuskripte einfach in dieser Bibliothek herumgelegen haben, warum hat dann niemand sonst nach dem Schatz gesucht, wie Lord Carlisle zum Beispiel oder seine Vorgänger?«

»Vielleicht haben sie es ja getan, vielleicht auch nicht. Vielleicht dachten sie, das Ganze sei nichts als Hokuspokus.«

»Wenn es auch nur einen konkreten Hinweis auf einen möglichen, vergrabenen Schatz gegeben hat, hätte schon der Ramson, der das Folly gebaut hat, davon gewusst, ob es nun Hokuspokus war oder nicht.«

»Höchstwahrscheinlich, Ros. Die Tatsache ist, dass ich mich in dieser Angelegenheit nur auf meinen Instinkt verlassen kann sowie auf meine Kenntnis dieser Insel, ihre früheren Bewohner und ihre Geschichte. Vielleicht hat schon irgendjemand diese mittelalterlichen Kelche und goldenen Teller und was weiß ich noch alles vor mir gefunden, und es ist überhaupt nichts mehr da. Das werde ich jedoch nie wissen, wenn ich nicht bis zu Simon de Costards Grab vordringe. Ich hatte eigentlich gehofft, dass ich es in ein oder zwei Wochen freilegen würde, spätestens jedoch bis zum Ende der Ferien, aber diese Leiche, die da plötzlich aufgetaucht ist, hat meine ganzen Pläne über den Haufen geworfen.«

»Warum holst du sie dann nicht raus, begräbst sie anderswo und machst bei der ursprünglichen Stelle weiter?«

»Das tue ich vielleicht sogar – wenn du mir dabei hilfst. Das

Problem ist, dass es im Augenblick ziemlich schwierig sein dürfte, mit all diesen verflixten Kerlen hier auf der Insel, diesen Mönchen – ich meine die jetzigen, nicht die von damals. Jedenfalls laufen sie ständig im Küchengarten herum und stecken überall ihre Nase hinein. Ich würde mich in dieser Angelegenheit allerdings ganz gern bedeckt halten, damit mir diese Burschen nicht noch kurz vorm Ziel die Beute wegschnappen!«, fügte Giles mit einem leisen Lachen hinzu.

Ros runzelte die Stirn. »Hm, ich hoffe nur, du wirst nicht allzu enttäuscht sein, Giles, wenn du Simon de Costards sterbliche Überreste findest und keine Schatztruhe in seinem Sarg versteckt ist. Aber wie dem auch sei, wenn du etwas findest, wirst du es Grayson sagen müssen, denn es ist sein Land. Außerdem – muss man nationale Schätze nicht der Regierung überantworten? Und wenn die Sache etwas mit der Kirche zu tun hat, dann würden die doch sicher alles wiederhaben wollen, oder?«

»Wahrscheinlich schon«, murmelte er geistesabwesend.

»Außerdem bekommst du bestimmt Gewissensbisse, wenn du den Schatz für dich behältst«, erklärte Ros rundheraus. Sie hatte langsam das Gefühl, dass das Ganze nichts anderes war als das Wunschdenken eines zu groß geratenen Schuljungen, ein Traum von der Schatzinsel, in dem es um goldene und silberne Kelche ging, um Kerzenhalter, Schüssel und Schalen, Weihrauchgefäße mit kostbaren Edelsteinen, Löffel, Pokale und Juwelen. Das Ganze war ziemlich abwegig, gelinde gesagt, und genauso töricht wie Scoots' Liebe zu einem Priester namens Luke!

Andererseits konnte das alles natürlich durchaus wahr sein. Seit Menschengedenken war Orca ein Ort der Zuflucht gewesen, ein Asyl für verbannte und verfolgte Mönche, Bettelbrüder und Äbte verschiedenster religiöser Orden aus allen Winkeln der Welt. Ob gut oder schlecht, tollkühn oder schwach, durchtrieben oder arglos, fromm oder nicht gar so fromm, sie alle hatten eines gemeinsam: Sie waren auf der Flucht vor intoleranten Menschen und religiöser Verfolgung. Wer konnte schon sagen, welche Kunstwerke sie mitgebracht hatten, versteckt in Stoffbündeln, die sie über der Schulter trugen, um sich auf diese Weise ihren Weg in die Freiheit zu erkaufen?

Giles konnte also durchaus Recht haben.

Und genau das war es, worauf Giles hoffte.

Das Schicksal der Abtei von Orca zur Zeit Heinrichs VIII., in der alle kirchlichen Einrichtungen gewaltsam bekämpft worden waren, war in den Archiven von Orca bestens dokumentiert. Ein gewisser Pater Luke war zu jener Zeit der Abt in der Abtei auf Orca gewesen. Als König Heinrichs Ritter auf ihrem Beutezug bei ihm nichts finden konnten, hatten sie Pater Luke und seine engsten Gefolgsleute erdolcht und die mittelalterliche Abtei in Schutt und Asche gelegt, bevor sie aufs Festland zurückkehrten. Auf dem nach wie vor geweihten Boden war später auf den Ruinen jener größeren klösterlichen Anlage eine neue und kleinere Priorei entstanden. Sie hieß anfangs Priorei Orca, und erst in der frühen viktorianischen Epoche, nachdem die Familie Ramson der katholischen Kirche die Insel abgekauft hatte, bekam sie den Namen Ramsons Priorei.

Giles war auf der Suche nach den alten Knochen von Simon de Costard zufällig über Pater Lukes Aufzeichnungen gestolpert, nachdem Grayson ihm für die Ferien die Bibliothek zur freien Verfügung gestellt hatte. Seine kindliche Schatzsuche konnte also durchaus eine ziemlich vernünftige Grundlage haben.

Ros hielt inne, um nachzudenken. Das Ganze beruhte bisher nur auf Vermutungen, und Vermutungen konnten sowohl zeitaufwändig als auch gefährlich sein – gefährlich, was den Geisteszustand des Schatzsuchers anging. Sie und Giles hatten wahrscheinlich bereits voreilige Schlussfolgerungen bezüglich der aus jüngster Zeit stammenden, gesichtslosen Frauenleiche aus seiner Ausgrabungsstelle gezogen.

Sie entschloss sich, das Thema zu wechseln. »Du hättest nicht vielleicht Lust, mit Scoots, Ronnie und mir eine Partie Krockett zu spielen, Giles?«

»Warum nicht, altes Mädchen!« Er legte ihr einen Arm um die Schultern. »Schließlich kann ich im Augenblick ohnehin nicht weitergraben, nicht solange Mutter und Pater Luke hier überall herumstreichen.«

Roslins Staffelei entwickelte in diesem Sommer eine geradezu magnetische Anziehungskraft für jeden, der sich langweilte, der nichts mit sich anzufangen wusste, neugierig war oder einfach nur das Bedürfnis hatte, seinen Problemen und Kümmernissen Ausdruck zu verleihen. Diesmal war es Imogen, die über den Rasen geschlendert kam, in weißem Chiffonkleid, mit passenden weißen Sandalen, Schirmchen und Sonnenbrille, einem riesigen Sonnenhut auf dem Kopf und einer Ausgabe von Virginia Woolfs *»Die Fahrt zum Leuchtturm«* in der Hand.

Hinterdrein zockelte Paul, mit rotem Gesicht und völlig außer Atem durch die Last von Liegestuhl, Kissen, einem Korb mit gekühltem Champagner und zwei Gläsern.

Paul richtete alles für Lady d'Oilier Barra her und sorgte dafür, dass sie es auf dem Liegestuhl im Schatten von Roslins Staffelei bequem hatte. Imogen ließ sich mit den beiläufigen Worten »Du hast doch nichts dagegen, dass ich mich zu dir geselle, Roslin«, bei ihr nieder. Es war keine Frage, sondern anscheinend eine beschlossene Tatsache. »Ist Grayson schon fort, Paul?«, erkundigte die Dame sich sodann.

»Er ist heute Morgen um sechs Uhr mit dem Postboot abgefahren, Mylady, bevor Sie und die Damen auf waren.« Paul Powers zog den Korken aus der Flasche und goss den eiskalten Champagner in zwei Gläser. »Er ist zwar mit wenig Aufhebens, dafür aber mit viel Gepäck abgereist, Mylady.«

»Ich bin morgens immer schon um fünf Uhr wach«, sagte Imogen ungehalten. »Ich habe gar nicht gehört, dass er das Haus verlassen hat. Er hätte wenigstens Auf Wiedersehen sagen können.«

»Er wünschte ein Minimum an Aufhebens, Mylady«, wiederholte Paul unbeirrt. »Mylady haben zu dieser Zeit wahrscheinlich gerade Ihr Schaumbad genommen.« Paul reichte Imogen ihr Champagnerglas, bevor er sich an Ros wandte: »Miss Roslin?«

»Nein, danke, Paul, wenn ich am Nachmittag etwas trinke, wird mir ganz schummerig und ich kann nicht mehr malen. Und ich muss dieses Bild hier bald fertig bekommen.«

Er ließ das zweite Glas mitsamt seinen schäumenden Bläschen in dem Korb stehen; zweifellos würde ihre Ladyschaft es später trinken.

Imogen sagte: »Ich weiß nicht, was mit euch hier auf der Insel los ist; die einen verschwinden, ohne ein Wort zu sagen, wie die Moffats, während die anderen hier auftauchen wie Diebe in der Nacht, womit ich diese *Hunde des Herren* meine, und wenn es je einen komischen Haufen Mönche gegeben hat, dann sind es diese Dominikaner. Sehr schön, Sie dürfen sich jetzt zurückziehen, Paul – was malst du da, Roslin?«

Der Butler zog in Richtung Haus von dannen. Roslin runzelte die Stirn: »Ramsons Priorei, Imogen.«

»Oh ... wirklich ...?«

»Grayson hat das Bild bei mir in Auftrag gegeben. Er möchte es für die große Halle haben.«

»Ist das denn das Richtige? Ich meine, das soll keine Kritik an deinen künstlerischen Fähigkeiten sein, Roslin, aber kannst du denn überhaupt Tiere malen?«

»Nein.«

»Ähm ... dann ...?«

»Dann was, Imogen?«

»Das Bild – werden Tiere darauf sein?«

»Das Bild soll nur das Gebäude und das Grundstück darstellen, Imogen.«

»Nun, das erleichtert mich.« Sie fächelte sich Luft zu. »Grayson hatte schon immer einen seltsamen Geschmack, und Malerei war nie seine Stärke. Aber wann immer etwas viel zu groß ist, viel zu klein, unterernährt oder für das normale Leben ungeeignet, läuft er meilenweit, um sein Geld dafür auszugeben.«

»Imogen, Lady d'Oilier Barra, derer sich Grayson möglichst schnell wieder hatte entledigen wollen, konnte ein ausgesprochenes Miststück sein! War es nicht Imogen, die den Platz seiner Mutter eingenommen hatte, den Platz von Margaret, die bei seiner Geburt gestorben war? War er in der folgenden Zeit nicht immer wieder das Opfer ihrer gehässigen Bemerkungen gewesen? Verachtet und verspottet von seinem eigenen Vater und seiner Stiefmutter, der arme Grayson! Er hatte sich daraufhin an sämtlichen menschlichen Wesen rächen wollen, insbesondere an Imogen, seiner bösen Stiefmutter. Er macht sie allein dafür verantwortlich, dass sein Verhältnis zu seinem Vater nie das beste war. Wer wollte es ihm verübeln, dass er seine unerwünschte Liebe, seine Zuneigung und sein Geld lieber für Geschöpfe ausgab wie Caroline und Hannibal, die beiden Pygmäenelefanten, die er vor einem schlimmeren Schicksal als dem Tod bewahrt hatte, und Goliath, das kranke Hängebauchschwein, und Gregory, den riesigen Orang-Utan mit der genetischen Störung?«

Ros hatte das Gefühl, dass sie den armen alten Grayson in seiner Abwesenheit verteidigen musste: »Jawohl, er gibt sein Geld für all das aus, was andere verachten, missbrauchen, vernachlässigen und verhungern lassen, für all die Geschöpfe, die ohne seine Hilfe verkümmern würden, Imogen. Niemand kann Grayson seine Liebe und Fürsorge für Not leidende Tiere zum Vorwurf machen.«

»Ich sehe, er hat in dir eine Fürsprecherin gefunden, meine Liebe ... Und Gott sei Dank ist er heute Morgen in aller Frühe abgereist, sonst hätte er womöglich einen Herzinfarkt bekommen, wenn er mit angesehen hätte, wie diese Mönche die beiden Elefanten schuften lassen …« Sie schnalzte mit der Zunge, schob sich ihre Sonnenbrille auf ihre glatte, weiße Stirn und blickte blinzelnd in die Ferne.

Ros folgte ihrer Blickrichtung, und ihr Magen krampfte sich vor Entsetzen zusammen, als sie die beiden Elefanten sah, die Grayson liebevoll gepflegt hatte und die jetzt schwere Baumstämme und Steinbrocken herbeischleppen mussten, um die Mole und den Kai wieder aufzubauen. Grayson wollte den geschundenen Tieren Fürsorge, Aufmerksamkeit und Nahrung zuteil werden lassen und sie nicht in schwer arbeitende Maschinen verwandeln. Ros sagte spontan: »Ich werde ihnen sagen, dass sie damit sofort aufhören sollen. Die beiden Tiere sind krank. Grayson wäre fuchsteufelswild, wenn er wüsste, was diese Mönche mit Caroline und Hannibal anstellen.« Ros wischte sich ein paar Farbkleckse von den Händen, während Imogen nun abermals missbilligend mit der Zunge schnalzte. Ihre Sonnenbrille prangte immer noch dekorativ auf ihrer Stirn, und sie spähte mit ihren scharfen Augen auf die Szene am Strand hinunter. Dann rief sie:

»Also, nun sieh dir das Mädchen an – einfach schändlich! Was hat sie nur bei all diesen … diesen Männern verloren!«

Abigail hatte den ganzen Vormittag darauf verwandt, den frommen Brüdern Erfrischungen zu bringen. Ros stand auf, blickte noch einmal zum Strand hinunter und sagte dann entschlossen: »Imogen, das da unten ist nicht Pater Luke, ich glaube, es ist sein Stellvertreter, Bruder Brendan oder Bruder Buchanan … Wie dem auch sei, wer immer dort unten die Verantwortung trägt, ich werde ihm jetzt sagen, dass er aufhören soll, die Elefanten zu quälen.«

Ros stapfte los in Richtung Strand, wo die Mönche in ihren langen, schwarzen Roben unter der heißen Mittagssonne schwitzten und Steine schleppten, unterstützt von Graysons kranken Pygmäenelefanten – wenn Ros auch fand, dass das Wort »Zwergelefanten« eine passendere Beschreibung für die Tiere gewesen wäre. Die Mönche waren damit beschäftigt, den vom Sturm zerstörten

Kai wieder aufzubauen und zu verbreitern, wie Pater Luke es Grayson versprochen hatte. Abigail hatte die Männer inzwischen mit selbstgemachter Limonade, eisgekühltem Wasser, Sandwiches, Brötchen, Keksen und Obst versorgt, damit sie bei Kräften blieben. Nur Ros kannte Scoots' wahres Motiv für diesen Akt schwesterlicher Barmherzigkeit; Scoots wusste genau, dass der Weg zum Herzen eines Mannes durch seinen Magen führte: Ach, Abigail, Sie sind wirklich ein vom Himmel herabgestiegener Engel, seien Sie gesegnet für alles, was Sie tun! Ros konnte sich das Gespräch zwischen Scoots und all diesen überaus gesund wirkenden Kriegermönchen lebhaft vorstellen. Und du bist wirklich der Inbegriff zauberhafter Weiblichkeit in deinen kurzen Shorts und der dünnen Bluse, so viel steht fest, mein liebes Mädchen ...

Imogen setzte ihre Sonnenbrille wieder auf und rappelte sich aus dem Liegestuhl hoch. In ihrer Hast fiel ihr das Buch vom Schoß und warf das Champagnerglas um, das sie neben sich auf den Rasen gestellt hatte. Sie hatte nicht die Absicht, sich den großen Krach am Strand entgehen zu lassen. Das Leben auf Orca war weiß Gott langweilig genug, und Imogen hatte nichts übrig für Langeweile. Sie liebte Klatsch und Tratsch und einen ordentlichen, handfesten Streit, den diese herzlosen Mönche überdies gewiss verdienten!

7. Kapitel

Hannibal, Carolines Gefährte, trompetete laut und wütend. Er war nicht im Stande, seinem Weibchen einen effektiveren Beistand zu leisten als diesen Lärm, als Caroline auf dem weichen Sand von Orca erschöpft auf die Knie sank und jetzt sehr schwach und krank aussah, nachdem sie den ganzen Morgen Steine geschleppt hatte. Hannibal raste tobend indessen über den Strand, wühlte ihn auf und schleuderte Steine und Sand in alle Richtungen, um seinem Zorn Luft zu machen. Ros konnte es ihm kaum übel nehmen.

Das war genau der Funke, der dazu führte, dass ihre Sicherung durchbrannte, was normalerweise nicht allzu leicht geschah. Sie stürzte sich auf Bruder Brendan und musste sich schwer beherrschen, um nicht handgreiflich zu werden. Hund des Herrn, Mann Gottes, Mönch Christi, Priester der Barmherzigkeit, welche heiligen Namen er und seine Brüder für sich auch beanspruchen mochten, in diesem Augenblick erbärmlicher Ungerechtigkeit sah Ros in Bruder Brendan nichts weiter als einen gedankenlosen Mann. »Was in drei Teufels Namen tun Sie da?«

Die schiere Wucht ihrer Gefühle ließ den Mann erschrocken zurückfahren.

»Miss Roslin ... ich ...«

»Sie haben kein Recht, diese Tiere so zu behandeln! *Sehen* Sie denn nicht, dass sie krank sind? *Wissen* Sie denn nicht, warum sie überhaupt hierher gebracht wurden? Nun, dann will ich es Ihnen sagen. Sie wurden hergebracht, um Fürsorge und Pflege zu erhalten, und Pater Luke hat Lord Ramson versprochen, dass sie genau das bekommen würden. Es schert mich nicht, ob Sie Mönche sind oder nicht; ich dachte, Mönche und Priester seien mitfühlende und wohltätige Männer, die den Kranken und Leidenden beistehen, statt sie zu schinden! Wo ist Pater Luke?«

Bruder Brendan schluckte. Sein Gesicht war so rot angelaufen wie ein Hahnenkamm. Es hatte ihm die Sprache verschlagen.

»Er kommt ... Bruder Daniel ist ihn holen gegangen ...« Einer der anderen Mönche zeigte auf den von Steinen übersäten Hügel, die Abkürzung zur Priorei.

Inzwischen hatte sich Imogen zu Ros an den Strand gesellt. Abigail versuchte Roslin zu beschwichtigen: »Reg dich nicht so auf, sie haben es doch nicht böse gemeint.«

»Halt den Mund!« Ros funkelte Abigail an, während Lady d'Oilier Barra sie mit einem derart angewiderten Blick musterte, als sei Scoots eine ekelhafte Kreatur, die gerade unter einem Stein hervorgekrochen war. »Du hättest ihnen doch sagen können, dass die Tiere krank sind, Scoots«, fuhr Ros ihre Cousine an, bevor sie erneut über Bruder Brendan herfiel, der sich, um mehr Bewegungsfreiheit für seine harte Arbeit zu haben, den Rock seiner Robe zwischen den Beinen hochgezogen und ihn jetzt hastig wieder heruntergelassen hatte. Auch die anderen Mönche brachten sich mit Rücksicht auf die anwesenden Damen in einen präsentableren Zustand. »Oder seid ihr Mönche unempfänglich für alles andere außer euren heiligen Litaneien und Messen, sodass ihr gar nicht bemerkt habt, in was für einem Zustand sie sich befinden?« Ros zeigte wütend auf die Elefanten.

In diesem Augenblick erschien Luke auf dem steinernen Fußweg, der zum Kai führte. »Roslin? Was geht hier vor?«

»Fragen Sie ihn!« Ros zeigte anklagend auf Bruder Brendan. »Als wenn Sie das nicht schon wüssten, Pater Luke!«

»Nein, ich weiß es nicht, Roslin, aber vielleicht erklären Sie es mir. Guten Tag, Lady d'Oilier Barra.« Luke begrüßte Imogen mit einer leichten Neigung seines Kopfes. Sie nickte nur.

Ros erwiderte: »Diese Elefanten werden dazu benutzt, schwere Baumstämme aus dem Wald und Steinbrocken aus dem Meer zu holen, um den neuen Kai aufzubauen. Wenn ich mich recht erinnere, hat Lord Ramson Ihnen neulich Abend beim Essen und in Anwesenheit der Familie mitgeteilt, dass Caroline und Hannibal krank sind. Sie haben damals versprochen, sich an seiner Stelle um die beiden zu kümmern. Warum werden sie jetzt als Arbeitsmaschinen missbraucht? Pater Luke, Sie haben hier doch angeblich die Verantwortung. Auch wenn Sie es nicht selbst veranlasst haben: Sie hätten es wissen müssen! Ihre Mitbrüder bekommen ihre Anweisungen doch sicher von Ihnen, daher mache ich Sie bei allem schuldigen Respekt, Pater Luke, für die Misshandlung dieser armen Elefanten verantwortlich, und ich möchte, dass Sie diesem Treiben hier und jetzt ein Ende setzen!«

Imogen bemerkte, dass Pater Lukes Adamsapfel auf und ab hüpfte, während er angestrengt schluckte, offensichtlich auf der Suche nach einer Entschuldigung für eine solch himmelschreiende Grausamkeit gegenüber kranken und hilflosen Tieren. Imogen hätte Roslin am liebsten dafür applaudiert, dass sie den frommen Brüdern gegenüber kein Blatt vor den Mund nahm; das Mädchen war sehr in ihrer Achtung gestiegen.

Pater Luke sagte zerknirscht: »Ich muss mich entschuldigen, Roslin. Sie haben vollkommen Recht, die Verantwortung für all das liegt eindeutig bei mir. Ich denke jedoch, dass da ein Missverständnis vorliegt. Ich habe Bruder Brendan lediglich gebeten, dafür zu sorgen, dass Caroline und Hannibal am Strand ein klein wenig Bewegung bekommen, statt sie den ganzen Tag in ihrem engen, finsteren Quartier unten in der Krypta eingesperrt zu halten. Sicherlich wollte keiner von uns diese Tiere absichtlich grausam behandeln, wir haben uns lediglich missverstanden, was das Ausmaß der notwendigen Bewegung betrifft. Sie haben vollkommen Recht, die Tiere *sind* krank und haben es verdient, auf die bestmögliche Weise versorgt zu werden, was wir im Übrigen getan haben und auch in Zukunft tun werden.« Dann wandte er sich an Bruder Brendan: »Bitte, Bruder Brendan, sorgen Sie dafür, dass diese seltenen Elefanten aus Lord Ramsons Besitz sofort wieder in ihr Quartier gebracht werden. Ich werde Bruder Daniel persönlich für ihr Wohlergehen verantwortlich machen. Er soll dafür sorgen, dass die Elefanten Futter bekommen, sauber gehalten werden und sich in Maßen bewegen, womit ich ruhige Spaziergänge an der frischen Luft meine. Kommen Sie, Roslin, Lady Imogen ... und Sie auch, Miss Abigail, erlauben Sie mir, Sie den Hügel hinauf zu begleiten.«

Oh, er war so entgegenkommend, seine Worte waren so plausibel, so sanftmütig und dabei doch voller Nachdruck, dass man ihm einfach glauben musste. Ros' Zorn über diese Untat verebbte und es kehrte wieder Ruhe in ihr Herz ein, dank des friedfertigen Eingreifens von Pater Luke, der es so geschickt verstanden hatte, die Wogen zu glätten.

Als sie alle die kühle Eingangshalle erreichten, sagte Imogen: »Ich lege mich jetzt ein Weilchen hin, es war so heiß am Strand, und da ich auf dem Weg dorthin meinen Sonnenhut verloren habe, befürchte ich, dass ich heute Abend beim Essen aussehen werde wie ein Krebs. Ich hoffe, Sie gesellen sich beim Abendessen wieder zu uns, Pater Luke.« Sie warf ihm einen koketten Blick zu, der umso wirkungsvoller war, da sie ihre Sonnenbrille abermals auf die Stirn geschoben hatte.

»Ich kann Ihnen nicht versprechen, dass ich mir das zur Gewohnheit machen kann, Lady Imogen, obgleich ich Ihnen dafür danken möchte. Ich habe schließlich eine Truppe von Mönchen hier auf der Insel, auf die ich, wie es scheint, ein wachsames Auge halten muss.«

Ros wusste, dass dieser indirekte Vorwurf an sie gerichtet war.

»Ich wünsche Ihnen eine geruhsame Siesta, Mylady«, sagte Pater Luke galant zu Imogen, als diese sich anschickte, die von kostbaren flämischen Wandbehängen eingerahmte Zedernholztreppe zu den Schlafzimmern der Familie im oberen Stockwerk der Priorei hinaufzugehen. Dann wandte er sich bittend an Ros: »Wenn ich darf, würde ich gern ein paar Worte unter vier Augen mit Ihnen wechseln, Roslin.«

Es klang ziemlich rätselhaft.

Aus einem ihr unerfindlichen Grund warf Scoots Ros einen wütenden Blick zu, bevor sie Imogen nach oben folgte, wobei sie immer zwei Stufen gleichzeitig nahm, und der Blick, mit dem sie ihre Cousine von der oberen Galerie über Pater Lukes Kopf hinweg musterte, war keineswegs freundlicher.

Ros versuchte, Scoots' Übellaunigkeit zu ignorieren, und sagte fragend: »Ja, Pater Luke?«

»Was ich zu sagen habe, ist Folgendes: Abgesehen von der Tatsache, dass Lord Grayson Ihnen mehr Vertrauen entgegenzubringen scheint als dem Rest seiner, wenn ich so sagen darf, ihm ausgesprochen gleichgültig scheinenden Familie ...«

»Was wollen Sie von mir, Pater Luke?«, unterbrach Ros ungeduldig seine Ausführungen.

»Heute Morgen ist ein Orang-Utan gestorben. Er hat mich vorgewarnt, dass das passieren könnte, Lord Grayson, meine ich. Er sagte, das Tier sei ziemlich krank. Lord Grayson sprach dabei auch von einem Begräbnisplatz hinter dem Küchengarten, dort, wo früher die alte Kapelle und der Friedhof der Abtei waren.«

»Oh nein ... nein, das können Sie nicht tun«, stammelte Ros verzweifelt, »Sie können ihn dort nicht begraben, das ist Giles' archäologische Ausgrabungsstätte.«

»In diesem Falle möchte ich vorschlagen, dass wir den Affen im Wald begraben, obwohl dort die Gefahr besteht, dass wilde Tiere ihn wieder ausgraben könnten.«

»Die Ratten«, sagte Ros angewidert. »Orca ist voll davon. Sie werden die Überreste des armen alten Gregory abnagen – denn das ist der einzige Orang-Utan in Graysons Zoo von kranken Tieren, von dem ich weiß. Die Ratten hier nagen alles ab, einschließlich der gesichtslosen ...« Sie brach gerade noch rechtzeitig ab.

Pater Luke war sichtlich verwirrt. »Der gesichtslosen was, Roslin?«

»Ich meine den Geist! Ja! Den Geist von Orca!«

»Gibt es denn einen?«

»Aber sicher! Die gesichtslose Gestalt von Abt Simon de Costard, den man in gewissen Abständen durch die Priorei streifen sehen kann ... Er wurde im zwölften Jahrhundert von Ratten gefressen, und sein Geist hat seither niemals Frieden gefunden. Er kehrt von Zeit zu Zeit voller Verzweiflung zurück, vor allem, wenn hier plötzlich schreckliche Dinge passieren.«

Pater Luke staunte nicht schlecht. »Nein wirklich, wie furchtbar! Was für schreckliche Dinge sind das denn zum Beispiel, Roslin?«

»Oh ... in stürmischen Nächten ... und ... bei dem ganzen Gerede von Krieg und ... und wo die Insel doch jetzt ... Ihrem Orden von Dominikanermönchen gehört ... es sind unruhige Zeiten, Pater Luke.«

»Nun – wie auch immer! Mir ist durchaus klar, wie viele Ratten es auf der Insel gibt, Roslin. Letzte Nacht haben ein paar von ihnen an unseren Roben und Sandalen genagt.«

»In der Krypta ist es besonders schlimm«, gab Ros zu. »Grayson benutzt sie für seine zoologischen Experimente – auch damit sie sich nicht allzu arg vermehren. Er tut ihnen nichts Schreckliches an, er experimentiert lediglich mit Impfstoffen und Medikamenten, um seine anderen kranken Tiere heilen zu können. Er züchtet Antikörper und dergleichen. Ich weiß nicht viel über diese Dinge, aber das ist es, was er dort unten tut. Er ist von Beruf Zoologe, verstehen Sie, ein sehr kluger Mann mit einem Doktortitel und Abschlüssen in Tiermedizin. Er hält Vorträge und treibt seine Forschungen überall auf der Welt voran ... Darf ich heute Abend vielleicht in die Krypta kommen, um mich davon zu überzeugen, dass Caroline und Hannibal wohlauf sind?«

»Natürlich! Aber bevor ich es vergesse, ich habe noch eine zweite Bitte an Sie. Vielleicht könnten Sie bei Ihrem Vetter Giles wegen dieses riesigen Erdhaufen nachfragen, den er bei seinen archäologischen Ausgrabungen ausgehoben hat. Wir hätten die Erde gern für unsere neue Deichbefestigung.«

»Da müssen Sie Giles schon selbst fragen, Pater Luke. Ich habe darauf ohnehin keinen Einfluss.«

»In Ordnung. Und noch einmal, vielen Dank, Roslin, dass Sie die Wogen zwischen meinen Mönchen und Ihrer Familie geglättet haben.«

»Das habe nicht ich getan, das waren Sie, Pater Luke. Aber ich will ehrlich zu Ihnen sein: Wir alle waren sehr erstaunt und mehr als beunruhigt, als Grayson uns davon in Kenntnis setzte, dass Sie die Insel gepachtet haben, *nachdem* bereits alles abgemacht war.«

»Nun, ich hoffe, dass das Verhältnis zwischen meiner kleinen Truppe von Mönchen und Ihrer bezaubernden Familie von heute an ein wenig entspannter sein wird, Roslin.«

»Das hoffe ich auch, Pater Luke.«

Ros musste Giles finden, und zwar schnell.

Er war im Wohnzimmer, wo er entspannt einer Grammofonaufnahme von Gustav Mahler lauschte. Ros riss den Ton unsanft hoch, und während die Platte unter langsamer werdenden Drehungen zum Stillstand kam, sprang Giles erschrocken auf. »He!«, protestierte er, »tu das nicht, du zerkratzt die Aufnahme, Ros!«

»Tut mir Leid ... aber wir müssen einen Spaziergang machen, schnell!«

»Warum?«

»Stell jetzt keine Fragen ... wir müssen zum Folly hinauf. Komm ... hoch mit dir!« Sie zog ihn ungeduldig an den Handgelenken aus dem Sessel.

»Warum kannst du mir jetzt nicht sagen, was los ist?«

»Weil Wände Ohren und Kartoffeln Augen haben.«

»Gütiger Gott, Ros«, brummte er, »nachdem du jahrelang nicht einmal Buh zu einer Gans gesagt hättest, wirst du plötzlich von Minute zu Minute tyrannischer. Was ist denn passiert?«

»Ich erkläre es dir später, es ist wichtig, beeil dich!«

Oben auf dem Kap, wo sie nur die Schreie der Möwen über sich hatten und das Donnern der Wellen auf den Felsen unter sich, saßen Ros und Giles wie in scheinbar längst vergangenen Tagen im Gras.

»Pater Luke will Gregory, der gestern Nacht gestorben ist, auf deinem archäologischen Grabungsplatz beerdigen«, erklärte Ros. »Ich habe versucht, ihn davon zu überzeugen, dass das eine ganz schlechte Idee wäre.«

»Bravo, altes Haus. Wir wollen doch nicht, dass sie irgendwelche Leichen finden, die dort nichts zu suchen haben.«

»Das habe ich mir auch gedacht.«

»Du hast ihm doch nichts von unserem unbekannten und unwillkommenen Gast erzählt?«

»Wofür hältst du mich, Giles, für eine Vollidiotin?«

»Nein, ich glaube nicht, dass du eine Vollidiotin bist, aber vielleicht eine Spur zu hysterisch im Augenblick.«

»Wozu ich jeden Grund habe. Ich habe einen schrecklichen Nachmittag hinter mir, während du im Haus herumgesessen und Mahler gehört hast.«

»Ist das ein Verbrechen, zumal man doch eigentlich Ferien hat?«

»Nein, aber es ist ein Verbrechen, nicht zur Polizei zu gehen, wenn man überall Leichen herumliegen hat!«

»Ich erinnere mich bisher nur an eine einzige, nicht identifizierte Leiche.«

»Unmengen!«

»Ja, aber die sind alle in alten Manuskripten dokumentiert. Die Frau mit dem Kopftuch nicht. Wir wollen doch nicht, dass all diese braven Gesetzeshüter mit ihren klobigen Stiefeln auf unserer Insel herumtrampeln. Sei vernünftig, Ros.«

»Du hast wahrscheinlich Recht. Was glaubst du eigentlich, wer sie ist – war? Ich weiß, das ist eine dumme Frage.«

Giles zuckte die Achseln. »Da weiß ich nicht mehr als du, meine liebste Ros.«

»Ja, wahrscheinlich. Im Grunde ist es dir auch herzlich egal, oder, Giles? Du interessierst dich nur dafür, was in dem Grab von Abt Simon de Costard zu finden ist.«

»Wie kannst du das sagen!«

»Weil ich dich kenne.«

»Okay. Ruf die Polizei an. Sie werden bestimmt sofort angelaufen kommen, oder ich sollte wohl besser sagen, angesegelt, um unsere friedliche Sommerinsel auf den Kopf zu stellen, und das, wo wir hier vielleicht zum letzten Mal alle zusammen sind, in Anbetracht von Mr Hitlers Plänen für den Rest der Welt. Was also schlägst du vor?«

Ros zögerte. Sie wusste genau, was sie hätten tun *sollen*! Dann sprach sie einen Gedanken aus, der sie seit Tagen nicht mehr losgelassen hatte: »Man hätte doch denken können, dass Mrs Moffat und Maudie sich von uns verabschieden, bevor sie die Insel verlassen und nach St. Mary's zurückkehren.«

»Nicht wenn sie einen Streit mit Grayson hatten.«

»Niemand streitet sich mit Grayson. Das ist unmöglich, er ist einfach viel zu sanftmütig, um in irgendwelche Konflikte verwickelt zu werden.«

»Auch wieder wahr.«

»Was ist, wenn Maudie und ihrer Mutter bereits an dem Tag, an dem die Mönche auf der Insel angekommen sind, etwas zugestoßen ist? Keiner von uns hat sie *wirklich* am Morgen mit der Fähre abfahren sehen, wie Grayson es uns erzählt hat.«

»Oh, nun mach mal halblang, Ros! Ich weiß, was du andeuten willst, aber welcher Mensch, der noch alle Tassen im Schrank hat, würde Mrs Moffat und Maudie – oder eine von ihnen – schon um die Ecke bringen wollen? Warum und zu welchem Zweck? Man braucht dazu ein Motiv und eine Waffe – und wir die Beweise.«

»Nun, ich kenne aber nur einen Menschen, der mitten im Sommer einen schweren Mantel, ein Kopftuch, Handschuhe und Stiefel tragen würde, und das ist Maudie Moffat.«

Giles' Kiefer verkrampfte sich. »Also hör mal, Ros ... das sind doch alles nur Vermutungen. Außerdem braucht menschliches Fleisch ziemlich lange, um in der Erde zu verwesen, so etwas passiert nicht einfach über Nacht – was außerdem gar nicht der Fall gewesen sein kann, wenn du wirklich andeuten willst, dass die Leiche, die wir entdeckt haben ...«

»Die du entdeckt hast.«

»Die ich entdeckt habe, unsere arme, einfältige Maudie Moffat war. Denn dann müsste Sie bereits am Vortag ihrer Abreise verschwunden beziehungsweise getötet worden sein. Und das hätte Mrs Moffat doch wohl bemerkt, oder? Sie wäre dann sicherlich in ihrer Panik zu uns gekommen!«

»Vielleicht könnte sie es in diesem Fall ja doch gewesen sein. Vergiss nicht die Ratten auf der Insel. Vielleicht ist das Fleisch nicht verwest, sondern wurde über Nacht von den Ratten abgenagt.«

Er wurde ein wenig blass. »Meine liebste Ros, anders als Scoots hattest du immer eine positive Lebenseinstellung und ein höchst vernünftiges Naturell. Wenn dieser ganze Blödsinn jetzt von Scoots käme, mit ihrem aus Italien ererbten Sinn fürs Dramatische, würde ich keinen roten Heller darauf geben. Lass uns das alles für den Augenblick einfach vergessen, ja? Ich wünschte jetzt, ich hätte dich da gar nicht mit hineingezogen. Ich weiß, die Sache belastet dich sehr. In diesem Sommer nehmen alle Dinge eine ganz andere, beinahe morbide, Bedeutung an, bei dem ganzen Gerede von Krieg. Aber lass uns doch versuchen, einen klaren Blick zu behalten, ja? Zunächst einmal ist die Anwesenheit all dieser gut aussehenden Mönche hier für euch Mädchen ziemlich beunruhigend ... Psst!« Als sie protestieren wollte, hob er die Hand. »Zweitens ist Graysons plötzliche Abreise nach Südamerika, oder wohin auch immer er wollte, nun wahrhaftig nichts Ungewöhnliches, wenn man bedenkt, dass der alte Knabe schon immer ein exzentrisches, sprunghaftes Geschöpf war. Und du weißt doch, dass nur ein einziges Wort vom Krieg fallen muss, und Grayson flüchtet sich in seinen Zoo in der Krypta oder in ein heißes Bad, für gewöhnlich mit einer Flasche Whisky! Mary Moffat hat sich mit Grayson wegen der Anzahl der Leute, die diesen Sommer bekocht werden sollten, gestritten, hat ihm den Kram vor die Füße geworfen und ist abgereist. Maudie blieb nichts anderes übrig, als ihrer Mutter zu folgen. Die Tatsache, dass meine Mutter ausgerechnet zur gleichen Zeit auf der Insel aufgetaucht ist, war reiner Zufall. Da gibt es nichts hineinzudeuteln, Ros. Abgesehen von den Dingen, die deine eigene Fantasie dir vorgaukelt.«

Giles' Ausführungen hätten Ros zufrieden gestellt, wäre da nicht eine Kleinigkeit ungeklärt geblieben: »Giles, du hast die Frau mit dem Kopftuch, dem Mantel, den Handschuhen und den Stiefeln vergessen, die jemand wie Abfall auf deiner kostbaren Ausgrabungsstelle abgeladen hat.«

»Ich würde sagen, altes Mädchen, dass wir auch da aus einer Mücke einen Elefanten machen ...«

»Oh, wie kannst du das sagen, Giles! Wie kannst du das auch nur denken!« Ros wusste, wie oberflächlich, lässig und faul Giles oft sein konnte. Er ähnelte darin seiner Schwester Veronica, deren ganze Welt sich um die Worte »ich, mir, meins« kreisten. »Wir reden hier möglicherweise von einem Mord, Giles!«

Er legte ihr besänftigend den Arm um die Schultern. »Du solltest nicht einen Abschluss im Fach Kunst anstreben, Ros, sondern einen in Jura. Als Staatsanwältin bist du ungemein überzeugend. Ich verspreche dir, dass ich heute Nacht mit einer Taschenlampe – ohne dich irgendwie in die Sache hineinzuziehen – auf meinen privaten Friedhof spazieren werde, um die Frau mit dem Kopftuch umzubetten ... Es könnte sogar ein Mann mit Kopftuch sein, was weiß denn ich. Wie dem auch sei, heute Nacht, das verspreche ich dir, werde ich dich von deinem Elend erlösen ... Quatsch ...«

Er hob die Hände. »Oh Gott, jetzt habe ich schon wieder das Falsche gesagt. Ich meinte nicht, dass ich dich persönlich von deinem Elend erlösen würde, sonst hältst du mich am Ende noch für einen Serienmörder, der Maudie um die Ecke gebracht hat oder Mrs Moffat oder beide ...«

»Giles, hör auf damit! Bitte, tu es einfach!«, sagte Ros verzweifelt.

»Ros, ich weiß, wie sehr die Ereignisse von heute Nachmittag dich aus dem Lot gebracht haben, und ich habe vollstes Mitgefühl mit dir.«

»Woher? Was weißt du schon? Du warst nicht dabei.«

»Ich kenne dich. Ich weiß, wie du reagierst, wenn du eine Ungerechtigkeit mit ansehen musst, das ist die einzige Gelegenheit, bei der du deine Sanftmut vergisst und zur Furie wirst. Ich denke, deine jetzige Verfassung hängt eher mit dem Vorfall mit Graysons Elefanten zusammen, die er übrigens wirklich nicht hätte hierher bringen dürfen, auf eine Insel, auf der es zu den besten Zeiten immer noch kalt ist – abgesehen von diesem Sommer natürlich, der eine große Ausnahme ist. Wie auch immer, Elefanten gehören nach Indien, Afrika oder Ceylon, schlimmstenfalls in einen Zoo. Jedenfalls nicht auf die Scilly-Inseln. Ich werde mal ein Wörtchen mit Pater Luke reden. Ich werde den Inselbesitzer rauskehren und ihm sagen, dass er nicht einmal daran *denken* darf, irgendetwas in, auf oder bei meinem Ausgrabungsplatz zu beerdigen, weil es sonst nämlich gewaltigen Ärger gibt.«

»Imogen hat ihn zum Dinner eingeladen, was er so gut wie abgelehnt hat, daher wirst du vielleicht erst morgen Früh mit ihm sprechen können.«

»Nun ja, es ist ja auch egal, wann.« Giles stand auf und klopfte ihr beruhigend auf die Schulter: »Kopf hoch, Ros, Schätzchen, es ist nicht das Ende der Welt, obwohl es das durchaus sein könnte, falls es nach Adolf Hitler geht. So, jetzt muss ich aber los und mich umziehen, bevor ich es eventuell mit dem jüngsten Abt unserer Insel aufnehmen muss. Ich möchte auf jeden Fall rechtzeitig zu den Sechs-Uhr-Nachrichten wieder zurück sein.« Giles beugte sich vor, nahm ihr ihm zugewandtes Gesicht sachte zwischen seine schwieligen Hände und küsste sie voll auf den Mund. »Du bist so ein süßes Geschöpf, Ros, und kannst doch so ein unbarmherziger Racheengel sein!«

Es war das erste Mal, dass er sie je so geküsst hatte, normalerweise küsste er sie auf die Wange, auf die Stirn oder auf die Hand. Sie musste das unbedingt in ihrem Tagebuch festhalten, etwa mit den folgenden Worten: *»Heute, am späten Nachmittag, hat Giles mich zum allerersten Mal wie eine Erwachsene geküsst und mich Schatz genannt. Sein Mund auf dem meinen war fordernd, warm und sinnlich. Der Druck seiner leidenschaftlichen, suchenden Lippen auf meinen war überwältigend. Der Mann, den ich seit meinem sechsten Lebensjahr liebe, hat mich endlich als Frau wahrgenommen, und ich bin so verwirrt, dass ich für eine Weile sogar Pater Luke vergessen habe.«*

Ros wusste jedoch, dass es nicht so war. Sie blickte zu Giles auf und lächelte ein schwaches, verzagtes und hilfloses Lächeln. »Ich danke dir, Giles.«

»Wofür?«

»Dafür, dass du einfach da bist, wie ein großer Bruder, der die Ängste seiner kleinen Schwester vertreibt.«

»Aber genau das ist doch meine Aufgabe, Ros, Schwesterchen.« Dann ging er pfeifend, die Hände in den Taschen, über die sanften, grasbewachsenen Hügel zurück zu ihrem Sommerhaus, der alten Priorei.

Ros hätte am liebsten geweint. So viele Dinge in diesem Sommer endeten einfach im Nichts. *»Wahrscheinlich«*, schrieb sie später in ihr Tagebuch, *»verliert alles, worauf man lange – wie in meinem Falle – wartet, einiges von seinem Charme, wenn man es bekommt – genau wie Weihnachten: Die große, aufgestaute Vorfreude ist immer viel befriedigender als das, was man tatsächlich in seinem Strickstrumpf vorfindet. Giles hat mich voller Zuneigung geküsst, aber das ist leider alles, was ich darüber sagen kann – vol-*

ler Zuneigung! Nicht leidenschaftlich, verführerisch, zärtlich, liebevoll, sondern voller Zuneigung! Ich bin am Boden zerstört und der große Held meines Lebens ist vor meinen Augen zu Staub zerfallen.«

Ros fragte sich, was Elefanten wohl in freier Wildbahn fressen mochten – vermutlich irgendwelches Gestrüpp, stellte sie nach einigem Nachdenken fest. Ros sammelte einen großen Korb Bärlauch und hoffte, dass die Tiere keine Verdauungsstörungen davon bekamen. Dann schlenderte sie mit ihrem Korb in die weitläufige Krypta hinunter – neben den Grundmauern das einzige, was von der mittelalterlichen Abtei übrig geblieben war. Pater Luke hatte ihr erlaubt, die Tiere an diesem Abend zu besuchen.

In den hohen, dunklen Gewölben, die in den Teil der Krypta führten, wo Grayson seine Tiere unterbrachte, blieb Ros stehen. Caroline und Hannibal haben, so überlegte Ros, ihr Quartier höchstwahrscheinlich in der Nähe des Hauptdurchgangs, der von dem großen Doppeltor zu ebener Erde als schräge Rampe nach unten in die Krypta führte. Man konnte wohl kaum erwarten, dass die beiden Elefanten die steile Spiraltreppe von den oberen Küchenquartieren hinauf und hinunter gingen, so wie sie selbst es gerade getan hatte.

Auf ihrem Weg musste Ros an der Sektion 1, dem Tierasyl, vorbei, in dem Sie erstaunt Pater Luke auf und ab gehen sah und ihn mit seinen Mönchen auf eine Art und Weise reden hörte, die Ros niemals für möglich gehalten hätte. Schnell zog sie sich tiefer in die Dunkelheit zurück und hörte sprachlos zu.

»Du verdammter *Narr*, Brendan! Heute Nachmittag hättest du beinahe unsere ganze Tarnung über den Haufen geworfen.«

»Du hast gestern angedeutet, dass wir die Elefanten einsetzen dürfen. Sie schienen doch in Ermangelung maschineller Hilfe die ideale Lösung für unser Problem mit all diesen verdammten Steinbrocken und Baumstämmen zu sein!«

»Zum Teufel, Brendan, die Tiere waren krank – und du weißt doch, wie sehr die Engländerinnen ihre Tiere lieben, angefangen von kleinen Hunden bis hin zu riesigen Elefanten!«

»Woher sollte ich denn wissen, dass die Elefanten nicht arbeiten dürfen? Du hast jedenfalls nie etwas in der Art zu uns gesagt.«

»Hast du denn nicht selbst zwei Augen im Kopf und zumindest ein paar funktionierende graue Zellen in deinem Gehirn? Muss ich dir denn *alles* vorkauen, was hier auf der Insel zu geschehen hat?«

»In den meisten Fällen nicht. Du brauchst mir keine Vorträge über die Dinge zu halten, mit denen ich mich auskenne. Aber ich hatte bisher noch nie mit Elefanten zu tun. Ich bin schließlich kein Zoowärter, Luke.«

»Nur wenn es um Frauen geht, hm?«

Bruder Brendan grinste. Die heiße Sonne hatte sein blondes Haar noch weiter ausgebleicht, sein Gesicht war dagegen so rot wie ein Hummer und die Haut schälte sich. »Wenn du das kleine Flittchen meinst, das sie Scoots nennen, hast du völlig Recht. Und die andere, wie hieß sie noch gleich, Rose oder Ros? Die ist auch nicht schlecht – wenn man ihr nur die Gelegenheit dazu gäbe, ließe sie bestimmt auch die Höschen runter.«

Zur Antwort schlug Pater Luke Bruder Brendan mit der flachen Hand ins Gesicht. »Hüte deine Zunge, Brendan ...«

»Um Himmels willen ... Außerdem weißt du doch, dass ich nicht so heiße ...«, protestierte dieser und betastete dabei seine brennende Wange.

»Tust du doch. Und du wirst so lange so heißen, so lange du in dieser Gruppe bist.« Pater Luke verpasste Bruder Brendan einen derart heftigen Hieb in die Rippen, dass dieser beinahe den Boden unter den Füßen verlor.

Bevor zwischen den beiden Männer ein handfester Streit ausbrach, flüchtete Ros auf demselben Weg, über den sie gekommen war. In der Küche stellte sie hastig ihren Korb mit Bärlauch auf den Tisch, während Mrs Hargreaves, die Haushälterin, sie überrascht ansah und bemerkte: »Doch nicht schon wieder der Geist, Miss Roslin?«

Roslin stürzte hinauf in das Zimmer, das sie sich mit Scoots teilte. Sie wollte jetzt allein sein. Unglücklicherweise wusch Scoots sich gerade in dem angrenzenden Bad die Haare. »Meine Güte, Ros, was ist denn los?« Scoots blickte überrascht von dem Waschbecken auf. Ros' ungestümes Eindringen in das Zimmer und das Zuknallen der Tür hinter ihr, etwas, das der meist stillen, wenig temperamentvollen Roslin so gar nicht ähnlich sah, hatte ihre Cousine halb zu Tode erschreckt.

Abigail riss ein Handtuch vom Haken, um es um ihr volles, dunkles, naturgewelltes Haar zu schlingen. Ros ließ sich auf ihr Bett fallen. Sie fühlte sich erschöpft, so als habe Pater Luke sie als Punchingball benutzt und nicht Bruder Brendan. »Du hast Recht, Scoots«, japste sie und versuchte, wieder zu Atem zu kommen. »Es sind keine irischen Mönche und auch keine Äbte, Priester, Dominikaner ... oder ... oder sonst irgendetwas Religiöses.«

»Hab ich doch gesagt!«, entgegnete Scoots mit blasierter Selbstzufriedenheit, bevor sie sich daran machte, ihr Haar mit dem Handtuch trocken zu reiben.

8. Kapitel

Es war ein heißer, feuchter, elender Tag für uns alle, und er war noch lange nicht zu Ende. Ich erinnere mich lebhaft daran, als sei es gestern gewesen. Wir hatten Ende August, und einem glutheißen Nachmittag folgte ein schwüler, gewittriger Abend.

Diese Ferien waren höchst ungewöhnlich gewesen, voller Dramen und Spannungen, wie ich sie noch nie zuvor erlebt hatte. Scoots und ich schlossen einen Pakt; wir kamen überein, dass es für alle hier auf der Insel besser war, niemandem etwas über die wahre Identität der Mönche zu verraten. Vielleicht waren sie tatsächlich mit einer geheimen Mission nach Orca geschickt worden, einer Mission, von der unser aller Leben abhing, und wichtiger noch, das Leben der gesamten britischen Nation. In diesem Fall mussten wir das Spiel, das Pater Luke, Bruder Brendan und die anderen spielten, wohl oder übel mitspielen.

Zuvor jedoch musste ich mir Gewissheit darüber verschaffen, warum Scoots als Erste über die Tatsache gestolpert war, dass die Männer Betrüger waren – auch wenn man rückblickend schon sehr naiv gewesen sein musste, um nicht dahinter zu kommen, dass die Hunde des Herrn nicht das waren, was sie zu sein vorgaben. Ich fragte Abigail daher noch einmal nach den Einzelheiten, und sie erzählte mir eine derart unglaubliche Geschichte, dass sie entweder wahr sein musste oder aber eine reine Ausgeburt ihrer bisweilen sehr ausufernden Fantasie.

Ich beschloss, in der Angelegenheit wachsam zu bleiben, entschied mich aber fürs Erste dafür, Scoots' Geschichte glauben zu schenken. Allerdings kann ich das, was sie mir anvertraut hat, hier in meinem Tagebuch nicht niederschreiben, weil ich ihr mein Wort darauf gegeben habe, dass ich nichts tun würde, was die Sicherheit von Luke und seinen Männern gefährden könnte.«

Es lag noch eine lange Woche auf Orca vor ihnen, bevor die Familie nach London zurückkehrte. Ros sehnte sich plötzlich wieder nach der Stadt, danach, in London den rußigen Regen auf ihrem Gesicht zu spüren; sie wollte sich in einen Regenmantel hüllen und mit Gummistiefeln durch die Pfützen stapfen, wollte über den Clapham Common laufen und die toten Blätter, die nun bald von den Bäumen fallen mussten, vor sich hertreiben sehen. Sie wollte sich mit der U-Bahn zur Arbeit kämpfen, eingezwängt wie ein feuchter Pappkarton zwischen acht Millionen anderen Pappkartons, die ebenfalls auf dem Weg zur Arbeit waren. Oh welch Wonne!

Aber was versuchte sie sich da nur einzureden? Wem wollte sie etwas vormachen?

Der Tag hatte ganz unspektakulär begonnen. Ros arbeitete an ihrem Bild von der Priorei, die Mönche versahen ruhig und friedlich ihre Pflichten – sie arbeiteten an dem Schutzdeich und der Kai-Anlage – diesmal ohne die Hilfe von Caroline und Hannibal, und die anderen kümmerten sich um den Küchengarten oder um die Tiere. Ros sah auch den jungen Bruder Daniel, den Luke zum Elefantentreiber ernannt hatte. Bruder Daniel machte mit den Tieren einen langsamen Spaziergang auf dem Gelände, und Ros musste zugeben, dass Caroline und Hannibal sich in der Tat gut erholt hatten, seit sie sie das letzte Mal gesehen hatte.

Ros ging am späten Nachmittag nach oben, um sich ein wenig hinzulegen, Scoots kam kurz darauf hereingestürzt und machte gewaltigen Lärm. Ros bat sie, still zu sein, sie hatte Kopfschmerzen. Scoots erwiderte mürrisch, dass Ros den ganzen Sommer über unerträglich launisch gewesen sei und kein bisschen unterhaltsam, genau wie Imogen und Ronnie, Giles und Pater Luke – vor allem Pater Luke.

Ros wollte wissen, was Scoots damit meine.

Scoots warf sich auf ihr eigenes Bett. »Weil ich ihn zu der Party heute Abend einladen wollte ...«

»Was für eine Party?«, fragte Ros erstaunt.

»Du weißt doch, dass wir am Ende der Sommerferien immer eine Familienparty feiern.«

»Ja, aber erst nächste Woche.«

»Giles, Ronnie und Imogen sagen, es wird keine nächste Woche mehr geben, weil es Krieg geben wird. Sie hängen alle viel zu oft vor dem verflixten Radio!«, bemerkte Scoots schmollend.

»Aber was hat das alles mit Pater Luke zu tun?«

»Er hat auch abgelehnt. Er meinte, er und seine Männer hätten zu viel zu tun, und außerdem würden Mönche nicht tanzen.«

Als Ros daraufhin ein belustigtes Kichern ausstieß, warf Abigail ihr einen funkelnden Blick zu.

»Was ist daran so komisch, Ros? Du weißt doch ganz genau, dass sie in Wirklichkeit gar keine Mönche sind!«

»Das Ganze ist doch wohl auch ein bisschen kurzfristig, Scoots!«

»Es hat doch heute Abend ohnehin niemand etwas vor, außer Radio hören. Es ist so furchtbar langweilig! Wir hier oben, die Mönche dort unten ... und aus den Radiolautsprechern ständig das gleiche Bla, Bla, Bla ...«

Ros richtete sich auf, um etwas zu erwidern. Prompt wurde ihr schwindelig und übel, sodass sie ins Badezimmer stürzen musste, um sich zu übergeben. Scoots sagte aus dem Schlafzimmer: »Zu viel Sonne, Ros. Du bist rot wie ein Hummer!«

Ros spritzte sich kaltes Wasser ins Gesicht und fühlte sich nun schon ein klein wenig besser. Dann kehrte sie auf wackligen Beinen ins Schlafzimmer zurück, wo sie sich vorsichtig wieder niederlegte. Das Zimmer drehte sich jedoch weiter vor ihren Augen. Schließlich fragte sie schwach: »Wie kommt es, dass du so viel über die Männer weißt?«

»Ich bin nicht dumm, Ros, ich habe sie da unten in der Krypta beobachtet – sie halten zwar alle Türen verschlossen, aber ich weiß trotzdem, was da vorgeht.«

»Du selbst gefährdest ihre Sicherheit, indem du mir das alles erzählst, Scoots. Wem hast du sonst noch von Pater Luke erzählt?«

»Niemandem, nur dir. Außerdem heißt er in Wirklichkeit Major Duffield, Major Luke Duffield von der SOF, Special Operation Force.«

»Bitte, Scoots, sprich nicht weiter. Ich möchte es wirklich nicht wissen.« Ros schloss müde die Augen.

»Na schön.« Scoots griff nach einer Modezeitschrift und einem Riegel Schokolade. Einmal blickte sie noch in Ros' Richtung, aber Ros tat so, als schlafe sie.

Das Abendessen sollte eine halbe Stunde später als üblich serviert werden, da die Mönche noch die Elefanten zu versorgen hatten.

Die Verzögerung des Essens lieferte Veronica, Imogen und selbst Abigail einen willkommenen Vorwand dafür, sich vorher einige Cocktails zu gönnen. Diesmal bekam Scoots ihren *Maiden's Prayer*, mit drei Teilen Gin, drei Teilen Cointreau und einem Teil Orangensaft. Giles hörte indessen die Mahler-Aufnahme und dachte darüber nach, welchem Truppenteil er sich im Falle eines Krieges anschließen wollte. Veronica und Imogen widmeten sich ihrerseits eifrig der Lektüre der Vogue und unterhielten sich zwischendurch über die kommende Herbstmode.

Als Paul erklärte, dass Pater Luke auf dem Weg zum Haus sei und das Essen daher in Kürze aufgetragen werde, fragte Imogen: »Wo steckt eigentlich Roslin?«

»Es geht ihr nicht gut, sie hat sich hingelegt«, erwiderte Abigail achselzuckend.

Die Familie begab sich ohne Roslin ins Esszimmer.

Als Ros nach ihrem kleinen Nickerchen aufwachte, fühlte sie sich erheblich besser als zuvor, obwohl sie noch nicht behaupten konnte, wieder ganz die Alte zu sein; allerdings hatte sie Hunger, und ein Blick auf die Uhr sagte ihr, dass sie zum Essen gerade noch rechtzeitig eintreffen konnte. Sie wusch sich das Gesicht, tauschte ihr zerknittertes Sommerkleid gegen eine Abendgarderobe und zog sich schnell noch einen Kamm durchs Haar, bevor sie über die Zedernholztreppe zum Speisezimmer hinunterlief.

Auch Pater Luke hastete durch den gefliesten Korridor, als käme er zu spät zum Gottesdienst. Als er Ros' Sandalen hinter sich auf den steinernen Fliesen hörte, drehte er sich um.

»Ah, Roslin, ich bin froh, dass ich nicht als Einziger zu spät zum Essen komme.« Er blieb stehen und wartete auf sie. »Das scheint in diesem Haus ja beinahe so etwas wie ein Sakrileg zu sein.«

Ganz plötzlich war Ros sich nicht mehr so sicher, was das Essen betraf. Am Ende war es wohl doch keine so gute Idee gewesen, aufzustehen, denn plötzlich schlug eine Welle der Übelkeit über ihr zusammen, und sie musste sich an die Wand lehnen.

Pater Luke fragte besorgt: »Geht es Ihnen nicht gut, Roslin?«

Ros, die vermutete so auszusehen wie einer von Graysons kränklichen, exotischen Papageien – sich in diesem Moment jedenfalls genauso fühlte, wusste, dass sie sich noch vor der Tür zum Esszimmer werde übergeben müssen. Pater Luke rief inzwischen nach einem Glas Wasser.

Abigail, die gerade ihren Platz am Esszimmertisch einnehmen wollte, hörte ihn rufen. Sie schob den Kopf durch den Türspalt und sah ihn und Ros dicht zusammen stehen. Luke berührte Ros auf eine höchst unpriesterliche Art und Weise – eine seiner Hände lag auf Ros' feuchtkalter Stirn, die andere befand sich irgendwo in Höhe ihres Zwerchfells. Zu Paul, der gerade die Suppenterrine auf das Sideboard stellte, sagte Abigail: »Pater Luke ist im Korridor schlecht geworden, er möchte ein Glas Wasser.«

Paul, der bereits die Suppe in die Teller füllte, zeigte mit dem Kopf auf den Esstisch und sagte entschuldigend zu Abigail: »Der Wasserkrug steht auf dem Tisch, Miss Abigail.«

Ihr blieb nichts anderes übrig, als es selbst zu tun.

»Also wahrhaftig, Roslin, wie viele Cocktails haben Sie denn in der letzten Stunde, als ich nicht da war, um auf Sie aufzupassen, in sich hineingeschüttet?«, fragte Pater Luke amüsiert, während er darauf wartete, dass das Wasser gebracht wurde.

Scoots, die sich direkt hinter ihm befand, antwortete schroff: »Keinen, denn sie lag mit einem Sonnenstich im Bett.« Sie drückte Ros das Wasserglas ungehalten in die Hand und marschierte zurück ins Esszimmer.

Ros nippte an dem Wasser, und das Gefühl der Übelkeit legte sich. Schließlich sagte sie mit zitternder Stimme: »Ich denke, ich gehe jetzt wieder auf mein Zimmer ... Ich dachte, ich hätte Hunger, aber jetzt habe ich keinen mehr ...«

»Darf ich Sie nach oben und zurück in Ihr Zimmer begleiten, Roslin?« Er schien jetzt ernsthaft besorgt um ihren Gesundheitszustand zu sein.

»Nein ... Vielen Dank, ich komme schon klar ... Noch einmal danke, Pater Luke, es geht mir wieder gut ...« Sie machte einen Schritt nach vorn, taumelte und wäre um ein Haar zu Boden gefallen. Luke nahm ihr entschlossen das Glas aus der Hand, stellte es auf den Tisch, legte einen Arm fest um ihre Schultern und bestand darauf, dass er sie die Treppe hinauf und zu ihrem Schlafzimmer begleitete.

»Ich bin nicht betrunken, Pater Luke.« Sie musste das klarstellen, obwohl sie nicht wusste, warum sie das Bedürfnis hatte, sich ihm gegenüber zu verteidigen.

»Das weiß ich doch«, erwiderte er beruhigend. »Sie haben sich scheinbar einen kleinen Sonnenstich gefangen, Roslin. So etwas kann zu schrecklichen Halluzinationen führen. Sie haben viele Stunden in der prallen Sonne gestanden und gemalt, und obwohl Sie vielleicht einen Sonnenhut getragen haben, ist es gerade die Sonne im Nacken, die so gefährlich ist. Man muss das tun, was Soldaten in der Wüste tun, nämlich sich ein Taschentuch oder einen Schal über den Nacken hängen, andernfalls fordert man Schwierigkeiten förmlich heraus.«

Etwas an seinem irischen Akzent war nicht ganz echt, das hatte vor allem Imogen immer wieder bemängelt. Dank Fräulein Naseweis Scoots kannte Ros den Grund für dieses Täuschungsmanöver; Pater Luke war in Wirklichkeit Major Luke Duffield von der SOF, und die Insel und das Haus standen unter britischer Militärhoheit. Grayson *musste* einfach davon gewusst haben!

Die Familie hatte Pater Lukes Rückkehr abgewartet, um mit dem Essen beginnen zu können. Pater Luke entschuldigte sich für seine Verspätung. Dann nahm er seinen Platz am Kopfende des Tisches ein, auf Graysons Stuhl, und sprach das Tischgebet.

Nur als ihre Eltern noch gelebt hatten, erinnerte Scoots sich, war bei ihnen regelmäßig vor dem Essen gebetet worden. Danach war diese Aufgabe Grayson als dem neuen Vorstand des Haushalts zugefallen, und Grayson hatte das Beten meistens vergessen. Die einzige Gelegenheit, bei der er sich daran erinnerte, war der Weihnachtstag, wenn der Whiskypunsch in Strömen geflossen war: *»Wir wollen wahrhaft dankbar sein für die Gaben, die wir nun empfangen. Und lasst uns auch all die armen, kranken Geschöpfe draußen auf den Straßen von London und anderswo nicht vergessen, die weder ein Heim noch etwas zu essen haben und an diesem Weihnachtstag erbarmungslos gejagt und getötet werden – oder jedenfalls morgen, wenn die traditionellen Jagden am zweiten Weihnachtstag beginnen. Und das ist der Grund, warum ich Orca zu einer Zuflucht für Tiere aller Art gemacht habe, auf dass* *sie alle hierher kommen können, wann immer sie vor Verfolgung, Hunger, Bosheit, Krankheit und Tod flüchten müssen, Amen.«* Heute jedoch feierten sie nicht Weihnachten im Bayswater Mansion, sondern verbrachten einen schwülen Sommerabend auf Orca. Und Scoots, der alle ihren Wunsch nach einer Familienparty rundheraus abgeschlagen hatten, war auf keinen einzigen der am Tisch Versammelten besonders gut zu sprechen, am wenigsten auf den betrügerischen Pater Luke, der ein Auge auf Roslin geworfen zu haben schien. Scoots zumindest war fest davon überzeugt. Ständig bemühte er sich um sie, und Ros bemerkte es nicht einmal. Außerdem war Roslin selbst kein bisschen besser und spielte in seiner Gegenwart das hilflose Weibchen – bis auf die Sache am Strand mit den Elefanten, als sie die Mem-sahib herausgekehrt und damit wiederum seine Aufmerksamkeit auf sich gelenkt hatte, dachte Abigail wütend.

Imogen fragte: »Was ist denn mit Roslin los?«

Bevor Scoots antworten konnte, erwiderte Pater Luke: »Ein leichter Sonnenstich, Mylady, nichts Ernstes.«

Veronica tupfte sich indessen mit einem pikierten Lächeln ihre roten Lippen ab und flüsterte hinter der vorgehaltenen Serviette Giles zu: »Er nimmt hier wirklich die Zügel in die Hand, was? Einfach Graysons Platz als Haushaltsvorstand einzunehmen – du solltest dort oben sitzen, Giles, nicht er.«

»Ich bin ganz deiner Meinung, Schwesterchen, aber ich werde deshalb keinen großen Wirbel machen. Die Ferien sind schließlich fast vorbei, und es lohnt sich nicht, jetzt noch deswegen einen Streit anzufangen. Außerdem war es Graysons Entscheidung, ihm das Kommando über die Insel zu geben.«

»Eins steht jedenfalls fest, für einen barmherzigen Priester liegt ihm erstaunlich wenig daran, da unten in der stinkenden Krypta zwischen all diesen Zoogeschöpfen seine Zeit zu verbringen«, bemerkte Veronica, um deren Mund noch immer ein gefährliches Lächeln lag.

Während Imogen und Pater Luke in ein angeregtes Gespräch

vertieft zu sein schienen, beugte Scoots sich über den Tisch und zischte: »Vielleicht hat er ja irgendwelche Hintergedanken, wenn er so oft mit uns zu Abend isst. Vielleicht will er uns ja nur ausspionieren.«

»Wozu um alles in der Welt sollte er das tun wollen?«, fragte Giles erstaunt.

Abigail tippte sich mit dem Zeigefinger an die Nase.

Pater Luke, der sein Gespräch mit Lady d'Oilier Barra höflich zu Ende gebracht hatte, blickte von seinem Platz am Kopfende des Tisches auf und wandte sich an Giles: »Ich wollte Sie schon lange danach fragen, Giles, aber irgendwie hat sich nie recht eine Gelegenheit dazu ergeben. Könnten meine Mönche wohl etwas von der Erde Ihrer Ausgrabungen für unseren Küchengarten bekommen?«

Giles gab einen Laut von sich, als sei er kurz vor dem Ersticken und verteilte bei seinem anschließenden Hustenanfall Gaspachosuppe über seine weiße Hemdbrust. Wäre Ros bei Tisch zugegen gewesen, so hätte diese vielleicht ein unheilvolles Omen darin gesehen, dass über dem Herzen ihres angebeteten Giles plötzlich ein leuchtendroter Suppenfleck prangte, der wie Blut wirkte. Mit einiger Fantasie hätte man auf den Gedanken kommen können, die harmlos hervorgebrachte Bemerkung Pater Lukes habe Giles mitten ins Herz getroffen.

»Entschuldigung ... Pater?« Giles tupfte nervös mit der Serviette sein beflecktes Hemd ab, während seine Mutter missbilligend mit der Zunge schnalzte und Ronnie und Scoots kicherten.

»Es geht um den Küchengarten, Giles. Eine so fruchtbare, schwere Erde wäre genau das, was wir dafür brauchen. Bruder Buchanan möchte mit Hilfe von Bruder Daniel gleich hinter unseren Küchen ein richtiges Kräuterbeet anlegen, für das der Lehmboden, wie Sie ihn auf Ihrem Gelände ausheben, von großem Nutzen sein würde. Sie brauchen die Erde doch auch nicht mehr, oder?«

»Und ob ich sie brauche, Pater!«, sagte Giles ungehalten.

»Oh, nun, dann entschuldige ich mich, Giles. Ich hatte keine Ahnung, dass Sie sie noch brauchen würden. Ich dachte, sie wüssten ohnehin nicht, wohin damit. Ein Irrtum.«

Giles räusperte sich verlegen. »Ähm, nun ja, Pater Luke, ich habe Sie wohl falsch verstanden. Roslin erzählte mir, Sie wollten Gregory dort beerdigen, den toten Orang-Utan, und das kann ich unmöglich zulassen.«

»Oh nein, nein! Die Erde ist für den Küchengarten gedacht. Gregorys sterbliche Überreste haben wir auf andere Weise entsorgt.«

»Wie? Mit einem christlichen Begräbnis?«, fragte Veronica lauernd.

»Durch eine christliche Verbrennung, Mylady Veronica«, erwiderte Pater Luke, mit vollkommen ungerührten Gesichtsausdruck. »So hielt Lord Grayson es mit anderen verendeten Tieren ebenfalls, wie mir Bob, sein Faktotum, erzählt hat.«

Giles sagte: »Also schön, Pater Luke, Sie können die Erde haben – aber nur die oberste Schicht. Betreten Sie den Ausgrabungsplatz selbst bitte nicht, über Störungen dort wäre ich sehr ungehalten.«

Pater Luke lehnte sich mit einem tiefen Seufzer der Befriedigung auf seinem Stuhl zurück. »Vielen Dank, Giles. Wir werden den Küchengarten in einen prächtigen Kräuter- und Gemüsegarten verwandeln, auf den wir stolz sein können und der uns das ganze Jahr über mit frischen Nahrungsmitteln versorgen wird.«

Bei diesen Worten fragten sie sich alle unweigerlich, für wie lange Grayson Orca an die Mönche verpachtet haben mochte. Giles sagte: »Lassen Sie bloß Bob oder Toby nicht hören, dass Sie ihren Garten als verwildert bezeichnen, Pater Luke. Die beiden haben im Laufe der Jahre ihr Bestes dafür getan.«

»Das weiß ich. Aber da sie sich außerdem noch um Lord Graysons Tiere kümmern mussten, konnten sie dem Garten gewiss nicht so viel Zeit widmen, wie sie es gern getan hätten oder wie es notwendig gewesen wäre.«

»Das ist wohl wahr«, erwiderte Giles.

»Nun, meine Männer und ich sind unter anderem hier, um uns darum zu kümmern.«

Imogen seufzte. »Gott sei Dank ist das jetzt alles geklärt, und Grayson wird sicher froh darüber sein, es zu hören! *Wirklich!* Was für ein Getue um etwas Erde und ein paar Kräuter. In diesem Sommer sind alle hier so streitlustig. Ich begreife gar nicht, Giles, warum du Pater Luke seine Bitte nicht von Anfang an gewähren konntest, dann wäre die Sache sofort erledigt gewesen. Es sieht dir überhaupt nicht ähnlich, so kompliziert und misstrauisch zu sein.«

»Nein, Mutter!«, sagte Giles folgsam, den ihre Gardinenpredigt nicht im Mindesten kümmerte, der jedoch seine Ruhe haben wollte.

Imogen legte ihre Serviette beiseite und schob ihren Stuhl zurück. »Sie und Giles können jetzt in Ruhe Ihren Portwein trinken oder was immer Sie sonst mögen, Pater Luke, ich brauche jedenfalls erst einmal eine Zigarette.«

Scoots beugte sich blitzschnell zu Giles hinüber und presste ihre Lippen an sein Ohr. Während Pater Luke, der Lady d'Oilier Barra und Veronica höflich zur Tür eskortierte, ihnen den Rücken zukehrte, flüsterte sie ihm zu: »Wenn du ihm die Erde nicht gegeben hättest, hätte er sie sich sowieso genommen, sobald wir die Insel verlassen ...«

»Was soll das heißen, Scoots?« Giles umklammerte aufgeregt ihr Handgelenk.

»Oh, er ist wie eine Ratte und kann sich durch ein Loch zwängen, das kleiner ist als er selbst, einfach indem er tief einatmet und den Brustkorb einzieht.«

»Scoots!«, sagte ihr Stiefbruder mit einem missbilligenden kleinen Lachen, »zu viele *Maiden's Prayers* schaden deinem Gehirn, mein liebes Mädchen! Du wirst dann ganz konfus.«

Pater Luke und Giles hatten anschließend jedoch keine Zeit, sich an Portwein oder Brandy gütlich zu tun und dabei über Erde oder andere, den neuen Küchengarten betreffende Dinge zu diskutieren, denn zur allgemeinen Überraschung kam in diesem Augenblick Michael Haviland-Carr, Veronicas Verlobter, mit großen Schritten durch den gefliesten Korridor, der von der Haupteingangshalle zum Speiseraum führte. Er trug seinen Stadtanzug, Regenmantel und Melone und hatte einen Regenschirm und die Aktentasche unter dem Arm, obwohl er solche Dinge auf Orca gewiss nicht brauchte.

Abigail stellte sich vor, dass der arme, dumme Michael in all diesen warmen Kleidungsstücken auf dem sommerlichen Orca schier ersticken musste, und sie bemerkte spöttisch: »Du hast dich verirrt ... Zum Nordpol geht es in die andere Richtung, Michael.« Sie zeigte auf die Richtung, aus der er gekommen war.

»Gütiger Himmel!«, begrüßte Veronica ihn, »was machst du denn hier? Du hast doch gesagt, du würdest in deinem Urlaub keinen Fuß auf Orca setzen, nicht einmal, wenn ich dich dafür bezahlte.«

»Ich habe versucht, dich telefonisch zu erreichen, Ronnie. Ich habe dir sogar ein Telegramm geschickt.«

»Warum?«

»Die Britische Flotte hat mobil gemacht und ...«

»Oh, wie ärgerlich für dich«, unterbrach sie ihn ungeduldig.

»Hört ihr denn hier überhaupt kein Radio? Und ans Telefon geht ihr auch nicht?«

»Wir machen hier Ferien«, rief Veronica ihm ins Gedächtnis. Dann griff sie nach seinem Ellbogen und drehte ihn zu sich um. »Wir sind gerade mit dem Essen fertig, und da du an der Garderobe einfach vorbei marschiert bist, gehen wir am besten in die Bibliothek, wo du dich ausziehen kannst.«

»Ronnie!« Ihre Mutter klang schockiert.

»Ich meine, er soll sich seines Regenmantels entledigen, Mutter! Komm mit, Darling, komm und erzähl mir alles über diesen dummen Krieg ...« Sie gab ihm einen flüchtigen Kuss auf die Wange und scheuchte den Rest der Familie weg. Abigail und Lady

Imogen gingen mit Giles in den Salon, während Pater Luke sich entschuldigte, um sich in sein unterirdisches Quartier zurückzuziehen. In Graysons Bibliothek, die gleichzeitig als Arbeitszimmer fungierte, schlüpfte Michael aus seinem Regenmantel und warf ihn achtlos über einen Ledersessel.

Michael streckte die Arme nach Veronica aus. »Komm her, Liebes, und sag mir erst einmal richtig guten Tag ... Ich habe dich so sehr vermisst.«

Doch sie wandte das Gesicht ab und hielt ihm die Wange hin. Seine Lippen traf die scharfe Kante ihres Ohrrings, und die Diamanten schnitten ihm die Unterlippe auf.

Da Veronica keine Anstalten machte, ihn in irgendeiner Weise zu bemitleiden, tupfte Michael sich schweigend die brennende Stelle mit seinem Taschentuch ab. Veronica zündete sich eine Zigarette an. »Ich nehme an, du möchtest jetzt, dass wir sofort heiraten, ist es das, Michael? Ist das der Grund, warum du hier bist? Um ein Hochzeitsdatum festzusetzen?«

»Nun, Ronnie ... um ehrlich zu sein, ich, ähm, hatte tatsächlich diese Absicht. Du weißt schon, wo ich doch jetzt bald fortgehen werde, um meine Pflicht für mein Vaterland zu erfüllen und den Helden spielen muss ...«

An dieser Stelle drückte Scoots die Bibliothekstür, die einen Spaltbreit offen gestanden hatte, unverfroren weiter auf und sagte ungeduldig: »Um Gottes willen, Ronnie, heirate ihn und tu uns allen einen Gefallen damit ... Michael, wenn sie es nicht tut, ich tue es.«

»Meine Güte, Scoots«, strahlte er, »ich könnte dich direkt beim Wort nehmen – oh, aber das war nur ein Witz, Ronnie, Liebes ... Besteht vielleicht eine Chance, dass ich einen Drink haben könnte, Darling? Das Meer spielt momentan verrückt, und die Überfahrt war die reinste Hölle.«

Er hatte sie leidenschaftlich küssen wollen, aber sie wich ihm aus und reichte ihm stattdessen einen *Whisky on the Rocks*, der auf einem Silbertablett mit einigen Karaffen aus Kristallglas auf einer Konsole in der Bibliothek bereitstand. Dann wandte sie sich an Scoots, die immer noch an der Tür herumlungerte. »Geh weg, Scoots, Süßes, es macht mich immer nervös, wenn du in der Nähe bist, wenn Michael da ist.«

»Für den Fall, dass ich mit ihm durchbrenne?«

»Etwas in der Art.«

»Mach dir bloß keine Sorgen, Michael«, tröstete ihn Scoots. »Imogen wird das Kind schon schaukeln. Hochzeiten sind ihre Stärke. Ihre Ehen halten nur eben nicht immer besonders lang, weshalb sie ja auch so viel Erfahrung damit hat. Harrods wird eine Liste mit Hochzeitsgeschenken verschicken, und Pater Luke wird sicher hier in der alten, verfallenen Kapelle von Orca eine romantische Trauungszeremonie abhalten, und dann ...«

»Raus hier, Scoots!« Veronica blies ungehalten einen Rauchring in die Luft. »Es wird eine standesamtliche Hochzeit geben oder gar keine. All dieses fromme Getue ist mir zuwider!«

Michael, der dankbar war für jede noch so kleine Freundlichkeit, die Veronica ihm zuteil werden ließ, stimmte ihr hastig zu: »Oh ja, kein Theater und kein Unfug, nur eine ganz gewöhnliche Zeremonie, Liebling.«

Abigail schlüpfte davon, um anderswo Unheil zu stiften, die einzige Freunde, die ihr in diesem Sommer blieb. Zu Imogen, die sich gerade im Salon mit Giles unterhielt, sagte sie vorher jedoch noch zuckersüß: »Michael hat Ronnie einen Antrag gemacht, und sie hat angenommen. Sie wollen gleich hier auf Orca heiraten, und Pater Luke soll in der alten Ruine der Kapelle die Messe lesen ...«

»Gott im Himmel!« Imogen schoss aus ihrem Lehnsessel auf, und ihre hohen Absätze klapperten wenig später herrisch durch den steinernen Korridor, schnurstracks auf die Bibliothek zu. »Hast du den Verstand verloren, Ronnie?«

»Was ist denn jetzt schon wieder los, Mutter?«, sagte Veronica verärgert. Sie verteilte in Graysons Bibliothek überall Asche auf den Perserteppichen, während sie im Raum nervös auf und ab lief, nachdem sie ein weiteres Mal bei ihrem Gespräch mit ihrem Verlobten gestört worden war. »Können Michael und ich denn nicht ein einziges Mal ein wenig Ruhe und Frieden haben? Er ist schrecklich müde nach der langen und anstrengenden Fahrt. Er hat die ganze Strecke von Paddington bis Penzance im Zug stehen müssen.«

»Dass du dich von Pater Luke in diesem Haufen alter Steine, den sie hier als Kapelle bezeichnen, trauen lassen willst, ist ja wohl das Allerletzte ...«, fuhr Imogen ungerührt fort

»Ich werde Scoots eines Tages noch umbringen«, fauchte Veronica. »Erzähl ihr, Michael, warum du wirklich hier bist.«

»Von Ribbentrop hat einen deutsch-sowjetischen Pakt unterzeichnet. Holland hat vor zwei Tagen mobil gemacht, und wir tun jetzt dasselbe«, erklärte Michael, um sie über die Ereignisse in der Welt auf den neuesten Stand zu bringen.

Imogen sagte verständnislos: »Aber Chamberlain hat doch erst vor kurzem Großbritanniens Bündnis mit Polen bestätigt, Michael. Daraufhin haben sie alle klein beigegeben, einschließlich dieses dummen kleinen Kanzlers von Deutschland, Hitler.«

Abigail war unterdessen zu dem Schluss gekommen, dass Paters Lukes Geschichte stimmen müsse – Michaels Anwesenheit hier war Beweis genug. Michael war eines der ganz hohen Tiere beim Marineministerium Whitehall, er war bestens über alles informiert. Michael hatte sogar das Ohr Winston Churchills. Scoots überlegte, ob sie ihm von Pater Luke erzählen solle, entschied sich aber dagegen. Wenn Michael einer von Winston Churchills Vertrauten war, würde er ohnehin Bescheid wissen, und Scoots wollte auf keinen Fall Pater Lukes Respekt verlieren, indem sie seine Tarnung auffliegen ließ und womöglich seine Karriere verpfuschte.

9. Kapitel

Abigail ging nach oben, um Ros die Neuigkeit zu überbringen. »Michael ist zu einem Vierundzwanzig-Stunden-Urlaub hier, der Krieg fängt an, und er und Ronnie haben beschlossen, zu heiraten.«

Ros starrte jedoch weiterhin ausdruckslos an die kunstvoll gestaltete Decke. Ihre Gedanken stoben in alle Richtungen auseinander, sie fühlte sich, als läge sie im Sterben, und Scoots Information wusste sie in keiner Weise zu schätzen.

»Sie haben uns doch versprochen, es würde nie wieder einen Krieg geben, sie haben es versprochen. All diese großen Männer, Politiker, Staatsbeamte, Historiker, Strategen und dergleichen, sie haben es versprochen. Sie haben uns gesagt, es würde nie wieder einen Krieg geben wie den, dem mein Vater zum Opfer gefallen ist und der zu guter Letzt auch meine Mutter getötet hat – ein Krieg, der allen Kriegen ein Ende bereiten sollte, sagten sie. Und jetzt reden sie bereits über den nächsten, kaum zwanzig Jahre nach der letzten riesigen Katastrophe, die eine ganze Generation junger Männer getötet hat. Warum haben wir uns nur wieder von verlogenen Politikern Sand in die Augen streuen lassen, warum nur?«

Ross fror, aber es war eine brennende Kälte, die sie empfand, eine Kälte, unter der sie bis ins Mark erzitterte.

»Wir waren in jenem Sommer wie Austern, die sich in Orcas sauberem, goldenem Sand vergraben: Wir wollten gar nichts wissen, hätten nicht gleichgültiger gegenüber dem Geschehen in der Welt sein können. All diese ermüdenden Nachrichten über die Propagandamittel – und bombastischen Drohungen des Herrn Hitler, dem Kanzler von Deutschland, und über die Äußerungen des Premierministers Neville Chamberlain und Winston Churchills, der sich zwar aus der Politik zurückgezogen hatte, nicht aber aus dem Rampenlicht, und der jetzt über die BBC jeden vor der Bedrohung durch die Nazis warnte. Schon bald hatte uns das ganze Theater unsere Ferien ziemlich verdorben. Daher ließen wir das Radio aus, gingen selten ans Telefon und lasen kaum je einmal die Zeitungen, die ohnehin nicht mehr aktuell waren, wenn sie Orca erreichten.«

Am nächsten Morgen fühlte Roslin sich ausgeruht und erheblich besser als am Tag zuvor, obwohl ihr immer noch schwindelig wurde, wenn sie sich zu schnell bewegte. Als sie zum Frühstück hinunterging, traf sie die anderen dort in einer sehr düsteren Stimmung an.

Veronica versuchte, die schlechten Neuigkeiten, die Michael ihnen überbracht hatte, leichthin abzutun, obwohl allen anderen ganz offensichtlich nicht zum Lachen zu Mute war: »Ich muss sagen, dieser Hitler ist eine echte Nervensäge, was das Timing anbelangt. Scoots steht kurz vor ihrem Debüt in der Gesellschaft, und Mutter und ich hatten eine einfach umwerfende Saison für sie geplant. Und stattdessen werde ich jetzt Michael heiraten.«

»Tust du das? Tust du das wirklich?«, sagte er eifrig, mit ehrlicher Überraschung, als wären sie nicht bereits vier Jahre verlobt gewesen. Er strahlte glücklich und machte sich dann mit neuem Elan über seinen Teller voller Bücklinge her.

»Ja, mein Lieber, beruhige dich. Ich finde, jede Frau sollte eine

Kriegsbraut sein, es ist so romantisch.« Alle anderen sahen Veronica mit unverhohlener Verblüffung an.

Sie schien an diesem Morgen nicht an ihrem gewohnten Kater zu leiden und hatte noch nicht einmal etwas dagegen, dass Scoots in ihren Toast biss, dass es nur so knirschte. Abigail flüsterte Roslin zu: »Sie hat nur in die Heirat eingewilligt, weil sie weiß, dass er jetzt zur See fahren wird und sie weiter ihr eigenes Leben führen kann. Wenn er stirbt, wird sie eine Kriegswitwe sein, statt einer sitzengebliebenen alten Jungfer.«

In gewisser Weise musste Roslin Scoots' zynischer Einschätzung ihrer Stiefschwester zustimmen. Veronica war keine Leopardin, die allzu leicht ihre Flecken wechselte. Daher musste diese Kehrtwendung wohl zu ihrem eigenen Vorteil dienen.

Imogen fragte Michael indessen ängstlich: »Adolf Hitler spielt doch nur Spielchen mit unserer Regierung und dem Rest von Europa, nicht wahr? Bitte, Michael sag, dass es nicht so schlimm steht, wie es scheint.«

»Ich kann dich in dieser Ansicht leider nicht beruhigen, Imogen. Eben weil die Dinge schlimm stehen, muss ich umgehend nach London zurück. Ich habe nur einen Vierundzwanzig-Stunden-Urlaub nehmen können, um Ronnie zu bitten, meine Frau zu werden.«

»Da hast du's, Ronnie! Romantischer kann ein Mann doch wohl nicht sein«, sagte Lady d'Oilier Barra mit blitzenden, grünen Augen. »Er hat sich in dieser Situation auf den Weg nach Orca gemacht, nur um dich zu bitten, ihn zu heiraten. Du solltest wirklich ja sagen.« Sie ließ mit ihren Worten jedoch keine Zweifel daran, dass andernfalls ihre Missbilligung wie ein Damoklesschwert über Veronicas Kopf schwebte.

Veronica wandte sich an Ros: »Möchtest du vorher noch an meinem Kopf arbeiten?«

Ros, die in Gedanken gerade meilenweit entfernt war, hatte keine Ahnung, wovon Veronica sprach. »Wie bitte, Ronnie?«

»Ich meine, ob wir unsere gewohnte Sitzung abhalten sollen,

bevor Michael und ich mit der Mittagsfähre abfahren, es sei denn, Michael kann ein anständiges Privatboot auftreiben, das uns zum Festland zurückbringt.«

»Oh ja, nun verstehe ich, was du meinst ...«

»Wirst du denn auch wirklich zurechtkommen? Das heißt, habe ich deine Erlaubnis, mich mit meinem Verlobten für diese verflixte Hochzeit nach London zu verflüchtigen und dich damit im Stich zu lassen?«

Roslin staunte, dass Veronica ihr eine so dumme Frage stellte. Hoffte sie etwa darauf, dass sie sie überreden würde, bis zum Ende der Ferien zu bleiben, weil sie nicht auf ihr – zugegebenermaßen unleugbares – Charisma und ihren Charme verzichten konnte, um ihre Arbeit zu vollenden? *Oh Ronnie, nein, Ronnie, bitte, fahr nicht, Ronnie.* »Oh ... ähm.« Ros fuhr sich mit der Zunge über ihre von der Sonne ausgetrockneten Lippen. »Ich kann deinen Kopf problemlos später in London fertig stellen, Ronnie.«

Paul, der Butler, trat mit frischem Kaffee und Imogens Dreiminutenei ins Esszimmer: »Ich werde nicht guten Morgen sagen, meine Damen und Herren, denn ich denke, es wird kein guter Morgen werden. Hier ist Ihr Ei, Mylady, *genau* wie Sie es mögen«, betonte er und fügte hinzu: »Wie wir zweifellos alle im Radio gehört haben, ist Mr Hitler in den frühen Stunden des heutigen Tages in Polen einmarschiert.«

»Ja, wir haben es gehört«, sagte Giles gereizt, der gerade am Sideboard stand und sich noch eine weitere Portion Rührei, Schinken, Würstchen und geröstetes Brot auf den Teller häufte, da dies wahrscheinlich für lange Zeit sein letztes anständiges Frühstück sein würde.

»Also schön, ich werde wohl nicht mehr gebraucht. Lass uns gehen, Michael!«, sagte Ronnie beleidigt und schob kratzend ihren Stuhl über die Fliesen des Esszimmers.

»Oh, Schatz, lass mir nur einen Augenblick Zeit, um diesen köstlichen Bückling aufzuessen.«

»Bücklinge! Du wirst auf dem Weg zurück nach London selbst wie einer riechen, so viel wie du davon gegessen hast.«

»Solche Heringe sind in London nicht mehr zu bekommen.«

Veronica setzte sich wieder auf ihren Stuhl und zündete sich eine Zigarette an. Imogen bedachte sie mit einem missmutigen Blick. Obwohl sie selbst rauchte, sah sie es nicht gern, wenn es jemand am Esstisch tat.

Paul sagte düster: »Angesichts der Tatsache, dass Chamberlain vor einem Jahr das Münchner Abkommen unterzeichnet und Polen erneut seinen Beistand zugesichert hat, während er die Tschechen im Regen hat stehen lassen, sieht es so aus, als würden die Bomben wohl nicht mehr allzu lange auf sich warten lassen. Sie alle werden auf Orca weitaus sicherer sein als in London, das heißt, falls Sie meine bescheidene Meinung interessiert.«

»Tut sie nicht«, sagte Veronica ungeduldig. »Michael und ich werden heute abreisen, Mr Powers.«

»Sehr wohl, Madam.«

»Ich reise ebenfalls ab«, erklärte Giles, was Ros das Gefühl gab, als sei die erste der Bomben bereits auf sie niedergegangen.

»Warum?«, fragte seine Mutter besorgt.

»Ich möchte der Luftwaffe beitreten.«

»Aber du kannst nicht fliegen!«

»Nein, ich selbst kann nicht fliegen, aber ich bin sehr wohl im Stande, ein Flugzeug zu fliegen, wenn es das ist, was du meintest, liebste Mutter. Hast du etwa all die Flugstunden vergessen, die ich bei diesem Fossil Mr Soundso genommen habe, der vor hundert Jahren mit meinem Vater zu dessen Fliegerzeiten in Biggin Hill war? Ein Freund von Carlisle, den Namen habe ich vergessen, ein Lord Sowieso.«

»Du meinst Charly, Lord Babbington?«

»Ja, genau den! Ich denke, ich werde ihn noch einmal aufsuchen.«

»Er ist jetzt ein Fossil im Ministerium für Luftfahrt«, erwiderte Imogen ironisch.

»Wunderbar! Ich werde ihn bitten – oder vielleicht kannst du ihn ja in meinem Namen bitten, Mutter –, mich in einer Spitfire-Staffel unterzubringen.«

»Hat das etwas mit Flugzeugen zu tun oder mit Motorrädern?«

»Das ist ein Kampfflugzeug, Mutter, im Gegensatz zu einem Bombenflugzeug.«

»Warum«, brummte seine Mutter ungehalten, »musst du immer dorthin gehen, wo die Gefahr besteht, dass du umgebracht wirst! Warum kannst du dir nicht für die Dauer des Krieges eine nette, ruhige Stellung im Ministerium suchen, Giles?«

»Bisher hat er Leichen ausgegraben«, bemerkte Scoots, an Imogen gewandt. »Nichts könnte weniger geruhsam sein als das.«

Imogen schenkte ihr keine Beachtung. »Charly Babbington könnte dir einen Schreibtischjob im Ministerium besorgen, Giles.«

»Nie im Leben, Mutter!«

»Es würde mir überhaupt nicht gefallen, wenn du mit einem dieser Spitfire-Dinger zu Tode kämest.«

»Jetzt kommen mir aber die Tränen, liebste Mutter.«

»Na schön, wenn ihr jungen Leute euch weigert, von eurer eigenen Mutter einen Rat anzunehmen, dann ... dann kehre ich ebenfalls nach London zurück.« Sie winkte den Butler mit einem Fingerschnipsen zu sich. »Den Wagen vor der Tür, Powers, in einer Stunde.«

»Ich werde mit Bob darüber reden, Mylady«, sagte Paul, der sich meisterhaft darauf verstand, die Verantwortung für unangenehme Dinge an andere weiterzureichen.

»Oh, was für eine Landplage dieser Mann doch ist!«, erklärte Ronnie angewidert. »Kein Wunder – er ist Österreicher, nicht wahr?«

»Wer, Paul Powers?«, fragte Giles einigermaßen verwundert. »Ich dachte immer, er sei Schotte.«

»Was seine muffige Art durchaus erklären würde«, bemerkte Lady d'Oilier Barra ungehalten.

»Hitler!«, sagte Veronica voller Abscheu, »Er ist *so* eine Landplage! Zum einen muss Scoots nun ohne ihren Debütantinnenball auskommen, wenn an diesem ganzen Kriegsgerede wirklich etwas dran ist. Und zum anderen können wir nicht auf Orca bleiben, wenn wir hier nicht festsitzen wollen, wenn er beschließt, mit seinen Pfadfindern in Großbritanien einzumarschieren. Ihr zwei solltet besser sofort eure Sachen packen und mit uns kommen.« Sie wandte sich dabei an Abigail und Roslin.

Michael, der mit seinen Gedanken offensichtlich anderswo gewesen war, fragte plötzlich: »Ach übrigens, was haben eigentlich all diese Mönche auf der Insel zu suchen?«

»Ich habe keinen blassen Schimmer!« Veronica zuckte achtlos mit den Achseln. »Keiner von uns weiß irgendetwas über sie, abgesehen von der Tatsache, dass Grayson ihnen die Insel verpachtet hat, unter der Bedingung, dass sie sich in seiner Abwesenheit um seinen Zoo kümmern und andere ungeliebte Arbeiten hier erledigen.«

»Oh, verstehe ... keine schlechte Idee, Orca jenen zurückzugeben, deren Kloster einmal auf diesem Grund und Boden stand. Nun ja, ich wünsche den Burschen viel Glück. Allerdings kann ich von mir nicht behaupten, dass es mir besonders gefallen würde, das ganze Jahr über derart isoliert zu leben. Es mag ja gut und schön sein für einen friedlichen, geruhsamen Sommerurlaub, aber davon abgesehen schäme ich mich nicht, zuzugeben, dass ich mit Leib und Seele Stadtmensch bin.«

»Du bist mit Leib und Seele in erster Linie kein Stadtmensch, Michael, sondern ein Seebär wie Paul Powers«, widersprach ihm Scoots.

»Ganz richtig, Kleine!«, stimmte Michael belustigt zu. »Nun, Ronnie, ich bin mit meinem Hering fertig, also lass uns gehen ...«

Veronica stieß eine Rauchwolke aus und ließ ihn ihrerseits warten. »Keine Eile.« Sie warf einen Blick auf ihre Armbanduhr. »Wir haben alle Zeit der Welt, die nächste Fähre fährt nicht vor Mittag. Ich gehe gleich nach oben und packe. Und ihr Mädels solltet besser dasselbe tun, da Maudie nicht hier ist, um uns die Arbeit abzunehmen. Eine Zigarette, Mutter?« Ronnie hielt ihrer Mutter das Päckchen hin.

Lady d'Oilier Barra zögerte, aber nachdem sie mit ihrem frugalen Frühstück fertig war, sagte sie nun: »Oh, warum nicht! Es ist der letzte Tag der Ferien, was mich betrifft, da können wir die Regeln wohl ausnahmsweise einmal in den Wind schlagen, was, Abigail?«

Doch Abigail zeigte sich weiterhin unversöhnlich. »Wenn du von der Familienabschiedsparty sprichst, die ihr mir abgeschlagen habt – Ros und ich werden noch eine geben, wenn *wir* beschließen, die Insel zu verlassen. Und wenn wir nackt im Wald tanzen müssen, um wenigstens die Ratten von Orca als Partygäste anzulocken.«

Nur Ros wusste, was Scoots tatsächlich im Sinn hatte.

Imogen legte es scheinbar darauf an, Scoots Wut noch zu steigern. »Ich kann mir nicht vorstellen, dass Roslin für irgendjemanden nackt tanzen würde, nicht einmal für keltische Druiden. *Du* würdest das vermutlich tun, Abigail, schamlos und unvernünftig wie du bist!«

»Komm schon, Mutter, lass uns unsere Sachen packen«, sagte Veronica eilig zu Lady d'Oilier Barra, um dem Gezänk ein Ende zumachen.

»Oh, ja, natürlich ...« Imogen erhob sich vom Frühstückstisch; sie hatte vergessen, dass Maudie nicht mehr da war, um ihr das Packen abzunehmen.

»Und ihr zwei beeilt euch jetzt besser auch«, sagte Veronica zu Roslin und Abigail.

Worauf Scoots ohne Umschweife erwiderte: »Wir kommen nicht mit euch!«

Imogen und Veronica blieben auf der Türschwelle stehen. »Wie?«, fragte Veronica drohend, die nicht viel übrig hatte für die Eskapaden einer jüngeren Stiefschwester, die ihr in diesem Sommer langsam über den Kopf wuchsen.

»Paul hat Recht. Es wird für Roslin und mich viel sicherer sein, wenn wir hier auf der Insel bleiben, solange in London Bomben fallen und was weiß ich noch. Außerdem wird bei dem ganzen Gepäck gar nicht genug Platz im Auto sein, wenn wir beiden auch noch mitkommen.«

»Unsinn!«, sagte Imogen, »der Humber hat Platz für acht Leute *und* ihr Gepäck.«

»Aber nur wenn man sich ziemlich zusammenquetscht, Mutter«, bemerkte Giles, und Ros hätte ihn dafür umarmen können. Ihr war heute überhaupt nicht danach zu Mute, irgendwohin zu fahren, und sie wusste, dass sie sich unweigerlich würde übergeben müssen, sobald sie auf hoher See war. Schließlich fügte Giles hinzu: »Ihr müsst einsehen, dass die Mädchen hier auf Orca erheblich sicherer aufgehoben sind. Du übrigens auch, Mutter. Wenn es tatsächlich zum Krieg mit Deutschland kommt, ist London der letzte Platz auf Erden, wo du sein solltest. Und wenn du nicht auf Orca bleiben willst, dann fahr zurück nach Cork.«

»Ich werde nichts dergleichen tun, Giles. Ich möchte mitten im Getümmel sein. Ich werde eine Suppenküche des Roten Kreuzes leiten, wie ich es im letzten Krieg getan habe! Ich komme ja schon ...«, sagte sie zu der ungeduldig wartenden Ronnie und fügte an Giles gewandt atemlos hinzu: »Aber was wird dann aus Ronnies Hochzeit?«

»Nun, sie könnte doch noch hier auf der Insel heiraten. Pater Luke könnte als geweihter Priester die Zeremonie vollziehen, und wir haben doch die Kapelle, die wieder benutzt werden könnte ... Bitte, Mutter, denk darüber nach.«

»Ich habe darüber bereits nachgedacht – du redest Unsinn, Giles! Für meine einzige Tochter wird es eine große Hochzeit in London geben, vorzugsweise in St. Margaret's oder in der Royal Naval Chapel in Greenwich, und du wirst dabei sein, um deine Schwester zum Altar zu führen. Ich kann natürlich nicht für Abigail und Roslin sprechen, da die beiden ja eigentlich nichts mit uns zu tun haben ...«

»Nur immer dann, wenn es dir gerade in den Kram passt, Imogen«, unterbrach Abigail sie spöttisch.

Imogen warf ihr einen vernichtenden Blick zu, bedachte dann Giles mit einem ähnlichen Blick und wandte sich schließlich Hilfe suchend an Veronica und an einen sehr verlegenen Michael, der zwar ein großartiger Kerl, aber ein ziemlicher Feigling war, wenn es um Familienzwistigkeiten ging. Von ihm erwartete Imogen keine Unterstützung. Michael bezog in solchen Dingen niemals eine klare Position.

»Es hat keinen Sinn, mit ihnen zu streiten«, sagte Imogen schließlich resigniert. »Sollen sie doch tun, was sie wollen, diese undankbaren Mädchen, obwohl ich mein Bestes gegeben habe nach dem Tod der Contessa Gina Vol-au-vent oder wie auch immer sie hieß ...«

»Treviso de Stefani ... die Contessa Gina Ramson de Treviso de Stefani, Imogen!«, rief Abigail Lady d'Oilier Barra triumphierend nach.

»Scht, Scoots! Das reicht jetzt!«, sagte Giles stirnrunzelnd. »Mutter kann bisweilen ein wenig taktlos sein, vergiss sie und Ronnie doch einfach. Ihr zwei bleibt hier und genießt den Rest eurer Ferien. Du und Ros, ihr seid hier ohnehin besser aufgehoben als in London, so viel steht fest.«

Auch Giles machte Anstalten, den Frühstückstisch zu verlassen, um Vorbereitungen für seine Abreise von der Insel zu treffen, aber Abigail stürmte, noch immer wütend, vor ihm aus dem Raum. Sie wollte zum Folly hinaufgehen, um in Ruhe eine Zigarette zu rauchen, und sie hoffte, dass sich ihr Kriegermönch ebenfalls auf eine Zigarette an ihrem geheimen Treffpunkt einfinden würde.

Bevor auch Giles den Frühstücksraum verließ, schaffte Roslin es gerade noch, eine verzweifelte Frage an ihn richten: »Was wird denn jetzt mit der Leiche, Giles?«

»Tut mir Leid, altes Mädchen, aber die Pflicht ruft. Bring du das bitte für mich in Ordnung, Ros. Ich meine, du warst doch früher schon immer so geschickt darin, für mich die Kohlen aus dem Feuer zu holen. Erlaub ihnen einfach nicht, sich weiter auf meinem Ausgrabungsplatz breit zu machen!« Er setzte mit einem Lächeln hinzu: »Wir wollen doch nicht auffliegen, oder?«

Sie antwortete wütend, dass sie auf geistige Unzurechnungsfähigkeit plädieren würde, falls sie jemals seinetwegen vor Gericht landen sollte.

Er hatte die Frechheit zu erwidern: »Wie gesagt – vergiss die Kunstakademie, Ros, und widme dich stattdessen der Juristerei. Du würdest der Familie einen großen Gefallen tun, wo du doch eine Verfechterin der Wahrheit und Gerechtigkeit bist. Ich jedenfalls habe absolutes Vertrauen in dein Urteil und habe es immer gehabt. Ich weiß, dass du immer das Richtige tun wirst, liebste Ros. Daher übergebe ich meinen Spaten, meine Schaufel und den Ausgrabungsplatz mit all seinen verdächtigen Geheimnissen aus der Zeit vor und nach der Tudor-Ära deiner Obhut.« Er warf ihr noch eine Kusshand zu, dann kehrte er ihr und der Sommerinsel unbekümmert den Rücken, um seine Pflicht für König und Vaterland zu tun.

10. Kapitel

Roslin stand tatsächlich kurz vor der Fertigstellung ihres Gemäldes. Es war ihre erste Auftragsarbeit, noch dazu von einem Adeligen: Dass Grayson, ihr Gönner, ein entfernter Verwandter von ihr war, spielte in diesem Falle keine Rolle. Roslin war stolz auf ihre Leistung.

»So!«, sagte sie befriedigt nach einem letzten temperamentvollen Schwung ihres Pinsels, bevor sie ihn beiseite legte. »Ich fühle mich wie Rembrandt. Oder wie Michelangelo sich gefühlt haben muss, nachdem er sechs Jahre lang auf dem Rücken gelegen und zu der Decke der sixtinischen Kapelle emporgeblickt hatte.« Sie wischte sich die Hände an einem mit Terpentin getränkten Lappen ab, wobei man den Eindruck gewinnen konnte, dass sie mehr Farbe abbekommen hatte als die Leinwand. »Ich dagegen habe mich während der letzten drei Jahre fast ausschließlich mit dem Gegenstand meines Gemäldes beschäftigt ... Was hältst du von dem Endergebnis, Scoots? Die Wahrheit, bitte.«

Abigail, die neben Ros' Staffelei auf dem Bauch lag und eine Kensitas rauchte, war zweifellos in träumerische Fantasien bezüglich Pater Luke verstrickt. Jetzt beäugte sie Ros' Meisterwerk eher mit mürrischem Desinteresse als mit einem echten kritischen Blick: »Du erinnerst mich an die Mönche – die schuften auch den ganzen Tag und haben keine Zeit zum Ausspannen. Man könnte meinen, der Ausgang des Krieges hänge davon ab.

Tut mir Leid, Ros, aber du bist weder ein Rembrandt noch ein Michelangelo.«

»Das muss es nicht – ich meine, es muss dir nicht Leid tun. Ich kenne meine Grenzen.«

»Ich weiß, dass du es vorziehst, wenn man ehrlich zu dir ist, Ros.«

»Tue ich auch.«

»In diesem Falle sage ich dir ehrlich, dass es in meinen Augen ein wirklich nettes Bild ist, aber wohl eher geeignet für eine Arztpraxis in der Harley Street oder ein Hotelfoyer ... vielleicht ... hoppla ... darf ich so etwas sagen? Ich glaube nicht.«

»Du meinst, es sei zu klinisch?«

»Oh nein! Du hast ganz offensichtlich etwas von dem Geist des Ortes eingefangen ... Und du hast ein gutes Auge für Details. Sieh dir nur diese unzähligen elliptischen Blätter des Bärlauchs an – auf eins davon hast du sogar einen winzig kleinen Marienkäfer gesetzt ...«

»Oh, der! Das war ein Missgeschick mit einer Tube Karmesinrot«, gestand Ros verlegen. »Die Farbe ist überall herumgespritzt, als ich die Tube einmal in der Sonne liegen gelassen habe und sie geplatzt ist ... Es ist eigentlich gar kein Marienkäfer. Aber jetzt, da du es sagst, kann ich nachvollziehen, was du meinst. Es sieht tatsächlich ein bisschen wie ein Marienkäfer aus.«

»Zerbrich dir deswegen nicht den Kopf, das merkt niemand. Aber das Thema des Bildes gefällt mir einfach nicht besonders – oh, ich rede nicht von Marienkäfern, die sind ganz in Ordnung, ich mag Marienkäfer. Ich meine Ramsons Priorei. Meiner Meinung nach gibt es nur einen einzigen Platz, an dem man so ein düsteres Monstrum aufhängen sollte – ganz gleich, wer es gemalt hat. Ich spreche von der Krypta. Aber vielleicht würde es auch noch in Giles' Zimmer passen.«

»Oh Danke! Vielen Dank, Scoots.«

»Was glaubst du eigentlich, was sie gerade machen?«

»Wer?«

»Es ist trotzdem ein hübsches Bild, du hast die Pers... Pers..., na du weißt schon, was ich meine, du hast es jedenfalls genau richtig hingekriegt.«

»Perspektive, Scoots!«, sagte Ros kopfschüttelnd.

»Ich verstehe eben nichts von Kunst ... Ich meinte eben die Mönche, Ros. Was glaubst du, was sie im Schilde führen?«

»Ich hab's kapiert – ich meine, dass du nichts von Kunst verstehst, also halt besser den Mund. Und was die Mönche betrifft, ich habe absolut keine Ahnung, was sie im Schilde führen.«

»Ros, ich wollte deine Gefühle nicht verletzen – du weißt doch, was für eine Niete ich in Cheltenham war.«

»Du warst niemals eine Niete, aber unbestritten eine gesellschaftliche Belastung für die Lehrer und mich.«

»Touché! Ros, was mich und Pater Luke, alias Major Duffield, angeht ...«

»Sei still!«

Abigail sagte mit ein wenig törichtem Augenaufschlag: »Na ja, ich bin dir jedenfalls schrecklich dankbar, Ros. Wirklich.«

»Wofür?«

»Dafür, dass du hier ausharrst.«

»Ich harre nicht aus. Ich genieße den Rest der Ferien, die mir zustehen.«

»Das habe ich nicht gemeint.«

»Was *hast* du denn gemeint?«

»Dass du in Ronnies Abwesenheit hier die Anstandsdame für mich gibst.«

»Das ist nicht der Grund, weshalb ich geblieben bin.«

»Oh doch, ist es wohl.«

»Ich hatte gestern keine andere Wahl, weil ich mich so elend gefühlt habe. Es kann nur ein Sonnenstich gewesen sein ...«

»Oder eine Lebensmittelvergiftung.«

»Oder das. Ich hätte also gar nicht auf diese Fähre gehen können, und wenn mir jemand eine Million Pfund dafür geboten hätte. Außerdem bin ich hier geblieben, um mein Bild fertig zu malen, *dieses* Bild, das Grayson bei mir in Auftrag gegeben hat und für das er mir einen dicken Vorschuss gezahlt hat. Hätte ich das Gemälde nicht mehr fertig stellen können, hätte ich nicht gewusst, wie ich ihm das Geld zurückzahlen soll. Ich musste für sechs Wochen im Voraus die Miete für mein Zimmer bezahlen, obwohl ich nicht da bin. Wie dem auch sei, jetzt ist es fertig – das Bild, meine ich, und dafür bin ich ehrlich dankbar.«

»Ganz egal, wie auch immer Grayson es finden wird, er wird dich dafür loben, denn Grayson hat dich immer lieber gemocht als alle anderen. Wenn irgendjemand oder irgendetwas in Schwierigkeiten ist, dann ist Grayson stets zur Stelle. Das hast du selbst mal gesagt.«

»Oh bitte, Scoots, fang nicht wieder davon an.«

»Okay, ich halt ja schon den Mund. Kein Sterbenswörtchen mehr über Graysons großherzige Taten.«

»Du bist unfair, Scoots.«

»Du bist also hier geblieben, weil du mir mehr Zeit mit Pater Luke verschaffen wolltest, alias Major Luke Duffield.«

»Mach dich nicht lächerlich!« Ros war entsetzt.

»Oder du bist hier geblieben, weil *du* mehr Zeit mit ihm verbringen wolltest.«

»Ich ... ich ...« Ros hatte keine Antwort darauf.

Sie wusste nicht, warum sie sich in letzter Minute dazu entschlossen hatte, auf Orca zu bleiben. Sie hätte ohne weiteres gestern ihre Staffelei zusammenpacken und mit den anderen abfahren können, zurück in ihre Einzimmerwohnung in Clapham. Sie hätte das Bild genauso gut dort fertig stellen können. Wenn da nicht die Tatsache gewesen wäre, dass sie sich ziemlich schlecht gefühlt hatte – vermutlich weil sie in den Tagen zuvor zu viel Sonne abbekommen hatte. Außerdem hatten all die kleinen Dramen am Ende ihrer Ferien dazu geführt, dass sie sich immer unwohler gefühlt hatte und schließlich wie gelähmt gewesen war. Jetzt wünschte Ros, sie hätte gestern Morgen ein wenig mehr Mut gehabt und ihre eigene Sache vertreten. Sie wäre auch überglücklich gewesen, den ganzen

Weg von Penzance nach London in Lady d'Oilier Barras riesigen Humber zurücklegen zu können, wäre da nicht die raue Überfahrt mit der Fähre gewesen, die sie zuvor hätte bewältigen müssen.

Und Scoots? Für sie hatte Bayswater Mansion sicherlich nicht die geringste Verlockung dargestellt. Sie hätte dort allein in einem kalten, riesigen, leeren Haus gesessen, während Grayson, ihr Vormund, Tausende von Meilen entfernt in unkartografiertem Gebiet saß und ihre einzige Unterstützung Graysons ältliche Diener sowie sein alter Bernhardiner namens Lord Bruno gewesen wären – welche Alternative wäre ihr geblieben? Lady d'Oilier Barra mit ihren steifen Bridgepartys in Mayfair und ihren Wohltätigkeitsveranstaltungen zu Gunsten der armen, hungernden, barfüßigen Südirländer? Keine wirkliche Alternative für jemanden wie Scoots. Und von der guten alten Imogen selbst herumkommandiert zu werden, und das morgens, mittags und abends, bis sie einen der noch verfügbaren, schwächlichen Wunderknaben aus einem Ministerium kennen lernte, der bereit war, sie zu ehelichen, wäre wohl das Letzte gewesen. Also zum Teufel mit der Londoner Saison und all den langweiligen, stupiden Bällen, die eine Debütantin zu absolvieren hatte!

Ros hatte Mitleid mit Scoots, die scheinbar alles hatte und eigentlich doch wiederum gar nichts. Scoots war damit aufgewachsen, dass sie einmal *alles* haben würde. Aber wenn jemandem wie ihr dann der Boden unter den Füßen weggezogen wurde, worauf konnte er dann im Ernstfall noch zurückgreifen, wenn man einmal von dem eigenen – zugegebenermaßen starken – Willen absah? Und wenn sie es recht bedachte, was erwartete denn *sie,* Roslin Taylor Ramson, wenn sie in ihre Einzimmerwohnung in Clapham zurückkehrte? Nicht gerade viel.

Aber zumindest hatte sie, Ros, ein Interesse, einen Beruf, den sie anstrebte, ein Ziel im Leben. Schließlich sagte sie entschlossen zu Abigail: »Ich fahre morgen nach London zurück, Scoots.«

»Warum?«, fragte Abigail erstaunt – und, wie es Ros schien, mit ziemlicher Erleichterung.

»Vielleicht schließe ich mich der WAAF an.«

»WAAF? Was um alles in der Welt soll das sein?«

»*Women's Auxiliary Air Force,* der Luftwaffen-Hilfsdienst für Frauen.«

»Nur um in Giles' Nähe sein zu können!«, sagte Scoots abschätzig. »Was weißt du denn schon vom Fliegen?«

»Ich bezweifle, dass Giles und ich einander oft zu sehen bekommen werden, wenn überhaupt, Scoots. Der Himmel ist ziemlich groß«, erwiderte Ros gelassen. »Ich bin nur deshalb heute Morgen so früh hier heraufgekommen, weil ich letzte Hand an das Bild legen wollte, bevor ich packe. Ich möchte das Postboot morgen früh um sechs Uhr erwischen.«

Abigail richtete sich erschrocken auf. »Du willst also wirklich so bald schon abreisen?«

»Ja, Scoots. Kommst du mit?«

»Keine Chance, ich bleibe, wo ich bin!«

Am nächsten Morgen wartete Ros im fahlen Licht der Morgendämmerung auf das Postboot, aber die Zeit verstrich, ohne dass sich auf See irgendetwas tat. Und weil das Telefon ebenfalls nicht funktionierte, konnte Paul nicht den Hafenmeister auf St. Mary's anrufen, um herauszufinden, was mit dem Boot und den bestellten Vorräten für den Haushalt passiert war.

Ros blieb nichts anderes übrig, als auf das nächste Boot zu warten, das Orca ansteuerte, ob es nun das Postboot oder die Passagierfähre war.

Auch das Radio im Salon funktionierte seltsamerweise nicht mehr. Sie drehten die Knöpfe hin und her, um einen Sender zu finden, aber das Ding war, wie Paul treffend bemerkte, mausetot.

»Komisch!«, murmelte Ros, »es ist doch vorher noch nie kaputt gewesen. Wie repariert man denn ein Radio, das den Geist aufgegeben hat, Paul?«

»Vielleicht ist Hitler ja schon in London einmarschiert und hat den Sender stillgelegt. Morgen hören wir dann zweifellos ein deutsches Heimatprogramm«, sagte Abigail mit einem Lachen.

»Das ist überhaupt nicht komisch, Scoots!« Ros wiederholte ihre Ermahnung, denn sie hatte seit langem den Verdacht, dass Scoots und einige andere Mitglieder ihrer Familie, die in Kreisen des im Exil lebenden Duke of Windsor verkehrten, nazifreundliche oder zumindest keine nazifeindlichen Neigungen hegten.

Und dann begannen die Lichter zu flackern. »Oh, oh!«, sagte Scoots theatralisch, »der Geist von Simon de Costard ist wieder da! Es wird Zeit, ihn zu beschwichtigen.« Mit diesen Worten sprang sie vom Sofa auf, um die Kerzen anzuzünden, falls ihnen ein kompletter Stromausfall drohte.

Daran waren sie gewöhnt; es war ein alter Familienwitz, dass Pater Simon die Elektrizität als ein raffiniertes Teufelswerk betrachtete und die Benutzung von Kerzen vorzog, die ihm als mittelalterlichem Mönch natürlich vertrauter waren. Gelegentlich neigte er sogar dazu, den Generator außer Betrieb zu setzen. Vor Lord Carlisles Zeiten hatte es keine Elektrizität auf der Insel gegeben, keine sanitären Anlagen mit fließendem Wasser, nur einen Brunnen. Lord Carlisle hatte einen Stromgenerator installieren lassen sowie moderne Heizungen, Wasserrohre und sanitäre Anlagen. Dank Lord Carlisle konnten sie in unbegrenzten Mengen fließenden, heißen Wassers schwelgen, wenn sie ein Bad nahmen oder sich wuschen. Und auch die Toiletten im Haus stellten eine eindeutige Verbesserung gegenüber den alten Nachtstühlen und Außenklos vergangener Tage dar.

Manchmal jedoch ließen sie die modernen Gerätschaften im Stich, wenngleich auch das nicht oft geschah. Bob hielt nicht nur den Garten und das Grundstück in Schuss, sondern kümmerte sich auch mit liebevoller Zärtlichkeit um den launischen Generator. Er würde auch ihr gegenwärtiges Problem lösen, davon war Ros überzeugt. Obwohl es schon unheimlich war, dass ausgerechnet heute gar nichts mehr zu funktionieren schien!

Das Schlimmste war die Tatsache, dass sie nicht telefonieren konnten. Ohne diesen Rettungsanker waren sie auf höchst erschreckende Art und Weise vollkommen von der Welt abgeschnitten.

An diesem Abend schrieb Ros bei Kerzenlicht in ihr Tagebuch:

»Es war ein sehr merkwürdiger und anstrengender Tag. Gestern haben wir erfahren, dass die deutschen Truppen in Polen einmarschiert sind. Heute funktionierte hier gar nichts mehr – ob das mit dem Kriegsbeginn zusammenhängt? Auch das Postschiff von St. Mary's, das gegen sechs Uhr sämtliche bewohnten Inseln abklappert, wie klein sie auch sein mögen, bevor es weiter nach Penzance und von dort wieder zurück nach St. Mary's fährt, ist nicht gekommen. Und auch die Fähre ist ausgeblieben.

Ich wollte heute nach London zurückkehren, aber all meine guten Absichten sind durchkreuzt worden. Ich hätte gestern mit den anderen zurück nach London fahren sollen, mit Imogen, Ronnie, Michael und Giles. Zum ersten Mal in meinem Leben fühle ich mich wirklich abgeschnitten, isoliert, und habe Angst um mein Leben. Ich weiß nicht, warum, es ist einfach so, dass mir in diesem Sommer und vor allem in den letzten Tagen hier auf der Insel alles so unheimlich erscheint.

Scoots und ich sind freiwillig auf Orca zurückgeblieben. Während der letzten vierundzwanzig Stunden, seitdem der Rest der Familie nach London abgereist ist, komme ich mir ganz verlassen und auch so untätig vor. Sie sind alle abgefahren, um jetzt, da der Krieg tatsächlich ausgebrochen ist, ihr Scherflein beizutragen. Allerdings hat Chamberlain uns offenbar bisher noch nicht offiziell in die europäische Krise hineingezogen. Es kommt mir so vor, als sollte ich ebenfalls meinen Beitrag leisten, indem ich mich zumindest freiwillig melde, wie Giles es getan hat. Diese Überlegungen bedrücken mich seit gestern, und heute hat mich bereits den ganzen Tag über ein schlechtes Gewissen geplagt. Ich fühlte mich schuldig, weil ich bleiben wollte, schuldig, weil ich so getan habe, als sei alles so wie immer, und schuldig, weil ich damit vermutlich niemandem etwas vormachen konnte außer mir selbst.

Als sich heute Morgen herausstellte, dass ich nicht von der Insel wegkommen würde, bin ich ins Haus zurückgegangen, wo Scoots und ich dann ein verspätetes Frühstück eingenommen haben – sie hatte sich erst um zehn Uhr aus dem Bett gewälzt, weil niemand wie Imogen oder Ronnie da war, der sie aus den Federn holte –, und wir darüber sprachen, was ein Krieg mit Deutschland für uns wohl bedeuten würde. Dann sind wir zum Kap hinaufgestiegen. Da ich bereits gestern mein Bild fertiggestellt hatte, wusste ich nichts Rechtes mit mir anzufangen. Mittags brachte uns Paul dann einen Picknickkorb heraus.

Scoots meinte, wir sollten die nächsten Monate auf der Insel bleiben, Grayson würde nichts dagegen haben. Ich allerdings war anderer Meinung. Grayson mochte zwar nichts dagegen einzuwenden haben, aber unter den gegebenen Umständen erschien es mir einfach ungehörig, vor allem wenn man bedachte, dass es auf der Insel nur so von Vertretern des anderen Geschlechts wimmelte, auch wenn diese behaupteten, Männer Gottes zu sein. Es bestand durchaus die Möglichkeit, dass einer der Männer bei der geringsten Ermutigung von Scoots Seite von seinem Weg abkommen würde. Sie waren immerhin trotz allem Männer aus Fleisch und Blut, welche Moralvorstellungen sie auch immer haben mochten.

Von unserem Ausguck hoch oben auf dem Kap, wo wir den größten Teil des Vormittags verbrachten, der genauso heiß war wie der Rest dieses Sommers, konnten wir die Schar fröhlich arbeitender Männer beobachten. Bis jetzt waren Scoots und ich davon ausgegangen, dass sich nur ein halbes Dutzend Brüder auf der Insel aufhielten, angeführt von Pater Luke. Die Mönche, die bisher das Tageslicht mehr oder weniger gescheut hatten, waren jedoch plötzlich auf der Insel so allgegenwärtig wie die Rattenplage auf Samson. War das etwa die gleiche Schar gewissenhafter Brüder, die mit Grayson die Vereinbarung getroffen hatte, sich unten in der Krypta um dessen Ansammlung verschiedenster exotischer Tiere zu kümmern – Männer, die tagsüber unsichtbar blieben und nur des Nachts an die frische Luft kamen, nachdem die Familie zu Bett gegangen war?

Scoots bestritt das, und diesmal glaubte ich ihr.

Diese neuen Hunde des Herrn konnten eindeutig erst vor kurzem und vermutlich in aller Heimlichkeit bei Nacht auf die Insel gekommen sein, geradeso wie vor sechs Wochen die von Pater Luke angeführte Vorhut.

Sie schienen voller Elan am Werk zu sein und transportierten zusammen mit den anderen Schubkarre um Schubkarre voller Erde von Giles' Ausgrabungsstelle ab. Zweifellos hatte Pater Luke ihnen bereits seine Anweisungen gegeben, denn sie hielten sich von dem alten Mönchsfriedhof fern, einem Stück Land, das Giles mit Seilen abgesperrt und mit einer Unzahl von Schildern mit der Aufschrift BETRETEN VERBOTEN *versehen hatte.*

Die Muskulöseren unter den Mönchen schleppten Steine herbei, um den Kai zu verbreitern, wie Grayson es ihnen aufgetragen hatte. Wieder andere fällten Bäume in dem Bärlauchwäldchen und transportierten die Stämme zum Wasser hinunter, wo sie als Wellenbrecher, Wasserstandsanzeiger und als Stützpfosten eingesetzt wurden. Zu diesem Zweck stand den Männern schweres Gerät zur Verfügung, das ebenfalls im Dunkel der Nacht herbeigeschafft worden sein musste. Zumindest benutzten sie nicht mehr Caroline und Hannibal für diese Arbeit, was mich vor kurzem noch in Rage gebracht hatte.

Es war ein seltsamer und bizarrer Anblick gewesen, hier auf Orca, die Mönche in ihren langen, schwarzen Roben, die an einem heißen Tag zusammen mit zwei kleinen weißen Elefanten schwitzend Steine und Baumstämme transportiert hatten. Das Ganze hatte irgendwie surreal und fast ein wenig apokalyptisch gewirkt. Aber auch absolut faszinierend – zumindest war Scoots dieser Meinung.

Da ich mir nicht noch einmal einen Sonnenstich einfangen wollte, verbrachte ich den Nachmittag mit einem Buch auf meinem

Bett. Scoots und ich nahmen danach ein stilles Abendessen ein, das Paul wiederum im Wohnzimmer servierte, da der Tisch im Esszimmer für uns beide einfach zu groß und ungemütlich ist. Ich sprach abermals davon, dass ich die Insel verlassen wollte. Scoots stellte sich stur wie ein Maultier. Morgen werde ich es noch einmal versuchen. Es gibt nichts, was mich davon abhalten könnte, allein nach London zurückzukehren – was ich ja heute Morgen bereits getan hätte –, aber nach ein paar langen Gesprächen mit Scoots habe ich heute das Gefühl, dass ich sie nicht allein hier zurücklassen kann. Die Familie würde es mir nie verzeihen, und ich würde es mir selbst auch nicht verzeihen, wenn ihr etwas zustoßen sollte.«

Zu Ros' Pech kam die Fähre auch am nächsten Tag nicht, und langsam machte sich unter Graysons getreuem Personal, von dem nur noch eine Hand voll geblieben war, eine gewisse Panik breit: Paul, der Butler, Mrs Hargreaves, die Haushälterin, ihr Mann Bob, der Faktotum, Gärtner und Rattenfänger in einem war, und ihr Sohn, der geistig etwas zurückgebliebene Toby, der Graysons Tiere in der Krypta gefüttert und sauber gemacht hatte, bis die Mönche an seine Stelle getreten waren.

Alle fühlten sich nun isoliert und verletzlich, aber niemand litt mehr unter der Situation als Ros selbst. Ohne Radio und Telefon schien die Situation langsam ziemlich ernst zu werden. Mrs Hargreaves wollte wissen, wann und wie sie frische Vorräte von St. Mary's bekommen würden. Sie und Bob hatten über das Thema gesprochen, und sie beide waren der Meinung, dass auch sie die Insel so schnell wie möglich verlassen wollten, denn das Leben war dort in letzter Zeit furchtbar unsicher geworden. Wann würde wieder ein Postboot von St. Mary's oder vom Festland kommen? Was würde passieren, wenn einer von ihnen krank wurde und dringend einen Arzt brauchte?

Roslin beschloss, die Haushälterin näher zu dem plötzlichen Verschwinden von Maudie und ihrer Mutter zu befragen. Sie wusste selbst nicht, warum sie den Stier nicht schon eher bei den Hörnern gepackt hatte, aber sie hatte bisher wohl das Gefühl gehabt, dass das nicht ihre Aufgabe sei. Sie war schließlich eher ein Gast der Familie als ein Familienmitglied. Es wäre eher Giles oder Ronnies Aufgabe gewesen, solche Fragen zu stellen, oder aber Scoots oder Imogen hätten es tun müssen.

Mrs Hargreaves erging sich in einer wortgewaltigen Erklärung:

»Sie sind zurück nach St. Mary's gefahren, Miss Roslin, nachdem sie sich wegen der Vorratshaltung mit Pater Luke gestritten hatten und Lady Imogen sich wiederholt über das Essen beklagt hatte. An dem Tag, nachdem all diese Neuankömmlinge ohne ein Sterbenswörtchen der Vorwarnung von Lord Grayson über uns hergefallen waren – und das nach all diesen Jahren –, sagte Mrs Moffat zu mir: ›Es sieht ganz so aus, als schmecke ihnen mein Essen nicht mehr, deshalb werden Maudie und ich wieder nach Hause nach St. Mary's zurückkehren, und zwar auf der Stelle!‹ Sie hat es sich sehr zu Herzen genommen, Miss Roslin. Sie hat viele Tränen deswegen vergossen. Sie meinte, das läge daran, dass Lord Carlisle nicht mehr da sei, und diese neuen Leute auf der Insel dächten, sie könnten die Alten, die jahrelang treu gedient und wie die Maultiere geschuftet hätten, ständig kritisieren und herumkommandieren. Sie fanden, was gut genug für Lord Carlisle und Lady Gina gewesen war, hätte auch gut genug sein müssen für Leute wie Lady Imogen und Pater Luke. Mrs Moffat mochte sie nicht – sie meinte, sie würde Pater Luke und seinen Männern nicht über den Weg trauen. Das war vielleicht ein Wirbel an diesem Tag, das kann ich Ihnen sagen, Miss Roslin. Ich sagte zu ihr, dass sie deswegen doch nicht kündigen müsse. Doch sie war nicht umzustimmen und wollte, weil Lord Grayson nicht zu sprechen war, um die Kündigung in Empfang zu nehmen, am nächsten Morgen mit Maudie einfach verschwinden. Und das haben sie vermutlich getan, sie und Maudie sind einfach am nächsten Morgen mit der Fähre – einen Tag nach Beginn dieser merkwürdigen Ferien – zurück nach St. Mary's gefahren. Ich sage merkwürdig, Miss Roslin, weil wir nie wussten, was der nächste

Tag uns bringen würde, nicht wie in alten Zeiten, als wir unseren Platz kannten und auch die Familie ihn kannte.«

»Ich weiß, was Sie meinen, Mrs Hargreaves«, murmelte Ros verständnisvoll.

Also! Es waren alles reine Mutmaßungen und schauerliche Wahnvorstellungen gewesen, ohne ein Körnchen Wahrheit darin, Gott sei Dank! Mrs Moffat hatte sich mit Imogen wegen des Essens gestritten und mit Pater Luke offenbar wegen der Vorratszuteilung für die Mönche, die ebenfalls ernährt werden mussten; eine absolut vernünftige Erklärung für die ganzen Ereignisse. Imogen Lady d'Oilier Barra, die in ihrem eigenen Haushalt ein strenges Regiment führte, hatte es sich angemaßt, mit der Haushälterin und der Köchin die Mahlzeiten für den Tag durchzusprechen, obwohl sie in Graysons Küche nichts zu suchen hatte. In ähnlicher Weise hatte Pater Luke sich um das leibliche Wohl seiner Männer gesorgt. Immerhin hieß es, dass es einer Armee so gut gehe wie ihrem Magen, und Ros nahm an, dass dasselbe wohl auch für eine klösterliche Armee galt, denn trotz Scoots Mutmaßungen und ihres eigenen Verdachts wollte sie sich in dieser Angelegenheit noch nicht festlegen.

Tief in Gedanken verloren, nippte Roslin an dem Glas Limonade, das Mrs Hargreaves ihr eingeschenkt hatte. Sie war eine weitaus bessere Köchin, als Mary Moffat es jemals werden würde. Warum Grayson das nicht schon früher bemerkt hatte, war eine der vielen Verrücktheiten des Lebens, ging es Ros durch den Kopf. Draußen herrschte abermals sengende Hitze, während es in der Küche der Priorei kühl und dunkel war und sogar ein leichtes Lüftchen zu spüren war, weil die Türen zum Innenhof, zum Wäschezimmer und den Vorratskammern immer offen standen. Als sich Ros in der alten Küche umsah, die ein Ort voller Geheimnisse und Schatten aus früheren Zeiten zu sein schien, ging Ros erneut die Frage durch den Kopf, wessen Leiche in dem flachen Grab auf Giles' Ausgrabungsstätte liegen mochte.

Während sie mit den Fingern das angenehm kühle, feuchte Limonadenglas umschloss, holte sie tief Luft und fragte: »Mrs Hargreaves, haben Sie selbst *gesehen*, wie Mrs Moffat *und* Maudie die Fähre nach St. Mary's bestiegen haben?«

»Meine Güte, nein, Miss Roslin. Ich hatte Besseres zu tun, als mich von den beiden in aller Herrgottsfrühe zu verabschieden – vor allem, nachdem sie mich in die Klemme gebracht hatten. Ich musste nämlich plötzlich einen ganzen Haufen Bettlaken für diese Meute bügeln, die so unverhofft hier bei uns Stellung bezogen hatte. Und in dieser Hinsicht kann ich Mary Moffat wirklich keinen Vorwurf machen, dass sie von jetzt auf gleich das Weite gesucht hat.«

»Stellung bezogen?«

»Pater Luke und seine Männer. Ob es nun Soldaten sind oder Priester – sie alle brauchen Bettlaken.«

Womit wohl alles gesagt war, dachte Roslin. »Vielen Dank für die Limonade, Mrs Hargreaves.«

»War mir ein Vergnügen, meine Liebe, ich plaudere immer gern mit Ihnen. Wirklich eine Schande, dass heute kein Boot gekommen ist. Aber machen Sie sich nichts draus, morgen ist ja auch noch ein Tag.« Mrs Hargreaves machte sich gutmütig daran, ein weiteres Blech mit Scones für die Mönche zu backen, von denen die Gottesmänner anscheinend nie genug bekommen konnten.

11. Kapitel

Auch am dritten Tag liefen weder das Postboot noch die Fähre Orca an. Der Bärlauch, den Ros sich aus dem Wald geholt und in Tontöpfe gepflanzt hatte, um sie nach London mitzunehmen, war bereits fast vertrocknet. Am Abend setzte Ros ihn wieder zurück in den Wald und grub ein paar frische Pflanzen aus, um sie am nächsten Morgen nach London mitzunehmen – vorausgesetzt, es würde jemals wieder ein Boot nach Orca kommen!

Tief in Gedanken an ihre – eventuell – unmittelbar bevorstehende Rückkehr nach London und an die Auswirkungen der Kriegsanstrengungen auf den zivilen Schiffsverkehr sowie an die überstürzte Abreise der Moffats versunken, hätte Ros ihren Pflanzenheber um ein Haar tief in Pater Lukes nackte Zehen gebohrt.

Seine Füße waren deutlich brauner geworden, fiel ihr dabei auf. Sie waren nicht länger verdächtig weiß – und es waren sehr schön geformte Füße.

Sie blinzelte zu dem hochgewachsenen Mann auf, der in der kühlen, grünen Ruhe des klösterlichen Waldes über ihr aufragte. Die frühe Abendsonne sandte dünne, goldene Lichtstrahlen durch die Bäume, und das ferne Geschrei der Möwen unterstrich die Einsamkeit dieses uralten Ortes, an dem die Geräusche gedämpft waren und die Zeit still zu stehen schien. Ros schluckte nervös, ihr Puls raste, und sie war plötzlich von einer tiefen Furcht vor dem Unbekannten erfüllt. Sie fühlte sich nicht wohl in der Gesellschaft dieses Mannes. Er schien immer ganz in ihrer Nähe zu sein und sie zu beobachten und schien stets im Bilde darüber zu sein, wo sie zu finden war: Woher hatte er zum Beispiel gewusst, dass sie heute Abend allein hier sein würde?

Die weite Kapuze seines schwarzen Gewandes warf einen Schatten über sein Gesicht, er hatte die Hände in die Ärmel seiner Robe geschoben, und eine Aura von Autorität und Macht schien ihn zu umgeben. Er erinnerte sie an den mittelalterlichen Pater Simon de Costard, der in längst vergangenen Tagen mit eiserner Knute über diesen kleinen Teil der Welt geherrscht hatte. Oder er war der wiedergeborene Pater Luke, der Historiker aus der Tudorzeit, dem seine Berufung alle Illusionen geraubt hatte. Ros konnte das Gefühl, das hier etwas Merkwürdiges vor sich ging, nicht abschütteln, weder was Pater Luke betraf, noch was den Fluch der Ramsons betraf – ein Fluch, der sie nun alle aufs Neue heimzusuchen schien, weil die heiligen Gräber von Menschen des zwanzigsten Jahrhunderts entweiht worden waren. Wer war dieser Mann? Wer war er wirklich? Seine Gegenwart weckte in ihr ein unheimliches und gleichzeitig ehrfurchterregendes Gefühl. *Was* war dieser fremde Priester, der ihr gegen ihren eigenen Willen so viel Respekt abnötigte? War er eine Macht des Guten oder eine Macht des Bösen?

Ros schüttelte den Kopf. Verdammt, sie war doch eine moderne junge Frau! Geister und dergleichen hatten keinen Platz in ihrer Welt, die von Vernunft beherrscht war.

»Wieder einmal im Reich der Tagträume, Roslin?«, fragte Pater Luke sie spöttisch. »Bob hat mir erzählt, dass Sie im Wald Setzlinge einpflanzen. Ich muss unbedingt mit Ihnen reden ... Es tut mir Leid, wenn ich Sie erschreckt haben sollte. Irgendwie scheine ich die Gewohnheit zu haben, Sie aus der Ruhe zu bringen«, sagte er von irgendwo weit über ihr.

Mit einer Gelassenheit, die sie keineswegs empfand, erwiderte Ros: »Sie bringen mich nicht aus der Ruhe, Pater Luke.«

»Aber ich habe es einmal getan.«

»Oh, wenn Sie die Sache mit Caroline und Hannibal meinen, das ist doch schon Tage her!«

»Ich meinte nicht die Elefanten, sondern die Angelegenheit wegen der Erde für den Küchengarten.«

»Ich hatte damals nur das Gefühl, nicht ganz der richtige Ansprechpartner in dieser Angelegenheit zu sein, Pater Luke«, verteidigte sich Ros. »Ich habe nichts mit Giles und seiner Ausgrabungsstätte zu tun.« Sie stieß den Pflanzenheber tief in die fruchtbare, lehmige Walderde, nur wenige Zentimeter von Pater Lukes wohlgeformten Füßen entfernt. »Ich habe in dieser Situation ein wenig empfindlich reagiert. Was die Elefanten betrifft, meine ich. Ich hatte kein Recht, Sie so zu beschimpfen, wie ich es getan habe, und das tut mir Leid.«

»Nun, zweifellos hat es Ihnen sehr zugesetzt, was mit Lord Graysons kostbaren Elefanten geschehen ist.«

»Ja, Pater, da haben Sie vermutlich Recht.«

»Haben Sie sich denn inzwischen vollkommen von ihrem Sonnenstich erholt, Roslin?«

»Ja, danke, Pater Luke. Ich habe zwei Aspirin genommen und mich in der darauffolgenden Nacht ordentlich ausgeschlafen, Pater«, sagte Ros artig, wobei sie bei ihren letzten Worten unbewusst den singenden Tonfall seiner angenehmen Stimme nachahmte.

»Ich freue mich zu hören, dass es Ihnen jetzt wieder besser geht. Miss Abigail hat mir erzählt, wie schlecht es Ihnen während der letzten Tage ging. Und es tut mir natürlich Leid, dass Sie gestern Morgen die Fähre zurück zum Festland verpasst haben.«

»Ich habe sie nicht verpasst, sie ist gar nicht gekommen. Genauso wenig wie heute.«

»Haben Sie denn die Absicht, die Insel ohne Ihre Cousine zu verlassen?«

»Wenn Sie Abigail meinen, Pater, dann lautet die Antwort ja – sie ist übrigens eine entfernte Cousine, keine Cousine ersten Grades. Ich habe versucht, sie zu überreden, mit mir abzureisen, aber sie besteht darauf, hier auf Orca zu bleiben, wo sie vor den Bomben sicher ist, die nun wahrscheinlich bald auf London abgeworfen werden ... Würde es Ihnen etwas ausmachen, Ihren rechten Fuß ein wenig weiter nach links zu stellen, Pater Luke?«

»Sie mögen mich nicht sehr, nicht wahr, Roslin?«

Verblüfft von seinen direkten Worten, blickte sie auf und sah ihn an. Er war unbestritten hübsch – ein schönes und fremdartiges Geschöpf, das zu begehren jedoch keine Frau auf Erden das Recht hatte, weil er ein Mann Gottes war – nun ja, sie betrachtete ihn jedenfalls als einen Mann Gottes, auch wenn Scoots das Gegenteil behauptete.

Kein Wunder, dass sie sich in seiner Gegenwart eingeschüchtert fühlte. Sie suchte nach Worten, aber es wollte ihr einfach nichts einfallen, was sie hätte sagen können.

Pater Luke zog die Kapuze seiner Robe zurück und enthüllte damit sein dunkles Haar und sein gut geschnittenes Gesicht, bevor er neben ihr in die Hocke ging. Seine Nähe war für Ros geradezu unerträglich. Er nahm ihr den Pflanzenheber sanft aus der Hand und suchte für sie nach den besten und gesündesten Zwiebeln des Bärlauchs, die aussahen wie Mottenkugeln, die Blätter bekommen hatten. Seine Bewegungen waren sparsam und präzise und erinnerten ein wenig an die von Paul, dem Butler.

»Nachdem der Rest Ihrer Familie die Insel verlassen hatte, wollte ich eigentlich ein persönliches Gespräch mit Ihnen führen, was aber angesichts des Trubels um uns herum nicht möglich war. Sie wissen doch, Roslin, dass es früher oder später einen Krieg zwischen Großbritannien und Deutschland geben wird – wahrscheinlich eher früher? Nach den Ereignissen in Polen wird der Premierminister von seiner eigenen Partei dazu gezwungen werden, Deutschland den Krieg zu erklären.«

Der Wald schien ein zu heiliger Ort für ein derart schreckliches Thema zu sein, andererseits passte es irgendwie zu diesem Mann, zu seinem Gebaren, seinem Tonfall und ja – auch das – zu seiner ungewöhnlichen Mutlosigkeit, die sie seltsam berührte, da sie ihn bisher immer so positiv und selbstsicher erlebt hatte.

»Scoots und ich haben weder gestern, noch heute die Nachrichten hören können. Unser Radio funktioniert nicht mehr und ...« Wieder einmal überspülte sie eine Woge der Panik. Sie waren einander so nahe, wie sie beide hier auf dem Boden knieten, als seien sie in ein Gebet versunken. Die Falten von Ros' leuchtendbuntem Sommerrock mit den orangefarbenen Mohnblumen mischten sich auf dem Boden mit dem Stoff von Lukes nüchterner schwarzer Robe, und die Mohnblumen sahen aus wie Blutstropfen auf der Erde und erinnerten sie an ihren toten Vater, den Soldaten aus dem ersten Weltkrieg, und an seinen langsamen und qualvollen Tod.

»Oh, es tut mir Leid, das zu hören, Roslin«, sagte Pater Luke und holte sie damit unsanft zurück in die Gegenwart, »vielleicht müssen ja nur die Röhren ausgewechselt werden?«

»Das Radio in der Küche funktioniert auch nicht. Durchgebrannte Röhren in beiden Apparaten und das zur selben Zeit, das scheint mir doch ein recht merkwürdiger Zufall zu sein, finden Sie nicht auch, Pater?«

»Was glauben *Sie* denn, wo das Problem liegt, Roslin?«, fragte er sie rundheraus.

»Wahrscheinlich Störungen ... des Funkverkehrs. Ich glaube, dass hier etwas sehr Merkwürdiges im Gange ist. Angefangen hat es an dem Tag, als Grayson uns so überstürzt verließ, an dem Tag, an dem Imogen auf Orca angekommen ist und Giles und ich sie gefunden haben ...« Roslin hielt erschrocken inne; sie hätte sich am liebsten die Zunge abgebissen!

»Was haben Sie gefunden, Roslin?«, fragte er lauernd, während er die Erde um ihre Pflanzen herum festdrückte.

»Nachdem wir herausgefunden hatten, dass Ihre ... Ihre Mönche plötzlich hier auf der Insel das Sagen hatten. Es tut mir Leid, Pater Luke, wenn ich gotteslästerlich klinge, aber Ihre Ankunft auf Orca mitten in unseren Sommerferien hat uns alle sehr aus dem Gleichgewicht gebracht, vor allem Giles, der vor seiner Rückkehr nach London unbedingt seine Ausgrabungsarbeiten fortsetzen wollte.«

»Das kann ich gut verstehen, Roslin. Und ich möchte mich dafür entschuldigen, dass wir Sie und Ihre Familie gestört haben.«

Abermals konnte sie nur stockend murmeln: »Das ist doch nicht Ihre Schuld, Pater ... das war Graysons Werk.« Was zum Teufel hatte dieser Pater Luke an sich, das sie dermaßen durcheinander brachte? Und nicht nur sie, sondern auch Abigail, Veronica und Imogen? Die Antwort lag auf der Hand. Er war ein gut aussehender, charismatischer Mann in einem altmodischen, heiligen Gewand, der zudem ein keuscher, katholischer Priester war und daher völlig unerreichbar für Frauen, die ein Auge auf ihn geworfen hatten. Das machte seine Anziehungskraft nur umso größer. War es nicht die Natur der Frau, die Natur Evas, die verbotene Frucht zu begehren, vor allem, wenn sie so schwer zu fassen, so sexy und so attraktiv war wie Pater Luke?

Doch vermutlich war er gar kein Priester.

Roslin hob den Kopf und blickte ihm kühn in die Augen. Seine unmittelbare Nähe brachte stets ihre Atmung durcheinander, ließ ihr Herz rasen und endete damit, dass sie sich unendlich töricht vorkam, wie zum Beispiel an dem Abend, als er sie zurück ins Bett gebracht hatte, weil es ihr schlecht gegangen war. Damals wie jetzt war sie sich seiner Männlichkeit wohl bewusst gewesen; seiner gut geschnittenen Gesichtszüge, seines festen, entschlossenen Kinns, seiner vollen, sinnlichen Lippen, seiner Grübchen, die sich um die Mundwinkel herum bildeten, wenn er lächelte, seiner dunkelblauen Augen unter den schwarzen, schön geschwungenen Brauen und dem perfekten Sitz seines makellos geschnittenen, krausen Haares. Einen Moment lang verlor sie die Fassung und versuchte, sich zu erinnern, was sie ihm hatte sagen wollen, und sie spürte, dass er sie ebenso forsch musterte, wie sie es bei ihm getan hatte.

Roslin riss sich zusammen. »Es wäre besser gewesen, wenn man uns vorher von Ihrer Ankunft unterrichtet hätte, damit wir uns *alle* darauf hätten vorbereiten können. Grayson hat uns allerdings erst am Morgen *nach* Ihrer Ankunft vor vollendete Tatsachen gestellt, was zur Folge hatte, dass die Köchin und ihre Tochter abgereist sind, weil sie sich nicht in der Lage sahen, so viele zusätzliche Gäste zu bewirten, darunter nicht zuletzt Lady Imogen. Und wieder kann ich nur sagen, es scheint mir ein großer Zufall zu sein, dass Sie alle gleichzeitig aus Cork hier angekommen sind, ohne dass Sie sich jemals zuvor gesehen hatten.«

Aber wie immer hatte Pater Luke auf alles eine Antwort. »Wenn man in einem Roman über derartige Zufälle schreiben würde, Roslin, wäre der Leser äußerst skeptisch. Ich kann Ihnen indes nicht sagen, wie viele Male der Zufall die Richtung *meines* Lebens geändert hat. Im wahren Leben ist der Zufall kein gar so seltenes Phänomen, sondern vielmehr das, was man in ihn hineininterpretieren kann, denn ein anderer Ausdruck für Zufall ist das Wort Schicksal.« Nachdenklich grub er den Pflanzenheber tiefer in den Boden, stach ihn in die lehmige Erde, als müsse er sich ein und für alle Mal etwas Persönliches und immens Wichtiges vom Herzen schaffen. Er zögerte. Er machte den Mund auf, klappte ihn wieder zu. Endlich sagte er: »Sie wissen ja ... hm, ich denke, Sie wissen mittlerweile, Roslin, dass der Orden der *Domini canes* aus einem ganz bestimmten Grund hier ist.«

»Ich bin mir nicht sicher, ob ich weiß, was Sie meinen, Pater Luke«, erwiderte sie und heuchelte eine Gelassenheit, die sie nicht empfand.

»Ich denke, Sie wissen es sehr wohl. Ich denke auch, dass Sie in jeder Hinsicht ein sehr warmherziger und wunderbarer Mensch sind, Roslin, und ich möchte Ihnen sagen, dass ich Ihnen mehr vertraue als irgendjemandem sonst auf der Insel.«

»Bitte, Pater Luke, nicht ... sagen Sie so etwas nicht ...«

»Ich bin kein Priester, Roslin.«

In dem aufgeladenen Schweigen, das jetzt auf ihnen beiden lastete, wurde ihr bewusst, dass seine Eröffnung sie nicht im Geringsten überraschte. Sie war erleichtert, es nun endlich direkt aus seinem Mund gehört zu haben, ohne weitere Lügen, Täuschungsmanöver und Umwege. Endlich konnte er sich der ungeheuren

Last entledigen, die sein Schwindel ihm auferlegt hatte. Scoots war also doch keine solche Lügnerin, wie sie gedacht hatte!

Es gibt Augenblicke im Leben, in denen sich zwischen zwei Menschen ein Gefühl entwickelt, das zu schön ist und zu wichtig, um es mit einem Dritten zu teilen oder gar in Worte zu fassen. Für Ros war dieser Augenblick mit Pater Luke im Mönchswald auf Orca, umgeben von einer friedvollen Stille, ein solches Erlebnis: Pater Luke war gekommen, um ihr alles zu gestehen, er vertraute ihr seine Geheimnisse an, geradeso, wie Giles es getan hatte, nur dass Giles sie benutzt hatte, ohne sich allzu sehr über *ihre* Gefühle den Kopf zu zerbrechen. Pater Luke – und sie würde lange brauchen, um sich daran zu gewöhnen, ihn anders als Pater Luke zu nennen – riskierte sein Leben für sie.

Er griff nach ihrer Hand und drehte sie mit der Innenfläche nach oben. Dann starrte er diese wie gebannt an – er schien nicht zu wagen, Roslin in die Augen zu sehen: »Mein wirklicher Name ist Luke Duffield. Ich bin Anglo-Ire, daher der merkwürdige Akzent, der weder rein britisch noch rein irisch ist. Und wie gesagt, ich bin kein Priester, Ros. Ebenso wenig wie die Männer in meiner Begleitung Priester sind.«

»Was seid ihr dann?«

»Wir sind eine Sondereinheit von Spezialisten, die nicht das Mindeste mit der römisch-katholischen Priesterschaft zu tun haben. Die *Domini canes* sind nur eine Maske. Jeder von uns verfügt über besondere Fähigkeiten in seinem jeweiligen Arbeitsbereich.«

»Was für eine Arbeit ist das?«

»Kommunikation, Wissenschaft und Kampftechnik.«

»Es geht also um den Krieg? Ihr seid Soldaten?«

»Nicht direkt Soldaten.«

»Na schön, dann also Spione.«

»Nicht direkt.«

»Was dann? Geheimdienst, Widerstandsbewegung?«

»Ich kann Ihnen nicht alles darüber erzählen, Ros. Bitte, vertrauen Sie einfach. Deutschland wird in Großbritannien einmarschieren, und ...«

»Adolf Hitlers Hoffnungen werden zunichte gemacht werden!«

»Ich hoffe es jedenfalls«, sagte er ernst. »Wenn man den geheimen Informationen Glauben schenken darf, würde Hitler es vorziehen, wenn Großbritannien sich aus dem europäischen Konflikt heraushielte. Deutschland war schon immer probritisch und antifranzösisch eingestellt.«

»Das stimmt.« Ros' eigene Hoffnungen auf Frieden fanden neue Nahrung. »Warum nennen Sie mich plötzlich Ros, statt Roslin?«, wollte sie wissen.

Er lächelte, und die kleinen Grübchen an seinen Mundwinkeln vertieften sich. Er wirkte ein wenig verlegen, jetzt, nachdem er ihr gegenüber schon so viel von seinen Gefühlen preisgegeben hatte. »Weil ... ich kann es eigentlich nicht sagen. Weil ich Ihnen erzählt habe, dass ich kein Priester bin und ...«

»Und jetzt erwarten Sie von mir, dass ich einen Luftsprung mache und Hurra schreie! Luke Duffield ist nach Orca gekommen, um uns vom Joch des Nationalsozialismus zu befreien!«

Er drückte ihre Hand. »Etwas in der Art wäre nett. Andererseits tut es mir weh, Sie gerade in dem Augenblick zu verlieren, da ich Sie gefunden habe, Ros.«

Ihr Herz machte einen plötzlichen Satz, doch dann folgte sofort Skepsis, als sie ihn ansah und den wartenden Ausdruck in seinen Augen bemerkte. »Ach ja? Wieso?«

»Ich muss Sie und Abigail bitten, die Insel so bald wie möglich zu verlassen, Ros. Orca ist jetzt ein militärisches Sperrgebiet.«

In einem Anfall von Verwegenheit beschloss Roslin, für Lord Grayson auf die Barrikaden zu gehen: »Das hier ist immer noch Lord Graysons Insel. Er hat sie Ihnen lediglich verpachtet!«

»Ich fürchte, die Insel wurde von der SOF, dem Sondereinsatzkommando, beschlagnahmt. Tut mir Leid, aber mit derartigen Behörden lässt sich nicht streiten, erst recht nicht in Kriegszeiten.«

Das unbehagliche Gefühl, das sie gestern Morgen beim Aufwachen befallen hatte, als ihr klar geworden war, dass sie und Scoots jetzt mit vier Angestellten und einer ganzen Schar fremder Männer auf der Insel allein waren, trat jetzt in den Hintergrund angesichts der prickelnden Ahnung von etwas, das größer war als sie selbst. Etwas, das einzig dieser Mann in ihr auslösen konnte, ausgelöst *hatte.*

Oder existierte das alles nur in ihrer Vorstellung, waren es ihre eigenen Fantasien von Liebe, in denen er in den letzten fünf Wochen einen festen Platz eingenommen hatte, war das alles nur ein verzückter Traum, in dem sie schwelgte? Und jetzt, da sie mit endgültiger Sicherheit wusste, dass er kein Priester war, war sie jetzt enttäuscht?

Ja, dachte sie wahrheitsgemäß, in gewisser Weise war sie tatsächlich enttäuscht. Plötzlich war er einfach nur noch ein Mann, zwar ein sehr angenehmer junger Mann, aber dennoch ein Mann, der mit einem Mal viel von dem Vertrauen, das sie in ihn hatte, verlor.

Hier stand sie nun, das sprichwörtlich naive junge Mädchen, das zum ersten Mal im Leben wirklich verliebt war – Giles hatte in letzter Zeit für sie merklich an Zauber verloren –, eine junge Frau, die ein derart gewaltiges und wunderbares Geheimnis am liebsten im tiefsten Winkel ihres Herzens versteckt hätte, obwohl sie gleichzeitig den Wunsch verspürte, von allen Dächern zu schreien, *wie* verliebt sie war! Was sie jedoch nicht tun konnte, was sie nicht wagte!

Denn Scoots war vor ihr da gewesen. Scoots hatte sich in diesen Mann verliebt, lange bevor Ros sich über ihre eigenen Gefühle für ihn im Klaren gewesen war. Sie konnte das Scoots unmöglich antun!

Dieser Luke war nicht *ihr* Luke! Dieser Luke war Abigails Luke! Dieser Mann, der sich Luke Duffield nannte, mochte die Gabe haben, andere mit seinem Charme zu entflammen, er mochte nach wie vor der Traummann einer jeden Frau sein, rätselhaft, verschlossen, gefährlich, voller verborgener Kraft, Autorität, Sanftheit, Ritterlichkeit und was auch immer – aber er war nicht real, er war nicht echt. Was immer er jetzt sagte oder tat, hatte weniger Bedeutung für sie als zuvor, in seiner Rolle als Pater Luke.

Roslin, die ihre pubertären Gefühle für Giles nicht mitrechnete, hatte sich vermutlich zu sehr gewünscht, dass ihre erste richtige Liebe als Erwachsene einem reifen Mann gelten würde. Einem ledigen, freien, unkomplizierten und wunderbar selbstsicheren Mann mit ausgeprägtem Sinn für Humor – einem Mann genau wie Pater Luke eben. Und jetzt? Würde sie in der Lage sein, ihre Gefühle so leicht auf einen anderen zu übertragen, wie man einen Lichtschalter umlegte?

Mit gepresster Stimme fragte sie ihn: »Darf ich Ihnen eine wichtige Frage stellen ...?«

»Sie dürfen, obwohl ich Ihnen vielleicht nicht die ganze Wahrheit sagen kann.«

»Weiß Grayson, Lord Ramson, von alledem ... von ... von Ihrer wirklichen Mission auf Orca?«

»Nein.«

»Weiß Mr Haviland-Carr vom Marineministerium in Whitehall davon?«

»Das Marineministerium hat nichts mit uns zu tun.«

Es lag ihr auf der Zunge, ihn zu fragen: Und was ist mit Abigail? Aber sie tat es nicht. Aus irgendeinem Grund hielt sie gerade diese Frage zurück, vermutlich weil sie im Grunde die Antwort darauf gar nicht hören wollte. »Dann ...?«

»Als Lord Grayson annoncierte, dass er die Insel Orca kurzfristig verpachten wolle, hat der Orden der *Domini canes* die Gelegenheit beim Schopf gegriffen. Das ist so ziemlich alles, was man über unsere Aktionen hier auf Orca weiß. Wenn ich Ihnen weitere Informationen über unseren Auftrag gäbe, würde ich vielleicht meinen Kopf damit in die Schlinge stecken. Und es wäre mir äußerst unangenehm, wenn man Sie ins Gefängnis schicken würde, weil sie mehr wissen, als gut für sie ist. Ich habe Ihnen ohnehin schon zu viel erzählt, als gut für *mich* ist, aber ich weiß, dass ich Ihnen vertrauen kann. Also versprechen Sie mir bitte, Ros, dass Sie zu niemandem ein Wort über meine Rolle hier sagen werden, über meine Rolle oder die meiner Männer. Sie würden damit unser aller Leben in Gefahr bringen. Bitte, sprechen Sie nicht einmal mit Abigail darüber – mit Scoots, wie Sie sie nennen.«

In diesem Augenblick ahnte Ros, dass alles reine Spekulation war, was Abigail ihr über Pater Luke erzählt hatte oder über den Mann, der sich jetzt Major Luke Duffield nannte. Was immer Scoots über ihn in Erfahrung gebracht hatte, sie hatte ihr Wissen nicht von ihm, so viel stand fest. Scoots konnte ungeheuer verschlagen sein, sie beherrschte es meisterhaft, den einen gegen den anderen auszuspielen, um ihrem eigenen Ziel näher zu kommen.

»Ich verspreche, dass ich nichts sagen werde, wenn ich auch nicht genau weiß, worin Ihre Rolle eigentlich besteht.« Ros zögerte. »Ich habe das Gefühl, dass Sie sich als Politiker ebenso gut machen würden wie als Priester. Sie verstehen sich wirklich auf strategische Operationen, was immer das bedeuten mag – ich hoffe, ich werde es niemals herausfinden müssen. Die Vorstellung, dass es zu einem Krieg kommt, ist einfach grauenvoll! Es scheint in letzter Zeit viel zu viele davon gegeben zu haben, und wozu?« Roslin lächelte schwach. »Erlauben Sie mir bloß nicht, mich näher über dieses Thema auszulassen, ich könnte sie stundenlang damit langweilen, warum wir alle Pazifisten sein sollten.«

»Ich denke, ich würde mich von Herzen gern stundenlang von Ihnen langweilen lassen«, sagte er lächelnd und sah sie dabei mit seinen verblüffend blauen Augen auf eine ganz besondere Art und Weise an.

Während sie sich beide unverhohlen anstarrten und die Luft um sie herum wie elektrisiert zu sein schien, konnte Ros einfach nicht fassen, dass dies *ihr* Pater Luke war, der so sprach. Schließlich wechselte sie abrupt das Thema: »Ich nehme an, Sie werden, solange es notwendig ist, auch weiterhin Pater Luke bleiben und all diese schwarzen Gewänder tragen?«

»Ich halte das für klüger.«

»Und Sie wollen, dass ich Sie nach wie vor mit Pater Luke anrede?«

»Wenn Sie so freundlich wären – aber nur in der Öffentlichkeit.« Er grinste unverfroren, er, der von einem Augenblick zum anderen in die Rolle des Beichtenden geschlüpft war, der nicht länger den keuschen Geistlichen vorzutäuschen brauchte, sondern sich als Mann der Tat zeigen durfte, als ein Mann, der mit der Frau seines Herzens offen flirten und eine Zigarette rauchen durfte, wann immer ihm danach zu Mute war. Er war ein Held, ein Offizier der SOF mit einer geheimen Mission auf den Scilly-Inseln, und Orca war sein Stützpunkt, sein Hauptquartier, sein Königreich für die Dauer seines Aufenthalts dort.

Schließlich fragte Roslin kühl: »Sie sagten, Sie stammen nur zur Hälfte aus Irland und zur Hälfte aus England. Aus welchem Teil Englands kommen Sie?«

»Aus Kilburn.«

»Kilburn?«, wiederholte sie überrascht.

»Machen Sie nicht so ein entsetztes Gesicht«, sagte er belustigt. »Ich weiß, das ist wahrscheinlich nicht Ihre Vorstellung von London, nicht so wie Mayfair, Kensington, Bayswater ...«

»Oh, ich wollte nicht herablassend klingen ... Ich wollte damit eher sagen, dass Sie auch Londoner sind, oder zumindest zur Hälfte ...« Roslin dämmerte, dass sie soeben drauf und dran war, sich grässlich in die Klemme zu bringen. »Ich wohne in Clapham.«

»Norden oder Süden, Kilburn und Clapham.«

»Werden Sie ... ähm ... Urlaub bekommen ... um nach London zu fahren?«

Seine tiefblauen Augen blitzten, und sein Lächeln war gleichermaßen belustigt. »Möchten *Sie* denn, dass ich meinen Urlaub in London verbringe, Roslin?«

Seine Frage verwirrte sie. »Ich ... ich ... ich meinte nicht ...«

Er legte ihr eine Hand auf die Schulter, als wolle er sie zu sich heranziehen, und ihre Nasen berührten sich beinahe, als sei er drauf und dran, sie zu küssen. Sie wartete mit angehaltenem Atem ... würde er es tun, würde er es wagen? Aus irgendeinem idiotischen Grund sah sie in ihm immer noch den Priester.

Doch dann stand er abrupt auf, blickte von seiner ganzen Höhe auf sie hinab, und das Funkeln war aus seinen Augen verschwunden. »Sie sind sich scheinbar immer noch nicht sicher, was mich betrifft?« Er hielt ihr die Hand hin, um sie vom Boden hochzuziehen, und fügte dann sehnsüchtig mit plötzlich deutlich hörbarem irischen Akzent hinzu: »Ach! Ich glaub, Sie fürchten sich immer noch ein wenig vor Pater Luke, Roslin, mein Liebling?«

»Seien Sie nicht dumm!« Sie ignorierte seine ausgestreckte Hand und stand ohne Hilfe auf.

Der Augenblick der Unbeschwertheit war verstrichen, und Luke war jetzt wieder vollkommen ernst. »Wer weiß schon, wie dieser Krieg ausgehen wird? *Ich* würde Sie jedenfalls schrecklich gern in London besuchen. Ich würde Sie an die Orte bringen, die ich am besten kenne, ins Shamrock Inn, wo mein Vater, ein Trunkenbold, Stammgast war; in die baufällige Straße in Nordlondon, wo ich aufgewachsen bin, nachdem meine Mutter gestorben war und mein Vater uns von Cork nach Kilburn geschafft hatte, weil ihn das Stempelgeld und vor allem das Bier reizte – Gott sei seiner Seele gnädig. Das sind die Orte, die ich am besten kenne, in einer Stadt, die ich zutiefst verabscheue und um die ich, wann immer ich kann, einen großen Bogen mache.«

Ros fühlte sich ganz klein und elend, weil sie den tiefen Kummer in ihm spürte, eine neue Seite seines Charakters, auf die er ihr einen flüchtigen Blick gewährt hatte. »Es tut mir Leid ... Ich wollte meine Nase nicht in ihre Privatangelegenheiten stecken.«

»Sie sind süß, Roslin, eine echte Dame. Ich möchte, dass Sie wissen, wie oft ich an Sie denken musste, jede Stunde, jeden Augenblick des Tages. Des Nachts lag ich wach in meinem Bett und träumte von Ihnen; sechs ganze Wochen habe ich jetzt nur an Sie gedacht. Seit unserer ersten Begegnung oben auf dem Kap, als Sie an Ihrem Bild fast verzweifelten und ich mir so sehr gewünscht habe, Sie endlich kennen zu lernen, dass ich mich einfach in Ihre Malerei einmischen musste, obwohl ich von Kunst keine Ahnung habe. Ich wünschte, die Dinge lägen anders, aber wir befinden uns nun mal am Vorabend eines Krieges, und man hat mich hierher geschickt, um eine wichtige Aufgabe zu erfüllen. Daher muss ich für den Augenblick all meine Pläne eine hübsche jungen Dame betreffend, erst einmal beiseite stellen. Ich weiß, Sie werden das verstehen. Aber ich verspreche Ihnen, es werden auch für uns andere Zeiten kommen!«

Obwohl er damit all ihre Hoffnungen auf eine unmittelbare Vertiefung ihrer Beziehung zerstreut hatte, hatte Roslin an diesem seltsamen und wunderbaren Abend in diesem Wald, der etwas von dem Garten Eden hatte, nur einen einzigen Gedanken, nämlich dass sie verliebt war, wirklich verliebt, in den unbekannten Luke, mehr als zuvor in Luke, den Priester. Und dabei hatte er sie nicht einmal geküsst.

12. Kapitel

Am Sonntag, dem 3. September, um elf Uhr, erklärte Großbritannien Deutschland den Krieg. Die Radios funktionierten wieder – es waren tatsächlich defekte Röhren in beiden Apparaten gewesen, hatte Luke herausgefunden –, und auch das Problem mit dem unzuverlässigen Stromgenerator war bereinigt worden. Um viertel nach elf lauschten Roslin, Abigail, die Hargreaves und Paul Powers der feierlichen, blechernen Stimme des Premierministers Chamberlain, der zu der britischen Nation sprach. Das Ultimatum, das England Deutschland gestellt hatte, war abgelaufen: Chamberlains Bemühungen um Frieden waren gescheitert. Ab fünf Uhr an jenem Nachmittag würde zwischen den beiden Staaten der Kriegszustand herrschen, es sei denn, der Kanzler Deutschlands stellte seinen Angriff auf benachbarte europäische Staaten unverzüglich ein.

»Ich denke, er wird den Friedensplan akzeptieren und nicht riskieren, mit uns Krieg führen zu müssen«, flüsterte Abigail.

»Das glaube ich nicht«, warf Roslin – ebenfalls flüsternd – ein und fragte sich gleichzeitig, warum sie beide es nicht wagten, laut zu sprechen.

Um fünf Uhr stellten Roslin und Abigail erneut das Radio an. Nichts! Oh, es war zum Verrücktwerden, dass so etwas gerade immer dann passierte, wenn es wichtig war. Ros fühlte sich ernsthaft versucht, Luke in seinem Quartier aufzuspüren, damit er das Radio wieder in Ordnung brachte; die angeblich neuen Röhren waren offenbar nicht viel wert gewesen, wenn es sich nicht ohnehin nur um gebrauchte aus einem Radiogerät der *Domini canes* gehandelt hatte! Auch das Telefon funktionierte immer noch nicht einwandfrei, aber in diesem Falle lag der Fehler, wie Luke bereits erklärt hatte, bei den Mönchen selbst. Lukes Männer hatten versehentlich das unterseeische Kabel beschädigt, als sie bei den Arbeiten an dem alten Kai im Meeresboden gegraben hatten. Sie taten jetzt ihr Möglichstes, um den Schaden zu beheben.

An diesem Abend kamen sie beide noch einmal zusammen, um Lebewohl zu sagen. Verstohlen näherten sie sich von zwei verschiedenen Seiten dem Bärlauchwäldchen, ihrem heimlichen Treffpunkt.

Diesmal würde sie die Insel wirklich verlassen, ob die Fähre nun kommen mochte oder nicht. Im Bootshaus lag Graysons Ruderboot, die *Maggie,* benannt nach seiner verstorbenen Mutter, Lady Margaret. Das Elefantenboot, wie Scoots es nannte, würde sie nach Penzance bringen. Luke hatte ihre Abreise mit der gewohnten Tüchtigkeit organisiert.

»Ich werde Sie vermissen, Ros«, sagte er mit Nachdruck.

»Werden Sie ... werden Sie das wirklich tun, Luke?«

»Schrecklich! Ich ... ähm ...« Er räusperte sich verlegen, weil er ganz offensichtlich nicht wusste, wie er seine Gefühle in passende Worte kleiden sollte.

Ohne die Mönchsrobe wirkte er sehr viel weniger selbstbewusst. Ros wertete diese Tatsache zu seinen Gunsten und überließ die Initiative ihm. Sie hielt den Atem an und wartete darauf, was er als nächstes sagen würde.

»Sie sind eine ganz besondere Frau, eine wunderbare ... schöne, intelligente, mitfühlende ...«

»Übertreiben Sie nicht«, sagte Ros mit einem schiefen Lächeln, obwohl seine Bemerkungen ihr schmeichelten, und sie hoffte, dass sie einem echten Gefühl entsprangen und keiner Heuchelei.

Sie begegnete den Menschen und insbesondere den Männern immer mit einer gewissen Skepsis, und jetzt musste sie an Giles denken, der ihre Zuneigung und Unterstützung stets als etwas Selbstverständliches vorausgesetzt und oft ausgenutzt hatte.

»Ros, Sie haben mir meine Aufgabe hier auf Orca sehr viel erträglicher gemacht. Als ich das erste Mal von unserer Mission hörte, hatte ich die bösesten Vorahnungen ...« Er küsste ihre Hand mit einer ritterlichen Zärtlichkeit, eine Geste, die sie von Kopf bis Fuß elektrisierte.

Die Rolle des gut aussehenden, gebildeten Priesters, der sich die Geständnisse anderer Menschen anhörte, schien viel besser zu ihm zu passen als die eines Mannes der SOF, der versuchte, seine Gefühle für sie in Worte zu fassen. Plötzlich geriet Ros in Panik: Was, wenn sie sich niemals wiedersehen würden, nicht in London und auch sonst nirgendwo, wenn sie sich in dieser kleinen, ihnen zugeteilten Zeitspanne, die man ein Leben nannte, niemals wiederfinden würden? Was, wenn er bei dem Versuch der Verteidigung dieses kleinen Teils von England gegen Hitlers Invasionsarmeen getötet wurde? Was, wenn er bereits eine Geliebte in Kilburn hatte und sie, Ros, nur benutzte, wie auch Giles sie benutzt hatte, um seine eigenen Zwecke zu verfolgen? Dieser letzte Gedanke war für Ros derart unerträglich, dass sie unwillkürlich schauderte.

Er legte beschützend den Arm um sie. »Was ist denn los?«

»Ich hatte nur gerade eine dunkle Vorahnung.«

»Eine Vorahnung ...?« Er wirkte ein wenig geistesabwesend, als höre er ihr gar nicht zu.

Ros tröstete sich damit, dass ihm wohl gerade andere Dinge durch den Kopf gingen, wie zum Beispiel die Frage, soll ich sie jetzt bitten, mich zu heiraten, oder später? Sie wusste, dass das Unsinn war, aber – wie sehr sie sich das gewünscht hätte! Schließlich erwiderte sie: »Luke, ich möchte Sie noch etwas anderes fragen. Etwas, das für mich sehr wichtig ist.«

»Schießen Sie los.«

»Warum ausgerechnet Orca?«

Er zog sie noch ein wenig enger an sich und drehte sie so, dass sie ihm ins Gesicht sehen musste. Sie standen Auge in Auge voreinander, und die Welt um sie herum schien einen Herzschlag lang an Bedeutung zu verlieren. Dann sagte Luke lachend: »Jetzt hatte *ich* gerade eine böse Vorahnung!«

»Luke?«

»Die westlichen Inseln, angefangen von den Kanalinseln bis nach Schottland, Anglesey und die Isle of Man eingeschlossen, müssen befestigt werden, für den Fall, dass uns eine feindliche Invasion von der anderen Seite des Kanals bevorsteht.«

»Ja, aber warum ausgerechnet Orca? Warum nicht St. Mary's, Trescoe ...? St. Martins? St. Agnes? Bryher ...?« Er nickte bei jedem einzelnen Namen, den sie nannte, und ihre Stimme verlor sich, als ihr die gewaltigen Ausmaße des ganzen Unternehmens dämmerten. Jede einzelne dieser Inseln, von hier bis zu den äußeren Inseln von Schottland, sah sich einem Feind gegenüber, den ihre Familie bisher nicht ernst genommen hatte. Und doch waren wohl schon seit einiger Zeit hinter den Kulissen alle notwendigen Vorkehrungen getroffen worden, es hatte eine Mobilmachung im großen Stil gegeben. Wieder einmal war eine riesige, verborgene Kriegsmaschinerie angelaufen, um sich gegen einen schrecklichen, aggressiven Feind zu wappnen.

»Sie *alle?* Sind die ... *Hunde des Herrn* auf allen Inseln hier in der Nähe?«

Wieder nickte er, dann wiederholte er warnend: »Bitte, Ros, sprechen Sie mit niemandem darüber, nicht einmal mit Abigail!«

Sie hob die Hand, um ihn zu beruhigen. »Darum haben Sie mich schon einmal gebeten, und ich verstehe vollkommen. Mich überwältigt nur einfach das ... das Ausmaß der britischen Vorkehrungen gegen eine Invasion, Vorkehrungen, die in aller Heimlichkeit getroffen worden sind. Ich werde niemandem etwas verraten! Ich verspreche es! Die Nazis in Paris und London würden das Ende der Zivilisation bedeuten, vor allem, wenn eines Tages Adolf

Hitler statt des Königs im Buckingham Palace Tee trinken würde, wie die Zeitungen schreiben.«

»Unvorstellbar!«, bekräftigte Luke.

»Ja, aber Sie haben mir noch immer nicht erklärt, warum die Wahl ausgerechnet auf das bedeutungslose Orca gefallen ist, Luke?«

Er stieß einen tiefen Seufzer aus. »Wahrhaftig, Sie sind eine richtige kleine Inquisitorin, Miss Taylor Ramson! Ich habe ohnehin schon viel zu viel verraten. Also gut – weil nur wenige Personen auf dieser Insel waren –, wir hatten eigentlich nur mit einer einzigen Person gerechnet.«

»Grayson?«

»Ja.«

»Dann hat man Sie nicht über unsere Anwesenheit hier informiert?«

»So sieht es aus. Insbesondere zwei von euch haben mich schlaflose Nächte und unangenehme Schweißausbrüche gekostet.«

»Welche zwei?«, fragte sie mit geheuchelter Arglosigkeit.

»Lady Imogen und Abigail.«

So leicht würde sie ihn nicht davon kommen lassen: »Noch einmal, warum ausgerechnet das unbedeutende kleine Orca, Luke?«

»Orca ist, wie Sie sehr wohl wissen, die letzte bewohnbare Insel im Nordwesten einer Kette von etwa einhundertvierzig Inseln vor Land's End. Die Scilly-Inseln sind strategisch wunderbar geeignet für eine Invasion an der Westküste des englischen Festlands von Frankreich aus, über die Kanalinseln. Mehr darf ich Ihnen nicht verraten. Lassen wir es dabei bewenden, dass wir die Augen, die Ohren und die Nase dieses Landes sind, falls eine feindliche Invasion jenseits des Kanals geplant sein sollte. Beantwortet das Ihre Frage?«

»In der Tat. Voll und ganz. Und ich bin ungeheuer erleichtert, jetzt, da ich weiß, worum es eigentlich geht. Es tut mir Leid, Luke, dass ich an ihren Worten gezweifelt habe.«

»Ich kann Sie nur noch einmal darum bitten, Ros, verraten Sie niemandem auch nur ein Sterbenswörtchen davon!«

»Sie können mir vertrauen! Ich fühle mich geschmeichelt, dass Sie mir so viel von alldem anvertrauen – was auf der Insel vorgeht und warum Sie hier sind. Das weiß ich wirklich zu schätzen, Luke. Also, seien Sie ganz beruhigt, über meine Lippen wird kein Sterbenswörtchen kommen. Da wäre allerdings noch *eine* Kleinigkeit.«

Er stöhnte. »Nein, nicht noch mehr, sonst bringen Sie mich am Ende noch an den Galgen.«

»Oh, diesmal hat es nichts mit irgendwelchen militärischen Operationen zu tun. Wie sind sie darauf gekommen, in die Rolle des Pater Luke zu schlüpfen? Sie müssen doch irgendetwas über ihn gewusst haben – Sie sind ihm so ähnlich!«

Er sah sie verwirrt an.

»Ich meine den *echten* Pater Luke, den Pater Luke der Tudor-Ära! Sie müssen über ihn Bescheid gewusst haben, denn entweder haben Sie ihn bis aufs i-Tüpfelchen kopiert, oder Sie sind seine Reinkarnation. Da sich mein Aberglaube in Grenzen hält, wäre mir die erste Alternative bei weitem lieber.«

Seine Miene hellte sich auf. »Oh, jetzt verstehe ich, worauf Sie hinaus wollen ... Orca hat, wie Sie wissen, eine lange Tradition mit Mönchen und katholischen Priestern hinter sich. Als Geheimagent muss man lernen, mit der jeweiligen Umgebung zu verschmelzen. Und genau das haben wir getan – ziemlich überzeugend, hm? Keiner der Familie hat uns misstraut, hat wirklich eine Ahnung von dem gehabt, was wir hier wollten, mit Ausnahme von Ihnen. Und in dieser Hinsicht, schätze ich, haben wir wohl versagt.«

»Wie können Sie das sagen?«

»Es beweist, dass wir unsere Rolle nicht überzeugend genug gespielt haben. Aber andererseits sind Sie ja eine ziemlich außergewöhnliche Frau.« Er zog sie noch enger an sich. »Sie hätten nicht vielleicht Lust, eine von uns zu werden?«, murmelte er.

»Ein Priester?«, fragte sie in gespieltem Erstaunen.

»Eine Mitarbeiterin der SOF. Sie sind die scharfsinnigste Vertreterin der Spezies Ramson, wenn ich das so sagen darf. Ich muss bereits ganz von Sinnen sein – ich habe alles gestanden, und Sie mussten mich nicht einmal foltern.« Er hob zum Zeichen der Kapitulation die Hände, dann drückte er ihr einen sanften Kuss auf die Spitze ihrer sonnenverbrannten Nase. Ein heimlicher Beobachter der Szene hätte dieses Verhalten für einen Priester wohl recht merkwürdig gefunden, doch vielleicht wäre er auch auf den Gedanken gekommen, es handele sich bei dieser Geste um eine Art Segen. »Sie haben eine ganz entzückende Nase«, sagte Luke bewundernd. »Sie ist ebenso liebenswert wie küssenswert.«

»Luke?«

»Ja, Ros?«

»Erzählen Sie mir, wie Sie von dem *echten* Pater Luke von Orca erfahren haben!«

»Es war nicht weiter schwierig, Informationen über die Mönche auf Orca zu bekommen; wir haben uns an die Dominikanerniederlassung in Cork gewandt. Man nennt die Mönche noch immer die *Hunde des Herrn,* ihr Orden hat nie aufgehört zu existieren. Außerdem verfügen sie über eine ganz ausgezeichnete und sehr informative Bibliothek. Schließlich wurde der Orden schon Zwölfhundertfünfzehn vom heiligen Dominikus gegründet. Die Ordensregel basiert auf den Lehren des heiligen Augustinus. In Oxford, wo der Orden seine erste Niederlassung in England hatte, waren die Mönche als die *Schwarzen Brüder* bekannt. In Frankreich nannte man sie *Jakobiner.* Darüber hinaus sind sie als *Domini canes* bekannt, die *Hunde des Herrn.*« Wieder küsste er sie auf die Nasenspitze, zweifellos wünschte er sich, sie werde mit ihren Fragen aufhören und ihm wenigstens ein Mindestmaß an Ermutigung hinsichtlich seiner Anstrengungen geben – was er bei weitem vorgezogen hätte.

Roslin hatte das Gefühl, dass er all diese Informationen auswendig gelernt hatte wie ein Gedicht, das man aufsagen konnte, was wahrscheinlich auch der Fall war; er hatte eben seine Tarnung und alle was dazu gehört, sorgfältig einstudiert. Sie hatte sich jedoch in ihr Thema verbissen wie ein Hund in einen Knochen und war fest entschlossen, der Wahrheit auf die Spur zu kommen. »Ich weiß, dass es früher einen Orden namens *Domini canes* gegeben hat. Mir war allerdings nicht klar, dass der Orden heute noch existiert. Sind Sie als Privatperson übrigens zufällig Katholik?«

»Nein.«

»Was dann, oder gehört das auch zu den Informationen, die Sie nicht preisgeben dürfen?«

»Ich hänge keiner speziellen Kirche und keinem besonderen Glauben an, Ros.«

»Na schön, wussten Sie denn überhaupt, dass es tatsächlich einmal einen Dominikanerpater namens Luke gegeben hat, der im sechzehnten Jahrhundert hier auf Orca gelebt hat?«

»Oh ja«, antwortete er mit einem Lächeln. »Pater Luke hat die Insel verlassen, verfolgt von den Männern König Heinrichs VIII., die nach Orca kamen, um alles in Schutt und Asche zu legen, die alte Abtei niederzubrennen und ihre Bewohner heimatlos zu machen, so steht es jedenfalls in den alten Pergamenten in der Bibliothek des Dominikanerklosters von Cobh.«

»Wie ich sehe, sind Sie Experte, was die Geschichte von Orca betrifft«, sagte Ros mit ehrlicher Erleichterung. »Ich weiß nicht, wie Männer wie Sie ausgebildet werden, aber was immer Sie bei Ihren Nachforschungen herausgefunden haben, oder wer immer diese Nachforschungen für Sie angestellt hat, Sie spielen die Rolle des Pater Luke von Orca mit absoluter Perfektion. Sie könnten wirklich *er* sein.«

»Ich bin kein Experte auf irgendeinem Gebiet, Ros, Ihr Vetter Giles ist hier der Experte.«

»*Giles?* Giles hat Ihnen bei den Nachforschungen bezüglich des echten Pater Luke geholfen, damit Sie Ihre ... Tarnung oder wie immer Sie es nennen wollen ... anlegen konnten?« Ros war sprachlos vor Erstaunen.

»Oh, nein, nein, nein!«, beeilte er sich zu erklären, »ich meinte nur, dass Ihr Vetter Giles der Experte für alle hiesigen historischen Angelegenheiten zu sein scheint. Was mich betrifft, ich bin nur hier, um eine Rolle zu spielen, um meine Tarnung möglichst echt wirken zu lassen.« Er strich mit dem Handrücken über ihr Gesicht. »Aber das hier ist kein Spiel, Ros, ganz und gar nicht. Wir sind inkognito hier, um die Südwestküste Großbritanniens gegen eine Invasionsarmee zu schützen, die von Frankreich aus den Kanal überqueren könnte, das und nur das ist unsere Aufgabe hier.«

»Ja, ich weiß, ich verstehe. Es wäre wohl auch wirklich zu durchschaubar und auch zu gefährlich, quasi mit geladenen Gewehren die Insel zu beschlagnahmen, bevor sich der Feind offen zeigt. Falls Spitzel in der Nähe sein sollten oder die Deutschen überhaupt jemals so weit kommen sollten, ist Pater Luke eine weitaus raffiniertere und klügere Tarnung. Gut gemacht! Sie hätten uns um ein Haar alle hinters Licht geführt. Abgesehen von einem großen Minuspunkt allerdings.«

»Ach ja?«

»Und ob! Als Sie hier aufgetaucht sind, hatten Sie alle schneeweiße Füße in Ihren offenen Sandalen.«

Er runzelte die Stirn. »Und …?«

»Und das, Luke, hat Sie bereits verraten! Hätten Sie schon eine längere Zeit offene Sandalen getragen, wie die *echten* Mönche eines Dominikanerordens, hätte man meinen sollen, dass Sie braun gebrannte, wettergegerbte Füße mit helleren Riemenabdrücken hätten haben sollen.«

»Oh, mein Gott, da haben Sie Recht!« Luke schlug sich in gespieltem Entsetzen mit der Hand gegen die Stirn und tat so, als gäbe er sich ihrem detektivischen Verstand geschlagen.

»Ja!«

»Aber was ist, wenn wir jahrelang in schattigen Klostergängen einhergewandelt wären? Dann hätten wir doch lilienweiße Füße gehabt, hm, Fräulein Neunmalklug Roslin?«

»Aber Dominikanerpriester *wandeln* nun einmal nicht durch schattige Klostergänge. Sie wären draußen in der Welt, überall wo Menschen sind, unterwegs, und hätten das Evangelium nach Albertus Magnus, dem heiligen Thomas von Aquin und Savonarola gepredigt und ...«

Er hob lachend die Hand. »Genug, genug! Ich neige das Haupt vor einer Dame mit einem Verstand, der so scharf wie ein Eispickel ist. Auf welcher Universität habt Ihr studiert, Mylady Roslin?«

»Es hat keine Universität gegeben, nur Giles. Wir haben alte Manuskripte über diese Insel, ihre Gebäude und Bewohner studiert, seit ich zehn Jahre alt war.«

»Und wie alt sind Sie jetzt?«, wollte er mit einer gewissen Unverfrorenheit wissen.

»Das verrate ich nicht.«

»In Ordnung. Wer hat denn sonst noch Verdacht geschöpft wegen unserer jungfräulich weißen Zehen, Roslin, meine Schöne?«

»Lady d'Oilier Barra, die es vielleicht Abigail, Giles und Veronica gegenüber erwähnt hat. Die hören ihr allerdings immer nur mit halbem Ohr zu, weil Imogens ständige Ermahnungen und absurde Geschichten sie unsagbar langweilen. Ich würde mir also keine allzu großen Sorgen machen, was ihre Hellsichtigkeit in Bezug auf die wichtigeren Fragen des Lebens betrifft. Füße sind ein Thema, über das sie niemals sprechen, geschweige denn gemeinsam nachdenken würden.«

»Es könnte allerdings noch eine Erklärung dafür geben, warum wir so auffällig weiße Füße hatten«, überlegte er weiter. »Es wäre immerhin denkbar, dass wir erst in allerjüngster Zeit den Dominikanern beigetreten sind, sodass unsere nackten Füße der Welt noch nicht ausgesetzt gewesen waren, bevor wir zu unserem ersten Auftrag als Zoowärter auf Orca aufbrachen, stimmt's?« Er drohte ihr spielerisch mit dem Zeigefinger.

»Versuchen Sie erst gar nicht, schönzureden, dass Ihnen bei Ihrer strategischen Planung ein gewaltiger Schnitzer unterlaufen ist, Pater Luke!«, erwiderte sie mit dem gleichen neckenden Unterton; Ros fand den Schlagabtausch mit Luke ungeheuer anregend. »Die anderen Männer aus Ihrer Truppe wären mit diesem Argument vielleicht durchgekommen, aber nicht Sie. Sie hätten kaum über Nacht zum Anführer Ihrer kleinen Schar werden können. Es braucht viele Jahre hingebungsvoller und konzentrierter Studien und frommer Übungen, um zum Abt oder zum Prior eines religiösen Ordens aufzusteigen. Und bei den Dominikanern, die tagein, tagaus im Freien sind und nicht mal Socken oder Gummistiefel haben, stelle ich mir den Weg ganz besonders lang und hart vor.«

Er beäugte zweifelnd seine Füße.

Ros lachte. »Ich rede von der Tudor-Ära, Luke. Um eine höhere Position in dem Orden jener Barfußprediger zu bekleiden, den Sie angeblich repräsentieren, müssten Sie mittlerweile wettergegerbte, braune Füße haben. Tut mir Leid, Luke, aber das ist die Wahrheit. Ihre Nachforschungen bezüglich des echten Pater Lukes von Orca lassen sich nun mal nicht buchstabengetreu von der Zeit der Tudors auf die Verhältnisse im Zwanzigsten Jahrhundert übertragen, nicht ohne dass Sie entlang des Weges in das eine oder andere Fettnäpfchen treten.«

Er sah sie voller Bewunderung an. »Alle Achtung! Miss Sherlock Holmes, ich bin außerordentlich beeindruckt von Ihren Fähigkeiten auf dem Gebiet der Deduktion.«

»Ich würde mir an Ihrer Stelle deswegen nicht den Kopf zerbrechen. Ich bin die Einzige, die weiß, wer Sie wirklich sind, und wie bereits mehrfach gesagt – meine Lippen sind versiegelt! Denken Sie nur daran, sich wieder Socken anzuziehen, wenn Sie das nächste Mal in eine andere Rolle schlüpfen.«

»All dieses Gerede über Füße macht mich doch ziemlich ähm ... niedergeschlagen. Wie wäre es denn mit ein paar anderen Teilen der Anatomie, wie zum Beispiel ...?«

Sie unterbrach ihn hastig. »Aber was Giles betrifft, haben Sie

Recht. Er ist in der Tat ein Experte, wenn es um alte Manuskripte geht und um die Grabplätze der Mönche auf Orca. Sind Sie auf ähnlichem Wege über Ihren Namensvetter Luke gestolpert – aufgrund der Dokumente im Kloster von Cobh?«

»Ich habe kein gutes Gedächtnis, was das Wissen aus Büchern und Manuskripten angeht, und ich bin auch kein Sherlock Holmes und keine Agatha Christie wie Sie und Ihr Vetter ...«

»Ein entfernter Vetter.«

»Wie auch immer. Aber wie Sie vielleicht schon erraten haben, war es ein absoluter Glückstreffer, dass ich in einem alten Manuskript in der Bibliothek von Cobh auf einen Namensvetter getroffen bin.«

»Andernfalls hätten Sie sich bestimmt einen anderen Namen zugelegt, davon bin ich überzeugt: Wäre es nicht Luke gewesen, wären Sie eben Pater Matthew, Pater Mark oder Pater John geworden, habe ich nicht Recht?«

»Wahrscheinlich. Was kann ich sonst noch sagen, außer *mea culpa?* Aber sagen Sie, nehmen Sie immer alles so genau unter die Lupe?«

Seine Geschichte, was seinen militärischen Auftrag auf der Insel betraf, war absolut wasserdicht, das musste sie zugeben, auch wenn seine Füße sie erst hatten misstrauisch werden lassen. »Eigentlich nicht. Ich habe nur das Bedürfnis, mir der Vertrauenswürdigkeit der Personen sicher sein zu können, denen ich ... denen ich *meine* Geheimnisse anvertraue.«

»Haben Sie etwa ...?«

»Ob ich was habe?«

»Geheimnisse, meine süße Ros?«

»Schon möglich ...« Sie war nahe dran, ihm von Miss Moffat und Maudie zu erzählen und von Giles' Gründen, warum er Luke und seine Männer von seinem archäologischen Ausgrabungsplatz fernhalten wollte. Stattdessen fragte sie, all ihren Mut zusammennehmend: »Haben Sie eigentlich ... bemerkt, was Abigail für Sie empfindet? Sie wissen doch, dass sie in Sie verliebt ist, oder? Ich würde mir wünschen, dass Sie aufrichtig zu mir sind, genau wie Abigail es gewesen ist. Sie sagte mir, Sie beide seien ein ... ein Liebespaar ... oder wären jedenfalls mal eins gewesen.«

Er sah sie maßlos erstaunt an. »Sie hat *was* über uns gesagt? Sie und ... ich – ein Liebespaar? Und Sie haben ihr das geglaubt?«

»Zuerst ja ...«

»Oh nein, nein, nein! Abigail bedeutet mir nichts, Ros, das müssen Sie mir glauben! Das ist ja schrecklich ... Was in Gottes Namen hat die Frau Ihnen erzählt? Möglich, dass sie ...« Er kratzte sich nachdenklich am Kinn, »... dass sie ein Auge auf mich geworfen hat, aber ich verspreche Ihnen hoch und heilig, es ist nichts zwischen uns vorgefallen, absolut gar nichts!«

»Sie weiß aber seltsamerweise so viel über Sie, über das, was Sie hier tun, meine ich. Tatsächlich war sie es, die mir von Ihrer ... militärischen Aufgabe auf der Insel erzählt hat, als ich Sie nur als Pater Luke kannte, den Abt des Dominikanerordens. Scoots hat mich erst auf Ihre wahre Identität aufmerksam gemacht.«

»Das hat sie getan, ja? Und wer weiß es sonst noch?« Er blickte besorgt drein und kratzte sich abermals am Kinn.

»Oh, nur ich, Luke, davon bin ich überzeugt. Aber selbst wenn Scoots mir nichts erzählt hätte, ich hätte es irgendwann gewusst.«

»Wie das?«

»An dem Nachmittag, an dem ich so wütend wegen Ihrer Behandlung den Elefanten gegenüber gewesen bin, haben Sie versucht, mich zu beschwichtigen, und mir gesagt, ich könne die Tiere am Abend sehen. Ich bin dann später in die Krypta hinuntergegangen, um ihnen etwas zu fressen zu geben, aber ich hörte Sie und Bruder Brendan streiten und Dinge sagen, die so gar nicht zu dem Bild passen wollten, das ich von den Dominikanern hatte. Da wusste ich, dass Sie und Ihre Männer nicht die waren, die Sie zu sein schienen, und dass Scoots nicht gelogen hatte. Sie macht sich nämlich manchmal einen Spaß daraus, mich aufzuziehen oder zu schockieren oder mich zu beeindrucken, vor allem aber bringt sie mich gern aus der Fassung, nur einfach so, zum Spaß – das ist auch der Grund, warum ich sie meistens gar nicht ernst nehme. Aber ich versichere Ihnen, sie hat sonst niemandem etwas erzählt. Sie hat gesagt, sie hätte ihr Geheimnis niemandem verraten außer mir, und ich glaube ihr. Sie mag viele Fehler haben, aber eines steht fest, Abigail ist keine Lügnerin.«

»Ros, es war wirklich schwierig, unsere Anwesenheit hier zu verschleiern. Als wir die Insel von Ihrem Vetter gepachtet haben, hatten wir keine Ahnung, dass die Familie einen großen Teil des Sommers hier verbringen würde. Wir haben versucht, das Beste daraus zu machen. Ich fürchte jedoch, Abigail ... oder Scoots, wie Sie sie nennen, hat eine ziemlich enge Beziehung zu Bruder Daniel geknüpft, der jung und unerfahren ist – er ist übrigens einer unserer Küchenhilfen und gehört nicht zur Mannschaft der SOF. Ich nehme an, Daniel hat Scoots mehr erzählt, als für sie selber gut ist. Ich wünschte, Sie hätten schon früher mit mir darüber gesprochen«, sagte Luke ernst.

»Ich wusste einfach nicht, wem oder was ich glauben sollte, ich wusste nicht, wem ich trauen sollte, Ihnen oder ihr.«

»Daniel wird dafür bestraft werden, dass er uns alle in Gefahr gebracht hat.«

»Nicht allzu hart, bitte, sonst denken am Ende alle, ich hätte gepetzt, was nicht meine Absicht war.«

»Na schön, wenn Sie mir versprechen, dass Sie Abigail eindringlich bitten werden, in Zukunft den Mund zu halten.« Dieser Verstoß gegen die Sicherheitsmaßnahmen regte ihn offensichtlich sehr auf.

»Mach ich, Luke. Abigail ist sehr impulsiv, aber sie ist nicht dumm. Ich werde sie ermahnen, von jetzt an vorsichtiger zu sein. Sie hat eben eine sehr lebhafte Fantasie, das ist die Italienerin in ihr.«

Luke fand, dass das Thema damit hinreichend erörtert sei. Roslins vernünftige Art beruhigte ihn, und er baute darauf, dass sie

Abigail schon dazu bringen würde, ihre Zunge im Zaum zu halten, denn unbedachtes Gerede in Zeiten wie diesen konnte schließlich Menschenleben kosten. Schließlich umfasste er mit beiden Händen Roslins schlanke Taille und zog sie ungeduldig noch ein wenig näher an sich heran. »Komm her ... Da dies ein ziemlich langer Abschied werden könnte, sollten wir das Beste daraus machen ...«

Sie hatte keine Zeit, um den Mund noch einmal für weitere Fragen zu öffnen. Alles, was ihre Lippen von diesem Augenblick an spürten, war ein Kuss, lang, intensiv, leidenschaftlich und sinnlich, der ihr alles gab, was sie von einem Mann wie ihm erwartet hatte.

Erst später fand sie das Wort, mit dem sie ihre Gefühle annähernd beschreiben konnte: schwindelig! Ihr war schwindelig vor Sehnsucht, bei ihm zu bleiben, schwindelig, weil sie immer mehr und mehr von ihm haben wollte, weil sie jedes Zeitgefühl verloren hatte, ihre Orientierung, alles. Sie verlor sich in seinen Armen, während irgendwo da draußen ein Krieg tobte. Aber hier und jetzt war sie in Sicherheit, wunderbar aufgehoben und überglücklich, ihr ganzes Wesen verschmolz mit diesem Mann in der Erfüllung eines Kusses, von dem sie ihr Leben lang geträumt hatte und der ewig hätte dauern können.

In gewisser Weise tat er es auch.

Er dauerte so lange, wie sie beide es wollten: Ein Leben lang, ein Jahr, ein beliebiger Augenblick in ihrer eigenen Zeitrechnung; ein Kuss, der sie in eine eigene Welt katapultierte, wo es nur ihre Sehnsucht gab, ihren Hunger nach einander. Und dennoch war es eine grausame Erfahrung, weil ihnen nur so wenig Zeit blieb, so furchtbar wenig Zeit.

Schließlich löste sie sich von ihm und hielt sich mit einer Hand verlegen ihr wallendes Haar im Nacken zusammen, das sich aus der Spange gelöst hatte. Donnerwetter, war alles, was sie denken konnte, was für ein Kuss!

Luke sah sie lange und eindringlich an, als wolle er sich ihr Bild für alle Zeit ins Gedächtnis einprägen; das herzförmige Gesicht mit den Sommersprossen hie und da und der niedlichen Nase, auf der sich die Haut nach der vielen Sonne ein wenig schälte, die bezaubernden grauen Augen unter dem dichten Kranz nach oben gebogener Wimpern, das lange braune Haar, in das sich nun kupfergoldene Strähnen mischten, weil sie sich zu lange in der heißen Sommersonne aufgehalten hatte. Der warme Sommerwind strich zwischen ihnen beiden hindurch und wehte ihm ihr Haar ins Gesicht, das ihn sanft kitzelte. Das Leben war schön, sie war schön. Er liebte ihren Duft, der so einzigartig war, ein Duft von Kamille und Meeresbrise, von Kiefernwäldern und sonnenbeschienenem Gras, von Bärlauch und Ölfarben.

»Roslin ist so ein wunderschöner Name«, sagte er. »Er erinnert mich nicht nur an die Rosalind aus *Wie es euch gefällt*, sondern auch an Shakespeares Gedicht vom Phönix und der Turteltaube.«

»Sag es mir auf, Luke.«

Er nahm ihre Hand, und gemeinsam gingen sie zurück zum Haus: »Herzen nah im Weiten schienen; / Denn nicht Raum war, und doch Ferne / zwischen Taub' und ihrem Sterne. / Allen Wunder, außer ihnen.«

Es war Pater Luke gewesen, der in ihr Gefühle geweckt hatte, wie sie sie noch nie zuvor erlebt hatte, und dann war es schließlich Luke Duffield, der diese romantische Erfahrung zu etwas Unvergesslichem, von aufreizender Leidenschaft Erfülltem gemacht hatte, nur um sie zu diesem Augenblick zu bringen, in dem ihre Sehnsucht nach ihm größer und quälender war denn je.

»Kommt, freit um mich, freit um mich; denn ich bin jetzt in Festtagslaune und könnte wohl einwilligen. – Was würdet ihr zu mir sagen, wenn ich Eure rechte, rechte Rosalinde wäre?«

Würde er sie küssen, bevor er antwortete? Er würde wissen, was in ihrem tiefsten Herzen geschrieben stand, er würde es wissen, wenn er sie genug liebte. Wenn er sie liebte, wahrhaft liebte und ernst meinte, was sein Verhalten in den letzten Minuten versprochen hatte – auch wenn er nur genau wie sie zu zurückhaltend war, um diese Gefühle schon jetzt offen auszusprechen – dann würde er spüren, welch einen Aufruhr er in ihrer Seele ausgelöst hatte.

In der kühlen, dunklen Halle der Priorei, wo die Kapuze seiner Robe seine Gesichtszüge aufs Neue verbarg, hatte er dann wieder nur noch Augen für sie, und sein Blick war eine einzige Liebkosung, der Blick eines liebenden Mannes, der die Frau seines Herzens vor sich hatte. Schließlich hob er die Hand, um ihr sanft über das Haar und die Wange zu streichen, um sie ein letztes Mal liebevoll zu berühren, doch dann ließ er die Hand unverrichteter Dinge wieder sinken.

Sie konnten es nicht wagen, sich hier noch einmal zu küssen, das wusste Ros, denn hier bestand die Gefahr, dass irgendjemand sie durch eins der unzähligen Schlüssellöcher des Hauses beobachtete.

»Ich werde morgen Früh am Kai sein, um mich von dir zu verabschieden, wann immer du so weit bist. In der Zwischenzeit wünsche ich dir eine Nacht voller süßer Träume, Ros.«

»Ich dir auch, Luke«, flüsterte sie zärtlich zurück und hätte alles getan, um diese noch so frische und so zarte Liebe zwischen ihnen festhalten zu können.

Er wandte sich von ihr ab, drehte sich nach einigen Schritten dann jedoch wieder zu ihr um. »Ich werde dich nie vergessen, Roslin von Orca, meine englische Rose«, sagte er traurig, und sie fand, dass das selbst unter den gegebenen Umständen eine recht seltsame Bemerkung war.

Er ließ sie verwirrt und unglücklich zurück, um durch das düstere Labyrinth der Korridore in den Trakt der alten Priorei zu gehen, in dem die Mönche untergebracht waren, während sie seiner schattenhaften Gestalt in dem Priestergewand nachblickte und in Gedanken flehte: Komm zurück, komm zurück zu mir ... bitte!

Roslin hätte vermutlich noch eine Ewigkeit verwirrt dort gestanden, weil sie sich nicht dazu entschließen konnte, den Ort ihres Abschieds zu verlassen.

Erst Abigail brachte es fertig, sie in die Gegenwart zurückzuholen.

13. Kapitel

Abigail wollte eine Abschiedsparty. Und was Abigail wollte, das bekam sie für gewöhnlich auch. Das Theater begann, als Ros ihr erzählte, Pater Luke habe eine Möglichkeit gefunden, sie am nächsten Morgen von der Insel zu bringen. Scoots tobte. »Wie kann er es *wagen,* uns von der Insel zu werfen, noch dazu so kurzfristig! Was glaubt der Mann eigentlich, wer er ist?«

»Du weißt bereits, wer er ist, Scoots, du warst diejenige, die mir reinen Wein über ihn und seine Männer eingeschenkt hat.«

»Warum um alles in der Welt musstest du überhaupt auf ihn hören, Ros? Das ist schließlich Graysons Privatinsel, oder irre ich mich? Wir gehören zur Familie, Punkt, Aus, Schluss! Wir Ramsons sind die Erben und Besitzer Orcas seit ... seit zweihundert Jahren jetzt? Wie kann er es also wagen ...«

»Halt den *Mund,* Scoots!«

Abigail starrte ihre Cousine sprachlos an.

Dann sagte sie kopfschüttelnd: »Ich verstehe dich nicht, Ros. Warum sollten wir ausgerechnet jetzt gehen, gerade jetzt, nachdem wir die anderen endlich losgeworden sind und der verdammte Krieg ausgebrochen ist? Und dann noch London, eine Stadt, in die ich *auf keinen Fall* zurückkehren werde, falls dort demnächst Bomben vom Himmel fallen! Habe ich mich klar ausgedrückt?«

»Absolut klar.«

»Warum also, um Gottes willen, Ros?«

»Weil bereits Krieg herrscht, Scoots, und zwar genau hier auf Orca.«

»Ach, Blödsinn! Da musst du dir schon etwas Besseres einfallen lassen.«

»Ich habe ein Gewissen.«

»Du hattest schon immer ein Gewissen«, höhnte Abigail. »Was sagt dir denn dein Gewissen diesmal, hm, Ros?«

»Wir müssen die Insel morgen früh verlassen, Scoots!«

»Warum?«

»Ich muss meinen früheren Job kündigen und mich um einen neuen bewerben.«

»Du meinst doch nicht etwa diesen jämmerlichen kleinen Verlag, der dir einen Hungerlohn dafür gezahlt hat, dass du hinter einem Empfangstisch Mätzchen gemacht hast wie ein Affe? Ich dachte, die hätten dich bereits gefeuert, weil du dir so oft für die Malkurse an der Akademie freigenommen hast?«

»Das haben sie auch. Aber ich brauche trotzdem Referenzen von ihnen.«

»Das heißt, du willst jetzt wieder bei ihnen angekrochen kommen?«

»Nur, um zu bekommen, was ich von ihnen haben will.«

»Und angenommen, sie geben dir keine Referenzen?«

»Sie werden es tun, weil ich etwas gegen Sie in der Hand habe.«

»Will heißen?«

»Ich werde sie daran erinnern, dass sie einmal versucht haben, eine hochrangige Persönlichkeit, die auf Lebenszeit aus diesem Land verbannt wurde, ins Land *zurückzuholen,* und alle Kosten übernehmen wollten, damit die betreffende Persönlichkeit im allerteuersten und exklusivsten Hotel von London wohnen konnte. Sie wollten die Memoiren besagter Persönlichkeit herausbringen, ein ziemlicher Schund, nebenbei bemerkt ... Allerdings muss ich zugeben, dass der Verlag sich damit wirklich eine goldene Nase verdient hätte.«

»Sprichst du vom Herzog von Windsor?«

»Heiß.«

»Der Herzogin von Windsor?«

»Kalt, ganz kalt.«

»Wer war es dann?«

»Das verrate ich nicht.«

»Du warst schon immer eine Geheimniskrämerin, Ros. Warum willst du unbedingt nach London zurück, wo alle anderen Leute nichts anderes im Kopf haben, als von dort wegzukommen?«

»Um meine Miete zu bezahlen.«

»Die wird Grayson für dich bezahlen, wie immer.«

»Das ist hier nicht das Thema, Scoots.«

»Du machst mich sehr unglücklich, Ros.«

»Dann hör doch einfach auf, unglücklich zu sein, man sollte nicht ständig negativ denken. Ich habe lange in den Tiefen meiner Seele gekramt und weiß jetzt genau, was ich will. Du solltest ebenfalls eine Entscheidung fällen, Scoots.«

»Eine Entscheidung worüber?«

»Über dich selbst.«

Roslin selbst war im Augenblick alles andere als glücklich; das Einzige, was sie aufrecht hielt, war die Tatsache, dass Luke sie darum gebeten hatte, die Insel zu verlassen, und zwar um der Sicherheit aller willen. Sie war fest davon überzeugt, dass sie und Luke Zeit füreinander finden würden, sobald dieser grässliche Krieg vorbei war. Sie würden sich bestimmt wiedersehen, ob hier auf Orca oder in London, und das gab ihr an diesem Abend vor ihrer Abreise Kraft. Es hatte keinen Sinn, ihm einen konkreten Zeitpunkt – beispielsweise Weihnachten vorzuschlagen, denn genau das hatten die Leute im letzten Krieg auch gesagt und es war oft nicht mehr eingetroffen. Ros zog es vor, sich alle Möglichkeiten offen zu halten und das Schicksal nicht herauszufordern.

Abigail ließ sich allerdings nicht so leicht ins Bockshorn jagen. Sie schmollte. »*Ich* habe kein schlechtes Gewissen, dass ich mich an diesen ganzen Kriegsgeschehen nicht beteiligen will. Du bist hier die Einzige mit Gewissensbissen, Roslin. Ich jedenfalls möchte lieber bei Luke und seiner Truppe hier auf Orca bleiben, als im East End von London irgendwelchen Bomben auszuweichen oder Suppenküchen zu führen. Diesen ganzen Heldenkram überlasse ich Imogen und Ronnie – obwohl Ronnie wahrscheinlich bei ihren Fitzgeralds bleiben und sich bei Schapiro's die Füße blutig tanzen wird, trotz der Bomben und ihrer Heirat mit Michael.«

»Scoots, ich *will* zurück nach London.«

»Du bist verrückt geworden«, sagte diese mürrisch. »Warum um Himmels willen willst du dorthin?«

»Das habe ich dir bereits gesagt.«

»Nein, hast du nicht.«

»Habe ich doch.«

»Nein, hast du nicht, Punkt! Ich habe in letzter Zeit das Gefühl, dass du dich verändert hast, Roslin.«

»Und was für eine Veränderung soll das sein, Abigail?« Roslin hatte keine Lust mehr, mit Scoots endlos zu diskutieren und war enttäuscht von ihr, obwohl ihre Gedanken inzwischen wieder glücklich in Lukes Richtung wanderten, und was sie dort hintrieb, war nichts anderes als Liebe, eine schlichte, simple, sie jedoch völlig überwältigende L-I-E-B-E! Abigail war dabei ein Mühlstein um ihren Hals, auf den sie momentan gut und gern hätte verzichten können. Ros wiederholte dennoch ihre Frage. Scoots war indessen emsig damit beschäftigt, die Quasten von einem Seidenkissen abzuzupfen. »Was ist das für eine Veränderung, von der du sprichst, Scoots? Abgesehen davon, dass ich dunkelgrün gefleckt sein muss von all der Farbe, die ich in diesem Sommer daneben gekleckst habe.«

»Ganz zu schweigen von dicken Grashalmen, die in deinem Haar stecken!«, zischte Abigail hasserfüllt mit einem grimmigen Stirnrunzeln zwischen ihren kräftigen dunklen Augenbrauen, die sie nicht einmal zu zupfen brauchte, um sie zu betonen. Scoots hatte ihr reizvolles, neapolitanisches Aussehen von Gina geerbt, ihrer italienischen Mutter. Roslin hatte Scoots immer um ihr Gesicht beneidet: Sinnlich, dynamisch, sexy – und voller Temperament.

Ros befand sich in einem Dilemma. Sie konnte ihr nichts von ihrer Beziehung zu Luke erzählen, weil Abigail selbst in ihn verliebt war. Andererseits hatte sie auch nicht das Gefühl, Scoots zu hintergehen, denn Luke hatte ihr bereits gesagt, dass nichts zwischen ihnen beiden vorgefallen war, was sich mit den Wunschträumen aus Abigails Fantasie deckte. Ros glaubte ihm. Außerdem war in der Liebe und im Krieg alles erlaubt. Ihr Geliebter musste den Vorrang vor ihrer besten Freundin haben.

Scoots warf Ros einen anklagenden Blick zu. »Na schön. Wenn das unser letzter Abend auf der Insel sein soll, dann will ich aber eine Party. So wie wir es früher immer am letzten Abend gemacht haben, wenn wir alle hier auf der Insel zusammen waren. Eine Abschieds-Sommer-Party, meinst du nicht auch, Ros? Bitte!«

»Ich glaube nicht, dass das eine gute Idee wäre, Scoots.«

»Warum nicht?«

»Scoots, Luke macht sich Sorgen um unsere Sicherheit; es geht nicht nur um unsere Sicherheit oder die seiner Männer, sondern um ihre ganze Mission hier. Du hast mir erst seine wahre Identität verraten, obwohl ich ehrlich gesagt bereits den Verdacht hegte, dass sie vielleicht keine echten Mönche seien; ihre Füße waren dafür einfach zu weiß und zu gepflegt. Daneben hat es noch andere Dinge gegeben, aber ich will mich jetzt nicht mit Einzelheiten aufhalten. Luke macht sich jedenfalls große Sorgen. Denn wenn du mit *mir* über sie gesprochen hast, das heißt darüber, dass die SOF hinter dieser ganzen Sache steckt, könntest du auch anderen ihr Geheimnis verraten haben. Ich habe ihm versichert, dass du nur mit mir geredet hast. Es bleibt jedoch die Tatsache, dass du überhaupt geplaudert hast, und das macht ihm Kopfzerbrechen.«

Abigail wusste nicht recht, wie sie reagieren sollte. Fürs Erste versuchte sie es nach dem Motto: Angriff ist die beste Verteidigung. »Ihr zwei habt also hinter meinem Rücken getratscht?«

»Das war kein Tratsch, Scoots, ein derartiger Verstoß gegen die

Sicherheitsregeln auf der Insel war, was Luke betrifft, von allergrößter Wichtigkeit. Du hast doch sonst niemandem etwas erzählt, oder? Du hast niemandem gesagt, wer sie sind und was sie hier wirklich tun?«

»Oh, um Himmels willen, Roslin!«, fuhr Abigail sie ungeduldig an und warf das Kissen nach ihr, »sei doch irgendwann in deinem Leben mal etwas anderes als eine Langweilerin. Natürlich habe ich mit niemandem sonst geredet! Ich *wusste* doch, dass da was läuft zwischen euch beiden, obwohl du die ganze Zeit über die Unschuld vom Lande gegeben und so getan hast, als könnte dich kein Wässerchen trüben. Du hattest es von Anfang an auf ihn abgesehen – wage ja nicht, es abzustreiten! Also, raus damit: küsst er mit der Zunge? Ja?«

»Allmächtiger Gott, Scoots, werde endlich erwachsen!«

»Du bist eine Lügnerin und Betrügerin, Roslin Taylor Ramson, und das Schlimmste von allem ist, dass du den Namen Ramson in den Schmutz ziehst!« Abigail war jetzt den Tränen nahe. »Ich hasse dich ... Ich hasse dich wirklich!« Sie sprang von der Couch. »Das hätte ich dir niemals zugetraut, *niemals!* Mich derart zu hintergehen. Ich *will* gar nicht, dass du zu meiner Party kommst, ich will gar nicht mit einer Verräterin zusammen feiern, mit einer Lügnerin und Betrügerin! Und ich brauche dich nicht um Erlaubnis zu fragen, denn zufällig bist du hier *mein* Gast. Ich bin die letzte und einzige Ramson, die noch auf der Insel geblieben ist, also bring mich nicht noch mehr in Wut, indem du bei *meiner* Party auftauchst, die nur für *geladene* Gäste stattfindet.«

»Es ist niemand da, den du einladen könntest, Scoots, sei doch vernünftig. Zu einer Party gehören Leute«, sagte Ros müde.

»Es gibt jede Menge Leute auf Orca – *Männer!* Ich werde die Bruderschaft einladen, um festzustellen, wie sie in ihrer unheiligen militärischen Uniform aussehen, statt in ihrer heiligen Robe.«

»Red keinen Unsinn«, erwiderte Ros, »man kann wohl kaum eine Party geben, während Warschau von den Nazis bombardiert wird. Das müsste selbst dir klar sein.«

»Es sei denn, man ist selbst ein Nazi«, sagte Scoots höhnisch.

»Manchmal verstehe ich dich einfach nicht«, antwortete Ros verzweifelt. »Wie kannst du nur eine derart schreckliche, gefühllose Bemerkung machen, wo in diesem Augenblick Hunderte von Menschen furchtbare Dinge erleben, obwohl sie nichts Böses getan haben. In Warschau und Ländern überall in Europa sterben Menschen. Nein danke, ich möchte deine Party gar nicht mitfeiern, ganz bestimmt nicht.«

»Also ehrlich, Ros, du hättest Nonne werden sollen«, sagte Abigail mit einem ironischen Lachen und zündete sich die nächste Zigarette an. »Du würdest gut zu unseren Mönchen passen, so viel steht fest, die sind nämlich auch alle Heuchler, und den Vogel schießt dieser verdammte Pater Luke ab!«

Ros hielt es für besser, den Köder nicht zu schlucken. Abigail konnte manchmal ein ziemliches Biest sein, und dann war es das Beste, sie nicht zu beachten. Aber Abigail ließ sich nicht von ihrem Entschluss abbringen. Sie schickte den Männern eine Einladung, adressierte sie an Major Luke Duffield und seine Militärische Bruderschaft und bat sie, an ihrer kleinen Abschiedsparty in der Regimentsmesse – sprich Speiseraum – teilzunehmen; anschließend würden in der Regimentsbar – im Salon – Drinks serviert werden. Zu guter Letzt unterzeichnete sie die Einladung mit: Die ehrenwerte Abigail Ramson di Giliante di Costera.

Luke antwortete mit einer höflichen, aber nichtsdestoweniger deutlichen Absage:

»Liebe Abigail, ich danke Ihnen für die Einladung zu Ihrer Abschiedsparty, aber ich fürchte, wir müssen sie Ihnen ausschlagen, da wir eine Bruderschaft sind, die derart weltliche Dinge ablehnt. Es tut mir sehr Leid, aber ich weiß, dass Sie und Ihre Cousine Roslin meine Entscheidung verstehen werden. Bitte bedenken Sie, dass ich für Ihr Wohlergehen auf dieser Insel verantwortlich bin, ebenso wie ich die Verantwortung für meine kleine Herde trage, die ihren Nachtschlaf dringend braucht, um am nächsten Tag ihre harte Arbeit für Lord Ramson fortsetzen zu können. Ich bitte Sie daher, das Grammofon nicht allzu laut zu stellen und es auch mit dem Champagner nicht zu übertreiben. Letzteres würden Sie morgen früh überdies möglicherweise bereuen, denn die Überfahrt von Orca zum Festland dürfte stürmisch werden. Ich werde jedoch an der Mole sein, um mich morgen früh von Ihnen zu verabschieden. Ich verbleibe mit meinen besten Segenswünschen für Sie beide, Ihr Pater Luke, *Domini canes.*«

Zum Teufel mit Pater Luke! Abigail riss seine Antwort wütend in kleine Fetzen.

Ein Umstand machte Lukes Absage für Abigail noch unerträglicher: Er hatte seinen kurzen Brief ausgerechnet von Daniel überbringen lassen, seinem pickligen Laufjungen, einem pubertären Schnösel, der sich vermutlich noch nicht einmal rasieren musste. Sie wünschte auf einmal, dass sie sich nicht mit ihrer besten und liebsten Freundin, Ros, zerstritten hätte, die es immer nur gut mit ihr meinte. Scoots verzieh ihr sogar, dass sie ihr hinterrücks einen Mann abspenstig gemacht hatte. Ros konnte Luke ruhig gern haben, sie selbst fand ohnehin nichts mehr an ihm – und andere Mütter hatten schließlich auch schöne Söhne. Brendan zum Beispiel war viel männlicher und weniger langweilig als Luke, der immer nur daran dachte, seinem *Land* gegenüber seine Pflicht zu erfüllen. Scoots zog einen Mann vor, der daran dachte, seine Pflicht gegenüber seiner *Angebeteten* zu erfüllen.

Abigail schmollte noch ein wenig vor sich hin, rauchte, trank und hörte sich in Ermangelung von Gesellschaft ganz allein alte Grammofonplatten an, da auf den Radioapparat immer noch kein Verlass zu sein schien. Und sie stellte die Musik trotzig so laut es nur ging. Trotz ihres zarten Alters von siebzehn Jahren, schwelgte sie in Erinnerungen an die Vergangenheit, insbesondere an zwei Bandleader aus dem West End, die inmitten einer im Chaos versinkenden Welt eine wunderbare, sanfte Musik geschrieben hatten. Es waren Teddy Joyce aus Kanada und Brian Lawrence aus Australien, und sie liebte ihre schnulzige Interpretation von »March Winds and April Showers«.

Es war fast Mitternacht geworden. Abigail, die der Länge nach ausgestreckt auf dem Sofa im Salon lag, war beinahe eingeschlafen, als Daniel hereingeschlichen kam und die Tür hinter sich absperrte.

Auf der einen Seite war Abigail froh darüber, den Jungen zu sehen, auf der anderen Seite ärgerte sie, dass es nicht Pater Luke oder Bruder Brendan waren. Für diese beiden hätte sie sogar die Musik leiser gedreht.

Daniel verlangte es offensichtlich nach ein wenig leichter, unverfänglicher Unterhaltung.

Sie küssten sich, streichelten sich, fummelten ungeschickt aneinander herum und tranken dabei eine Menge Champagner. Nach einer ganzen Weile sagte Daniel: »Luke weiß über uns Bescheid ...«

»Ich weiß ...«, antwortete Abigail trotzig.

Sie tranken noch mehr Champagner und rauchten Zigaretten vom Kontinent, die Daniel mitgebracht hatte. Schließlich versuchte er sie zu überreden, das mit ihr zu tun, was sie in der Vergangenheit schon einmal getan hatten. Doch Scoots widerten seine ungeschickten und dennoch fordernden Berührungen an, und sie schrie aus Leibeskräften auf Italienisch: *»Via! Via! Mi lasci in pace ...!«*

Daniel war entsetzt. Er sprang auf, seine Unterhose verhedderte sich um seine Knöchel, er riss sie mitsamt seiner Robe, die viel zu groß für ihn war, hinauf und rannte aus dem Raum, als sei ihm der Geist von Orca persönlich auf den Fersen.

Abigails Schmähungen verfolgten ihn: »Du abscheulicher kleiner Perverser! Du picklige, verschwitzte kleine Küchenmagd! Ich werde Pater Luke sagen, dass du versucht hast, mich zu vergewaltigen. Er wird dich mit Birkenzweigen den ganzen Weg nach Cork zurückpeitschen, du widerlicher, schmutziger kleiner Junge.«

Ihre Rache war süß: Zur Vergeltung für all die Zurückweisungen, die sie selbst in den letzten Tagen hatte einstecken müssen, hatte sie das Gleiche jetzt diesen pubertären Jungen fühlen lassen, der sich vermutlich für einen großartigen Liebhaber hielt! Sie konnte nicht aufhören zu lachen, und der Schluckauf machte ihr das Sprechen beinahe unmöglich. Das geschah ihm recht! Wofür hielt er sich eigentlich, dass er über eine junge Adelige herfiel, die zufällig gerade einmal ohne Anstandsdame war?

Nach dieser abscheulichen kleinen Szene führte Abigail sich noch ein wenig von Graysons Brandy zu Gemüte und konnte sich danach an nicht mehr viel erinnern, bis Roslin am nächsten Morgen die Vorhänge zurückzog und den Salon mit einem verärgerten Ausruf in grelles Sonnenlicht tauchte. »Das muss aber eine Mordsparty gewesen sein, Scoots.«

»Geh zur Hölle, Ros.« Scoots tauchte mit brennenden, geröteten Augen schlaftrunken in einer Wolke aus Tabakrauch auf.

Ros leerte angewidert die Aschenbecher aus und räumte die Gläser weg, bevor Paul hereinkam. Sie war nicht in Stimmung für Scoots Wutanfälle oder ihre verkaterten Erklärungen. Abigail drehte sich auf die Seite und drückte sich ein Kissen aufs Ohr; ihre Kopfschmerzen brachten sie schier um den Verstand.

Abigail schlief ihren Kater und ihre nächtlichen Eskapaden auf dem Sofa im Salon aus.

Stunden später tauchte sie am Strand wieder auf, mit einer dunklen Sonnenbrille und einem eleganten, tief ausgeschnittenen Sommerkleid. In der einen Hand hielt sie eine Champagnerflasche und in der anderen eine Kensitas. Wenn sie die Insel schon verlassen musste, dann würde sie es mit Stil tun. Sie warf einen Blick auf ihre Armbanduhr. Roslin hatte ihr eingeschärft, dass sie ja pünktlich sein solle, und jetzt war sie es selbst nicht. Typisch!

Während sie auf Orcas neuem Kai stand, da sie es nicht wagte, sich mit ihren elegant bestrumpften Beinen auf einen Felsen zu setzen, sann sie über die Veränderungen auf der Insel nach. In früheren Zeiten war dieser Kai nicht mehr gewesen als eine notdürftige Rampe für einfache kleinere Boote, und jetzt war er beinahe groß genug für ein kleines Wasserflugzeug, und das war der emsigen Arbeit der *Domini Canes*, alias *SOF*, zu verdanken. Abigail stellte die Champagnerflasche vorsichtig vor sich auf den Boden und fragte sich zum ersten Mal, welchem Zweck all diese hektischen Bauarbeiten von Lukes Männern dienen mochten. Niemand würde in der nächsten Zeit irgendwo hinfahren, es war doch Krieg, um Himmels willen!

Und wo um alles in der Welt war Roslin abgeblieben, und was das betraf, wo war Luke selbst, der doch versprochen hatte, sich von ihnen zu verabschieden? Abigail hätte ihr letztes Hemd gewettet, dass Roslin irgendwo am anderen Ende der Insel steckte, um in letzter Minute ihre Feriensouvenirs zu sammeln – entweder echte Scilly-Inseln-Muscheln oder wilder Bärlauch, von dem sie jedes Jahr ein paar Exemplare mit nach London schleppte! Roslin war immer schon ein wenig komisch gewesen.

Es war merkwürdig ruhig am Kai. Nicht einmal einer der Mönche fühlte sich offenbar bemüßigt, zu dieser Stunde irgendwelche guten Werke zu verrichten. Wo waren sie nur alle geblieben nach den hektischen Aktivitäten der letzten Wochen?

Bob Hargreaves hatte ihr Gepäck in seinem Schubkarren zum Kai gefahren und war dann zurückgekehrt, um Roslins Koffer zu holen. Jetzt war er bereits zum dritten Mal unterwegs und schleppte so viel Gepäck heran, dass man hätte meinen können, die gesamte Insel solle evakuiert werden.

Abigail überlegte, ob sie sich womöglich den felsigen Hügel hinaufschleppen sollte, die Abkürzung zurück zur Priorei, um Roslin zur Eile anzutreiben. Aber der Aufstieg war anstrengend und der Weg voller spitzer Steine, und sie hatte keine Lust, sich ihre teuren italienischen Schuhe zu ruinieren. Andererseits konnte sie auch über den von Fichten beschatteten Schotterweg von der Mole zum Haus zurückgehen; auf diesem Weg war es Imogen immerhin gelungen, ihren massigen Wagen bis zur Haustür von Ramsons Priorei zu fahren, nachdem sie die Fähre von Cork verlassen hatte. Aber auch diese halbe Meile war Abigail im Augenblick eindeutig zu viel.

Dann sah sie Roslin den felsigen Hang herunterkommen, Seite an Seite mit dem Herrn, der sich immer noch gern als Pater Luke ansprechen ließ. Er trug ihre Malsachen in der einen Hand und ihren kleinen Koffer in der anderen. In ihrem Schlepptau näherten sich die Haushälterin, ihr Mann und deren Sohn. Abigail stöhnte innerlich: Da sind sie ja endlich! Sie winkte ihnen zu, aber Ros war in diesem Augenblick stehen geblieben und drehte sich zu Luke um.

Ros sagte gerade verzweifelt zu ihm: »Oh, Lu...«, dann fiel ihr wieder ein, dass die Hargreaves bei ihnen waren, und sie fuhr fort: »Pater Luke, ich habe meine Topfpflanzen vergessen ... Sie stehen noch im Flur. Es tut mir Leid, aber ich bin ziemlich abergläubisch, was die Pflanzen betrifft – Sie wissen schon, sie sollen Glück bringen für die Zukunft und so weiter.«

»Beruhigen Sie sich, Roslin. Sie bleiben hier, und ich gehe die Pflanzen holen.« Er drückte Toby Hargreaves Roslins kostbare Leinwand in die Hand. Sie war zwar mindestens anderthalb Meter breit und gut einen Meter lang, wog aber nicht so viel, dass Toby sie nicht zusätzlich zu dem Pappkoffer hätte tragen können.

Luke nickte dem jungen Mann kurz zu, dann eilte er mit langen Schritten zwischen den weißen Felsbrocken hindurch zu der alten, aus grauem Stein gemauerten Priorei, um Roslins vergessenen Bärlauch zu holen.

Die Übrigen stiegen zum Kai hinunter. Eine höchst verstimmte Abigail sagte zu Ros: »Wieso hast du so lange gebraucht?«

»Du hast so tief geschlafen, dass ich dachte ... Keine Bange, du hast nichts verpasst, der Krieg ist noch nicht vorbei.«

»Was soll das nun wieder heißen?«

»Es wird in nächster Zeit keine Fähre mehr von St. Mary's nach Orca oder zum englischen Festland geben. Nicht, bevor die Evakuierung der Städte in den Westen des Landes abgeschlossen ist oder Deutschland eine bedingungslose Friedenserklärung abgibt.

Solange dieser, höchst unwahrscheinliche, Fall nicht eintritt, wird jedes nicht lebenswichtige Boot, jeder Kahn, jede Schaluppe und jedes Schiff beschlagnahmt und für kriegswichtige Aktionen eingesetzt.«

»Und was sollen wir bitteschön in der Zwischenzeit tun?«

»Die Ruhe bewahren.«

»Das heißt, wir sitzen bis zum jüngsten Tag auf Orca fest?«

»In welchem Falle dein Wunsch, auf immer hierzubleiben, ja in Erfüllung gehen wird«, erwiderte Ros ironisch. Dann hatte sie Mitleid und verriet: »Scoots, keine Angst, Pater Luke hat alles arrangiert.«

»Du meinst, er hat einen heißen Draht zum lieben Gott persönlich?« Unter Abigails finsterem Blick wäre selbst der mutigste Mann auf die Hälfte seiner Größe zusammengeschrumpft. *Verletzter Stolz* stand in Großbuchstaben auf ihrem Gesicht geschrieben. Sie senkte die Stimme und zischte Ros zu: »Ich *will* hierbleiben! Ich bin nicht dazu geschaffen, mir in einer großen Stadt meinen Lebensunterhalt zu verdienen, Roslin, vor allem dann nicht, wenn wir Krieg haben.«

»Dann solltest du bei der Musterungsbehörde körperliche Behinderung oder geistige Unfähigkeit als Grund nennen, auf das man dich bitteschön verschonen möge.«

»Oh, du kannst ja so herzlos sein, wenn es darum geht! Das muss daran liegen, dass du eigentlich der Arbeiterklasse entstammst.«

»Touché, Scoots«, lächelte Ross schwach. »Andererseits suchen die Arbeitsvermittlungen auf dem Festland verzweifelt nach Arbeitskräften, insbesondere nach Frauen, da die Männer ja fast alle eingezogen worden sind.«

»Was habe ich denn gelernt, kannst du mir das vielleicht sagen?«

»Du bist doch eine gebildete Frau, Scoots. Du könntest helfen, die Kinder der Evakuierten zu unterrichten.«

»Oh, klasse! Ich hasse Kinder ... Ich würde sie eher erwürgen als unterrichten, also erzähl das meinetwegen dem lieben Gott, der nichts, aber auch *gar nichts* für mich getan hat!«

»Oh, Scoots, sei doch nicht so undankbar!«

»Lord Carlisle, mein Vater, ist der Einzige, der jemals etwas für mich getan hat! Und vielleicht noch Gina, La Contessa Gia de Giliante di Costera, meine Mutter! Gott hat gar nichts für mich getan, außer, mir die beiden wegzunehmen. Ich glaube nicht an Gott, und das ist eine Tatsache! Schon gar nicht an diesen Gott, der zulässt, dass immer wieder und wieder schreckliche Dinge geschehen! All diese unnützen Kriege gegen Irland, Schottland, Wales und den Rest der Welt, wie die Rosenkriege, der Siebenjährige Krieg, der Hundertjährige Krieg, der verdammte englische Bürgerkrieg, der verdammte amerikanische Unabhängigkeitskrieg, der Krim-Krieg, der Buren-Krieg, der Erste Weltkrieg und jetzt *dieser* gottverdammte Krieg, der mir endgültig zu Bewusstsein gebracht hat, wie entsetzlich vergänglich das Leben ist und wie verdammt *nutzlos* Gott ist!«

Mrs Hargreaves, ihr Mann Bob und ihr Sohn Toby lauschten mit weit aufgerissenen Augen den Gotteslästerungen, die aus dem Mund einer angeblich gut erzogenen jungen Dame kamen.

Doch die Ehrenwerte Abigail Florence Amelie Ramson de Stefani zürnte weiterhin der Welt im Allgemeinen und Roslin im Besonderen. »Was wir alle wollen, ist Liebe – und zwar so viel wir kriegen können –, nicht ein verdammter Weltkrieg nach dem anderen. Du ahnst ja nicht, *wie* egal mir das Ganze ist, Ros. Ich möchte einfach nur meinen Spaß haben, und das, solange ich noch ein Leben habe, das ich leben kann. Du weißt verdammt gut, dass ich mich jedes Mal hinter dem Bücherstapel auf meinem Schulpult versteckt habe, wenn unsere Geschichtslehrerin auf die rosafarbene Fläche auf der Weltkarte zeigte, um uns zu demonstrieren, dass ein Fünftel dieses verdammten Planeten dem Britischen Empire gehört. Und dann drehte sie sich mit dem Zeigestock in der Hand zu mir um und verlangte, dass ich die jeweiligen Namen dieser verflixten Länder nannte! Nun, zum Teufel mit dem britischen

Empire und zum Teufel mit Hitler, ich wünschte, sie würden mich alle in Ruhe lassen, damit ich mein eigenes verdammtes Leben leben kann!«

»Ich wünschte, du wärest nicht so schrecklich verbittert, Scoots. Niemand verlangt von dir, Großbritannien zu retten oder sonst irgendetwas zu tun, das du nicht tun willst.«

»Ach nein? Warum stehen wir dann hier herum wie die Ölsardinen, die nur darauf warten, von den Deutschen in Dosen gesteckt zu werden?«

»Wir warten darauf, dass Paul Graysons Boot aus dem Winterschlaf im Bootshaus holt.«

»O mein Gott, warum das?«

»Pater Luke möchte, dass wir die Insel verlassen.«

»Das hast du bereits erwähnt ... Aber warum, Ros? Wir stören ihn und seine Männer doch nicht, und wir hindern sie auch nicht daran, auf Graysons Insel das zu tun, was sie wollen, selbst wenn sie ganz Orca neu erschaffen – wonach es aussieht. Also warum das alles, um Himmels willen?«

»Ich weiß auch nicht, warum!«, rief Ros gereizt.

»Schrei mich nicht an, Ros – das ist so gar nicht deine Art.«

»Du kommst mit mir, oder ich werde mir das nie verzeihen. Und jetzt hör endlich auf, mit mir zu diskutieren, Scoots.« Ros hob warnend die Hand. »Gewöhn dich einfach an den Gedanken, dass die Sommerferien zu Ende sind. Die Party ist vorbei!« Sie beugte ihr Gesicht zu Scoots, damit die Hargreaves nicht mitbekamen, was sie als Nächstes sagen würde: »Du weißt doch, wer er ist und was er hier tut – wenn du noch länger auf der Insel bleibst, wirst du wahrscheinlich als italienische Spionin erschossen und auf Giles' archäologischem Ausgrabungsplatz beerdigt werden, und niemand wird etwas davon erfahren. Selbst Winston Churchill würde ein derartiges Vorgehen billigen, wenn es zum Schutz des Empires dient, also hör endlich auf zu jammern, Abigail!«

Scoots machte einen Schritt rückwärts, zutiefst erschreckt von Ros' drohendem Tonfall. »Sei nicht böse auf mich, Ros, bitte. Es tut mir Leid, dass ich immer so eine Last für dich bin, aber ich habe doch sonst niemanden, dem ich mich anvertrauen kann.«

»Halt den Mund, Scoots, und lass uns für den Augenblick einen Waffenstillstand schließen, ja?« Ros beruhigte sich nur langsam.

Abigail zündete sich mit zittrigen Fingern eine Zigarette an, drehte sich auf dem Absatz um und sagte ablenkend: »Da kommt endlich Pater Luke mit deinem Bärlauch, Roslin, gelobt sei Gott der Herr.« Während sie beobachtete, wie Luke sich dem umgebauten Kai näherte, bemerkte sie so laut, dass die Hargreaves es hören konnten: »Ich denke, unsere kleinen *Hunde des Herrn* sind alles in allem doch ziemlich garstige Jungs.« Sie genoss es ungemein, dass sie die braven Hausangestellten immer wieder aufs Neue schockieren konnte. Dann wandte sie ihre volle Aufmerksamkeit dem Abt der Insel zu, sobald er seine, von der heißen Sommersonne bronzebraunen, Füße auf die Kaimauer setzte.

Luke stellte die beiden Töpfe mit Bärlauch vorsichtig neben das Gepäck, und während Ros sich eifrig daran machte, die Topfpflanzen in ihrer Hutschachtel unterzubringen, sagte Scoots zu ihm: »Ros meint, wir würden auf Graysons Elefantenboot zum Festland fahren. Stimmt das, Pater Luke?«

»Das ist korrekt, Abigail.«

»Wer wird das Boot denn steuern?«

»Paul.«

»Paul Powers, der Butler?«

»Er ist Seemann.«

»Hat *er* Ihnen das erzählt?«, fragte Abigail höhnisch. »Soweit ich weiß, war Paul vor dem Krieg Zahlmeister auf Passagierschiffen. Ein Zahlmeister hat seine Hände immer in der Kasse. Er hat meinen Vater jahrelang beklaut und tut dasselbe jetzt bei meinen beiden Stiefbrüdern. Die Einzige, die Paul Powers wirklich durchschaut hat, ist Ronnie – meine Stiefschwester –, die Ehrenwerte Veronica d'Oilier Barra Ramson.«

»Tatsächlich, Abigail?«, sagte Luke in deutlich gelangweiltem Tonfall.

»Luke ...«

Er warf ihr einen derart vernichtenden Blick zu, dass sie sofort einlenkte und sagte: »Pater Luke, ich würde lieber hier bei Ihnen bleiben, im Schutz ihrer klösterlichen Arme, als mein Leben auf hoher See einem Mann anzuvertrauen, der ein Butler und Betrüger ist.«

Sowohl Roslin als auch Luke begriffen in diesem Augenblick, dass Abigail ihnen allen während dieser letzten Minuten auf Orca das Leben so schwer wie nur möglich machen wollte, und sie hofften beide, dass sie nicht im letzten Moment noch die Tarnung der *Domini canes* auffliegen lassen würde. Die Hargreaves – Vater, Mutter und Sohn – zeigten jedenfalls größtes Interesse an allem, was um sie herum vorging, insbesondere was Miss Abigail betraf, die an diesem Morgen noch immer ziemlich betrunken schien. Ros konnte die Gerüchte förmlich hören, die auf Trescoe die Runde machen würden, sobald die Hargreaves dort ankamen.

»Keine Angst, Abigail, Paul ist ein überaus tüchtiger Seemann«, versichert Luke Abigail.

Als hätte Scoots das nicht von Anfang an gewusst, dieses Biest, dachte Ros wütend.

Luke fügte hinzu: »Ich glaube, er war Maat bei der Königlichen Marine, bevor er als Zahlmeister auf den Linienschiffen zwischen Southampton und New York anheuerte.«

»Warum hat er dann dort gekündigt und ist Butler geworden, wenn man ihn nicht mit der Hand in der Schiffskasse erwischt hätte? Mal ehrlich, Pater Luke, Sie haben Gott auf Ihrer Seite, wir jedoch nicht. Es schert mich nicht, wie breit, kurz, schmal oder lang die Überfahrt zwischen uns und St. Mary's oder dem Festland ist, ich werde jedenfalls nicht an Bord gehen, wenn Paul am Ruder stehen soll.«

»Oh doch, das wirst du!«, zischte Ros ihr ins Ohr.

»Warum können *Sie* uns nicht mit dem Boot nach Penzance bringen?«, fragte Abigail Luke. »Ich dachte, Sie kennen sich ebenfalls mit Schiffen aus. Sind Sie nicht mit einem kleinem Ruderboot von Irland hierher gekommen? Das jedenfalls hat Ros erzählt.«

»Habe ich nicht!«, protestierte Roslin.

»Oh doch, das hast du«, sagte Abigail. »Na, kommen Sie, Pater Luke, gestehen Sie die Wahrheit. Was tun Priester wie Sie in Kriegszeiten, während andere Männer ihr Leben riskieren?«

»Wir beten, Abigail. Wir beten um Frieden und Eintracht und um ein Ende aller Kriege. Ich gestehe, ich bin kein begabter Seemann. Ich fürchte, wenn ich versuchen würde, ein Boot wie das von Lord Grayson über das stürmische Meer vor Land's End zu bringen, würde ich damit unser *aller* Leben aufs Spiel setzen.«

»Was für ein verdammter Lügner Sie doch sind! Grayson wird verlangen, dass man sein Boot wieder auf die Insel zurückbringt, aber wer soll das, bitte schön, tun, wenn wir alle, einschließlich Paul, unserem Skipper, nach Penzance fahren sollen?«

»Oh, um Himmels willen, Scoots!«, rief Ros ungeduldig, »tu zur Abwechslung einmal, was man dir sagt, und hör auf, ständig herumzumeckern. Pater Luke, Mr und Mrs Hargreaves, entschuldigen Sie sie bitte, sie hat heute Morgen einen Kater.«

Scoots hatte noch immer heftige Kopfschmerzen, die sie lebhaft an ihre Abschiedsparty vom vergangenen Abend erinnerten, und protestierte daher nicht weiter, als Ros ihr das Champagnerglas mitsamt der Flasche wegnahm und beides ins Meer warf.

»Jawohl, das bin ich!«, zischte Scoots plötzlich, in einem ähnlichen Tonfall, wie sie ihn am Abend zuvor dem erschrockenen Daniel gegenüber benutzt hatte.

»Ja, du bist was, um Himmels willen, Scoots?«, fragte Ros genervt, die Abigail und ihre Mätzchen gründlich Leid war.

»Maionese verde!«

»Was soll das nun wieder bedeuten?«

»Hau ab, Roslin Taylor Ramson.«

»Abigail!« Ros war nun ehrlich schockiert.

Dasselbe galt für Bob und Emily Hargreaves, die zwar an Miss Abigails Launen und Wutanfälle gewöhnt waren, die aber

Schimpfwörter nicht tolerierten, insbesondere in Anwesenheit eines Priesters.

Pater Luke schien inzwischen mit großem Interesse zum Horizont hinüberzuschauen, während er gleichzeitig versuchte, ein Kichern in ein Husten zu verwandeln.

Roslin hatte noch nie derart unflätige Ausdrücke von Scoots gehört, obwohl sie durchaus wusste, das Scoots sich häufig ins Italienische flüchtete, wenn sie andere ärgern, beeindrucken oder schockieren wollte. Diesmal jedoch gab es weder für die Wahl ihrer Worte noch für ihr Verhalten eine Entschuldigung.

»Oh, ich weiß, ich weiß!«, sagte Abigail kurze Zeit später verdrießlich. »Aber Gina hat diesen Ausdruck manchmal gebraucht, wenn sie auf meinen Vater böse war ... Oh, nicht das schlimme Wort selbst. *Maionese verde* bedeutet eigentlich nichts anderes als grüne Mayonnaise oder Salsa, aber Gina hat das immer gesagt, wenn sie eigentlich *Verdammt* meinte oder *Sch*... oder noch Schlimmeres. Also schieb meine schlechte Erziehung gefälligst meiner Mutter in die Schuhe, bevor du anfängst, mir Standpauken über Recht und Unrecht zu halten, Roslin, du Moralapostel! Wir sind beide auf dieser Insel nicht mehr erwünscht. Aber ich würde eben lieber hier bleiben, als ... als da rauszugehen ...« Sie umfasste mit einer dramatischen Geste die gesamte Irische See.

»Du bist ja immer noch betrunken, Scoots«, sagte Ros, weniger anklagend als verzweifelt. »Keiner von uns kann und darf länger hier bleiben. Wir zwei, gesunde, kräftige junge Frauen, werden jetzt nach Hause fahren, um einen Krieg zu gewinnen, also solltest du jetzt besser ganz schnell wieder nüchtern werden!«

14. Kapitel

Der alte Maat, Paul Powers, ein Relikt des letzten Krieges, dessen Fähigkeiten jetzt, durch diesen zweiten Krieg seines Lebens, aufs Neue gefordert wurden, erwies sich als ein Skipper von bemerkenswerter Tüchtigkeit und Umsicht. Er wechselte den Kurs, wenn es nötig wurde und steuerte das Boot sicher zwischen allen Felsen und durch alle Strömungen hindurch wie ein alter Seebär. Wir legten auf Trescoe an, der Heimatinsel der Familie Hargreaves, und stachen dann wieder in See mit dem Ziel Penzance, nur Scoots, Paul und ich. Da wir St. Mary's nicht ansteuerten, konnte ich mich nicht vergewissern, ob Mrs Moffat und Maudie unversehrt dort angekommen waren; das ist ein Rätsel, auf dessen Lösung ich wohl noch ein Weilchen werde warten müssen, zumal ich jetzt darauf brenne, mich als gute Patriotin erweisen zu können und mich meinem Land nützlich zu erweisen.

Um sechs Uhr abends erreichten wir Penzance, wo ich mich hastig von Paul Powers verabschiedete, weil wir unseren Zug nicht verpassen durften. Wir hatten nicht nachgefragt, ob er nach London fahren wollte, ob er das Elefantenboot in Penzance lassen oder nach Orca zurückbringen würde. Scoots' und meine Gedanken kreisten momentan einzig um unsere eigenen Vorbereitungen auf den Krieg.

Es war nicht weiter schwierig, einen Great Western zur Paddington Station zu bekommen, da die Züge hier von Westen aus alle in diese Richtung fuhren. Ein Problem würde es dann geben, wenn man einen Zug brauchen würde, der einen aus London heraus brächte, bevor Hitlers Bomben auf die Häfen und andere strategische Plätze des East End fielen.

Kurz nach Chamberlains pathetischer Ansprache, Deutschland den Krieg zu erklären, falls es dem Friedensultimatum nicht nachkommen sollte – ich frage mich, kann es ein Ultimatum für den Frieden geben? –, wurde über London Luftalarm ausgelöst, und die Sirenen stießen ein schauerliches Geheul aus. Ein Fehlalarm, wie sich am Ende herausstellte. Ein einsames französisches Flugzeug hatte sich über dem Kanal verflogen und war später von zwei Kampffliegerstaffeln über der Themse abgefangen worden. Daraus entbrannte ein Luftkampf, in dessen Verlauf zwei britische Maschinen abgeschossen wurden und ein Pilot starb. Der Verlust von Leib und Leben, die Zerstörung einer Familie, der des toten Piloten, wurde in den heutigen Zeitungen tatsächlich als technischer Irrtum bezeichnet!

Mir kommen bereits Zweifel, ob es richtig ist, der WAAF beizutreten. Menschen sind Menschen, keine ersetzbaren Ziffern der Statistik.

Mir wurde diese Geschichte aus erster Hand berichtet; ich sprach mit einer Frau aus dem East End und ihren drei Kindern, die den Kampf am Himmel mitangesehen hatten. Sie und ihre Kinder waren im Zuge der Evakuierung auf dem Weg nach St. Just in Roseland, Cornwall, während ihr Mann weiterhin seiner Beschäftigung als Hafenarbeiter nachging. Während Scoots und ich auf unseren Zug nach London warteten, schüttete uns die unglückliche Frau ihr Herz aus und erzählte uns ihre Lebensgeschichte. Nicht dass Scoots allzu versessen darauf gewesen wäre, sich ihre scheinbar nicht enden wollende Liste von Klagen anzuhören, die mit eitrigen Geschwüren und Bindehautentzündungen der jüngeren Kinder begann und bei Frostbeulen und Krampfadern, mit denen ihr Mann geschlagen war, endete. Die arme Frau selbst litt an Nervosität, Depressionen und Panikattacken, und hatte mein volles Mitgefühl.

Ich versuchte sie damit zu trösten, dass St. Just in Roseland ein wunderschöner Ort sei, an dem sie und ihre Kinder die frische Luft und gesunde Landkost, weit weg von Hitlers Bomben, würden genießen können, sodass sie in dieser Hinsicht nichts zu befürchten hatte; sie und ihre Kinder würden sich dort wohlfühlen. Giles und ich hatten St. Just in einem Sommer vor etlichen Jahren einmal besucht, als wir in Cornwall auf eine Fähre nach Orca warten mussten. Die Frau war überaus dankbar für das Wenige, was ich ihr an Trost zu bieten hatte, und fragte mich, ob sie mir wohl ihre Adresse geben dürfe. Ich reichte ihr meinen Füllfederhalter und mein Adressbüchlein, die sie mir jedoch scheu wieder zurückgab. Sie konnte weder lesen noch schreiben, das arme Ding. Ich schrieb also ihren Namen und ihre Adresse auf, die sie mir diktierte. Dann nahm sie mir das Versprechen ab, dass ich mich nach dem Krieg wieder bei ihr melden würde. In der Zwischenzeit hatte ich Scoots Leidensmiene keineswegs übersehen; sie durchbohrte mich förmlich mit ihren Blicken, während die Kinder vom East End sich neben ihr weiterhin kratzten, als wollten sie sich und nicht die Läuse umbringen.

Fast alle Leute in unserem Zug nach London sind in Uniform. Scoots hat sich vermutlich lange nicht mehr so gut amüsiert. Sie flirtet hemmungslos mit dem männlichen Kontingent unseres Zuges – aber natürlich nur mit den Offizieren. Ich sitze unterdessen still auf einem Eckplatz und versuche, im Licht einer fahlen, blauen Glühbirne mein Tagebuch auf den neuesten Stand zu bringen. Wegen der Verdunklungsgesetze muss der Zug mitsamt seiner Fahrgäste bei schummriger Beleuchtung fahren; wir nehmen an, dass der Fahrer nicht mehr sehen kann als wir, und hoffen daher, dass nirgendwo Hindernisse auf den Gleisen stehen.

Die letzten paar Tage waren so hektisch, es ist so viel passiert, und ständig strömen neue Eindrücke auf mich herein, dass ich kaum meine Gedanken sammeln kann, um über diesen besonderen Abschnitt meines Lebens zu schreiben:

Bei der Abreise von unserer Sommerinsel, buchstäblich im letz-

ten Augenblick, drückte Luke mir verstohlen einen Zettel in die Hand, dessen Inhalt voller Liebe war und dabei so rätselhaft, dass ich am liebsten geweint hätte, so verzweifelt war ich darüber, mich ausgerechnet in dem Moment von ihm trennen zu müssen, da wir zueinander gefunden hatten.

Dieser Sommerurlaub auf Orca – für die Familie nicht viel anders als sonst – war für mich vollkommen anders gewesen als alle vorherigen. Luke hatte bereits eine verborgene Saite in mir zum Schwingen gebracht, als er mich damals auf dem Kap ansprach. Er hatte der Landschaft der Insel seinen eigenen Stempel aufgedrückt, und mein Gemälde von Orca und der Priorei hatte endlich vollendet werden können. Denn Pater Luke, wie ich ihn zu diesem Zeitpunkt noch nannte, war mit Macht in mein Leben getreten.

Es war, als sei die Luft zwischen uns elektrisch aufgeladen gewesen, es war wie ein schillerndes Feuerwerk, etwas ganz Besonderes – und es war mir widerfahren, mir. Ich konnte es kaum glauben. Während ich all das aufschreibe, kommt es es mir so oberflächlich und theatralisch vor, aber so war es nicht zwischen uns, ganz und gar nicht.

Luke schien tatsächlich etwas für mich zu empfinden. Und ich himmelte ihn an, das ist alles, was ich noch weiß. Obwohl ich das Verhältnis zwischen ihm und Scoots anfangs nicht einschätzen konnte, betete ich ihn an. Um genau zu sein, betete ich ihn an, seit ich ihn das erste Mal gesehen hatte – schon seit jener Nacht, als er auf die Insel kam, seit der Nacht, in der ich die Vorhänge meines Schlafzimmers zurückzog und die Reinkarnation jenes anderen Pater Lukes erblickte.

Wann immer unsere Blicke sich trafen, war es am Essenstisch in Gegenwart der Familie oder wenn wir uns alleine trafen, erschien es mir, als sei es unser Schicksal, uns zu finden und wieder voneinander getrennt zu werden.

Vielleicht hat Abigails dramatischer Glauben an eine bessere Zukunft bereits auf mich abgefärbt, ich kann es nicht sagen. Ich weiß nur, dass Luke und ich die gleiche Sprache zu sprechen schienen.

In dem Brief, den er mir bei unserem Abschied in die Hand gedrückt hatte, stand: »Turteltaub und Phönix fliehn / Aus der Welt in Wechselflammen. / Liebten sich, wie wenn verdichtet / Lieb' in Zwei'n zu einem Wesen, / Trennungslos geteilt gewesen, / Da hat Liebe Zahl vernichtet.«

Der Phönix und die Turteltaube – Shakespeares Geschichte einer ebenso ungleichen wie fatalen Liebe.

Luke wählte seine Worte ausgerechnet aus diesem vor ewigen Zeiten entstandenen Gedicht, das jedoch auch im Jahr 1939 noch volle Gültigkeit zu haben scheint.

Nach dem kleinen, aber bedeutungsvollen Zusammentreffen von Luke und mir im Bärlauchwald – dem Ardenner Wald –, wurde ich seine Rosalinde, und er mein Orlando.

Aber er ist nach wie vor ein Unbekannter für mich. Ich weiß rein gar nichts über ihn! Ob das eine Art Probe meiner Liebe ist? Nicht wirklich zu wissen, ob er nun wahrhaftig mein Orlando ist, mein Orlando?

Im Augenblick bin ich mir in meinem tiefsten Herzen nur dessen ganz gewiss, dass ich ihn so sehr liebe, dass ich es nicht in Worte zu fassen vermag. Und so lautet meine Antwort Ja, es gibt sie wirklich, die Liebe auf den ersten Blick, ich habe es erlebt. Doch ich möchte, dass wir uns aneinander binden – in der Weise, in der ein Mann und eine Frau sich binden können –, und erst dann werde ich wahrhaft glauben, dass er auch mich liebt.«

»Was machst du da?«, fragte Abigail ungehalten, während wir im Zug von Penzance nach Paddington saßen.

»Ich schreibe in mein Tagebuch.«

»Bitte, lieber Gott, verzeih mir, dass ich so glücklich bin über meine Liebe, und verzeih mir, dass ich die arme kleine Scoots hinters Licht geführt habe, aber ich musste sie einfach von der Insel schaf-

fen, schon um Lukes willen, doch auch um der Kriegsvorbereitungen willen. Wir müssen Hitler ein und für allemal klarmachen, dass er unser Land nicht bedrohen darf, ebenso wenig wie er mit seinen Truppen einfach in jedes Land auf der Karte Europas einfallen darf wie eine wildgewordene Heuschrecke. Ich weiß, Scoots würde meine Motive nicht verstehen. Ich verstehe sie selbst nicht. Ich weiß nur, dass wir in einer Krise alle zusammenhalten müssen.«

»Muss das unbedingt jetzt sein?«, nörgelte Abigail.

»Nein.«

»Warum begleitest du mich dann nicht in den Speisewagen?«

»Weil ich weder Hunger noch Durst habe, Scoots.«

»Weil du eine Spielverderberin bist!«

»Ich bin nichts dergleichen. Der Zigarettenrauch dort brennt mir in der Nase und in den Augen.«

»Was für ein jämmerliches Geschöpf du doch manchmal sein kannst, Ros«, sagte Scoots angewidert. »Musst du immer wie eine emsige kleine Biene sein, die durch die Welt schwirrt, Bärlauch statt Nektar sammelt, Leinwände bemalt und in Tagebücher kritzelt, die auch in einer Million Jahren niemand lesen wird? Es überrascht mich, dass du noch nie von all den Bärlauch-Pollen auf Orca Probleme mit deiner Nase und deinen Augen bekommen hast.«

»Tut mir Leid, Scoots ... Diese Kritzelei, die auch in einer Million Jahren niemand lesen wird, ist einfach meine Art, mit ... mit Situationen fertig zu werden, denke ich.«

»Mit was für Situationen?«

»Mit Nasenproblemen und brennenden Augen zum Beispiel. Oh, und das Ende der Sommerferien und das Abschiednehmenmüssen, der Gedanke an Kriege und ihren Ausgang und ... Ach, einfach alles, Scoots.«

»Du machst mich fertig, weißt du das? Du bist so verdammt ... so verdammt *gut und vernünftig*, Ros. Und du bist es nicht nur manchmal, sondern jeden verdammten Augenblick des Tages. Es widert mich an.«

Mit diesen Worten stürmte Abigail in Richtung Speisewagen davon, wo sie nach Herzenslust rauchen, trinken und flirten konnte, während ihre Cousine ihrerseits nach Herzenslust weiter vor sich hin kritzelte. Arme Roslin, man stelle sich nur vor, mehr Zeit damit zuzubringen, über die Welt zu schreiben statt in ihr zu leben. Wenn sie nicht aufpasste, würde sie noch als alte Jungfer enden. Abigail dagegen würde ihre Zeit nicht mit Roslin verschwenden. Sie wollte das Leben in vollen Zügen genießen, und genau das war es, was sie im Augenblick tat.

»Habe den ganzen Weg bis nach Paddington über all die Dinge nachdenken müssen, die Scoots mir unterstellt – ein Drückeberger sei ich, ein Kleinkrämer, ein Spielverderber. Außerdem machte mir noch ein anderer Gedanke zu schaffen: Eigentlich hätte ich nichts von alledem niederschreiben dürfen, um Lukes Identität zu wahren, wer immer er auch sein mochte. Aber wie Scoots so vernichtend bemerkt hatte: Niemand würde jemals mein persönliches Tagebuch lesen – selbst in einer Million Jahren nicht – daher beschloss ich, meinen Gefühlen einfach freien Lauf zu lassen.

Schließlich gesellte ich mich zu dem bunten Treiben im Speisewagen, wenn auch anfangs mit Widerstreben. Jeder, der eine Uniform trug, schien zu glauben, dies sei seine letzte Chance auf ein wenig Spaß. Den ganzen Weg von Penzance nach Paddington sangen und tanzten wir zu der Melodie von: »Knees Up Mother Brown! Well, Knees Up Mother Brown.«

Sobald Ros ihren teuren Lederkoffer, den sie vor etlichen Jahren aus dem Abstellraum der Ramsons ausgeborgt hatte, in ihrer schäbigen, winzigen, nach Kohl riechenden Wohnung in Clapham auf den fadenscheinigen Teppich gestellt hatte, drückte ihre

Vermieterin ihr noch vor einer Begrüßung eine Rolle Klebeband und eine schwarze Paste in die Hände.

»Das muss auf Ihre Fenster, Mädchen!«

»Wie bitte?«

»Wir haben Krieg. Wir müssen die Fenster schwärzen, damit Hitler uns nicht sehen kann, und das Klebeband ist dafür da, dass das Glas nicht splittert, wenn die Bomben fallen. Gleich nachdem der Krieg mit diesen bösen Nazis begonnen hat, wurde diese Order ausgegeben. Nun machen Sie schon den Mund zu, Sie verteilen nur die TB-Bazillen, die Sie sich vermutlich bereits im Bus hierher eingefangen haben. Wir haben Krieg, hören Sie? Ich dachte, ich würde Sie nie wiedersehen, Roslin, wo Sie doch wie die Made im Speck auf Ihrer kleinen Insel hocken könnten, während hier Millionen von Londonern Gott weiß wohin e-v-a-k-u-i-e-r-t werden. Aber das ist Ihre Entscheidung. Soll ich Ihnen heute Abend was zu essen machen, wo Sie doch den ganzen Tag unterwegs waren?«

»Ähm, nein, danke.«

»Na schön, ich habe einen Liter Milch, einen Topf Margarine und einen Laib Brot, die ich Ihnen geben kann. Es ist ja schon zu spät zum Einkaufen.«

»Das ist sehr nett von Ihnen, vielen Dank.«

»Sie waren so lange weg, dass sich ein ganz hübscher Stapel Post für Sie angesammelt hat. Ich habe ihn auf das Fenstersims in der Küche gelegt.«

»Vielen Dank.«

»Oh, und bevor ich es vergesse, Ihre Gasmaske finden Sie auf dem Tisch. Sie müssen sie überall bei sich tragen, sagt der Bursche vom LAS, selbst wenn Sie zur Toilette gehen. Hatten Sie übrigens schöne Ferien?«

»Ja. Es war wunderschön, danke.«

»Sie sehen auch besser aus, nicht mehr so blass und spitz. Na schön, dann sage ich jetzt erst mal Gute Nacht. Übrigens – Ihre Miete wird morgen fällig, Roslin.«

»Ja, ich weiß. Gute Nacht ... und ähm ... vielen Dank, dass Sie meine Post an sich genommen haben, und für die Lebensmittel natürlich.«

»Nicht der Rede wert.« Ihre Vermieterin kräuselte angewidert die Nase. »Immer wenn Sie wiederkommen, bringen Sie so einen komischen fremdländischen Duft mit, Roslin, wie ...«

»Oh, ja, tut mir Leid, das ist das Parfüm meiner Cousine aus Italien. Es kommt vermutlich von dem Lederkoffer, den ich mir von ihr geliehen habe.« Ros klopfte mit einem Finger auf den Stein des Anstoßes, obwohl der Geruch, den ihre Vermieterin meinte, höchstwahrscheinlich eher auf den Bärlauch zurückzuführen war. Die beiden Pflänzchen, die sie in ihrer Hutschachtel versteckt hatte, welkten inzwischen wahrscheinlich schon vor sich hin, weil ihnen Luft, Licht und Wasser fehlten.

»Das sagen Sie immer, Roslin, jedes Mal wenn Sie aus Ihrem Sommerurlaub zurückkommen. Weiß der Himmel, was diese Ausländer auf Orca so treiben; ich meine, wo Ihre Cousine doch zum Feind gehört ...«

»Zum Feind ...?« Ros sah die Frau sprachlos an.

»Ja, Roslin, jeder weiß, dass die Itaker auf Hitlers Seite sind. Sie haben vielleicht noch keinen offiziellen Pakt mit Hitler unterschrieben, aber es ist bereits eine Tatsache! Ihre Cousine ist doch eine halbe Itakerin, nicht wahr? Sie hat doch eine italienische Mutter?«

Roslin war außer sich vor Wut. »Wie können Sie es *wagen,* so etwas zu behaupten! Außerdem haben Sie meine Sachen durchwühlt, meine ... meine Fotoalben, Zeichenbücher und ... während ich weg war, haben Sie sich alles angesehen.«

»Ich habe nichts dergleichen getan, also erheben Sie keine wilden Anschuldigungen gegen Leute, die älter und klüger sind als Sie, Mädchen! Und denken Sie ja an die Verdunkelung, Roslin, sonst taucht der Bursche vom LAS mit einem Haftbefehl hier auf und verdonnert Sie zu einer saftigen Geldstrafe. Die werden Sie dann aber bezahlen, nicht ich!« Als sie endlich die Treppe hinunterging, murmelte sie etwas vor sich hin, das klang wie: »Alles Ausländer und Verräter und Spaghettifresser!«

Roslin schrieb von London aus an Luke:

»Ich denke, ich werde dich weiterhin Pater Luke nennen, damit ich mich nicht irgendwann einmal verplappere, weil ich nicht mehr auseinander halten kann, ob ich dich als Offizier der SOF oder als irischen Priester anreden soll. Wahrscheinlich ist das gar nichts Besonderes, dass Männer sich im Krieg als Priester tarnen, um im Verborgenen alle möglichen militärischen Dinge zu tun – doch wissen sollte es schließlich keiner.

Während ich diesen Brief schreibe, denke ich an dich, an den Mann, den ich liebe. In unserem Bärlauchwald wäre meine arme kleine Scoots wohl ebenso erstaunt wie entsetzt gewesen, hätte sie uns so eng umschlungen vorgefunden. Wenngleich wir doch stets dagegen angekämpft haben, dass unsere starken Gefühle uns übermannten, denn weder du noch ich wollten der Versuchung erliegen. Ich schäme mich nicht, es zuzugeben, ich hätte es getan, wären Zeit und Umstände nicht gegen uns gewesen.

Wie ich bereits vermutet habe, habe ich meine Stellung in dem kleinen verstaubten, alten Verlag in Bloomsbury verloren. Nicht dass mich dieser Verlust am Boden zerstört hätte. Ich war nur Empfangsdame dort, eine Teilzeitkraft, weil ich mich in erster Linie meiner künstlerischen Arbeiten widmen wollte – ich habe mich ja an einer hiesigen Akademie für einen dreijährigen Kunststudiengang eingeschrieben.

Heute habe ich mich freiwillig gemeldet. Nachdem ich im Musterungsbüro in Kingsway Unmengen von Formularen ausgefüllt hatte, stellte man mir Fragen wie: Haben Sie in der Schule Französisch oder Deutsch gelernt? Welche andere Sprache oder welche Sprachen beherrschen Sie außerdem? Können Sie ein Auto fahren, einen Bus, einen Laster oder einen Traktor? Haben Sie einen Flugschein? Können Sie kochen, nähen oder Gartenarbeiten verrich-

ten? Mögen Sie Tiere? Haben Sie Qualifikationen in Bereich der Krankenpflege oder in der Gastronomie?

Nach dieser intensiven Befragung schickte man mich mit weiteren Neuzugängen ins Victory House. Wir waren alle froh darüber, dass wir den ersten Schritt getan und uns freiwillig gemeldet hatten, statt darauf zu warten, dass man uns zu einem späteren Zeitpunkt einzieht und eventuell einem Dienst zuteilt, der uns nicht sonderlich sympathisch ist. Alle, die sich freiwillig melden, dürfen unter den ihnen jeweils zugeteilten Aufgaben auswählen und laufen kaum Gefahr dem Heer, einer Kantine der Streitkräfte oder etwa einer Munitionsfabrik zugeteilt zu werden.

Nachdem ich die ganze Prozedur durchlaufen hatte, erklärte man mir, dass ich noch ein weiteres Vorstellungsgespräch führen müsse, wenn ich tatsächlich Plotterin einer Einsatzzentrale werden wolle. Ich war außer mir vor Wut, vor allem da andere Rekruten in meiner Einheit schon am selben Tag in die Ausbildungszentralen der WAAF weitergeleitet wurden.

Was sollen all diese zeitaufwändigen Formalitäten in Zeiten, in denen man keine Sekunde verlieren darf? Das alles scheint mir ziemlich nutzlos zu sein.«

Luke antwortete nie auf einen ihrer Briefe, was kein Wunder war, da sie sie nie abschickte. Die Zensur hätte ohnehin alles beanstandet, was sie geschrieben hatte.

Teil 2

15. Kapitel

London: Herbst 1939

Als Roslin sich im September 1939 freiwillig zur WAAF meldete, war diese eine noch relativ junge Institution. Zu ihrer Leiterin hatte das Ministerium für Luftfahrt Miss Jessica Tremaine-Fortescue im Rang eines Brigardegenerals der Luftwaffe bestellt.

Bei ihrem zweiten Vorstellungsgespräch traf Roslin mit einer gewissen Verlegenheit und einigen Vorbehalten auf Miss Tremaine-Fortescue. Die Oberkommandierende selbst zuckte mit keiner Wimper und verriet auch sonst durch keine Regung, dass sie Roslin Taylor Ramson bereits persönlich kannte.

Jessica war eine Busenfreundin ihrer Cousine, der Ehrenwerten Veronica. Bei einer von Ronnies Soiréen in Kensington hatte Hindustan, Jessicas Jack Russel – damals noch ein Welpe – sich auf dem kostbaren Teppich verewigt, und Ros und Abigail waren als die jüngsten Gäste der Party dazu verdonnert worden, das ungehorsame Tier zu einem Spaziergang bis zur nächsten Laterne auszuführen, obwohl das Unglück bereits geschehen war.

Puh!, dachte Ros, wie klein die Welt doch ist, und wie peinlich manche Dinge sein können!

Sie fragte sich, warum ihr die Ehre eines Vorstellungsgesprächs mit der Chefin persönlich zuteil wurde. Glücklicherweise brauchte sie keine weiteren Rechenaufgaben zu lösen oder Intelligenztests über sich ergehen zu lassen, sondern musste lediglich ein paar direkte Fragen beantworten, die sich im Wesentlichen auf ihre eigene Person, auf ihre Hobbys, ihre Ambitionen und ihre Familienmitglieder bezogen, die sie wahrheitsgemäß als nicht vorhanden beschrieb. Miss Tremaine-Fortescue schien nur ein einziges Mal ihre Fassung zu verlieren, nämlich als Ros sagte, Kreuzworträtsel seien eins ihrer Hobbys, das, was sie nach Malerei, Bildhauerei und der Lektüre mittelalterlicher Geschichte am liebsten tat.

Ros war felsenfest davon überzeugt, dass Jessica bestens über ihre gesamte Lebensgeschichte und über ihre Familienverhältnisse im Bilde war. So schlecht konnte ihr Gedächtnis gar nicht sein.

Nach dem Vorstellungsgespräch wurde Roslin nach Hause geschickt und bekam die Anweisung, auf weitere Order zu warten.

Sie wartete, wartete verzweifelt. Doch es tat sich nichts. Ros wurde von Selbstzweifeln gequält: Sie war sicherlich wegen ihrer schlechten Augen abgelehnt worden. Gute Augen waren für die RAF unerlässlich; also musste es in der WAAF genauso sein. Oder war es ihr Gehör? Auch das war von größter Wichtigkeit bei der Luftwaffe – all die Geräusche, die über die Kopfhörer hereinkamen, mussten exakt erkannt und aufgezeichnet werden, damit sofort entsprechend gehandelt werden konnte. Dasselbe galt vermutlich für die Füße, die den Drill auf dem Kasernenhof überstehen mussten und all die langen Märsche, bei denen man sich von den schweren Rucksäcken Blasen auf den Schultern holte. Die WAAF konnte es sich nicht leisten, jemanden mit Platt- oder Senkfüßen zu rekrutieren – oder war das nur beim Heer so wichtig?

An die Stelle der Selbstzweifel trat schließlich Ärger: Man hätte immerhin den Anstand haben können, ihr zu schreiben oder sie anzurufen, um ihr mitzuteilen, dass sie abgelehnt worden war, statt ihr zuzumuten, in der Zwischenzeit auf eigene Kosten eine Wohnung zu unterhalten, während ihre Hoffnung von Tag zu Tag dahinschwand. Miss Tremaine-Fortescue hatte sich vielleicht auch an Roslins Verbindung mit der Ehrenwerten Veronica und das Malheur mit dem Teppich erinnert. Vielleicht hatte sie Ros deshalb für ungeeignet für die WAAF befunden.

Ohne Graysons letzten, noch ausstehenden Scheck für das Bild, das er bei ihr in Auftrag gegeben hatte, wusste Ros nicht, wie sie ihre Rechnungen bezahlen sollte, deren Hauptanteil die fällige Miete für ihre Wohnung ausmachte. In der Zwischenzeit musste sie in den sauren Apfel beißen und ihrer habgierigen Vermieterin ihre miserable Finanzlage beichten, das brachte ihr eine Woche Aufschub. Danach, so wurde ihr unumwunden mitgeteilt, würde sie auf der Straße sitzen. Nach zwei Wochen borgte Ros sich Geld von Scoots, die tatsächlich eine Stellung als Bardame in einem Nachtclub im West End angenommen hatte.

Nachdem sie drei Wochen lang nichts vom Luftfahrtministerium gehört hatte und bereits überlegte, ob sie nicht stattdessen der Women's Land Army beitreten solle, brachte ihre Vermieterin ihr eines Tages mit einem zufriedenen Grinsen einen dicken, braunen Umschlag. »Falls es Geld von Ihren feinen Verwandten sein sollte, Roslin – Sie schulden mir noch die Miete für zwei Wochen, und ich würde Sie dann gerne heute noch kassieren.«

Ros schlug ihr als Antwort die Tür vor ihrer neugierigen, langen Nase zu. Mit zitternden Fingern riss sie den Umschlag auf und ließ sich dann mit einem gewaltigen Seufzer der Erleichterung gegen die Tür sinken. Sie sollte sich am 30. Oktober im neu eingerichteten Ausbildungszentrum West Drayton der WAAF melden.

Doch im nächsten Augenblick geriet sie in Panik. Wo um alles in der Welt lag West Drayton? War sie sich überhaupt sicher, dass sie der WAAF beitreten wollte? Sollte sie sich nicht lieber wie Scoots als Bardame in einem Nachtclub im West End oder einer anderen Gegend betätigen? Ros rief ihre Cousine an: »Scoots, stell dir vor – sie haben mich genommen!«

»Schätzchen, das hast du mir schon vor einem Monat erzählt«, erwiderte Scoots gedehnt und klang dabei genauso wie Veronica, wenn sie mit ihrer eleganten Zigarettenspitze zwischen den Lippen sprach.

»Ja, ich weiß, aber jetzt bin ich *wirklich* dabei. Ich muss mich an einem Ort namens West Drayton melden – weißt du, wo das ist?«

»Wie sollte ich das wissen, Schätzchen? Geografie war nie meine Stärke. Tut mir Leid, Ros ... Ich muss Schluss machen, hier ist so ein netter Kerl, der meine vollste Aufmerksamkeit verdient, wenn ich ihm jetzt seinen Cocktail mixe.«

Ros fand bald heraus, dass West Drayton, wo sie sich melden sollte, gleich westlich von London in Middlesex lag und nicht etwa in North Yorkshire, der Mongolei oder in irgendeinem anderen entlegenen Winkel der Welt. Sie atmete erleichtert auf. Ein Fahrer von der WAAF würde sie am Bahnhof abholen. Alles würde gut werden, das Leben in der WAAF würde sicherlich nicht allzu kompliziert werden, ein bequemer, gut organisierter, angesehener Job mit garantiertem Lohn, einem annehmbaren Quartier und Verpflegung rund um die Uhr.

Ros empfand eine tiefe Befriedigung, als sie ihrer Vermieterin mit einer Frist von einer Woche kündigte: »Auf Wiedersehen und danke für ... ähm ... alles«, sagte sie beim Abschied betont ironisch. Ihre Vermieterin hatte während der vergangenen zwei Jahre herzlich wenig für sie getan, außer sie zu kritisieren und an ihr herumzumäkeln, wann immer sie eine Gelegenheit dazu fand.

In ihrer geblümten Kittelschürze, das Haar in Metalllockenwicklern unter einem verknoteten Schal, stand diese auf der obersten Stufe der Treppe, die zur Haustür hinunterführte, und sah zu, wie Ros sich mit ihrem Gepäck abmühte. »Passen Sie bloß auf bei der RAF. Fallen Sie nicht auf irgendeinen gut aussehenden Burschen in Uniform herein, der Ihnen ein Kind andreht.«

»Ich gehe nicht zur RAF, sondern zur WAAF«, keuchte Ros, während sie ein Taxi heranwinkte, das sie zum Bayswater Mansion bringen sollte.

»Ich an Ihrer Stelle würde auch ihre Cousine im Auge behalten ... dieses Itakerfrauenzimmer«, sagte die Vermieterin genüsslich, wobei sie Ros immer noch mit Argusaugen beobachtete, für den Fall, dass sie etwas mitgenommen haben könnte, das ihr nicht gehörte. Ros zwängte sich ohne ein weiteres Wort zusammen mit ihrem Gepäck in das Taxi und schlug die Tür hinter sich zu. Dieses abscheuliche Weib war sie Gott sei Dank endlich los!

Die wenigen Dinge, die sie besaß, brachte sie für die Dauer ihrer Beschäftigung bei der WAAF ins Bayswater Mansion. Mit der Gasmaske, die ihr auf der Hüfte auf und ab hüpfte, ging Ros anschließend zu Veronicas Wohnung in Kensington, wo sie hoffte, Ronnie ihre Büste überreichen zu können und einen Lohn für dieses Meisterwerk zu erhalten. Doch Veronicas Hausmädchen setzte sie davon in Kenntnis, dass Madame vor ihrer Hochzeit mit Commander Haviland-Carr in Portugal Ferien machte, in der Villa einer Freundin.

Na schön, dachte Ros ergeben, dann würde die Büste eben auch im Bayswater Mansion lagern müssen, bis Madame aus Portugal zurückkehrte.

Draußen auf der Straße, auf halbem Wege zwischen den U-Bahn-Stationen Bayswater und Queensway, heulte plötzlich die Sirene des Fliegeralarms auf, und Ros zögerte – in welcher U-Bahn-Station sollte sie Schutz suchen? Sie entschied sich für Queensway und fand sich kurz darauf inmitten Hunderter anderer Menschen wieder, die unter der Erde Zuflucht vor den deutschen Bomben suchten. Eingepfercht zwischen all diesen fremden Leuten wünschte Ros, sie hätte etwas von ihrem Bärlauch dabei, um den Gestank von ungewaschenen Leibern, Urin, Schweiß und Erbrochenem zu übertünchen. Glücklicherweise dauerte der Alarm jedoch nur kurze Zeit, und bevor sie sich selbst noch übergeben musste, erklang auch schon das Entwarnungssignal.

Der Luftschutzwart erklärte, dass die Bomben der Deutschen irgendwo weiter flussabwärts niedergegangen seien, wo sie die Hafenanlagen hatten treffen sollen. Ros fragte sich, ob Giles vielleicht dort oben am Himmel gerade damit beschäftigt war, die Deutschen aus dem Luftraum über London zu vertreiben. Irgendwie bezweifelte sie, dass er so schnell sein Pilotenabzeichen erhalten hatte. Trotzdem sandte sie schweigend ein kleines Gebet gen Himmel, dass er den Krieg unversehrt überstehen möge.

Roslins Vorstellung von einem gut organisierten, angenehmen Leben in der WAAF wurde recht schnell zunichte gemacht. Vollkommen nackt wurde sie einer demütigenden Untersuchung ihres gesamten Körpers – speziell der Augen, Ohren und Füße – ausgesetzt. Kurz darauf folgte dann ein Intelligenz- und Mathematiktest, der den Prüflingen jedwede Illusionen raubte: Subtrahieren Sie sieben von einhundert und danach subtrahieren sie sieben von dieser Summe und so weiter, bis ich Halt sage, erklärte der RAF-Ausbilder.

Nach ihm blaffte eine stämmige Frau in brandneuer WAAF-Uniform weitere Befehle, und Ros musste mit den übrigen Neuen warten, während die Frau ihnen ihre Uniformen zuteilte.

Die anderen Mädchen waren ganz außer sich vor Begeisterung, dass sie ihre schäbige alte Zivilkleidung ablegen durften und stattdessen schicke blaue, sexy wirkende WAAF-Uniformen bekamen. Sie warteten voller Ungeduld auf die Rückkehr der stämmigen WAAF-Ausbilderin. Als sie endlich wiederkam, wurden alle Hoffnungen jedoch zunichte gemacht. Die Uniformen hatten sich scheinbar in Luft aufgelöst, und daran war nichts zu ändern. In der Zwischenzeit würden sie wohl oder übel in Zivilkleidung exerzieren müssen. Aber das war nur der erste vieler vernichtender Schläge gegen ihre weibliche Eitelkeit.

West Drayton war ein Durchgangslager der Luftwaffe gewesen, das man im Oktober 1939 in aller Eile zu einem Grundausbildungszentrum für den WAAF umfunktioniert hatte. Es bestand hauptsächlich aus einer Ansammlung baufälliger Hütten. Roslin und ihre Kameradinnen waren dort hoffnungslos in der Minderzahl: Mit ihr zusammen waren knapp zwei Dutzend Frauen aufgenommen worden. Es gab im ganzen Land keine zweitausend weibliche Soldaten bei der Luftwaffe, wobei die WAAF-Offiziere in dieser Zahl bereits eingeschlossen waren – das Personal der RAF belief sich auf ein Zehnfaches davon. Ros schrieb in ihr Tagebuch:

»Wir sind hier so wenige, wir Frauen von der WAAF, und haben daher sehr unter den Witzen der RAF zu leiden, die uns zur Zielscheibe ihres Spotts machen. Mit idiotischen Witzen wie: Ein deutscher Spion fragt eine WAAF-Fahrerin, wo der Premierminister wohne, damit er ihn in die Luft sprengen könne. Steigen Sie ein, sagt die Frau, ich bringe Sie in die Downing Street Nr. 10. Oder: Ein deutscher Spion fragt eine WAAF-Fahrerin, ob der britische Premierminister jemals nicht im Dienst sei. Steigen Sie ein, sagt sie, Sie können bei Chequers mit ihm zu Abend essen.«

Im Laufe der nächsten Wochen fand Ros immer weniger Zeit, um die täglichen Ereignisse ihres Lebens festzuhalten. Jede Minute ihres Tages war verplant:

Wenn sie sich nicht gerade im Klassenzimmer aufhielten, waren sie draußen auf dem Kasernenhof, um zu exerzieren. Ohne die dafür vorgesehene Uniform – sie waren immer noch mit ihren Kostümen, Mänteln und Stadtschuhen bekleidet – machte es keinen besonderen Spaß.

Ros' erster Tag auf dem Exerzierplatz war eine absolute Katastrophe. Bei jedem ihrer Schritte wurde sie von einer wichtigtuerischen Frau im Rang eines Sergeanten angeblafft und lächerlich gemacht: »Fliegerin Taylor« – in der WAAF-Hierarchie war der Name Ramson als zu hochtrabend und anmaßend betrachtet und einfach fallen gelassen geworden –, »Ihre Schuhe sind eine Schande. Was haben Sie zu Ihrer Entschuldigung zu sagen?«

Ros überlegte, was sie zu ihrer Entschuldigung hätte vorbringen können, aber ihr fiel nichts ein.

»Hat es Ihnen die Sprache verschlagen, Taylor?«, brüllte der weibliche Sergeant in ihr Ohr.

»Ähm ... ja, ich meine, nein ...«

»Nein, was?«

»Ich ... ich ... weiß nicht ...«

»Das ist nicht komisch, Taylor.«

»Es tut mir Leid ... ich wollte nicht ...«

»Mund halten, Taylor! Sie stehen auf der Liste! Mein Name ist SERGEANT DRAKE! WIE LAUTET MEIN NAME?«

»WAAF-Sergeant Drake.«

»Wer bin ich?«

»WAAF-Sergeant Drake.«

»MAM!«

»WAAF-Sergeant Drake, Mam.«

»LAUTER!«

»WAAF-SERGEANT DRAKE, MAM!«

»So ist es schon besser. Ich will kein verschrecktes Gestammel mehr in dieser Kompanie hören, sonst werden unsere Jungs in Blau Sie nämlich nicht verstehen können, nicht wahr, Fliegerin Taylor. Wenn Sie versuchen, sie vom Kontrollturm aus sicher auf den Flughafen zu lotsen, und alles, was die Jungs hören können, ein vernuscheltes Gesäusel ist, kann das schlimme Folgen haben, verstanden?«

»JAWOHL, WAAF-SERGEANT DRAKE, MAM!« Ros salutierte gehorsam mit zackigen Bewegungen, wie der weibliche Sergeant – Dame konnte man sie wohl kaum kennen – es ihnen bei einem früherem Drill beigebracht hatte.

Sobald sie entlassen waren und sich wieder in Baracke II befanden, sagte Naomi Hill, deren Feldbett neben dem von Ros stand und deren Name wie ein Ort auf einer Generalstabskarte klang, mitfühlend zu Ros: »Twilights kann ein richtiges Miststück sein, wenn ihr deine Nase nicht passt.«

So viel hatte Ros inzwischen auch bemerkt.

Naomis Bruder war bei den Marinefliegern, und die anderen hatten bereits festgestellt, dass sie ziemlich gut informiert war. Naomi kam aus Yeovil in Somerset. Ros mochte sie – sie war ehrlich und geradeaus und oft sehr witzig. Ros fragte sie, was es mit der Liste, von der Sergeant Drake gesprochen hatte, auf sich habe.

»Das bedeutet eine Disziplinarmaßnahme. Geh nach dem Abendessen zum Schwarzen Brett in der Messehalle und sieh nach, welche Strafe sie dir aufgebürdet haben. Aber vergiss nicht, wir sind hier bei der WAAF, nicht bei der RAF. Du kannst die Strafe daher ablehnen.«

»Was?«, fragte Ros verständnislos.

»Du brauchst es nicht zu tun, wenn du nicht willst, Ros«, sagte Naomi seelenruhig, während sie sich die Nägel feilte.

Die anderen Mädchen diskutierten indessen darüber, ob sie in Unterrock und Schlüpfer, im Morgenmantel oder mit einer Decke über der Schulter – wie eine Indianersquaw – über die Rollbahn zu den Sanitäranlagen gehen sollten. Und würde es etwa in den nächsten zehn Minuten regnen, und wenn ja, hatte jemand einen Regenschirm zur Hand? Und würden dort etwa die Frauen aus den Baracken I, III und IV, wo die restlichen der vierundzwanzig Flieger-Anwärterinnen untergebracht waren, die mit ihnen zusammen aufgenommen worden waren, schon bei den wenigen tröpfelnden Duschen und den schmutzigen Waschbecken Schlange stehen, die zuvor von den Männern der RAF benutzt worden waren? Und wenn ja, sollten sie nicht lieber noch ein bisschen warten?

Ros beugte sich seufzend über den alten, schwarzen Kanonenofen in der Mitte der Hütte. Er spie übelriechende Gase aus und spendete nur wenig Wärme, und sie fragte sich, wie sie nur je so töricht hatte sein können, zu glauben, sie würde bei der WAAF eine Idylle vorfinden. Ihre winzige Wohnung in Clapham war eine Villa verglichen mit dem trostlosen und unpersönlichen Schlafsaal der Baracke. Und jetzt stand ihr auch noch eine Disziplinarstrafe bevor, die erste, die einem Mitglied ihrer Gruppe erteilt wurde. Die Sache würde in ihre Akte kommen, eine Schande, die sie auf immer begleiten würde; man würde sie jetzt gewiss nach Hause schicken, oh, wie sehr sie sich schämte!

»Du musst dich damit *einverstanden* erklären, angemessen bestraft zu werden«, erklärte Naomi und beugte sich auf ihrem Feldbett vor, um ihre Zehnägel zu lackieren, während Ros sich inbrünstig wünschte, *irgendetwas* tun zu können, zum Beispiel im Erdboden zu versinken, um nicht mehr an ihre gegenwärtige peinliche Zwangslage denken zu müssen.

»Wirst du denn keine Schwierigkeiten bekommen, wenn ... wenn du dir die Nägel lackierst?«, fragte Ros Naomi und warf dabei einen zweifelnden Blick auf deren Füße.

»Ich habe für heute Abend einen Ausgangsschein, und bevor Twilights uns morgen weckt, habe ich den Lack schon lange wieder herunter.«

»Oh, ich verstehe.« Ros wollte sie nicht fragen, wie es ihr gelungen war, so kurz nach ihrer Ankunft im Lager einen Ausgehschein zu bekommen. Offensichtlich stand Naomi Hill, deren Bruder bereits ein hohes Tier bei den Marinefliegern war, bei den Vorgesetzten hoch im Kurs.

»Nochmal zurück zu deiner Strafe – ich schätze, es wird darauf hinauslaufen, dass du die Klos sauber machen musst. Und zwar alle, wie sie da sind, angefangen von denen in der Kantine bis hin zum Badezimmer von Sergeant Drake. Ralph – das ist mein mittlerer Bruder, der bei den Marinefliegern ist – sagt, dass sei die Standardstrafe für ahnungslose Neulinge. Aber wie dem auch sei, Twilights kann dich nicht dazu zwingen, wenn du meinst, es sei eine ungerechtfertigte Bestrafung, die in keinem Verhältnis zu dem Vergehen steht, dessen du bezichtigt wirst.«

Ros hatte das Gefühl, einem ganzen neuen Wortschatz hilflos gegenüber zu stehen, auf den Cheltenham sie ebenso wenig vorbereitet hatte wie auf die Begegnung mit Urdu, Bantu, Africaans, Mandarin oder Kantonesisch, alles Sprachen, von denen sie ohnehin nie in Erwägung gezogen hatte, sie zu lernen. »Twilights?«, fragte sie eingeschüchtert.

»Sergeant Drake. Schleimt sich bei den Männern ein, die ein Auge auf sie geworfen haben, ist in Wirklichkeit aber ausschließlich an Frauen interessiert. Wenn sie auf einer der Rekrutinnen besonders herumhackt, sie anbrüllt oder versucht, sie zu demütigen, dann, weil sie hofft, dass die Betreffende sich am Ende an ihrer Schulter ausweinen wird – das bedeutet, dass sie insgeheim ein Auge auf sie geworfen hat. Sag mir also später nicht, ich hätte dich nicht gewarnt.«

Ros nahm sich ihre Disziplinarstrafe sehr zu Herzen und hatte das Gefühl, vor Scham zu vergehen. Und tatsächlich, Naomi, die das alles zu kennen schien, behielt Recht; ihre Strafe bestand wirklich darin, eine Woche lang die sanitären Einrichtungen zu schrubben.

In ihrem Mrs-Mops-Overall, ausstaffiert mit Mopp und Eimer, hatte sie größte Ähnlichkeit mit ihrer ehemaligen Vermieterin und wurde zur Zielscheibe des Spotts aller anderen Neulinge. Keiner der Frauen war es bisher so schlimm ergangen wie ihr. Nicht einmal Pater Luke hatte ihr in ihren schlimmsten Albträumen, in denen sie ihn in seiner schwarzen Mönchskutte heimlich in der Bucht von Orca hatte landen sehen, so viel Angst und Schrecken eingejagt wie Sergeant Drake.

Ros lernte nun auch, dass Twilights der RAF-Jargon für die leichten Schlüpfer in einem etwas helleren Blauton als dem der winterdicken Liebestöter war, die an die WAAF ausgegeben wurden. Sie fand ebenfalls bald heraus, dass die Toiletten der britischen Streitkräfte wohl seit dem Hundertjährigen Krieg nicht mehr sauber gemacht worden waren. Und sie waren nicht nur äußerst selten gesäubert, sondern auch von den Männern der RAF auf höchst unangebrachte Weise benutzt worden. Die Soldaten hatten offenbar nichts dabei gefunden, an die Wände zu pinkeln, in die Handwaschbecken und an andere Stellen, von denen ein normales, ordentlich erzogenes weibliches Wesen sich das nicht im Traum hätte vorstellen können. Für die Soldaten der RAF schien es aber ein großer Spaß gewesen zu sein, ihre Notdurft gerade dort zu verrichten, und sie hatten auch nicht vor Biergläsern Halt gemacht, die sie im volltrunkenen Zustand gefüllt und anschließend auf dem Boden ihrer Spinde deponiert hatten.

Das Ganze war, gelinde gesagt, demütigend. Wohlbehütet, wie Ros, seitdem sie bei den Ramsons lebte, aufgewachsen war, war sie mit den Realitäten des Lebens kaum in Kontakt gekommen.

Ros hatte sich vor ihrer Zeit in West Drayton anderen niemals wirklich überlegen gefühlt. Bisher war das Leben für sie in etwa genauso verlaufen wie für alle anderen auch. Sie hatte in einer Einzimmerwohnung gelebt und war oft in Geldnöten gewesen – aus denen ihr meistens Grayson herausgeholfen hatte. Ihre tägliche Gesellschaft waren die ganz gewöhnlichen Menschen um sie herum gewesen. Ihre Vermieterin zum Beispiel, die nun ganz sicher nicht aus der Oberklasse kam. Die Bibliothekarin in der städtischen Bibliothek konnte ebenfalls kaum als Intellektuelle bezeichnet werden, wie man sie etwa in der Bloomsbury Group fand: Miss Wonderbee liebte billige Kitschromane, deren Lektüre sie mit den dicken Bänden der Encyclopaedia tarnte. Und ihr Kunstlehrer, Josh, gehörte ganz sicherlich nicht der präraphaelitischen Schule Holman Hunts an, sondern war ein ganz normaler Mensch, der in aller Öffentlichkeit unverhohlen in der Nase bohrte.

Dennoch dämmerte ihr plötzlich die Tatsache, dass sie tatsächlich im Hintergrund ihres Daseins ein weichgepolstertes Nest hatte. Und das schien für viele hier ein Stein des Anstoßes zu sein. Während sie ohne weiteres die Mädchen aus den unteren sozialen Schichten akzeptieren konnten, die Cockneys und Geordies und Liverbirds, fanden sie jemanden mit Verbindungen absolut unerträglich, vor allem jemanden mit Verbindungen, die nach Titel, Geld und ererbtem Wohlstand rochen. Sie, Roslin, wurde auf einmal in die Klasse der Lords und Ladys eingereiht. Und obwohl sie nichts als eine entfernte Cousine besagter Lordschaften und obendrein so arm wie eine Kirchenmaus war, ordnete man sie dennoch jenen zu, die mit einem silbernen Löffel im Mund geboren worden waren.

All das war vermutlich dadurch offenbar geworden, weil sie in Stadtschuhen zum Exerzieren angetreten war, die nicht glänzten. Sie waren aus schwarzem Wildleder und schrecklich teuer, wie all die Dinge, die Veronica ablegte und ihr gnädig überließ.

»Zum Teufel mit Ronnie, zum Teufel mit ihr!« An diesem Abend ergoss sich Ros' ganzer Ärger und ihre Verzweiflung über die Seiten ihres geheimen Tagebuchs, und es scherte sie nicht einen roten Heller, dass man sie möglicherweise sogar für den Besitz dieses Buchs bestrafen würde.

»Hast du etwa unter deiner Decke die Taschenlampe an, Taylor?«, fragte Naomi.

»Kümmer dich um deine eigenen Angelegenheiten, Hill«, kam Ros' gedämpfte Stimme zur Antwort.

Alle kicherten, und eines der Mädchen sagte: »Also, ich tue es lieber im Dunkeln, Taylor ist der einzige Mensch, den ich kenne, der dabei lieber Licht brennen hat.«

»Lass sie in Ruhe, sie ächzt und stöhnt unter ihrer Bettdecke, das arme Kind, vielleicht hat sie Heimweh nach ihrer Kinderfrau.«

Wieder wurde Gekicher laut.

Ros zerzauster Kopf erschien unter der grauen Decke. Sie schob ihr Tagebuch unter das Kissen und blaffte: »Halt den Mund, Atkins«, bevor sie Gwen Atkins ein Buch an den Kopf warf. Dann knipste sie ihre Taschenlampe aus.

Gwen schrie: »Autsch«, obwohl das Buch sie in Wirklichkeit um einen Meter verfehlt hatte. Danach versuchten sie alle, in dem abgedunkelten Schlafsaal ein wenig Schlaf zu finden, bevor sie um fünf Uhr morgens von Twilights geweckt würden. Bevor jedoch endgültig Ruhe einkehrte, sagte eins der anderen Mädchen noch: »Also, ich werde mich morgen beim Frühstück als erstes auf die Schokoladen-Eclairs stürzen.« Keine besonders komische Bemerkung, aber albernes Backfischgekicher wurde laut. Ros drehte sich mit einem Seufzer auf die Seite und dachte: Es ist genauso wie in diesem albernen Internat in Cheltenham, es fängt alles wieder von vorne an.

Die vierundzwanzig neuen Flieger-Anwärterinnen, die von der WAAF rekrutiert worden waren, bekamen am letzten Tag von Ros' Disziplinarstrafe endlich ihre Uniformen. Die verschwundenen WAAF-Uniformen waren von einem Lastwagen gestohlen worden, der sie vom zentralen Depot nach West Drayton bringen sollte, als der Fahrer am Straßenrand ausgetreten war. Doch keiner glaubte wirklich an diese Erklärung. Es durfte wohl eher ein dummer Streich der RAF-Leute gewesen sein. Aber wie auch immer, die Uniformen waren endlich da.

Niemand machte sich die Mühe, ihre Maße zu nehmen, sie bekamen einfach jeder zwei Uniformen, die nach dem Augenmaß ihre ungefähre Größe hatten: Einen rosafarbenen Büstenhalter, ein wollenes Unterhemd, lange, marineblaue Schlüpfer – Blackouts genannt –, leichtere Schlüpfer in hellerem Blau – die Twilights –, graue Strümpfe, eine blaue Bluse mit einem passendem Rock, eine Jacke und einen Mantel sowie eine schwarze Krawatte, schwarze Wollhandschuhe und schwarze Schnürschuhe. Da die Uniformen aufs Geratewohl für ihre jeweiligen Empfängerinnen ausgesucht worden waren, passten sie meist mehr schlecht als recht, was zu Anfang johlendes Gelächter weckte. Aber überraschenderweise sahen die Frauen aus Baracke II nach eifrigem Tauschen am Ende so aus, als seien die Uniformen eigens für sie angefertigt worden.

»Menschenskinder, ich gefalle mir richtig«, sagte die blondgefärbte Gwen Atkins aus Shoreditch, während sie vor dem gesprungenen Spiegel auf und ab stolzierte. »Für diese Kerle von der Kleiderausgabe«, fuhr Gwen fort, »scheint ein Blick auf Brüste und Hintern zu genügen, um die wichtigsten Maße einer Frau zu kennen. Ich wette, ihnen geht pro Minute mindestens einmal einer ab.« Bei diesen Worten brach sie in schrilles, gackerndes Gelächter aus.

Ros trug noch Zivilkleidung, einen Rock und einen Pullover, über die sie die WAAF-Version eines Mrs-Mops-Overalls gezogen hatte. Sergeant Drake hatte ihr gesagt, sie könne ihre Uniform mit den anderen zusammen abholen, dürfe sie aber erst nach ihrer letzten Inspektion der Toiletten tragen: *»Und ich hoffe um Ihretwillen, dass sie perfekt sind, Flieger-Anwärterin Taylor, sonst können Sie damit gleich weitermachen.«* Die röhrende Stimme von Sergeant Drake klang immer noch unangenehm in Roslins Ohren nach.

Naomi wandte sich mit fragend hochgezogenen Augenbrauen zu Ros um. »Schnauze voll?«

»Ein bisschen.«

»Von den Klos oder von dem ganzen Laden hier?«, wollte Naomi wissen.

»Von allem. Ich glaube langsam nicht mehr, dass ich für die WAAF aus dem richtigen Holz geschnitzt bin.«

»Oh, hört mal – unsere vornehme Ros ist eine alte Jammerliese!« Gwen Atkins klebte ein Kaugummi mitten auf die weißen Kacheln über dem Waschbecken, dann holte sie eine traurig aussehende Zahnbürste aus ihrem Kulturbeutel. »Nur Feiglinge werfen in der ersten Woche schon die Flinte ins Korn. Wir wissen alle, dass du es nicht gewohnt bist, dir die Hände schmutzig zu machen, wo du doch aus dieser schnieken Villa im West End kommst, wo Leute aus der Arbeiterklasse, Leute wie ich, deinesgleichen von hinten und vorne bedienen.«

Ros fuhr wütend zu ihr herum. »Lass das gefälligst, Gwen! Ich bin es leid, dass ihr jeden Abend hier reinkommt und die Toiletten immer wieder und wieder mit eurem Kram voll stopft, eurem Puder, eurem Rouge, mit Zigarettenkippen, Klopapier, Seifenstückchen, Kaugummi und sogar Haare in den Waschbecken hinterlasst ... und ... Kosmetikgraffiti auf dem Spiegel, die mir jeden

Abend aufs Neue ins Gedächtnis rufen sollen, was für eine absolute ... absolute Niete ich bin ...«

Madeleine Drinkwater und die anderen hörten auf, sich gegenseitig anzurempeln und beiseite zu stoßen, um sich in dem einzigen vorhandenen Spiegel zu bewundern. Alle bis auf Gwen, die sich ausgerechnet in ihrer neuen Uniform die Zähne geputzt und sich dabei Zahnpasta auf die Aufschläge gespritzt hatte; sie machte sich einfach bei allem dreckig. »Graffi-was? Was soll das sein, Schätzchen?«, fragte Gwen mit einen schrillen Cockney-Kichern.

Ros ließ sich nicht einschüchtern. »Das ist ein italienischer Ausdruck sowohl für obszöne Kritzeleien in öffentlichen Toiletten als auch auf den Wänden von römischen Bädern, Gwen.« Mit Zahnpastaschaum auf den Lippen erwiderte Gwen: »Wenn du ein Itaker bist, solltest du nicht hier sein. Dann solltest du mit den anderen Ausländern interniert werden.«

»Red keinen Blödsinn! Man kann Italienisch sprechen, ohne Italienerin zu sein, du Idiotin!« Mit einem angewiderten Blick zupfte Naomi das Kaugummi von den makellos sauberen Kacheln und steckte es in den Abfalleimer, nicht ohne gewisse Schwierigkeiten, da sich das klebrige Zeug nicht so ohne weiteres von ihren perfekt manikürten Fingernägeln lösen wollte. »Gwen, du bist ein Schmutzfink und obendrein ein rücksichtsloses Biest. Ros, du hast doch nicht wirklich vor, jetzt schon hier aufzuhören?«, brachte Naomi ihre Sorge zum Ausdruck.

»Lass dich von Twilights nicht ins Bockshorn jagen, Ros.« Maggie Martin drückte Ros' Ellbogen mit einer tröstlichen kleinen Geste.

»Nein, tu das ja nicht, Ros«, sagte nun auch Penny Chalmers, »wenn ich von einem aus unserer ganzen Gruppe denke, dass er es hier schaffen wird, dann bist du es. Ich wette, du wirst die Einzige von uns sein, die einen Orden kriegt, hörst du?«

»Ganz meine Meinung! Du bist genau das, was die WAAF braucht, Flieger-Anwärterin Taylor, und das wissen alle, einschließlich Twilights, deshalb hat sie es so auf dich abgesehen«, ergänzte Madeleine.

Gwen blickte plötzlich ganz zerknirscht drein, legte ihre Zahnbürste beiseite und drückte Ros herzlich an sich. »Tut mir Leid, wenn ich dich mit meiner Unordnung geärgert habe sollte, Süße, es war nicht böse gemeint, ehrlich. Du hast dich wacker gehalten, Ros, bei dieser abscheulichen, stinkenden Schinderei jeden Abend diese Woche, und nicht nur in dieser Baracke hier, sondern in allen Sauställer des Lagers.«

»Gwen war nur neidisch auf dich, Ros«, sagte Madeleine, »weil sie ein Strohkopf ist und du nicht.«

Die anderen grölten vor Lachen. Gwen wurde dunkelrot im Gesicht und zischte Madeleine an: »Das hab ich nicht gedacht! Du redest Blödsinn, Maddy!« Gwen warf ihren Talkumpuder nach Madeleine.

Bevor das Ganze in einem handfesten Streit ausarten und noch mehr Dreck in den Toilettenräumen entstehen konnte, trennte Naomi Gwen und Maddy. Falls irgendjemand von ihnen eines Tages überhaupt einmal einen Orden bekommen sollte, dachte Ros, würde es sicher Naomi sein, nicht sie. »Hört mal alle her, Mädels«, sagte Naomi, »wir denken doch alle, dass Ros eine echte Kanone ist, nicht wahr – trotz des Overalls?«

»Yeah!«, sagte Gwen, die von Natur aus ein lebensfroher kleiner Cockney war und ganz sicher weder Ros noch anderen etwas Böses wollte. »Das arme Frauenzimmer hatte letzte Woche eine schreckliche Pechsträhne, aber sie hat uns wirklich alle Ehre gemacht. Weiß der Himmel, seit neuestem riecht es hier wie im Garten Eden. Ich für meinen Teil bin jedenfalls froh, dass sie diese Strafe aufgebrummt bekommen hat, weil wir unseren Hintern jetzt ruhig hier niederlassen können, ohne Angst haben zu müssen, uns irgendwelche Krankheiten einzufangen. Deshalb: Ein dreifaches Hipp Hipp Hurra auf die vornehme Ros, die Königin, die eine echte Kanone ist!«

Ros zuckte zusammen und errötete, sie glühte innerlich vor

Stolz, weil sie plötzlich als ein Gewinn für die Gruppe betrachtet wurde statt als Last. Als *Kanone* bezeichnet zu werden, war der Gipfel der Anerkennung. In dem hier herrschenden Jargon bedeutete das, dass man absolute Spitze war. »Ich danke euch, euch allen«, sagte Ros schüchtern und zutiefst verlegen, »es ist gut, zu wissen, wie ihr dazu steht ... dass ich euch solche Schande gemacht habe.«

»Aber das hast du doch gar nicht, ich meine, uns Schande gemacht. Du bist im Unterricht die Beste von uns. Außer dir wusste niemand, was für Bomben CWR 40 oder 80 waren«, sagte Maggie Martin bewundernd. »Ich hab die Ausbilder sagen hören, die von Baracke III hätten mehr im Kopf als wir, aber wir werden es ihnen zeigen, Ros, wenn du uns versprichst, dass du uns jetzt nicht im Stich lassen wirst.«

»Ich bin mir nicht sicher, ob ich so etwas versprechen kann, Maggie. Möglich, dass sie mich früher oder später einfach rauswerfen. Ich werde jetzt erst einmal abwarten, was passiert, wenn Twilights heute Abend die Toiletten inspiziert. Als Gwen ihr Kaugummi auf die Wand geklebt hat, dachte ich einen Augenblick lang, man würde mir noch eine Runde durch die Klos spendieren. Aber jetzt hoffe ich, dass ich meine Krone als Königin der Klos an den nächsten Grünschnabel weiterreichen darf.« Sie machte eine kecke kleine Verbeugung.

Naomi riss ihr den Mopp aus der Hand. »Und das werde zufällig ich sein, also seht zu, dass ihr nicht wieder so einen Saustall aus den Toiletten macht, sonst versohle ich euch den Hintern!«

»Du auch? Aber warum denn?«, fragte Ros, obwohl sie sich ziemlich sicher war, dass sie den Grund bereits kannte.

»Bis wir hier raus sind«, sagte Naomi leichthin, »werden wir *alle* mal Klodienst geschoben haben. Dafür muss sich keiner schämen. Alle hier bewundern wie du mit Twilights fertig geworden bist – so gelassen kühl. Wart nur ab, bis sie sich mit *mir* anlegt.«

Das Gelächter wurde lauter. Ros sah sich nervös über die Schulter. Sergeant Drake konnte jetzt jeden Augenblick hier auftauchen, um festzustellen, ob Flieger-Anwärterin Taylor in der Lage war, sich ihren Mitstreiterinnen anzupassen, die auf dem Exerzierplatz keine teuren Wildlederschuhe trugen, weil sie sich keine leisten konnten. »Warum hast *du* denn eine Strafe aufgebrummt bekommen?«, fragte Ros Naomi, von der alle gedacht hatten, sie würde jeden nur erdenklichen Trick kennen, um sich nicht in Schwierigkeiten zu bringen.

»Oh, es war im Grunde keine große Sache.«

»Na, komm schon.« Jetzt wollten es alle wissen.

»Na schön. Entenarsch hat mich mit Pilot Pannings Hand am Hintern erwischt, als er mich um zwei Uhr morgens über die Abzäunung heben wollte. Mein Ausgangsschein ging nur bis halb zwölf, und ich habe ihn auch nur bekommen, weil ich ihnen vorgemacht habe, eine Lieblingstante von mir läge schwer krank im Krankenhaus Charing Cross. Du darfst dich also glücklich schätzen, Taylor, ich muss nämlich vierzehn Tage lang Klodienst schieben und obendrein noch die Deckel der Mülleimer polieren, und Ausgangsscheine gibt es vorerst auch keine mehr.«

»Oh, du Arme«, bedauerte Ros Naomi. »Aber was hatte die Drake denn um zwei Uhr morgens am Zaun zu suchen?«

»War mit den Hunden auf Streife. Glaubt mir, ihr seid besser dran, wenn ihr nichts Genaueres darüber wisst, also stellt mir keine Fragen mehr, dann muss ich euch auch keine weiteren Lügen auftischen!« Naomi ließ sich auf der nächstbesten Sitzgelegenheit nieder, die zufällig die Kante eines höchst wackligen Waschbeckens war, an dem Gwen sich kurz zuvor in ihrer neuen Uniform die Zähne geputzt hatte. Das Becken brach mit einem ohrenbetäubenden Knall aus der Wand und riss Naomi mit sich auf den Fußboden. Im nächsten Augenblick lag Naomi, die ebenfalls ihre brandneue Uniform trug, inmitten von Mörtel, Staub und Steintrümmern.

Im gleichen Augenblick erschien Sergeant Drake zu ihrer abendlichen Inspektion an der Tür. Und was noch schlimmer war, sie wurde von der Bienenkönigin persönlich begleitet, Miss Tremaine-Fortescue, die mitgekommen war, um zu sehen, wie die Neuen sich machten, und um ihnen in der Halle einen aufmunternden kleinen Vortrag über die Eigenarten der Jungs von der RAF zu halten, die vielleicht nicht immer so recht einsahen, was die WAAF wirklich bedeutete. Angesichts der Trümmer erstarben der Dame die aufmunternden Worte jedoch auf den Lippen.

Da die Bewohnerinnen von Baracke II zum vereinbarten Zeitpunkt nicht in der Halle erschienen waren, hatte Sergeant Drake gleich vermutet, dass sie sich zweifellos in dem einzigen vorhandenen Spiegel im Toilettenraum bewunderten. Miss Tremaine-Fortescue hatte daher beschlossen, Sergeant Drake bei ihrer Inspektionsrunde zu begleiten. Sergeant Drake war gerade im Begriff gewesen, sich wegen ihrer detektivischen Fähigkeiten selbst auf die Schulter zu klopfen, als sie und die Bienenkönigin in den zertrümmerten Waschraum stolperten. Ebenso wie der Leiterin blieben ihr die spöttischen Bemerkungen über die Eitelkeit der Mädchen im Hals stecken, als sie das Chaos sah, das sie erwartete. Man hätte den Eindruck gewinnen können, im Waschraum sei eine Bombe eingeschlagen.

O Gott!, dachte Ros verzweifelt und sah sich vor ihrem inneren Auge innerhalb der WAAF bis ans Ende ihrer Ausbildungszeit den Klodienst verrichten, dank Sergeant Drake und ihrer speziellen Art von Umerziehung. Plötzlich schoss ihr zum ersten Mal die Frage durch den Kopf, wer eigentlich für die blitzblanke Sauberkeit der Toiletten in Ramsons Priorei verantwortlich gewesen sein mochte. War es die Köchin oder die Haushälterin? Vermutlich keine von beiden, sondern Maudie, die liebe kleine behinderte Maudie ... Wo mochte sie jetzt wohl stecken, sofern sie nicht, was man natürlich nicht hoffte, tot war – oh, wie sehr Ros trotz dieser düsteren Gedanken sich wünschte, wieder auf Orca zu sein ...

Aber jetzt schnippte jemand vor ihrer Nase mit den Fingern, um sie in die unangenehme Wirklichkeit zurückzurufen – vielleicht auch aus Angst, sie sei drauf und dran, vor den Augen Miss Tremaine-Fortescues in Ohnmacht zu fallen. Das konnte nur Sergeant Drake gewesen sein, die sie von jetzt an sicherlich bis aufs Blut peinigen würde; Ros fragte sich verzweifelt, warum um alles in der Welt sie sich nicht zusammen mit Lady Imogen dem zivilen Roten Kreuz angeschlossen hatte.

Doch Miss Tremaine-Fortescues zuckte angesichts des Katastrophengebietes vor ihr mit keiner Wimper, während Sergeant Drakes Gesicht langsam eine purpurne Färbung einnahm.

Gwen stieß ein nervöses Kichern aus.

Sergeant Drake nahm sich vor, sie ebenfalls die Mülleimer schrubben zu lassen.

Die Oberkommandierende überraschte alle Anwesenden, indem sie sich an Sergeant Drake wandte und gelassen erklärte: »Wer immer diese Bruchbude gebaut hat, war eine Niete! Das ist wieder typisch für die Männer hier, die billigsten verfügbaren Baumaterialien zu verwenden, wenn es um uns Frauen geht. Bitte, schreiben Sie eine Notiz, Sergeant Drake, die ans Luftfahrtsministerium in Whitehall gehen soll. Wir ersuchen darum, dass für unser gesamtes Personal von der WAAF umgehend ordentliche und schickliche sanitäre Einrichtungen zur Verfügung gestellt werden: Sechs Handwaschbecken auf ein Dutzend Frauen, sechs Toiletten auf ein Dutzend Frauen sowie drei Badewannen und drei Duschen. Unsere Mädels haben das *Recht* auf eine gewisse Ungestörtheit, wenn sie die Toiletten und die Bäder benutzen. Daher verlange ich ebenfalls vernünftige Duschvorhänge. Das hier ist ein ... ein unerträglicher, baufälliger Eselsstall und eine absolute Schande für die ganze Truppe. Kein Wunder, dass das Gebäude halb zusammengestürzt ist.«

»JA, MAM!« Twilights salutierte so zackig, dass sie mit der Hand fast ihr Käppi zerquetscht hätte.

Die Oberkommandierende legte eine Hand an die alles andere als solide Wand der Sanitärbaracke und stellte fest, dass sie hin und her schwankte und unter ihren Fingern nachzugeben drohte. »Die Frauen hätten ernsthaft verletzt werden können, Sergeant Drake, wenn auch noch das Dach über ihnen eingestürzt wäre.

Ich wünsche, dass in die Akten der Flieger-Anwärterinnen Hill und Taylor-Ramson eine persönliche Empfehlung von mir aufgenommen wird; sie haben in einer um ein Haar ausufernden Situation einen kühlen Kopf bewahrt und geistesgegenwärtig gehandelt. Erstere, indem sie die Rückwand des Gebäudes abgestützt hat, um zu verhindern, dass ihre Kameradinnen in ihren neuen Uniformen ebenfalls Staub und Mörtel abbekamen, und Letztere für den Versuch, diese abscheuliche Schweinerei überall sauber zu machen. Ich denke, ein Ausgangsschein für achtundvierzig Stunden für alle Beteiligten hier wäre angebracht, während die Männer von der Wartung sich darum kümmern, diese jämmerliche Baracke provisorisch wieder herzurichten. Gute Nacht, meine Damen.«

Miss Tremaine-Fortescue machte auf dem Absatz kehrt und stolzierte mit einem Gefühl tiefer Befriedigung zu ihrem kleinen Morris und ihrem Hund zurück. Sie wusste, was sie getan hatte, war besser als jede aufmunternde Rede, die in einer derartigen Situation ohnehin kaum Beachtung gefunden hätte. Nein, man hatte sie dabei *erlebt*, wie sie sich für ihre beklagenswert vernachlässigte kleine Schar von Flieger-Anwärterinnen eingesetzt und etwas Konstruktives unternommen hatte.

Morgen würde sie von der Regierung um einen größeren, beeindruckenderen Wagen verlangen, der auf deren Kosten aufgetankt würde, statt ihre kostbare private Benzinration in ihrem kleinen Morris zu verheizen. Außerdem würde sie mit Nachdruck um einen persönlichen Fahrer ersuchen, wie er ihr bei gleichem Rang in der RAF zugestanden hätte, statt weiterhin selbst am Steuer zu sitzen.

Außerdem würde über kurz oder lang die Angelegenheit des Salutierens geklärt werden müssen! Die Diskrepanz zwischen Männern und Frauen in der Armee war skandalös. Ob sie von einem RAF-Mann angemessen gegrüßt wurde, hing offensichtlich allein von dessen Erziehung ab. Sie hatte an diesem Morgen, wie es sich gehörte, einem Staffelführer salutiert, dieser unverschämte junge Kerl hatte sie seinerseits einfach nicht beachtet, nur weil sie eine Frau war.

»Runter da, Hindustan«, schimpfte sie mit ihrem Jack Russel, »runter von meinem Sitz, du weißt doch genau, dass du im Zweifelsfalle bei mir immer den Kürzeren ziehst.«

16. Kapitel

Nicht einmal Twilights konnte verhindern, dass sie ihre Ausgangsscheine bekamen. Die Bienenkönigin hatte es vor Zeugen versprochen. Selbst Naomi bekam ihren Ausgangsschein, trotz ihrer Disziplinarstrafe.

Es war ein wunderbarer Herbsttag. Während sie Arm in Arm durch den Hyde Park schlenderten und sich aufführten wie eine Horde fröhlicher Schulmädchen, musste Ros an die schönen Zeiten in Cheltenham denken. Schon seltsam, dass erwachsene Frauen sich plötzlich bemüßigt fühlten, an einem klaren Herbsttag munter durchs Laub zu stapfen, am liebsten dort, wo es in dicken Haufen auf den Gehwegen lag. Seltsam auch, dass erwachsene Frauen, obwohl sie völlig unterschiedlich waren, durch den gemeinsamen Leidensweg in der WAAF zu einer Gruppe zusammengeschweißt wurden und einander ewige Treue schworen.

Obwohl Ros sich ein wenig albern dabei vorkam, ließ sie sich von der allgemeinen Fröhlichkeit mitreißen, und schließlich gelangten sie über die Mall zum Buckingham Palace, wo sie auf eine Gruppe kanadischer Flieger stießen, die den Palast fotografierten und in der Hoffnung, dass der König und die Königin vielleicht irgendwann zusammen mit den Prinzessinnen auf dem Balkon erscheinen würden, davor herumlungerten.

Nachdem sie sich zu Paaren zusammengefunden hatten, gingen sie zum Lyons Corner House auf der Charing Cross Road hinüber. Anschließend kehrten sie dann zu einem Tanztee ins Café

Royale ein und von dort aus wieder zum Strand und dem Lyceum, wo eine ziemlich derbe Abendunterhaltung geboten wurde.

Der kanadische Flieger, der bei Ros sein Glück versuchte, hieß Felix. Er war kein guter Tänzer und trat ihr bei jedem zweiten Schritt auf die Füße, nicht ohne sich jedes Mal zu entschuldigen. Er war überhaupt nicht ihr Typ. Davon abgesehen war sie auch bis über beide Ohren in einen anderen Mann verliebt, in einen großen, dunkelhaarigen und gut aussehenden Mann, der verwegen, stark und klug war. Der arme Felix mit seinem leuchtend roten, kurz geschnittenen Haar, seinem sommersprossigen Gesicht und den hellbraunen Augen war alles andere als attraktiv und verfügte über keine nennenswerte Ausstrahlung, obwohl er durchaus ein netter Kerl war. Als es an den Austausch der Adressen und Telefonnummern ging, versuchte Ros, Felix taktvoll abzuwimmeln. Es funktionierte nicht, denn wenn er eine hervorstehende Eigenschaft besaß, dann war es Beharrlichkeit.

»Oh, na komm schon«, sagte er leutselig. »Man kann nie wissen, vielleicht wirst du mich ja eines Tages mögen.«

»Na schön«, sagte Ros widerstrebend und nannte ihm Graysons Adresse.

Er sah beeindruckt aus. »Bayswater Mansion, London! Ich schätze, da kann ich nicht mithalten. Meine Familie stammt aus einem Dorf namens Rock Springs in Saskatchewan, wir haben dort ein kleines Holzhaus und ein paar Dutzend Hühner, die neben einem alten Ziegenbock auf dem Boden scharren, den wir meinen Dad nennen«, sagte Felix lachend, der, wie Ros bemerkte, auch viel Sinn für Humor besaß.

Es war ihnen natürlich allen klar, dass sie nach ihrer Ausbildung in West Drayton nicht alle zusammenbleiben würden, sondern dass man sie zur weiteren Ausbildung unterschiedlichen Einheiten zuteilen würde. Und sie würden auch nicht alle in dem Bereich arbeiten, der ihre erste Wahl gewesen wäre.

Allerdings versprachen sie einander, dass sie versuchen würden, den Kontakt zu halten.

Wie erwartet, schnitten Ros und Naomi als Beste ihrer Klasse ab. Sie waren bereits recht eng miteinander befreundet, und wie es der Zufall wollte, wurden sie beide zur weiteren Ausbildung in die gleiche Einheit abkommandiert. Die Ausbildung zur Funktelefonistin und zur Funkpeilerin fand in einem zweimonatigen Kurs in Cranwell statt. Ros hatte von Cranwell nie zuvor gehört. Aus den Papieren erfuhr sie nur, dass es in Lincolnshire lag, und das musste – ganz grob – irgendwo nördlich von London sein. Naomi, die aus Yeovil stammte, war in dieser Hinsicht nicht klüger als sie, und sie fanden es beide absolut lächerlich, dass ausgerechnet sie, die über keinerlei Kenntnisse der Geografie der britischen Inseln verfügten, zu Plotterinnen auserkoren worden waren. Schließlich gelang es ihnen aber wieder Erwarten, Cranwell auf einer Wandkarte der RAF auszumachen.

»Verdammt und zugenäht«, brummte Naomi, »sollen wir einen Spitfire-Piloten bitten, uns dorthin zu bringen, oder müssen wir etwa den Zug nehmen?«

Das war jedoch alles bereits geregelt. Man gab ihnen Zugfahrkarten nach Grantham und wies sie an, nach ihrer Ankunft vom Bahnhof aus in Cranwell anzurufen, da sie es ohne Hilfe niemals finden würden: »Ihr könnt eine Landkarte ja nur dann lesen, wenn sie auf dem Kopf steht, ihr Weiber«, sagte der Transportoffizier der RAF mit einem herablassenden Grinsen.

Sogar Sergeant Drake wünschte ihnen viel Glück.

»Donner und Doria!«, sagte Naomi. »Also entweder hat sie sich ein neues Opfer auserkoren oder sie ist befördert worden. Muss wohl Letzteres sein, selbstgefällig wie sie ist.«

Cranwell war ein sehr ungastlicher Ort. Man hatte sie in einem zweistöckigen Gebäude einquartiert. West Drayton hatte zumindest am Rande der Zivilisation gelegen. Cranwell dagegen lag mitten im Nichts. Während ihrer Grundausbildung hatten sie sich wenigstens ab und zu in ihrer dienstfreien Zeit in die grelle Lichterflut Londons stürzen können, hier dagegen gab es nichts außer der flachen, trostlosen Landschaft, dem Nebel, dem Regen und dem frühmorgendlichen Drill, den Roslin mehr als jede andere Form der Bestrafung hasste, und das wollte nach ihrer näheren Bekanntschaft mit den Klos von West Drayton einiges heißen.

Die Chef-Ausbilderin in Cranwell war noch schlimmer als Sergeant Drake und warf mit Disziplinarmaßnahmen geradezu um sich – selbst für den kleinsten Verstoß, auch wenn es sich vielleicht nur um einen aus Unkenntnis der Regeln geschehenen Fehler handelte, hagelte es Strafen.

Niemand sollte nach ihrer Auffassung lange in Unkenntnis der Regeln leben müssen, und Roslin und Naomi bekamen gleich an ihrem ersten Tag Strafen aufgebrummt, weil sie ihr nicht salutiert hatten. Als Neulinge im Lager hatten die beiden nicht gewusst, wer sie war, außerdem war sie in Zivil gewesen. Naomi und Ros hatten bis dahin angenommen, dass nur militärisch gegrüßt wurde, wenn beide Parteien in Uniform waren. Die Bestrafung war natürlich reine Schikane, veranlasste Roslin und Naomi trotzdem aber dazu, in nur einer einzigen Woche das dicke RAF-Handbuch zu studieren und immer schnellstens die Finger an ihre spitzen Mützen zu legen, um der Chef-Ausbilderin zu salutieren.

Am Ende der Woche stand ihnen selbstverständlich eine strenge Prüfung ihrer Kenntnisse der RAF-Vorschriften bevor.

Die Briefe der anderen Mädchen aus Baracke II in West Drayton heiterten sie stets ein wenig auf. Maggie Martin aus Fowey in Cornwall war zur Küstenwache – der sogenannten »Heringsflotte« – versetzt worden und wurde von Stund an nur noch Fischkopf genannt.

Madeleine Drinkwater, aufgewachsen auf einem Bauernhof in Sussex, landete bei einer Flughafen-Wartungseinheit. Sie zog mit einem Traktor die für Deutschland bestimmten schweren Bomben zu den Bristol Blenheims I und IV, den Fairey Battles, Armstrongs, Wellingtons und Handley Page Hampdens des Bomberkommandos.

Penelope – Penny – Chalmers, die Hübscheste von ihnen allen, heiratete Staffelführer Hugh Partridge und wurde schwanger. Sie bat Ros in einem Brief, Patentante zu werden und diese fühlte sich zutiefst geschmeichelt.

Die zierliche Gwen Atkins mit dem Cockney-Akzent und der Vorliebe für Kaugummi kam zu einer Einheit des Motortransports und wurde bald zur persönlichen Chauffeurin der WAAF-Chefin, Miss Jessica Tremaine-Fortescue bestellt. Gwens blond gefärbte Locken unter der spitzen Kappe lugten mit knapper Not über das Lenkrad des riesigen Humbers, den man Gwen und ihrer Chefin zur Verfügung gestellt hatte. Gwen hatte einen kurzen Brief und ein großes Foto von sich geschickt, auf dem sie vor dem »schnieken« Wagen posierte; auf der Rückseite stand: »Meine Mum und mein Dad kriegen sich gar nicht mehr ein, dass ich es bei der Truppe so weit gebracht habe.«

Es schien, als könnten die Mädels aus Baracke II alle ganz zufrieden mit ihrem Schicksal sein.

In Cranwell lernte Ros auch, wie man den Stacheldrahtzaun überwand, wenn man seinen Ausgangsschein überzogen hatte, weil man den letzten Bus vom Kino in Leasingham verpasst hatte. Wie man sich bei den Tanzveranstaltungen im Lager den öligen Aufmerksamkeiten der Jungs von der RAF entzog, die nur zwei Dinge im Kopf hatten, den Alkohol und die Jungfräulichkeit eines Mädchens, oder besser: wie man es davon befreien konnte. Sie lernte, wann immer es möglich war, ein paar Minuten zu schlafen, da Schlafmangel das Schlimmste war, was man in Cranwell zu erdulden hatte, abgesehen von der tödlichen Langeweile in der freien Zeit, für die es nicht immer lohnte, in die nächste Stadt zu fahren.

Aber trotzdem liebte sie die Arbeit dort.

An ihrem ersten Tag in der Kommandozentrale hielt ihnen der

Geschwaderkommandeur der Luftwaffe einen herablassenden, väterlichen Vortrag, bevor er sie einem weiblichen Offizier der WAAF überließ, beinahe mit einem Seufzer der Erleichterung, denn er hatte das weibliche Personal in seinem Lager im Geiste bereits als eine Belastung eingestuft, auf die die RAF gut hätte verzichten können.

Der Raum war rund wie ein Amphitheater mit umlaufenden Balken. WAAF-Mädels schoben mit Billiardstock ähnlichen Geräten winzige Flugzeugmodelle, die entweder mit einem Hakenkreuz oder dem Union Jack gekennzeichnet waren, auf einem Kartengitter hin und her. Dabei trugen sie Kopfhörer.

Der RAF-Ausbilder erklärte ihnen, dass jedes Modell auf dem Kartennetz entweder ein freundliches oder ein feindliches Flugzeug darstelle. Und die Stücke, mit denen sie von Position zu Position geschoben wurden, nannte man Rechen oder – wie beim Roulette – Rateau. Die Figuren – also die Hakenkreuze und die Union Jacks – passten in eine Art Fach vorn an der Spitze der Rateaus, sodass man sie leicht von einem Planquadrat zum nächsten schieben konnte.

Die Kontroller hielten die Verbindung zu den Beobachtern. Beobachter waren Mitarbeiter, die sich irgendwo außerhalb des inneren Zirkels befanden. Koordinatoren von der RAF oder der WAAF traten von Zeit zu Zeit vor und übergaben den Plotterinnen Meldungen zum aktuellen Geschehen. Jeder Plotter war für die Flugroute eines einzigen Flugzeugs unter britischem Kommando zuständig und hatte genau zu überprüfen, wo es sich zu jeder beliebigen Zeit befand oder befinden sollte.

In der Folgezeit wurden sie ständig irgendwelchen Prüfungen unterzogen. Und wer sich den kleinsten Fehler erlaubte, wurde entweder aus Cranwell herausgeworfen oder bekam eine Beschäftigung zugewiesen, die weniger anspruchsvoll war, wie etwa Schreibkram erledigen für die Chef-Ausbilderin, ein grauenhafter Gedanke. Tanzabende und Veranstaltungen der Truppenbetreuung boten einen gewissen Ausgleich für die Arbeit, die ständig hohe Konzentration erforderte. Sie und Naomi hatten zahlreiche Freunde, darunter auch die Kanadier von dem nahen Flugplatz in Digby, aber keine dieser Beziehungen war ernsterer Natur.

Für Ros verging die Zeit wie im Flug. Die Träume von Luke verblassten langsam. Der unmittelbare Schmerz, sich von ihm gerade in dem Augenblick trennen zu müssen, in dem sie sich einander anvertraut hatten, war nur noch eine dumpfe, selten schmerzende Erinnerung irgendwo in der Gegend, wo angeblich ihr Herz lag. Manchmal konnte sie sich nicht einmal mehr darauf besinnen, wie er aussah. Sie wusste, wenn er sich bei ihr melden wollte, konnte er sie jederzeit unter Grayson Lord Ramsons Adresse erreichen – Bayswater Mansion, London, W1. Ansonsten tröstete sie sich mit dem Gedanken, dass sie sich, wenn das alles vorüber war, eines Tages wiedersehen würden, denn davon war sie überzeugt.

Bevor sie sich versahen, stand Weihnachten vor der Tür und das Ende ihrer Ausbildung in Cranwell. Ros und Naomi hofften, dass sie während eines Urlaubs in London einige der anderen Mädchen aus Baracke II wiedersehen würden, um in Erinnerungen an die guten Tage zu schwelgen, die sie zusammen in West Drayton verlebt hatten – vorausgesetzt natürlich, dass sie und Naomi bis dahin keine weiteren Disziplinarstrafen aufgebrummt bekamen. Sie waren doppelt vorsichtig, was die Einhaltung der Regeln betraf, und sie versuchten, nichts zu tun, was ihren bevorstehenden Urlaub und dem herrlichen Gedanken, Cranwell für eine Zeit lang Lebewohl sagen zu dürfen, gefährden konnte.

»Wie sehen denn deine Pläne für die Weihnachtstage aus, Ros?«, fragte Naomi neugierig.

»Ich habe keine.«

»Deshalb frage ich ja. Ich weiß, dass dein Vormund und Mentor und Verwandter, der vornehme Lord Ramson, immer noch außer

Landes ist, und du keinen Weihnachtsbaum zu Hause hast, der auf dich wartet ...«

»Vielen Dank, dass du mich daran erinnerst!«

»Deshalb frage ich dich ja jetzt. Möchtest du Weihnachten mit mir und meiner Familie verbringen, oder bist du meinen Anblick inzwischen schon gründlich leid?«

»Ich bin deinen Anblick gründlich leid, aber ich würde trotzdem Weihnachten gern mit deiner Familie verbringen, wenn das für euch in Ordnung ist. Danke, Naomi.«

»Nicht der Rede wert, ist mir ein Vergnügen ... Und falls jemand fragt, ich bin nicht der Twilights-Typ.«

»Weiß ich doch. Zu viel horizontale Leibesübungen mit den Riegen von Oxford und Cambridge, von den Pongos ganz zu schweigen.«

»Vielen Dank, Taylor! Ich werde deine gelehrte Gesellschaft wirklich vermissen, wenn wir uns trennen müssen, was früher oder später sicher passieren wird.«

Wie die Dinge lagen, hatte keine von ihnen etwas zu befürchten. Ros schnitt mit einem überwältigenden Ergebnis in sämtlichen Prüfungen ab, worauf die Chef-Ausbilderin von Cranwell ihr höchstpersönlich pflichtschuldigst zu ihren hervorragenden Leistungen gratulierte.

Sie und Naomi, die zusammen in allen Prüfungen einen unschlagbaren Durchschnitt erzielt hatten, wurden zu Fliegerinnen erster Klasse befördert. Einem Anschlag am schwarzen Brett entnahmen sie, wohin man sie als Nächstes schicken würde. Naomi kam direkt zu einer Funkpeilstation nach Fairlight in der Nähe von Hastings. Ros wurde nach Biggin Hill geschickt und dem Sektor 11 zugeteilt.

»Na ja, zumindest sind wir beide im Sektor Südost«, sagte Naomi zufrieden.

»Da haben wir wohl Glück gehabt«, stimmte Ros zu.

»Glück hat damit nichts zu tun. Du und ich, wir haben als Beste abgeschlossen, also werden wir in die wichtigste Sektion des Landes abkommandiert. Es zeigt, dass die Bienenkönigin und der Geschwaderkommandant absolutes Vertrauen in uns setzen.«

»Sieht so aus. Was ziehst du zum Abschlusstanz am Samstag an?«

»Keine Ahnung, ich habe nichts Richtiges. Ich habe allerdings auch nicht viel darüber nachgedacht bei dieser ganzen Schinderei in der letzten Zeit.«

»Du hättest nicht vielleicht Lust, mit mir zusammen mit dem Fahrrad nach Leasingham in diese kleine Boutique zu fahren?«

»Du meinst doch nicht etwa diesen altmodischen Laden? Wie wär's mit Lincoln oder Grimsby? Wir könnten uns dann danach einen schönen Tag machen.«

»Das ist aber zu weit, um mit dem Rad hinzufahren.«

»Quatsch! Wir fahren per Anhalter mit dem ersten Wagen, der irgendwo hinfährt, egal in welche Richtung.«

»So was nennt man dann wohl Funkrichtpeilung, wie?«

Naomi lachte. »Treffer, Taylor!«

Ihre Kleidercoupons reichten nicht annähernd aus, um sie mit schicken Klamotten für den Abschlusstanz in drei Tagen auszustatten. Sie beschlossen daher, in Uniform hinzugehen, die ihnen immerhin gut stand. Im Krieg durfte man nicht wählerisch sein.

Durch reinen Zufall erspähte Roslin an einem Telegrafenmast einen Aushang für einen Flohmarkt, der zugunsten des Roten Kreuzes von Lincoln stattfand.

»Na und?«, fragte Naomi verständnislos.

»Hawksby Hall, sieh dir doch mal die Adresse an, du Dummkopf!«

»Na und?«

»Na hör mal, bei so einer Adresse müssen das gute Kleidungsstücke sein. Vielleicht finden wir da ja was Anständiges zum Anziehen.«

»Kleider aus zweiter Hand?«, fragte Naomi zweifelnd.

»Na und? Die trage ich andauernd«, sagte Ros belustigt. »Auch wenn Veronicas Schuhe mich bei Twilights ziemlich in die Klemme gebracht haben.«

»Also schön, dann kann dich niemand einen Snob nennen, altes Mädchen!«, räumte Naomi ein.

Es stellte sich heraus, dass Hawksby Hall bequem zu Fuß zu erreichen war und dass es sich dabei um das prunkvolle Heim des verstorbenen Lord Hawksby handelte, einem hohen Tier bei der RAF, der vor weniger als einem Jahr gestorben war. Seine Witwe war eine ehrfurchtgebietende, noch immer überaus tatkräftige Frau in den Achtzigern. Sie betreute den Kleiderstand.

Ros und Naomi arbeiteten sich durch eine beachtliche Menge von Twinsets, Strickjacken, Pullovern, Mänteln, Röcken und Blusen, fanden aber nichts, was auch nur annähernd für eine Abendgesellschaft geeignet gewesen wäre. Die Hausherrin hatte ihnen eine Weile interessiert zugeschaut und fragte schließlich ziemlich barsch: »Was genau suchen Sie eigentlich? Schlüpfer, BHs, Unterröcke, was?«

»Irgendetwas, das man zum Tanzen anziehen kann«, antworteten sie errötend und kamen sich dumm vor, dass sie an einem Flohmarktstand nach etwas derartigem Ausschau hielten.

»Die Coupons reichen wohl nicht, hm?«

Roslin lächelte. »Nicht annähernd, Mam.«

Die Dame musterte Ros lange. »Sie haben so ein liebes Gesicht ...«, sagte sie schließlich. »Kommen Sie mal mit ...« Sie bestand darauf, dass die beiden Mädchen sie nach oben begleiteten. In ihrem Schlafzimmer riss sie Kleiderschranktüren auf und sagte ihnen, sie könnten sich aussuchen, was sie wollten. »Ich brauche die Sachen nicht mehr, meine Taille ist nicht mehr das, was sie einmal war. Bedienen Sie sich.«

»Aber ... aber ...«

»Die meisten sind aus Paris und wurden mir nach Kairo geschickt, wo mein Mann damals stationiert war. Ziemlich teure Sachen für damalige Zeiten. Am besten, Sie sehen sich alles einmal in Ruhe an, ich muss zurück zu meinem Stand. Wenn Sie etwas Passendes finden, legen Sie eine halbe Krone in die Spendenschachtel. Abschlussbälle sind furchtbar wichtig, und Sie wollen doch einen guten Eindruck machen, hm?« Mit diesen Worten kehrte sie nach unten zurück.

»Was für eine exzentrische alte Dame«, meinte Naomi kopfschüttelnd, während sie über die teuren, zwischen Mottenkugeln hängenden Kleider strich wie Ali Baba, der auf einem arabischen Basar die Waren begutachtete.

»Und sehr großzügig obendrein.«

»Und wohl auch sehr reich, so wie diese fantastischen Kleider aussehen.«

»Hast du all die Portraits der Offiziere gesehen, die im Treppenhaus hängen? Die meisten sind, glaube ich, Kavallerie-Offiziere? Und dieses hier ...« Ros griff vorsichtig nach einem silbergerahmten Foto auf dem Ankleidetisch. »Das muss ihr Mann in Luftwaffenuniform sein, zusammen mit Winston Churchill. Hast du in Cranwell irgendetwas über ihn gehört?« Sie stellte das Foto zurück.

»Er dürfte mittlerweile wohl aus dem Rennen sein; sie sind beide ziemlich alt«, meinte Naomi. »Die Uniform sieht jedenfalls anders aus als die, die sie jetzt tragen.«

Roslin entschied sich für ein auffälliges, fliederfarbenes Chiffonkleid aus dem Kleiderschrank der alten Dame, ein Kleid, das gut zu ihren grauen Augen und ihrem braunen Haar passte. Naomi stürzte sich auf ein mintgrünes Kleid, das ihren blauen Augen, ihrem blonden Haar und der hellen Haut schmeichelte. Anschließend liefen beide mit vor Aufregung geröteten Gesichtern hinunter und gaben Lady Hawksby die halbe Krone, die sie sich für das Rote Kreuz erbeten hatte.

»Wenn Sie mir eine Freude machen wollen – ich hätte gern ein Foto von Ihnen auf dem Ball. Und ich würde mich freuen, wenn Sie beide einmal nachmittags zum Tee herkommen würden«, sagte die stattliche Dame, die mit ihrer mehrreihigen Perlenkette der Königinwitwe Mary ähnelte. »Seit Charlys Tod vor elf Monaten ist es hier im Haus schrecklich still und langweilig. Wir haben nämlich immer zusammen Lawnbowling gespielt.« Sie wandte sich an Ros, als habe sie sich plötzlich an etwas aus einer fernen Vergangenheit erinnert. »Sie haben ein liebes Gesicht, es erinnert mich an jemanden.« Dann blaffte sie eine ihrer Helferinnen an: »Muriel, sagen Sie diesem gierigen Kind, es soll seine schmutzigen kleinen Hände von den Sahnekuchen lassen ... Auf Wiedersehen, meine Lieben, kommen Sie bald wieder.« Sie lächelte den beiden Frauen von der Luftwaffe zu. »Und amüsieren Sie sich gut auf dem Ball.« Dann seufzte sie tief und fügte sehnsüchtig hinzu: »Oh, wenn man noch einmal so jung und hübsch sein könnte, wie ihr zwei jungen Dinger es heute seid. Gebt Acht auf euer Leben, es ist so kurz, und der Tod ist leider für immer.«

Nach diesen deprimierenden Abschiedsworten konnte Naomi das Haus gar nicht schnell genug verlassen, und drückte sich dabei die Faust auf die Lippen. Draußen auf der Einfahrt konnte sie nicht mehr aufhören zu lachen: »Sie haben ein liebes Gesicht, es erinnert mich an jemanden ... O Gott, stell dir einmal Twilights in hundertzehn Jahren vor! Das Leben ist kurz, der Tod ist für immer!«

»Halt den Mund, Naomi, um Himmels willen.« Ros stieß ihr empört einen Ellbogen in die Rippen. »Red keinen Unsinn. Ich finde doch, wir sollten ihr schreiben und uns noch einmal für die Pariser Kleider aus Kairo bedanken.«

»Schön, aber das übernimmst du. Und jetzt komm. Wir haben gerade noch Zeit für einen Film, bevor der letzte Bus zum Lager fährt.«

»Oh nein! Nicht schon wieder *Vom Winde verweht!* Wie viele Male haben wir uns den jetzt schon angesehen?«

»Nun, wir haben ganz schön was gespart bei diesen schicken Kleidern, Ros, das könnten wir uns jetzt noch leisten. Das heißt, eigentlich haben wir das alles nur dir zu verdanken, wegen deines lieben Gesichts.« Naomi brach abermals in schallendes Gelächter aus.

»Reiß dich zusammen, Hill.« Ros konnte nichts Komisches an den Bemerkungen der netten alten Dame finden.

»Oh, schon gut, aber nur, wenn du jetzt mit mir ins Kino gehst, damit ich dein liebes Gesicht noch ein Weilchen genießen kann. Wollen wir Twilights eifersüchtig machen und ihr schreiben, du hättest eine neue Bewunderin gefunden? Eine von achtzig Jahren?«

»Tu, was du nicht lassen kannst«, erwiderte Ros ergeben.

Naomi beruhigte sich langsam ein wenig. »Bezieht sich das etwa auch auf den Film? Geht es in Ordnung, wenn wir uns noch einmal *Vom Winde verweht* ansehen?«

»Ja, meinetwegen.« Im Grunde hatte Ros gar nichts dagegen. In gewisser Weise erinnerte Rhett Butler sie an Luke, einen großen dunkelhaarigen, rätselhaften Egoisten, der mit seinem zweiten Ich in Fehde lag – mit Luke, dem Unbekannten, einem zuvorkommenden, nachsichtigen Liebhaber.

Am Samstagnachmittag ging Ros, den Kopf voller Metalllockenwickler wie ihre ehemalige Vermieterin, mit zwei Tassen Tee in Naomis Zimmer, um sich beim Aufstecken ihres Haars für den abendlichen Ball helfen zu lassen. Naomi lag auf ihrem Bett, nicht darin, und schien eingenickt zu sein.

Ros stellte Tasse und Untertasse auf den Nachttisch, bevor sie sich an das Fußende von Naomis Bett setzte und anfing, sich die Lockenwickler aus den Haaren zu ziehen. »Aufwachen!«, sagte sie. »Ich weiß, dass du im Augenblick Nachtschicht hast. Um diese Zeit am Nachmittag müsstest du eigentlich hellwach sein und dich auf einen neuen Tag freuen ...«

»Geh weg, Taylor, lass mich in Ruhe.«

»Was ist denn los? Normalerweise wärest du um diese Zeit schon auf und würdest zum hundertsten Mal *Vom Winde verweht* lesen.«

»Mir geht es nicht gut.«

»Oh, sei doch keine Jammerliese, Naomi, nicht ausgerechnet heute.«

»Wann wäre ich, bitteschön, je eine Jammerliese gewesen?«

Ros kramte in ihrem Gedächtnis: Nie! Naomi hatte noch nie gejammert, so lange sie denken konnte. Immer mitten im Getümmel, vom Anfang bis zum Ende, war Naomi stets ein Ausbund an Aktivität gewesen.

Sie sah tatsächlich nicht gut aus und hatte eine dicke Beule an der Backe, so als bekäme sie Mumps. »Was ist los mit dir? Doch nicht wieder ein Kater, Naomi?«

»Ich habe scheußliche Zahnschmerzen, Ros. Ich glaube, ich muss zum Zahnarzt.«

»Hast du dich krank gemeldet?«

»Unsere Chef-Ausbilderin will nichts davon wissen.«

»Vergiss Sie!«

»Geht nicht, wirklich nicht.«

»Was hat sie denn gesagt?«

»Ich kann Montagmorgen zum Stabsarzt gehen.«

»Ist das alles?«

»Sie meinte, es wären ja nur Zahnschmerzen, nichts Ernstes. Das kann bis Montag warten.« Naomis Worte klangen verzerrt, weil sie vor Schmerzen kaum den Mund öffnen konnte.

»Das nenne ich weibliches Mitgefühl, wenn eine andere Frau in Not ist«, sagte Ros hilflos.

»Ganz deiner Meinung, Taylor.«

»*Nur* Zahnschmerzen! Ich kann es nicht fassen, dass sie so herzlos ist. Was hat sie denn noch gesagt, Naomi?«

»Ich soll Nelken kauen.«

Ros fühlte sich angesichts Naomis schlimmer Schmerzen hilflos. Was konnte sie schon tun, nachdem die Chefin einen Arztbesuch am Samstagnachmittag verweigert hatte. Das Einzige, was ihnen blieb, war das Aspirin. »Gib mir noch eine, Taylor, die Schmerzen bringen mich um«, sagte Naomi stöhnend, die ansonsten ganz sicher nicht wehleidig war. »Geh du ruhig tanzen, ich komme schon klar.«

»Ich gehe nicht ohne dich!«

»Sei nicht dumm. Du würdest all die Jungs schrecklich unglücklich machen. Es würde ihnen viel entgehen, wenn sie dich nicht in Lady Hawksbys umwerfender Pariser Haute Couture sehen können.«

Ros wusste, wie viel Mühe Naomi das Sprechen bereitete, obwohl sie sich tapfer um ein Lächeln bemühte. »Ich gehe jetzt und setze denen solange zu, bis sie dich sofort zum Zahnarzt schicken.«

»Er hat samstagnachmittags frei.«

»Dann soll er seinen Hintern verdammt nochmal wieder hierher bewegen! Das ist ein Notfall. Du siehst schrecklich aus.«

»Heißen Dank, Taylor!«

Naomis völlig entzündeter Weisheitszahn wurde lediglich mit einer örtlichen Betäubung gezogen. Das arme Mädchen befand sich in einem schlimmen Zustand. Ros saß die ganze Nacht an Naomis Bett, die Nacht des Abschlussballs, auf den sie beide sich so sehr gefreut hatten und für den sie sich so sehr bemüht hatten, passende Kleider zu finden.

In den frühen Morgenstunden verschlimmerte sich Naomis Zustand. Sie wurde in das nächstgelegene zivile Krankenhaus gebracht, mit einer Sepsis, die von der Entzündung ihres Zahnabszesses herrührte. Und weil sie so viel Aspirin genommen hatte, um den Schmerz zu lindern, war ihr Blut nicht mehr gerinnungsfähig genug, um zu verhindern, dass sie dabei verblutete. Sie bekam eine Bluttransfusion. Naomis Familie wurde über den Ernst der Lage informiert. Die Stationsschwester meinte, Naomis Chancen stünden fünfzig zu fünfzig.

Doch das gab Ros neue Hoffnung. Naomi war eine Kämpferin, sie würde bestimmt durchkommen.

Am Sonntagnachmittag, nur eine Stunde, bevor ihre Eltern eintreffen sollten, begann Naomi an dem Blut zu würgen, das ihr durch den Hals in die Lungen sickerte. Sie starb binnen zwanzig Minuten an einer massiven inneren Blutung.

Zutiefst schockiert, ihre Uniform durchtränkt mit dem Blut ihrer Freundin, verließ Ros die Station. Sie ging hinaus auf das kalte, trostlose Gelände vor dem Krankenhaus. Ros registrierte nicht einmal, dass es hagelte; sie war zu keiner Empfindung mehr fähig.

Sie setzte sich auf eine Bank unter den schwarzen, kahlen Zweigen einer Eiche. Sie dachte an Naomis arme Eltern, an Ralph, ihren mittleren Bruder, der bei den Marinefliegern war und auf den Naomi so ungeheuer stolz gewesen war. Jemand tippte ihr auf die Schulter. Sie blickte verwirrt auf. »Hallo«, sagte der Mann, der vor ihr stand. »Sie müssen Roslin sein. Die Stationsschwester sagte mir, ich könne Sie hier draußen finden. Ich bin Ralph, Naomis Bruder. Wir haben so viel von Ihnen gehört, Ros. Wollen wir reingehen und reden? Sie sehen vollkommen durchgefroren aus.«

»Oh ja«, sagte sie dankbar, »das würde mir gut tun, Ralph.«

17. Kapitel

Ros sollte sich am 2. Januar im Kontrollzentrum von Biggin Hill melden. Plötzlich wusste sie nicht mehr weiter. Sie war nun ganz allein, hatte niemanden, mit dem sie Weihnachten verbringen konnte. Eine Rückkehr in die Wohnung in Clapham war für sie undenkbar und wäre ein Eingeständnis ihrer Niederlage gewesen.

Schließlich überwand sie sich zu einem ziemlich verzweifelten Telefonanruf bei Lady d'Oilier Barra: »Imogen, kannst du über Weihnachten zufällig eine helfende Hand gebrauchen?«

»Wer spricht denn da?«

»Roslin.«

»Roslin?« Am anderen Ende der Leitung folgte ein leichtes Zögern. »Oh ... *unsere* Roslin! Mein liebes Mädchen, ich dachte, du wärest irgendwo da draußen, zusammen mit Giles, und würdest dein eigenes WAAF-Flugzeug fliegen.«

»Ich bin Plotterin ... nach Biggin Hill versetzt und muss mich erst nach Neujahr wieder zum Dienst melden. Ich ... ich dachte, du könntest vielleicht Hilfe brauchen?«

»Ich kann jede helfende Hand brauchen, die sich mir anbietet, gerade über Weihnachten«, sagte Lady d'Oilier Barra, eine der Befehlsgewaltigen in der Zentrale des britischen Roten Kreuzes. »Hör mal, Kind, ich habe im Augenblick zu viel um die Ohren, um lange zu reden. Lady Barbingden und ich haben alle Hände voll mit der Zuteilung der Hilfspakete zu tun. Komm heute

Abend her zu mir, dann können wir über deine Notlage reden.«

»Ich bin in keiner Notla…«

»Doch, scheinst du zu sein, aber das ist kein Grund, sich zu schämen. Du und Abigail, ihr müsst schon in einer verzweifelten Situation sein, bevor ihr euch an die Familie wendet, das weiß ich sehr wohl. Also schön. Punkt acht Uhr, wenn das Dinner aufgetragen wird. Dann kannst du mir alles erzählen.«

Roslin änderte um ein Haar ihre Meinung, was die Einladung zum Dinner betraf, wusste aber genau, dass Imogen sich nichts Böses dabei gedacht hatte – sie war einfach so, tüchtig und ein wenig herrisch.

Um ihr Selbstbewusstsein ein wenig aufzupäppeln, trug Ros am Abend ihre Uniform; sie war stolz auf ihr Abzeichen als Fliegerin erster Klasse. Die Tür zu Imogens Residenz in Mayfair wurde von Pheneas O'Flarty, dem irischen Butler, geöffnet, dem Giles im Alter von acht Jahren den Spitznamen Old Farty gegeben hatte. »Guten Abend, Miss Roslin. Es ist mir eine Freude, Sie einmal wiederzusehen, und so fesch schauen Sie aus in Ihrer Uniform!«

»Vielen Dank, Pheneas!« Sie überraschte ihn, indem sie einen Kuss auf seine verwelkte Wange drückte. »Sie sehen ebenfalls gut aus!«

»Das ist sehr freundlich von Ihnen, Miss Roslin. Obwohl mir die Jahre eine Arthritis eingetragen haben, die einem alten Burschen wie mir, der den größten Teil seiner Strecke hinter sich hat, übel zusetzt.« Er stolperte ein wenig, als er sie über die Schwelle begleitete. »Wie wird denn Lord Graysons Butler mit den Unbilden der Zeit fertig?«

»Paul Powers lebt seit Anfang des Krieges scheinbar wieder auf, Pheneas. Er hat Miss Abigail und mich mit Lord Graysons Elefantenboot wie ein alter Seebär sicher von Orcas bis nach Penzance gebracht.«

»Das ist in der Tat mal eine gut Neuigkeit, Miss Roslin. Ich glaube, er war früher bei der alten Garde. Ich selbst habe seinerzeit für die Freiheit meines irischen Erbes gekämpft, nicht auf See, sondern auf dem fruchtbaren Boden meiner Heimat ...« Er räusperte sich verlegen. »Und befinden sich Mylord Grayson immer noch außer Landes?«

»So ist es.«

»Es ist mir immer eine Freude, mit Ihnen zu plaudern, Miss Roslin.« Er verneigte sich galant und rückte sich seine Drahtbrille zurecht, die ihm auf die Nasenspitze gerutscht war. »Mylady befinden sich im Salon. Sie nimmt mit ihren anderen Dinnergästen die Cocktails ein. Bitte folgen Sie mir.«

Imogen begrüßte Roslin wie eine liebe und lang vermisste Verwandte und stellte sie Lord und Lady Barbingden vor: »Meine angeheiratete Nichte, Fliegerin erster Klasse, Roslin Taylor Ramson. Ich habe euch von ihr erzählt. Giles und Roslin sind beide bei der RAF ...«

»WAAF«, korrigierte Ros sie, aber Imogen ignorierte ihren Einwurf.

»Ich bin ungeheuer stolz auf alle beide. Ros und Giles sind wie Bruder und Schwester, und sie sind einander seltsamerweise wie aus dem Gesicht geschnitten.«

Oh, das sind wir ganz sicher nicht, dachte Ros zähneknirschend.

»Ich wünschte wahrhaftig, die beiden wären *wirklich* Bruder und Schwester«, sagte Imogen gerade. »Sie ist das einzige Mädchen in der Familie, das etwas taugt. Abigail ist eine absolute Katastrophe. Sie hat anscheinend sogar als eine Art Bardame in einem Nachtclub im West End gearbeitet, bis Veronica sie dort herausgeholt und davor bewahrt hat, in die Prostitution abzurutschen ...« Imogen drückte Ros beiläufig eine Postkarte aus irgendeinem Ort in Portugal in die Hand. »Die Karte ist von ihr, von Abigail, sie verbringt im Augenblick ihre Zeit mit Ronnie an einem Swimmingpool. Ach – diese dummen, faulen Mädchen! Sie sollten zu Hause sein und etwas Nützliches tun. Dem Himmel sei Dank, dass Portugal neutral bleibt.« Imogen riss Ros die Postkarte wieder weg, um sie zu all den goldgerahmten Einladungen auf den Kaminsims zu stellen. »Ihr Mann ist jedoch mitten im Getümmel – Ronnies Mann, meine ich – an Bord der HMS Jervis Bay.«

»Ronnie ist verheiratet?«, fragte Ros überrascht, nachdem sie tief Luft geholt hatte. Die Neuigkeit war ein kleiner Schock für sie. »Seit wann?« Es ärgerte sie, dass niemand es für nötig befunden hatte, ihr davon zu erzählen, geschweige denn sie zu der Hochzeit einzuladen.

»Ich war auch schrecklich böse auf sie, Kind. Sie hat niemandem etwas erzählt, nur ihrer portugiesischen Freundin. Veronica wollte nicht, dass ich, ihre Mutter, großen Wirbel darum mache, das böse Mädchen! Michaels Schiff, die HMS Jervis Bay, musste wegen einiger größerer Reparaturen den Hafen von Lissabon anlaufen, und die beiden haben die Trauung an Bord vollziehen lassen. Sie haben anschließend in der Villa der Marquise ein paar Tage miteinander verbracht – ihre Flitterwochen –, bevor Michael aufs Schiff zurück musste. Es ist also tatsächlich passiert, sie ist jetzt Mrs Michael Haviland-Carr.«

Typisch Veronica, dachte Ros. Aber trotzdem hätte Imogen sich eigentlich freuen müssen, sie hatte während der vergangenen vier Jahre keinen sehnlicheren Wunsch gehabt als den, Ronnie mit Michael verheiratet zu sehen.

»Ich hab ihm schon 1937 gesagt«, brummte Lord Barbingden, der, wie Ros bald erfahren sollte, bereits Fliegeradjutant von König Georg IV gewesen war, »dass er heiraten soll.«

»Ich wusste gar nicht, dass Sie Commander Haviland-Carr kennen, Charly«, sagte Imogen verwirrt.

»Tue ich auch nicht!«

»Das müssen Sie mir jetzt aber erklären, Charly!«, sagte Imogen, inzwischen leicht verunsichert, mit einem schrillen Lachen. Mit Charlys Taubheit wurde es anscheinend immer schlimmer!

»Er meint Giles, nicht Michael«, erklärte Lady Barbingden. »Charly hat Lord Carlisle schon vor einer Ewigkeit gebeten, er solle Giles auf andere Gedanken bringen, indem er ihm ein eigenes Flugzeug kaufe. Dann hätte er eine so knochentrockene Angelegenheit wie einen Cambridge-Abschluss in Ägyptologie schnell vergessen.«

»Zum Teufel, Elspeth! Ich kann recht gut für mich selbst sprechen«, brummte der leicht reizbare Lord. »Ich habe Carlisle nie etwas Derartiges gesagt!«

»Doch, das hast du! Du hast Carlisle gesagt, Giles wäre bei den Streitkräften besser aufgehoben als in der Tutanchamun-Brigade. Ihr Männer habt ja so ein kurzes Gedächtnis, wenn es euch in den Kram passt.«

»Oh, nun hört schon auf, ihr beiden!« Imogen schob lachend eine Kensitas in eine Zigarettenspitze. »Ihr müsst euch beide irren, denn Carlisle starb, als Giles vierzehn war. Ich glaube nicht, dass er es in Erwägung gezogen hätte, ihm in diesem Alter ein Flugzeug zu kaufen.«

»Na ja, ist ja auch egal! Ich erinnere mich jedenfalls, dass Charly Carlisle gesagt hat, niemand würde sich später an Giles erinnern, nur weil er mumifizierte Leichen ausgegraben hat ...«

»Natürlich werden die Leute sich an ihn erinnern!«, erwiderte Imogen mit Nachdruck. »Es wird ihn nichts davon abhalten, über der Wüste aus seinem eigenen Cockpit Ausschau nach altägyptischen Grabstätten zu halten – was er im Übrigen auch schon getan hat.«

»Mag sein«, räumte Elspeth Barbingden ein, »obwohl Giles vielleicht schneller zu Ruhm gekommen wäre, wäre er Charlys Spezialeinheit beigetreten.«

»Nun, jetzt fliegt er eine *Spitfire*, und hat sich bereits in sehr kurzer Zeit seine Sporen verdient.« Imogen, die sich immer bemühte, die reichen Gönner des Roten Kreuzes bei Stimmung zu halten, wollte nun doch nicht so weit gehen, Elspeth Barbingden in dieser Sache das letzte Wort zu überlassen. »Roslin muss uns unbedingt erzählen, was die WAAF wirklich für sie, für uns und für jeden anderen, der in diesem Krieg gegen Hitler verwickelt ist, bedeutet. Stehen wir Frauen jetzt wirklich an vorderster Front? Sind wir in der Lage, Flugzeuge zu fliegen, wie unsere Männer es tun? Irgendwie kann ich mir das nicht vorstellen.«

Das ganze Gespräch war für Ros bisher ziemlich verwirrend gewesen, da Imogens Gäste alle ein wenig vergreist zu sein schienen. Doch nun war sie in ihrem Element: »Amy Johnson, die erste Frau, die allein von England nach Australien geflogen ist, dient jetzt im Lufttransportregiment«, bekräftigte Ros, wenngleich auch nur mit gedämpfter Stimme. Sie wagte es kaum, unter so vielen hochrangigen Personen, die alles über das Fliegen zu wissen schienen, ihre eigene bescheidene Meinung zu äußern.

»Oh ja, die hatte ich vergessen«, sagte Imogen überrascht.

»WAAF, zum Teufel damit!«, erklärte Lord Barbingden und beugte sich mit seinem Sherryglas in der Hand zu Ros hinüber. »Wenn es schief geht, mein Mädchen, können Sie jederzeit zu mir kommen, damit ich Sie woanders unterbringe. Die WAAF ist eine Missgeburt, eine Art weiblicher Bastard der RAF, und wird sich nicht lange halten. Die Frauen sind nun mal nicht dazu geschaffen, Spitfires zu fliegen und Bomben abzuwerfen. Winnie ist außerdem ziemlich skeptisch, was den Beitrag der WAAF im Kampf gegen die Nazis betrifft, obwohl der König nichts dagegen hat, den Frauen eine Männerdomäne zu öffnen. Vermutlich weil er ausschließlich von Frauen umgeben ist: seiner Frau und seinen zwei Töchtern, Elizabeth und Margaret Rose, und seiner Mutter. Seine Gefühle lassen sich wohl damit erklären, dass er in einer durch und durch weiblichen, matriarchalischen Welt der einzige Mann ist, haha!«

»Charly! Benimm dich!«

Charly beachtete seine Frau nicht. »Das Finanzministerium hat die WAAF überhaupt nur wegen der öffentlichen Meinung finanziert. Wenn Frauen aber nun den Platz ihrer Männer, die in der Armee, in der Marine oder in der Luftwaffe sind, einnehmen, dann senden wir damit weiß Gott die falschen Signale an jede heiratsfähige Frau und jeden jungen Mann auf dem Planeten. Wollen wir etwa, dass man bei Streitkräften sofort an irgendwelches Techtelmechtel denkt? Dass die Frauen nur noch das Ziel vor Augen haben: Was immer die Männer tun können, können wir besser? Weshalb haben Sie sich denn eigentlich für die WAAF entschieden, Roslin? Wollen Sie sich einen attraktiven Ehemann angeln?«

»Ach, sei still, Charly!«, sagte Lady Barbingden mit gerunzelter Stirn. Dann drehte sie sich um und strahlte Ros an. »Sie müssen ihm verzeihen, meine Liebe. Er wird mit den Jahren langsam senil. Wie aufregend das Ganze doch für uns Frauen ist, jetzt können wir endlich tun und lassen, was wir wollen, ohne dass die Männer uns ständig bevormunden. Jetzt können wir endlich zeigen, was in uns steckt!«

Ros hielt Lady Barbingden für eine vernünftige Frau, und ihre Worte entschädigten sie für die herablassende Einstellung Lord Barbringdens den Frauen gegenüber, eine Einstellung, die typisch für die meisten RAF-Offiziere war. Es scherte sie auch nicht, wie Lord Barbingden zum König und Winston Churchill stand. Es scherte sie nicht, wie oft diese Männer sich zusammen betranken – der Lord und Winston Churchill, nicht etwa der König, der ein sehr maßvoller Mann war, wenn man der indiskreten Lady Barbingden Glauben schenken durfte.

Auch Mr und Mrs Leamington-Smythe mit ihrem Sohn, Algernon, waren unter Imogens Dinnergästen. Die Leamington-Smythes trieben für das Rote Kreuz immense finanzielle Mittel auf, indem sie auf ihrem eigenen, außerhalb der Stadt gelegenen Landsitz – Leamington-Hall in Sussex – Gartenpartys und ähnliche Feste veranstalteten. Algernon war ihr Erbe, ein im ersten Weltkrieg grauenvoll entstellter Pilot, der jetzt als Schatzmeister und Spendensammler für die Stiftung Leamington Hall zugunsten verletzter RAF-Piloten tätig war.

»Ich dachte, du würdest ihn vielleicht gern einmal kennen lernen«, flüsterte Imogen Ros ins Ohr, »da ihr beide in der gleichen Truppe seid, genau wie Giles.«

»Wo ist Giles jetzt eigentlich?«, wollte Ros wissen.

Imogen drückte ihre Zigarette in einem kristallenen Aschenbecher aus und überlegte, ob sie die bestehende Beziehung zwischen ihrem Sohn und Roslin fördern sollte oder nicht; immerhin konnte man diese Verbindung als inzestuös betrachten, wenn man wollte. »Hast *du* in letzter Zeit mal von ihm gehört?, fragte sie zurück.«

»Giles ist kein großer Briefeschreiber, Imogen.«

»Und vom Telefonieren hält er wohl auch nicht viel. Er ist ganz in deiner Nähe stationiert, in Gravesend.«

»Ach ja?« Ros war sich nicht sicher, ob Giles' Aktivitäten sie überhaupt noch interessierten. »Da haben wir uns aber wirklich nur knapp verpasst!«

Gravesend war ein, dem Jagdfliegerkommando Biggin Hill, Gruppe 11, zugeordneter Flugplatz. Vielleicht würde sie eines Tages den Kurs seiner Spitfire auf dem Gitternetz der Karte im Kontrollraum verfolgen müssen. Vielleicht trafen sie sich sogar einmal – in der Kantine, bei einer Truppenbetreuungsveranstaltung oder bei einem Tanzabend, der der Spendensammlung diente? Und wie würden ihre Gefühle dann ihm gegenüber aussehen?

Giles war aus dem Rennen, sagte Ros sich erleichtert, nachdem sie kurz nachgedacht hatte.

»Er ist so ein lieber Kerl, meinst du nicht auch?«, fragte Imogen soeben.

»Wer?« Ros wurde abrupt aus ihren sehnsüchtigen Gedanken, die in Richtung Orca gingen, herausgerissen.

»Algie, Darling, Algie! Wo bist du heute Abend bloß? Du scheinst gar nicht richtig hier zu sein, Roslin.«

»Tut mir Leid.«

»Hör mal, mein Kind«, sagte Imogen mit einem leisen Zungenschnalzen, doch dann warf sie einen Blick auf die Uhr. »Meine Güte! Es ist ja schon Zeit fürs Essen ...« Mit gedämpfter Stimme fügte sie hinzu: »All diese Leute sind sehr wichtig für das Rote Kreuz, Roslin. Deshalb habe ich sie heute Abend hierher eingeladen. Das ist es, worum es bei solchen Geselligkeiten eigentlich geht. Um einmal diesen vulgären Ausdruck zu gebrauchen – eine Hand wäscht die andere.«

»Ich bin mir nicht sicher ...«

»Oh, hör auf, dich zu verstellen! Du bist eine von uns, Roslin, ob dir das nun gefällt oder nicht. Ich habe ihn eingeladen, Algernon, meine ich, und ich habe ihn neben dich gesetzt, weil ich weiß, dass du die diplomatischste und diskreteste aus unserer ganzen Familie bist. Lass mich bitte nicht im Stich! Es steht eine Menge Geld auf dem Spiel. Ertrag ihn einfach, Ros, um meinetwillen und um der fünfzigtausend Pfund für das Rote Kreuz willen, die von Seiten der Leamington-Smythes kommen sollen. Sie sind Juden – Bankiers, du weißt schon, wie die Rothschilds.« Sie lächelte Ros angespannt zu und zeigte dann mit dem Kopf auf den böse vernarbten Mann im Rollstuhl. Anschließend verließ Imogen den Raum, um Pheneas die Anweisung zu geben, in genau zehn Minuten das Abendessen aufzutragen.

Bei Tisch zischte Algernon Ros einige Bemerkungen über Lady Barbingden ins Ohr: »Hat schon die Hälfte des Familiensilbers versetzt. Ihr armer alter Mann weiß nichts von der Alkoholsucht seiner Frau, weil er die Hälfte seiner Zeit mit dem König im Buckingham-Palast zubringt und die andere Hälfte in Kanada mit Winston Churchill, da bleibt herzlich wenig Zeit für das Luftfahrtsministerium und noch weniger Zeit für sie, könnte ich mir denken.«

»Ich bin sicher, er weiß Bescheid«, widersprach ihm Ros. »Er zieht es wahrscheinlich vor, das Problem zu ignorieren. Der Weg des geringsten Widerstandes ist nun mal der leichteste.«

Während er darüber nachdachte, welche Horsd'œuvres sie angesichts der Lebensmittelrationierungen wohl erwarten konnten – vielleicht Hühnersuppe oder Hühnerleberpastete? –, äußerte Algernon abschätzig: »Die ganze Sippschaft aus dem britischen Parlament, die Kabinettsminister und dergleichen werden sich ebenso wie der König, die Königin und die jungen Prinzessinnen still und leise nach Kanada verziehen, falls Hitler in England einmarschiert.«

»Sie glauben wirklich, dass es schon so weit ist, dass wir eine deutsche Invasion befürchten müssen?«

»Noch weiter!«

Ros wollte es im Grunde gar nicht wissen. Sie versuchte, das Thema zu wechseln. »Übrigens, Algernon, kennen Sie zufällig Lady Hawksby von Hawksby-Hall in Lincoln? Sie engagiert sich ebenfalls sehr eifrig für das Rote Kreuz.«

»Oh ja, wie geht es dem alten Mädchen denn so?«

»Sehr gut.«

»Ihr Mann war zu seiner Zeit auch ein großer Flieger-Held, habe ich gehört. Ganz unter uns gesagt finde ich das ziemlich übertrieben. Er war bei seinem Tod – letztes Jahr, glaube ich – mindestens fünfundachtzig Jahre alt, was bedeutet, dass er den Himmel unsicher gemacht haben muss, bevor das Flugzeug quasi überhaupt erfunden worden war. Ich denke, er hat sich seinen Weg in die RAF erkauft und hat nie selbst in einem Cockpit gesessen. Als Copilot vielleicht, aber das dürfte auch so ziemlich alles gewesen sein. Schon komisch, wie man mit Mut und Unverfrorenheit – oh, und mit Geld natürlich, die Hawksbys sind immens steinreich – alle möglichen Leute hinters Licht führen kann, selbst die ganz hohen Tiere in der Regierung und unsere Streitkräfte. Wie haben Sie Lady Hawksby überhaupt kennen gelernt, Rosie?«

»Roslin ... nicht Rosie, Algernon.«

Sein Rollstuhl stand dicht neben ihr, sodass er die Stimme nicht zu erheben brauchte, um zu antworten. »Ich möchte Ihnen die Qual ersparen, meinen vollen Namen aussprechen zu müssen, nennen Sie mich einfach Algie. Wo haben Sie Lady Hawksby kennen gelernt?«

»Auf einem Flohmarkt in Lincoln.«

»Das passt zu ihr, passt absolut. Das arme Mädchen, sie hing schrecklich an ihrem Mann, aber ich freue mich, dass sie immer noch beim Roten Kreuz tätig ist.« Bis zu diesem Punkt war ihr

Gespräch anscheinend recht gut verlaufen, und Ros entspannte sich langsam ein wenig, bis er die Unterhaltung plötzlich in eine ganze andere Richtung lenkte. »Wissen Sie was, Roslin? Niemand in diesem Land interessiert sich tatsächlich für die Not der Juden in Hitlers Nazideutschland.«

»Ich denke, das ist ein wenig ungerecht, Algie. Ich glaube, dieses Land hat sich im Laufe seiner Geschichte immer sehr für das Schicksal von Flüchtlingen eingesetzt – für Menschen, die auf der Flucht vor der Verfolgung durch ein tyrannisches Regime waren.«

»Das streitet auch niemand ab. Aber wenn die Rede auf die von Hitler geplante Ausrottung der jüdischen Rasse kommt, holt der Zuhörer jedes Mal scharf Luft, und eine Art glasiger Ausdruck tritt in seine Augen, als würde man Lügen erzählen oder sich die entsetzlichen Gräuel, die sich in Deutschland ereignen, etwa nur einbilden. Mein Vater und meine Mutter haben noch immer Verwandte in Berlin. Die britische Regierung hat 1937 ihre Pässe gesperrt und sie damit stillschweigend dem Massenmord preisgegeben, der in Deutschland praktiziert wird.«

Ros widerstrebte es zutiefst, mit Algernon über Politik im Allgemeinen und Verfolgung im Besonderen zu sprechen. Sie beobachtete, wie er sich mit großem Appetit über eine spärliche Portion Hammelfleisch hermachte. Imogens Köchin schien nur wenig besser zu sein als Mrs Moffat, aber andererseits waren sowohl gute Köchinnen als auch anderes Haushaltspersonal jetzt im Krieg sicherlich schwer zu finden, und durch die Rationierung der Lebensmittel schien das Leben ebenso zäh wie das Fleisch auf ihren Tellern.

Algernon drehte sich zu ihr um und zog das verbrannte Narbengewebe, wo einst eine Augenbraue gewesen war, fragend zusammen. »Macht mein Aussehen Ihnen Angst, Roslin?«

»Überhaupt nicht.«

»Warum unterziehen Sie mich dann unter Ihren langen Wimpern heimlich einer Musterung?«

»Bitte entschuldigen Sie! Ich habe gerade an etwas anderes gedacht ...«

»Oder an jemand anderen?«

»Ja.«

»An einen gut aussehenden, unvernarbten Geliebten vielleicht?«

Ros parierte den Angriff. »An eine schreckliche Situation, in der ich mich über kurz oder lang befinden könnte, Mr Leamington-Smythe.«

»Sie erwarten also in Kürze eine körperliche Verstümmelung, Roslin?«, versuchte Algernon zu Scherzen.

»Keine körperliche ... sondern ... sondern ...«

»Dann eher eine geistige?«

»Nein.«

»Eine seelische?«

»Dazu möchte ich lieber nichts sagen.«

»Weil Sie Angst davor haben, über Ihre Gefühle zu sprechen?«

»Nein ...« Ros sah sich mit verzweifelten Blicken um, in der Hoffnung, jemanden zu finden, der ihr zu Hilfe kommen würde. Aber alle Anwesenden waren in ihre eigenen Gespräche vertieft. »Es tut mir Leid, ich möchte über meine Gefühle weder mit Ihnen noch mit sonst jemandem sprechen.«

»Unsinn! Sie fühlen sich in meiner Gegenwart ganz offensichtlich unbehaglich und eingeschüchtert, und deshalb spielen Sie auch mit Ihrem Essen herum ... Geben Sie mir eine ehrliche Antwort, Roslin: Die Nähe zu meinem vernarbten und zerschundenen Körper verursacht Ihnen Übelkeit.«

Wieder holte Roslin tief Luft.

»Ist schon gut – ich verstehe ja, dass Sie sich in meiner Gegenwart unwohl fühlen, Roslin. Halb blind, verkrüppelte Hände und Füße, ein hässliches, vernarbtes Gesicht. Ich würde Ihnen gern etwas darüber erzählen. Ich war bei der Kavallerie. Damals noch ein hochgewachsener, gut aussehender, aufrechter Mann, der mit einem Pferd in die Schlacht ritt. Dann habe ich mein Pferd gegen ein Flugzeug eingetauscht. Das war der bisher größte Fehler meines Lebens. Hätte ich es geahnt, ich hätte sicherlich anders gehandelt. Der Rausch der Geschwindigkeit war es, der mich schon immer fasziniert hat: Motorräder, Motorboote, Autos, alles, was einen Motor hatte. Die Geschwindigkeit eines Flugzeugs war der eines Pferdes natürlich überlegen. Ich fühlte mich wie der König der Lüfte, ein Draufgänger, ein echter Wunderknabe, ein Held im Cockpit, ein Artist am Himmel, ein Teil jenes Luftzirkus, zu dem auch der Rote Baron mit seinem *Fokker*-Dreidecker gehörte. Er kam wie der Teufel selbst scheinbar direkt aus der Sonne herausgeschossen ... Wissen Sie etwa nicht, wer der Rote Baron war?« Seine hypnotische Stimme geriet vor Überraschung ins Stocken.

»Nein«, antwortete Ros wahrheitsgemäß. Ihr Vater hatte nie über den Ersten Weltkrieg gesprochen, und schon gar nicht über die berühmten Draufgänger oder die todesverachtenden Helden dieses Krieges, die sich selbst geopfert hatten. Seine Kriegserlebnisse bezogen sich einzig und allein auf seinen Kampf ums nackte Überleben in den Schützengräben und danach, einen Kampf gegen die Krankheit bis zu seinem frühen Tod zu führen.

»Sie kennen Ihn nicht!« Algernons Stimme, das einzig Unwiderstehliche an ihm, spiegelte sein Erstaunen wider. »Manfred Baron von Richthofen, der erfolgreichste deutsche Kampfpilot des Ersten Weltkriegs?«

»Es tut mir Leid!« Ros wünschte sich in ein harmloseres Gespräch verwickelt worden zu sein, wie die übrigen Gäste am Tisch.

Algie erzählte ihr etwas von den *Spitfires*.

Oh ja, über die wusste sie alles, ihr Vetter Giles riskierte jeden Tag sein Leben in einem dieser Flugzeuge und kam sich vermutlich sehr überlegen vor, weil er zu den Jagdfliegern gehörte. Ebenso wie Algie Leamington-Smythe vor einem Vierteljahrhundert alles über die *Fokker* und die *Sopwith Strutters* gewusst hatte, war auch sie ein Kind des Krieges, das es jedoch vorzog, nicht auch noch in ihrer Freizeit über dergleichen Dinge sprechen zu müssen. Der Abend entwickelte sich langsam zu einer absoluten Katastrophe in Ros Augen. Sie nahm sich vor, es sich in Zukunft gut zu überlegen, bevor sie Imogen bat, ihr für ein paar Tage Asyl zu gewähren.

»Er war der Gott der Lüfte, ein Engel mit Flügeln, aber das war ich auch ...«, erzählte Algie soeben. Er beschrieb den Flug des Roten Barons in allen Einzelheiten, wobei er zwischen den Kristallgläsern, den Kerzenleuchtern und den Blumenschalen auf dem Tisch hindurchflog. »Bis zu jenem letzten Flug, als er mich erwischte. Unglücklicherweise war er Deutscher. Es hätte mir nicht halb so viel ausgemacht, wenn er ein verdammter Russe gewesen wäre«, fügte Algernon mit einem Anflug von Hoffnungslosigkeit hinzu.

Seine trostlose Stimme lenkte Ros von ihren eigenen Seelenqualen ab. Doch sie wollte nun einfach nichts mehr von diesen Dingen hören. Es war so, als zerstörte er mit seinen Worten jede Hoffnung darauf, dass der Krieg einmal enden würde. »Ich war erst siebzehn, Roslin, ein glücklicher, gut aussehender junger Kavallerieoffizier, als ich mich dummerweise freiwillig zum damals gerade erst aus der Taufe gehobenen Jagdfliegerkommando meldete.«

»Warum haben Sie es denn getan?«, flüsterte Ros, die sich von seinen Geschichten abgestoßen fühlte, gleichzeitig aber Mitleid mit ihm empfand. »Als ... als Sie und der Rote Baron dort oben einander gegenüberstanden, er, wie er aus der Sonne geschossen kam, und Sie aus dem Schatten? Was genau ist dann passiert?« Es war eine dumme Frage, das wurde ihr klar, noch während sie sie stellte.

»Ich wurde abgeschossen, Roslin. In einem brennenden Meer aus Flammen bin ich zu Boden gestürzt.«

Das war wirklich nicht die Art von Urlaub, die sie sich gewünscht oder die sie erwartet hätte. Zu frisch waren ihre Erinnerungen an Naomi Hill, die buchstäblich ebenfalls in Flammen zu Boden gestürzt war, auch wenn man einen Zahnabszess wohl nicht ganz mit dem gleichsetzen konnte, was Algie durchgemacht hatte. Aber ganz gleich – immer, egal ob man durch die Hand eines anderen starb, sei es in einem Krieg oder bei einem Unfall – es war jedenfalls besser, gleich tot zu sein, als langsam sterben zu müssen, so wie es bei Algie der Fall war.

»Ich höre, Sie gehen demnächst nach Biggin Hill?«, sagte Algie nun.

»Ja.«

»Gehen Sie lieber nicht hin.«

»Warum nicht?« Sein plötzliches Interesse an ihren Angelegenheiten verwunderte Ros.

»Sie werden sich zu Tode langweilen, mein liebes Mädchen. Sie haben den Verstand für etwas Besseres.«

»Es ist nett von Ihnen, dass Sie so denken.«

»Wenn Sie in einem Feuerball ins Meer stürzen, Roslin, und es ist kein Boot da, um sie herauszufischen, was nützen dann all die kleinen Mädchen von der WAAF, die auf einer großen Tafel kleine Hakenkreuze und Union Jacks herumschieben? Das sind Spielchen für das Luftfahrtministerium, damit es so aussieht, als ob etwas geschähe ... Keine Ausreden, Charlie!«

»Ich habe nicht mal zugehört, worüber Sie sich mit unserer hübschen Roslin unterhalten haben«, erwiderte Lord Barbingden mit seiner tiefen heiseren Stimme entrüstet.

Imogen hob eine nervös zitternde Hand und blickte in Ros' Richtung. Ros interpretierte es als: *Mach weiter, Mädchen, denn bisher hältst du dich sehr wacker. Kopf hoch und Augen zu, das sind nochmal fünftausend Pfund für das Rote Kreuz ...*

»Wenn Sie mich fragen, Roslin«, fuhr Algie soeben fort, »Sie wären an Standort X wesentlich besser dran als in Biggin Hill. Falls Sie jemals Ihre Meinung ändern sollten, ich meine, falls Sie irgendwann keine Plotterin mehr sein wollen, dann kommen Sie zu mir. Wir können Leute wie Sie gebrauchen – weltoffene, intelligente, verschwiegene Leute, die Nachrichten entschlüsseln.«

»Ach, darum geht es also bei Standort X? Das ist ein Ausbildungslager für Dechiffrierer?«

»Wenn Sie mehr darüber wissen wollen, rufen Sie mich an, Grafton 666.« Er ließ seinen Worten ein schiefes Grinsen folgen, das in früheren Zeiten vielleicht einmal ein unwiderstehliches Lächeln gewesen wäre. »Ich bin mir sicher, sie werden sich die Nummer merken.«

Während die Männer am Esstisch Portwein tranken und Zigarren rauchten, wurde für die Damen im Salon Kaffee serviert. Ros erklärte, dass sie frühzeitig aufbrechen müsse. »Es tut mir Leid, Imogen, ich muss mich sputen.«

»Warum? Wo willst du denn so spät am Abend noch hin? Ich dachte, du müsstest dich erst nach Neujahr wieder bei der WAAF melden?«

»Nun ... ich ...«

»Möchtest du denn kein Quartier für die Nacht?«

»Ich ... hm ...«

»Oh, na schön, du hast also deine Meinung geändert!« Imogen setzte ihre Kaffeetasse klirrend auf die dazugehörige Untertasse, mit einem Gesichtsausdruck als wasche sie angesichts einer undankbaren Verwandten ihre Hände in Unschuld. »Es liegt mir fern, mich in dein Privatleben einzumischen. Damit habe ich aufgehört, als Giles, Ronnie und Abigail mir sagten, ich solle mich um meine eigenen Angelegenheiten kümmern. Wenn du mir immer noch helfen willst, melde dich einfach morgen früh um halb acht in der Suppenküche an der Victoria Station.«

Roslin konnte es kaum erwarten, aus dem Haus zu kommen. Sie rannte die Berkeley Street hinunter, und die ganze Zeit über ging ihr Algernon Leamington-Smythes' Telefonnummer – 666 – nicht aus dem Kopf. Sie bog nach rechts ab auf den Piccadilly Circus, um in Richtung Green Park weiterzugehen, und wusste immer noch nicht, ob sie sich eine Bank für die Nacht suchen oder mit der U-Bahn nach Hause fahren sollte. Eine Gruppe fröhlich lärmender Luftwaffenoffiziere mit ihren Freundinnen am Arm kam ihr entgegen. Sie sangen: »Goodbye Picadilly, Farewell Leicester Square ...«

Ros stöhnte bei sich: Oh nein! Genau das hatte ihr jetzt noch gefehlt. Mit gesenktem Kopf versuchte sie, an ihnen vorbeizueilen, aber sie nahmen so viel Raum auf dem Gehsteig ein, dass sie einen der Männer im Gehen streifte. Er fasste sie am Arm und rief erfreut: »He, he! Wohin denn so eilig, Fliegerin erster Klasse ...? Erinnern Sie sich etwa nicht mehr an mich?«

Sie blickte auf. Obwohl ihr sein Gesicht vertraut vorkam, wollte ihr der Name des kanadischen Fliegers mit dem kupferroten, kurzgeschorenen Haar und dem sommersprossigen Gesicht einfach nicht mehr einfallen.

Er sagte: »Sie sind doch Roslin Taylor, oder?«

»Ja ...«

»Ich bin Felix ... Felix Ferguson aus Rock Spring in Saskatchewan? Wir haben im Lyceum zusammen getanzt ... Erinnern Sie sich denn gar nicht mehr?«

»Oh doch!« Ros schenkte ihm ein strahlendes Lächeln. »Natürlich! Jetzt erinnere ich mich wieder. Wie geht es Ihnen, Felix?«

»Bestens, und Ihnen?«

»Ja ... ja, mir geht es auch bestens.«

»He, Fluff!«, rief jemand nach ihm, »kommst du nun, oder was? Entschuldigung, Mam, normalerweise ist es nicht seine Gewohnheit, auf der Straße fremde Frauen anzusprechen.«

»Geht ihr schon ruhig weiter ...« Felix scheuchte sie mit einer Handbewegung weg. An Ros gewandt sagte er dann: »Ich weiß, es klingt vielleicht etwas merkwürdig, aber das muss so etwas wie Schicksal sein, dass wir beide uns nochmal über den Weg laufen.«

Sie musste ihm Recht geben.

»Ros ... wenn Sie nichts Bestimmtes vorhaben, einen Zug erwischen müssen ... oder ... oder etwas anderes Wichtiges ...« Er räusperte sich verlegen. »Ich weiß, es ist schon ziemlich spät, aber wie wär's, wenn wir beide uns irgendwo an einem stillen Fleckchen noch eine Tasse Kaffee gönnen würden?«

Das war genau das, was sie brauchte, dachte sie erleichtert. Eine Tasse Kaffee an einem stillen Fleckchen und eine Schulter, an der sie sich ausweinen konnte. Es musste tatsächlich Schicksal sein, dass er sie vor der Telefonnummer in ihrem Kopf gerettet hatte. Diesmal würde es ihr auch nicht das Geringste ausmachen, wenn Felix ihr auf die Zehen trat.

18. Kapitel

Das Zusammentreffen mit Felix sollte eine große Bedeutung für Ros' weiteres Leben haben.

Auch er war auf Weihnachtsurlaub, den er in der Wohnung seiner Schwester in der Eccleston Street verbrachte. Seine Schwester war zur Zeit mit ihren Kindern in Devon (wo sie sich sicherer fühlte); ihr Mann war in Singapur stationiert. Was für Felix' Vorhaben äußerst förderlich war – so dachte er jedenfalls anfangs –, auf Ros jedoch die gewünschte Wirkung verfehlte. Sie machte keinerlei Anstalten, sich von seiner wohlberechneten Taktik verführen zu lassen, von seiner sanften Art und seinen charmanten, altmodischen Manieren.

Aber langsam begann sie aufzutauen, und ihre Vorbehalte schmolzen. Zwei Tassen Ersatzkaffee führten zu einer Einladung zum Abendessen. Aus einer Art Verzweiflung über diesem katastrophalen Abend heraus, nahm Ros Felix' Einladung zum Essen an.

Er ging mit ihr in ein kleines griechisches Restaurant, in dem es keine Rationierung zu geben schien. Die Atmosphäre des Restaurants schlug sie sofort in ihren Bann. Sie war so viel freundlicher und wärmer als die kalte, strenge Art-déco-Sterilität von Imogens Haus in Mayfair, mit all seinem blitzenden Chrom und Glas und den Spiegeln an den weißen Wänden, wo man sich immer vorkam wie in einem Eiswürfel. Jetzt saßen sie hier in einem gemütlichen Raum, der obendrein in einem Keller lag, wo man seine Angst vor

Bomben getrost für ein Weilchen vergessen konnte. Ros, die bis zu diesem Zeitpunkt merklich angespannt gewesen war, wurde langsam wieder ruhiger.

»Ich möchte gar nicht viel essen«, sagte sie abwehrend, während sie stirnrunzelnd die griechische Speisekarte betrachtete.

Der Besitzer des Restaurants hieß Dhoddy, und Felix schien ihn recht gut zu kennen, ja, er konnte sogar seinen ganzen Namen aussprechen, Dhodhekanisos. Als Dhoddy Ros' Ratlosigkeit bemerkte, zeigte er ihr etwas auf der Karte, das ihr seiner Meinung nach am besten schmecken würde. »Ich empfehle Ihnen die *Spanakopitta.* Ich kann mir denken, was eine hübsche junge Dame wie Sie gern mag. Ich habe viele hübsche Töchter, die ebenfalls auf ihre Figur achten. Es ist keine große Portion, für Sie aber sicher genug.«

Ros hatte noch nie in ihrem Leben etwas von Feta oder Filo gehört. »Klingt gut«, sagte sie zweifelnd.

Sie fragte Felix, woher er den beleibten kleinen griechischen Koch so gut kannte.

»Dhoddy hat seine Ausbildung als Koch in einem kleinen Gasthaus am Lake Cedar gemacht, in Manitoba, gleich hinter der Grenze von Rocks Spring in Saskat ... ja, hm. Meine Schwester und ich waren jedes Jahr in den Ferien am Lake Cedar im Sommerlager und haben ihn dort kennen gelernt.«

Ros musste an ihr eigenes Sommerlager denken, die magische Insel Orca. Sie hatte solche Sehnsucht danach, wünschte sich mit jeder Faser ihres Körpers dorthin zurück. Heute mehr denn je, weil Luke dort immer noch seine einsame Wache hielt, es sei denn, man hatte ihn inzwischen an einen anderen Ort geschickt. Sie fühlte sich wie eine Verbannte, und es war ein hungriges und überaus trauriges Exil, in dem sie sich hier in London, zu Kriegszeiten befand und sie sehnte sich zurück auf die magische Insel ihrer Kindheit und Jugend zu kommen.

»Aus kleinen Eicheln wachsen riesige Bäume.« Felix tiefe, kehlige Stimme mit dem kanadischen Akzent drang durch Ros' Gedanken hindurch. »Dhoddy wurde eine Art zusätzliche Essensquelle für uns. Du weißt ja, wie Kinder sein können, sie haben ständig Hunger. Wie dem auch sei, Dhoddy hatte damals eine Frau und ein kleines Kind, zu dem sich inzwischen sieben weitere gesellt haben. Kanada war irgendwann nicht groß genug für sie alle. Keine Bange, das war nur ein Scherz. Aber Kanada war wohl einfach nichts für ihre griechische Natur. Viel zu kalt und eisig nach all dem Sonnenschein und dem warmen Meer, das sie von zu Hause gewöhnt waren. Sie beschlossen, noch einmal ihre Sachen zu packen und nach London zu gehen.«

»Wegen unseres Sonnenscheins und des warmen Meeres?« Ros konnte sich einer spöttischen Bemerkung, wie Giles sie an dieser Stelle gemacht hätte, nicht enthalten.

»Griechenland ist eines von vielen wirtschaftlich und politisch instabilen europäischen Ländern, und sie konnten nicht in ihre Heimat zurückkehren, solange dort noch alles im Umbruch ist.«

»Ach ja, natürlich. Man hätte doch meinen sollen, nach 1918 hätte sich dort mal *irgendjemand* berufen gefühlt, die Dinge wieder ins Lot zu bringen.«

»Dhoddys Familie ist jetzt seit sechs Jahren in London, und sie scheinen hier recht gut klarzukommen.«

»Ja, das sehe ich.«

»Dhoddy und Maria sind die Taufpaten meiner ersten Nichte.«

Felix musste sein erstes Sommerlager etwa im gleichen Alter absolviert haben wie sie, dachte Ros. Und jetzt saß er vor ihr, eine Art entfernter kanadischer Vetter, der ein Kampfflugzeug über Frankreich flog, um für England den Sieg zu erstreiten. Ros hätte ihn am liebsten angeschrien, was um Gottes willen ihn daran immer so verdammt fröhlich stimmte.

Für sie und für alle anderen war das Leben nicht nur momentan in jeder Hinsicht eine einzige riesige Enttäuschung, ein Leben, in dem ein Krieg dem anderen folgte, eine Katastrophe der nächsten und in dem eine Seuche die andere jagte.

Felix sah die Tränen in ihren Augen und deutete sie falsch. »Kopf hoch, Ros. Wir werden Hitler trotz allem schlagen.«

Im Kerzenlicht wirkte Felix nicht annähernd so unattraktiv und langweilig wie bei ihrer ersten Begegnung. Mit seinem roten Haar und den haselnussbraunen Augen, die bei genauerem Hinsehen eher grün als braun waren, erinnerte er sie in mancher Hinsicht sogar an Giles. Vor allem aber hatte er einen wunderbaren Sinn für Humor, etwas, das Ros bei den meisten Männern vermisste.

»Warum sind Sie eigentlich bei der RAF, wenn Sie Kanadier sind?«, fragte sie neugierig.

»Die kanadische 1-Million-Dollar-Frage, die man mir ständig stellt.«

»Tut mir Leid. Ich muss es einfach wissen, falls ich Sie je zu einem geeigneten Landeplatz lotsen muss.«

»Ein Punkt für Sie. Wir haben durchaus unsere eigene Luftwaffe, diese wird aber im Augenblick im Vereinten Königreich nicht eingesetzt. Der Rest von uns RCAF-Jungs wird aber über kurz oder lang ebenfalls herkommen, nehmen Sie sich also in Acht. Ich denke, man wird uns später unsere eigenen Staffeln und einen Flugplatz in Old Sarum geben. Zumindest ist das im Augenblick im Gespräch. Ich bin nur bei der RAF, weil ich mich freiwillig gemeldet habe, bis meine Leute hier ankommen. Dann werde ich sofort überlaufen, haha!«

Das Restaurant war warm und gemütlich, und der Krieg gegen Deutschland schien weit weg zu sein. Hier und jetzt gab es nur die in Kerzenlicht getauchten Tische, den Geruch von appetitlichen, fremden Speisen, keinen Eintopf mit sehnigem Hammelfleisch oder Kohl mit Kartoffelpüree, sondern Dinge, die sich von all dem völlig unterschieden, was man ihr in letzter Zeit vorgesetzt hatte. Hier war sie an einem Ort gelandet, an dem Essen ein Thema von größter Wichtigkeit zu sein schien.

Felix und sie hatten etwas gefunden, über das sie beide von Herzen gern sprachen. Er schwelgte in Erinnerungen an sein eiskaltes, verschneites Winterwunderland in Saskatchewan und die sengend heißen Sommer in der Prärie, sie sprach voller Wehmut von ihren nasskalten, von Schneematsch und Hagel geprägten Stadtwintern und den wunderschönen, warmen Sommern auf Orca.

Sie lachten, witzelten, tauschten Witze über die Vorgesetzten ihrer jeweiligen Dienststellen aus, und unterdessen wurde die Flasche mit Retsina, die Felix bestellt hatte, langsam leer. Als sie ihm von Naomi Hill erzählte, war er voller Mitleid und drückte ihre Hand. »Sie dürfen nicht immer daran denken, Ros. Nicht jetzt, noch nicht. Vielleicht in fünfzig Jahren. Im Augenblick haben Sie ein Recht auf ihr eigenes Leben, ein Leben, das, hätten die Launen des Schicksals es anders gewollt, auch Naomis hätte sein können.«

Felix schlichte Worte waren ein wirklicher Trost für sie – ein Tribut an ihre verstorbene Freundin aus West Drayton.

»Es gibt ein Sprichwort bei der Luftwaffe«, fuhr er fort. »Wenn du keinen Humor hast, bleib lieber draußen. Bewahren Sie sich immer Ihren Humor und auch ein Gefühl für das rechte Maß, Ros, ganz gleich, welche engen Freunde und guten Kameraden vor Ihren Augen schuldlos ihr Leben lassen. Ohne Trauer lebt man vermutlich nur, wenn man in Kriegszeiten überhaupt keine Freundschaften schließt, obwohl das leichter gesagt als getan ist. Manche Leute schaffen es, diese vornehmen auf teuren Internaten erzogenen Jungs bei der RAF zum Beispiel, aber ich gehöre sicher nicht dazu. Gerade die Kameradschaft von Bombercrews und Kampfpiloten ist es, die sentimentale Kerle wie mich durch einen harten Tag tragen.«

»Es gibt keinen Grund, warum ein Mann nicht sentimental sein sollte«, erwiderte Ros lächelnd und fühlte sich bereits sehr viel unbeschwerter als noch wenige Stunden zuvor. »Danke ... vielen Dank, Felix. Naomi selbst wäre entsetzt gewesen über den Gedanken, an einem Zahnabszess zu sterben statt durch einen direkten Angriff Hitlers. Sie war eine gute Freundin, ein wunderbarer Mensch, eine Frau, die sofort auf die Barrikaden ging, wenn Hitlers Name in Baracke II nur erwähnt wurde.«

In diesem Augenblick wurde die *Spanakopitta* gebracht, eine leichte, zum Sterben köstliche – wie Ros fand – Pastete aus Spinat, Kräutern, Fetakäse und Filoteig. »Das ist einfach fantastisch, Dhoddy!«, sagte Felix anerkennend, und Ros stimmte ihm zu. Das hier war kein schwer verdauliches, fettes Zeug, sondern genauso appetitlich, wie es aussah. Dhoddy stellte eine neue Flasche Retsina auf den Tisch und erklärte, die gehe aufs Haus.

»Für mich nicht mehr«, wehrte Ros ab. »Das erste Glas ist mir bereits zu Kopf gestiegen, und ich habe schon zwei getrunken.«

Aber niemand hörte auf sie. Sie fühlte sich so befreit, so unbeschwert, dass sie bereit gewesen wäre, auf der Stelle die griechische Nationalhymne auswendig zu lernen. Plötzlich gingen ihr die beiden Bezeichnungen für diesen Krieg durch den Kopf – Scheinkrieg und Zwielichtkrieg. Diese Gedankenverbindung brachte Ros zum Lachen, denn sie weckte in ihr die Erinnerung an Sergeant Drake aus West Drayton. Danach konnte sie überhaupt nicht mehr aufhören zu lachen und hatte das Gefühl, es müsse einzig und allein am Retsina liegen.

»Was gibt es so Komisches?«, wollten Felix und Dhoddy wissen. »Ich hoffe, es liegt nicht an meiner Pastete?«, fragte Dhoddy erschreckt.

»Oh nein, nein, nein! Verzeihen Sie mir bitte ... ich ... ich musste nur gerade an etwas denken, das mir in meinem ersten WAAF-Lager passiert ist.«

»Sie essen, und dabei erzählen Sie es mir, wenn Sie wollen«, sagte Dhoddy mit einem breiten, fröhlichen Lächeln. »Überall herrscht Krieg, aber hier herrscht Liebe, mit griechischem Essen und griechischen Kerzen unter dem dunklen Himmel von London. Sie sollten sich keine Sorgen machen. Dhoddy bekommen reichlich Essen aus Athen, mit Päckchen vom griechischen Roten Kreuz. Käse und Oliven und Weinblätter und getrocknete Tomaten. Nächstes Mal mache ich Dolmadakia für Sie, eine griechische Spezialität, und Mary macht Kuchen mit Zitrone und Honig, auch eine griechische Spezialität.« Dhoddy verdrehte schwärmerisch die Augen.

Später sagte Dhoddy, er würde ihr einen griechischen Tanz beibringen. Felix widersprach ihm, *er* würde ihr den Tanz beibringen. Doch Ros lehnte sein Angebot ab, nach ihrer letzten Erfahrung mit Felix, der beim Tanzen zwei linke Füße hatte, erschien ihr diese Aussicht alles andere als verlockend. Zu guter Letzt erklärte sich Dhoddys Frau bereit, ihr den griechischen Tanz beizubringen, und als kurz darauf noch ihre Kinder erschienen, um mitzutanzen, ließ Ros sich hilflos auf einen Stuhl sinken. Gegen eine derart temperamentvolle, lautstarke Familie kam sie einfach nicht an.

»Sie werden morgen böse Kopfschmerzen haben«, erklärte Dhoddy Ros freudestrahlend, »aber nicht so schlimm wie dieser Bursche hier mit den magischen Flügeln. Er kommt jeden Tag für ein griechisches Frühstück her, wenn er nicht am Himmel sein muss, um die Hunnen aus England zu vertreiben. Er ist ein sehr tapferer Mann. Genau wie seine Schwester, die um die Ecke wohnt. Dhoddy freut sich darauf, Ihnen morgen früh auch ein Frühstück zu geben.« Er strahlte so glücklich und verschwörerisch in Felix Richtung, der seinerseits völlig ahnungslos tat, dass Ros bis an die Haarwurzeln errötete. Sie war nicht mehr wie ein dummes Schulmädchen errötet seit Pater Lukes sanften Bemühungen um sie an dem Abend, nachdem sie sich einen Sonnenstich geholt hatte. Als sie wieder aufsah, war aber auch Felix Gesicht rot angelaufen – von einem noch intensiveren Rot als sein Haar, was tatsächlich ein Kunststück war.

Das Unausweichliche würde geschehen, das wussten sie beide. »Trinken wir unseren Kakao bei dir oder bei mir?«

»Ich glaube nicht, dass sie dich ins YWCA lassen würden«, kicherte Ros und ließ sich auf einen Sandsack sinken. Die kalte Nachtluft traf sie wie ein Faustschlag, als sie aus dem warmen, von Dampfschwaden erfüllten kleinen Restaurant ins Freie traten.

»Wohnst du denn nicht mehr in deiner vornehmen Villa?«

»Bayswater Mansion? Nein, die hat das Kriegsministerium als Quartier für polnische Offiziere beschlagnahmt. Außerdem ist es nicht mein Haus. Es gehört meinem Vetter ... einem entfernten Vetter, um genau zu sein ...«

Als Felix sich zurücklehnte, wäre er um ein Haar rückwärts über eine niedrige Ziegelsteinmauer gefallen. »Verdammt nochmal ... wer hat Dhoddys Geländer geklaut? An dieser Mauer waren doch früher eiserne Geländer.«

Was bei Ros einen neuerlichen Anfall von Heiterkeit auslöste. Sie musste über Felix mit seiner offenen Uniformjacke, seiner schief sitzenden Mütze und seinem sommersprossigen, geröteten Gesicht lachen, das im Dunkeln förmlich glühte, so viel hatte er getrunken. »Ich schätze, das Geländer ist entfernt worden, um es zu Kriegszwecken einzuschmelzen«, kicherte sie.

Ein wenig schwankend nahm er ein Päckchen Zigaretten aus der Tasche. »Du rauchst nicht, oder?«

Sie schüttelte den Kopf. »Du solltest dir auch lieber keine anstecken, sonst fliegst du am Ende noch in die Luft.«

»Ich schätze, dass Retsina statt des Glykols im Tank uns allesamt schneller nach Frankreich befördern würde als die deutsche Luftwaffe, die in Richtung England unterwegs ist. Ich werde das mal dem alten Knaben vorschlagen, wenn ich ins Lager zurückkomme. Sir ... ich habe einen neuen Brennstoff mit hoher Oktanzahl entdeckt, der uns schneller nach Frankreich befördert, als Sie Dolmadakia sagen können. Er nennt sich Retsina.«

Ros tat bereits der Bauch weh vor lauter Lachen, sie bekam bereits Seitenstiche. Am liebsten hätte sie sich überhaupt nie mehr von diesem Sandsack herunterbewegt, so sehr genoss sie das Zusammensein mit Felix.

Er löste sich von dem einsamen Ziegelsteinhäufchen und dem inzwischen unsichtbaren Eisengeländer und streckte ihr hilfsbereit eine Hand entgegen. »Komm, sonst holen wir uns am Ende noch den Tod, wenn wir nach all der Wärme da drinnen weiter hier draußen rumstehen. Lass uns zu deinem Nonnenkloster gehen und deine Sachen holen.«

Ros versuchte, nicht länger an Luke zu denken, nur noch an Felix. Das Leben war zu kurz, um Erinnerungen nachzuhängen. Sie hatten Krieg, Felix konnte morgen bereits tot sein, und dasselbe galt für Luke oder sie selbst.

»Bist du dir sicher, dass du das wirklich willst?«, fragte Felix sie ernst, als sie sich einige Zeit später im Schlafzimmer seiner Schwester und seines Schwagers wiederfanden.

»Ja, natürlich«, erwiderte sie, inzwischen nüchtern nach ihrem langen Spaziergang durch die kalte Nachtluft. Sie war nur froh, dass sie nicht einen der schauerlichen Liebestöter der WAAF trug, sondern ihre eigene Unterwäsche anhatte.

Felix war so ziemlich der letzte Mann von dem sie erwartet hätte, dass sie sich ihm mit ganzem Herzen würde schenken können. Sie bedauerte jedoch nichts. Er war ein netter, humorvoller anständiger Mann, und vermutlich der rücksichtsvollste Liebhaber, den eine unerfahrene Frau wie sie sich nur wünschen konnte. Er war eine wunderbare Gesellschaft für die Weihnachtstage, die für sie ohne ihn trostlos gewesen wären. Und der Verlust ihrer Jungfräulichkeit an ihn war nicht etwa die schmerzhafte Prozedur, die man ihr beschrieben hatte, sondern vielmehr etwas, das sie sehr genoss. Es spielte keine Rolle, dass das Wort Liebe zwischen ihnen nicht gefallen war. Sie hatten Sex, denn sie waren im Krieg, und wer wusste in diesen Zeiten schon, ob Gefühle eine Chance hatten.

Drei Tage später waren sie immer noch nicht aus dem Schlafzimmer herausgekommen. Das Zusammensein mit Felix tat ihr so gut, dass Ros den Gedanken an die Ehe plötzlich nicht länger unerträglich fand. Falls Flitterwochen immer so waren wie diese, hatte Ros jedenfalls nichts dagegen, doch noch zu heiraten. Sie fragte sich, wie viele Freundinnen Felix wohl vor ihr gehabt haben mochte, Hunderte wahrscheinlich. Er war im Bett jedenfalls ein durchaus versierter Liebhaber und darüber hinaus ein warmherziger, wunderbarer Mann. Außerdem war er sehr bescheiden, und es gefiel ihr, dass er niemals mit den Abschüssen feindlicher Flugzeuge prahlte, wie viele der großspurigeren Kampfpiloten bei der RAF es taten.

Zu diesem Zeitpunkt ihrer Beziehung wusste sie von ihm bereits einiges, da er ihr bereitwillig mehr von sich erzählte. Seine Kameraden nannten ihn *Fluff*, ein Spitzname, der seit seiner Ausbildungszeit an ihm klebte, als er bei seinem Jungfernflug mit einer *Cesna Crane 1a* kopfüber in einer kanadischen Heumiete gelandet war. Damals hatte er geglaubt, dass aus ihm nie ein Pilot werden würde. Aber er hielt seine Ausbildung eisern durch und bekam schließlich sein Pilotenabzeichen. Bald darauf sah es aus, als würde es Krieg geben, und er und einige seiner Kameraden bemühten sich umgehend um ihre Versetzung nach Europa. Aber das erwies sich als nicht so einfach. Es gab nur die eine Möglichkeit, sich durch die Hintertür einzuschmuggeln, indem man sich freiwillig zum Dienst in der RAF meldete. Deshalb flog er jetzt von Northolt aus *Hurricanes* für die RAF.

»Das ist nämlich unser Flugplatz, Ros«, fügte er mit einer gewissen Schadenfreude hinzu. »Sektor Nr. 11.«

»Und um zu beweisen, dass du Kampfpilot bist, musst du immer den obersten Knopf deiner Uniformjacke offen lassen wie all die anderen Angeber bei der RAF?«

»Ja, genau.«

»Ist das eine Art Talisman, oder was?«

»Nein. Mit Aberglauben hat das nichts zu tun. Wenn dein Name auf der Kugel steht, bist du tot. Es liegt daran, dass der erste Knopf immer so verdammt eng am Hals sitzt, dass man fast daran erstickt, vor allem, wenn man eine Sauerstoffmaske und all den anderen Kram am Leib trägt.«

Sie kuschelte sich fester an seine nackte, muskulöse Schulter. Felix, der Kampfpilot, hatte es tatsächlich geschafft, Major Luke Duffield aus ihren Gedanken zu verdrängen. Jetzt konnte Ros den anderen Mädchen wieder in die Augen sehen. Sie hatte einen

Freund, einen eigenen Freund. In den verschiedenen Lagern, in denen sie ihre Ausbildung absolviert hatte, hatte sie sich immer als Außenseiterin gefühlt, weil alle anderen einen Partner hatten, von dem sie sprachen und mit dem sie in ihrer Freizeit unterwegs waren. Jetzt hatte sie ihren eigenen Partner, und obwohl er nicht gerade der Inbegriff männlicher Schönheit war mit seinem ungebändigen, roten Haar, seinem sommersprossigem Gesicht und dem vorspringenden Kinn, war es schließlich nicht das Aussehen, was zählte, sondern der Mann selbst.

An diesem Punkt ihrer Träume legte dieser Mann ihr eine Hand unters Kinn und schaute sie amüsiert an. »Hallo, Schlafmütze, du schnarchst ja ...«

Sie öffnete ein Auge und sagte entrüstet: »Tue ich gar! Und ich habe nicht geschlafen, nur ein wenig vor mich hingedöst.«

»Aber geschnarcht hast du trotzdem. Wenn auch sehr leise und sehr hübsch.« Er küsste sie auf die Stirn. »Hast du Lust auf eine Tasse Tee?«

»Wir haben keine Milch mehr.«

»Dann also ein Abendessen bei Dhoddy?«

»Das wäre schön. Aber wir brauchen für morgen früh trotzdem Milch, Brot und Zucker.«

»Ich besorge alles ...« Er schlug die Decke zurück und schwang sich aus dem Bett. »Ich bringe auch eine Zeitung mit. Ich habe momentan keinen blassen Schimmer, was in der Welt los ist. Nach allem, was wir wissen, könnte Hitler den Krieg inzwischen vielleicht schon verloren haben.«

»Vergiss die Lebensmittelcoupons nicht.«

»Yeah! Einen Augenblick lang hatte ich tatsächlich vergessen, dass ich nicht mehr in Saskat bin.«

»Hast du eigentlich Heimweh?«

»Kein bisschen. Ich habe seit Jahren nicht mehr so viel Spaß gehabt.«

»Felix ...?«

»Hm ...?« Er betrachtete sich in dem Spiegel auf dem Ankleidetisch seiner Schwester und machte plötzlich gespielt erschrocken einen Satz nach hinten. »O Gott, das bin wirklich ich ... Wie kannst du dich ausgerechnet für mich interessieren, hm?«

»Ganz leicht! Ich finde, du bist ein ausgesprochen netter Kerl.«

Er warf ihr dankbar eine Kusshand zu. »Das Kompliment kann ich nur zurückgeben, meine Süße.«

Wieder hatte er sie zum Lachen gebracht.

»Aber bevor ich die alte Dame im Laden an der Ecke zu Tode erschrecke, sollte ich unbedingt etwas für mein Äußeres tun. Ich sollte mich rasieren und ein Bad nehmen und ...«

»Felix, ich kann nicht länger hierbleiben«, sagte Ros plötzlich. »Das geht einfach nicht. Deine Schwester könnte plötzlich zurückkommen oder dein Schwager, und wie würde das wohl aussehen, wenn sie uns hier so vorfinden würden?«

»Hör bitte auf, dir darüber den Kopf zu zerbrechen!« Er kam zu ihr und setzte sich auf die Bettkante. Während er ihr das lange, dunkle Haar aus dem Gesicht zurückstrich, sagte er beruhigend: »Meine Schwester kommt erst nach London zurück, wenn der Krieg vorbei ist. Sie liebt ihre Kinder zu sehr, um ihr Leben in der Stadt aufs Spiel zu setzen. Und was meinen Schwager betrifft, der ist in Singapur und kommt erst nach Hause, wenn sie die Japse in die Flucht geschlagen haben. Sie sind im Gegenteil beide froh darüber, dass ich von Zeit zu Zeit herkomme, um ein Auge auf ihre Wohnung zu haben. Also, mach dir keine Gedanken und schlaf weiter, während ich einkaufen gehe.« Er küsste sie.

»Wenn ich jetzt weiter schlafe, werde ich aber heute Nacht kein Auge zumachen können.«

»Genau das hatte ich beabsichtigt«, erwiderte er mit einem frechen Grinsen, bevor er im Morgenmantel seines Schwagers Richtung Badezimmer verschwand.

Es blieben ihnen nur noch zwei Tage miteinander, bevor sie sich beide zum Dienst zurückmelden mussten – Felix in Northolt, Ros in Biggin Hill. Um so mehr freute Ros sich darauf, vorher in Dhoddys griechischem Restaurant Neujahr feiern zu können, den Beginn des Jahres 1940. Im Geiste nannte sie das Restaurant immer einfach *Dhoddy's,* in Wirklichkeit hieß es jedoch *Dolmadakia.*

Als sie nun in dem fremden Haus die Treppe hinunterlief, verdrängte sie den unausweichlichen Abschied aus ihren Gedanken und rief über ihre Schulter nach oben: »Ich bin bald wieder da, Felix.«

»Also, *das* habe ich schon mal gehört«, antwortete er spöttisch aus dem Schlafzimmer. »Wenn du damit andeuten willst, dass du dir ein neues Kleid für heute Abend kaufen willst, sehe ich dich vermutlich im nächsten Jahr wieder, meine Süße!«

Lächelnd streifte sie ihre Handschuhe über, um die Bond Street mit ihren Kleidercoupons im Sturm zu erobern, dann hielt sie plötzlich inne. Sie wollte, dass ihr Anblick Felix heute Abend den Atem verschlug, und nicht nur ihm, sondern auch Dhoddy, seiner Familie und all den anderen Gästen im Dolmadakia. Das Abendkleid, das sie und Naomi bei dem Flohmarkt in Grimsby gekauft hatten, fiel ihr wieder ein. Warum zog sie nicht das fliederfarbene Chiffonkleid an, das sie noch nie getragen hatte? Wo hatte sie es nur hingepackt? Heimatlos wie sie war, hatte sie so viele Sachen in anderer Leute Häuser untergebracht, dass sie nicht einmal mehr wusste, in welchem Haus sich das Kleid zurzeit befand.

Es wollte ihr einfach nicht einfallen, daher schüttelte sie nur den Kopf und stapfte in ihren Fellstiefeln in den Schneematsch auf die kalte, trostlos graue Belgrave Road hinaus. Wenn man den Radiosprechern glauben durfte, hatten sie den kältesten und schneereichsten Winter seit Menschengedenken, aber Ros glühte innerlich von der Wärme der neuen Beziehung in ihrem Leben und fühlte sich sehr glücklich. Während sie die Straße hinunterging, staunte sie darüber, dass sie nicht einmal das Dröhnen der Züge über die nahegelegene Eccleston Bridge wahrgenommen hatte. Voller Wärme dachte sie an Felix: Wie hatte sie nur je auf den Gedanken kommen können, er sei hässlich und langweilig? Der Junge war, wie die Kanadier mit ihrem breiten, gedehnten Akzent sagten, einfach umwerfend!

»Gütiger Himmel! Das ist doch nicht ... Ist es wohl!«

Veronica blieb abrupt vor ihr stehen; sie führte ihren kleinen Hund an einer mit unechten Juwelen besetzten Leine Gassi. Neben ihr ging Imogen in ihrer Rotkreuz-Uniform. Sie kam gerade vom Bahnsteig 1 der Victoria Station, wo sie wie gewöhnlich ihre Leute überwacht hatte – damit nicht etwa jemand, so wie Ros einige Tage zuvor, den Suppenküchendienst, den er zugesagt hatte, einfach schwänzte.

»Ros! Was um alles in der Welt machst du denn hier ...?«, hob Ronnie an, aber ihre Mutter fiel ihr ins Wort.

»Roslin, du bist nicht zum Dienst gekommen!«, sagte Imogen streng. Ich habe mir ein Bein ausgerissen, um etwas für dich zu arrangieren, als du nicht wusstest, wohin, und du hattest nicht einmal den Anstand, mich anzurufen und mir abzusagen und zu erklären, warum du nicht wie versprochen mit anfassen kannst«, sagte Imogen, und Ros wäre am liebsten im Erdboden versunken.

Der Schock, so unerwartet auf Ronnie und ihre Mutter zu treffen, brachte Ros vollkommen durcheinander. »Hast du Urlaub?«, wollte Veronica wissen, während sie Ros in ihrem WAAF-Mantel und den Pelzstiefeln von Kopf bis Fuß musterte.

»Ja.«

»Für wie lange?«

»Bis zum 2. Januar!«, blaffte Imogen ungehalten. »Das jedenfalls hat sie mir vor ein paar Tagen erzählt, als ich sie zum Abendessen eingeladen hatte, nachdem sie mich um ein Bett für die Nacht angefleht hatte.«

»Es tut mir Leid ... es tut mir wirklich Leid, dass ich nicht zur Arbeit an der Victoria Station angetreten bin, Imogen, aber ich konnte nicht ... Und ich konnte mich auch nicht bei dir melden.«

»Warum nicht, Roslin?«

»Ich ... ich hatte einen unvorhergesehenen Notfall, um den ich mich kümmern musste ... Standort X und so weiter ... tut mir Leid ... kann ich wirklich nicht näher erklären ... bin in Eile ...«

»Oh! Na schön«, sagte Lady d'Oilier Barra ein wenig besänftigt, »wenn es etwas mit Algernon zu tun hat, verstehe ich deine Heimlichtuerei natürlich, Roslin. Vergiss nicht: Unvorsichtiges Gerede gefährdet in Kriegszeiten Menschenleben! Komm jetzt, Ronnie, lass uns ins Haus gehen, raus aus dieser erbärmlichen Kälte. Gleich um die Ecke gibt es eine schöne kleine Teestube.«

Ros holte tief Luft. »Es ist ... es ist schön, dich wiederzusehen, Ronnie, nach unserem langen, heißen Sommer auf Orca. Ich hoffe, in Portugal war es auch schön warm und sonnig, sodass du genau die Flitterwochen verlebt hast, die du dir vorgestellt hast ...« Ros' zaghafte Stimme verlor sich, als Ronnie wie gewohnt die Unterhaltung an sich riss.

»Komm mit uns in die Teestube, Roslin! Ich habe immer schon lieber mit dir geredet als mit allen anderen. Wenn jemand im Stande war, meine Langeweile zu vertreiben, dann du; du warst immer so komisch mit deinen seltsamen Ideen und den noch seltsameren Hobbys. Ich möchte zu gerne wissen, was du im Augenblick so treibst, abgesehen von der WAAF.«

»Nein ... wirklich ... ich kann nicht.«

»Oh, na komm schon, nur ein paar Minuten, Ros!« Ronnie, die sogar auf der Straße rauchte, weil es augenblicklich als modisch und fortschrittlich galt, schob die Kensitas in ihre vertraute Zigarettenspitze und drückte ihrer Mutter die Hundeleine in die Hand. »Darling, gefällt es dir bei der WAAF?«

»Ja! Wir haben unheimlich viel Spaß dort«, sagte Ros, ein wenig übertrieben.

»Schön für dich. Ich habe eine Freundin bei der WAAF, Jessica Tremaine-Fortescue. Ich glaube, sie ist ein ganz hohes Tier dort in der Hierarchie, daher seid ihr zwei euch sicher noch nicht über den Weg gelaufen.«

»Tja ...« Ros wünschte, sie hätte einfach verschwinden können, aber kein Luftalarm kam ihr zu Hilfe. Die Sirenen erklangen immer dann, wenn man sich im Badezimmer frisierte oder gerade versuchte, seine Strumpfhalter hochzuziehen. Weshalb konnten die Deutschen denn nicht jetzt einen Angriff fliegen, statt einem zu den ungelegensten Zeiten auf die Nerven zu fallen? Nein, das war natürlich nicht ihr Ernst, jeder Luftangriff kostete unschuldigen Menschen das Leben. Ros wusste allerdings nicht, was sie Ronnie und ihrer Mutter erzählen sollte, aber die beiden ließen nicht locker. Schließlich blieb ihr nichts anderes übrig, als mit ihnen zusammen in die Teestube an der Ecke zu gehen.

Es war ein schönes Lokal und hätte besser in ein ruhiges, ländliches Dorf gepasst als auf eine belebte Londoner Durchgangsstraße. Die Kellnerinnen trugen alle altmodische viktorianische Kleider mit Rüschen, Hauben und Schürzen, was insbesondere die älteren Herren zu schätzen wussten, die dort ihren Nachmittagstee einnahmen. Sie kamen mit ihren Frauen, ihren Mätressen oder ihren Töchtern, vielleicht sogar mit allen zugleich, aber das interessierte Ros im Grunde herzlich wenig. Sie hatte nur den einen Wunsch – sobald wie möglich von Ronnie und ihrer Mutter wegzukommen.

Veronica verstrickte sie jedoch unerbittlich in ein Gespräch. »Wir hätten nie gedacht, dass du in der WAAF wirklich Fuß fassen würdest, aber du siehst großartig aus in deiner Uniform, Darling, einfach entzückend. Und deine Haut hat einen Schimmer, den man so eigentlich nur bei einer verliebten Frau sieht.« Ronnie hatte sie, wie Ros es befürchtet hatte, bereits durchschaut. Vermutlich war ihr aufgefallen, dass Ros nur ein einziges Teil ihrer WAAF-Uniform am Leibe trug, und zwar ihren Mantel. Davon abgesehen wusste Ros, dass sie ziemlich mitgenommen aussehen musste. »Hast du etwa jemanden getroffen, jemanden von der RAF vielleicht, der die Farbe in deine Wangen gebracht hat, wie es sonst eigentlich nur Pater Luke fertig gebracht hat?« Veronica brach in ein amüsiertes silberhelles Gelächter aus, in das Roslin jedoch nicht einstimmen konnte.

Also sagte sie nur, ohne dabei eine Miene zu verziehen: »Deine Büste ist übrigens fertig. Du kannst sie jederzeit abholen, Ronnie. Ich habe sie bis zu Graysons Rückkehr auf dem Speicher von Bayswater Mansion eingelagert. Das Honorar wird fünfhundertfünfzig Pfund betragen, da ich drei Jahre daran gearbeitet habe und Unmengen von Material eingesetzt habe.« Und meine Nerven strapaziert wurden, hätte Ros am liebsten hinzugefügt.

»Vielen Dank, Darling«, sagte Veronica lächelnd, die angesichts dieses Preises für ihre Büste nicht einmal mit der Wimper zuckte, so fest war sie davon überzeugt, dass ein Konterfei von ihr jeden einzelnen Penny wert war. »Mein Mann wird sicher überglücklich sein, zu gegebener Zeit dafür bezahlen zu dürfen.«

Ros wechselte das Thema. »Wie geht es eigentlich Scoots? Ist sie mit dir nach London zurückgekommen?«

»Scoots? Woher soll ich denn das wissen? Ich habe keinen Schimmer, wovon du redest, Ros.«

Ros blickte verwirrt von Mutter zu Tochter. Imogen fingerte verlegen an ihrer Puderdose herum und sagte ein wenig verlegen: »Diese Postkarte, Ros ..., die, die ich dir neulich gezeigt habe, das war alles ein Irrtum.«

»Ein Irrtum?«

»Abigail ist überhaupt nie nach Portugal gefahren. Sie hat Ronnie gebeten, sie zu decken. Wir wollten deine Gefühle nicht verletzen.«

»Ich bin mir ... nicht sicher, ob ich das verstehe«, sagte Ros.

Imogen erklärte kopfschüttelnd: »Das verflixte Mädchen ist völlig verrückt geworden. Eines Tages hat sie mich aus dem Nachtclub, in dem sie arbeitete, angerufen und mir erzählt, sie wolle nach Orca zurückfahren. Gleichzeitig hat sie Ronnie gebeten, für sie eine Postkarte abzuschicken, die in Lissabon abgestempelt war.«

»Warum?«

»Frag mich nicht, warum, Ros! Wenn ich Abigails Gedanken lesen könnte, könnte ich mich als Hellseherin verdingen.«

»Aber warum hast du mir das nicht erzählt ... neulich Abend?«, fragte Ros zornig und spürte, wie ihr langsam die Tränen in die Augen stiegen. Sie sah Veronica und ihre Mutter forschend an: »Warum hast du gelogen, Imogen? Du hast mir doch versichert, sie sei mit Ronnie in Portugal.« Ihre Stimme brach.

Imogen versuchte, Ros zu beschwichtigen und legte ihr eine Hand auf die Schulter, aber Ros schüttelte sie ab. »Liebste Ros, ich wollte doch nur deine Gefühle schonen. Wir wussten ja alle, was du für Pater Luke empfunden hast, es stand dir deutlich ins Gesicht geschrieben. Sobald er in der Nähe war, trat ein träumerischer Ausdruck in deine Augen, und wenn er zum Abendessen kam, hast du an seinen Lippen gehangen, als sei jedes seiner Worte eine Offenbarung. Aber davon ganz abgesehen, Abigail wollte aus einem anderen Grund auf die Insel zurück, und zwar um – das waren ihre eigenen Worte am Telefon –, zu versuchen, sich selbst wiederzufinden. Sie war nicht glücklich mit dem, was sie in diesem Nachtclub tat, sie wollte ihr Leben wieder in den Griff bekommen, und sie hatte das Gefühl, der einzige Ort, an dem ihr das gelänge, sei Orca.«

»Mist!«, sagte Ros mit solchem Nachdruck, dass Imogen und Veronica erschrocken zusammenfuhren. Der Ausdruck auf ihren Gesichtern entschädigte Ros jedoch für den Kummer, den sie ihnen zu verdanken hatte. »Ihr steckt doch alle unter einer Decke, einer lügt für den anderen!« Sie griff nach ihrer Börse. Eine dreiviertel Stunde in Veronicas und Imogens Gesellschaft genügte Ros vollauf, und sie sagte ihnen, dass sie nun wirklich gehen müsse.

Veronica nahm einen tiefen Zug von ihrer Zigarette. »Wo willst du denn jetzt hin?«

»Nach Biggin Hill.«

»Alle Achtung, Darling. Schöne Grüße an die RAF und natürlich auch an die WAAF.«

»Auf Wiedersehen.« Ros verließ wütend die Teestube, in ihrem Herzen glühte ein brennender Zorn auf die ganze Familie.

»Du warst aber lange weg.« Ihr Gesicht war so spitz und angespannt, als sei sie auf einen Geist getroffen oder auf Adolf Hitler persönlich. Überrascht fragte Felix: »Hast du nichts gefunden, was dir gefiel, oder haben die Kleidercoupons nicht ausgereicht?« Es war ihm aufgefallen, dass sie ohne Taschen oder Päckchen zurückgekehrt war und nicht einmal den Liter Milch mitgebracht hatte, den sie zu kaufen versprochen hatte.

»Ich bin überhaupt nicht zum Einkaufen gekommen, dank meiner verdammten Verwandten! Entfernten Verwandten, Gott sei Dank!« Mit zitternden Fingern zog sie ihre Pelzstiefel aus. »Ich habe Ronnie und ihre Mutter getroffen, die den Hund Gassi geführt haben, gleich hier um die Ecke. Ich hätte es wissen müssen! Der liebe Gott hatte es schon immer auf mich abgesehen. Er spioniert mir scheinbar auf Schritt und Tritt nach und setzt mir sofort einen Dämpfer auf, sobald ich irgendetwas tue, was mich glücklich macht oder auch nur im Mindesten anrüchig ist!«

»Oh, na hör mal, ich hoffe, du betrachtest unsere Affäre nicht etwa als etwas Anrüchiges, hm, Liebes?« Er kam zu ihr und legte tröstend die Arme um sie. »Nichts und niemand ist es wert, dass man dafür so in Rage gerät.«

»Du kennst meine Verwandten eben nicht!«

»Und du kennst meine nicht.«

Er hatte wirklich Humor, dachte sie gerührt und ließ sich rückwärts auf das Bett fallen, wo sie lachend und weinend zugleich liegen blieb. Felix küsste sie.

Sie erzählte ihm die ganze traurige Geschichte von Scoots. Er küsste sie tröstend. »Wenn du willst, fliege ich dich heute Nacht rüber nach Orca.«

»Das ist nicht dein Ernst, oder?«

»Aber sicher doch! Ich habe in Northolt eine *Hurricane* zu meiner Verfügung, wenn ich dann noch ein Scheinchen hier und ein Scheinchen da in die richtige Hand drücke, sind wir im Nu drüben auf Orca.«

»Red keinen Unsinn!« Sie sah ihn argwöhnisch an. »Hast du so etwas etwa schon mal gemacht?«

»Nur ein einziges Mal.«

»Was ist passiert?«

»Das fragliche Mädchen ... sie war nicht annähernd so hübsch, so intelligent oder so sexy wie du«, fügte er hastig hinzu, »hat mir in den Schoß gekotzt, daher habe ich sie bei zweitausend Fuß Höhe rausgeworfen.«

»Lügner!«

»Ja – das stimmt natürlich nicht. Aber ich lüge nicht, wenn ich dir sage, dass ich genau der Richtige bin, wenn du jemanden suchst, der dich nach Orca bringt.«

»Falls deine Vorgesetzten dahinterkommen, wirst du vor das Kriegsgericht gestellt.«

»Mag sein. Aber vermutlich werden sie es nie rausfinden.«

»Nein, werden sie auch nicht.« Ros löste sich aus seiner Umarmung. »Sie werden es nicht herausfinden, weil ich nicht zulassen werde, dass du so ein Risiko eingehst. Außerdem gibt es auf Orca keine Landebahn, auf der auch nur eine Möwe landen könnte, geschweige denn eine *Hurricane*.«

»Na schön. Du kennst die Situation auf deiner kleinen Insel am besten, ich wollte dir nur helfen, Süße.«

Sie beugte sich vor und küsste ihn. »Vielen Dank, Fluff ... Ich weiß, dass du der perfekte kanadische Gentleman bist ...«

»Nicht immer, Mam«, sagte er lächelnd und zog sie ruckartig an sich. »Weißt du, was die Leute in Rock Springs sagen ...?«

»Nein.«

»Du willst es bestimmt auch gar nicht wissen.«

Seine Art zu lieben war etwas ganz Besonderes, ebenso wie ihre. Keine Verpflichtungen, keine Fragen, kein Morgen. Es war das schönste Weihnachten gewesen, das sie je in ihrem Leben erlebt hatte, und es war auch die schönste Silvesterfeier. Beide Abende verbrachten sie in Dhoddys griechischem Restaurant – Erinnerungen, die ihr bis an ihr Lebensende teuer sein würden.

Morgen würden sie und Felix sich voneinander verabschieden. Nichts dauerte schließlich ewig, nichts, vermutlich noch nicht einmal ein Krieg wie dieser. Das Einzige, was sich wohl niemals verändern würde, war die Tatsache, dass Scoots mit ihren unbedachten, dummen Ideen Ros' Leben immer wieder durcheinander brachte.

Noch bevor das neue Jahr angebrochen war, wusste Ros bereits, dass sie Scoots von Orca zurückholen musste. Die Insel war einfach zu gefährlich, um momentan dort zu leben, sei es nun auf der Suche nach sich selbst oder nach etwas anderem. Scoots hatte vermutlich nicht begriffen, *wie* gefährlich der Aufenthalt auf der Insel für sie sein konnte. Sicherlich nahm Scoots an, dass Luke und seine Männer sie mit offenen Armen dort willkommen heißen würden, und dass die mit der Mission verbundenen Gefahren und die Notwendigkeit ihrer Geheimhaltung keinerlei Auswirkungen auf ihr eigenes Leben haben würde. Für Scoots war das alles lediglich ein dummes militärisches Spiel, das bald vorüber sein würde, sodass sie es einfach würde ignorieren können, wie sie es bereits im letzten Sommer auf Orca getan hatte. Außerdem war Abigail zur Hälfte Italienerin, und obwohl Italien sich noch nicht offiziell mit Deutschland verbündet hatte, schien ein solches Bündnis doch unmittelbar bevor zu stehen. Mussolinis faschistisches Italien war genauso sehr Englands Feind wie Adolf Hitlers Nazideutschland.

19. Kapitel

Am Tag nach ihrer vierundzwanzig Stunden andauernden Silvesterparty in Dhoddys Restaurant meldete Ros sich mit einem grauenhaften Kater in Biggin Hill zum Dienst. Aber kurz darauf wünschte sie sich, sie hätte sich die Mühe gespart. Die Kommandozentrale war geschlossen, Sturm und Schnee hatten Starts und Landungen unmöglich gemacht. Die Sektionsoffizierin der WAAF hatte nicht mit ihr gerechnet und konnte nur staunen, dass es Fliegerin Taylor überhaupt gelungen war, bis zu ihnen durchzukommen.

Es war daher auch kein Quartier für sie arrangiert worden. Die meisten Quartiere befanden sich außerhalb des eigentlichen Lagers, da ein deutscher Angriff auf den Flugplatz das Leben des Personals, vor allem das der Kampfpiloten, hätte auslöschen können. Eine absolut vernünftige Regelung, die jetzt aus Ros' Sicht jedoch mehr als unbequem war. Was zum Teufel sollte sie denn jetzt tun?

Ihre Vorgesetzte schien sich nicht sonderlich für die Frage zu interessieren, ob Ros nun in Biggin Hill bleiben sollte oder nicht. Sie bemerkte nur: »Unter uns gesagt, Taylor, machen Sie sich lieber unbemerkt aus dem Staub, bis das Wetter wieder besser wird. Sehen Sie doch nur mal da raus ...« Sie zeigte auf das eisüberzogene Fenster. »Und wenn der Schnee dann geschmolzen ist, sind die Rollbahnen noch lange nicht betriebsbereit. Die Arbeiter arbeiten immer noch daran, sie zu betonieren. Ich habe nicht mal genug Platz für die Mädchen, die schon hier sind, und trotzdem schicken sie mir ständig neue, ohne mir vorher Bescheid zu sagen. Das Ganze ist ein einziger bürokratischer Wahnsinn ohne Rücksicht auf verfügbare Mittel und Einrichtungen.«

Es war genau wie in West Drayton. Niemand schien in diesem Krieg improvisieren zu können, alle schienen hoffnungslos überfordert. Selbst das jüngste Mitglied der Pfadfinderbewegung hätte es besser gewusst: Sei allzeit bereit!

Felix hatte Recht gehabt, Biggin Hill war ein einziges Chaos. Ros vermisste ihn. Sie ging zum Telefon in der Kantine und wählte die Nummer seines Quartiers in Northolt. Er war nicht zu sprechen. Ros sagte enttäuscht: »Nicht so wichtig«, und legte den Hörer auf.

In ihrer Nähe saß eine Fliegerin zweiter Klasse und las in einem Buch. Jetzt blickte die Frau auf. »Männer sind grundsätzlich nie zu sprechen, wenn man sie braucht.«

Ros lächelte ein wenig beschämt und nickte.

»Gehörst du jetzt zu unserer Truppe?«, fragte die Frau.

»Hm, eigentlich sollte ich mich heute hier zum Dienst melden. Aber die Sektionsoffizierin hat mir soeben unbefristeten Urlaub gegeben. Wie es aussieht, ist im Augenblick sowieso niemand einsatzbereit.«

»Du bist Plotterin?«

»Ja.«

»Hm, wenn du zurück nach London willst, könnte ich dir möglicherweise helfen. Ich bin im Fahrdienst. Eine Nacht in London würde mir ganz gut tun.«

»Danke ... aber eigentlich will ich auf eine Insel namens Orca.«

»Wo zum Teufel soll das denn sein?«

»Es ist eine der Scilly-Inseln.«

»Oh, das war wahrscheinlich eine dumme Frage, tut mir Leid ...« Die Frau wandte sich wieder ihrem Buch zu.

»Nein, es ist mein Ernst, ich wollte nicht herablassend klingen. Orca ist eine Insel vor ... vor der Küste von Cornwall.«

»Okay, kein Problem.« Die andere schlug das Buch zu. »Das muss aber mächtig wichtig für dich sein, wenn du dich bei diesem

Wetter dorthin aufmachst. Ich komme hier langsam um vor Langeweile – nichts als Schnee, Schnee und nochmal Schnee. Ich heiße übrigens Dulcie, Dulcie Miller.«

»Roslin Taylor.«

»Freut mich sehr, dich kennen zu lernen. Wir könnten die Schneeketten anlegen, aber ich denke, die Hauptstraßen werden wohl geräumt sein. Ich kann dich bis nach Portsmouth bringen; ich werde einfach erzählen, ich müsste da irgendwelche besonderen Gerätschaften abholen. Danach bist du allerdings auf dich selbst gestellt.«

»Meine Güte, danke ... herzlichen Dank.«

»Nicht der Rede wert. Unterwegs machen wir beim *Jailhouse* Halt und genehmigen uns ein Gläschen zum Aufwärmen.«

Das *Jailhouse* erwies sich als der örtliche Pub, nicht weit vom Lager entfernt, wo Dulcie mindestens eine Stunde darauf verwandte, ein Gläschen nach dem anderen zu trinken und RAF-Leute zu begrüßen, die, bis sich das Wetter besserte, nichts anderes zu tun hatten, als sich in Dart-Wettbewerben zu beweisen. Dulcie war ihnen allen haushoch überlegen und schlug sie so vernichtend, dass die Männer ihr Respekt zollten: Sie sei eine erstklassige Dartspielerin – für eine Frau. Sie sei ganz gut, war das herablassende Urteil.

Und das war nur eine von vielen Zwischenstationen, die Dulcie auf dem Weg nach Portsmouth einlegte. Am Ende ihrer Sechzig-Meilen-Fahrt hatte Dulcie so viele Gläschen getrunken, dass es an ein Wunder grenzte, dass sie überhaupt noch geradeaus und über das riesige Steuerrad sehen konnte. Wegen des schlechten Wetters und all ihrer Zwischenstopps dauerte die Fahrt statt drei Stunden doppelt so lang. Als sie endlich in Portsmouth eintrudelten, war es bereits sechs Uhr abends und stockdunkel.

»Okay, Taylor, hier werfe ich dich raus. Wenn du tatsächlich dorthin willst, wo du hinwillst, würde ich an deiner Stelle den nächsten Pub aufsuchen und ein paar Typen von der Marine oder von der Küstenwache schöne Augen machen, damit sie dich hinbringen. Sonst bleibt dir nichts anderes übrig, als den ganzen Weg bis nach Land's End zu Fuß zu gehen. Also dann, viel Glück, wir sehen uns im Frühling.«

»Danke, Dulcie, mach's gut ... bis zum Frühling ...« Ros gab ihr Handzeichen, damit sie den Wagen wenden konnte.

»Tschüss, Sweetheart, und alles Gute ... Schön, dass du mir Gesellschaft geleistet hast. Ich fahre jetzt schnurstracks zurück nach Biggin Hill.«

Wer's glaubt, wird selig, dachte Ros ironisch. Wahrscheinlich würde Dulcie nur um die Ecke fahren und beim nächsten Marine-Pub anhalten. Aber alles in allem war sie Dulcie zutiefst dankbar, dass sie sie hierher gebracht hatte.

Als die abgedunkelten Hecklichter des Lastwagens aus ihrem Blickfeld entschwanden, überkam Ros ein jähes Gefühl von Einsamkeit und Furcht. Was sollte sie jetzt anfangen? Sich eine Pension zum Übernachten suchen oder feststellen, wann der nächste Zug nach Westen ging?

»Nach Penzance? Meine Güte, Miss, das ist aber ein verdammt langer Weg, gerade heute Nacht bei diesem Schneesturm. Aber ich werde mein Bestes tun.« Der Schalterbeamte überlegte, kratzte sich am Kopf, leckte seinen Bleistiftstummel an, blätterte in dem dicken Fahrplan und kritzelte kleine Schnörkel auf ein Stück Papier, während die Schlange hinter Ros immer länger wurde. »Von Portsmouth nach ... Southampton ... Abfahrt 20.20 Uhr ... Southampton nach ... Salisbury ... nein, das haut nicht hin, die nächste Verbindung ist dann erst der Milchzug, und da müssen Sie schon verdammtes Glück haben, um dem zu erwischen! Mal sehen ...« Er begann von Neuem. Ros war sich des unzufriedenen Gemurmels hinter sich nur allzu deutlich bewusst.

»Nicht so wichtig ... tut mir Leid ... ich habe meine Meinung geändert.« Ros schwang sich ihren Seesack wieder auf die Schulter und trat aus der Schlange heraus. Hoffnungslos!, dachte sie entmutigt. Wenn sie Felix doch nur ernster genommen hätte. Eine *Hurricane* nach Orca wäre eine weitaus schnellere Beförderungsmöglichkeit gewesen und obendrein noch die einfachere Lösung. Auf diese Weise wäre sie vielleicht sogar zu einem Fallschirmabsprung gekommen.

Eine elegant gekleidete Frau, die sie stark an Veronica erinnerte, saß auf einer Bank und blätterte in einem Modemagazin. Sie stand nun auf und trat an Ros heran, die mittlerweile verwirrt, müde und gereizt war. »Verzeihen Sie mir, dass ich gelauscht habe. Falls es Ihnen irgendwie weiterhilft – mein Mann und ich fahren heute Abend mit dem Wagen nach Weymouth. Ich warte hier auf ihn; er kommt mit dem Zug um 18.35 Uhr aus London an.«

Hipp hipp hurra! Ros sandte ein schweigendes Dankgebet gen Himmel und sagte freudig zu.

Commander Pemberton und seine Frau waren denkbar nette Leute und kein bisschen snobistisch. Ihr weichgepolsterter Bentley und der livrierte Chauffeur waren himmelweit entfernt von den Dienstwagen, die sie bei der Luftwaffe kennen gelernt hatte. Der Chauffeur, der alle Straßen, alle Gassen und alle Abkürzungen wie seine Westentasche zu kennen schien, fuhr schnell, ohne verantwortungslos zu wirken. Die Straßen im Westen waren durch das schlechte Wetter weniger beeinträchtigt worden, und so kamen sie nach nur gut zwei Stunden in der Küstenstadt Weymouth an.

Es stellte sich heraus, dass Fregattenkapitän Pemberton im Marine-Ministerium in Whitehall tätig war. Er wusste alles über Michaels Schiff, die HMS Jervis Bay, die im Atlantik eingesetzt war, obwohl er Michael nicht persönlich kannte.

Es war die Art zufälliger Bekanntschaft, wie sie in Kriegszeiten oft entstand – eine Bekanntschaft, bei der sich die Menschen schnell verbunden fühlten, vor allem jene, die in den Streitkräften dienten. Selbst Zivilisten – wie die Londoner Taxifahrer etwa – verzichteten oft auf ihre Beförderungsgebühr, um ihren Beitrag zu den Kriegsanstrengungen zu leisten.

Ros wurde eingeladen, »an Bord« zu bleiben. Commander Pembertons Mutter hatte ein Haus mit Blick auf die Portland Hills. Eine bequeme Zwischenstation, wie Mrs Pemberton Ros erklärte und eine willkommene Gelegenheit für ihren Mann, seine Mutter zu besuchen, bevor sie nach Dartmouth weiterfuhren, wo sie und der Commander lebten. Ob Ros vielleicht Lust hatte, gleich morgen nach dem Frühstück mit ihnen weiter nach Dartmouth zu fahren?

Und ob sie Lust hatte: Die beiden Pembertons waren wirklich und wahrhaftig ein Gottesgeschenk!

Am nächsten Morgen brachen sie nach dem Frühstück in Ma-Mères windumtosten Haus – die ältliche Mutter des Commanders wurde zärtlich Ma-Mère genannt –, von Portland aus nach Dartmouth auf, wo sie gegen Mittag ankamen. Wieder einmal wurde Ros von ihren neuen Freunden wie ein Mitglied der Familie behandelt.

Das wunderschöne Haus von Commander Pemberton und seiner Frau lag in der Nähe des imposanten, roten Ziegelsteingebäudes der Royal Naval Academy, das am westlichen Flussufer des Dart aufragte. Von dem Haus der Pembertons hatte man einen Blick flussabwärts auf die weite, malerische, von bewaldeten Hängen umsäumte Mündung. Selbst im Januar war dieser Ausblick wunderschön. Unglücklicherweise konnte Ros ihre behagliche Unterkunft in Dartmouth, zu der sogar ein Schwimmbecken im Haus gehörte, nur für kurze Zeit genießen, da ihre private Mission plötzlich öffentliche Bedeutung gewann.

»Orca ... Orca ... Orca!«, überlegte Commander Pemberton laut, der sich seinen seidenen Hausmantel übergezogen hatte. »Das habe ich doch irgendwo schon mal gehört ... Mir fällt nur nicht ein, wo. Ich weiß nur, dass die Insel mal einem furchtbar exzentrischen Burschen gehört haben soll. Eine Privatinsel ... davon gibt es jede Menge an der Südwestküste. Gray irgendetwas hieß er, glaube ich. Ich hab's in der Western Mail gelesen ... Du kennst den Burschen doch auch, Liebling.« Er wandte sich mit fragend hochgezogenen Augenbrauen an seine Frau.

Mrs Pemberton, die eine gewaltige Schürze über ihrem Kimono aus rosafarbener Seide trug, hatte es sich nicht nehmen lassen, für ihren Mann und ihren Gast von der WAAF höchstpersönlich die Eier und den Frühstücksschinken zu braten, statt das der Köchin zu überlassen. »Ich kann mich wirklich nicht erinnern, Liebling«, antwortete sie stirnrunzelnd.

»Oh, na komm schon, altes Mädchen! Natürlich erinnerst du dich ...« Der Commander schnippte mit den Fingern. »Der Bursche unterhielt auf der Insel einen Zoo, den die Behörden schließen wollten, weil sie meinten, das Klima und die dortigen Unterbringungsmöglichkeiten seien exotischen Wildtieren nicht zuzumuten. Ich bin davon überzeugt, dass du dich erinnerst.«

Ros saß am Küchentisch und beobachtete durchs Fenster die vielen kleinen Boote, die auf dem glitzernden Fluss sachte auf und nieder hüpften. Es war alles so friedlich und malerisch schön, genau die Art Landschaft, die einen auf Seestücke spezialisierten Maler in Entzücken versetzt hätte. Die in Pastellfarben gestrichenen Cottages auf den Hügeln gegenüber erinnerten sie an den Angel Cake, Felix Lieblingskuchen, den er mit ihr zusammen im Lyon's Corner House gegessen hatte, seinem Lieblingslokal in London gleich nach Dhoddys Restaurant. Ros' unbeschwerte Stimmung, die sie dank der Gastfreundschaft der Pembertons empfand, wurde mehr und mehr von der Realität verdrängt. Mit gepresster Stimme sagte sie: »Grayson, Lord Ramson III., er ist ein entfernter Vetter von mir.«

»Gütiger Himmel, warum haben Sie das denn nicht gleich gesagt, junge Dame?«, brummte der Commander und nahm seine Lesebrille ab, während seine Frau versuchte, ein Lächeln zu verbergen. »Allmächtiger, Roslin! Und da wollen Sie hin?«

»Ja.«

»Warum denn nur? Oder darf ich diese Frage nicht stellen?«

»Sie dürfen natürlich. Ich werde Ihnen nur leider keine befriedigende Antwort geben können. Meine Kontaktnummer ist Grafton 666 ... falls Sie ... weitere, ähm, Informationen benötigen sollten ...« Ihre Stimme verlor sich. Ros war sich plötzlich ihrer Sache nicht mehr sicher. Sie hatte das Gefühl, als sei sie ein wenig zu weit gegangen, dabei hatte sie doch nur die Bedenken des Commanders zerstreuen wollen. Sie hatte gedacht, Algernon Leamington-Smythe würde sie damit nur aufziehen – er war so ein seltsamer Mann –, und hatte nicht im Traum daran gedacht, dass diese Telefonnummer tatsächlich existieren könne. Was sie jedoch nicht erwartet hatte, war die Reaktion des Commanders, der Ausdruck auf seinem Gesicht, als sie diese Nummer erwähnte.

»Gütiger Gott«, stammelte er und ging dann schnurstracks zum Telefon in der Halle.

Gütiger Gott, dachte Ros verzweifelt, *die verdammte Nummer, die Algie mir gegeben hat, ist echt!*

Jetzt hatte sie plötzlich Angst vor dem, was sie so sorglos in Gang gesetzt hatte.

Nach einer Reihe von Telefonanrufen kehrte der Commander an den Küchentisch zurück. Ros war inzwischen darauf gefasst, im nächsten Augenblick vors Kriegsgericht gezerrt zu werden, weil sie ohne Sinn und Verstand geheime Telefonnummern ausgeplaudert und sich ohne Befehl hierher begeben hatte.

»Roslin, es ist alles arrangiert. Ein Bereitschaftsboot der Marine wird Sie zu Ihrer Insel bringen«, sagte der Commander freundlich.

»Sie hätten sich meinetwegen wirklich nicht so viel Mühe zu machen brauchen«, sagte Ros verwirrt, vor deren innerem Auge eine ganze Kriegsflotte entstand, die direkt auf Orca zuhielt.

Er hob die Hand, um sie zum Schweigen zu bringen. »Meine Liebe, das ist das Mindeste, was ich unter diesen Umständen für sie tun konnte. Melden Sie sich bitte einmal wieder bei uns, Roslin.«

Diese kam sich vor wie ein WAAF-Spion kurz vor seiner Landung in besetztem Territorium.

Ohne irgendwelche Fragen beantworten zu müssen, wurde sie sicher von Dartmouth nach Orca gebracht. Da niemand ihre persönlichen Unterlagen sehen wollte, ihre Unterlagen und Reisegenehmigungen, fühlte Ros sich einmal mehr wie ein von der WAAF autorisierter Spion, oder zumindest stellte sie sich vor, dass diese sich so fühlten wie sie jetzt. Womit sie allerdings nicht gerechnet hatte: Es war ein Kanonenboot, das ihr die Marine zur Verfügung stellte.

Erst als sie sich der winzigen Insel selbst näherten, fiel Ros ein, dass sie von Lukes Männern beschossen werden konnten, wenn diese sie irrtümlich für eine feindliche Invasionstruppe hielten und dass ihre übereilte Entscheidung, Abigail nachzujagen, eventuell noch andere schreckliche Ereignisse zur Folge haben konnte.

»Mam, wir nähern uns dem Anleger. Bitte halten Sie sich bereit, um an Land zu gehen«, wies sie ein junger Matrose mit frischem Gesicht, den man ihr für die Reise als persönlichen Wächter mitgegeben hatte, an.

»Ja, ja ... ich werde ... bereit sein ...«

Der Zweite Offizier brachte das Boot längsseits der Stufen, die zu dem neuen Kai hinaufführte, der vor nicht allzu langer Zeit den alten Anleger ersetzt hatte. Der Erste Offizier, der die Verantwortung für diese Mission trug, salutierte vor ihr. »Bitte, gehen Sie an Land, Mam ... Und seien Sie vorsichtig. Da braut sich ein höllischer Sturm zusammen, wir wollen doch nicht, dass Sie ins Wasser gepustet werden, Mam.«

»Ja ... ich werde vorsichtig sein, und vielen Dank.« Ihr persönlicher Schatten hielt sie und ihren Seesack fest, und nachdem er sie sicher am Ufer abgesetzt hatte, salutierte auch er und kehrte zum Boot zurück.

Ihr Herz hämmerte, und sie wusste nicht, was schlimmer war, ihre Angst oder ihr schlechtes Gewissen. Sie würde todsicher vor das Kriegsgericht gestellt werden, und zwar von der RAF, von der WAAF und der Marine, weil sie sie irregeführt und die für den Krieg bestimmten Mittel für private Zwecke missbraucht hatte. Wahrscheinlich würde sie den Rest des Krieges in einem Militärgefängnis verbringen, weil sie Commander Pemberton und die gesamte Marine-Administration von Dartmouth hinters Licht geführt hatte.

Ros versuchte, nicht an das zu denken, was sie getan hatte und was sie jetzt noch würde tun müssen. *O Gott! Bitte, bitte, lieber Gott, mach, dass Scoots hier ist – oder ich werde sie nach diesem ganzen Theater umbringen! Und bitte, mach, dass Luke nicht wütend auf mich ist, weil ich gegen seine Sicherheitsvorkehrungen verstoßen habe* ... Das Boot entfernte sich langsam, und Roslin blieb allein und verlassen am Kai zurück.

Die Insel hatte sich in den letzten vier Monaten so sehr verändert, dass sie sie kaum wiedererkannte. Eine monströse Kaimauer aus Beton und Steinen, befestigt mit Stacheldraht, ragte vor ihr auf, eine Verteidigungsanlage, die eher in einen der bedeutenderen Häfen an der Südküste gepasst hätte – wie Dover zum Beispiel –, nicht auf eine unbekannte, private Ferieninsel wie Orca. Ros war entsetzt, sah aber nach reiflicher Überlegung ein, dass das alles wohl notwendig war. England musste sich schließlich gegen eine Invasionsarmee rüsten. Sie sollte stolz darauf sein, dass das winzige Orca auserkoren worden war, um an vorderster Front das Reich zu verteidigen.

Das winterliche Dämmerlicht schwand schnell dahin, und in der Tat schien ein Sturm aufzukommen. Ros hoffte nur, das ihre kleine Eskorte aus Dartmouth den Hafen sicher wieder erreichen würde. Entschlossen griff sie mit der Hand nach ihrer Kappe, damit sie ihr nicht vom Kopf flog. Es war niemand da, der sie begrüßte, und in gewisser Hinsicht war sie froh darüber. Ros schauderte unwillkürlich, sie hatte das unheimliche Gefühl, dass Lukes Männer überall auf dem Kap versteckt waren, dass sie mit gespannten Gewehren gut getarnt hinter den Felsbrocken hockten, um einen feindlichen Überfall abzuwehren.

Sie wollte gerade ihren Rücksack schultern und den steilen Marsch zur Priorei in Angriff nehmen, als sie aufblickte und auf dem Hügel die hochgewachsene, dunkle Gestalt des geisterhaften Dominikanermönchs sah, des allzeit wachsamen Hüters dieser – seiner – heiligen Insel.

20. Kapitel

Ros' Herz setzte einen Schlag aus; sie hoffte, die Gestalt auf dem Hügel möge Luke sein und nicht irgendeiner der anderen Agenten seiner Sondereinheit. Es war sogar möglich, dass er inzwischen durch einen anderen Kommandanten ersetzt worden war. Doch ihre Ängste schwanden, sobald die Gestalt über den felsigen Klippenweg ans Ufer geeilt kam: »Luke ... oh, Luke! Ich bin es ... Roslin ...«

»Ros ... mein Gott!«

»Du klingst nicht gerade erfreut, mich zu sehen.« Ihr Gefühl hatte sie also nicht getrogen, er *war* wütend über ihre unangemeldete Ankunft hier auf der Insel. Aber dann musste er auf Abigail genauso reagiert haben.

»Roslin, ich kann es einfach nicht fassen«, sagte Luke erstaunt. »Verzeih mir, es war ein ganz schöner Schreck, ein Kanonenboot der Marine auf uns zulaufen zu sehen. Mein Phönix ist also zurückgekehrt! Wie geht es dir, meine Herzensdame?« Er nahm sie in die Arme, und trotz des stürmischen Windes drückte er ihr einen festen Kuss auf die Lippen. All ihre Befürchtungen, dass die Liebe zwischen ihnen erloschen sein könnte, schmolzen in seinen Armen dahin. Gleichzeitig lösten sich aber auch alle ihre Gedanken an Felix in ihrem Kopf auf, und sie war wieder dort, wo sie angefangen hatte, wo sie immer hatte sein wollen und wo sie für alle Zeit hingehören wollte.

»Luke ... oh Luke ...« Sie klammerte sich hilfesuchend an ihn.

»Luke, ich habe dich ja so sehr vermisst! Ich musste einfach nach Orca zurückkommen. Die schreckliche Reise hierher spielt keine Rolle mehr, jetzt, da ich hier bin ...« Sie lehnte den Kopf an seine Brust und spürte dabei das dicke, goldene Kreuz, das er um den Hals trug, an ihrer Stirn.

»Scht, Roslin, jetzt bist du ja hier ... Komm! Als erstes müssen wir mal aus diesem Wind raus ...« Mit einer Hand schulterte er sich ihren Seesack, mit der anderen stützte er sie bei dem Aufstieg den felsigen Hügel hinauf.

Der Wind peitschte ihre Stimmen fort, sodass Ros sich kaum verständlich machen konnte, und er ließ Lukes schwere Robe wie ein zu dünn geratenes Segel hinter ihm herflattern. Sie würde auf den richtigen Augenblick warten, bevor sie das Thema Abigail anschnitt. Erst wenn sie im Haus waren, würden sie wahrscheinlich in Ruhe miteinander reden können.

Atemlos von dem steilen Anstieg gegen den Sturm drückte er die riesige, eichenbeschlagene Tür auf. Ros trat ein in die Wärme und das Licht und den vertrauten Geruch der alten Priorei. Rasch schloss Luke die Tür und legte den schweren Eisenriegel vor. »So ist es schon besser! Wir haben eine stürmische Nacht vor uns.«

Ros nahm ihr Käppi ab und steckte es sich in die Manteltasche. Endlich war sie wieder zu Hause! So vertraut war ihr die Priorei, dass es ihr vorkam, als lächelten ihr selbst die mittelalterlichen Rüstungen zu, die in Habachtstellung in der Halle aufgereiht waren. Sie schienen mit leisen, metallischen Stimmen zu wispern: Willkommen daheim, Miss Roslin.

»Oh, Luke!« Sie knetete ihre Hände, die ihr trotz der wollenen Handschuhe halb erfroren vorkamen. »Endlich bin ich wieder zu Hause«, wiederholte sie glücklich.

Abermals erschien es ihr, als sei er durch ihr unerwartetes Auftauchen aus dem Gleichgewicht geraten, als wisse er nicht, was er mit ihr anfangen solle. Aber andererseits, dachte sie, brauchte er wohl einfach ein wenig Zeit, um sich an den Gedanken zu gewöhnen, dass sie hier war. Während seines stürmischen Abstiegs von der Priorei musste er sich gefragt haben, wer dort von einer Eskorte der Königlichen Marine zur Insel gebracht wurde. Und dann hatte er den ganzen Weg zurück den Hügel hinauf ihren schweren Seesack geschleppt, es war also kein Wunder, dass er erst einmal nichts erwiderte.

Schließlich hüstelte er ein wenig verlegen. »Aber du wirst nicht lange bleiben können, Ros, fürchte ich. Eigentlich solltest du auch gar nicht hier sein.«

Sie drehte sich um und starrte ihn fassungslos an.

Ihm musste aufgefallen sein, wie unritterlich seine Worte geklungen hatten, denn er kam jetzt zu ihr und zog sie an sich, wobei er auf ihr rosiges Gesicht hinunterlächelte. »Sie sehen ganz nach einem offiziellen Besuch aus, Mam. Sie flößen mir unsagbare Ehrfurcht ein. Aber Scherz beiseite, die Uniform steht dir. Und was ist das?« Er ließ den Kasten mit ihrer Gasmaske spielerisch auf und ab hüpfen, der ihr so lange schon von der Hüfte baumelte, dass sie seine Existenz inzwischen beinahe vergessen hatte. »Jedenfalls keine hölzerne Handtasche!«, bemerkte er lächelnd.

»Neuerdings ein Muss für uns Stadtbewohner, Luke. Ich nehme nicht an, dass ihr hier auf diesen Klippen in der reinen Seeluft Gasmasken braucht.«

»Ich weiß zwar nicht, was dich gerade jetzt nach Orca zurückführt, aber ich freue mich trotzdem, dass du hier bist«, sagte Luke und drückte ihr bei jedem seiner Worte einen schnellen kleinen Kuss auf die Lippen.

Ros schloss verzückt die Augen ... *O Gott, das ist zu schön, um wahr zu sein* ... Seine Küsse überwältigten sie, sie konnte sich des Ansturms auf ihre Sinne kaum erwehren. Aber bevor sie sich endgültig ergab, musste sie ganz sicher sein. »Luke, woher wusstest du, dass ich zur Insel zurückkommen würde? Du hast es doch gewusst, nicht wahr? Sonst wärst du doch nicht so schnell zur Stelle gewesen, um mich zu begrüßen, gleich nachdem das Boot abgefahren war.«

Als versuche er, sie von weiteren Fragen abzuhalten, küsste er sie auf die Augenlider, die Stirn, die Lippen, immer wieder und wieder, bis die eisige Kälte in ihr langsam aufzutauen schien. »Ich habe ein Fernrohr in meinem Schlafzimmer stehen«, erklärte er.

»Nur oben vom Folly aus könnte man mit einem Fernrohr die Bucht überblicken«, murmelte sie.

»Liebste Ros, mein pedantischer Phönix, ich bin nur deine Taube ... Turteltaube, hoffe ich.« Er blickte in ihre sanften, grauen Augen, die ihn immer noch fragend anblickten.

Die klaren Tiefen seiner blauen Augen zogen sie in seinen Bann, trotzdem fiel ihr auf, dass der Anflug von Scherzhaftigkeit in seiner Stimme bei seinen nächsten Worten verschwunden war. »Du kennst meine Aufgabe auf der Insel, die Aufgabe meiner Einheit. Du wusstest es, bevor du im September fortgegangen bist.«

»Natürlich, aber ich verstehe trotzdem noch nicht alles«, murmelte sie.

»Es steckt nichts Geheimnisvolles dahinter, nichts Finsteres. Commander Pemberton aus Dartmouth hat ein Kurierboot – nur wenig überzeugend als Kanonenboot getarnt, wie ich vielleicht hinzufügen darf – von Dartmouth zu den Scilly-Inseln geschickt, namentlich nach Orca, um einen jungen weiblichen Offizier der WAAF mit nicht näher bezeichnetem Auftrag hierher zu bringen. Diese Nachricht wurden von unserem Funker hier auf der Insel aufgezeichnet: Hast du etwa gedacht, wir hätten keinen Funkkontakt mit dem Rest der Welt?

»Ach, verflucht ...!« Ros legte abermals den Kopf an seine Schultern.

»Also, in punkto Fluchen hast du eindeutig Fortschritte gemacht«, zog er sie auf, fasste unter ihr Kinn und hob es sanft an, damit sie ihn ansah.

»Verzeih mir. Aber es hilft tatsächlich, um die Spannung abzubauen.«

»Da gibt es nichts zu verzeihen, in Kriegszeiten scheint man immer misstrauischer zu sein. Ich wusste aber, dass du es sein musstest, weil ich es in meinen Knochen gespürt habe.« Er lächelte. »Komm jetzt, lass uns irgendwo hingehen, wo es wärmer ist, raus aus dieser zugigen Halle.« Er griff nach ihrem Seesack und drehte sich um.

»Ich sehe, du trägst mittlerweile schwarze Socken zu deinen Sandalen«, bemerkte sie spöttisch, um eine Erörterung ernsthafterer Themen möglichst lange hinauszuschieben.

»Oh ja, wir Mönche haben hier schon ein paar Annehmlichkeiten, die uns den Winter erleichtern.« Er wandte sich mit einem fragenden Lächeln zu ihr um. »Hast du vor, ein Jahr hier zu verbringen oder zwei? Diese verdammte Tasche wiegt ja eine Tonne. Erzähl mir nicht, ein zartes, schlankes Ding wie du könnte dieses Monster auf dem Rücken tragen.«

»Das liegt an all dem Training, das wir absolvieren müssen. Jeden Tag Sport und Drill – sogar die Betten müssen tipptopp sein, mit drei Matratzen, die man Biskuits nennt.«

»Faszinierend!«, murmelte er.

Nachdem er nichts mehr gegen ihre Anwesenheit auf der Insel zu haben schien, dachte Ros, dass dies der richtige Zeitpunkt sei, um auf den wahren Grund ihres Besuchs zu sprechen zu kommen. »Luke, ich bin wegen Abigail hier«, sagte sie entschlossen.

Statt die Wendeltreppe hinunter in die Krypta zu gehen, wie Ros vermutet hatte, trat Luke in Graysons Bibliothek. »Ich habe mir inzwischen hier mein Büro eingerichtet, da unten ist es so gottverdammt kalt und zugig. Was ist denn mit Abigail?«

»Sie *ist* doch hier ... nicht wahr?« Ros runzelte die Stirn. Dann sah sie sich in dem vertrauten Raum um, in dem die Regale vom Fußboden bis zur Decke reichten und unglaublichen Mengen von Büchern Platz boten. Dies war der Raum, in dem sie und Giles endlose Stunden damit zugebracht hatten, über alten Manuskripten und Briefen zu brüten. Der Raum roch genau wie immer, ein unverwechselbarer Geruch nach Staub, Leder und Rauch. Luke hatte fast nichts verändert, neu hinzugekommen war lediglich eine große schwere Schreibmaschine und einige Aktenordner auf Graysons gewaltigem Schreibtisch.

Ros befreite sich von ihrem Mantel und warf ihn zusammen mit ihrer Gasmaske auf einen der Sessel. Es irritierte sie zunächst, zu sehen, wie Luke nach einem Päckchen Zigaretten griff, aber schon im nächsten Augenblick fand sie nichts Seltsames mehr daran: So hatte sie ihn ja kennen gelernt, in seiner schwarzen Robe, als gut aussehender, lässiger, verwegener Priester aus Cork, der nach seinen eigenen Gesetzen zu leben schien. Er sah ihr Lächeln und hielt ihr das Päckchen hin.

Sie schüttelte missbilligend den Kopf. »Erzähl mir nicht, dass du es so schnell vergessen hast.«

»Natürlich habe ich es nicht vergessen ... Ich erinnere mich daran, dass du *früher* nicht geraucht hast. Ich war mir allerdings nicht sicher, ob du dir neben dem Fluchen nicht noch andere schlechte Angewohnheiten zugelegt hast wie viele der modernen jungen Frauen in Uniform.«

»Du klingst wie ein alter Mann.«

»Ein weiser alter Mann, möchte ich hoffen.«

»Luke, ist Abigail wirklich nicht hier?«

»Ros, ich wäre doch wohl der Erste, der es erführe, wenn sie auf der Insel wäre, nicht wahr? Und warum sollte ich es dir nicht sagen, wenn sie hier wäre? Hm? Außerdem, warum sollte sie denn hier sein? Ros, vertraust du mir etwa immer noch nicht?«

»Natürlich tue ich das ... Oh, Luke ...« Sie legte entschuldigend eine Hand auf seinen Ärmel.

Er schlang einen Arm um ihre Schultern, drückte sie fest an sich und sagte kopfschüttelnd: »Du bist manchmal wirklich ein dummes Frauenzimmer. Aber weil ich unsterblich in dich verliebt bin, verzeihe ich dir, auch wenn es wohl zum hundertsten Mal ist! Ich schätze allerdings, dass das Ganze von vorne losgehen wird, sobald dir irgendetwas Neues einfällt, das dir zweifelhaft erscheint.«

Ros schüttelte ironisch den Kopf. »Meine Güte, das war aber ein unromantischer Satz für einen Liebhaber, der Shakespeare zitiert!«

Er küsste sie auf den Kopf und ging zu der Glocke auf dem großen, gemauerten Kaminsims, um zu läuten. »Darf ich davon ausgehen, dass du gern etwas essen würdest?«

»Ja, bitte, ich bin halb verhungert. Ich bin selbst erstaunt, wie hungrig ich bin. Muss wohl an der vielen frischen Meeresluft liegen. Ich bringe nur schnell meine Sachen nach oben in mein altes Zi...«

Bevor sie den Satz beenden konnte, sagte Luke hastig: »Oh nein, das geht nicht! Ähm ... tut mir Leid, Ros, aber die Räume, die die Familie immer benutzt, werden momentan von meinen Männern bewohnt. Sie sind dort oben einquartiert. Oh, keine Sorge, wir haben alle Möbel der Familie und euren privaten Besitz auf den Dachboden gebracht. Ich will auch nicht, dass meine Männer ganz aus dem Häuschen geraten, weil mitten unter ihnen eine schöne junge Frau wohnt, die doch mir gehört.«

»Und wo soll ich dann schlafen?«

Nachdem er seine Zigarette in einem Aschenbecher neben der Schreibmaschine ausgedrückt hatte, kam er zu ihr herüber. Er legte die Hände um ihre Taille und zog sie an sich. »Wir wär's mit meinen Armen?«

»Oooh, und so etwas nennt sich Pater!« Sie drohte ihm spielerisch mit dem Finger, dann schob sie ihn sachte von sich weg und sagte schüchtern: »Die Idee gefällt mir. Ich hole nur schnell mein Bettzeug aus meinem Seesack und werfe es auf das Sofa, es ist lang genug und groß genug für zwei ... So, und nachdem das Schlafproblem nun gelöst ist, wie steht es mit dem Bad? Soll ich das Gästebad gegenüber auf der anderen Seite der Halle benutzen? Oder das, das auf den Innenhof hinausgeht? Denn erzähl mir nicht, deine Soldaten wären nicht genauso schlimm wie die Kerle von der RAF, die ... na ja, egal. Vielleicht erzähl ich dir lieber nichts von meinem Strafdienst, ein Gentleman wie du ist dann vermutlich völlig entsetzt.«

»Mein Gott, du hast dich wirklich verändert!« Luke schien nicht sicher zu sein, ob er lachen oder ernst bleiben sollte, aus

Angst, sie könne als Nächstes möglicherweise ihre Gasmaske nach ihm werfen. »Kann das meine süße Roslin mit der damenhaften Ausdrucksweise sein, die einst mit mir in der Sprache der Barden geschwelgt hat? Vor noch vier Monaten, eine unschuldige junge Dame, die als zornige, junge Frau aus der Realität zurückgekehrt ist? Wie *kann* sie sich nur in so kurzer Zeit so sehr verändert haben?« Er spähte in ihr trotziges Gesicht.

»Auf dieselbe Art und Weise, wie auch Graysons Insel sich verändert hat. Wir haben Krieg!«

»Sei nicht so feindselig zu mir, Ros, meine Süße. Befehl ist Befehl!«

»Wessen Befehl? Wenn ich das einmal bemerken darf, Major Duffield, dieses Haus gehört eigentlich der Familie Ramson.«

»Nicht solange Krieg herrscht, Miss Taylor Ramson.«

»Fliegerin erster Klasse!«

»Das meinetwegen auch. Du hättest mir Bescheid geben sollen, dass du herkommst. Dann hätte ich meine Männer gebeten, dein Zimmer für dich herzurichten.«

»Wie das? Wenn ich das Spiel doch nicht auffliegen lassen darf? Außerdem wusstest du doch angeblich davon.«

Er kratzte sich am Kinn. »Okay – du hättest mich nicht benachrichtigen können, das gebe ich zu.«

»Wirst du wenigstens mit mir zusammen zu Abend essen? Oder bin ich zu Einzelhaft verurteilt?« Ros funkelte ihn an. Dieses herrliche, romantische Wochenende verlief nicht ganz nach ihrem Plan.

»Natürlich esse ich mit dir. Würdest du denn auch mit mir ein Glas Wein trinken?« Er trat vor Graysons private kleine Bar, die jetzt mit den Getränken der ehemaligen Mönche aufgestockt worden war.

»Ein Glas Wein wäre mir sehr genehm«, antwortete sie steif.

»Okay. Während du trinkst, schaffe ich mir diese Robe vom Hals. Aber ich komme zurück, versprochen.«

»Natürlich kommst du zurück«, murmelte sie und zog die Nadeln aus ihrer Frisur, um ihr Haar herunterzulassen. »So ist es besser ...« Sie versuchte das unangenehme Gefühl abzuschütteln, das den ganzen Tag lang wie ein eiserner Ring um ihre Schläfen gelegen hatte. »Ich kriege immer Kopfschmerzen, wenn ich eine Kappe tragen muss.«

»Deine Kopfschmerzen sind nichts im Vergleich mit denen, die du mir bereitest, schätze ich.« Luke grinste und hielt, während er zwei Gläser mit Rotwein füllte, kurz inne, um zu ihr hinüberzublicken. »Siehst du, ich habe nicht vergessen, dass du von Weißwein immer niesen musst. Und wenn ich's recht bedenke, nehme ich mir vorsichtshalber vielleicht sogar einen Whisky, damit ich für das nächste Gestapo-Verhör, das du mit mir sicherlich gleich führen wirst, besser gewappnet bin.« Dann ließ er sie allein, um sich umzuziehen.

Höchstwahrscheinlich, dachte Ros spöttisch, würde er seine Majors-Uniform anlegen, damit er sich einer Frau in Uniform gegenüber nicht länger unterlegen fühlte. Luke hatte keinen Zweifel daran gelassen, dass sie ihm in den femininen Sommerkleidchen besser gefallen hatte, dass ihm die junge Dame, die keine frechen Antworten gegeben hatte, lieber gewesen war! Ja, sie war wütend auf ihn. Sie war wütend und enttäuscht, obwohl sie ihre Gefühle nicht genau erklären konnte: Luke hatte sich wirklich liebevoll und besorgt gezeigt, höflich, charmant und entgegenkommend, obwohl ihr Besuch eine ziemliche Überraschung für ihn gewesen sein musste. Dennoch hatte sie das Gefühl, dass er angespannt, ja sogar nervös war und sich eindeutig nicht wohl in seiner Haut fühlte.

Ros warf ihre Uniformjacke zu ihrem Mantel und der Gasmaske, die bereits auf dem Sessel lagen. Dann zog sie ihre Schuhe aus und ging in ihren dicken WAAF-Socken zu dem Feuer hinüber, um die Glut ein wenig zu schüren.

Die Flammen züngelten auf, und der Wiederschein des Feuers tanzte in den Fensterscheiben. *Ach, es lief alles schief!*, dachte sie. *Zum Teufel mit Abigail: Luke dachte jetzt vermutlich, dass sie hierher gekommen war, um sich ihm an den Hals zu werfen, um da weiter zu machen, wo sie im vergangenen Sommer aufgehört hatten, vielleicht auch um weiter zu gehen, als sie es im letzten Sommer getan hatten. Er würde denken, dass ihre Suche nach der verschwundenen Cousine nur ein billiger Trick war, ein leicht durchschaubarer Vorwand, da die Insel doch für Zivilisten eigentlich nicht zugänglich war. Wenn es tatsächlich das war, was ihm durch den Kopf ging, würde sie vor Scham sterben.*

Als Luke zurückkam, glaubte sie einen anderen Menschen vor sich zu haben. Sie hatte ihn noch nie in etwas anderem als seinem Priestergewand gesehen. Dieser lässige, elegante Fremde mit dem offenen Hemdkragen, den Baumwollhosen und dem Pullunder mit V-Ausschnitt schüchterte sie plötzlich ein – der Pullunder hatte bemerkenswerte Ähnlichkeit mit denen, die Giles manchmal trug! Vielleicht hatte ihn Luke aus Giles' Kleiderschrank geborgt? Jedenfalls war er der Inbegriff des nonchalanten englischen Landedelmanns und darüber hinaus ein prächtiges Exemplar der männlichen Spezies – stark, gesund und gut aussehend, ohne dabei wie ein Muskelprotz zu erscheinen.

»Warum lächelst du?« Die gründliche Musterung, der sie ihn unterzog, schien ihn zu irritieren.

Ros dagegen staunte über die chamäleonartige Veränderung von Kleidung und Persönlichkeit – war das wirklich ein und derselbe Mann? Oder waren es vielleicht mehrere Männer, die sich ihr hier zeigten? »Meine Güte! Du siehst in Zivil ganz anders aus«, bemerkte sie staunend und hielt dabei das Schüreisen unbewusst wie eine Waffe in der Hand.

»Besser oder schlechter?«

»Anders.« Ros wollte nicht, dass er sich zuviel einbildete, wenn sie ihm sagte, dass er in ihren Augen einfach wunderbar aussah, dass er für sie endlich ein Mann aus Fleisch und Blut geworden war. Sie hatte befürchtet, dass sich ihre Gefühle füreinander seit dem letzten Sommer verändert haben könnten, stellte jedoch fest, dass dies bei ihr nicht der Fall war. Plötzlich bedauerte sie auch die

Sache mit Felix. Es war ihnen beiden klar gewesen, dass sie nichts anderes verband als Kameradschaft und eine aus dem Augenblick heraus geborene Leidenschaft. So war das eben bei den Kampffliegern: Lasst uns heute essen, trinken und lieben, denn morgen werden wir sterben. Bei Luke jedoch lagen die Dinge anders, vollkommen anders. Dies war in ihren Augen etwas Warmes und Sanftes, etwas Wunderschönes und Zartes. Etwas, das sehr ernst genommen werden musste. Und in gewisser Weise wünschte sie, sie hätte sich für Luke aufgespart; es wäre schön gewesen, wenn er der erste Mann gewesen wäre, mit dem sie die Liebe erlebt hätte, nicht nur mit Leidenschaft und Verlangen, sondern auch mit Zärtlichkeit und Hingabe. Aber was bereits geschehen war, ließ sich nun einmal nicht ändern. Es hatte keinen Sinn, lange darüber nachzugrübeln. Es war Krieg, und daher geschahen täglich Dinge, die in einer anderen, weniger seltsamen Zeit vermutlich nicht geschehen wären.

»Bist du müde? Du döst ja schon ... kannst dich kaum noch auf den Beinen halten.« Luke nahm ihr das Schüreisen ab und stellte es zu den anderen stumpf gewordenen Feuerhaken, bevor er einen weiteren großen Holzklotz auf die Flammen warf. Dann gab er ihr ihren Wein und prostete ihr mit seinem Glas zu. »Cheers, auf uns beide! Ich hoffe, du bist mir nicht mehr böse, dass ich mir dein Haus unter den Nagel gerissen habe.«

»Cheers ... es ist nicht mein Haus, es gehört Grayson.«

Er zog sie zu sich herunter auf das tiefe, braunlederne Sofa. Sie zog das Buch hervor, auf dem sie gesessen hatte und sagte kopfschüttelnd: »Nicht schon wieder William Shakespeare!«

Luke legte ihr einen Arm um die Schultern, und so saßen sie eine Weile in behaglicher Vertrautheit vor dem Feuer, bis er schließlich sagte: »Also schön, jetzt, da ich mich an den Gedanken gewöhnt habe, dass du hier bist: Was sollte die Frage nach Abigail? Oder ist das nur eine List von dir, um noch einmal herzukommen und mich ein zweites Mal zu verführen?«

Er machte doch hoffentlich nur Witze, natürlich tat er das, dachte Ros mit einem Anflug von Entsetzen. »Ich wünschte, es wäre so, aber Imogen und Veronica waren sich ziemlich sicher: Sie sagten, Abigail hätte sie angerufen und erzählt, dass sie ihren Job in dem Londoner Nachtclub kündigen und nach Orca zurückkehren wolle. Sie hat angeblich dummes Zeug geredet – dass sie auf der Insel wieder zu sich selbst finden wolle und dergleichen mehr. Veronica und Imogen dachten, es ginge Abigail um eine spirituelle Selbstfindung. Na ja, ich denke, wir wissen beide, wie spirituell Scoots' Gefühle für Pater Luke waren und immer noch sind«, setzte Ros mit einem schiefen Lächeln hinzu.

Luke drückte ihre Hand. »Wobei es dir ganz ähnlich ging, hoffe ich«, rief er ihr ins Gedächtnis.

»Allerdings. Ich habe genauso empfunden. Wie Veronica. Und Imogen.«

»Du *hast* empfunden? Liebst du mich nicht mehr?«

»Doch, schrecklich ... viel zu sehr. Du hattest – hast immer noch – diese gewisse Aura, Pater Luke. Du bringst eine Frau dazu, den Verstand zu verlieren.«

»Und wie steht es jetzt damit?« Er sah sie mit einem forschenden Lächeln an, und seine dunklen Augenbrauen hoben sich fragend.

»Jetzt hast du diese Aura für mich nicht mehr«, gab Ros zu. »Weil ich jetzt weiß, wer du wirklich bist und warum du hier bist. Aber für Abigail ist die Magie immer noch da ... immer noch hier. Ihr Job hat sich als Sackgasse erwiesen, und nachdem sie ihn aufgegeben hatte, wusste ich, dass es nur einen Ort gab, an den sie würde zurückkehren wollen – und zwar nach Orca, wo sie bei dir sein kann. Ihr wäre jeder Vorwand recht gewesen, um wieder in deiner Nähe zu sein, in der Hoffnung, dich verführen zu können! Verstehst du, Luke, ich kenne Scoots besser als irgendjemand sonst.«

»Diesmal scheinst du dich jedoch geirrt zu haben.« Er strich nachdenklich mit den Lippen durch ihr Haar. »Ros, du brauchst dir keine Sorgen zu machen, weder jetzt noch in Zukunft. Ich würde niemals etwas tun, das dir Schmerz zufügen könnte, das verspreche ich dir. Ich habe für keine andere Frau Augen als für dich. Mein Herz gehört dir, für alle Zeit. Außerdem besteht keine Gefahr, dass ich dir hier in irgendeiner Hinsicht untreu werden könnte, hier auf Orca zusammen mit einem Haufen keuscher Priester ... ach Gott ...« Er wollte noch etwas hinzufügen, änderte dann aber anscheinend seine Meinung und nahm abrupt den Arm von ihren Schultern, als sei die Wärme einer solchen Intimität etwas, das er auf Dauer nicht ertragen könne.

Ros fühlte sich gekränkt und zurückgewiesen, vor allem aber war sie völlig verwirrt. Eine Sekunde zuvor hatte er ihr seine unsterbliche Liebe erklärt, und jetzt war er plötzlich und ohne Vorwarnung wieder der kalte und distanzierte Luke, den sie am Kai mit ihrer Ankunft überrascht hatte. Er ging zum Kamin hinüber, und seine Botschaft an sie hätte nicht deutlicher sein können.

Luke zündete sich erneut eine Zigarette an und blickte gedankenverloren in die orange glühende Asche. »Roslin, meine Liebste, du bist die Frau, der mein Herz gehört, du und keine andere, und das meine ich vollkommen ernst! Ich muss hier meinen Kopf riskieren und werde mir von dir dabei wahrscheinlich noch eine schallende Ohrfeige einhandeln ...«

»Komm zur Sache, Luke«, sagte sie kalt.

Nach einem weiteren Zug an seiner Zigarette fuhr er fort: »Auf die Gefahr hin, mich altmodisch und verschroben anzuhören ... Ich denke, dir ist klar, was ich sagen will oder zu sagen versuche ... Zu diesem Zeitpunkt darf nichts zwischen uns entstehen.«

»Du meinst Sex«, fuhr Ros ihn an.

»Nein, ich spreche von Liebe. Von Liebe zwischen einem Mann und einer Frau und erst *dann* von Sex.«

»Worauf willst du eigentlich hinaus, Luke?« Wieder war ihre Stimme so kalt wie Eis, jedes Wort klang wie ein Stück, das man von einem Eisblock abhackte.

»Du bedeutest mir sehr viel, und ich denke, ich bedeute dir

ebenfalls etwas ... Können wir es denn für den Augenblick nicht dabei belassen, gute Freunde zu bleiben, so wie immer?«

Nun schien es auch Roslin unerträglich zu sein, auf dem bequemen Sofa sitzen zu bleiben. Sie fühlte sich gekränkt und zurückgewiesen, und sie war wütend auf diesen Mann, der da vor ihr stand und so tat, als kämen Krieg und Pflichterfüllung an erster Stelle, und *dann* erst die Liebe! Sie lehnte sich an die Tür der Bibliothek und musterte ihn ungläubig. Um den Zorn zu besänftigen, der in ihr tobte, presste sie sich eine Hand aufs Herz. Am liebsten aber wäre sie mit den Fäusten auf ihn losgegangen, um ihm seine Eitelkeit aus dem Leib zu prügeln. »Mein Gott!«, stieß sie spöttisch hervor. »Ich bin ja *so* erleichtert! Mein scheußlicher, rosafarbener WAAF-Büstenhalter und diese verfluchten Liebestöter, die sie uns geben, kommen nicht zum Einsatz! Der Mann, den ich liebe, hat gar nicht den Wunsch, dass ich meine Sachen für ihn ausziehe, und er möchte es auch nicht für mich tun! Wunderbar! Aber lass dir nur eins gesagt sein ... du selbstherrlicher, verblendeter *Lackaffe*! Wofür hältst du dich eigentlich, zum Teufel? Und wofür hältst du mich? Für ein billiges Flittchen, eine Art Soldatenliebchen, das sich jedem an den Hals wirft, Hauptsache, er trägt eine Uniform?« Tränen stiegen Ros in die Augen; sie fühlte sich so entsetzlich im Stich gelassen von ihm.

»Ros ... ich ...« Ihre leidenschaftliche Tirade erstaunte und erschütterte ihn gleichermaßen.

»Ich bin noch nicht fertig! Wenn du glaubst, ich sei nur nach Orca zurückgekehrt um des Vergnügens willen, mit dir zu schlafen, dann vergiss es. Nach den grauenhaftesten achtundvierzig Stunden meines Lebens, denn genau das war die Reise hierher, habe ich wohl alles eher im Sinn gehabt als das! Ich habe alles aufs Spiel gesetzt, um hierher zu kommen, *alles*! Meinen Job, meinen Ruf, mein Leben, ja sogar eine Verurteilung vom Kriegsgericht, um Scoots zu finden – *das* war mein Hauptgrund, nach Orca zurückzukehren. Nicht um mit einem arroganten Mistkerl wie dir zu schlafen, davon kann ich in der RAF mehr als genug haben!« Sie riss verzweifelt an dem Türknauf. Sie hatte das Gefühl zu ersticken, sie fürchtete sich vor diesem neuen Luke – der ihr völlig fremd war –, und sie hatte nur das eine Bedürfnis, von ihm fortzukommen.

Felix hatte ihr das Gefühl gegeben, eine begehrenswerte und gleichzeitig *anständige* Frau zu sein und nicht irgendein billiges Flittchen. Felix hatte ihr kurzes Beisammensein zu etwas Heiterem und Angenehmen gemacht, und nichts, das bis in alle Einzelheiten analysiert, seziert und dann weggeworfen wurde wie eine Laborratte, die niemandem mehr von Nutzen war. Sie riss abermals an dem Türknauf. »Warum geht diese verdammte Tür nicht auf ...?« Sie drehte sich um und starrte ihn an. »Du hast doch nicht etwa abgeschlossen, oder? Warum hast du den Schlüssel aus dem Schloss gezogen? Was geht hier vor ...«

»In Ordnung ... okay, Ros, *okay*!« Luke hob beide Hände in die Höhe, zum Zeichen, dass er sich ergab. Ihre Reaktion entsetzte ihn zutiefst. »Ich entschuldige mich für das, was ich gesagt habe ... aber ich weiß wirklich nicht, warum du dich so aufführst ... Ich dachte doch nur ...« Er sah sie noch ein oder zwei Sekunden zweifelnd von der Seite an, bevor er den Schlüssel aus seiner Hosentasche nahm, um die Tür aufzuschließen. Unsicher, was er als Nächstes tun oder sagen sollte, flüchtete er sich zum Schreibtisch hinüber.

Ros war entsetzt von seinem Verhalten und nicht weniger von ihrer Reaktion darauf. Reglos stand sie an der Tür. Die gewaltige, fremdartige Schreibmaschine versperrte ihr nun den Blick auf Luke, der hinter dem Schreibtisch saß, die Finger zu einer Pyramide aneinander gelegt, auf der er das Kinn abstützte. »Ich habe die Tür nur deshalb abgeschlossen, damit nicht Daniel oder einer von den anderen plötzlich mit dem Essenstablett hereinplatzt«, seufzte Luke. »Ich habe ihn vorhin im Korridor gesehen und ihn gebeten, uns das Abendessen hierher zu bringen. Ich muss den Schlüssel anschließend in die Tasche gesteckt haben, als ich hierher zurückgekommen bin, nachdem ich mich umgezogen hatte. Ich bin oft geistesabwesend und tue dann Dinge, die keinen Sinn ergeben – verzeih mir.«

»Wen hast du dann rufen wollen, als du vorhin geläutet hast? Es ist niemand gekommen.«

»Ich wollte die Leute in der Küche auf Trapp bringen. Unter anderem Daniel. Sie reagieren nie, wenn man nach ihnen läutet, und da dieses Haus so verdammt weitläufig ist, habe ich keine Lust, ihnen ständig nachzujagen. Ros, du bist wirklich paranoid in Bezug auf mich, in Bezug auf Abigail, in Bezug auf alles. Was haben sie bei der WAAF bloß mit dir gemacht, Ros? Liegt es an deinem Schlafmangel, dass du so auf mich losgehst? Oder haben sie dich einer Gehirnwäsche unterzogen und dir beigebracht, Ungeheuer zu sehen, wo es gar keine gibt? Vom ersten Tag an hast du in mir scheinbar etwas Böses gesehen, das dich zutiefst misstrauisch macht. Ich bin nicht besonders geschickt, wenn es darum geht ... wenn es darum geht, einer Frau zu sagen, dass ich sie liebe. So etwas ist mir noch nie zuvor passiert, ich bin noch nie zuvor einem so wunderbaren Mädchen wie dir begegnet. Es hat natürlich Frauen in meinem Leben gegeben, das will ich nicht leugnen. Auch attraktive, sinnliche, erotische Frauen, aber keine, die ich heiraten wollte. Du bist etwas ganz Besonderes für mich, und ich möchte, dass es so bleibt, bis ich dir mehr bieten kann – vielmehr bis ich dir überhaupt etwas bieten kann, eine gemeinsame Zukunft nach diesem verdammten Krieg! Also schön, dann lass uns jetzt beide ganz ruhig sein und noch einmal von vorne anfangen: Ich für meinen Teil entschuldige mich sowohl für meine unbedachten Worte als auch für mein unbeholfenes Benehmen sowie für meine Geistesabwesenheit und meine Ungeschicktheit, mit der ich an dieses heikle Thema herangegangen bin. Also, Roslin, würdest du bitte meine aufrichtig gemeinte Entschuldigung annehmen und mich rehabilitieren? Und vielleicht könnte ich sogar einen Kuss bekommen, zum Zeichen, dass unser Friedenspakt besiegelt ist?«

Ros hätte am liebsten gleichzeitig gelacht und geweint; sie konnte nicht anders – sie glaubte ihm jedes Wort! »Es tut mir auch Leid ... ich ... ich weiß gar nicht, was ich ... ich meine, ich *hatte* erwartet ... ich meine Scoots, nicht den Sex«, fügte sie hastig hinzu. »Oh, verdammt nochmal ...«

»Komm her zu mir ...« Luke streckte die Hand nach ihr aus. »Eine Frau, die mit Worten so gut umzugehen weiß wie der größte Barde im Land, kann sich meiner jederzeit sicher sein. Ich bin absolut fasziniert von dieser neuen Roslin.«

»Warst du etwa eine Art Philosoph oder ein zerstreuter Literaturprofessor, bevor du zum Militär und zur SOF gekommen bist, Luke?«, fragte sie halb lachend, halb verärgert. »Bist du vielleicht eine Koryphäe aus Oxford oder Cambridge, die in die Armee eingetreten ist, weil das der Patriotismus eben verlangt? Wann immer wir zusammen sind, scheinst du von diesem elenden William Shakespeare geradezu besessen zu sein, und du baust so viele Zitate von ihm in deine Reden ein, dass ich mich langsam frage, ob du mir auch in die Augen sehen und mir mit deinen eigenen Worten sagen kannst, dass du mich liebst. Warum musst du dich immer bei ihm bedienen?«

»Komm her zu mir ...« Diesmal streckte Luke beide Arme nach ihr aus. »Du bist offensichtlich völlig erschöpft und aus dem Gleichgewicht, dass mir dies nicht der richtige Zeitpunkt zu sein scheint, um über irgendetwas zu reden, Ros. Ich liebe dich! Dies sind meine eigenen Worte, nicht die eines anderen. Aber meine eigenen Worte klingen nun mal nicht im Entferntesten romantisch«, setzte er entschuldigend hinzu.

Da stürzte sie auf ihn zu, in Tränen aufgelöst, voller Angst, ihn zu verlieren, weil sie so dumm gewesen war, an jedem seiner Worte zu zweifeln – mochte es nun seine Arbeit, Scoots oder auch seine Liebe zu ihr betreffen. »Luke, ich ...«, stammelte sie verzweifelt.

»Sch ...« Er zog sie zu sich herunter, auf seinen Schoß, dann strich er ihr liebevoll das Haar aus dem Gesicht. »Mir ist klar, dass du so etwas noch nie getan hast und dass ...«

»Oh, aber ...«

»... du sehr müde bist«, beendete er seinen Satz. »Es tut mir wirklich Leid, dass ich so ... so kalt gewesen bin.« Als er sie küsste, tat er es mit der Leidenschaft und Zärtlichkeit eines erfahrenen Liebhabers. Schließlich sagte er ernst: »Lass uns damit bitte warten, Ros. Denk einfach daran, dass wir ein ganzes Leben vor uns haben. Wenn der Krieg vorbei ist und wir gesiegt haben, dann wartet eine ganz neue Zukunft auf uns. Gerade jetzt möchte ich das nicht zerstören, was zwischen uns ist. Manchmal muss man eine schwierige Entscheidung treffen und kann nur hoffen, dabei niemanden zu verletzen. Es ist eine furchtbare Zeit für mich, und ich muss auf so viele Dinge Rücksicht nehmen, dabei möchte ich in deiner Nähe sein und dich jeden Tag meines Lebens lieben. Ich möchte dich heiraten. Aber um unser beider willen kann ich das im Augenblick nicht zulassen. Ich habe meine Entscheidung in dieser Hinsicht getroffen – so schwer es mir auch gefallen ist –, und nun muss ich mich daran halten.«

Luke hatte ihre Frage erschöpfend beantwortet. Nach einem langen Schweigen umarmte sie ihn. In diesem Augenblick liebte sie ihn mehr denn je. »Ich habe nicht den Wunsch, dich in irgendeiner Weise von deinem Weg abzubringen, und das war auch *nicht* meine Absicht, als ich hierher kam. Es genügt mir vollkommen, zu wissen, dass du mich liebst. Ich weiß, wie schwer es einem Mann fällt, diese drei kleinen Worte über die Lippen zu bringen«, setzte sie mit einem Lächeln hinzu.

»Und ich habe nicht den Wunsch, dich noch einmal zu Tode zu erschrecken oder dir diese Liebestöter vom Leib zu reißen ... Moment ...« Er schob sie von seinem Schoß herunter und ging zur Tür, an der das lang erwartete Klopfen endlich ertönt war. Luke öffnete die Tür einen Spalt breit, schnappte sich das Tablett und sagte: »Vielen Dank, Daniel, das ist alles«, dann schlug er Daniel die Tür vor der Nase zu.

Luke stellte das Tablett vor sie beide hin. »Hmm ...« sagte sie genießerisch, »Bratwurst und Kartoffelbrei, mein Lieblingsessen. Und dazu weißen Kriegskohl.«

»Tut mir Leid, aber es ist das Beste an Gemüse, was der Küchengarten im Augenblick zu bieten hat.«

Wieder stahlen sich Mrs Moffat und Maudie in Ros' verwirrte Gedanken.

Als sie nach dem Essen noch eine Zigarette zusammen rauchten, neckte Luke sie, indem er sie in die lange Reihe der übrigen Kettenraucher in ihrer Familie einreihte. Sie merkte jedoch, dass Luke ihre Anwesenheit auf der Insel immer noch schwer zu schaffen machte. Er schien nicht zu wissen, wie er mit dieser Situation umgehen sollte.

»Ich frage mich, wo Abigail abgeblieben sein mag, wenn sie nicht nach Orca gekommen ist«, sagte Ros schließlich, um ein Gespräch in Gang zu bringen. »Bitte, Luke, könnte ich wohl noch ein Glas Wein haben?«

»Aber natürlich.«

Sie beobachtete, wie er ihr den Wein einschenkte, und sah dann zu, wie er sein eigenes Glas erneut mit irischem Whiskey füllte.

»Ich nehme an, sie ist irgendwohin gegangen, wo die Sonne scheint. Wenn ich mit meinem Urteil richtig liege – immerhin habe ich im letzten Sommer viel Zeit mit euch allen verbracht –, liebt Abigail es, wenn der Rest der Familie sich Sorgen um sie macht. Vor allem soweit es dich betrifft, Ros.«

»Das stimmt allerdings.«

»Wenn sie tatsächlich jemanden dazu bringt, an ihrer Stelle eine gefälschte Postkarte aus Portugal abzuschicken, wie du erzählt hast, damit ihr denkt, sie sei dort, dann dürfte sie auch nicht allzu große Skrupel haben, den Rest der Familie mit anderen kleinen Eskapaden, die sie amüsant findet, auf die Palme zu bringen.«

»Das stimmt ebenfalls.«

»Was bedeutet, dass sie einfach eine egoistische, junge Dame ist.«

»Stimmt.«

»Sie spielt ihre Spielchen mit uns, Ros. Vergiss Abigail und lebe dein eigenes Leben.«

»Luke, ich weiß, dass dir meine unangemeldete Ankunft auf der Insel unangenehm ist, und ich verstehe auch, warum. Du hast hier einen Job zu erledigen – nämlich, uns gegen die Deutschen zu verteidigen. Doch ich bin nach Orca zurückgekommen, um Scoots zu suchen und in gewisser Weise auch, um meine Gefühle für dich noch einmal zu überdenken. Ich liebe dich! Soweit es mich betrifft, gibt es keine Zweifel mehr – weder an dir noch an Scoots! Scoots und ich werden immer die besten Freundinnen sein, ganz gleich, was geschieht. Aber du hast Recht. Ich kann nicht mehr ihr Kindermädchen spielen, wie ich es früher war. Ich werde gleich morgen die erste Fähre nehmen und dir weitere Unannehmlichkeiten ersparen. Imogen und Ronnie werde ich sagen, dass Scoots eindeutig irgendwelche Spielchen mit uns spielt – was wirklich typisch für sie ist! Nebenbei bemerkt, sind es ziemlich teure Spielchen. Es muss die Marine eine Menge Geld gekostet haben, mich von Dartmouth nach Orca zu befördern.«

Sie sah die Erleichterung auf Lukes Gesicht. Er stand auf und ging im Raum auf und ab, das Glas Whiskey in der einen Hand, die Zigarette in der anderen.

»Isst du denn gar nichts?«, wollte sie wissen.

»Ich hatte gerade mein Abendessen beendet, als du ankamst«, antwortete er mit leiser Ironie.

»Oh, hm, dann entschuldige ich mich für die Störung ...« Ros legte Messer und Gabel beiseite und wischte sich mit der Serviette den Mund ab. »Das war köstlich ...« Sie war plötzlich zutiefst erschöpft – geistig, körperlich und seelisch. Sie hatte nur noch den einen Wunsch – zu schlafen, eine Woche lang, am liebsten einen ganzen Monat lang.

Nur noch vage nahm sie wahr, dass sich jemand – Luke, so hoffte sie – freundlich und liebevoll um sie kümmerte, ihren Mantel auf dem Sofa ausbreitete und die Kissen aufschüttelte. Als ihr Lager für die Nacht bereitet war, murmelte sie nur noch schläfrig: »Gute Nacht, Luke ... eine letzte Bitte hätte ich noch ... ich würde mich gern morgen früh von Caroline und Hannibal verabschieden ...«

21. Kapitel

Das Frühstück war schrecklich: eine mit Wasser gekochte Hafergrütze und ein angebrannter, fettdurchtränkter Roggentoast. Beides wurde ihr hastig von Daniel und Luke durch die Tür der Bibliothek gereicht. Anschließend machte Ros sich bereit, wieder abzureisen. Diesmal war kein Commander Pemberton da, der sie aus ihrer selbstverschuldeten Klemme rettete. Luke hatte ihr während des Frühstücks erklärt, dass die Fähre zwischen Orca und dem Festland zwar für die Dauer des Krieges nicht mehr fuhr, dass er sie aber bis nach St. Mary's bringen werde, von wo sie dann die reguläre Fähre nach Penzance nehmen könne.

»Oh«, sagte Ros strahlend und reckte nach dem tiefen und erholsamen Schlaf der Nacht die Arme zur Decke, »kein Wunder, dass Graysons Haustiere dieses alte Sofa immer so geliebt haben ...« Sie beugte sich über das glatte, glänzende Möbelstück und strich liebevoll mit beiden Händen über das braune Leder. »Dann hast du das Elefantenboot also zurückbekommen?«, fragte sie neugierig.

Luke trug heute wieder sein priesterliches Gewand. Während er ihr den Rücken zukehrte und sich an einigen Papieren auf dem Schreibtisch zu schaffen machte – zweifellos neue Anweisungen vom Kriegsministerium –, murmelte er geistesabwesend: »Hm, nein. Das liegt immer noch in Penzance. Aber da die Regierung langsam begreift, was die SOF dringend braucht, hat sie uns jetzt ein eigenes, schnelles Motorboot zur Verfügung gestellt. Als neu aufgestellte Kommandoeinheit müssen wir scheinbar erst unser Können unter Beweis stellen, bevor wir auf die volle Unterstützung von Mr Churchill und dem Kriegskabinett rechnen dürfen.«

»Genau wie bei der WAAF, eine Schande eigentlich.« Ros machte sich gerade auf den Weg zum Bad im Erdgeschoss, einem ungemütlich kalten Raum auf der gegenüberliegenden Seite der steingefliesten Eingangshalle. »Wohin ist Paul Powers eigentlich verschwunden, nachdem er Abigail und mich letzten September nach Penzance gebracht hat?«

»Ich glaube, er wollte der Bürgerwehr in Chatham beitreten, seiner Heimatstadt, wenn ich mich recht entsinne.«

»Da wir gerade von dem Elefantenboot sprechen – könnte ich gleich noch Caroline und Hannibal sehen? Wenn ich mir die Zähne geputzt, mir etwas Wasser ins Gesicht gespritzt und mich angezogen habe und ...«

Er drehte sich zu ihr um. Sie spürte, dass er in Gedanken meilenweit fort gewesen war, bevor sie ihn dazu gezwungen hatte, ihr seine Aufmerksamkeit zuzuwenden. »Ros, die Tiere sind nicht mehr auf der Insel. Es war viel zu gefährlich, sie hier zu behalten. Wenn die Insel einen direkten Treffer abbekäme, müssten wir ihnen nachjagen und versuchen, sie wieder einzufangen.«

Wenn die Insel einen direkten Treffer abbekäme, dachte sie, würde vermutlich niemand mehr irgendjemandem oder irgendetwas nachlaufen, denn dann würden alle tot sein, weil Orca so winzig war. Aber sie behielt ihre Gedanken und Befürchtungen für sich. »Was ist denn aus den Tieren geworden?«

»Oh, keine Sorge, wir haben sie nicht erschossen – wie sie es jetzt in so vielen Zoos gemacht haben. Ein anderer Tierliebhaber hat sie auf seinem Grundstück in Nordwales untergebracht. Dort wird man sicher genauso gut für sie sorgen wie hier.«

»Nun, dann geht es ihnen vermutlich gut.« Ros nickte ihm zu und schlenderte in Richtung Bad davon.

Als es Zeit war, die Insel zu verlassen, konnte Ros nicht verhindern, dass ihr Tränen in die Augen stiegen. »Danke für das Nachtquartier, Luke. Sollte Abigail hier irgendwann auftauchen, dann gib ihr eine Tracht Prügel, setz sie in das nächste Boot und schick sie zu uns nach Hause.«

»Geht klar.« Er hielt inne, und auf seinem Gesicht breitete sich ein Lächeln aus.

»Was denn noch?«, fragte Ros.

»Willst du mich nicht bitten, ein paar Bärlauchpflanzen für dich auszugraben?«

»Diesmal nicht. Ich glaube nicht, dass die WAAF in Biggin Hill allzu entzückt darüber wäre, genauso wenig wie die anderen Mädchen, mit denen ich untergebracht bin. Wer wird mich nach St. Mary's bringen?«

»Ich.«

»Als Pater Luke oder als Major Duffield?«

»Als Pater Luke. Die Inselbewohner haben sich daran gewöhnt, uns Mönche hier herumlaufen zu sehen.«

»Dann hältst du deine Tarnung also immer noch aufrecht, hm, Luke? Sie ist zwar gut, aber vielleicht kommt es den Leuten etwas merkwürdig vor, einen Mönch zusammen mit einer WAAF-Soldatin in einem schnellen Motorboot in den Hafen von St. Mary's einfahren zu sehen.«

»Da sind hier schon seltsamere Dinge geschehen, meine liebe Ros. Ein Mann in meiner Position muss willens und fähig sein, Unmögliches wahr werden zu lassen – und abgesehen davon Segen zu spenden, Sünden zu erlassen und heilende Tränke sowie die Letzte Ölung zu verabreichen, wann immer dies gewünscht wird«, sagte er, ohne eine Miene zu verziehen. Es freute sie, dass er sich seinen Sinn für Humor bewahrt hatte, etwas, das sie während der letzten vierundzwanzig Stunden stark bezweifelt hatte.

Es war nur eine kurze Überfahrt, auf der Luke sie begleitete. Dann, nach einem – zumindest von ihrer Seite her – tränenreichen Abschied, reichte er ihr ihren Seesack. »Pass auf dich auf, Ros!«

Abgesehen von den Stacheldrahteinzäunungen am Strand und den neu angelegten MG-Stellungen aus Beton schien der Hafen von St. Mary's vom Krieg kaum berührt worden zu sein. Das Leben schien sich hier nicht verändert zu haben, wenn man einmal von einigen geringfügigen Unbequemlichkeiten wie der Rationierung von Lebensmitteln absah. Ros versuchte inzwischen, Haltung zu bewahren. »Leb wohl, Luke ... wir werden uns hoffentlich bald wiedersehen, wenn ich auch nicht weiß, wo oder wann, aber ich weiß, dass wir uns wiedersehen werden ... Komm gut zurück nach Orca und sei vorsichtig!«

»Leb wohl, Ros.«

Sie sah ihm nach, während er das Boot geschickt wendete, und ahnte, dass er sich eine Zigarette anzünden würde, sobald er den Hafen verlassen haben würde.

Ros schlenderte den steilen Hang hinauf, der zu einer Reihe von Cottages führte. Mit hämmerndem Herzen klopfte sie an eine der Türen. Eine fröhliche, kleine Frau, die eins der Kopftücher trug, wie man sie auf St. Mary's als Souvenir erstehen konnte, öffnete ihr. Nach einem kleinen Aufschrei riss die Frau die Hände hoch, um sich ängstlich an ihr rotes Gesicht zu greifen. Der Anblick der Uniform verwirrte sie.

»Ich bin es, Maudie, Ros!«, sagte Ros beruhigend.

»Ros, Ros ... Ros!«, schrie Maudie entzückt und schlang ihre kurzen, aber kräftigen Arme um Ros' Hals.

Ros wurde von Maudies Gewicht hinabgezogen und fühlte sich bald halb erstickt, während das anhaltende, glückliche Kreischen von Maudie wohl laut genug sein musste, um überall auf St. Mary's hörbar zu sein.

Ros freute es sehr, Maudie zu sehen. Seit über einem Jahrzehnt gehörten Maudie und die sommerlichen Familienferien für sie untrennbar zusammen. Maudie war so alt wie Abigail, verharrte aber traurigerweise auf dem geistigen Niveau einer Zehnjährigen. Mit einem erstickten Lachen löste Ros sich aus Maudies starken Armen. »Ist deine Mutter da, Maudie?«

Maudie schlenkerte mit mit den Händen und sang. »Ringel Ringel Rose ...«

»Maudie!«

Ros wusste, dass man Maudie gegenüber bestimmt auftreten musste, wenn man zu ihr vordringen wollte. Maudie nickte heftig und schlug die Haustür mit so viel Nachdruck zu, dass die ganze Reihe der kleinen Häuschen zu erbeben schien. Dann zog sie Ros in die kleine Küche im hinteren Teil des Hauses, wo Mrs Moffat gerade dabei war, mit den Zutaten, die man im Krieg bekommen konnte, ihre schmackhaften Fleischpastetchen zuzubereiten. Maudie knuffte Ros auf Arm, Brust und Rücken, eine Art Zeichensprache zwischen ihr und ihrer Mutter. Ihr breites Gesicht war zu einem Lächeln verzogen, und die Freude schien ihr für den Augenblick tatsächlich die Sprache verschlagen zu haben.

Mrs Moffat wischte sich ihre mehlbestäubten Hände an ihrer Schürze ab und blickte überrascht auf. »Also, da laust mich doch der Affe! Was führt denn Sie nach St. Mary's, Miss Roslin?« Dann wandte sie sich zu ihrer Tochter um. »Maudie, setz den Kessel auf, und in der Dose sind noch ein paar frische Scones ... Sie müssen das Trockeneipulver und das Rübenmehl entschuldigen, Miss Roslin, es ist nicht mehr so wie in den guten alten Zeiten in der Priorei.«

»Ich bin ja so froh, dass Sie beide so ... gesund und munter sind«, stieß Ros erleichtert hervor. Sie hatte das Gefühl, als sei ein gewaltiges Gewicht von ihren Schultern genommen worden.

»Und warum sollten wir nicht gesund und munter sein, hier auf St. Mary's?«, fragte Mrs Moffat. »Hier ist es bestimmt besser als da oben bei Ihnen, Miss Roslin. Armes London. Es ist wirklich erschreckend, was im Moment dort und überall sonst in der Welt vorgeht, und das nur wegen diesem Kerl, diesem Hitler. Setzen Sie sich doch, meine Liebe.« Sie zog den Küchenhocker herbei. »Maudie, wisch schnell mit dem Geschirrtuch drüber, er ist voller Mehl, und wir wollen doch nicht, dass Miss Roslin sich ihre elegante Uniform schmutzig macht, nicht wahr? Sie müssen Nachsicht mit ihr haben, Miss, sie ist immer noch ein bisschen unbeholfen.«

Maudie wischte mit der Handfläche über den Hocker, bevor sie Ros auf die Sitzfläche hinunter drückte, voller Eifer, es ihr möglichst bequem zu machen. Mit strahlenden Augen stand sie dann vor ihr und betastete bewundernd ihre Kappe, die Strähnen windzerzausten Haars, die sich darunter gelöst hatten, und Ros' Abzeichen. Und während der ganzen Zeit lag ein Lächeln in ihren Mundwinkeln.

»Hol Miss Roslin den Tee«, sagte ihre Mutter bestimmt.

Maudie kam dem Befehl so schnell wie sie konnte nach, und ja, auch die vertraute, aber so liebenswerte Unbeholfenheit war wieder da. »Ich danke dir, Maudie.« Ros nahm ihr die Tasse ab, konnte aber nicht verhindern, dass der größere Teil des Tees sich in die Untertasse ergoss. Aber das war nicht wichtig. Wichtig war, dass die Moffats lebten, dass sie unversehrt waren und es ihnen gut ging. Maudie reichte ihr ein Scone, nicht ohne sich vorher die selbstgemachte Karottenmarmelade von den Fingern zu lecken, die sie auf das Gebäck geschmiert hatte. »Das sieht ja köstlich aus, Maudie. Hast du die selbst gebacken?«, sagte Ros lächelnd und biss in das Brötchen, um Maudie nicht zu kränken.

Maudie schüttelte den Kopf und zeigte auf ihre Mutter. Ros stieß insgeheim einen Seufzer der Erleichterung aus. Man konnte nie wissen, was Maudie in den Teig mit hineinrührte, Schuhcreme etwa, Haaröl oder Seife. Ros lächelte. »Einfach köstlich!«

»Maudie hat die Marmelade gemacht«, sagte Mrs Moffat. »Es tut mir Leid, dass wir letzten Sommer so überstürzt abgereist sind, Miss Roslin.« Sie kehrte Ros kurz den Rücken und zeigte ihr ihre recht stattliche Kehrseite, während sie ein Blech mit Pasteten für die kleine Bäckerei um die Ecke aus dem Ofen nahm. Mit dem Backen verdiente sie den Unterhalt für sich selbst und ihre Tochter, nachdem sie ihre langjährige Stellung als Köchin in der Priorei aufgegeben hatte. »Aber wir wollten nicht allein mit allen diesen Leuten auf der Insel bleiben. Lord Ramson wollte ja bereits am nächsten Morgen abreisen.« Sie drehte sich wieder zu Ros um, während Maudie, immer noch mit einem verzückten Lächeln auf dem Gesicht, auf die Pasteten blies, damit sie abkühlten. Ihre Mutter schlug mürrisch mit dem Geschirrtuch nach ihr. »Lass das, Maudie, das ist unhygienisch.« Maudie sah einen Augenblick lang so aus, als wolle sie in Tränen ausbrechen, fasste sich jedoch und setzte sich neben Ros' Hocker auf den Fußboden. Dort amüsierte sie sich eine Weile damit, die Gasmaske, die an Ros' Taille baumelte, hin und her schwingen zu lassen wie das Pendel einer Uhr. Sie konzentrierte sich so sehr auf ihre Beschäftigung, dass ihr die Zunge dabei aus dem Mund lugte.

»Was ist damals eigentlich passiert?«, fragte Ros neugierig, die sehr dankbar war für die Tasse Tee. Die Überfahrt von Orca war kalt und windig gewesen, obwohl ihr Liebster sie warmgehalten hatte, indem er einen Arm um sie legte, während er mit dem anderen das Boot auf Kurs hielt. Und das war der Mann, der behauptet hatte, nicht seefest zu sein!

»Diese Lady Imogen aus Irland *und* dieser Pater Luke, der auch aus Irland kommt. Dass die beiden aus der gleichen Ecke unserer Welt kommen, war wahrhaftig nicht zu übersehen, denn schon am ersten Tag standen sie unten in der Küche und teilten nach links und rechts Befehle aus. Lady Imogen wollte, dass ich das Menü ändere, weil sie keinen Fisch mag. Pater Luke orderte dagegen Essen für ein halbes Dutzend zusätzlicher Mäuler. Wo sollte ich denn so kurzfristig die notwendigen Vorräte herbekommen, Miss Roslin? Also dachte ich mir, am besten, ich streite mich nicht lange herum, am besten, ich überlasse sie einfach sich selbst. Der Haushälterin habe ich gesagt, dass es mir Leid täte, ich jedoch gehen müsse. Und Maudie auch. Ich wollte sie nicht überanstrengen, Miss Roslin, bei all diesen zusätzlichen Betten, die plötzlich gemacht werden mussten, der zusätzlichen Wäsche, die gewaschen und den Kaminen, die ausgefegt, gesäubert und mit Holz versorgt werden mussten – und Lady Imogen wollte auch noch ein Feuer in ihrem Schlafzimmer, obwohl Hochsommer war. Sie meinte, das Haus sei so kalt und klamm wie ein Grab. Jedenfalls, da habe ich mir gedacht, am besten, ich lasse sie ihre Suppe alleine auslöffeln. Es tut mir schon Leid, die Familie einfach hängen zu lassen – Lord Grayson hatte sie ja ebensowenig informiert wie mich, aber ich habe nun mal meine Prinzipien. Niemand darf Maudie und mich ausnutzen! Und ich bedauere es nicht, jetzt nicht mehr, weil wir ein hübsches kleines Einkommen hier auf der Insel haben, indem wir die Hafenbäckerei mit Pasteten versorgen. Seit das ganze Militär hier aufgetaucht ist, kommen sie dort mit dem Backen gar nicht mehr nach. Die Soldaten sind neuerdings überall und scheinbar immer hungrig – sie verputzen viel mehr als die Besucher, die vor dem Krieg auf die Inseln gekommen sind. Manchmal sehe ich hier diesen grässlichen Pater Luke, der regelmäßig von Orca rüberkommt, um Vorräte für seine Mönche zu holen. Ich mag ihn nicht. Wenn er hier auftaucht, kriege ich jedes Mal eine Gänsehaut.«

Ros beschwichtigte sie: »So schlimm ist er gar nicht, Mrs Moffat. Er sieht nur etwas beängstigend aus in seiner schwarzen Robe und der weiten Kapuze.«

»Wie der leibhaftige Tod in der Offenbarung«, schniefte diese, keineswegs überzeugt.

Ros konnte ihr natürlich nicht verraten, dass Pater Luke in Wirklichkeit ein ganz anderer war und durch und durch britisch, und dass man ihn hergeschickt hatte, um die Inselbewohner zu beschützen. Ros warf einen Blick auf ihre Armbanduhr. »Meine Güte, ist es schon so spät?« Sie hatte fast anderthalb Stunden in der gemütlichen kleinen Küche der Moffats gesessen, und das Gespräch war so anregend und interessant gewesen, dass sie überhaupt nicht mehr auf die Zeit geachtet hatte. Die Fähre nach Penzance würde in zehn Minuten ablegen. »Ich muss mich beeilen ...« Sie stand hastig auf. »Ich darf die Mittagsfähre nicht verpassen, denn die nächste geht erst morgen.«

Wieder sah Maudie so aus, als werde sie gleich in Tränen ausbrechen. Ihre Mutter hob drohend das Nudelholz. »Untersteh dich, Maudie! Miss Roslin muss nach London zurückfahren, um gegen Hitler zu kämpfen.« Dann drehte sie sich wieder zu Ros um. »Es ist schon komisch, Miss Roslin, aber neulich habe ich doch tatsächlich gedacht, ich hätte Miss Abigail gesehen, mitten unter den Leuten hier auf dem Samstagsmarkt. Sie war mit einer anderen Frau zusammen, einer großen, blonden Frau, deren Gesicht rot war. Maudie und ich wollten gerade zu ihr hinlaufen, aber kaum dass wir uns in Bewegung gesetzt hatten, schienen die beiden sich in Luft aufgelöst zu haben.«

Ros sagte eilig: »Sie haben sich sicher getäuscht, Mrs Moffat. Abigail hat mit Ronnie in Portugal Ferien gemacht. Und nachher sind sie beide, glaube ich, nach London zurückgekehrt, um ihren Beitrag zum Krieg zu leisten.«

»Hm ... na dann, dann muss ich wohl Gespenster gesehen haben, Miss Roslin. Meine Augen sind auch nicht mehr allzu gut. Maudie vergisst dagegen niemals ein Gesicht, ebenso wenig wie eine Freundlichkeit oder eine Unfreundlichkeit. Aber wie dem auch sei, Sie gehen jetzt wohl besser, Miss, wenn Sie die Fähre nicht am Ende doch noch verpassen wollen.« Mrs Moffat hielt die schmale Haustür so weit auf, dass Ros sich mit ihrem Seesack hindurchzwängen konnte. »Kommen Sie mal wieder vorbei, Miss Roslin, wenn Sie in der Nähe sind. Ich denke eigentlich, dass Maudie und ich wieder auf Orca für Lord Grayson kochen werden, sobald der Krieg vorbei ist und der Herr nach England zurückkommt.«

»Das denke ich auch, Mrs Moffat ... Auf Wiedersehen, Maudie, und danke für den Tee und das Scone und deine köstliche Marmelade.« Sie winkte, und Maudie winkte so energisch zurück, dass sie um ein Haar über die Türschwelle gestolpert wäre.

Puh!, dachte Ros zutiefst erleichtert, wieder ist ein Rätsel gelöst. Mrs Moffat und Maudie war nichts Finsteres zugestoßen, ihre Befürchtungen hatten sich zum Glück nicht bestätigt. Ihre

Fantasie war mit ihr durchgegangen, zum Teufel mit Giles und zum Teufel mit Abigail! Zum Teufel mit der ganzen verflixten Verwandtschaft!

Vier Tage, nachdem sie in Biggin Hill mit Schneewolken über sich, die so aussahen, als würden sie sich ziemlich lange halten, aufgebrochen war, kehrte Ros endlich an ihren Standort zurück; sie hatte die Strecke von Penzance nach Paddington in einer Reihe langsamer, kalter und trostloser Züge verbracht, die sie an ihre Fahrt mit Scoots im letzten September erinnerten. Diesmal bekam sie ein Quartier im nahe gelegenen Westerham zugewiesen, und die Sektionsoffizierin der WAAF, die sie zuvor zu einem langen Urlaub entlassen hatte, stieß einen weiteren Seufzer der Erleichterung aus, als Ros Taylor, Fliegerin erster Klasse, durch die Tore des Lagers in die tief verschneiten Felder dahinter verschwand: Diese junge Dame war entschieden zu eigensinnig und beharrlich für ihren Geschmack – ein Stachel im Fleisch eines jeden, der sich ein ruhiges Leben wünschte.

Ros' Quartier war ein behagliches Zimmer in einem großen Landhaus, das einem Mr Jackson-Parfitt und seiner Frau gehörte. In dem Haus, das vor dem Krieg eine vornehme, teure Frühstückspension gewesen war, hatte sich nichts geändert – außer der Kundschaft. Es waren zurzeit fünf WAAF-Damen höchsten Ranges anwesend, wie die Pensionswirtin Mrs Jackson-Parfitt immer wieder entzückt feststellte.

Wenn abends das Essen – Dosenfleisch und Kartoffelpüree – abgeräumt und das Geschirr gemeinschaftlich gespült worden war, gingen »die Mädchen« in den Salon, um auf die Neun-Uhr-Nachrichten im Radio zu warten. Mr Jackson-Parfitt und seine Frau zogen sich meist in ihr eigenes Wohnzimmer zurück.

Eines Abends fiel in der wie üblich lebhaften Unterhaltung der Mädchen – Ros hatte sich selbst nicht daran beteiligt, sondern gelesen – der Name Fluff. Sie spürte, wie sich ihr Magen zusammenzog. Es hat ihn »erwischt«, dachte sie ängstlich – das bedeutete, dass ein Kampfpilot abgeschossen worden war.

Sie legte das Buch aus ihren zitternden Händen und wandte sich den anderen zu. »Entschuldigung ... Ihr habt den Namen Fluff erwähnt. Meint ihr etwa den kanadischen Flugoffizier Felix Ferguson?«

»Genau den!«

»Es *gibt* nur diesen einen!«, fügte eine der anderen Frauen hinzu, und wieder verfielen sie in verschwörerisches Kichern.

»Ist er ums Leben gekommen?«, stieß Ros in höchster Aufregung hervor.

»Das will ich nicht hoffen, Schätzchen! Er ist der beste Flieger aus Staffel 25 und hat schon eine Reihe von Abschüssen vorzuweisen.«

»Es tut mir Leid, aber ich hatte verstanden, dass jemand von euch sagte, es hätte ihn erwischt ...«

Woraufhin das Gelächter von Neuem losging.

Eins der Mädchen erbarmte sich schließlich ihrer. »Taylor, du scheinst ja keine Ahnung von Felix Fergusons Fähigkeiten zu haben, aber *wir* sind alle im Bilde, seitdem wir ihn im letzten September bei einigen ziemlich halsbrecherischen Aktionen geplottet hatten. Er ist der Beste dort oben am Himmel, den wir haben! Und wenn du ihn erst einmal geplottet hast, wirst du ihn ebenfalls nie wieder aus den Augen verlieren. Es ist einfach unglaublich: Er kann den ganzen Tag in einer *Hurricane* durch die Lüfte schwirren, direkt vor der Nase des Feindes, und plötzlich sitzt er ihm im Nacken wie der Teufel persönlich.«

Ros hatte das Gefühl, dass so viel Lob für Felix vielleicht doch etwas überzogen war.

Aber der Felix-Fanclub erging sich weiter in Schwärmereien von seinen Heldentaten am Himmel – und im Bett. Und auch darüber klärte man sie auf : Wenn du eine von seinen Ex-Freundinnen bist, Pech. Wenn nicht, auch Pech. Seit seiner Beförderung zum Hauptmann und irgendeinem Stück Blech, das er nach der

Borkum-Mission bekommen hat, gibt es kein Halten mehr für ihn ... Hm, nur unsere Betty wird ihn vielleicht von jetzt an halten können, er hat ihr nämlich letzte Woche einen Verlobungsring gekauft.«

Ros schämte sich für ihre Naivität. Das geschah ihr recht, was musste sie sich auch in das Gespräch der anderen einmischen! Ihr fiel erst jetzt auf, dass er ihr nichts über sein Leben hier in England erzählt hatte – nichts von der Borkumer Mission, von einem Orden oder von irgendetwas anderem aus seiner jüngsten Vergangenheit, sondern nur von weit zurückliegenden Dingen wie Saskatchewan und der Pilotenschule in Manitoba, wo er kopfüber in einem kanadischen Heuhaufen gelandet war. Vermutlich war alles absoluter Blödsinn, den er ihr zärtlich ins Ohr geflüstert hatte, in ihr fügsames, empfängliches Ohr, um ihre Leidenschaft zu entfachen. Und es war ihm gelungen; sie war buchstäblich Wachs in seinen Händen gewesen. Sie hatte eben wieder einmal Pech gehabt! Na schön, viel Glück auch für den fliegenden Tausendsassa und seine zukünftige Braut!

Ros ärgerte sich darüber, dass sie sich nun schämte und traurig und verlassen fühlte – keiner von beiden hatte dem anderen schließlich etwas versprochen. Sie hatte genau gewusst, was für eine Art Mann er war, als sie sich mit ihm eingelassen hatte.

»Komm schon, Betty, zeig Taylor deinen Ring«, bedrängten die anderen Frauen die hübsche, blonde WAAF-Plotterin, mit der sich Felix verlobt hatte.

Betty hielt stolz den einzeln gefassten Diamanten in die Höhe, der entweder ein Familienerbstück sein musste oder etwas, das Fluff und seine gesamte kanadische Truppe ihre Rationscoupons für ein ganzes Jahr gekostet hatte. Ros murmelte: »Herzlichen Glückwunsch« und ließ die vier Busenfreundinnen anschließend allein. In der Halle stand ein Münzfernsprecher. Ros war sich nicht ganz sicher, ob es richtig war, in diesem Fall einen öffentlichen Fernsprecher zu benutzen, aber sie hatte zumindest einen günstigen Zeitpunkt erwischt. Nachdem sie kurz entschlossen

Grafton 666 gewählt hatte, dauerte es eine Ewigkeit, bis endlich jemand am anderen Ende abnahm. Ros blickte sich nervös um. »Ich würde gern mit Algie sprechen, bitte«, flüsterte sie.

»Wer ist denn da?«, fragte eine ihr unbekannte Stimme.

»Roslin Taylor Ramson, WAAF, B-o-B.«

»Einen Augenblick bitte, Miss …«

Nach einer Weile hörte sie das gequälte Atmen und die charismatische Stimme von Algernon Leamington-Smythe, der so klang, als hätte er sich das Äußerste abverlangt, um mit seinem Rollstuhl zum Telefonapparat zu kommen. »Wo sind Sie?«, fragte er knapp.

»Im B-o-B-Quartier.«

»Können Sie reden?«

»Eigentlich nicht.«

»Erfinden Sie einen Vorwand, um morgen nach London zu kommen. Wenn Ihre Sektionsoffizierin Einwände erhebt, lassen Sie es mich wissen, dann kläre ich das mit ihr.«

»Danke.«

»Sie kennen die Straße?«

»Ja.«

»Und Sie wissen wo und wann?«

»Nein.«

»Zweiundzwanzig, dreizehnhundert, verstanden?«

»Verstanden.«

»Kluges Mädchen!« Er kicherte, woraufhin Ros wieder einmal eine Gänsehaut bekam. »Ziehen Sie sich an wie ein Flittchen.«

»Wie bitte?«

»Ziehen Sie sich an wie ein Flittchen!« Am anderen Ende der Leitung wurde aufgelegt.

Langsam schob Ros den Hörer auf die Gabel. Sie hatte die Botschaft zwar erhalten, aber nicht verstanden.

22. Kapitel

Ros hatte nicht viel Zivilkleidung zur Auswahl. Sie lebte aus ihrem Seesack, wenn sie im Dienst war, und aus einem einzigen kleinen Koffer, wenn sie frei hatte. Sie beschloss, ihr Mailänder Kleid anzuziehen, eines ihrer Lieblingskleider, das sie schon seit Ewigkeiten besaß. Das türkisfarbene Kleid war nach dem Entwurf eines berühmten italienischen Modeschöpfers der *Haute Couture* diagonal geschnitten und bestand aus einer sanft fließenden Mischung aus Wolle und Seide, mit einem Kragen und Manschetten aus schwarzem Alpaka. Scoots hatte es nach dem Tod ihrer Mutter in einer Kleidertruhe auf Graysons Dachboden in Bayswater Mansion entdeckt. Ginas Zofe hatte die teuren Kleider ihrer Herrin sorgfältig in Seidenpapier gepackt und in mehreren Truhen Schicht um Schicht übereinander gelegt, damit Scoots diese Dinge eines Tages würde anziehen können.

Scoots hatte jedoch viele Sachen ihrer Mutter an Ros weitergereicht. »Hier, nimm du das. Ich würde wie ein Sack Kartoffeln darin aussehen, aber dir steht es vielleicht …« Ginas Geschmack, was Kleidung betraf, war außergewöhnlich gewesen, und selbst ein Jahrzehnt nach ihrem Tod war das Kleid noch immer von zeitloser Eleganz.

Weniger modisch war allerdings der einzige gute Wintermantel, den Ros besaß, der, den sie nicht der WAAF verdankte. Auch dieser Mantel – Wolle in schwarzweißem Hahnentrittmuster – kam aus zweiter Hand, genauer gesagt aus Veronicas Kleiderschrank.

Ronnie hatte seinerzeit auch einen türkis-schwarzen, randlosen Samthut abgelegt, an dem eine große türkise Feder prangte, die wunderbar zu dem Mailänder Kleid passte. Daneben waren noch ein paar schwarze Wildlederhandschuhe und eine Handtasche, ebenfalls aus schwarzem Leder, für Ros abgefallen. Auch die schwarzen Wildlederhandschuhe hatten Ronnie gehört, aber einige Zeit später war Ronnie das schwarze Wildleder leid geworden, weil es sie zu sehr an Beerdigungen erinnerte. Dazu trug Ros ihre Wildlederschuhe und ein Paar brandneue Seidenstrümpfe, die Felix ihr zu Weihnachten geschenkt hatte.

Elegant gekleidet und in der stillen Hoffnung, dass sie kein bisschen flittchenhaft aussah – wenn Leamington-Smythe eine heimliche Vorliebe dafür hatte, sollte er sie doch auf andere Weise befriedigen –, fuhr Ros mit dem Zug von Westerham nach London.

Haus Nr. 11 am Grafton Court war eine der vielen georgianischen Villen in diesem noblen Viertel. Ros wusste, dass ausschließlich Leute mit einem immensen Vermögen hier lebten.

Sie stieg die elegante Vordertreppe hinauf und drückte auf die ungewöhnliche und überaus fantasievoll gestaltete Türglocke, die bei näherem Hinsehen eine deutsche Pickelhaube aus dem Weltkrieg darzustellen schien.

Ein adrettes junges Hausmädchen, das sicherlich nicht älter als sechzehn war, öffnete die Tür. Sie trug die Art von altmodischem, knöchellangem schwarzen Kleid mit passenden schwarzen Schuhen und Strümpfen, einer gestärkten Schürze und einer kleinen Rüschenhaube, die vor zehn Jahren alle Hausangestellten in den großen Häusern getragen hatten.

»Miss Taylor Ramson für Mr Leamington-Smythe«, sagte Ros.

Das Hausmädchen knickste. »Sehr wohl, Miss, er erwartet Sie bereits. Bitte, kommen Sie hier entlang.« Sie schloss die Tür.

Ros trat in eine riesige Eingangshalle, deren verdunkelte Kuppel – während der Verdunkelungsmaßnahmen erinnerte sie gewissermaßen an einen Nachthimmel – von hohen Marmorsäulen getragen wurde. Eine prachtvolle marmorne Treppe führte zu einem Absatz, von dem rechts und links eine ringförmig angelegte Galerie mit zahlreichen Türen und Korridoren abging.

»Zum Badezimmer geht es hier entlang, Miss, wenn Sie sich vor dem Mittagessen noch frisch machen wollen.«

»Ja, bitte«, sagte Ros artig.

Das Hausmädchen führte sie in ein riesiges, rosa gekacheltes Badezimmer. Eine Fülle blitzender Spiegel, goldener Wasserhähne, flauschiger, rosafarbener und austernfarbener Handtücher, gewaltiger Flaschen luxuriösen Parfüms, Lotionen und Cremes erwartete sie dort. Dieses Haus schien gänzlich unberührt von allen Sparmaßnahmen des Krieges.

Ros setzte sich auf einen Badezimmerhocker, der wie eine Muschel geformt war, um ihre Stiefel auszuziehen, die sie auf den schlammigen Straßen getragen hatte, um ihre Wildlederschuhe zu schonen. Dann hängte sie ihren Mantel an einen der vergoldeten Haken; möglicherweise war er auch nur aus Messing, aber Ros bezweifelte das. Sie wusch sich die Hände, tupfte Puder auf ihre Nase, beschloss, den Hut aufzubehalten, der so gut zu ihrem Kleid passte, und holte tief Luft, um sich für die neuerliche Herausforderung in ihrem Leben zu wappnen. Wer könnte den Versuchungen einer solchen Umgebung widerstehen?

Das Hausmädchen erwartete sie draußen vor der Tür. »Bitte folgen Sie mir, Miss.«

Sprachlos vor Ehrfurcht, hatte Ros nun Gelegenheit, noch mehr von der palastartigen Umgebung in sich aufzunehmen. Neben diesem Haus verblassten Bayswater Mansion und Imogens elegante Residenz in Mayfair völlig: Unbezahlbare Gemälde von Rembrandt, Ruben, Tizian, Goya – ebensowenig Fälschungen wie die beiden riesigen chinesischen Jadedrachen zu beiden Seiten der marmornen Treppe, den Wächtern der oberen Regionen.

Sie nahmen zu Ros' Überraschung jedoch nicht die Treppe. »Hier hinein, Miss.« Das Hausmädchen knickste abermals und geleitete Ros in einen breiten, ganz und gar mit Teppich ausgekleideten Aufzug, wo ein Lakai in einer grau-gelben Livree, ein Junge von vielleicht vierzehn Jahren, bereit stand, um auf den Knopf zu drücken und sie in den ersten Stock zu bringen. Ros bekam eine Gänsehaut. Dies war ein Hotel, kein Zuhause, vielleicht sogar ein Heim für heimatlose Jugendliche, die hier in den Dienst eines Pädophilen traten. *Sei nicht kindisch*, dachte Ros. Sie rief sich streng zur Ordnung: Algie war zwar seltsam, aber ganz sicher nicht *pervers*. Nach und nach ging ihr beschämt auf, warum dieser Aufzug nötig war; Algie konnte mit seinem Rollstuhl ja wohl kaum die marmorne Treppe bewältigen.

Das Hausmädchen, das nicht mit dem Aufzug gefahren war, erwartete Ros bereits im ersten Stock, als die Aufzugtür sich öffnete. Ros vermutete, dass sie entweder immer zwei Stufen gleichzeitig genommen haben musste oder aber ein Zauberwesen mit Flügeln war. Und sie war auch nicht außer Atem wie ein gewöhnliches sterbliches Wesen. Vielleicht hatte sie ja auch den Dienstbotenaufzug genommen. In ihrer heillosen Verwirrung angesichts all dieser Pracht, schien in ihren Augen nichts auf dieser Welt die Möglichkeiten oder die Fantasie Algernon Leamington-Smythes zu übersteigen. Das Hausmädchen führte Ros zum Speiseraum. »Hier entlang, bitte, Miss.«

Vor einem ovalen Regency-Tisch, der allein so groß war wie das Wohnzimmer der meisten Menschen, saß Algie in seinem Rollstuhl und las in einer in blaues Leder eingebundenen Anthologie. Als das Hausmädchen seinen Gast ankündigte, klappte er das Buch zu und steckte es in die Tasche. »Freut mich, dass Sie es bei diesem scheußlichen Wetter geschafft haben, zu kommen, mein liebes Mädchen ... Oh, Sie sehen aber wirklich hübsch aus in diesem Kleid! Anscheinend haben sie geahnt, dass Türkis meine Lieblingsfarbe ist. Kommen Sie und setzen Sie sich neben mich.« Er zeigte auf den Platz zu seiner Rechten, der für sie gedeckt war. »Verzeihen Sie mir, dass ich nicht aufstehe, aber wie Sie sehen, ist das unmöglich.«

Bitte, fang nicht wieder damit an, Algernon, ich könnte es nicht ertragen, dachte Ros beschwörend, während sie ihren Platz am Tisch einnahm.

Auf weißen Porzellantellern, die einen Rand aus vierundzwanzigkarätigem Gold hatten, waren die ineinander verschlungenen Initialen LS deutlich erkennbar. Auf dick gestärkten, weißen Servietten war das gleiche Symbol mit weit ausholenden Schnörkeln aufgestickt. Auf dem Büffet stand ein exquisites kleines Festmahl bereit: Gänseleber, Wachteleier, ein ganzer pochierter Lachs, der mit hauchdünnen Gurkenscheiben dekoriert war, Huhn in Aspik, russischer Kaviar auf Eis, köstliche Mousses, eine Vielzahl verschiedener Fleischsorten – und nirgends war auch nur eine einzige Scheibe Dosenfleisch zu sehen. Es gab Erdbeeren und Sahne – und das im Januar –, sowie Melonensorbets, winzige Schälchen mit Fruchtgelee – dies war ein Festmahl für sämtliche Sinne, ein Mahl, für das nicht nur ein hungerndes Kriegsopfer sterben würde. Es war alles so perfekt arrangiert dekoriert, dass Ros sich fragte, ob Majestät höchstpersönlich, oder aber ein wichtiger Patron des Roten Kreuzes ebenfalls zu diesem Festmahl geladen war.

Doch wie es schien, sollten es nur sie selbst und der Gastgeber sein, die sich an diesem Festmahl gütlich tun würden. Wenn das Algies Art und Weise war, die Frau seiner Wahl zu verführen, dann hatte sie nichts daran auszusetzen. Mit knurrenden Magen dachte Ros darüber nach, dass es in *diesem* Haus so etwas wie eine Rationierung nicht zu geben schien, Kontakte zum Schwarzmarkt dagegen sehr wohl: Erstaunlich, wie die eine Hälfte der Welt stirbt und die andere Hälfte indessen lebt!

»Wein, Roslin?« In unmittelbarer Reichweite von Algie standen einige Kristallkaraffen aus geschliffenem Glas.

»Nein, danke. Ich muss nachher noch den richtigen Zug zurück nach Kent erkennen können.«

»Ach, kommen Sie schon. Schlagen Sie doch wenigstens einmal im Leben alle Vorsicht in den Wind!«, drängte Algie sie.

Sollte das ein Witz sein oder was? »Nein, Wasser wäre mir am liebsten, vielen Dank. Ich bin nicht daran gewöhnt, tagsüber Alkohol zu trinken.«

»Nur abends«, kicherte Algie, während er eiskaltes Wasser aus einem Waterford-Krug in den Kristallkelch goss, der oberhalb ihres Tellers auf ihrer linken Seite stand, ganz in Algernons Nähe. Das silberne Besteck war antik und trug abermals das verschlungene Monogramm des Hausherrn, die Weingläser waren aus venezianischem Glas und mit Goldrändern versehen. Ros stellte staunend fest, dass es etwas Derartiges im Hause Ramson nicht gab, dabei hatte sie immer gedacht, die Ramsons seien wohlhabend!

»Sie fragen sich wohl gerade, wie es ein hässlicher, vernarbter, russisch-deutscher Jude, ein *Immigrant*, geschafft hat, so viel Reichtum anzuhäufen«, sagte Algernon, immer noch kichernd und reichte ihr seinen Teller. »Seien Sie so lieb und bringen Sie mir etwas mit, Roslin, ich kann nicht zum Büffet gehen; vielleicht ein klein wenig von allem, wenn Sie so freundlich sein wollen, damit ich Sie nachher nicht immer wieder beim Essen unterbrechen muss, um meinen gewaltigen Appetit zu stillen. Schaufeln Sie einfach alles auf den Teller, mein liebes Mädchen, und stellen Sie sich vor, ich sei eine fette, gierige Herzogin auf irgendeiner Soiree.«

Er brachte sie zum Lächeln. Ros stellte den vollbeladenen Teller vor ihn hin. Er steckte sich die gestärkte Tischserviette wie ein Lätzchen in seinen Kragen und drängte sie, sich der Versuchung, die vor ihr stand, hinzugeben. »Bedienen Sie sich, Ros. Und während Sie das tun, werde ich versuchen, die Fragen zu beantworten, die Ihnen durch den Sinn gehen:

»Mein Ururgroßvater war ein russischer Jude aus St. Petersburg, ein Mann, der eine glückliche Hand mit Geld hatte. Er war, um ein Wort der damaligen Zeit zu gebrauchen, ein Wucherer – ein Mann, der zu exorbitanten Zinsen Geld verlieh, das er im Übrigen in seiner Strohmatratze versteckt hielt. Als er starb, beerbte ihn mein Urgroßvater, und da auch er ein kluger Mann war, versteckte er sein Vermögen ebenfalls – sowohl das ererbte, als auch das selbst angehäufte. Er stopfte es jedoch nicht in eine Strohmatratze, sondern investierte seine Gewinne zu einem hohen Zinssatz in einem neutralen Land, nämlich der Schweiz. Das war sehr klug von ihm, denn in einem der vielen Pogrome gegen die russischen Juden nach der Ermordung Zar Alexanders II., wurde der Besitz meines Urgroßvaters und seiner Familie beschlagnahmt, bevor man sie zwang, ihre Siebensachen zu packen und sich anderswo niederzulassen. Sie entschieden sich für Berlin; eine gute Wahl aus der Sicht meines russisch-deutschen Urgroßvaters, eine schlechte Wahl aus der Sicht meiner Großeltern. Aber so ist das Leben nun mal, wir müssen unsere Entscheidungen treffen, seien sie nun zum Guten oder zum Schlechten, und wir dürfen dabei weder zurück noch nach vorn blicken. Es kam, wie es kommen musste: Mein Großvater hätte sich gern in der Schweiz niedergelassen, aber die Schweiz wollte nicht ihn, sondern nur sein Geld. Daraufhin zog er sein Geld aus der Schweiz ab und gründete in Berlin ein Bankhaus. Er heiratete meine Großmutter, die Tochter eines wohlhabenden deutsch-jüdischen Industriellen, und da sie nun nicht nur im Bank- und Finanzwesen tätig waren, sondern auch von den Kohlebergwerken des Ruhrgebiets profitierten, wurde ihr Vermögen immer größer und größer. Mein Vater, der älteste Sohn seiner Eltern, war um die Jahrhundertwende etwa so reich wie einige amerikanische Eisenbahn- und Ölbarone. Durch diesen Reichtum zog meine Familie jedoch auch die Aufmerksamkeit vieler neidischer, nichtjüdischer Unternehmer und Bankiers auf sich.«

»Damals hießen sie vermutlich noch nicht Leamington-Smythe«, bemerkte Ros sarkastisch.

Algie füllte sein Weinglas nach und fügte mit einem melancholischen Unterton hinzu: »Ganz recht, mein liebes Mädchen. Unser Familienname war Jakob oder, wie wir es auf jiddisch aussprechen, Yakov. Ein ziemlich gewöhnlicher Name für einen Juden, ungefähr so gewöhnlich wie der Name Jones in England. *Leamington* habe ich mir von einem Ort geliehen, an dem ich kurz nach unserer Ankunft in England mit meinen Eltern gewohnt habe. *Smythe* habe ich von einem ganz besonders widerwärtigen und herablassenden antisemitischen Präfekten in Eton. Ich war sein Laufbursche, also ein Schüler, der für einen Älteren bestimmte Dienste verrichtet. Und so wurde unser Doppelname geboren. Ich habe die beiden Namen miteinander verbunden, damit sie mich immer daran erinnern, dass mich mit der britischen Aristokratie im Grunde rein gar nichts verbindet. Aber wir kommen vom Thema ab. Ich für meinen Teil habe nichts getan, um das Familienvermögen zu vergrößern, ich habe es lediglich vor der anderen Seite des Ärmelkanals geschützt, indem ich unseren Namen geändert und das Geld in andere Kanäle habe fließen lassen.« Algernon hielt inne, um Atem zu schöpfen, schlürfte genießerisch seinen Wein und fuhr fort: »Ich habe die beste Erziehung bekommen, die es gibt: Eton und Oxford – die Art Erziehung, die man mit Geld kaufen kann. Das versetzte meine Familie wiederum in die Lage, sich durch mich Beziehungen zu kaufen, Beziehungen zu der *wahren* Aristokratie dieser Welt, der britischen.« Algernon lachte trocken auf, leerte sein Weinglas und füllte es sogleich nach. »Nun ja, natürlich steckte noch mehr dahinter. Der Transfer hoher Summen von einem Land ins andere ist immer ein heikles Unternehmen. Ich diente ihnen schon als Schuljunge als eine Art Geldkurier. Meine Eltern investierten hier und da, überwiegend hier. 1910 haben sie Deutschland dann endgültig verlassen und England zu ihrem Zuhause gemacht. Ein *sehr* kluger Schritt, wie man nun sieht. Sie wurden im Schlaf immer reicher, so jedenfalls hat es Lloyd George formuliert, der damalige Finanzminister, der sich einmal ziemlich herablassend über die wohlhabende Klasse Englands äußerte. Nun, er war schließlich Waliser. Traurigerweise widerstrebte es meinen Großeltern und einigen Tanten und Onkeln, Vettern und Cousinen, Deutschland zu verlassen und irgendwo anders neu anzufangen. Sie waren es leid, infolge unzähliger jüdischer Pogrome von einem Land zum anderen verschoben zu werden. Einige von ihnen haben Deutschland natürlich noch rechtzeitig verlassen, und haben sich in Ländern wie Amerika und Kanada niedergelassen. Aber diejenigen meiner Verwandten, die beschlossen hatten, in Deutschland zu bleiben und dort auf ihr Glück zu hoffen, bedauern es jetzt zutiefst. Sie sitzen nun in Berlin in der Falle.«

Algie dehnte die verkrampften Sehnen seiner vernarbten Hände, bevor er sich von Neuem voller Genuss über sein Essen hermachte. Ros fragte ihn neugierig: »Was ist mit Ihren Eltern, leben sie noch? Und Sie erwähnten auch Ihre Großeltern.«

»Meine Eltern sind beide innerhalb eines Jahres gestorben, mein Vater an einem Schlaganfall, meine Mutter ein Jahr später an Krebs ... Sie waren beide lange krank und wurden hier gepflegt, in diesem Haus. Nach ihrem Tod habe ich das alles hier geerbt ... wie Sie sehen.« Er hob sein Messer und deutete mit einer zynischen kleinen Geste auf seine Umgebung.

Ros sah zu dem faszinierenden Portrait an der gegenüberliegenden Wand hinüber, das einen jungen Mann mit klaren braunen Augen und schwarzem Haar zeigte, vor Kraft und Gesundheit strotzend, stolz aufgerichtet in seiner Fliegermontur. Nicht zum ersten Mal konnte sie Algies Verbitterung und seinen Hass auf die Deutschen nachvollziehen. Wieder und wieder hatten sie seine Familie zerstört, und sie hatten auch ihn zerstört, das jedenfalls glaubte Algie. Ros glaubte nicht daran, dass man alle Deutschen über einen Kamm scheren und in ihnen die Verkörperung des Bösen sehen konnte, nur weil einzelne machtbesessene Personen wie Kaiser Wilhelm II. und Adolf Hitler aus diesem Land kamen. Die Mehrheit der Deutschen bestand zweifellos aus anständigen, rechtschaffenen und zivilisierten Menschen, die unglücklicherweise in den Bann Hitlers und seiner mitreißenden Ansprachen geraten waren. »Was ist mit Ihnen, Algie?«, fragte Ros schließlich. »Sie haben mir von Ihrer Familie erzählt, nun erzählen Sie mir auch etwas über sich.«

»Beim Ausbruch des Krieges, 1914, ging ich zur Kavallerie. Ich hatte nicht nur mein eigenes Pferd, sondern auch mein eigenes Flugzeug. Man nannte mich dort den goldenen Knaben. Mein Vater ermutigte mich zum Fliegen, aber meine Mutter stand Todesängste aus. Ich war ihr einziger Sohn, und sie wollte nicht, dass mir etwas passierte. Sie hat meinen frühen Tod vorausgesehen; man könnte sagen, dass sie mit ihrer Befürchtung nicht allzu weit daneben gelegen hat ... wie dem auch sei.« Er räusperte sich. »1917 wurde das Königliche Fliegerkorps aus der Taufe gehoben, und ich trat ihm bei. Meine Staffel, die Staffel 141, sollte in Biggin Hill stationiert werden. Sie sehen also, mein liebes Mädchen, ich war dabei, als Biggin Hill aus der Taufe gehoben wurde. Nein, eigentlich sogar noch vorher.«

Algie wischte sich etwas, das wie eine Träne aussah, von der Wange, bevor er fortfuhr. »Die beste Zeit in meinem Leben überhaupt! Bis der gottverfluchte beste deutsche Flieger der Welt, der achtzig Abschüsse vorweisen konnte und uns als der Rote Baron bekannt war, mich vom Himmel schoss. Ich muss wohl sein einundachtzigster Treffer gewesen sein. Ein paar Tage später wurde auch er abgeschossen. Nur dass er starb und ich am Leben blieb.«

Ein unglaubliches Schweigen breitete sich zwischen den mit Seidenstoffen tapezierten Wänden des Speiseraums aus. Ros sagte beschwörend: »Tun Sie das nicht ... Denken Sie nicht einmal mehr daran, Algie. Wenn man in der Vergangenheit lebt, wird man zu einem lebenden Toten.«

»Weise Worte, Roslin, aber wie bewerkstelligt man das?« Er strich sich mit seiner vernarbten Hand über das Gesicht, das einen gequälten Ausdruck angenommen hatte. Dann reichte er ihr seinen leeren Teller. »Füllen Sie mir bitte noch einmal meinen Teller, Roslin.«

Sie brachte ihm die gewünschte zweite Portion. »Wir werden ihn bestimmt besiegen, Algie! Keine Nation auf Erden kann auf die Dauer andere ungestraft versklaven. Das wird in einer zivilisierten Welt niemand zulassen. *Irgendjemand* wird dem Einhalt gebieten. Ich denke doch , dass wir es schaffen, Hitler Einhalt zu gebieten, oder?« Sie wünschte sich so sehr, dass er ihr zustimmen möge.

»Ich fürchte, nein«, sagte Algie jedoch brutal. »Wir haben sogar die armen Tschechen verraten und sie der Bestie Hitler zum Fraß vorgeworfen, um seine Kriegsgelüste zu bezähmen. Die Bösen mögen in der Minderheit sein, aber sie sind leider mächtiger als die Guten.« Er bemerkte ihr Unbehagen und wechselte das Thema. »Sie haben Ihr Essen gar nicht angerührt. Habe ich Sie wieder so sehr aufgeregt?«

»Warum haben Sie mich damals bei Imogens Dinnergesellschaft gebeten, mit Ihnen Kontakt aufzunehmen?«

»Warum haben Sie es jetzt getan?«

»Ich bin mir nicht ganz sicher.«

»Doch, das sind Sie.« Seine Stimme war zur Abwechslung einmal überraschend sanft und nicht mehr rau und schneidend wie das Schmirgelpapier, dass seine Seele abgeschliffen hatte. »Jetzt, da ich Ihnen mein ganzes Wesen offenbart habe, da ich meine Lebensgeschichte in Ihre charmanten und mitfühlenden Ohren posaunt habe, erzählen Sie mir doch auch bitte etwas von sich selbst, Roslin.«

»Ich glaube nicht, dass ich Ihnen etwas erzählen kann, das Sie nicht bereits aus meiner Akte der WAAF wissen. Mein Leben war bis jetzt sehr ... unbedeutend.«

Er verzog das Gesicht, und an dem Zucken seiner entstellten Lippen erkannte sie, dass es ein Lächeln sein sollte. »Wie viele Sprachen sprechen Sie?«

»Keine.«

»Stimmt nicht.«

»Dann fragen Sie nicht. Sie scheinen doch sehr genau zu wissen, wie viele Sprachen ich spreche.«

»Ich möchte aber, dass Sie es mir sagen, Roslin! Ich will nicht, dass eventuelle Fehler irgendwelcher Schreibkräfte ein verzerrtes Bild von Ihnen wiedergeben. Ihrem Lebenslauf zufolge ist Englisch Ihre Muttersprache. Englisch ist auch gleichzeitig erste Weltsprache, *das* universelle Kommunikationsmittel in dem weltweiten Netzwerk der Kommunikation, nicht wahr? Und Sie geben das Lösen von Kreuzworträtseln als *Hobby* an! Ja oder nein?«

»Ja.«

»Wie gut ist Ihr Französisch?«

»Ich komme klar.«

»Gut! Italienisch?«

»Nur das, was ich von meiner Cousine Abigail gelernt habe.«

»Deutsch?«

»Nicht so gut.«

»Was bedeutet?«

»Ich komme klar. Ich verstehe eine Sprache immer weitaus besser, als ich sie zu sprechen im Stande bin.«

»Das ist kein Problem. Das Verstehen ist es, was zählt. Sport?«

»Wie bitte?«

»Was ist Ihr Lieblingssport?«

»Hockey, denke ich.«

»Was hat man Ihnen in punkto Sport in Cheltenham noch beigebracht?«

»Tennis, Korbball, Lacrosse, Kricket, Rundball, eben das Gewöhnliche für ein Mädchencollege.«

»Mannschaftsspiele«, sagte Algie nachdenklich.

»Was noch?«

»Ich stelle hier die Fragen, Roslin, *Sie* sind hier, um sie zu beantworten.«

»Tut mir Leid.«

»Entschuldigen Sie sich nicht dauernd, Sie dürfen sich niemals entschuldigen. Indem Sie das tun, werden Sie zum schwächsten Glied in der Kommandokette.«

»Tut mir Leid ... Ich meine, das verstehe ich nicht.«

»Das ist schon besser. Sagen Sie immer, was Sie meinen, sagen Sie genau das, was sie in Ihrem Herzen fühlen.« Er reichte ihr seinen Teller, damit sie ihn noch einmal auffüllte.

So ruhig wie nur möglich tat sie ihm den Gefallen und gab ihm den Teller zurück. Er stellte ihn sich auf den Schoß. »Kommen Sie mal mit ...« Er drehte seinen Rollstuhl um und steuerte auf die Tür des Speiseraums zu. »Ich möchte Sie mit jemandem bekannt machen.«

Roslin warf einen verlangenden Blick auf das Essen, das sie kaum angerührt hatte; ihr Bauch stöhnte vor Hunger laut auf. Jedes Mal, wenn sie voller Eifer einen kleinen Bissen aufgespießt und zum Mund geführt hatte, hatte Algie wieder irgendetwas gesagt, das ihr den Appetit raubte. »Kommen Sie mit«, sagte er über seine Schulter gewandt und bewegte dann seinen Rollstuhl sehr gewandt vom Esszimmer in den Salon hinüber. Nirgendwo lagen Teppiche oder Läufer, die die Räder ins Stocken bringen konnten; er hatte auf dem glatten, wunderschönen Fußboden aus Carrara-Marmor freie Fahrt.

Auch der Salon war, wie erwartet, geschmackvoll dekoriert und passte wunderbar zu allem anderen, das Ros in diesem Haus gesehen hatte. In einem Punkt jedoch war die Harmonie durchbrochen worden: Inmitten all dieser Pracht des Salons stand ein Flügel, der grausam entstellt war, weil man ihn so umgebaut hatte, dass er für Algernon in seinem Rollstuhl bequem zu erreichen war. Unter dem Instrument lag in einem Hundekorb ein bildschöner Greyhound, der ihre Ankunft nicht einmal zu bemerken schien. Auf dem Flügel standen eine Unmenge silbergerahmter Fotos der Familie Leamington-Smythe. Algie nahm eins der Fotos mit einem zangenartigen Instrument an sich, das er aus dem Beutel an seinem Rollstuhl zog. Warum zum Teufel hatte er diese künstliche Kralle nicht beim Essen benutzt, um sich auf dieselbe Weise den Teller zu füllen, mit der er jetzt das Foto an sich nahm? Ros verstand ihn einfach nicht.

Sie knirschte mit den Zähnen. Sie musste versuchen, ihn zu verstehen, nachzuvollziehen, warum die Tragödie des Flugzeugabschusses ihn so verbittert hatte, dass sie ihn nicht nur in körperlicher, sondern scheinbar auch in seelischer Hinsicht zum Krüppel hatte werden lassen. Ja, er war ein seltsamer Mann, ein trauriger Mann, merkwürdig und unberechenbar zugleich, mit bizarren Ideen und scheinbar unbegrenzten finanziellen Mitteln, doch wenn er ihr nicht bald etwas über diesen rätselhafte Standort X erzählte, der ja der eigentliche Grund ihres Besuches war, würde sie sich jetzt verabschieden.

»Das bin ich im Jahr 1918, kurz bevor der Rote Baron mich erwischte – und kurz bevor ein anderer ihn erwischte. Ich sah damals nicht schlecht aus, oder, Roslin? Sagen Sie mir bitte eins, Sie sind eine hübsche Frau, aber Sie sind noch mehr als das, Sie sind auch eine intelligente Frau – hätten Sie damals ein Auge auf mich geworfen?«

Ros stockte der Atem. Sie konnte ihm unmöglich antworten und gab ihm stattdessen das Foto zurück, das er nun wieder auf das Piano stellte.

Algie lachte: »Schon gut, ich werde Sie nicht länger quälen. Möchten Sie vielleicht eine Tasse Kaffee? Tee? Etwas Stärkeres, Roslin?« Dann beugte er sich nach unten und flüsterte zärtlich: »Bess, Daddy ist hier ... sieh mal, altes Mädchen, hier gibt's was zu essen. Köstliches Essen, Roslin hat kaum etwas davon angerührt, was für eine Verschwendung, Bessie ...«

»Ich muss zurück«, murmelte Ros.

»Ich habe Sie noch nicht mit meiner besten Freundin bekannt gemacht, meiner Begleiterin und Bettgefährtin, meiner lieben Bess, dem einzigen weiblichen Wesen, dem mein grässliches Gesicht nichts ausmacht.« Er lockte den sanften Greyhound mit den Rehaugen aus seinem Korb unter dem abgesägten Flügel hervor. Bissen um Bissen, Bröckchen um Bröckchen, fütterte er die Hündin geduldig mit den Speisen auf seinem Teller und beruhigte sie die ganze Zeit über mit seiner schönen Stimme. »Ihre früheren Besitzer haben sie grausam misshandelt«, erklärte er Ros schließlich, »und obwohl ich sie schon vor sechs Jahren aus dieser Situation gerettet habe, ist sie Fremden gegenüber noch immer wachsam.«

Plötzlich erinnerte Algie sie an Grayson: Auch er war offenbar schroff im Umgang mit Menschen und sanft zu Tieren. Bess leckte inzwischen, wenn auch immer noch sehr wachsam, Ros' Hand.

»Typisch Hund«, sagte Algie amüsiert und streichelte liebevoll Bess' kurzes, glattes Fell. »Der beste Freund des Menschen – solange er Futter gibt.« Er stellte den kostbaren Teller mit den Leckereien auf den Fußboden, damit der Hund noch mehr davon fressen konnte. »Nun, mein liebes Mädchen«, er wandte sich wieder an Ros, »wenn Sie weder Kaffee, noch Tee oder Champagner wollen und glauben, nach Kent zurückeilen zu müssen, ohne Ihr

Essen angerührt zu haben, dann rufe ich jetzt Mary, damit sie Ihnen Ihren Mantel holt.«

»Aber ... aber ...« Ros war zutiefst verwirrt. »Ich dachte, Sie wollten, dass ich ...« Sie wusste eigentlich gar nicht, was sie sagen sollte. Die Schroffheit, mit der er sie nun entließ, grenzte fast an Unhöflichkeit. »Ich dachte, Sie wollten mir mehr über Standort X erzählen. Sie sagten doch, ich sei möglicherweise für einen Transfer geeignet, und ich dachte ...«

»Oh, das *sind* Sie auch, meine Liebe, bestens geeignet! Ich habe keinerlei Bedenken in dieser Hinsicht. Und was Standort X betrifft, man wird Sie dort in Kürze erwarten.«

»Aber ich weiß doch überhaupt noch nichts darüber, und diese Leute wissen nichts von mir!«

»Zerbrechen Sie sich nicht Ihren hübschen kleinen Kopf, Roslin, es ist bereits alles geregelt«, sagte er herablassend.

»Ich weiß doch noch gar nichts über den Job, den man mir anbietet«, erwiderte Ros empört. »Möglicherweise stellt sich heraus, dass er für mich absolut inakzeptabel ist.«

»Dann können Sie Ihre Befehle verweigern. Sobald Sie ihn allerdings akzeptieren, wird man von Ihnen erwarten, dass Sie Geheimhaltung schwören. Nicht einmal die Menschen, die Ihrem Herzen am nächsten stehen, dürfen etwas über die Ihnen anvertrauten Aufgaben erfahren. Davon abgesehen kann ich Ihnen nicht mehr erzählen. Ich stehe selbst unter Eid und habe Geheimhaltung geschworen. Allerdings würde ich gern noch eine Sache klären, bevor Sie sich verabschieden: Wie ist es Ihnen gelungen, Commander Pemberton davon zu überzeugen, Sie hätten auf Orca eine wichtige Aufgabe zu erfüllen?«, fragte Algie streng.

»Hm ... ich ... ich ...« Hochrot im Gesicht, wusste Ros nicht, was sie antworten sollte. »Ich war auf der Suche nach meiner verschwundenen Cousine ...«

»In einem Kanonenboot der Königlichen Marine?«

»Ich konnte doch nicht ahnen, dass der Commander meinetwegen zu solchen Maßnahmen greifen würde.«

»Obwohl Sie meinen Namen und meine Telefonnummer benutzt haben? Das haben Sie doch, oder?«

»Es tut mir Leid. Ich hatte keine Ahnung, dass das derartige ... derartige Konsequenzen haben würde. Ich dachte damals, Sie machen Witze.«

»Ich scherze niemals über ernste Dinge, und ich habe Ihnen bereits gesagt, dass Sie sich niemals entschuldigen sollen.«

»Ja, ich weiß, aber ...«

Algie musste plötzlich über ihr Unbehagen lachen, was Ros überraschte. »Keine Sorge, meine Liebe, Ihr Verhalten beweist andererseits bemerkenswerten Einfallsreichtum und Initiative, genau das, was jetzt in Kriegszeiten unverzichtbar ist. Nur, tun Sie's nicht noch einmal.«

Ros zögerte.

»Ja?«, fragte Algie. Er streichelte noch immer seinen Hund, der die Gänseleber, den Lachs und die Wachteleier verschmäht hatte.

»Die Mönche auf der Insel ... Wissen Sie ... wissen Sie etwas darüber?«

»Über Major Duffield und seine Kameraden? Natürlich weiß ich über sie Bescheid. Sie sind zu einem speziellen Zweck dort. Aber es ist mir auch in diesem Fall nicht gestattet, darüber Auskunft zu geben. Und bitte, sprechen auch Sie mit niemandem über diese Männer auf der Insel – auf der Insel, die sie von einem Ihrer Verwandten gepachtet haben.«

So wie er das sagte, klang es fast so, als sei dieser Pachtvertrag etwas Illegales. »Natürlich werde ich nichts sagen«, erwiderte Ros, immer noch verwirrt.

»Gut! Sie werden Ihre Befehle in Kürze erhalten. Die Entscheidung liegt bei Ihnen, so oder so. Letztendlich müssen sie entscheiden, was Sie zu tun bereit sind. Und da ist jetzt auch Mary, die Sie hinausbegleiten wird. Auf Wiedersehen, Roslin, und vielen Dank für Ihre erfrischende Gesellschaft.«

Da Bess inzwischen hellwach war und jeden seiner Schritte genauestens zu verfolgen schien, drehte er sich wieder zum Piano und der Flasche Champagner um, die in einem Eiskübel neben ihm stand. Wahrscheinlich wird er auch davon etwas dem Hund geben, dachte Ros amüsiert, als sie die gewaltige Marmortreppe hinunterging.

Es war keine schluchzende Geige, die sie auf ihrem Weg nach unten begleitete, sondern Rachmaninows Klavierkonzert Nr. 1 in Fis-Moll, meisterhaft gespielt trotz seiner Behinderung. Ros musste an ein Konzert denken, dass sie einmal in der St. Paul's Cathedral gehört hatte. Unten angekommen, schlüpfte sie in ihren Mantel und ihre Stiefel, und Mary sagte: »Das Taxi wartet, Miss.«

»Ich kann zu Fuß zum Bahnhof gehen.«

»Nein, Miss. Das Taxi ist bestellt worden, um Sie nach Kent zurückzubringen, Miss. Der Herr hat darauf bestanden. Es ist alles bereits geregelt, Miss, der Taxifahrer hat seine Anweisungen. Auf Wiedersehen, Miss.« Sie machte einen flinken Knicks und schloss die Haustür.

Der Taxifahrer hielt ihr die Tür auf, und Ros stieg in das schwarze Londoner Taxi. Auf dem Boden stand ein großer Korb, beinahe so groß wie ein Wäschekorb. Ros fragte den Taxifahrer erstaunt: »Was ist das? Der gehört nicht mir.«

Der Mann tippte an seine Mütze. »Ich bitte um Entschuldigung, Miss, ich kann den Korb rausnehmen, wenn er Ihnen im Weg steht.«

»Nein, es geht schon, danke!«

»Es ist ein Geschenk von Mr Leamington-Smythe, Mam.«

»Für Sie oder für mich?«

»Für Sie, Miss. Wir werden Sie im Handumdrehen nach Kent zurückbringen, Miss, machen Sie sich's einfach bequem und schauen Sie aus dem Fenster. Ich kenne den Weg nach Biggin Hill wie meine Westentasche, Schneesturm hin, Schneesturm her.«

Teil 3

23. Kapitel

Winter bis Sommer 1940

Wie Mr Leamington-Smythe versprochen hatte, bekam Ros ihre Befehle – allerdings auf einem anderen Wege als sie gedacht hatte. Die Sektionsoffizierin von Biggin Hill erklärte eines Tages schroff: »Da Sie um eine Versetzung gebeten haben, Taylor, mit der Begründung, dass es hier herzlich wenig für Sie zu tun gibt, da unser Standort nicht wirklich einsatzfähig ist, werden Sie sich in Brecon zu einem dreiwöchigen intensiven Sportausbilderkurs melden. Ich denke, dort werden Sie sich keineswegs langweilen.« Sie bemühte sich nicht, ein befriedigtes Grinsen zu kaschieren, als sie Ros' bestürzte Miene sah.

»Aber ... aber ...«

»Kein aber, Taylor, das sind Ihre Befehle.«

Ros ließ sich nicht einschüchtern. »Aber, entschuldigen Sie bitte, Mam, ich habe überhaupt nicht um eine Versetzung gebeten, um als Sportausbilderin der WAAF geschult zu werden!« Ros geriet langsam in Panik. Vielleicht hatte man sie auch schon Brecon zugeteilt, bevor Algie noch Gelegenheit gehabt hatte, den richtigen Leuten die richtigen Worte leise ins Ohr zu flüstern; vielleicht wollte die Sektionschefin sie auch bestrafen, weil sie sich so wenig begeistert gezeigt hatte, als ihr eine Stelle als Sekretärin des Standortkommandanten angeboten worden war.

»Es ist nicht an uns, ihren Gründen nachzugehen, Fliegerin Taylor.« Die Sektionsoffizierin runzelte die Stirn, schob einen Papierhügel auf ihrem Schreibtisch von der einen Seite auf die andere und sagte ohne aufzublicken: »Entlassen!«

Roslin verließ das Büro mit einer Mischung aus Entsetzen und Zorn. Brecon lag doch in Wales, oder? Oh Himmel, Wales bei diesem Wetter! Bitte, lieber Gott, mach, dass es noch ein anderes Brecon weiter südlich gibt, in Devon oder Cornwall, bitte, lieber Gott, überall, aber nicht Brecon Beacons mitten im Winter. War die Administration der WAAF jetzt verrückt geworden oder was? Sollte ihre Versetzung eine Art Test sein? Befand sich Standort X in Wales, und Algernon hatte nur vergessen, es zu erwähnen? War das wieder einer der vielen Fehler des Luftfahrtministeriums? Oder handelte es sich bei dieser Order um eine Art codierter Nachricht, um ihre Vorgesetzten auf eine falsche Fährte zu locken?

Ros wartete an diesem Abend auf einen Anruf von Algie, in dem er ihr alles erklären würde. Er hatte ihr eingeschärft, dass sie sich nicht direkt an ihn wenden solle; wenn, würde er sie anrufen.

»He, Taylor«, rief eine der jungen Frauen in der Kantine Ros zu, als diese mit grimmiger Miene eintrat. »Ist noch was von diesem köstlichen Zeug da, das dir dein reicher Freund aus London geschickt hat?«

»Tut mir Leid ... nein ... alles weg, fürchte ich«, sagte Ros, die in Gedanken ganz woanders war. Sie hatte den Inhalt von Algernons großzügigem Picknickkorb mit allen geteilt. Jetzt bat sie die Kellnerin der Kantine um eine Tasse Kaffee, ein abscheuliches Gebräu aus Eicheln, aber sie brauchte jetzt dringend etwas als Gegengift gegen den Schock, den sie soeben erhalten hatte. Wie in Trance setzte sie sich etwas abseits auf einen Stuhl, um ihre Befehle noch einmal zu lesen, aber die Mädchen aus ihrem Quartier rissen sie mit einem schrillen Pfiff aus ihren Gedanken.

»He, Ros ... warum setzt du dich nicht zu uns!«

»Entschuldigt ... ich wollte mich nicht aufdrängen ...« Ros stand auf und setzte sich zu den anderen.

»Rate mal!«, drängte Phyllis, die vor Mitteilungsdrang fast platzte.

»Was?«, erwiderte Ros ohne einen Funken von Interesse. Sie hatte beschlossen, dass sie sich nach dem, was sie mit Naomi erlebt hatte, mit keiner der Frauen mehr allzu fest anfreunden würde. Was im Grunde ein törichter Entschluss war. Es war schwierig, neutral zu bleiben, immer außen vor zu sein, eine Fremde unter Kameraden und Kolleginnen.

»Du bist zur Hochzeit eingeladen!«

»Zu wessen Hochzeit?«

»Zu der von Beth natürlich. Sie möchte dich sogar als Brautjungfer«, sagte Ann.

»Warum?«

»Was soll das heißen, warum? Sie mag dich eben, du Dummkopf!«

»Wir sitzen schließlich alle im selben Boot – leben in irgendwelchem Quartieren und plotten, Schätzchen, wir kauen Fingernägel und gehen einander an die Gurgel, weil das Wetter uns nervt.«

»Was ist los mit dir, Ros?«, fragte Phyllis, »du bist nun schon seit einer Ewigkeit darum bemüht, uns auf Distanz zu halten. Warum?«

Ros ignorierte diese Frage, zwang sich aber, sich auf das Thema zu konzentrieren, das die anderen im Augenblick brennend zu interessieren schien. »Wann soll die Hochzeit denn stattfinden?«

»Also, die erste Staffel der Königlichen Kanadischen Luftwaffe hat jetzt tatsächlich einen eigenen Fliegerhorst bekommen, und ...«

»Etwa Biggin Hill?«, frage Ros entsetzt und hoffte, dass Felix nicht plötzlich mit seiner Staffel hier auftauchte, und sie vor irgendwelche Loyalitätskonflikte stellte.

»Jetzt noch nicht, hoffe ich«, kicherte Betty, die schwungvoll mit einem Löffel in ihrem Kaffee rührte. »Old Sarum. Fluff stößt zu ihnen, wenn sie nächsten Monat von Kanada rüberkommen. Wir wollen im März heiraten.«

»Glückwunsch, Betty.« Ros konnte nicht behaupten, dass sie dem Ganzen mit großer Begeisterung entgegensah. »Aber ich werde dann nicht mehr hier sein. Tut mir Leid.«

»Oh, dann bist du also versetzt worden?«, fragte Doreen mit großen Augen.

»Ja.«

»Erzähl uns alles, Snobby.« Snobby war der Spitzname der anderen für Ros und keineswegs unfreundlich gemeint.

»Ich soll nach Wales.«

»Doch nicht etwa das walisische Wales?«

»Genau das.«

»Oh, verdammt nochmal«, sagten die anderen mitfühlend.

»Plotten?«

»Leibesertüchtigung.«

»In der Horizontalen?« Die Mädchen brüllten vor Lachen. »Du Glückspilz!«

»In Form eines Ausbildungscamps«, beeilte Ros sich hinzuzufügen.

»Oh, verdammt und zugenäht, du Arme!« Jetzt tat Ros ihnen wirklich Leid.

Nun, dachte Ros, Glück für die flachsblonde Betty, die in Kürze mit ihrem kanadischen Romeo ungestört in der Horizontalen trainieren konnte, und wieder einmal Pech für Roslin Taylor.

Die Leiterin der WAAF hatte leider keinen Witz gemacht. Und Mr Leamington-Smythe rief auch nicht an, um Ros zu beruhigen. Sie musste tatsächlich ihre Reisetasche packen und sich auf den Weg nach Wales machen. Ros nahm sich vor, in Zukunft nicht noch einmal den Mund aufzumachen, wenn es nicht unbedingt notwendig war, geschweige denn, sich für irgendetwas freiwillig zu melden.

Glücklicherweise gelang es ihr, einen Flug mit einer Transportmaschine des 31. Ballonkommandos zu ergattern, die nach einer Lieferung von Sperrballons und Fallschirmen jetzt auch Bodenpersonal nach Birmingham brachte.

Ros saß bei Oberst Rankin im Cockpit. Er war vor dem Krieg

Pilot der BOAC gewesen, ein reizender Mann, grauhaarig und sehr distinguiert. Er war bereits Großvater, obwohl man es ihm nicht ansah. Als sie ihm das sagte, lachte er. Er erinnerte sie an Commander Pemberton, aber ihm fehlte der in der Marine unerlässliche Bart.

Er erzählte ihr, dass er zum Wochenende nach Gloucester fahren würde; er könne sie gern dorthin mitnehmen, denn Abergavenny sei von Gloucester aus erheblich einfacher zu erreichen als von Birmingham aus. Und warum um alles in der Welt sie denn Sportausbilderin werden wolle? Sie wirke viel zu damenhaft und zart für eine derart strapaziöse Arbeit.

Nach Gloucester fuhren sie zwar nicht im Bentley, aber in einem schneidigen kleinen MG. Von dort aus musste Ros dann sehen, wie sie alleine weiterkam.

Oberst Rankin setzte sie am Bahnhof von Gloucester ab und ermahnte sie noch, gut auf sich Acht zu geben; kein Mädchen, das so jung, hübsch und intelligent war wie sie, solle ohne einen Mann durchs Leben gehen, und wenn er dreißig Jahre jünger und unverheiratet gewesen wäre, hätte er sie für sich selbst erobert. Dann gab er ihr einen väterlichen Kuss auf die Wange und entschuldigte sich noch einmal dafür, dass er sie nicht den ganzen Weg bis nach Abergavenny fahren könne, bevor er sich endgültig verabschiedete.

Ros war ein wenig traurig; warum waren alle netten Männer nur immer schon vergeben? Warum gehörten die liebenswertesten Männer auf dieser Welt immer bereits anderen Frauen und waren als Ehemänner, Väter, Großväter oder hingebungsvolle Onkel und Patenonkel in Familien eingebunden? Vielleicht hing es auch mit dem frühen Verlust ihres Vaters zusammen, aber sie sehnte sich plötzlich nach jemanden, der verlässlich, fürsorglich und liebevoll war und an dessen Schulter sie all ihre Sorgen abladen konnte – so wie andere es bei ihren Vätern und Freunden taten ... Schließlich schulterte sie energisch ihren Seesack und überlegte, wie sie jemanden zum Anhalten bewegen konnte – vielleicht mit einem gewinnenden Lächeln, einem geschickt zur Schau gestellten schwarzbestrumpften Bein oder einem gehobenen Daumen – um per Anhalter nach Brecon Beacons mitgenommen zu werden.

Es gelang ihr tatsächlich. Die Leute waren äußerst entgegenkommend, wenn es um eine zierliche WAAF-Fliegerin mit einem schweren Seesack ging, die allein zu einem gottlosen Fleckchen auf der Landkarte unterwegs war, das es nicht einmal auf Wegweisern zu geben schien. Zunächst waren es Militärangehörige, dann Bauern und Einheimische, die sich in der Gegend auskannten. So unfreundlich und argwöhnisch wie die Leute in der Stadt war hier niemand. In Camp O in Abergavenny zeigte sie ihren Pass und die üblichen Papiere vor, woraufhin der Diensthabende am Tor tadelnd bemerkte: »Wir haben Sie bereits gestern erwartet, Mam«, und dann auf dem Informationsbogen des Tages einen Haken neben ihrem Namen machte.

Ros war maßlos erstaunt. Man erwartete sie hier, wirklich bemerkenswert! Bisher war sie in dem Glauben gewesen, dass ihr ein weiteres Fiasko à la Biggin Hill bevorstehen würde, wo niemand gewusst hatte, was er mit ihr anfangen sollte, weil sie dort im Grunde nicht benötigt wurde.

Sie kam in den üblichen, mit Stacheldraht abgezäunten Hühnerhof, auf dem sich Holzhütten und hastig erbaute Verwaltungsbüros drängten. Sie fror, sie war müde, hatte großen Hunger und nur den einen Wunsch, eine Koje für die Nacht zu finden. Der kleine walisische Unteroffizier ließ sie jedoch nicht so leicht davonkommen wie der Torposten. Er wollte all ihre Papiere sehen, wieder und wieder.

Sie war drauf und dran, den Mann zu fragen, ob er vielleicht auch ihre zahnärztlichen Unterlagen überprüfen wolle, besann sich dann aber eines Besseren. Stattdessen sagte sie mit honigsüßer Stimme: »Wenn meine Papiere nicht in Ordnung sein sollten, Sir, macht es mir wirklich nicht das Geringste aus, nach Kent zurückzukehren. Das Ganze ist ohnehin ein großer Fehler, ich sollte nämlich eigentlich gar nicht hier sein, um den Lehrgang als Sportausbilderin zu machen, müssen Sie wissen.«

Ihre Beteuerungen trafen abermals auf taube Ohren; er hörte ihr scheinbar überhaupt nicht zu. Stattdessen sah er sie an und lächelte auf eine höchst seltsame Art und Weise: »Oh, an Ihren Papieren gibt es nichts auszusetzen, Miss. Ich habe nur überlegt, wo ich Sie in einem Lager, das so gut wie ausschließlich mit Männern belegt ist, am besten unterbringe. Entschuldigen Sie bitte, Miss, ich rufe nur schnell beim Kaplan und seiner Frau an ...«

Noch beunruhigender als die Tatsache, dass er sie Miss nannte, obwohl sie ihre Uniform trug, war die Entdeckung, dass sie offenbar tatsächlich zu einem Sport-Intensivkurs abkommandiert war, ganz gleich, was nun geschehen würde. Niemand schien es für nötig zu halten, ihr irgendetwas zu erklären, und wann immer sie den Mund öffnete, wurde sie von dem muskelbepackten walisischen Ausbilder namens Sergeant Major Morris angeschnauzt, nur ja still zu sein. Der Mann schien ein ehemaliger Pitbullterrier zu sein, den man zum Sportlehrer ernannt hatte, damit er die Männer und Frauen, die ihm geschickt wurden, in Hochform brachte. Ihm selbst wäre es bedeutend lieber gewesen, ausschließlich mit Männern zu arbeiten, das jedenfalls erklärte er ihr und den wenigen anderen Frauen ohne ein Mindestmaß an Höflichkeit und fügte barsch hinzu, sie sollten entweder den Mund halten und seinen Befehlen nachkommen oder nach Hause gehen.

Am ersten Tag mussten sie und ihre Leidensgefährten bei Minustemperaturen sechs Stunden lang auf dem Hof exerzieren, dann kam, trotz des Hagels und Sturms, ein Übungsmarsch über Land. Ros wollte diesen unterwegs abbrechen und nach Hause gehen, war aber viel zu erschöpft, um zu protestieren. Später gelang es ihr mit knapper Not, ohne sich noch die Stiefel ausziehen zu können, sich in ihren Schlafsack einzurollen, unter einem schiefen Zelt. Sie übernachteten draußen, und ihr schönes warmes Bett im Haus des Pfarrers schien nur noch ein Traum, mit dem Gott sie in der Nacht zuvor in Versuchung geführt hatte.

Den zweiten Tag verbrachte sie bis zum Hals im eisigen Wasser, das von den Bergen Brecons direkt in ihr Herz und ihre Seele tropfte, während der Kompass in ihrer Hand zu einem Teil ihrer zu Eis erstarrten Anatomie wurde.

Am dritten Tag stand ein weiterer gnadenloser Übungsmarsch auf dem Programm, diesmal mit einem schweren Gewicht auf ihren Schultern, weil Sergeant Major Morris, dieser Mistkerl, ihre Rucksäcke mit nassen Sandsäcken gefüllt hatte. Diesmal ging es querfeldein in Richtung Ebbw Vale und den Black Mountains. Der eingefrorene Kompass vom Vortag war immer noch mit dem verbunden, was einst eine Hand gewesen war und lief jetzt Gefahr, zusammen mit den wachsenden Frostbeulen an dieser amputiert zu werden.

Nachdem sie am vierten Tag um ein Haar erstickt wäre, als ein rußiger, feuchter Kohlenberg über ihr einbrach und sie in einem verfallenen Bergwerkschacht nur mit knapper Not dem Tod durch Ersticken entkam, fragte sie sich wohl zum tausendsten Mal, warum in Gottes Namen sie je auf den Gedanken gekommen war, der WAAF beizutreten. Inzwischen war es ihr irgendwie gelungen, so weit aufzutauen, dass sie sich an Seilen wie ein Affe vom einen Ende der Sporthalle zum anderen schwingen konnte, und jedes Mal, wenn sie es tat, murmelte sie zähneknirschend vor sich hin: Ich werde diesen verdammten Leamington-Smythe umbringen ...

Am Ende der Woche war sie die einzige Frau, die noch in ihrer kleinen Gruppe zukünftiger Sportlehrer übrig geblieben war. Und weil sie nicht schlapp machen wollte, während die Männer grinsten und keuchten und schwitzten und sich hämisch zuflüsterten: »Wir wussten doch gleich, dass sie nicht durchhalten; so etwas ist nichts für Frauen, die sollten nach Hause zurückgehen und Babys bekommen«, biss Ros die Zähne zusammen und zählte die Tage, bis sie Algie endlich erwürgen konnte.

»Ich weiß, ich dürfte hier eigentlich kein Tagebuch führen, aber ich muss meine Gedanken zumindest auf Papier zum Ausdruck bringen können, sonst werde ich noch verrückt in dieser Welt, voller männlicher Neandertaler, die den ganzen Tag über nichts anderes tun als zu grunzen und herumzubrüllen. Ich könnte mir vor Wut die Haare einzeln ausreißen: Wie konnte ich nur so dämlich sein?

Während der letzten drei Wochen bin ich geistig und körperlich gefoltert und obendrein einer Gehirnwäsche unterzogen worden, und ich glaube, ich bin einem Nervenzusammenbruch verdächtig nahe.

Morgen wird es Gott sei Dank vorbei sein.

Morgen bekomme ich meinen Marschbefehl zurück nach Biggin Hill – das ist das Einzige, was mich hier durchhalten lässt, denn Wales hat mich, noch dazu bei diesem Wetter, an den Rand meiner Kraft gebracht. Es hat fast ununterbrochen geregnet, und es ist fast täglich so neblig, dass ich mir langsam vorkomme wie eine ägyptische Mumie, die man mit weißen Baumwollbandagen eingewickelt hat, und diese Bandagen überziehen nicht nur meinen Körper, sondern auch meine Augen.

Aber zurück zu meinen Notizen: Sie werden bestimmt nie in die falschen Hände fallen. Falls die Deutschen jemals dort ankommen, wo ich mich jetzt aufhalte –, hier, am Ende der Welt –, dann verdienen sie es, beglückwünscht zu werden. Ich werde dann das Tagebuch rechtzeitig verbrennen. Die Kunst muss ihre Ausdruckskraft behalten – gegen alle Zensur –, und gerade jetzt habe ich diese Freiheit bitter nötig.

Morgen ist mein letzter Tag in diesem Camp der Qualen. Ich kann nicht einmal annähernd beschreiben, was ich in Brecon erdulden musste. Als ich den Namen des Lagers hörte, in das ich versetzt werden sollte, dachte ich bereits, dies müsse eine Art bizarrer Witz sein, den Algie sich mit mir erlaubt. Die Verbindung zwischen ihm und dem Teufel persönlich ist viel zu offensichtlich, als dass ich sie ignorieren könnte; sein Monogramm, das LS, auf all seinen Besitz-

tümern spricht Bände: Leamington-Smythe ist in meinen Gedanken zu Luzifer-Satan *geworden. Ich verstehe noch immer nicht, was hier vor sich geht. Ist es der Fluch der Familie Ramson, der auf einmal wieder zum Leben erweckt wurde? Bin ich etwa, ohne es zu wissen, als Prügelknabe wiedergeboren worden?*

Dieses Camp dient scheinbar einzig und allein dem Zweck, Menschen zu Tieren werden zu lassen, zu Kriegsmaschinen, die nur den einen Gedanken haben – töten, töten, töten! Vielleicht sogar, um hier rauszukommen?

Selbst wenn wir dienstfrei haben, besteht ihre einzige Freizeitbeschäftigung darin, einander mit Schneebällen zu bewerfen, die ihnen Kanonenkugeln ersetzen, und miteinander zu raufen; warum müssen Männer nur solche Tiere sein? Brecon ist eine Erfahrung, die ich nicht wiederholen möchte, aber ich bin froh und stolz, dass ich es überstanden habe, die einzige Frau in der Gruppe, der das gelungen ist. Allerdings waren von Anfang an nur wenige Frauen mit von der Partie, was mich wieder zu der Frage zurückbringt: Warum bin ich hier?

Natürlich fällt Brecon nicht in die gleiche Kategorie wie Darvel oben in Ayreshire, wo die Luftwaffe Offiziere wie Luke ausbildet. Hätte man mich zu einer Zusatzausbildung nach Darvel geschickt, dann hätte ich mir wirklich Sorgen machen müssen – der Name Darvel jagt jedem Angst und Schrecken ein. Aber diese Art von Tod und Ruhm reserviert die Armee wohl doch nur für die Männer.

Ich bin hier allerdings nach all den Anstrengungen zur Luftwaffengefreiten erster Klasse befördert worden. Ich bin die Erste, die diesen Rang bekleidet. Bisher gab es noch keine Ränge in unserer Frauentruppe. Bin ich stolz auf mich? Ein bisschen schon. Noch stolzer wäre ich allerdings gewesen, hätte ich selbst ein Flugzeug geflogen wie Amy Johnson, statt zum Bodenpersonal zu gehören. Ich denke jedoch, dass ich an dieser Stelle vielleicht Halt mache, was Zusatzausbildungen und Beförderungen betrifft, da ich nicht das geringste Verlangen habe, als Feldwebel zu enden, nur weil weit und breit kein Mann in Sicht ist, der mich bittet, ihn zu heiraten. Na ja, das ist ehrlich gesagt gelogen! Ich habe in meiner ersten Woche hier drei Anträge bekommen, in der zweiten Woche vier und in dieser Woche sogar fünf. Der letzte Antrag kam von einem zu Gefühlsausbrüchen neigenden Polen namens Kyrie, der die ganze Zeit über weinte, während er an seinem Eintopf »Adolf« feilte, den er an die Nazis verfüttern will, wenn wir den Krieg gewinnen. Das mit den Anträgen ist übrigens keineswegs übertrieben. Kyrie hat mich tatsächlich gefragt, ob ich ihn heiraten und mit ihm nach Polen zurückkehren wolle, aber ich habe versucht, ihm das auszureden.

Die Kunst des unverbindlichen Flirtens, wie ich sie bei der Ehrenwerten Ron oft genug beobachten durfte, hat mir bisher kein Glück gebracht. Ich bin in dieser Kunst nicht annähernd so bewandert wie sie und Scoots. Ich habe es bei Luke ausprobiert, und man sieht ja, was mir das eingebracht hat! Während ich im Laufe der letzten Sommer Ronnies Kopf wieder und wieder zu formen versucht habe, ist mir langsam das ganze Ausmaß der Macht bewusst geworden, die eine Frau wie sie – mit unschuldig blickenden Augen und flatternden Wimpern – auf einen Mann ausüben kann, wenn sie nicht den Wunsch hat, etwas zu tun, was er für zwingend notwendig hält. Bei Michael Haviland-Carr scheint es hervorragend funktioniert zu haben. Im Grunde ist Michael genau wie wir anderen eines von Veronicas Opfern.

Augen nach unten, Augen nach oben, Augen direkt auf das Ziel gerichtet, streck die Brust raus, Mädchen, und los! Ich möchte das aber nicht tun, Sir! Und ob du das tun wirst, verdammtes Frauenzimmer, sonst erlebst du dein blaues Wunder! Jedenfalls hat bei Sergeant Major Morris die Sache mit dem Wimperngeklimper nie richtig funktioniert, der in seinen dienstfreien Stunden übrigens ein Rugby-Fan und zudem ein echter Waliser ist. Die sind noch abscheulicher als die Schotten. Aber wie ein Mann, der während der Woche ungerührt Leute schindet wie Sergeant Major Morris, am Samstagabend in der Kantine wie ein wahrer Erzengel singen kann, geht über meinen Verstand. Wenn es eins gibt, worauf die

Waliser stolz sein können, abgesehen von ihren Pitbullterriermuskeln und ihrer Rugbykraft, dann sind es ihre himmlisch schönen Stimmen. Gott selbst hat vermutlich oben im Himmel einen walisischen Chor, der für ihn singt.

Jetzt verstehe ich ihn – Luke meine ich, nicht etwa Hitler. Ich verstehe seine zwanghafte Neigung zur Geheimhaltung. Ich verstehe seine absolute Hingabe, was Pflicht und Ehre gegenüber dem Vaterland betrifft, die für ihn noch vor der Liebe kommen. Seine felsenfeste Entschlossenheit, den Feind zu besiegen. Seine unverrückbare Loyalität all dem gegenüber, woran er glaubt. Ich verlasse dieses Camp so patriotisch wie nie zuvor, und ich verlasse es als eine Frau, die meinen Mut gewonnen hat, soweit es den Krieg betrifft. Denn jetzt weiß ich, dass die Camps in Abergavenny und Darvel dazu dienen, die Elite der Elite auszubilden, und diese ist wiederum der Grund, warum wir diesen Krieg gewinnen werden.

Und aus diesem Grund höre ich nicht auf, mich zu fragen, warum ausgerechnet ich hierher geschickt wurde. Ich bin eine Frau, die nicht besonders klug ist und auch sonst nichts Außergewöhnliches kann, und die ganz sicher nicht aus dem Holz geschnitzt ist, aus dem man einen Sportfanatiker macht – weshalb also ich?

Ich habe übrigens Neuigkeiten von Giles. Er hat mir einen wunderbaren, charmanten und gleichzeitig frechen Brief an meine Adresse in Biggin Hill geschickt. Er sagte, er sei dort hingeflogen und habe mich in ein nettes Lokal ausführen wollen, zu einem Essen mit anschließendem Tanz. Leider, so schrieb Giles, sei ich nicht dort gewesen, sondern betreibe lieber körperliche Ertüchtigung in Abergavenny. Er hoffe nur, es sei nicht die horizontale Variante. Dieser dämliche RAF-Witz hat scheinbar mittlerweile überall die Runde gemacht!

Die Mädchen in meinem Quartier in Biggin Hill haben ihn über meine jüngste Versetzung aufgeklärt. Da er mich verpasst hatte, lud er sie stattdessen alle in den nächsten Pub ein. Sein absoluter Lieblingspub – soweit er sich an diese Nacht noch erinnern konnte – war The Jail Inn *gewesen, wo eine Frau vom Fahrdienst namens Dulcie Miller ihn beim Dart geschlagen hatte.*

Um aus seinem Brief zu zitieren: »Sie sagte, sie hätte dich nach Portsmouth gebracht, Ros, von wo aus du weiter nach Orca wolltest. Bist du immer noch so in die Insel verliebt und in mich, du seltsames kleines Mädchen, dass du das Verlangen hast, selbst mitten im Winter noch einmal dorthin zu fahren? Oder hast du dort andere Pläne verfolgt – welche, die sich auf Pater Luke beziehen zum Beispiel?«

Dass Giles die Frechheit aufbrachte, einen derartigen Seitenhieb in seinen Brief einfließen zu lassen, war typisch für ihn! Aber ich bin überglücklich zu hören, dass er noch am Leben ist, dass es ihm nach wie vor gut geht, dass er Spitfires *fliegt und uns Frauen mit seinem Charme und Witz bezaubert – vor allem Frauen wie die gute alte Dulcie. Er fügte in seinem Brief noch hinzu, dass er kürzlich zum Oberleutnant befördert worden sei.*

Ich zitiere noch weiter aus seinem Brief an mich:

»Gravesend ist immer noch ein schöner alter Flugplatz, genau wie vor dem Krieg, der hübscheste Flugplatz im Südosten und nach wie vor mit einer sehr kameradschaftlichen Atmosphäre gesegnet. Ich habe weder dir noch Scoots davon erzählt, aber während ich dort damals möglichst viel über alte Mumien gelernt habe, habe ich 1937 auch Flugstunden genommen. Da mein Vater damals bereits tot war und meine Ausbildung nicht mehr in die Hand nehmen konnte, musste ich mich auf eigene Faust durchschlagen, und wandte mich an einen alten Flieger, der zu seiner Zeit ein echter Held war. Er heißt Barbingden und meine Mutter kennt ihn noch von früher. Vielleicht war er einer ihrer Liebhaber, ich habe es nicht gewagt, nach ihrer Beziehung zu fragen, ich weiß nur, dass sie viele hatte. Der alte Barbingden ist ein aristokratisches Fossil, er erinnerte mich an Grayson, sehr exzentrisch, sehr reich und sehr nutzlos. Man hat ihn mit einer Unmenge von Medaillen behängt, obwohl ich bis heute nicht weiß, wofür er sie bekommen hat. Aber so alt er damals schon war, er war nicht im

Mindesten senil und verstand eine Menge vom Fliegen. Er hat mich über den Himmel von Kent gejagt, bis ich mich schließlich übergeben musste. Natürlich nicht in einer Spitfire, *sondern in einer* de Havilland Gypsy I. *Ich habe also bei dem alten Barbingden alles über das Fliegen gelernt, was man darüber wissen muss. Mutter würde vehement abstreiten, dass sie irgendetwas damit zu tun hatte, dass ich Fliegen gelernt habe, nur weil sie irgendwann einmal den Namen Barbingden erwähnt hat. Sie befürchtet insgeheim, dass ich abgeschossen werde und für den Rest meines Lebens entstellt und verkrüppelt bin wie der arme alte Algie.*

Liebste Ros, ich vermisse dich so sehr, vor allem, wenn ich an die süße kleine Totengräberin mit der Kinderschippe zurückdenke. Ich vermisse auch unsere Plaudereien über Tutanchamun. Vor allem aber vermisse ich unsere Sommer auf Orca, die Insel vermisse ich genauso sehr wie du es anscheinend tust. Viel Glück, altes Mädchen, wir werden uns wiedersehen, heißt es nicht so in dem Schlager von Vera Lynn?«

Das also war Giles' Brief an mich, den ich nun in meinem Tagebuch zitiere, obwohl ich weiß, dass auch dies ein Verstoß gegen die Sicherheitsvorschriften ist und ein sehr ernstes Vergehen. Es ist mir aber egal. Ich lebe hier Tag für Tag ein mir vollkommen fremdes Leben, als sei ich ein Automat, den man entsprechend den Befehlen unserer Vorgesetzten beliebig umschalten kann. Wo ist bei alledem meine eigene Person, mein freier Wille abgeblieben? Ich vermisse hier meine Kunst sehr, das Zeichnen und Malen und Bildhauern. Vielleicht werde ich mich nach dem Krieg wieder in der Kunstschule einschreiben können, sofern ich nicht vorher heirate! Was für eine Optimistin ich doch bin! Ich wünschte, Luke würde mich endlich fragen, statt mir gegenüber schüchtern und ängstlich zu sein, als fürchte er, er könne mich im Stich lassen, wenn er in diesem Krieg fallen sollte. Nun, in dieser Hinsicht ist er ein wenig zu rücksichtsvoll in meinen Augen. Er möchte nicht, dass ich eine trauernde junge Witwe werde, obwohl ich ja auf der anderen Seite jetzt schon eine trauernde junge Freundin bin, wo also liegt da der Unterschied?

Aber zurück zu Brecon; ich weiß wirklich nicht, warum man mich zu einem derart harten, dreiwöchigen Trainingskurs geschickt hat, der nicht zu Unrecht auch Sturmkurs *genannt wird. Warum? Will man mich etwa aus dem Weg haben? Bin ich meiner Vorgesetzten so sehr in die Quere gekommen, dass sie mich sogar in die Mongolei verbannt hätte, wäre es ihr möglich gewesen? Nun, für mich ist Wales durchaus mit der Mongolei vergleichbar. Ich verstehe einfach nicht, warum man gewollt hat, dass ich ein solches Training absolviere. Algie hat mir gesagt, dass er versuchen wolle, mich in der GC&CS unterzubringen, in der* Government Code & Cypher School, *wo es ums Chiffrieren und Decodieren geht, und ich hatte zugestimmt. Es klang spannend, ein bisschen wie das Entziffern von Hieroglyphen, mit dem Giles und ich uns früher beschäftigt haben.*

Stattdessen habe ich hier völlig andere Dinge gelernt: Sergeant Major Morris aus Brecon, Camp O – vermutlich eine Abkürzung für Oje –, hat mir verschiedene Methoden beigebracht, wie man einen Feind erwürgen kann, die ich garantiert erproben werde, sobald ich das nächste Mal Algie gegenüber stehe.

P. S.: Am nächsten Morgen*: Eben dieser hat mich gestern Abend angerufen, gerade als ich mich für die Nacht fertig gemacht hatte. Irgendwann in naher Zukunft werden wir beide uns wiedersehen, Algie und ich, und dann gnade ihm Gott!*

P. P. S.: Nachmittags*: Ich warte immer noch auf ein Flugzeug, das mich mitnehmen kann. Ich hoffe insgeheim, jemand von der RAF wird mich zurück nach Süden fliegen, da die Zugfahrt unerträglich mühsam werden würde. Aber wie ich die Gedankengänge meiner Vorgesetzen kenne, wird sich unser walisischer Sergeant Major Morris wahrscheinlich daran ergötzen, mich noch eine weitere Nacht zu quälen und mich dann zu Fuß nach London zurückmarschieren lassen. Wobei er mich vermutlich begleiten und den ganzen Weg über seine walisischen Lieder in meine Ohren schmettern würde, um mir den Rest meines Verstandes zu rauben.*

Am Ende der dreiwöchigen Ausbildung in Camp O in Abergavenny wurde Ros nach Biggin Hill zurückgeschickt. Dort teilte ihr die stellvertretende Sektionschefin mit, dass sie in der Kommandozentrale nicht länger benötigt würde. Stattdessen solle sie zu einem weiteren Vorstellungsgespräch ins Hauptquartier der WAAF in London fahren. Das hieß also: Wieder zurück nach London – wo sie auf ihrem Weg von Wales gerade vorbeigekommen war.

Ros erschien mit weichen Knien im Victory House, dem Sitz der WAAF-Führung. Man führte sie in das Büro der Oberkommandierenden der weiblichen Luftwaffe. So lautete inzwischen Miss Tremaine-Fortescues Dienstgrad nach den jüngsten Neuordnungen der Chefetagen in der WAAF. Sie reichte Roslin über ihren Schreibtisch hinweg die Hand, und ihr normalerweise undurchdringliches Gesicht zeigte ein herzliches Lächeln. »Wie schön, Sie wiederzusehen, Roslin.«

Ros registrierte erstaunt, dass sie mit ihrem Vornamen angeredet worden war. Sie sagte sich spöttisch, das sie zur Abwechslung mal etwas richtig gemacht haben müsse. Die beiden Frauen schüttelten sich die Hände.

»Bitte, setzen Sie sich doch«, sagte Miss Tremaine-Fortescue und kam dann direkt zur Sache. »Ihre Sicherheitsüberprüfung ist abgeschlossen. Standort X hat Sie zur Ausbildung als Kryptographin akzeptiert ...«

Ros' Herz machte einen Freudensprung.

»Gut gemacht, meine Liebe«, lobte sie ihre Chefin, »aber ich muss Sie warnen, Ihre neue Stellung *muss* ein Geheimnis bleiben. Kein unbedachtes Wort zu den anderen Mädchen. Und auch zu sonst niemandem, was das betrifft. Wenn Sie immer noch bereit sind, die Stellung anzutreten, werden Sie eine offizielle Geheimhaltungsverpflichtung unterzeichnen müssen. Da Sie als WAAF-Angehörige an Standort X Dienst tun werden, werden Sie dort während der Arbeit Uniform tragen, sofern die Sicherheitsvorschriften es nicht anders verlangen. Ich muss allerdings hinzufügen, dass Sie in Bezug auf Rang und Bezahlung leider eine Stufe zurückfallen werden, das heißt, Sie werden wieder Fliegerin zweiter Klasse, fürchte ich. Das ist Vorschrift. Ich weiß nicht genau warum, aber so ist es nun mal. Sie brauchen die Stellung natürlich nicht zu akzeptieren. In diesem Falle können Sie jederzeit als Plotterin im Rang einer Luftwaffengefreiten erster Klasse nach Sektor 11 zurückkehren.«

»Oh nein, Mam«, sagte Ros hastig, »es macht mir nichts aus, meinen neuen Rang zu verlieren. Ich hatte im Grunde noch gar keine Zeit, mich daran zu gewöhnen. Ich würde die Versetzung nach Standort X gern annehmen.«

»Möchten Sie nicht erst einmal in Ruhe darüber nachdenken? Damit kommt nämlich eine gewaltige Verpflichtung auf sie zu.«

»Ja, ich weiß, aber ich bin mir ganz sicher.«

»In diesem Fall wird man dort ein Quartier für Sie organisieren. Wenn Sie sich bei den entsprechenden Abteilungen hier unten im Haus melden, wird man sich dort um Ihren Marschbefehl und alles Weitere kümmern.«

»Vielen Dank«, sagte Ros. Es war ihr auf einmal peinlich, dass sie saß. Hätte sie gestanden, hätte sie salutieren können.

Die Oberkommandierende fügte hinzu: »Sobald Sie dort Ihr Quartier bezogen haben, melden Sie sich bitte bei Mr Dennison. Sie finden ihn in seinem Büro im Hauptgebäude.« Miss Tremaine-Fortescue schnitt eine Grimasse: »Bletchley Manor ist meiner Meinung nach ein Monstrum, ein besonders hässliches Exemplar viktorianischer Pseudogotik. Es ist praktisch nicht zu übersehen oder zu verfehlen. Das ist jetzt alles, Roslin. Viel Glück für Sie und enttäuschen Sie keinen von uns.«

Roslin stand auf, und diesmal salutierte sie. »Vielen Dank, Mam.«

24. Kapitel

Da nicht alle kleinen Orte auf Ros' Englandkarte eingezeichnet waren, war diese nun für sie nutzlos geworden. Stattdessen zog sie lieber ihren aus Vorkriegszeiten stammenden Reiseführer zu Rate. Sie durfte ihn auf keinen Fall verlieren, damit er dem Feind nicht in die Hände fiel. Der Feind wäre dann nämlich in der Lage, den Weg in das alte Städtchen Newport Pagnell zu finden. So jedenfalls lauteten die absonderlichen Anordnungen der Beamten in Whitehall, die die Regeln erstellten, denen logischer denkende Menschen trotz allem blind gehorchen mussten.

An den Flüssen Ouse und Lovat gelegen, führte die schöne Tickford Bridge von Newport Pagnell aus über den Lovat, während die Nordbrücke über den Ouse führte. Ros fand bald ihr Quartier, das sich in der Cloister Close Nummer zwei befand. Es war ein entzückendes kleines, modernes Haus in der Nähe des Ouse, der Kirche und der Abtei von Tickford, deren Erkundung sie sich für ihren ersten freien Tag fest vornahm. Sie fühlte sich von alten Prioreien, Klöstern und Abteien magisch angezogen.

Ihre Vermieterin war Mrs Harperston, eine apfelwangige, rundliche und fröhliche kleine Witwe, die sie über die Essenszeiten aufklärte und betonte, dass sie ein Einzelzimmer bekäme und im Haus noch zwei weitere Frauen vom WRNS – eine Institution mit ausschließlich weiblichem Marinepersonal – untergebracht seien, die sich ein Zimmer teilten. Männer durften, wie Ros streng erklärt wurde, die Türschwelle nicht übertreten und zwar zu *keiner* Zeit, sei es am Tag oder in der Nacht.

Obwohl ihr Zimmer klein war, war es doch behaglich und sauber, und vor allem brauchte sie es nicht mit den beiden Frauen von WRNS zu teilen, was möglicherweise ein wenig schwierig geworden wäre, da diese immer sehr zur Cliquenbildung neigten.

Ros fuhr mit dem Bus nach Bletchley, um sich bei Mr Dennison zu melden, dem Kommandanten von Standort X. Bletchley Park lag direkt an der Haupteisenbahnlinie zwischen London und dem Nordwesten an einer der bedeutendsten Fernstraßen Englands.

Nach einem entspannten und freundschaftlichen Gespräch mit Mr Dennison, einem kleinen, dünnen Mann, dessen Nase und dessen durchdringende blaue Augen Ros an einen Raubvogel erinnerten und der einen rasiermesserscharfen Verstand zu haben schien, fühlte Ros sich schon erheblicher wohler. Er wollte wissen, ob sie irgendwelche Fragen habe, bevor sie die Geheimhaltungsverpflichtung unterzeichnete: Möglich, dass er ihr einige dieser Fragen nicht würde beantworten können, aber das würde er bald nachholen. In seinen strahlenden blauen Augen stand ein Zwinkern. Ros beteuerte, dass sie absolut zufrieden mit allem sei, und unterzeichnete das offizielle Regierungsdokument, das eine große Verpflichtung darstellte.

Jetzt gehörte sie dazu. Und wer einmal dazu gehörte, konnte nie wieder von sich aus gehen, dachte Ros mit einem leichten Schaudern. Er schüttelte ihr die Hand. »Willkommen in Bletchley-Park, Miss Taylor. Ich hoffe, Sie werden sich bei uns wohlfühlen.«

Um neun Uhr am nächsten Morgen meldete Ros sich im Bletchley-Park zum Dienst, und zum zweiten Mal benutzte sie dazu nun ihren neuen Sicherheitsausweis. Der gesamte Park wurde rund um die Uhr von Soldaten der Luftwaffe bewacht.

Alles in allem war mit ihr zusammen ein halbes Dutzend neuer

Rekruten aufgenommen worden, und sie schien die einzige Frau unter den Männern zu sein. Die anderen waren ein Universitätsprofessor, mehrere Hochschuldozenten für Mathematik und Naturwissenschaften und ein Physiklehrer. Ros kam sich inmitten all dieser Intellektuellen etwas eingeschüchtert vor, aber die Uniform half ihr tatsächlich, sich auf die eigenen Leistungen zu besinnen.

Mr Dennisons Assistent führte sie durch das Haus, damit sie sich orientieren konnten. Es würde nur diese eine Führung geben, danach waren sie auf sich allein gestellt, erklärte man ihnen.

Im Gegensatz zu dem, was Miss Tremaine-Fortescue von dem Gebäude hielt, fand Ros es höchst interessant. Faszinierend war das Wort, das sie vorzog. Sie hatte am vergangenen Tag bei ihrer Besprechung mit Mr Dennison bereits dessen Büro im Erdgeschoss gesehen, aus dem man durch ein gewaltiges Bogenfenster in den Garten blickte. Auch die Offiziersmesse verfügte über ein solches, durch Sprossen aufgeteiltes Bogenfenster sowie über wunderschön vertäfelte Wände. Es war das ehemalige Speisezimmer der Familie Leon, der früheren Besitzer des Hauses.

Im ehemaligen Ballsaal von Bletchley Manor war vor allem die prachtvolle Decke bemerkenswert; ihr Führer machte sie darauf aufmerksam.

Der Park, der die Villa und ihre Nebengebäude umgab, war ebenfalls wunderschön. Mehr noch als das, er war sehr friedlich mit seinem kleinen See, wo man in seiner Freizeit die Enten füttern konnte. Nicht dass sie etwa viel Zeit dazu haben würde, vermutete Ros. Man hatte ihr gesagt, dass in Bletchley-Park rund um die Uhr gearbeitet werde, von neun bis fünf sowie in drei weiteren Schichten. Trotzdem schien es in Ros' Augen ein wunderbarer Ort zum Leben zu sein, vor allem nach Camp O.

Später am Tag hielt man ihr und ihrer Gruppe einen Vortrag zum Thema Sicherheitsvorkehrungen. Offensichtlich war man hier in Bletchley-Park fast schon paranoid, was das anging. Man schärfte ihnen ein, dass nichts, was sie taten, sahen oder hörten, über den Stacheldrahtzaun hinausgelangen dürfe. Sie mussten dies alles hier vergessen, sobald sie das Gelände verließen. Die Regel lautet: Frag niemals jemanden nach seiner Arbeit, und wenn er dich fragen sollte, dann muss die Antwort lauten: keine Ahnung. Jedweder Verstoß gegen diese Sicherheitsvorschrift, in welcher Form auch immer, würde ernsthafte Konsequenzen nach sich ziehen.

Ros fragte sich, was das wohl bedeuten mochte. Vielleicht ein neuerlicher Marschbefehl nach Camp O? Nur über ihre Leiche!

Ein hochgewachsener, schlaksiger junger Mann mit Brille, der sehr intelligent aussah, stieß ihr verschwörerisch einen seiner knochigen Ellbogen in die Rippen. »Schrecklicher Ort, hässliches Haus, aber es ist schön, jemanden hier zu finden, der so versessen darauf ist wie Sie, sich auf dem Altar des Mars zu opfern. David Pengellon, Miss Taylor.«

Ros sah ihn argwöhnisch an. »Waliser oder West Country?«

»Cornwall.«

Sie stieß einen erleichterten Seufzer aus, wusste dann jedoch nicht recht, wie sie reagieren sollte. Man hatte ihnen eingeschärft, hier in Bletchley-Park keine Freundschaften zu knüpfen, und genau das schien dieser junge Mann zu versuchen. Sie ignorierte ihn.

Am nächsten Tag begann sie ihre erste Schicht, die von vier Uhr nachmittags bis Mitternacht dauerte. Ros wurde Baracke III zugeteilt, einem L-förmigen Bau aus Kiefernholz.

Dort war das Decodierbüro untergebracht. In der ersten Woche konnte Ros keinen einzigen klaren Gedanken fassen. Das ständige Getöse Dutzender von Fernschreibern, die hektisch vor sich hin klackerten, erinnerten an schlecht sitzende Gebisse alter Leute, die beim Reden in einem fort klapperten. Es war schrecklich, aber vor allem anderen war es aufregend. Endlich hatte sie in diesem Krieg eine Aufgabe.

Während ihres ersten Monats in Bletchley-Park ließen der entsetzliche Lärm und das halsbrecherische Tempo ihrer Arbeitsstunden Ros wenig Zeit, über irgendetwas anderes nachzudenken als über die Aufgabe, die unmittelbar vor ihr lag. Sie dechiffrierten und dekodierten in aller Eile einen schier endlosen Datenstrom, der dann in der von ihnen bearbeiteten Form an die Dienststellen des Heers und der Luftwaffe weitergeleitet wurde. In einem Monat mochten es wohl fünfundzwanzigtausend Schriftstücke sein, die in Baracke III bearbeitet wurden. Kein Wunder, dass viele der Mitarbeiter sich krank meldeten. Manchmal fiel ihr Blick inmitten all des Getöses und der Hektik auf das Schild an der Wand: KÜHLEN KOPF BEHALTEN UND WEITERMACHEN, und dann warf sie einen Blick auf die Uhr und fragte sich, wie lange es ihr wohl noch gelingen würde, einen kühlen Kopf zu behalten und weiterzumachen, und ob sie ihren freien Tag wohl jemals erleben würde, der Tag, an dem sie volle vierundzwanzig Stunden zu schlafen beabsichtigte.

Ros' Spezialität wurde die Entschlüsselung abgefangener deutscher Funksprüche. Diese kamen als scheinbar unzusammenhängende Aneinanderreihungen von Buchstaben aus einer anderen Abteilung und mussten in einem verständlichen deutschen Text umgewandelt werden. Algie hatte offensichtlich nicht vergessen, dass sie in Cheltenham Deutsch gelernt hatte.

Am 9. April marschierte Deutschland in Dänemark und Norwegen ein. Ros wurde langsam bewusst, welch ungeheuren Beitrag Bletchley-Park zum Kampf gegen das Nazideutschland leistete, indem es dem Kriegskabinett und den Stabschefs detaillierte Informationen über die deutschen Unternehmungen lieferte.

Als sie in Baracke IV versetzt wurde, die direkt neben Baracke III lag – nicht alles im Bletchley-Park folgte irgendeiner Logik –, stellte Ros fest, dass sie von dem lautesten Arbeitsplatz zum hektischsten versetzt worden war. Das Personal von Baracke IV arbeitete an der Entschlüsselung der mit Hilfe von Codiermaschinen des Typs *Enigma* verschlüsselten Funksprüche des deutschen Heeres sowie der deutschen Luftwaffe.

Bis dahin hatte Ros nicht einmal von der Existenz der *Enigma* gewusst. Sie und die kleine Gruppe weiterer Neulinge wurden von Professor Hinchman, der die Verantwortung für das Personal in Baracke IV trug, in deren Funktionsweise eingeführt.

All die technischen Einzelheiten verwirrten Ros so sehr, dass sie schließlich glaubte, kein weiteres Wort mehr in ihrem Kopf aufnehmen zu können. Der Professor schien ihre Schwierigkeiten bemerkt zu haben, denn er fragte: »Was ist los, Miss Taylor?«

Er nannte sie immer Miss Taylor, obwohl sie eine WAAF-Uniform trug. »Ich ... es tut mir Leid ...« Ros griff sich an die Stirn.

»Gehen Sie doch ein wenig nach draußen, meine Liebe, und schnappen Sie etwas frische Luft«, sagte er freundlich.

Nur ungern unterbrach er seine Erklärung, vor allem da sie eine so heikle und immens wichtige Angelegenheit wie die Enigma betraf. Doch ihm war nicht entgangen, dass Ross die einzige Frau in dieser Gruppe junger, überdurchschnittlich intelligenter, akademisch geschulter Männer war, die von den besten Universitäten und Privatschulen Englands kamen.

Er war der Inbegriff des altmodischen Gentlemans, ein wenig irritiert, aber dennoch auf freundliche Weise besorgt; er nahm an, dass sie hier war, weil sie klug war, schließlich schickte man keine Dummköpfe nach Bletchley-Park. Aber da sie eine Frau war, musste man ihre gelegentliche Geistesabwesenheit wohl hinnehmen. »Es ist viel zu viel, um alles auf einmal zu verstehen, meine Liebe, und niemand hier erwartet das von irgendjemandem. Wir sind alle wie eine große Familie, die gemeinsam an kniffligen Problemen arbeitet. Diese Probleme werden hier von einem zum anderen gereicht, bis sie Stückchen für Stückchen von denen gelöst werden, die ihrem Geheimnis auf die Spur kommen – manchmal durch eine spontane Eingebung, manchmal einem konkreten Plan folgend. Aber wir sind alle hier, um einander zu helfen. Kommen Sie zu uns zurück, meine Liebe, wenn Sie wieder einen klaren Kopf haben. Das Thema Enigma überwältigt bisweilen selbst die Robustesten von uns.«

Ros ging hinaus, setzte sich an den kleinen See und beobachtete die Enten, die dort sorglos umherschwammen. Dieser tiefblaue See, der einen tiefblauen Aprilhimmel widerspiegelte, und mit seiner Schönheit vermutlich jeden Dichter angesprochen hätte, verfehlte seine Wirkung auf Ros nicht. Wehmut befiel sie, die Schönheit dieses Anblicks war so berauschend, dass sie sich wie ein körperlicher Schmerz anfühlte, denn in ihrem Innern litt Ros wie noch nie zuvor in ihrem Leben. Die weiten Wiesen und die Bäume, die den nahenden Frühling, die Blüte des Jahres, erahnen ließen – diese nahezu vollkommene englische Landschaft bewegte sie zutiefst. Kein Wunder, dass Wordsworth von goldenen Narzissen geschwärmt und Robert Browning gewünscht hatte, er wäre in England, wenn der April begann ... Und dort oben – sie legte sich eine Hand über die Augen und blickte zum Himmel auf –, dort oben schwirrte Giles auf der Suche nach deutschen Flugzeugen umher. Dort oben waren die Wolken klein und weiß, wie grasende Schafe, und der Himmel war so blau wie das Mittelmeer bei Amalfi, wo Scoots' Familie mütterlicherseits einen Palazzo besaß, und wo sie selbst so viele wunderbare Ferien zusammen mit ihrer Cousine und gleichzeitig besten Freundin verbracht hatte. Alles war so, wie Gott es gewollt hatte, von Giles einmal abgesehen, der dort oben war und das Ziel verfolgte, Deutsche zu schwächen, und von ihr selbst hier unten auf dieser Erde, die in gewisser Weise ebenfalls das Ziel verfolgte, die Deutschen zu schwächen.

Schwer vorstellbar, dass diese Welt mit sich selbst im Krieg lag. Schwer vorstellbar, warum so etwas überhaupt geschah, obwohl die Menschheit doch einen so wundervollen Planeten besaß, auf dem sie in Frieden hätte leben können. Und doch geschah es wieder und wieder, eins ums andere Mal, immer dieselbe alte Geschichte: Töten, Verstümmeln, Foltern, Vergewaltigen, Plündern, Niederbrennen – und wozu das alles? Wegen ein paar Metern umstrittenen Territoriums? Wegen einiger Hektar besetzten Landes? Einiger religiöser Reliquien, unterschiedlichen religiösen Vorstellungen, einem Berg von Glauben und Unglauben? Nein, es gab keine Rechtfertigung dafür, unschuldiges Blut zu vergießen, ganz gleich unter welchem Vorwand.

Es fiel Ros schwer, die Tränen zurückzuhalten, sie fühlte sich verraten. So furchtbar verraten, dass sie nicht einmal atmen konnte. Von der Welt – und zwei Männern, die sie benutzt und manipuliert hatten und das auf eine Weise, dass ihr übel davon wurde.

Als ihre Schicht um vier Uhr nachmittags zu Ende ging, rief Ros von der Telefonzelle am Bahnhof in Newport Pagnell Grafton 666 an. »Sie wussten es, nicht wahr?«, sagte sie voller Zorn. »Sie wussten es von Anfang an. Sie haben mich manipuliert, oh, Sie haben Ihre Sache wahrhaftig geschickt gemacht, nicht wahr? Antworten Sie mir, verdammt nochmal, ich möchte weder Ihr schweres Atmen hören noch Ihre Entschuldigungen ...« Jetzt liefen ihr heiße Tränen über die Wangen, und sie tastete in ihrer Manteltasche nach einem Taschentuch.

»Ich denke, es wird Zeit, dass wir uns wiedersehen«, sagte Algie ruhig. »Savoy Grill, um ein Uhr an Ihrem nächsten freien Tag. Rufen Sie mich am Abend vorher an, um mir Bescheid zu geben.«

»Morgen ist mein freier Tag.«

»Gut, schön! Dann also morgen.« Und mit diesen Worten legte er auf.

25. Kapitel

Wieder nahm Ros mit dem Mann ein Essen, den sie im Geiste als ihren persönlichen *Luzifer-Satan* ansah. Diesmal trafen sie sich in der stilvollen Atmosphäre des *Savoy Grill.* Algie wollte ganz genau wissen, wie es ihr in Camp O ergangen war. Sie erzählte es ihm ohne jegliche Schönfärberei oder Beschönigungen und erwähnte sogar den kleinsten blauen Fleck an den unaussprechlichsten Stellen ihres Körpers. Sie hatte den Wunsch, seine blasierte Selbstgefälligkeit gründlich zu erschüttern.

Er schien sich jedoch nicht im Mindesten für die Strapazen, denen sie ausgesetzt gewesen war und deren Auswirkung auf ihren Körper, verantwortlich zu fühlen.

»Und das war keineswegs alles!«, sagte Ros empört und deutete ein paar Mal wütend mit dem Finger auf ihn, um ihn, der da auf der anderen Seite des Tisches saß und sich ungerührt mit seinem Essen beschäftigte, endlich wachzurütteln. »Aus Gründen, die mir unbegreiflich sind, wurde ich dort missbraucht, beschimpft, beleidigt, vernachlässigt sowie halbausgehungert, ertränkt, erstickt ...«

»Und vermutlich vergewaltigt«, ergänzte Algie gleichmütig.

»Was?« Ros glaubte nicht recht gehört zu haben.

»Vergewaltigt! Wurden Sie es nun oder wurden Sie es nicht?«

Ros warf ihre Serviette neben ihren Teller und schickte sich an, zu gehen.

»Gehen Sie nicht«, bat Algie. »Wenigstens haben sie Sie nicht vergewaltigt – ich gehe davon aus, dass sie es nicht getan haben, aber man muss immer von dem Schlimmsten ausgehen.«

»Sie sind verrückt«, sagte Ros fassungslos. »Vollkommen verrückt. Warum sitze ich eigentlich noch hier und rede mit Ihnen ...« Sie machte erneut Anstalten, sich zu erheben.

»Sie dürfen Ihnen alles antun, aber nicht dieses Schicksal, das vermutlich schlimmer ist als der Tod. Und sie mussten darauf achten, dass ihnen kein ernsthafter Schaden zugefügt würde. Man wollte nur Ihre Fähigkeit auf die Probe stellen, einen kühlen Kopf zu bewahren und durchzuhalten, Rosy.«

»Soll das eine Art Witz sein oder was?« Ros setzte sich wieder und fuhr zornig fort. »Benutzen Sie mich auf diese Weise zu Ihrem eigenen perversen Vergnügen – zu dem Vergnügen, mich leiden zu lassen? Ja, ich denke, das tun Sie. Ich muss verrückt sein, dass ich mir Ihre Erklärungen für all das überhaupt *anhöre*!«

»Es bekümmert mich sehr, dass Sie mir etwas Derartiges unterstellen, mir, der Sie – eine schöne, intelligente, entschlossene Frau – bewundert, die überdies bewiesen hat, wie tapfer sie sein kann.«

»Sie ... Sie haben mich ... auf die *Probe* gestellt?« Ros glaubte Algie kein Wort von dem, was er ihr erzählte.

»Natürlich.«

»Warum? Was hat denn meine körperliche Fitness damit zu tun, dass ich jetzt ...«

»Sprechen Sie es nicht aus«, warnte er sie. »Wie sind Sie übrigens zurückgekommen?«

»Mit einem Zug! Mit sechs Zügen, um genau zu sein. Sie sind alle wie müde Raupen von Westen nach Osten gekrochen, voller Soldaten und Schweiß und ... und Männern, die in der Toilette schliefen und andere abscheuliche Dinge dort taten.«

»Das ist eben der Krieg. Er verwandelt eine Zugfahrt, die in Friedenszeiten ein reines Vergnügen ist, in einen Albtraum – in eine Reise in Viehwaggons. Sie sind übrigens sehr hübsch, wenn Sie wütend sind, Rosy. Der Zorn treibt Ihnen die Röte in die Wangen und ein Blitzen in Ihre Augen. Mein liebes Mädchen, Sie dürfen sich nicht allzu sehr an den Gedanken klammern, dass das Leben jederzeit freundlich zu Ihnen sein wird. Naivität hat im Krieg keinen Platz!«

Ros griff, halb zornig und halb beschämt, wieder nach ihrer Serviette, legte sie sich auf den Schoß und beschloss, sich erst einmal mit ihrem Steak Diana zu beschäftigen, bevor sie sich wieder ihm zuwandte – vielleicht mit der Tränendrüsentaktik, die der Pitbullterrier von Camp O sie gelehrt hatte, um mit einem männlichen Gegner fertig zu werden, dachte sie grimmig.

»Wie dem auch sei, mein liebes Mädchen, ich bin eigentlich hergekommen, um ein angenehmes, ruhiges Mittagessen mit Ihnen zu genießen und um über angenehmerere Dinge zu reden als Viehwaggons und anstrengende Fußmärsche im strömenden Regen. Wir haben noch viel mit Ihnen vor ... Oh, seien Sie doch endlich still, Rosy, seien Sie nicht so dumm und naiv und so schrecklich ermüdend, Roslin! Sie glauben doch nicht im Ernst, ich hätte so viel Zeit und Mühe auf Sie verwandt, ohne eine Gegenleistung dafür zu erwarten? Und Sex hat, was Sie sicher erleichtern wird, gar nichts mit der Sache zu tun. Man hat Sie aus einem ganz bestimmten Grund nach Camp O geschickt, und jetzt sind Sie an Standort X, ebenfalls aus einem ganz bestimmten Grund. Wenn Sie das immer noch nicht begriffen haben, dann verschwende ich hier bloß meine Zeit. Doch ich glaubte, dass sie immer noch interessiert sind, uns bei unserer Aufgabe zu unterstützen. Das Zeug dazu haben Sie und ich wusste sofort, dass Sie das gewisse Etwas haben. Von dem Tag an, als Imogen uns miteinander bekannt machte«, sagte er zufrieden und lehnte sich dann in seinem Rollstuhl zurück.

»Woher? Woher wussten Sie es?«, fragte Ros verwirrt.

»Es war etwas, das Sie gesagt haben.«

»Was?«

»Oh, das werde ich Ihnen eines Tages mal erzählen. Feine Damen ergeben die feinsten Spione.«

»Das habe ich niemals gesagt!«

»Nein. Das sage ich. Es bekümmert mich, das sagen zu müssen, Roslin, und noch mehr bekümmert es mich, das Werkzeug dazu zu sein, aber Ihre feine Schale und ihre damenhaften Manieren sind durch die Ereignisse der letzten Zeit bereits ziemlich abgeschliffen, und dabei hat der Krieg noch nicht einmal richtig begonnen. Am Ende ergeht es uns allen so, mein liebes Mädchen. Stress und Konflikte, der Krieg und seine Konsequenzen, die stete Sorge und der stete Drang, das alles zu überleben: Warum? Wir wären vermutlich alle besser dran, wenn wir tot wären, falls wir nicht in Frieden leben können, bis wir sterben. Liebste Rosy, wenn ich Sie so sehe mit dem traurigen, gehetzten Blick in ihren Augen, mit ihrer scharfen Zunge, und ihrem Verstand, der noch schärfer ist, dann weiß ich, dass es nicht leicht werden wird für Sie – aber Sie werden es schaffen, glauben Sie mir! Männer sehen sowieso nicht gern, dass eine Frau ihren eigenen Weg geht. Aber manchmal können wir Männer unsere Frauen eben nicht beschützen, und dann ist es besser, wenn diese für sich selbst kämpfen können.«

»Wie ich es in Camp O getan habe?«, fragte Ros fassungslos.

»Genau. Sie haben es endlich begriffen – Sie sind auf sich allein gestellt.«

Ros sah sich verzweifelt um; doch die Tränen wollten nicht kommen, nicht jetzt, nicht bevor sie diese ganze bizarre Komödie wirklich durchschaut hatte.

Sie konnte kaum nachdenken inmitten der lärmenden, gut gekleideten Gäste im *Savoy Grill* und ihr nächster Satz klang wie das Zischen einer gereizten Schlange. »*Sie* haben all die Fäden gezogen, nicht wahr? Angefangen von Lady d'Oilier Barra bis zu Mr Dennison? Was ist der Grund dafür, dass ich all das ertragen musste, warum konnten Sie mich nicht einfach in Ruhe lassen? ... Was ist der Grund dafür, dass ich diese Übungsmärsche und Klettertouren über mich ergehen lassen musste, warum ich ... warum ich in Bergwerkschächten fast erstickt bin, all die blauen Flecken am ganzen Körper hatte und morgens um halb fünf zum Appell antreten musste?« Ros redete sich so in Rage, dass sie kaum noch Luft bekam und wiederum ihre Serviette neben ihren Teller warf, in der Absicht, ihren Gastgeber jetzt endgültig zu verlassen. »Das lasse ich nicht mit mir machen, Mr Leamington-Smythe!«

»Beherrschen Sie sich, Roslin«, sagte Algie mit schneidender Stimme. »Was ich mit Ihnen mache, haben Sie doch im Grunde dadurch akzeptiert, dass Sie ohne jeden Widerstand bei all dem mitgemacht haben, was man von Ihnen verlangte, nicht wahr?«

»Oh, Sie ... *Viper!*

»Natter!«

»Wenn das irgendein Losungswort für eine Spionagetätigkeit ist, zu der Sie mich überreden wollen, dann vergessen Sie es, Mr Leamington-Smythe!«

»Das ist es nicht.«

»Was dann?«

»Nun ja, nicht direkt.«

»Nicht direkt was? Es bedeutet also nicht direkt, dass ich mit dem Fallschirm über dem besetzten Polen, der Tschechoslowakei, über Dänemark oder Norwegen abspringen soll? Oder soll ich etwa in Frankreich landen, um festzustellen, was die Deutschen dort drüben treiben, hm? Oder in Berlin selbst, vielleicht direkt unter Hitlers Nase? Genau dafür hat man uns unter anderem in Camp O ausgebildet: Um über besetztem Territorium abzuspringen und deswegen auch das Überlebens- und Kampftraining. Also, wohin nicht direkt? Nach Frankreich, Deutschland, Italien, auf den Balkan oder vielleicht sogar nach Japan?«

»Könnten wir uns vielleicht an einem weniger öffentlichen Ort über dieses Thema unterhalten, mein liebes Mädchen?« Sie spürte, dass Algie langsam unbehaglich wurde.

»Nein, wir werden hier und jetzt darüber reden. Sie wollten mich doch nur an einem öffentlichen Ort treffen, damit ich Ihnen keine Szene machen kann, aber Sie täuschen sich gewaltig: Ich kann!«, warnte Ros.

»Sie haben eine so rasche Auffassungsgabe, gepaart mit einer so bestimmten Vorgehensweise, dass ich mit Freuden feststelle, dass ich mich in Bezug auf Sie nicht geirrt habe.«

»Und genau deshalb bin ich auch bereit, Ihnen hier eine Szene zu machen, Algie, wenn Sie mir nicht verdammt nochmal endlich die Wahrheit sagen.«

»Schon gut, schon gut! Denken Sie nicht einmal daran, Roslin. Denken Sie lieber an Ihren Eid, mit dem sie Gehorsam und Geheimhaltung geschworen haben ...« Mit steifen, gequälten Bewegungen drehte er sich um und blickte nervös über seine Schulter nach dem Kellner.

»Ich werde dafür meinetwegen ins Gefängnis gehen oder hängen, aber Sie wussten ... Sie *wussten* ... nicht wahr ... Sie wussten *Bescheid* über die beiden, über ihn ... und über Scoots ... Antworten Sie mir gefälligst!« Ihre Stimme überschlug sich beinahe an den Worten.

Doch er schnippte bereits mit den Fingern nach dem Kellner. »Die Rechnung für Leamington-Smythe. Und ein Taxi, das einen Rollstuhl transportieren kann, in fünf Minuten vor der Tür.«

»Ja, Sir, natürlich, Sir.«

»Kommen Sie.« Er drehte sich um, um seinen Rollstuhl zum Aufzug zu lenken. Er schien im Savoy bekannt zu sein, wenn man von all den Verbeugungen ausgehen durfte, die ihm zuteil wurden. Ros riss der Garderobenfrau ohne ein Wort des Dankes ihren gebrauchten Mantel aus der Hand und funkelte weiter Algies Hinterkopf an.

Wie durch Zauberhand beförderte das Hotelpersonal eine hölzerne Rampe für Algies Rollstuhl zutage, damit er mit diesem in das Taxi hineinkam. »Steigen Sie sofort ein!« Seine Worte duldeten keinerlei Widerspruch. »Und keine Silbe, bis wir zu Hause sind. Graften Court!«, schnauzte er den Taxifahrer an.

Vor seinem eigenen Haus angelangt, sagte er: »Da liegt ein Stück Holz, Ros, es dient als Rampe, über die ich aus dem Auto in mein Haus rollen kann. Rampen, mein liebes Mädchen, sind die einzige Möglichkeit, um überall aus- und eingehen zu können – selbst in meinem eigenen verdammten Haus, und Schuld daran sind diese infernalischen Treppen. Nach dem Krieg werde ich in einen Bungalow irgendwo auf dem Land umziehen ... oh Gott, ich wünschte, ich wäre tot ... Welchen Sinn hat es, so zu leben, außerstande, auch nur die kleinste Kleinigkeit selber tun zu können ...« Er legte entmutigt seinen vernarbten Kopf in seine vernarbten Hände, und selbst dem Taxifahrer traten Tränen des Mitleides in die Augen.

Und dann begannen die Sirenen zu heulen.

Ros, deren Zorn sich im Angesicht von Algies Verzweiflung in Rauch aufgelöst hatte, sprang nun aus dem Taxi, um die hölzerne Rampe zu holen. Sie und der Taxifahrer halfen Algie, aus dem Wagen und wieder in seinen Rollstuhl zu steigen. Der Taxifahrer legte hastig die Holzrampe vor die Rampe zum Untergeschoss.

Ros folgte Algie über die glatte, betonierte Rampe, seine persönliche Rollbahn, ins Kellergeschoss. Dort öffnete er mit einem Schlüssel die Tür, und wegen des Luftalarms beschlossen sie, im Keller zu bleiben, statt mit dem Aufzug in die luxuriösen Wohnräume zu fahren.

Ros fühlte sich erschöpft und vollkommen leer.

»Legen Sie die Verdunklungsvorhänge vor und zünden Sie ein paar Kerzen an, Rosy«, bat er. »Wenn Sie einen Helm brauchen, nehmen Sie meinen, er liegt drüben auf dem Tisch.«

Sie schüttelte den Kopf, denn sie brauchte seinen Stahlhelm nicht. Dann zog sie die Vorhänge zu und zündete die Kerzen an, obwohl der warme, sonnige Aprilnachmittag genug Helligkeit gespendet hätte.

»Wären Sie wohl so freundlich, uns zwei große Brandys einzuschenken?«

Ros tat wie geheißen. Selbst im Keller hatte er alle Annehmlichkeiten zur Verfügung, die man sich vorstellen konnte.

»Setzen Sie sich neben mich auf dieses provisorische Bett, das Teil meines privaten Luftschutzkellers ist.« Algie klopfte auf das

Feldbett, das ordentlich zurechtgemacht war, zweifellos von seiner fürsorglichen kleinen Amme Mary.

»Warum? Warum, Algie?«

»Warum was, Rosy? Auch ich brauche manchmal weibliche Gesellschaft, und sei es nur, um mich daran zu erinnern, was ich verpasst habe.«

Ros starrte in die Dunkelheit, und das flackernde Licht der Kerzen ließ sie an Luke denken. In ihren Gedanken sah sie die tiefen, steinernen Fensterverstrebungen der uralten Bibliothek in der uralten Abtei genau vor sich. Sie hörte den Wind im Schornstein, das Tosen der Brandung am Ufer, roch das Salz, die Kiefern und den Bärlauch, und schloss die Augen, außerstande, den Gedanken an seine sanften Küsse auf ihrem Hals und ihren Lippen zu ertragen. Und die ganze Zeit über hatte sie ihrem eigenen Schicksal ins Gesicht gesehen, dort, direkt auf Graysons Schreibtisch.

Mit fast tonloser Stimme fragte sie: »Wozu braucht er auf Orca eine *Enigma*, Algie?«

»Ich nehme an, wir reden immer noch von demselben Mann?«

»Genau gesagt von zwei Männern, Algie, Pater Luke und Major Duffield.« Ros konnte den Schmerz in ihrem Herzen kaum mehr aushalten. »Und von einem dritten, von dem ich so gut wie gar nichts weiß.«

Algie kratzte sich unschlüssig seinen verbrannten, fast völlig kahlen Schädel, aus dem nur noch einige wenige spärliche Haare sprossen.

Ros schüttelte ungläubig den Kopf. »Bis gestern wusste ich nicht einmal, dass es eine *Enigma* war. Ich dachte, es handle sich um irgendeine eigens für den Krieg konzipierte Schreibmaschine, die er benutzten müsse.«

»Bitte, Rosy, reißen Sie sich zusammen. Tränen könnte ich jetzt nicht ertragen.«

»Es tut mir Leid, es tut mir Leid, es tut mir Leid!« Ros nahm ihr Taschentuch zur Hand und putzte sich lautstark die Nase, gerade

als das ferne Dröhnen deutscher Bomber Algie in Panik zu versetzen schien.

»Ich habe Ihnen doch verdammt nochmal gesagt, dass Sie sich *niemals* entschuldigen sollen!«, schnauzte er sie plötzlich an.

»Was Sie mir gesagt haben, war alles nur ein Haufen Lügen.«

Das Dröhnen wurde lauter und lauter. Ros bemerkte, dass Algies Hand mit dem Brandyglas zitterte. »Diese verfluchten Deutschen! Was führen sie jetzt schon wieder im Schilde ...? Es scheinen Hunderte zu sein ... Sie haben jetzt wohl die Zahl der Luftangriffe, die sie tagsüber fliegen, erhöht, was? Zur Hölle mit ihnen allen ... Setzen Sie den Helm auf, Roslin, es kann einem hier jederzeit die Decke auf den Kopf fallen ... Ja, was gibt es denn, Mary?«, fragte er barsch und richtete seinen einäugigen Blick auf die Tür.

Mary wirkte völlig ungerührt, als sie ihren kleinen Knicks machte. »Hier sind Sie also, Sir! Arthur hat mich runtergeschickt, damit ich mich davon überzeuge, dass Sie wohlauf sind. Guten Tag, Miss ...« Sie knickste noch einmal, gerade als das Entwarnungssignal erklang, dann fügte sie hinzu: »Arthur sagt auch, er entschuldige sich für den Lärm, aber der Boiler der Heizung macht mal wieder Mätzchen, Sir. Deswegen dieses anhaltende Dröhnen.«

Algie erwiderte schlecht gelaunt: »Gehen Sie, Mary, und sagen Sie diesem alten Trunkenbold, dass ich ihm höchstpersönlich seine Brandy-Ration kürzen werde, wenn er diesen Boiler nicht endlich in den Griff bekommt ... Hat mich fast zu Tode erschreckt, dieses Ding! Ich dachte, da wären Hunderte von Deutschen am Himmel, die ihre Bomben auf uns abwerfen wollen.«

»Sehr wohl, Sir.« Mary knickste und ging wieder nach oben.

Roslin war trotzdem keineswegs nach einem Lächeln zu Mute. »Sie ist auf der Insel, nicht wahr?«

»Ich fürchte ja, mein liebes Mädchen.«

»Warum haben Sie mir das nicht von Anfang an gesagt?«

»Weil Sie zu diesem Zeitpunkt noch nichts mit Informationen hätten anfangen können. Und weil sie außerdem naiv, leichtgläubig, töricht und verliebt waren.«

»Das alles bin ich immer noch.«

»Ja, aber nicht mehr in diesem Maße. Ich denke, Camp O hat Sie gelehrt, kritischer zu sein, selbstständiger und weniger vertrauensvoll. Kurzum, es hat Ihnen Ihre damenhafte, aristokratische Geziertheit, die Ihnen oft den Blick auf die Realität verstellt hat, genommen, ohne die Dame im Innern zu zerstören, wenn Sie verstehen, was ich meine. Ich für meinen Teil sah mich leider außerstande, Ihnen irgendetwas zu erklären, ohne die Existenz von Ultra und Standort X preiszugeben, womit ich gleichzeitig die Existenz unserer Nation aufs Spiel gesetzt hätte.«

»So ernst ist es also, hm?«, sagte Ros ängstlich.

»So ernst.«

»Aber ich dachte, wir stünden auf derselben Seite!« Sie ballte die rechte Hand in einem erneuten Anfall aus Zorn zur Faust, obwohl sie dann nichts damit anzufangen wusste, als sie hilflos zu heben und wieder sinken zu lassen, während ihr die Tränen übers Gesicht liefen. »Sie haben meinen Glauben und mein Vertrauen zunichte gemacht, Algie.«

»Nein. Ich schätze, dass hat *er* getan. Zuerst war er ein Priester, dann stellte sich heraus, dass er kein Priester war. Dann dachten sie, er sei Ihr Geliebter, und dann war er plötzlich wieder nicht Ihr Geliebter. Dann sehen Sie eine *Enigma* auf dem Schreibtisch in der Bibliothek und ziehen sofort voreilige Schlüsse. Denken Sie nach, Rosy, denken Sie nach! Wenn wir eine *Enigma* an Standort X haben und die Polen eine *Enigma* haben und die Franzosen auch, was ist dann so seltsam daran, dass Major Duffield auf Orca ebenfalls eine hat? Er ist ein erstklassiger Agent, der in Darvel ausgebildet wurde, ein erstklassiger Entschlüsselungsexperte, der fließend Deutsch und noch fünf weitere Sprachen spricht ...«

»Und er scheint auch ein verdammt guter Schauspieler zu sein«, konnte Ros nicht umhin, voller Bitterkeit zu bemerken.

»Da gebe ich Ihnen Recht ... Wie dem auch sei, mit seiner *Enigma* kann er die abgefangenen Funksprüche dort viel schneller entschlüsseln als wir, da sie bei uns erst mehrere Stationen durchlaufen müssen. Haben Sie sich denn nicht gefragt, warum er die Seeverteidigungsanlagen hat errichten lassen – um sich selbst und seine Männer auf der Insel zu verschanzen oder um sich gegen den Feind verteidigen zu können? Haben er und seine Männer die Landungs- und Kommunikationsmöglichkeiten verbessert, um mit den übrigen Agenten und Militärs im Südwesten zusammenarbeiten zu können oder um dem Feind Informationen zukommen zu lassen? Hat er nicht Nachrichtenleitungen legen lassen, statt sie zu zerstören, wie sie zuerst dachten, Rosy? Und wozu? Um die Briten oder um die Deutschen zu unterstützen? Warum das alles, wenn er nicht auf unserer Seite steht? Warum sollte er sich mit seinen Männern dort verbarrikadieren, um dann dem ersten Angriff unserer Luftwaffe hilflos ausgeliefert zu sein? Oder – falls er für uns arbeitet, wie ich glaubte – den ersten dummen, verliebten Mädchen, die seine Pläne – die sorgfältig ausgearbeiteten Pläne des britischen Geheimdienstes zur Verhinderung einer Invasion via Frankreich und den Kanalinseln – durchkreuzen, all das verraten?«

»Aber ... aber ...«, stammelte Ros hilflos.

Algie fuhr wütend mit seinem Rollstuhl im Kreis herum: *»Aber – aber*! Sie und Ihre Cousine sind uns vom ersten Augenblick an, als die Mönche – und vor allem Pater Luke – auf die Insel kamen, ständig in die Quere gekommen und haben beinahe die ganze Mission platzen lassen.«

»Woher sollten wir das denn wissen? Niemand hat uns damals darüber informiert, dass es überhaupt eine Mission gibt! Und niemand hat mir gesagt, dass es eine Mission gibt, die die kleine Insel Orca betrifft, als ich im Januar dort hingefahren bin.«

»Warum sollte man Ihnen auch etwas sagen? Sie, Rosy, waren, ebenso wie der Rest Ihrer Familie, nur eine Schachfigur in diesem Spiel. Warum sollte man Ihnen etwas sagen? Als Sie sich dann aber wiederholt einmischten und nicht locker ließen, da überlegte ich, ob Sie nicht nützlich für uns sein konnten. Das war der Zeitpunkt, als ich mich für Sie zu interessieren begann. Und das war der Zeitpunkt, als *er* sich für Sie zu interessieren begann.«

»Es ist wirklich reizend von Ihnen, dass Sie mir das alles so liebevoll auseinandersetzen, Algie«, erwiderte Ros ironisch.

»Sie und Ihre dumme kleine italienische Cousine haben gegen jegliche Sicherheitsvorschriften verstoßen und so täglich das Leben der Agenten dort aufs Spiel gesetzt! Vor allem Sie, als Sie nach Orca zurückkehrten, Sie, der es um ›Liebe‹ ging ... mit einem schönen Priester namens Pater Luke ... oh Gott! Sie wussten damals genau, dass Sie damit sein Leben und das der anderen im höchsten Maße gefährden!«

»Einen Augenblick mal, Algie«, unterbrach Ros ihn mit Nachdruck. »Scoots wusste damals ebenfalls über seine Doppelrolle Bescheid. Sie war es überhaupt, die mir davon erzählt hat.«

Er sah sie überrascht an. »Sie wusste Bescheid?«

»Ja.«

»Das macht die Dinge noch schlimmer ... verdammt nochmal! Wenn sie es herausgefunden hat, wer weiß dann sonst noch über die Mönche Bescheid?«

»Schlimmstenfalls wohl nur die Familie, denke ich. Ich glaube nicht, dass einer der Dienstboten erraten hat, dass Luke und seine Männer etwas mit dem Militär zu tun haben.«

»Wie hat Ihre Cousine von Duffields wahrer Identität erfahren?«

»Das weiß ich nicht.«

»Großartig, wunderbar, einfach fantastisch! Und um die Katastrophe perfekt zu machen, sind Sie ihr dann hinterhergefahren, diesem egoistischen, kleinen reichen Mädchen – angeblich, um sie zu suchen, während Sie in Wirklichkeit *ihn* gesucht haben! Ich habe Sie für klüger gehalten, Roslin. Und ich habe Sie für eine Dame gehalten!«

Ein tiefes unbehagliches Schweigen breitete sich zwischen ihnen in dem dunklen, von den Schatten der flackernden Kerzen kaum erhellten Raum aus. Als die Kerze erlosch, blieb nur ein dünner, schwarzer Rauchfaden übrig, der sich zunächst zur Decke emporkräuselte und dann wieder hinabsenkte.

»*Verdammt nochmal, Roslin!* Begreifen Sie denn immer noch nicht, was Sie getan haben? Sind Sie wirklich so dumm?«

»Ja, vermutlich bin ich das. Ich habe nämlich nicht die geringste Ahnung, wovon Sie reden.« Ros starrte Algie an, und die Dunkelheit, die nun im Raum herrschte, senkte sich auf ihre Seele herab. »Sie sind ein Schwein«, sagte sie langsam.

»Das Sie liebt, obwohl Sie alles vermasselt haben«, fügte Algie hinzu.

Ros musterte schweigend ihre Fingernägel, die kurzgeschnitten, gesund und nicht gepflegt waren – nicht die Art Fingernägel, auf die eine Dame stolz gewesen wäre, das hatte sie Camp O zu verdanken. Nach einer Weile fragte sie, ohne den Blick zu heben: »Und was soll ich jetzt tun?«

»Das liegt ganz bei Ihnen. Schaffen Sie sie von der Insel, ob mit fairen Mitteln oder mit unfairen, nur bringen Sie sie so schnell wie möglich dort weg. Eines werden Sie jedenfalls *nicht* tun, nämlich mit irgendjemandem über die Existenz von *Ultra* sprechen. *Ultra* ist bedeutend wichtiger als Sie oder Ihre italienische Cousine – die übrigens kurz davor steht, hier in England als Feindin eingestuft und vielleicht sogar interniert zu werden, da Mussolini kurz davor steht, seine Unterschrift unter Hitlers Vertrag zu setzen.«

»Sie täuschen sich, Algie, nicht einmal Sie können mich mit einer solchen Bemerkung über Abigail erschüttern. Sie ist schließlich die Tochter von Lord Ramson, einem reinblütigen Briten.«

»Der außerdem Faschist war, wie auch seine aristokratische, italienische Ehefrau, die ihrerseits zu Oswald Moseleys Clique gehörte.«

Es hatte keinen Sinn, mit Algie zu streiten, der auf alle Fragen eine Antwort wusste. Jetzt sagte er zu ihr: »Wenn das Geheimnis von *Ultra* auf dem Spiel stehen sollte, dann wird jemand Sie da rausholen, Roslin, wenn Sie es allein nicht schaffen. Major Duffield ist selbst ein erstklassiger Schütze.«

»Das kann ich mir denken.«

»Er wurde für den Krieg ausgebildet, Roslin, nicht für die Liebe, haben Sie das verstanden?«, ermahnte Algie sie.

»Ja, Algie. Das wusste ich schon damals im Januar.«

»Gut!«

Ros griff nach ihrem Mantel und ihrem Hut, die sie auf sein Feldbett geworfen hatte, und konnte es kaum mehr erwarten, endlich von ihm fort zu kommen. »Ich finde selbst nach draußen«, erklärte sie.

»HALT!«

Sie drehte sich noch einmal um. »Was ist denn noch ...?«

»Das hier hätte ich um ein Haar vergessen ...« Algie kramte in einer Schublade. Schließlich fand er, wonach er gesucht hatte, und reichte es ihr.

Sie lächelte gerührt. »Pralinen von *Fortnum and Mason*!« Sie drückte einen Kuss auf seine runzlige, vernarbte Wange. »Pralinen im Krieg, Sie verwöhnen mich, wirklich.«

»Ja, ich weiß. Ist mir jetzt verziehen?«

»Da gibt es nichts zu verzeihen, Algie.«

»Dann sind wir also wieder Freunde, Rosy?«

»Bitte, nennen Sie mich nicht Rosy, Algernon.«

Er legte das Gesicht in Falten, seine Art zu lächeln.

»Wenn ich es recht bedenke, hätte ich noch zwei Fragen an Sie, Algie. Commander Pemberton?«

»Seine Leute haben in Bletchley-Park die ersten Antennen aufgestellt. Er gehört ebenfalls Standort X an.«

»Verstehe. Und wie entschuldige ich mich bei Professor Hinchman aus Baracke IV?«

»Sie hatten einen Nervenzusammenbruch. Den kriegt in Bletchley-Park früher oder später jeder.«

Zurück in ihrem Zimmer in Newport Pagnell, öffnete Ros den großen Pralinenkasten, den sie von Algie bekommen hatte. Echte und teure Pralinen waren in Kriegszeiten ein so seltener Leckerbissen, dass ihr noch das Wasser im Mund zusammenlief, als sie bereits entdeckt hatte, dass sich überhaupt keine Pralinen in der Schachtel befanden, sondern lediglich ein schwarzer Samtbeutel. In dem Beutel war eine Pistole und eine kurze handschriftliche Nachricht: *»Richter 16, 1-31. Lesen und verinnerlichen, jeden einzelnen Vers. Viel Glück. Sie werden es brauchen, mein liebes Mädchen, aber ich setze volles Vertrauen in Sie.«*

Das war so typisch für Algie, eine hinterhältige kleine Grausamkeit anzubringen, wenn man sie am wenigsten erwartete. Ros fühlte sich plötzlich wie ein ausgenommener Fisch, der auf den Händen des Fischhändlers noch zappelte.

Hoffentlich war Scoots das Ganze wert, dachte Ros, bevor sie sich mit dem Alten Testament auf ihrem Bett niederließ, ihrer Bettlektüre an diesem Abend.

26. Kapitel

»Okay, Miss ...« In der lautlosen Dunkelheit schien die Stimme des Mannes wie ein Nebelhorn zu dröhnen, obwohl es nur ein gewisperter Befehl war: »Hier gehen Sie an Land.«

Ihre Nerven waren bis zum Zerreißen gespannt. Ros ließ sich über den Rand des Schlauchboots gleiten und watete durch das hüfthohe Wasser – glücklicherweise herrschte gerade Ebbe – an das felsige Ufer. Sie war für solche Situationen ausgebildet worden, aber sie war nicht vorbereitet auf diese Angst. Ihr Magen krampfte sich zusammen, sobald ihr klar wurde, dass sie unter anderem hier war, um sich ihrem Schicksal zu stellen.

Sie tauchte ein in die Angst vor dem Unbekannten, in die Atmosphäre von Misstrauen und der Unsicherheit, ob Freund oder Feind sie erwartete. Aus der magischen Sommerinsel von einst war eine feindselige, ehrfurchtgebietende Masse schwarzen Felsens geworden. Ros ließ sich auf den harten Boden Orcas fallen, und ihre Lungen schienen allein unter der Anstrengung des Atmens zu bersten.

Schließlich richtete sie sich entschlossen auf. Die Arme um ihre Knie geschlungen, saß Ros auf dem mondbeschienenen Strand, der hier den Verlauf der Klippen unterbrach, und versuchte, wieder Luft zu bekommen. Schließlich wiegte sie sich vor und zurück und konzentrierte sich ganz darauf, ihre Übelkeit zu überwinden. Sie wusste, dass sie sich an der gefährlichsten Ecke der Insel befand. Hier waren die Felsen scharf und gezackt, die Strömungen unberechenbar. Sie hatten als Kinder entgegen allen Warnungen Graysons oft hier gespielt, sodass ihr die Vielzahl von Höhlen und Grotten, die gefährlichen Felsen und Strömungen, jegliche Hohlräume und Verstecke, die Klippenpfade und überwucherten Tunnel, bekannt und immer noch vertraut waren.

Roslin streifte ihren Taucheranzug ab und versteckte den Anzug weiter oben am Strand, wo die Flut ihn nicht erreichen konnte; vielleicht würde sie ihn noch einmal brauchen. Das Wetter war mild, das Mondlicht leuchtete sanft, und die Felsen wurden von niedrigen Wellen umspült, die munter über Ros' weichbesohlte Gummischuhe plätscherten.

Aber es war trotzdem kühl; der Winter lag noch nicht lange genug zurück. Sie wagte nicht, den bleistiftdünnen Strahl ihrer Taschenlampe einzusetzen und wandte sich dem mondbeschienenen Meer zu. Das Boot der Küstenwache war bereits hinter dem Horizont verschwunden. Sie war nun auf sich gestellt.

Sollte sie Luke in Verlegenheit bringen oder nicht, das war die Frage. Wie würde sie ihm ihre Anwesenheit auf der Insel im dunklen Tarnanzug erklären, ausgerüstet mit einer Taschenlampe, einem Kompass und einer Handfeuerwaffe? Oder sollte sie, unbemerkt von Luke und seinen Männern, Scoots durch die Hintertür der Priorei entführen, bevor einer von ihnen begriff, was geschah, und sie direkt an Bord der HMS bringen?

Sie hatte sich noch immer für keine Strategie entschieden, als sie von den felsigen Klippen zu dem dunklen Fichtenwäldchen emporstieg, dessen Silhouette sich vor dem Nachthimmel abzeichnete. Der Duft von frischem Bärlauch war so stark, dass sie halb verrückt wurde vor Glück, wieder an dem Ort zu sein, den sie am meisten liebte.

Und wieder übermannten sie die Erinnerungen, vor allem die Erinnerungen an die Wärme seiner Arme, die sie umschlossen und das Glücksgefühl, das sie dabei empfunden hatte. Wieder wurde ihre Sehnsucht nach ihm übermächtig, und sie empfand genauso wie an dem Tag in ihrem letzten, kurzen Sommer auf Orca;

ihr Herz wollte bersten, ihr Blut hämmerte in ihren Adern, und ihre Hände waren feucht. *O Gott, bitte, lieber Gott, ich liebe ihn doch so sehr, mach, dass keiner von uns den anderen verraten muss ...*

Ros hoffte, dass die alte Signallampe noch immer am selben Platz war wie früher, oben auf dem Folly, wo sie in der Vergangenheit bei Notfällen benutzt wurde, wenn sie die Küstenwache auf St. Mary's per Telefon nicht erreichen konnten. Sie wusste, dass das Boot dort draußen auf sie wartete, nicht allzu weit entfernt bei einem der zahlreichen unbewohnten Felsen zwischen den Scilly-Inseln und Land's End. Sie hatte nur vier Stunden, um Abigail zu finden und zu überreden, um ihrer eigenen Sicherheit willen Orca zu verlassen, dann würde das Boot nach Orca zurückkehren, um sie beide aufzunehmen. Ros hatte ihre Uhr gestellt. Es war bereits zehn Uhr, das hieß, um zwei Uhr morgens würden sie kommen, um sie abzuholen.

Ros rannte geduckt auf die alte Priorei zu und fragte sich zum wiederholten Male, warum Luke im Januar Abigails Anwesenheit auf der Insel so energisch abgestritten hatte. War er doch in sie verliebt? Hatte er sie schützen wollen? War etwa ihre eigene kurze, wenn auch intensive Romanze mit ihm für ihn ohne jede Bedeutung und Abigail die Frau, die er wirklich wollte? So wie bei Felix? War sie vielleicht die Art von Frau, mit der man zwar eine Affäre haben, die man aber nicht heiraten wollte? O Gott, mach, dass das nicht wahr ist!, schrie ihr Herz.

Und dass Scoots sie auf so schreckliche Weise hinterging, nach allem, was sie zusammen durchgemacht hatten, konnte Ros immer noch kaum glauben. Nicht Scoots, nicht Luke, nicht alle beide zusammen, das wäre mehr gewesen, als sie hätte ertragen können.

Und doch war sie, Ros, hier auf Orca, um Scoots von der Insel zu bringen, um zu verhindern, dass sie Luke oder seine Arbeit gefährden konnte und, was noch wichtiger war, die des britischen Geheimdienstes. Scoots war schließlich, wie Algie ihr ohne Umschweife erklärt hatte, zur Hälfte Italienerin, und die Italiener standen auf Hitlers Seite. Luke als britischer Offizier würde auf jeden Fall, wenn er mit ihr in Beziehung gebracht werden würde, kompromittiert werden, vielleicht würde man ihn sogar vor das Kriegsgericht bringen, wenn man erfuhr, dass er hier auf Orca ihre rehäugige, schwarzhaarige, wunderschöne italienische Cousine beherbergte. Algie hatte es als Interessenkonflikt bezeichnet. Und deshalb, ob es ihr nun gefiel oder nicht, war sie wieder hier, und riskierte Leib und Leben, riskierte ihre Karriere und ihre Glaubwürdigkeit, ihre Liebe und ihre Hingabe, weil sie den Befehl hatte, Abigail um jeden Preis von dieser Insel zu holen.

Ros legte einen strammen Marsch hügelaufwärts hin, mit dem sie Camp O alle Ehre gemacht hätte. Sie vermutete, dass sie es dem Training dort zu verdanken hatte, dass sie auf dem Weg hügelaufwärts kaum außer Atem geriet, anders als in früheren Zeiten. Als sie in Sichtweite des grauen Steingebäudes war, ging Ros in Deckung. Nun glitt sie von Schatten zu Schatten, duckte sich, wartete ab und versuchte einzuschätzen, ob die Luft rein war oder nicht, bevor sie weiterging, immer höher hinauf, bis sie sich schließlich dem großen, klösterlich anmutenden Haus auf dem Gipfel der Insel näherte. Sie brauchte kein Licht, sich zurechtzufinden, so gut kannte sie die Landschaft und das Haus, jeden Ziegel und jeden Stein.

Der Grund, warum sie nach Orca zurückgekehrt war, hatte, wie Ros sich mittlerweile eingestand, nichts mit dem britischen Geheimdienst zu tun oder mit Abigails Rolle in diesem Spiel. Es hatte ebenfalls nichts damit zu tun, dass sie in Luke, den Priester, Luke den Soldaten, Luke den Unbekannten verliebt war. Ros hatte ihre eigenen Gründe, Leamington-Smythes Herausforderung anzunehmen.

Ros wusste genau, wie sie in die Priorei hineingelangen konnte, obwohl Luke Vorder- und Hintertüren mit Riegeln versperrt hatte. Sie wusste genau, wie sie es anstellen musste, unsichtbar zu bleiben. Das Haus war ein Labyrinth unterirdischer Korridore und steinerner Treppenfluchten, weit verzweigter Küchenräume, Speisekammern sowie vieler Flure und Treppen. Sie kannte es wie ihre Westentasche.

Vorsichtig näherte sie sich der Rückseite der Priorei durch den ummauerten Küchengarten und über einen steinernen Innenhof, der zur Tür der mittelalterlich anmutenden Küche und der Dienstbotenquartiere führte. Irgendjemand hatte die obere Hälfte der Tür offen gelassen. Die Küche war leer. Das war so spät am Abend auch zu erwarten, da das Geschirr vom Abendessen inzwischen gespült und weggeräumt sein musste und man alles bereits fürs Frühstück vorbereitet hatte.

Statt den rostigen Riegel der unteren Türhälfte zurückzuschieben und zu riskieren, dass er quietschte, kletterte Ros hinüber, keine sehr damenhafte, aber erheblich sichere Methode. So weit, so gut, dachte sie, bevor sie um den riesigen Refektoriumstisch herumging, auf dem Mrs Moffat immer ihre Pasteten gemacht und Fleisch und Zwiebeln gehackt hatte. Sie bemerkte, dass an dem fünf Meter langen Tisch Frühstücksgeschirr für mindestens fünfundzwanzig bis dreißig Personen aufgedeckt war.

Immer noch vorsichtig stieg Ros die steinerne Wendeltreppe von der Küche zur Haupteingangshalle mit ihren Rüstungen und Jagdtrophäen hinauf.

Die riesige Besuchergarderobe, die ein ganzes Zimmer einnahm, das von der Haupthalle abzweigte und die sie während der Dauer ihres unangekündigten Besuches im Januar als persönliches Ankleidezimmer benutzt hatte, war von der Familie immer scherzhaft als Sakristei bezeichnet worden. In der Sakristei gab es eine lange Reihe von Haken für Mäntel, Regenjacken und Hüte. In früheren Zeiten hatten dort auch Regenstiefel, Schirme, Schuhe, Gehstöcke und alle möglichen anderen Dinge für ihre Spaziergänge im Freien gestanden, die sie irgendwann ausgemistet hatten. In der Sakristei befand sich daneben ein riesiger Wandschrank aus dem 16. Jahrhundert. Ursprünglich war es eine Waffenkammer gewesen, aber in jüngeren Zeiten hatten die Ramsons dort Tennisschläger und Bälle, Krocketspiele, Reifen und Poloschläger, Schulkoffer, Picknickkörbe und allerlei anderen Kram untergebracht.

Als Ros während ihres Wochenendbesuchs im Januar die Sakristei benutzt hatte, um sich dort umzuziehen, war ihr aufgefallen, dass die Mönche ihre Roben an die Haken gehängt hatten. Jetzt holte Ros aus dem hintersten Winkel der Waffenkammer leise eine Holzkiste hervor, in der Giles eine ganz besondere Robe aufbewahrte – die genaue Kopie von Simon de Costards mittelalterlicher Kutte, die Giles hatte anfertigen lassen. Die jetzigen Bewohner der Insel schienen diese Kutte nicht entdeckt zu haben, wofür Ros sehr dankbar war. Sie legte die Robe an und verwandelte sich in einen dunklen, geisterhaften Schatten – in den Dominikaner-Abt Simon de Costard.

Während sie sich durch die modrige Flure des vertrauten alten Hauses stahl, in dem sie so manch schönen Sommer verbracht hatte, fühlte sie sich plötzlich vollkommen sicher, um so vieles sicherer jetzt, da sie nur noch ein Schatten in der Nacht war, der den Körper und die Seele dieses uralten Hauses verkörperte und nicht länger ein reales Wesen zu sein schien.

Ros versuchte vorsichtig, die Tür des Schlafzimmers zu öffnen, das sie sich immer mit Scoots geteilt hatte. Die Tür war versperrt. Sie tastete mit den Fingern oben auf dem aus Kunststoff geschnitzten Türrahmen herum und fand den Schlüssel, der immer noch in seinem geheimen Versteck, einer kleinen Einbuchtung, ruhte. Sie und Scoots hatten immer einen Ersatzschlüssel dort oben liegen gelassen, für den Fall, dass eine von ihnen ihren Schlüssel vergaß oder verlor. Wenn Lukes Männer diesen Raum bewohnten, dann wussten sie vielleicht von dem Ersatzschlüssel, doch in diesem Fall würde sie einfach so tun, als sei sie einer der Mönche, und sich schnell wieder zurückziehen. Entschlossen spähte Ros durch die Tür.

Tiefschwarze Dunkelheit erwartete Ros innen. Alle Sinne aufs Äußerste gespannt, konnte sie in diesem Raum, den sie so sehr liebte, nichts wahrnehmen, das auf die Anwesenheit von Männern hinwies. Luke hatte ihr im vergangenen Januar gesagt, seine Männer seien hier einquartiert – eine faustdicke Lüge! Er wollte sie von hier fernhalten, so viel war sicher. Er hatte wohl befürchtet, sie könne etwas entdecken, was sie nicht entdecken sollte, wie zum Beispiel Scoots, dachte sie grimmig.

Ros glaubte, den süßen Duft wilder Blumen zu riechen, die sie in den vergangenen Sommern gepflückt und auf den breiten, steinernen Fenstersimsen dieses Zimmers in Marmeladenkrügen stehen gehabt hatte. Sie glaubte auch den Bärlauch wieder zu riechen, den sie und Scoots anstelle von Mottenpulver benutzt hatten, ganze Büschel davon hatte sie in den Kleiderschrank gehängt, um nicht nur Motten, sondern auch Vampire abzuschrecken. Erinnerungen, süße, unvergessliche Erinnerungen veranlassten Ros zu der Frage, welches Recht irgendjemand haben konnte, sich hier auf Orca etwas zu nehmen, das ihm nicht gehörte.

Allmählich gewöhnten ihre Augen sich an die Dunkelheit. Eine Stimme, die vom Bett her kam, zerschnitt die Stille: »Bist du das, Luke?«

In diesem Augenblick starb etwas in Ros.

27. Kapitel

Ros holte tief Luft. Das Atmen tat ihr weh und es tat ihr weh, sich gleich wie die liebende Cousine geben zu müssen. Die Kälte in ihren Adern war nichts im Vergleich zu der Kälte in ihrem Herzen. »Abigail?«

Es herrschte wieder tiefes Schweigen.

Dann fragte Abigail unsicher: »Wer *bist* du? Ich glaube nicht an Geister ...«

»Ich bin es, Ros!« Sie schob die Kapuze ihrer mittelalterlichen Robe zurück.

»Ros?« Abigail klang verwirrt. »Aus England?«

»Natürlich aus England.«

»Oh ... oh ... mach die Tür zu ... schnell ... schnell!«

Ros schloss die Tür von innen ab, bevor sie den Schlüssel in die Tasche ihrer Hose schob, die sie unter der Dominikanerrobe trug. Dann knipste sie ihre Taschenlampe an, um in der Dunkelheit nicht über irgendwelche Möbel zu stolpern und verräterischen Lärm zu erzeugen. Am Bett angelangt, richtete sie den Lichtstrahl auf das Gesicht ihrer Cousine. »Scoots, was ist los mit dir? Warum bist du hier?«

Abigail wandte das Gesicht ab. »Woher?« Ihre Frage ergab keinen Sinn.

Ros beugte sich über die dünne, blasse Gestalt im Bett, die beim näheren Hinsehen nur aus Haut und Knochen zu bestehen schien und deren Haar eine verfilzte fettige Masse voller Knoten war.

Nichts erinnerte mehr an das strahlende, junge, hübsche Geschöpf, das Scoots einmal gewesen war.

Außer Stande, in dieser Gestalt die temperamentvolle, sorglose Abigail früherer Zeiten wiederzuerkennen, setzte Ros sich auf die Bettkante und griff nach Abigails Hand, die eiskalt war und zerbrechlich wirkte. Dann knipste sie die Nachttischlampe an.

Abigail wimmerte und schirmte die Augen gegen das grelle Licht ab. Ros schob Abigails Hand aus ihrem Gesicht und war entsetzt von ihrem Aussehen: Dunkle, purpurne Ringe lagen unter Abigails blutunterlaufenen Augen, die einst so blau und voller Leben gewesen waren wie die ihres Vaters. Sie sah aus, als hätte sie einen Monat lang nicht geschlafen. Ihre Haut war fahl und im Licht der Lampe beinahe durchscheinend. Sie war stark abgemagert und schien völlig verängstigt zu sein. Entgeistert fragte Ros: »Was ist los mit dir, bist du krank? Natürlich bist du krank, dumme Frage. Aber warum? Wieso, Scoots? Bitte, sag es mir.«

»Du musst gehen, du musst fort von hier ...«

»Ich bin vor drei Monaten hier gewesen, und da hat man mir gesagt, du seist nicht auf der Insel. Warum sollte ... warum sollte Luke so etwas sagen, Scoots, wenn es nicht die Wahrheit war? Oder bist du etwa nach meinem Besuch im Januar hergekommen?«

»Du musst sofort wieder gehen ... um deiner eigenen Sicherheit willen«, beschwor Abigail sie.

Ros ließ nicht locker. »Ich bin aus einem ganz besonderen Grund hier. Und ich gehe nicht, bevor du mir sagst, was dir zugestoßen ist – ich will die Wahrheit wissen über alles, was auf der Insel geschehen ist, und zwar von dem Augenblick an, als Grayson sie an die Mönche verpachtet hat.«

Abigail wisperte: »Bitte geh, Ros!«

»Nein! Ich werde *nicht* gehen, bevor ich herausgefunden habe, was hier los ist.« Ros sprang nervös auf, ging im Raum auf und ab und versuchte, die Ruhe zu bewahren. »Es hat alles mit Luke zu tun, nicht wahr? Du bist seinetwegen nach Orca zurückgekehrt ... das stimmt doch, oder?«

Abigail sagte unbestimmt: »Er hat mich im Stich gelassen ...«

»Inwiefern? Hat er dich geschlagen, dich missbraucht, dich gegen deinen Willen hier gefangen gehalten? Lässt er dich hungern, foltert er dich? Behandelt er dich schlecht, Scoots? Ich muss es wissen, ich *muss* es wissen!«

»Bitte, sprich nicht so laut, Ros ... Sei nicht böse auf mich ...«

In diesem Augenblick hätte Ros sie am liebsten geschüttelt. »O Gott, Scoots! Sag es mir ... *sag* es mir, bevor ich den Verstand verliere! Ist es meinetwegen passiert? Hat man dir das meinetwegen angetan? Was ist zwischen dir und ihm? Was ist hier los?«

Mit gehetzten Augen und schneeweißem Gesicht blickte Abigail nervös zur Tür. »Sprich nicht so laut ... du musst jetzt gehen ... bitte, geh. Und bitte, mach die Taschenlampe aus, Ros ... Das Licht tut meinen Augen weh ...«

»Ich werde nicht eher gehen, bevor du mir gesagt hast, was zwischen dir und Luke Duffield passiert ist.«

Abigail runzelte die Stirn. »Luke wer?«

»Oh, um Himmels willen, hör endlich auf, deine Spielchen mit mir zu spielen, Scoots!«

»Wir waren ein Liebespaar. Ich habe ihn vom ersten Augenblick an geliebt.«

Ros war verwirrt und wusste nicht, wie sie reagieren sollte. »Wann war das? Wann seid ihr ein Liebespaar gewesen?«

»Oh ... bevor er dir begegnet ist. Ich hätte dich nicht hintergangen, wie du mich hintergangen hast.«

»Wie bitte? In welcher Weise habe ich dich hintergangen, Scoots? Sag es mir, bitte, sag es mir«, bat Ros verzweifelt.

»Du hast ihn mir weggenommen.« Mit aufgesprungenen Lippen versuchte Scoots ein schwaches Lächeln. »Die gute alte Ros, immer so leicht bei der Hand mit einem Urteil über andere. Immer so perfekt, während sie nichts anderes im Sinn hatte, als uns alle zu hintergehen.«

»Verdammt, Scoots ... Du hast mich hintergangen, so lange ich denken kann, *jawohl, das hast du!* Du hast mir *niemals* die Wahrheit über deine Beziehungen mit Männern erzählt, erst recht nicht über die mit Major Luke Duffield. Ronnie und ihre Mutter haben mir erzählt, dass du dich in Portugal aufhälst. Das war das Einzige, was ich wusste. Oder war auch das eine falsche Spur, damit ich dich nicht finden konnte? Lüg mich nicht an, ich *weiß*, dass es so war! Ich bin Ronnie und Imogen kurz nach Weihnachten zufällig über den Weg gelaufen, und da haben sie mir gebeichtet, dass du Ronnie gebeten hast, eine Postkarte aus Lissabon zu schicken, damit ich glaubte, du seist dort. Vermutlich bist du auch nie Bardame in London gewesen, sondern warst die ganze Zeit über hier auf Orca.«

Abigail stieß ein freudloses kleines Lachen aus. »In London hast du mit mir telefoniert, weißt du das nicht mehr? Du wolltest wissen, wo West Drayton liegt. Du hast die Nummer gewählt, die ich dir gegeben habe und ich bin an den Apparat gegangen, nicht wahr? Ich kann schließlich nicht an zwei Orten gleichzeitig sein, obwohl du in deiner Allmacht das vielleicht sogar fertig brächtest!«

»Dann bleibt immer noch die Sache mit Portugal. Nachdem du in dem Nachtclub gekündigt hattest, bist du da hierher gefahren oder nach Portugal? Antworte mir gefälligst: ja oder nein?«

»Ja!«, sagte Scoots trotzig, und langsam kehrte auch etwas Farbe in ihr blasses Gesicht zurück. »Ich bin hierher zurückgekommen, zu Luke!«

Trotz des unbändigen Zorns, den sie empfand, war sie nicht versucht, wegzulaufen, denn sie musste an Algie denken, die treibende Kraft hinter ihrem Auftrag – ein zweiter Winston Churchill, der entschlossen war, diesen Krieg trotz gewaltiger und schier unüberwindlicher Hindernisse zu gewinnen. Und sie musste an die Loyalität Scoots gegenüber denken, die schließlich zu ihrer Familie gehörte. Ros war hin und her gerissen. Scoots hatte ihr gegenüber ihr Wort gebrochen, welche Loyalität schuldete sie ihr dann noch?

Mit nahezu tonloser Stimme sagte Ros: »Du wusstest, wie viel er mir bedeutete. Wir haben so oft von ihm gesprochen, wieder und wieder. Über all unsere Hoffnungen und Träume und die Art Mann, die wir einmal heiraten möchten. Du und ich, Scoots, oben auf dem Kap, wo ich gemalt habe und du mich alle fünf Minuten wegen Pater Luke ins Kreuzverhör genommen und gehänselt hast. Hast du das absichtlich getan, um meine Reaktion zu testen? Wolltest du von mir hören, dass er für mich seinen heiligen Weihen abschwören und seine Gelübde brechen soll?« Ros war es egal, ob sie Abigail mit diesen Worten verletzt, denn sie spürte am eigenen Leib, was der Verrat eines geliebten Menschen einem antun konnte.

»Er ... er sollte all das für dich tun, Ros?«, fragte Abigail mit einer eigenartigen, beinahe belustigten Stimme.

»Warum musstest du mir so weh tun, Scoots? Was habe ich dir je getan, abgesehen davon, dass ich versucht habe, immer für dich da zu sein, als Freundin, als Cousine, als Schwester ... immer ...« Ros' Stimme brach, im Angesicht von Abigails Schwäche erlahmte auch ihre Entschlossenheit.

»Du hast mir den Mann weggenommen, den ich liebte!« Abigail versuchte mit aller Kraft, sich im Bett aufzurichten, war dazu aber nicht mehr in der Lage.

Ros beugte sich über sie, legte einen Arm um ihre Schultern und half ihr, sich wieder auf ihre Kissen zu legen. »Scoots, ich habe nichts dergleichen getan ... bitte, glaub mir. Hätte ich etwas von eurer Beziehung gewusst, wäre ich so weit gelaufen, wie ich nur könnte«, sagte Ros unglücklich.

»Liebste Ros ...« Abigail begann zu weinen, leise und voller Verzweiflung. »Ich mache dir keine Vorwürfe, das kann ich gar nicht ... du tust mir einfach nur Leid ... genauso wie ich mir selbst Leid tue. Er ist nicht ... er ist nicht ... so wie du und ich ihn kennen gelernt haben ...«

»Ich weiß! Du hattest mir damals schon erzählt, dass er nicht Pater Luke ist, sondern Major Duffield, ein britischer Offizier der SOF.«

Ein Geräusch draußen auf dem Korridor ließ Abigail vor Angst erstarren. »Geh ... oh Gott, bitte, geh ... Ros ... bitte ...« Abigail zitterte am ganzen Leib. »Du musst gehen, verschwinde von hier, bitte, sofort, *sofort!* Um meinetwillen und um deiner eigenen Sicherheit willen. Ich war so furchtbar dumm und ... oh Ros, bitte, tu mir das nicht an ...«

Ros zwang sich, ruhig zu bleiben und nachzudenken. Man hatte sie gelehrt, wie das in Paniksituationen zu bewerkstelligen war: Ruhig und tief einatmen, ein, aus, ein, aus, um den ganzen Körper mit Sauerstoff zu versorgen. Sie konnte jetzt nicht mehr fliehen, und Scoots war nicht in der Lage, ihr irgendwelche Erklärungen abgeben zu können. Ros drückte Abigail mit einer schnellen, tröstenden Gebärde an sich. »Es wird alles gut, Scoots«, versprach sie flüsternd. »Alles wird wieder gut! Vertrau mir nur ... Und kein Wort zu irgendjemandem ...« Ros schob sich leise unter das zweite Bett im Raum, in dem sie immer geschlafen hatte.

Dann lag sie in der Dunkelheit reglos wie ein Wollsack auf dem Boden, die Wange auf die Hände gebettet, während ihr Herz gegen die staubigen Dielenbretter hämmerte. Maudie hätte in früheren Zeiten nie zugelassen, dass der Fußboden so staubig wurde ... Im nächsten Augenblick wurden ihre Überlegungen jedoch von schweren Schritten unterbrochen. Zwei Personen betraten den Raum, und kurz darauf erklang eine barsche Frauenstimme: »Das Baby hat Hunger. Hier ist Daniel mit dem Abendessen. Ich komme nachher zurück, um das Kind wieder ins Kinderzimmer zurückzubringen. Essen Sie, was er Ihnen gebracht hat. Sie lassen so viel verkommen, es ist ein Verbrechen, wo so viele Menschen derzeit hungern müssen.«

Ros erblickte zwei stämmige Knöchel in dicken Strümpfen und derben, braunen Straßenschuhen. Sie kniff die Augen zusammen; in ihrer Seele herrschte so viel Trostlosigkeit, dass sie am liebsten geweint hätte. Und dann erschien vor ihrem inneren Auge plötzlich Abigail und eine große, blonde Frau auf dem Samstagsmarkt auf St. Mary's: War das etwa die Frau, die Mrs Moffat erwähnt hatte? Sie musste es sein!

Von allen Seiten stürzten jetzt Fragen auf sie ein, auf die sie keine

Antwort hatte. Wem gehörte das hilflose Baby inmitten dieses Albtraums? Der unbekannten Frau? Abigail etwa? Ros verspürte plötzlich den Drang, zu niesen, weil der Staub unter dem Bett ihr in der Nase kitzelte. Über sich hörte sie die Frau und das Baby sowie das Klirren von Porzellan und Besteck, das ertönte, als Daniel das Tablett mit Scoots' Abendessen lieblos auf den Nachttisch stellte.

Ros kniff sich die juckende Nase zu. Sie konnte nicht atmen, hatte das Gefühl, zu ersticken ...

Das Baby schrie jetzt immer lauter.

O Gott, bitte, lieber Gott ... In der schrecklichen Stille, die auf ihr Niesen folgte, war noch nicht einmal mehr das Wimmern des Säuglings zu hören. Ros spürte förmlich, dass die beiden Eindringlinge in dem Raum, der ihr in längst vergangenen Zeiten als Schlafzimmer gedient hatte, nur darauf warteten, dass sie sich verriet.

Sie lag dort unter dem Bett, vor Angst fast erstarrt, unfähig, sich zu bewegen, und rief sich wieder und wieder ihre Mission ins Gedächtnis.

Schließlich erklang Abigails dünne Stimme: »Alles in Ordnung, Ros, du kannst wieder rauskommen. Gerade in dem Augenblick, als du geniest hast, haben sie auf dem Weg nach draußen die Tür zugeknallt. Vielleicht ist Gott doch auf meiner Seite.«

Ros kam aus ihrem Versteck hervor und klopfte sich den Staub aus den Kleidern, bereit, mit ihren Fragen an Scoots fortzufahren.

Dann bemerkte sie auf einmal, dass Abigail den Säugling stillte. Ros wusste nicht viel über Babys, und es schockierte sie, Scoots' nackte Brust zu sehen, an der ein Kind gierig saugte. Und das, ging es Ros flüchtig durch den Kopf, lag vermutlich daran, dass sie bisher immer Engländerinnen gesehen hatte, die in dieser Situation gehemmt und verlegen waren, während Italienerinnen ihre Babys voller Stolz an die Brust legten. Ros konnte nur vermuten, dass die Geburt noch nicht lange zurücklag. »Wann?«, fragte sie.

»Letzte Woche ... Bertha sagte, es sei zwei Monate vor der Zeit gekommen ...«

»Bertha?«, fragte Ros verständnislos.

»Ja. Sie ist ... sie ist hier, um sich um mich zu kümmern ... Habe ich etwas Falsches gesagt?« Sie sah mit weit aufgerissenen, verängstigten Augen zu Ros auf. »Sie ist abscheulich, ein echter Nazi.« Abigail schien sich auf einmal nicht mehr für das trinkende Kind zu interessieren, das schwächlichen Protest erhob, als die Brustwarze, an der es gesaugt hatte, sich plötzlich fünfzehn Zentimeter von seinem Mund entfernte.

»Wer ist der Vater deines Kindes?«, hakte Ros nach. Das Gespräch über Luke musste erst einmal warten.

»Ich weiß es nicht genau, und es ist mir auch herzlich egal. Ros, du musst jetzt wirklich gehen!«

»Du musst doch wissen, wer infrage kommt!«

»Ich bin mir nicht sicher, und für mich spielt es auch keine Rolle. Ich denke, es ist Lukes Kind, aber sicher sein kann ich mir da nicht.«

Vor Ros' Augen begann sich alles zu drehen. *Luke, Lukes Kind, Lukes Verrat mit Abigail* ... Die Tatsache, dass Abigails Beziehung zu Luke so intensiv gewesen war, dass sie miteinander geschlafen hatten, entsetzte Ros mehr als alles andere. Sie ließ sich auf das Bett sinken, da sie plötzlich keinen Funken Kraft mehr in sich spürte.

Ros' Gedanken überschlugen sich. Sie hatte anfangs vermutet, dass das Kind vielleicht von Daniel war. Scoots selbst schien nicht allzu überzeugt davon zu sein, dass die Hebamme mit ihrer Vermutung richtig lag und das Kind tatsächlich zwei Monate vor der Zeit gekommen war, obwohl man sich momentan kaum auf Scoots Gespür verlassen konnte, da sie nur halb bei Bewusstsein war. Andererseits, wenn das Kind nicht zu früh sondern zur rechten Zeit gekommen war, dann konnte es möglicherweise wirklich von Luke sein? Das würde immerhin erklären, warum er Abigail und das Baby beschützt hatte und warum er ihr, Ros, gegenüber so verlegen gewesen war. Hatte Luke während ihres letzten, friedlichen Sommers, in dem er ihr ewige Liebe geschworen hatte, tatsächlich anfangs eine Affäre mit Abigail gehabt? Die Familie war

Anfang Juli zu ihren jährlichen Sommerferien auf die Insel gekommen, zwei Monate vor der Kriegserklärung im September, überlegte Ros und überschlug die Monate. »Von wem ist das Baby?«, fragte Ros mit schleppender Stimme.

»Ich habe nicht behauptet, dass es von Luke ist«, sagte Abigail aufreizend langsam. »Obwohl es durchaus sein könnte. Nicht, dass es mich interessieren würde.«

Ros versuchte, einen klaren Kopf zu bekommen. Dann holte sie tief Luft und sagte ruhig, wohl wissend, dass Scoots manchmal sehr grausam sein konnte: »Du möchtest, dass es Lukes Kind ist, nicht wahr? Obwohl du keinen Beweis dafür hast, behauptest du es, obwohl du weißt, wie viel er mir bedeutet. Wenn du ihn wirklich so sehr liebst, wie ich es tue, dann werde ich auf der Stelle und ohne viel Aufhebens von hier verschwinden. Wenn er dich ebenfalls liebt, so sehr liebt, dass er mit dir ein Kind gezeugt hat, werde ich aus eurem Leben verschwinden, und mit der Zeit werde ich diesen Verrat vielleicht sogar überwinden. Aber irgendetwas sagt mir, dass das nicht ... dass das nicht die ganze Wahrheit ist. Du belügst mich immer noch, Scoots. Ich *weiß*, dass du schon mit einem halben Dutzend Männern geschlafen hast, also tu doch verdammt nochmal nicht so, als hätte Luke oder irgendjemand sonst dich übertölpelt! Ich bin dein törichtes, scheinheiliges Gehabe wirklich leid! Lass mal sehen – zunächst einmal war da im letzten Sommer Daniel. Und vor ihm gab es zahlreiche Jungen, die dich in Cheltenham in Schwierigkeiten gebracht haben, so sehr in Schwierigkeiten, um genau zu sein, dass man dort drauf und dran war, dich von der Schule zu werfen. Und das wäre auch passiert, hätte ich dich nicht dauernd gedeckt, obwohl ich mit deinen Eskapaden niemals irgendetwas zu tun haben wollte. Wer weiß also, mit wie vielen anderen Männern du noch geschlafen hast, als du in diesem ... diesem Nachtclub als Bardame gearbeitet hast!«

Es war, als hätte Abigail kein Wort von dem gehört, was Ros ihr gerade auseinander zu setzen versucht hatte. »Sie vergiften mich hier, hörst du. Ich werde langsam vergiftet. Und während sie mich hier gefangen halten, damit ich dieses ... dieses hässliche kleine *Ding* füttere«, sagte Abigail bitter, »vergifte ich es mit meiner Milch, mit dem, was davon noch übrig ist ... mit meiner vergifteten Muttermilch! Ja, ich habe mit vielen Männern geschlafen! Aber so genau möchtest du das sicherlich nicht wissen, nicht wahr, Ros, wo du doch die reine und jungfräuliche, die tugendhafte und unschuldige junge Dame bist, als die alle Welt dich ansieht? Unverdorben, nicht ganz von dieser Welt, talentiert, klug *und* schön, an dir stimmt einfach alles! Ganz anders als ich mit meiner dunklen, südländischen Haut, dem gelockten Haar und dem fremdländischen Titel. Oh, wie ich dich manchmal *gehasst* habe! In Cheltenham, wie habe ich dich dort gehasst. Die ganze Zeit musste ich mich an dir messen lassen, die ganze Zeit musste ich versuchen, dir ebenbürtig sein, die ganze Zeit musste ich versuchen, dich in allem zu übertreffen ... in *allem!* Sonst hätten sie sofort mit dem Finger auf mich gezeigt – auf die Dumme, die Spaghettifresserin, das Produkt einer Ehe, die auf zwei Scheidungen gründete, einer Ehe zwischen einer Katholikin und einem Faschisten, beide ganz und gar unenglisch! Und da behauptest du, *du* wärest ein verwirrtes Schaf! Ausgerechnet du, die die Stärke und Entschlossenheit der Yorkshirer Arbeiterklasse und den Willen, zu kämpfen, von deiner Mutter geerbt hast und einen Kriegshelden zum Vater hast, dessen Brust mit Kriegsorden behängt war ... Woher sie auch stammen mochten, deinen beiden Eltern ist es gelungen, sich gegen ein schweres Schicksal durchzusetzen. Und du hast es auch geschafft! Es war schon schmerzhaft, sehen zu müssen, dass Leute, die die Crème de la Crème der englischen Gesellschaft bilden, sich mehr zu dir hingezogen fühlten als zu mir. Obwohl du die große Außenseiterin in Cheltenham warst, nicht wie wir anderen mit unseren wohlklingenden Titeln und unseren durch Abwesenheit glänzenden Eltern, mit Reichtümern, die nichts bedeuteten, und menschlichen Beziehungen, die noch weniger bedeuteten. Du warst immer diejenige, die dafür gesorgt hat, dass wir alle bei Verstand blieben, du warst es, die uns gesagt hat, wie die Realität wirklich aussah. Du warst die wahre Heldin des Schlafsaals, Ros, unsere und meine ganz besonders. Wie könnte ich je gegen dich kämpfen, wie könnte ich?«

Roslin war so verdutzt, dass sie außer Stande war, Abigail zu antworten.

Sie hatte keine Ahnung von Scoots' inneren Qualen in all diesen Jahren gehabt. Sie war so fixiert gewesen auf ihre eigene untergeordnete Position der armen Verwandten im Kreise der reichen Familie Ramsons, dass sie etwas übersehen hatte – die Tatsache, dass jeder Mensch auf Erden seine eigenen inneren Konflikte mit sich herumtrug. Die Familie Ramson hatte sie tatsächlich niemals aufgrund ihrer bescheidenen Herkunft verachtet oder zurückgewiesen. Sie, Ros, war von Anfang an so überzeugt davon gewesen, dass sie kein vollwertiges Mitglied der Familie war, dass sie gar nichts anderes glauben wollte. Rückblickend waren die Mitglieder der Familie Ramson jederzeit für sie da gewesen, sie hatten sie unterstützt, sie ernährt und sie aufgefangen, wann immer es nötig gewesen war. Sie waren für sie da gewesen – gerade so wie sie auch für Abigail da gewesen waren. All dieser Jahre hatte es bedurft und Scoots' gegenwärtiger innerer Qual, um dies Ros erkennen zu lassen. Hier, in eben diesem Zimmer, in dem sie während der zehn Jahre ihrer gemeinsamen Jugend ungezählte Geheimnisse miteinander geteilt hatten, hier hörte Ros nun ein Geständnis wie dieses. Sie fühlte sich hilflos und schuldbewusst.

»Sie wollen, dass das Baby und ich sterben. Aber eigentlich ist es mir egal«, fügte Scoots erschöpft hinzu.

Ros begann, die Situation noch einmal zu überdenken: Abigail hatte vor kurzem ein Kind geboren und war vermutlich sowohl körperlich als auch geistig immer noch sehr geschwächt. Und die Frau, die gerade den Raum verlassen hatte, war vermutlich eine Hebamme, das würde zumindest eine ganze Menge von dem erklären, was hier vor sich ging. Luke musste sie von St. Mary's geholt haben, damit sie Scoots während der Entbindung beistand. Mrs Moffat und Maudie hatten also doch keine Gespenster gesehen, als sie meinten, Abigail in Begleitung einer blonden Frau auf dem Samstagsmarkt auf St. Mary's erspäht zu haben. Frauen, die auf den kleineren, entlegeneren Inseln Kinder gebaren und keine Hilfe von ihren direkten Nachbarn erwarten konnten, suchten Beistand bei einer Hebamme, die von einer der größeren Inseln oder sogar vom Festland kam. Vielleicht war Abigail an diesem Samstagmorgen, an dem die Moffats sie auf dem Markt gesehen hatten, nach St. Mary's gefahren, um sich von der Hebamme untersuchen zu lassen, derselben rotgesichtigen, blonden Frau, die Mrs Moffat ihr beschrieben hatte. Der Frau mit den dicken Knöcheln und den derben Straßenschuhen, die Ros vor wenigen Augenblicken von ihrem Versteck unter dem Bett aus erspäht hatte, und der Frau, die zudem noch zufällig Deutsche war!

Veronica, die nur die allerbesten und teuersten Gynäkologen konsultierte und deren Freundinnen im gebärfähigen Alter praktisch auf der Türschwelle ihrer Harley-Street-Ärzte campierten, hatte einmal von einer Geistesgestörtheit erzählt, die manche Frauen nach der Geburt befiel. Einige Frauen entwickelten mörderische Tendenzen, sich selbst, dem Säugling oder anderen gegenüber. Litt Scoots etwa daran – an dieser Krankheit, die als postnatale Depression bezeichnet wurde? Ronnie war so felsenfest davon überzeugt, dass sie sich dieses Leiden zuziehen würde, dass sie mit dem Kinderkriegen nichts zu tun haben wollte. Sie hatte Michael Haviland-Carr unmissverständlich klar gemacht, dass sie keine Kinder bekommen würde, niemals!

Konnte Abigail wirklich an einer postnatalen Depression leiden? Fest stand, dass sie momentan nicht ganz bei sich war, weder geistig noch körperlich. Die Frage jedoch, die Ros am meisten beschäftigte und auf die sie eine klare Antwort haben wollte, war: Wer war der leibliche Vater des Kindes, Daniel oder Luke oder irgendein anderer Mann in Scoots' anrüchigem Leben? Ros wusste, dass sie von Abigail keine befriedigende Antwort bekommen würde – ihre Cousine hätte ihr vermutlich noch nicht einmal sagen können, wie spät es war. Trotzdem versuchte Ros es ein allerletztes Mal: »Wer ist der Vater deines Kindes, Scoots?«

»Bitte, geh weg, Roslin.«

»Ich will die Wahrheit wissen, Abigail!«

»Hier hast du deine verdammte Wahrheit ... sein Vater ist ein gottverdammter Deutscher! Ich hasse dieses Kind, ich verabscheue es, es *widert* mich an!«, schrie Abigail. Ros stand wie angewurzelt mitten im Raum, während Abigail das Kind ans Fußende des Bettes schleuderte, als sei es ein Bündel Kleider, wie um es ein für alle Mal loszuwerden. Das Baby bekam einen Schluckauf und stieß ein seltsames Wimmern aus.

Kaum mehr als eine Woche alt, offenbarte sein hungriges, verlassenes Schreien sein ganzes Elend. Ros drückte das winzige Neugeborene instinktiv an sich und konnte nicht fassen, was Scoots soeben getan hatte. Abigail tastete auf dem Nachttisch verzweifelt nach ihren Zigaretten. Dann zündete sie sich eine an.

Jetzt bemerkte Ros auch die großen Brandlöcher in der Bettwäsche. Abigail hatte den Verstand verloren, daran gab es jetzt keinen Zweifel mehr für Ros. Auf dem Tablett mit Abigails Abendessen stand ein Glas Milch. Ros tauchte einen Finger in die Milch und schob ihn dem Baby in den Mund. Das Kind saugte wie ein halb verhungertes Kätzchen. Mit dem Baby auf dem Arm ging Ros im Raum auf und ab, tauchte ihren Finger immer wieder aufs Neue in die Milch, fütterte das Kind auf diese Weise, und wiegte es beruhigend auf ihren Armen hin und her, während Abigail rauchte, ihre wilden Augen auf einen Punkt irgendwo in der Ferne geheftet.

Es hatte keinen Sinn, Abigail vernünftige Informationen entlocken zu wollen; irgendetwas schien ihr zugestoßen zu sein, etwas Furchtbares, das sie den Verstand gekostet hatte. Liebeskummer, Geburt, postnatale Depression, was immer es auch war, es musste so schrecklich gewesen sein, dass es Scoots in den Wahnsinn getrieben hatte. Selbst wenn der Vater des Kindes ein Deutscher war, hatte Abigail kein Recht, es so grausam zu behandeln. In diesem Augenblick war es Ros, als wenn ihr jemand direkt in ihre Seele hineingreifen und sie ihr aus dem Leib reißen würde, mitsamt ihrem Herzen und all ihren Gefühlen. Während sie nach außen hin ihre gewohnte Fassung wahrte, war sie in ihrem Inneren jedoch von Aufruhr zerrissen, denn plötzlich hatte sie die Antwort auf alles gefunden, eine furchtbare Antwort – das, was sie die ganze Zeit über bereits befürchtet hatte und dem sie sich nun früher oder später würde stellen müssen.

Ros wusste nicht, wie es ihr gelungen war, aber sie hatte fast das ganze Glas mit Milch an das Baby verfüttert. Der Säugling schlief in ihren Armen ein, das kleine Gesicht Ros' Brust zugewandt. Das Kind war tropfnass. Doch Ros wagte nicht, es in seiner Zufriedenheit zu stören, nachdem ein voller Bauch ihm endlich ein wenig Trost gespendet hatte. Das Windelwechseln überließ sie wohl besser der Hebamme, der Kinderfrau, oder wer auch immer die blonde Frau sein mochte.

Sie wickelte das Baby wieder in seine Decke und legte es neben die Mutter aufs Bett, in der Hoffnung, dass Scoots nicht wirklich verrückt genug war, um ihr eigenes Kind zu verletzen, indem sie es ein zweites Mal auf den Boden oder gegen die Wand warf. Ros hoffte, dass das Ganze nur Theater gewesen war, eine Trotzreaktion, die sie schockieren sollte und mit der Scoots eindeutig über ihr Ziel hinausgeschossen war. Scoots wusste, dass sie immer da gewesen war, um die Scherben ihres Lebens aufzusammeln, sei es als ihre beste Freundin, sei es als ein Teil der Familie. Scoots versuchte es nur wieder einmal mit derselben alten Masche.

Ros wandte sich mit einer schrecklichen Leere im Herzen von ihrer Cousine ab. Nachdem das Baby für den Augenblick gut untergebracht zu sein schien, ließ sie Scoots allein. Die deutsche Frau hatte offensichtlich ihren eigenen Schlüssel, der Ersatzschlüssel befand sich dagegen noch immer in Ros' Tasche. Draußen auf dem Korridor zog Ros die Kapuze ihrer Robe über den Kopf, schob die Hände in ihre Ärmel und glitt durch den Korridor wie der *wahre* Bewohner dieser Abtei, Abt Simon de Costard, dessen dunkle Geheimnisse auch heute noch ihre Schatten auf Orca warfen.

28. Kapitel

Ros hatte die feste Absicht gehabt, Luke direkt zur Rede zu stellen. Jetzt jedoch konnte sie das nicht mehr tun, es war unmöglich geworden. Die Gründe, die dafür sprachen, ihn sich *nicht* zum Feind zu machen, häuften sich; wenn sie die Insel lebendig würde verlassen wollen, musste sie *seine süße Rosalinde* bleiben. Im Krieg nannte man so etwas Strategie, sie nannte es Berechnung und die verdankte sie Abigail, obwohl diese das nicht ahnte und sich in ihrem jetzigen Zustand vermutlich auch nicht darum geschert hätte.

Ros fragte sich nicht länger, warum Luke ihr Abigails Anwesenheit auf der Insel verheimlicht hatte. Oder warum er sie beide auf eine so verabscheuenswerte Art und Weise hintergangen, ja vielleicht sogar benutzt hatte, warum er ihr glühende Liebe vorgetäuscht hatte, während er die ganze Zeit über mit Abigail schlief. Es ging um mehr, es ging um den Krieg und um Deutschland. Ros musste herausfinden, was um alles in der Welt auf Orca vor sich ging.

Plötzlich wurde ihr bewusst, dass zwei Mönche ihr in dichtem Abstand folgten. Das gedämpfte Murmeln ihres Gespräches war nicht zu verstehen, nur der Befehl, der kurz darauf gegeben wurde: *»Halt, Daniel!«*

Ros ging weiter, beinahe im Laufschritt eilte sie durch den langen, schlecht beleuchteten und zugigen Korridor. Einer der Männer lachte. »Daniel läuft wieder vor seinem eigenen Schatten davon!«

Der andere sagte: »Weil ihm das Gespenst von Orca immer dicht auf den Fersen ist!«

»Er hat eine blühende Fantasie, der Kleine ... Er sagt, der Abt der Insel weine im Schlaf um die Frau, die er verloren hat ...« Die beiden hörten nicht auf zu lachen, während sie hinter ihr herliefen.

Ros floh in den Garderobenraum im Erdgeschoss und schloss sich dort in der Toilette ein, in der Hoffnung, dass die beiden Männer durch die große Halle und die steile Wendeltreppe in die alte Küche hinuntergehen würden, von der eine Treppe hinunter in die riesige, unterirdische Krypta führte, wo früher Graysons Tiere untergebracht gewesen waren. Zu ihrem Entsetzen kamen ihre Verfolger ihr jedoch in den Garderobenraum nach.

Es gab dort nur eine Toilette, die Ros bereits mit Beschlag belegt hatte, und sie hoffte daher, die beiden würden in der Garderobe nur ihre Roben aufhängen. Aber zu ihrer Bestürzung rüttelte einer der Männer an der Tür. Glücklicherweise hatte sie den Riegel vorgelegt.

»Daniel hat wohl wieder Durchfall!«, lachten sie.

Ros krümmte sich und hätte sich am liebsten die Ohren zugehalten, denn das Gelächter und die Stimmen der Männer zerrten an ihren ohnehin zum Zerreißen gespannten Nerven. Die Arme um die Knie geschlungen, saß sie auf dem hölzernen Deckel der alten, hohen Toilette wie ein Elf auf einem Pilz. Ros hielt den Atem an und wünschte, Lukes Männer würden endlich verschwinden und aufhören, Daniel zu quälen, den blonden Jungen, mit dem Abigail eine törichte Sommerliason im vergangenen Jahr eingegangen war. Verzweifelt versuchte Ros, sich an ihr Fantasiebild von wahrer und vollkommener Liebe zu klammern, und sie rief sich all die Dinge ins Gedächtnis, die Luke im vergangenen Sommer so überzeugend in ihr aufnahmebereites, naives Ohr geflüstert hatte. Gleichzeitig stellte sie diesem Bild jedoch das gegenüber, was Algie ihr von Major Luke Duffield erzählt hatte: Er sei ein Meisterschütze, der sie ohne einen Augenblick des Zögerns erschießen würde, falls sie jemals in Gefahr geriete, *Ultra* zu verraten, denn er sei für den Krieg ausgebildet worden, nicht für die Liebe.

»Das kommt vom Sauerkraut, Daniel!«

Ros erstarrte.

»Ach! Mein Gott! Du bist ein Dummkopf, Daniel! Komm, Frank, ich hab Hunger ...«

»Aber kein Sauerkraut, Willi!«

Noch einmal rüttelten die beiden Männer lachend am Türgriff der Toilette, dann gingen sie endlich weiter.

Ros ließ sich von dem Toilettensitz gleiten, klappte den Deckel hoch und erbrach sich, wieder und wieder, bis sie sich genauso schwach fühlte wie das arme, hilflose Kind in dem Stockwerk über ihr.

Ros blieb in ihrem Versteck. Sie hockte sich neben die Toilette und dachte nach. Es fiel ihr schwer zu glauben, dass Luke vielleicht doch ein britischer Offizier war, der sich als Doppelagent bei den Deutschen eingeschlichen hatte. Ihr fiel ein in Baracke IV archivierter, dechiffrierter Text ein, auf den sie vor kurzem zufällig gestoßen war, und je länger sie über seinen Inhalt nachdachte, desto beunruhigter wurde sie.

Er war im Archiv unter dem Buchstaben »L« abgelegt und lautete: Lukenstedt, Lukas von, graduiert an der Universität Heidelberg, Lebenslauf: Studienfächer: Klassische Sprachen, Keltische Geschichte und Religionswissenschaft; Mutter: deutsch, Vater: Anglo-Ire von Aryon; Berlin, Eintritt in die Sondertruppe Ausland.

Konnte ihr Luke von Orca mit diesem unbekannten Lukas von Lukenstedt von der Heidelberger Universität identisch sein? Ros hatte es immerhin für möglich gehalten, und weil sie niemals ihre innere Stimme, ihre Ahnung ignorierte, hatte sie sich schließlich an Algie gewandt, in der Hoffnung auf eine Erklärung und Beschwichtigung.

Und streng genommen war sie nur deshalb in dieser Zwangslage, nur wegen ihrer Ahnung, ihrer weiblichen Intuition.

Ros sah sich gehetzt in ihrem kleinen Versteck um. Sie versuchte zu schlucken und bekam Panik, und schließlich traten ihr die Tränen in die Augen. Ein Verrat in derart gewaltigem Ausmaß überstieg ihr Fassungsvermögen bei weitem, war ein einziger Albtraum. Was Scoots ihr angetan hatte, war nichts, nichts im Vergleich zu dem, was Luke getan hatte; er hatte ihr Herz und Seele aus dem Leib gerissen ... Ros versuchte, ihr Schluchzen zu unterdrücken.

Schließlich befahl sie sich, ruhig zu bleiben, weil alles schließlich verloren wäre, wenn sie jetzt keinen kühlen Kopf bewahrte. Sie sagte sich, dass in der Liebe und im Krieg alles erlaubt sei, und keinerlei Fairness herrschte, wenn man auf der Verliererseite stand. Sie war die Verliererin, und sie tat gut daran, sich diesbezüglich keinerlei Illusionen hinzugeben! Sie hatte kaum eine Chance, die Oberhand über Lukas von Lukenstedt zu gewinnen – falls das sein wirklicher Name war. Ros vermutete aber, dass es sich nur um einen Decknamen handelte.

Sie konnte ihn auf gar keinen Fall zur Rede stellen. Denn er war der Feind. Ein deutscher Agent, vielleicht ein eingefleischter Nazi, sie wusste es nicht. Sie war hier, um das herauszufinden, ohne *Ultra* preiszugeben; Algernon Leamington-Smythe vom Britischen Roten Kreuz und darüber hinaus auch vom Britischen Geheimdienst hatte sie eigens zu diesem Zweck angeworben und hierher geschickt.

Ros musste Standort X über Algie von der Lage der Dinge hier auf Orca in Kenntnis setzen. Sie musste versuchen, Genaueres über die Untergrundaktivitäten dieser unbekannten deutschen Streitkraft zu erfahren, die, davon war sie überzeugt, kurz davor stand, die Kanalinseln zu besetzen. Die deutsche Kriegsmaschinerie hatte sich mit blitzartiger Geschwindigkeit bewegt, als es daran ging, die Tschechoslowakei, Polen, Dänemark und Norwegen einzunehmen, und das alles binnen weniger Monate. Und während der Rest der Welt atemlos und wie gebannt zusah, hatten sich die Deutschen bereits einen Stützpunkt auf Orca gesichert. Was würde als Nächstes kommen? Das britische Festland von Holland, Belgien, Frankreich, Jersey, Guernsey, Sark und Alderney aus einzunehmen? Eine Zangenbewegung, um England von Südwesten und Südosten gleichzeitig anzugreifen? Wenn ihre Theorie stimmte, würde der Krieg zum Mittsommerfest bereits sein und ganz Europa würde dann unter der Knute der Nazis stehen – es sei denn, jemand zog die Notbremse.

Mit noch immer zum Zerreißen gespannten Nerven und schmerzendem Magen wischte Ros sich über den Mund. Dann presste sie sich eine Hand auf die Lippen, um sich nicht erneut übergeben zu müssen, setzte sich auf den Fußboden des Badezimmers und versuchte, ihre Vorgehensweise gründlich zu überdenken. Als erstes musste sie die Panik und Übelkeit niederzwingen, die die Oberhand über sie zu gewinnen drohten.

Trotz ihrer Verwirrung versuchte Ros, zu entscheiden, welche Dinge in den nächsten Stunden die wichtigsten waren. Im Geiste zählte sie an ihren Fingern ab, was zu tun war und wie sie es am besten anging.

Das Haus war voller Deutscher, daran konnte es keinen Zweifel mehr geben. Luke war der Anführer der Truppe. Orca war vermutlich ein vom Feind besetztes Territorium, das zu den Britischen Inseln gehörte, und deshalb hatte das militärische Oberkommando ihr den Weg für eine Rückkehr auf die Insel geebnet, damit sie herausfand, was dort vorging. Man wusste selbst an höchster Stelle, dass Ros möglicherweise die einzige Person war, die die benötigten Informationen beschaffen konnte.

Luke durfte niemals erfahren, dass sie auf die Insel zurückgekehrt war, dachte Ros verzweifelt. Luke durfte niemals erfahren, dass sie hier war, um Abigail fortzubringen. Die Deutschen erschossen Spione. Sie war nicht länger die törichte, naive, liebeskranke Roslin, die sich mit ein paar Gläsern Rotwein beschwichtigen ließ und in deren Ohr man süße von Shakespeare entliehene Liebesbeteuerungen säuseln konnte, um jedweden Argwohn zu zerstreuen. Sie waren nicht länger Liebende, die einen gemeinsamen Sommer verlebten, sie waren nicht einmal mehr Freunde, sondern erbitterte Feinde, Todfeinde.

Immer noch von quälender Ungläubigkeit zerfressen und fast außer Stande, die Wirklichkeit zu akzeptieren, die so grauenvoll schien, versuchte Ros, eine Antwort auf die alles entscheidende Frage zu finden, wie sie es mit Luke und seiner deutschen Truppe aufnehmen konnte? Sie – eine Frau, in diese Falle gelockt von vielen klugen Männern, die für den britischen militärischen Geheimdienst arbeiteten, namentlich Mr Leamington-Smythe! Ros ballte zornig die Fäuste, als ihr der Name des Mannes durch den Kopf ging, dem sie diese ausweglose Situation zu verdanken hatte.

Ros konnte später nicht mehr sagen, wie es ihr gelungen war, aus dem Haus zu kommen, ohne von Lukes Männern entdeckt zu werden, die die alte Priorei bevölkerten. Draußen schlich sie sich von dort bis zum Leuchtturm, Ramsons Folly, auf dem Kap. Es herrschte tiefe Dunkelheit, und wider Erwarten fand sie die Tür des Leuchtturms verriegelt. Verflucht, was machte sie jetzt? Ros kaute verzweifelt an ihrem Daumennagel. Offensichtlich benutzten die Deutschen das Folly als Wachturm, von dort aus hatte Luke auch im vergangenen Januar Nachricht erhalten, dass sich ein Kanonenboot der Marine der Insel näherte. Ros sah sich vorsichtig um und kam zu dem Schluss, dass sich an diesem Abend niemand im Turm aufhielt. Ros fasste sich ein Herz und beschloss, das Risiko einzugehen.

Sie zog eine Nadel aus ihrem Haar, mit der sie ihre Frisur unter der schwarzen Fischermütze zusammengehalten hatte, über der sie die weite, dunkle Kapuze des Mönchshabits trug. Dann machte sie sich daran, leise das Schloss zu öffnen, wie man es sie in Camp O gelehrt hatte.

Ihr Herz hämmerte, während sie mit feuchten Händen an dem Schloss herumfummelte. Als sie fast versucht war, aufzugeben, gab das Schloss plötzlich nach, und Ros stieß einen gewaltigen Seufzer der Erleichterung aus. Es gab also doch einen Gott!

Sie ließ das Vorhängeschloss an der Außenseite der Tür hängen, damit niemand Verdacht schöpfte. Ihr Ziel war der kreisförmige Raum oben im Turm.

Ros konnte nur vermuten, dass Lukes Männer das Folly als Ausguck und Leuchtturm benutzten, um Nachrichten über das Meer zu senden. An deutsche U-Boote? An eine gewaltige deutsche Invasionstruppe, die sich bereits sammelte? Die nur auf eine Gelegenheit wartete, um von Westen her über England herzufallen, während die Regierung in Whitehall ihre Verteidigungsmaßnahmen auf dem Südosten Englands konzentrierte, um London zu schützen?

Inmitten alter aufgewickelter Fischerseile befand sich noch immer die Signallaterne, die funktionstüchtig und sauber war, also auch offensichtlich häufig benutzt wurde. Ros sah auf ihre Armbanduhr: Kurz nach Mitternacht. Sie hatte keine zwei Stunden mehr zur Verfügung und wusste immer noch nicht, wie sie Abigail von der Insel schaffen sollte, wobei sie keineswegs vergaß, dass sie zusätzlich einen weiteren Passagier an Bord würden nehmen müssen, das Baby.

Im Augenblick musste sie sich jedoch erst einmal auf die zweite Phase ihrer Mission konzentrieren: *Delila gescheitert. Samson ausführen.* Sie ließ die Lampe aufblitzen. Wieder und wieder.

Ihre Botschaft wurde nicht beantwortet. Das war ihr klar gewesen, denn ein Signal vom Meer hätte sie alle verraten. Und sie konnte nur hoffen, dass die Deutschen auf Orca, falls sie ihr Signal bemerkt hatten, den Code für die Operation *Delila/Samson* nicht binnen der nächsten fünf Minuten knacken würden.

Doch der Nachthimmel, die Küste und der Horizont blieben

tiefschwarz, nichts regte sich, nicht einmal die Sterne oder der Mond schienen sich für die Dinge zu interessieren, die hier unten auf Orca geschahen. Ros lauschte angespannt, vernahm jedoch kein Geräusch vom unteren Ende der Treppe. Schließlich stieg sie die steile Wendeltreppe wieder hinunter, vorsichtig und mit hämmerndem Herzen.

Ohne Zwischenfälle erreichte sie das Erdgeschoss des Turms – Gott schien immer noch seine schützende Hand über sie zu halten, vielleicht wegen des heiligen Gewands, das sie trug. Draußen ließ Ros vorsichtig das Vorhängeschloss einrasten.

Soweit es sie betraf, war dies immer noch ihre Mission, ihre Insel und ihre gottgewollte Aufgabe, und als *Delila* würde sie sich jetzt ihrem Schicksal stellen oder bei diesem Versuch sterben.

29. Kapitel

Ros versteckte sich in dem Bärlauchwäldchen, während sie zu entscheiden versuchte, was als Nächstes zu tun war. Sie musste herausfinden, was genau in der Krypta der alten Priorei vor sich ging. Sie vermutete, dass Lukes Männer diese Räume als unterirdisches Hauptquartier benutzten, um wichtige Informationen nach Deutschland zu übermitteln.

Mit feuchten Händen und Schweißperlen auf der Stirn, ihre dicke Robe durchnässt von dem Marsch durch das nasse Gras auf dem Kap, kehrte Ros in die Küche der Priorei zurück.

Die Tatsache, dass zwei der Deutschen sie bei ihrer Ankunft für Daniel gehalten hatten, brachte Ros auf eine Idee. Sie nahm sich ein Küchentablett und ein paar Gläser ... was tranken die Deutschen?

Luke, der Anführer, trank deutschen Wein und irischen Whiskey, aber seine Gewohnheiten unterschieden sich gewiss von denen der anderen. Was mochten die anderen Deutschen trinken? Bier! Die Deutschen tranken kübelweise Bier. Sie mussten den ganzen Keller voll damit haben, um sich in ihren dienstfreien Stunden daran gütlich zu tun und sich an ihr Vaterland zu erinnern. Ros ging in die Speisekammer und fand in der Tat genügend Bier, um den Durst des ganzen deutschen Oberkommandos zu stillen.

Diese Leute, dachte Ros plötzlich, Lukes Leute, mussten sich bei Hitler großer Achtung erfreuen, wenn ein U-Boot ihnen ihren Proviant brachte. Auf diesem Weg waren die Männer vermutlich auch auf die Insel gelangt. Sie waren nicht aus Cork gekommen, sondern aus Heidelberg.

Ros füllte zwei Gläser mit Bier, nahm das Tablett und betete um himmlischen Beistand.

Die Mönchskutte verbarg ihren Körper vollständig. Als Ros durch die Flure und Korridore der alten Priorei ging, gelang es ihr nicht, die Stimme, die sie an Lukes vergangene Liebesschwüre erinnerte, zum Schweigen bringen.

»Halt!«

Ros erstarrte. Vor Schreck wie gelähmt von diesem Befehl, der ihr das Blut gefrieren ließ, konnte sie sich nicht mehr von der Stelle rühren.

Bruder Brendan – unter diesem Namen hatte sie ihn zumindest seinerzeit kennen gelernt – kam auf sie zu. Er trug allerdings keine Mönchskutte, sondern eine schwarze Uniform, eine Furcht einflößende, elegante deutsche Uniform. Ros' Knie zitterten so heftig, dass sie Gefahr lief, vor Bruder Brendans Füßen zu einem Häufchen Elend zusammenzusinken – nur dass dieser Mann nicht mehr Bruder Brendan war und sie von ihm vermutlich keine Milde zu erwarten hatte.

»Was gibt's?«, brummte Ros in möglichst tiefer Tonlage.

Sie hielt den Kopf gesenkt, sodass ihr Gesicht unter der Kapuze nicht zu sehen war. Trotzdem war sie davon überzeugt, dass dies der Augenblick war, in dem sich alles entscheiden würde. Sie blieb in ihrer unterwürfigen Haltung und hielt den Atem an.

»Sie sind noch neu hier?«

»Ja, Obersturmführer.«

»Was ist das für ein Gewand?«

»Eins im alten Stil, Obersturmführer. Es war kein anderes mehr da, dass ich hätte anziehen können.«

»Wo ist Daniel?«

»Schläft, Obersturmführer.«

Er stieß ein trockenes Lachen aus und sagte auf Englisch: »Typisch Daniel! Wenn Sie neu hier sind, einer von diesen vielen

Frischlingen, die sie uns ständig schicken, sprechen Sie denn auch Englisch?«

»Ja, Sir.«

»Gut! Dann machen Sie in Zukunft auch den Mund auf. Wir wollen doch nicht, dass sich der Feind plötzlich mitten unter uns befindet, wie?« Er schob sein Gesicht dicht an ihres heran.

»Nein, Sir!«

»Wie heißen Sie?«

Ros suchte in Gedanken verzweifelt nach einem Namen. »Or...lan...do, Sir.«

»Was für ein Name ist das?«

»Ein österreichischer, Sir.«

»Das passt. Nun, Orlan, ich weiß nicht, wer Bier verlangt hat, obwohl die Regeln um diese Zeit in der Nacht Kakao vorschreiben, aber vielleicht steht es den Verantwortlichen dieses Hauses ja zu, die Regeln zu brechen, hm, Orlan?« Er tippte sich mit dem Zeigefinger an die Nase.

»Jawohl, Sir!«

»In diesem Falle haben Sie sich allerdings verlaufen ... Sie müssen dort entlang ...« Er drehte sie um, sodass sie in Richtung Küche blickte. »Sie werden weder ihn noch seine Mätresse hier unten finden, sondern oben in den Räumen der Familie. Nehmen Sie die Wendeltreppe von der Küche ins obere Stockwerk, dann werden Sie sie schon finden.«

Ros kehrte in die Küche zurück und setzte das Tablett mit einem gewaltigen Seufzer der Erleichterung ab, obwohl ihre Knie immer noch zitterten. »In einer unangenehmen Situation, Mädel, gibt es nur zwei Strategien, auf die du dich verlassen kannst, zum Ersten die Überraschungstaktik, und wenn die nicht hilft, benutz deine weiblichen Tricks ...« Ros hatte keine andere Wahl gehabt, als sich auf die Worte Sergeant Major Morris' zu verlassen.

Es war ihr tatsächlich gelungen, den Deutschen mit ihrem begrenzten deutschen Wortschatz und ihrer Messdienerstimme zu täuschen, weil niemand Roslin Taylor Ramson hier, in einem rein deutschen Umfeld, erwartete.

Voller Triumph über ihren Erfolg, wurde sie verwegener und fragte sich: *Was jetzt, Orlan?* Ros wusste, dass sie ihr Glück noch einmal würde auf die Probe stellen müssen.

Ros bereitete in der Küche Kakao zu, füllte damit vier Trinkbecher und machte sich dann zum zweiten Mal mit ihrem Tablett auf den Weg durch die gruftstillen Korridore der Nacht. Diesmal begegnete sie niemandem und schaffte es ungehindert bis in die Krypta hinunter.

Ihr Herz, das zuvor bereits laut gehämmert hatte, klang jetzt wie eine Trommel in ihren Ohren. Sie war davon überzeugt, dass man es meilenweit hören konnte, begab sich aber dennoch zum zweiten Mal in die Höhle des Löwen. So ruhig sie konnte, verteilte sie die Kakaobecher an die Deutschen.

»Danke ...«

»Daniel ... danke schön ... Klaus, dechiffrier uns das bitte ...« Eine Nachricht wurde von einem Mann zum anderen gereicht.

Ros zählte ein halbes Dutzend Männer in der Krypta, die Nachtschicht wahrscheinlich, und sie alle trugen deutsche Uniformen, die gleiche schwarze Uniform, wie sie sie schon bei Bruder Brendan gesehen hatte.

Die Soldaten beachteten sie kaum. Sie waren alle mit ihren Funkgeräten und mit der *Enigma* beschäftigt. War es dieselbe, die sie im letzten Januar auf Graysons Schreibtisch im oberen Stockwerk gesehen hatte? Oder handelte es sich hierbei um eine zweite Maschine? In diesen angstvollen Augenblicken, in denen sie sich möglichst viele Informationen einzuprägen versuchte, kreisten ihre Gedanken um die Tatsache, dass ein Teil von Großbritannien bereits besetzt war, besetzt von dieser geheimen deutschen Streitkraft, die hier in aller Seelenruhe Nachrichten abfingen oder falsche in Umlauf setzten.

Ros' Hand unter dem Tablett zitterte so sehr, dass sie den Kakao festhalten musste und sich dabei fast verbrannte, als sie weiter durch den Raum ging, um einem weiteren Offizier des Dritten Reichs eine Tasse hinzustellen. Sie unterdrückte einen Aufschrei, um den Mann nicht auf sich aufmerksam zu machen; es war von größter Wichtigkeit, dass sie der von allen unbeachtete Küchensklave blieb.

»Daniel! Strammgestanden!«

Ros zuckte zusammen. Der Mann, der nach ihr gerufen hatte, trat vor sie hin und schlug ihr jetzt mit der Faust auf den Kopf. Einen schrecklichen Moment lang glaubte sie, er würde ihr die Kapuze abreißen. Stattdessen fragte er: »Wo sind meine Plätzchen? Meine amerikanischen Plätzchen, Daniel, zu meinem Kakao? Schließlich bin ich jetzt ja ein amerikanischer Engländer, stimmt's?« Die anderen lachten.

Ros nickte und eilte davon, wobei ihr einer der Männer unter dem Gelächter der anderen einen gezielten Tritt in ihren Allerwertesten versetzte.

Ros lief in die Küche, so schnell sie konnte, und schaffte es gerade noch bis zu dem Spülbecken in der Speisekammer, bevor sie sich übergab.

Es wurde Zeit, aus dem Haus zu kommen; Zeit, Scoots zu holen, und zwar so schnell und unauffällig wie möglich. Und dann würden sie sich beide schon irgendwie zum Strand durchschlagen. Das Baby würde natürlich hierbleiben müssen; Scoots schien ohnehin nicht allzu viel an ihm zu liegen, eine starke Mutter-Kind-Bindung gab es in diesem Fall ganz sicher nicht. Ros hatte das Gefühl, dass dem Neugeborenen weitaus weniger zustoßen würde, wenn sie es auf der Insel ließen, als wenn sie es in der kühlen Nacht auf eine gefährliche Überfahrt, noch dazu in Abigails Obhut, mitnahmen. Es hatte hier schließlich eine fürsorgliche Kinderfrau, sein eigenes, warmes Kinderzimmer und vor allem seinen leiblichen Vater, der eindeutig das Kommando auf der Insel zu haben schien. Es war hier eindeutig besser aufgehoben, das stand fest.

Nachdem Ros sich etwas kaltes Wasser ins Gesicht gespritzt hatte, tupfte sie es mit einem Geschirrtuch ab und versuchte, ihre Gedanken zu sammeln. Nachdem sie zu einem Entschluss gekommen war, kehrte Ros in die Räume der Familie zurück. Es war vollkommen still in dem Korridor vor Scoots Schlafzimmer. Diesmal brauchte sie den Ersatzschlüssel nicht, den sie noch in der Tasche hatte, denn die Tür stand offen.

Ein Ohr an die Tür gelegt, lauschte sie.

Im Augenblick schien niemand bei Scoots zu sein, und Ros betete nur, dass ihre Cousine nicht etwa das Zimmer verlassen hatte. Ros schob den Kopf durch die Tür, lauschte abermals, und da sie nichts als die gleichmäßigen Atemzüge vom Bett her hörte, trat sie ein, zog die Tür hinter sich zu und versperrte sie von innen.

»Scoots ...?«, flüsterte sie in der vertrauten Umgebung, vertraut, weil sie jeden Zentimeter des Raums aus früheren Sommern kannte. Es kam keine Antwort. Ros trat ans Bett und richtete den Strahl der Taschenlampe auf die schlafende Gestalt, die dort lag. Abigail schien bewusstlos zu sein, offensichtlich hatte man ihr Drogen gegeben. Ros biss sich verzweifelt auf die Unterlippe. Wie sollte sie ihre Cousine in diesem Zustand von hier fortbekommen? Ihr Training in Camp O hatte sie schließlich nicht in einen Übermenschen verwandelt, der Scoots einfach aus der Priorei tragen konnte, über den Hügel und dann den ganzen Weg hinunter zu den Klippen. Ros wusste, dass es verschiedene unterirdische Durchgänge gab, die von der Krypta zu verschiedenen Teilen der Insel führten, Durchgänge, die in früheren Zeiten von berüchtigten Schmugglern wie dem alten Folly Ramson benutzt worden waren.

Sie würde mit ihr wohl oder übel in die Krypta hinuntergehen müssen, um einen anderen Weg zum Ufer zu finden, obwohl ihr der Sinn beileibe nicht danach stand, sich erneut dorthin zu begeben, nicht für alles Geld der Welt. Ros rüttelte die reglose Gestalt auf dem Bett unsanft. »Scoots ... wach endlich auf!«

Abigails Lippen flackerten kurz und entspannten sich dann

wieder, ansonsten kam keine Reaktion von ihr. Sie sah grauenhaft aus, so als stünde sie kurz vor dem Tod. Plötzlich überkam Ros ein tiefes Mitleid für Abigail. Sie hatte sich selbst in eine furchtbare Situation manövriert, und ihr einziger Fehler war ihre blinde Liebe zu einem gefährlichen Mann gewesen. Ros kannte dieses Gefühl, sie schien alles über blinde Liebe zu wissen und sie wusste ebenfalls aus eigener Erfahrung, dass es weh tat, wenn die Menschen, die man am meisten auf der Welt liebte, einen hintergingen. Warum, um Himmels Willen, schrie eine Stimme in ihrem Innern. Aus Liebe, antwortete Ros sich selbst.

In diesem Augenblick stand jedoch zu viel auf dem Spiel, und Ros versuchte daher, nicht an Abigails und Lukes Verrat zu denken. Damit würde sie später fertig werden müssen. Allerdings kam ihr durchaus der Gedanke in den Sinn, Abigail einfach liegen zu lassen, wo sie war, in ihrem Bett und nicht im Mindesten im Besitz ihrer geistigen Kräfte.

Abigail war aus freiem Willen auf die Insel zurückgekehrt, und ihren jetzigen Zustand hatte sie ganz allein zu verantworten. Obwohl Italien noch nicht direkt in den Krieg verwickelt war, hatten Mussolini und Hitler einen Pakt unterzeichnet, und Italien würde früher oder später auf Deutschlands Seite kämpfen. Es bedurfte nur noch eines kleinen Anstoßes von Seiten Adolf Hitlers. Und in diesem Fall würde man Abigail in England als Feindin betrachten.

Ros war sich darüber im Klaren, dass es einfacher sein würde, sich selbst zu retten und Scoots ihrem Schicksal zu überlassen. Sie verwarf den Gedanken jedoch, bevor sie ihn zu Ende gedacht hatte. Abigail war Lord Carlisles Tochter, Carlisle und seiner italienischen Frau, Lady Gina, hatte sie ihr Leben zu verdanken, als sie verwaist war und ihre Zukunft im Dunklen lag. Sie war es ihnen schuldig, ihre Tochter vor den Deutschen zu retten.

Ros schlang eine Decke um Abigail und versuchte, sich darauf zu besinnen, wie man eine schwere Last am besten trug. Sie hoffte, dass der liebe Gott im Himmel, der bisher auf ihrer Seite gewesen war, sie auch jetzt nicht im Stich lassen würde.

Abigail war zerbrechlich und leicht, nicht mehr als ein Sack Knochen. Trotzdem brachte sie es scheinbar fertig, eine Tonne zu wiegen. Ros öffnete die Tür und schaffte, ohne entdeckt zu werden, eine ziemlich lange Strecke – die Treppe aus Zedernholz hinunter bis ins Erdgeschoss und dann weiter Richtung Küche –, als sie schließlich stehen bleiben musste, um Atem zu schöpfen. Wütende Stimmen drangen an ihre Ohren.

Ros stolperte in einen von einem Vorhang abgetrennten Alkoven, der nicht weit von Graysons Arbeitszimmer entfernt war. Inmitten alter Rüstungen, die zu polieren oder zu reparieren niemand die Zeit gefunden hatte, legte sie Abigail auf den Boden. Ihre Cousine schien noch immer besinnungslos zu sein, ihr Atem ging jedoch rasselnd und stoßweise, sodass Ros inständig hoffte, keine Wachleute in der Nähe zu haben, die ihre Fährte aufnehmen konnten.

Eine Frauenstimme schimpfte indessen lautstark und zornig auf einen Mann ein, der, wie Ros vermutete, der Herr des Hauses war – Luke. Die beiden warfen sich die wüstesten Beschimpfungen an den Kopf, und erst nach einiger Zeit begriff Ros, worum es bei dem Streit ging: »Ich kann unmöglich länger hierbleiben, bei dieser Frau ... sie beleidigt mich auf eine unerträgliche Weise! Sie nennt mich *puta*, eine Nazihure. Ich bin keine Nazihure ... sie ist die Hure hier! Außerdem – dem Baby geht es nicht gut, das arme kleine Geschöpf kann kaum etwas bei sich behalten. Ich bin das alles ja so leid, und ich will nicht länger auf dieser grässlichen kleinen Insel festsitzen, sondern nach Deutschland zurück. Sie müssen jemanden kommen lassen, der meine Pflichten übernimmt.«

»Ich habe dir schon einmal gesagt, du kannst nicht gehen, nicht jetzt. Und damit ist die Sache erledigt.« Das war Lukes Stimme.

»Aber ich muss weg!«

»Du würdest damit die Pläne des Führers gefährden. Bevor die Operation *Seelöwe* nicht abgeschlossen ist, darf niemand von uns die Insel verlassen.«

»Wenn ich noch so lange warten muss, werde ich ... werde

ich ... ich weiß nicht, was ich tun werde! Ich hasse diese feuchten, windigen Inseln, und Orca ganz besonders!«

»Geh endlich, Bertha, ich habe jetzt genug von dir und deinem Blödsinn! Ich habe im Augenblick schon genug um die Ohren.«

»Es ist alles deine Schuld! Und eines Tages werde ich dem Führer das auch sagen! Du hast unsere gesamte Mission wegen deiner dummen, englischen Geliebten in Gefahr gebracht! Du hättest sie erschießen oder ertränken können, bevor sie uns und unserer Mission weitere Schwierigkeiten macht.«

»Ich bin kein Mörder, aber du scheinst ein sehr gewalttätiges Weib zu sein, Bertha.«

»Ja! Mein Mann auch! Tod allen Engländern!«

»Mein Gott – das ist zwanzig Jahre her, Bertha ... Du kannst und darfst die Insel nicht gerade jetzt verlassen. Ich kann zu diesem kritischen Zeitpunkt unmöglich einen Ersatz für dich finden, ich brauche dich hier, nicht nur wegen der Engländerin und ihres Kindes, sondern weil du die Beste von uns allen bist, was die Entschlüsselung der Nachrichten des britischen Geheimdienstes anbelangt. Du hast zweifellos deine eigenen Methoden, dich um die beiden zu kümmern, und wenn du weiter so viel trinkst, wirst du sicher bald von deinem Elend erlöst werden – so wie du Mutter und Kind gern von ihrem Elend erlösen würdest.«

Ein tiefes Schweigen folgte. Ros wurde klar, dass die deutsche Frau sich Luke widersetzte.

Abigail hatte Recht gehabt; die Deutsche versuchte tatsächlich, sie und ihr Baby langsam zu vergiften. Die Situation war noch schlimmer, als Ros es anfangs befürchtet hatte. Und auch wenn Luke behauptete, kein Mörder zu sein, so duldete er doch stillschweigend, dass diese Frau namens Bertha nicht nur Abigail, sondern auch ein unschuldiges Kind vergiftete.

Ros fragte sich, wie es den Deutschen möglich gewesen war, sich auf der Insel breit zu machen, ohne dass Algies Leute rechtzeitig davon erfahren hatten. Es schien ihr völlig unverständlich.

Sie hockte sich neben Abigail, einen Arm um ihre Schultern gelegt. Es war ihre Freundin, Vertraute, Cousine, deren Geist und Körper von diesen Ungeheuern langsam vergiftet wurden. Ros wäre am liebsten aufgesprungen, um die beiden zur Rede zu stellen, diesen ihr völlig fremden Luke und die ihr gleichermaßen fremde Frau namens Bertha, die sich offenbar gut darauf verstand, Signale des britischen Geheimdienstes zu entschlüsseln und Menschen zu vergiften.

Doch Ros wusste, dass sie das nicht konnte, sie wagte es nicht, wie gern sie es auch getan hätte. Sie musste einen kühlen Kopf bewahren. Ros saß hier in der Falle und war bestrebt, einen Weg zu finden, der aus dem Haus hinausführte. Sie konnte Scoots nach unten in die Küche bringen und von dort aus weiter durch die Hintertür und den Küchengarten und schließlich hinüber zu den Klippen, aber was sollte dann geschehen? Ros blickte auf die Leuchtziffern ihrer Armbanduhr. Nur noch siebenundzwanzig Minuten bis zu dem vereinbarten Zeitpunkt, dann würde das Boot der Küstenwache kommen und wieder abfahren – notfalls ohne sie und nach einer gescheiterten Mission.

Abigail wurde langsam unruhig; noch immer hatten sie genug Zeit, um das Boot abzupassen. Ros stand auf und versuchte, Scoots hochzuhieven, aber in dem vollgestellten, engen Raum war das ein unmögliches Unterfangen. Um sie herum fielen die langvergessenen Rüstungen aus alten Zeiten zu Boden.

In der tödlichen Stille, die dem lauten metallischen Getöse in dem Alkoven folgte, erklang Lukes Stimme: »Gott im Himmel, was ist denn nun wieder los? Verdammt! Kehrt heute denn überhaupt keine Ruhe mehr ein? Dieses Haus ist wirklich und wahrhaftig verflucht! Bist du das etwa schon wieder, Bertha, die da oben solchen Krach schlägt? Oder bist du es, Daniel, der sich in der Küche mit irgendeinem Frauenzimmer vergnügt? Was zum Teufel ist denn heute Nacht hier los?«

In dem allgemeinen Getöse kam Bertha die Treppe vom Obergeschoss heruntergestürzt. Sie hatte ihre massigen Arme in die Höhe gerissen und rief aufgelöst: »Sie ist weg ... sie ist weg ... sie ist weg!«

»Wer ist weg?«

»Diese kleine englische Hure!«

»Mach dich doch nicht lächerlich!«

»Ich mache mich keineswegs lächerlich – ist sie etwa *nicht* deine Mätresse und hast du dich etwa *nicht* von ihr einwickeln lassen? Ich mache mich ganz bestimmt nicht lächerlich, nur weil ich in dem leeren Bett, in dem sie noch vor ein paar Minuten fest zu schlafen schien, plötzlich nichts mehr sehe!«

»Du hast bestimmt wieder getrunken, Bertha, und nicht richtig hingesehen! Beherrsch dich! Also – wer ist nicht da?«

»*Sie* ist nicht da!«

»Wen zum Teufel meinst du? Etwa die große Liebe des früheren Abtes dieser Insel, die er angeblich immer betrauert?«

»Quatsch – die Engländerin, die du beschützt. Die vermutlich bereits deine Frau ist, nach dem Baby und allem …«

»Halt den Mund, Bertha! Du weißt ja gar nicht, was du da redest! Ich höre mir das nicht länger an, verstanden?«

Der Tonfall, in dem er mit ihr sprach, war eiskalt.

»Sprich vernünftig, dann höre ich auch zu. Schrei weiter herum, und du kannst gleich wieder zu deinen Pflichten im Keller zurückkehren.«

»Also schön. Die Engländerin ist nicht mehr in ihrem Bett.«

»Vielleicht ist sie ins Bad gegangen.«

»Bei der Dosis Laudanum, die ich ihr für heute Nacht gegeben habe, würde sie nie im Leben so weit kommen, sie würde eher ins Bett machen.«

»Nun, dann ist sie vielleicht widerstandsfähiger als du dachtest und hat es irgendwie doch geschafft, ins Bad zu kommen.«

»Ich habe dort natürlich nachgesehen. Da ist sie nicht. Sie ist überhaupt nirgendwo da oben, nicht einmal im Kinderzimmer.«

»Dann werde ich jetzt mit dir hinaufgehen, und wir werden zusammen alle Zimmer durchsuchen.« Ros hörte an Lukes Stimme, dass er Bertha kein Wort glaubte.

Der Klang der Schritte, die die Treppe zu den Schlafzimmern

der Familie hinaufgingen, gaben Ros das Zeichen dazu, die Arme um Abigail zu schlingen und sie sich abermals über die Schulter zu werfen. Sie würde die Gunst des Augenblicks nutzen, während Luke und Bertha im oberen Stockwerk nach Abigail suchten.

Ros konnte sich später nicht daran erinnern, wie sie es geschafft hatte, aber irgendwie kam sie mit Abigail bis zur Küche, öffnete die Tür ins Freie, stolperte durch den mondbeschienenen Küchengarten und versuchte sich die ganze Zeit einzureden, Scoots sei ihr mit Sand gefüllter Rucksack und das Ganze nur ein Training in den walisischen Bergen.

Frauen sind schwach und haben weder Durchhaltevermögen noch Nerven ... alles, was Sergeant Major Morris je über Frauen gesagt hatte, die so vermessen waren, Männerarbeit verrichten zu wollen, gellte in Ros' Ohren, während sie sich und Abigail Schritt um Schritt vorwärts schleppte. Und Morris schien Recht zu behalten. Sie konnte plötzlich nicht weiter, konnte keinen Meter mehr gehen. Vollkommen erschöpft, hätte Ros sich am liebsten auf den Boden gelegt, um zu sterben oder ihr Leben in Lukes Hände zu legen – in die ihres Geliebten oder ihres Feindes, oder ihres brutalen Mörders ... Im Grunde war ihr jetzt alles egal.

Ros wusste jedoch, dass sie noch nicht aufgeben konnte, dass sie vor allem nicht aufgeben durfte, nicht jetzt, nachdem sie soweit gekommen war.

Schließlich beschloss sie, sich zunächst auf dem Gras des Kaps auszuruhen, nur für ein kleines Weilchen.

Mit dem Gesicht nach unten lag Ros am Boden und rang nach Luft, nachdem sie Scoots wie ein Bündel Decken neben sich abgeworfen hatte.

Von ihrem Ausguck auf dem Hügel konnte Ros noch immer das Haus sehen. Gleichzeitig nahm sie Lichter wahr, die aufflackerten ... Dann tauchte noch ein Licht auf und noch eins – hinter den schlecht eingepassten Verdunkelungsabdeckungen der Fenster waren sie gut zu sehen, etwas, das man auf dem Festland ganz sicher nicht geduldet hätte.

Ros nahm an, dass es auf Orca im Grunde auch keine Rolle spielte ... Die Deutschen waren bereits hier gelandet, und niemand sah, was sie hier taten.

»Wah ...«

Ros hob den Kopf und wandte sich den gurgelnden Geräuschen im Gras zu. In der kalten Nachtluft schien Abigail langsam wieder zu sich zu kommen. Ros schlug ihr sachte ins Gesicht, erst links, dann rechts, dann wieder links. »Komm schon, Scoots, sei ein braves Mädchen und wach auf, tu's für mich! Ich schwöre dir, wenn wir jemals lebend von der Insel wegkommen sollten, werde ich dich umbringen ...«

»Bist du das, Ros?«

»Ja! Ich! Ich bin es, Ros!«

»Gott sei Dank ... Wie spät ist es?« Abigail tauchte aus ihrem betäubten Zustand auf, erinnerte jedoch noch stark an einen willenlosen Zombie, ein Geschöpf von einem anderen Planeten.

»Scoots, glaubst du, du schaffst es bis runter zu den Klippen?«, fragte Ros sie aufgeregt.

»Ein Mondscheinpicknick?«, fragte Scoots schläfrig.

»Ein Mondscheinpicknick, Scoots, genau wie im letzten Sommer, wie wär's damit?«

»Haben wir denn jetzt wieder Sommer?«

»Es ist April, Scoots. Trotzdem wartet ein Mondscheinpicknick auf uns, um genau zu sein, in etwa sieben Minuten. Meinst du, du schaffst es bis runter zur Bucht, wenn ich dir helfe?«

»Ich versuch's, aber versprechen kann ich nichts.«

»Braves Mädchen.«

Abigail rappelte sich mit Ros' Hilfe mühsam hoch, sackte aber sofort wieder zu Boden; ihre Beine waren zu schwach, um sie aufrecht zu halten. Ros sagte geduldig: »Versuch gar nicht, aufzustehen, Scoots, lass uns beide einfach durchs Gras kriechen, bis wir den Wald erreichen, das ist viel einfacher. Wenn wir bei den Klippen sind, werde ich dir helfen, zum Strand runterzukommen. Vergiss nicht, wir sind ein Team, du und ich, dieselben Farben beim

Hockey, dieselbe Mannschaft beim Kricket, dieselben Fehler beim Tennis ... wie Felix zu sagen pflegte ... Oh, den kennst du ja nicht, aber wenn du ihn gekannt hättest, hättest du ihn mir wahrscheinlich vor der Nase weggeschnappt – aber Betty ist dir zuvorgekommen, die brave alte Betty aus Biggin Hill. Pass auf, Scoots, da ist ein Loch im Boden ... Und wir beide haben uns auch immer gegen Ronnie und Giles zusammengetan ... Grayson sagt, es gibt einen Fünfer für die Siegermannschaft, wie wär's damit?«

»Meine Güte ... ein Fünfer ...«, sagte Abigail und versuchte, Ros zu folgen, die sie durch das Gras auf dem Kap schleifte. »Das war ein grauenhafter Job in London, Ros ...«

Ros lächelte in der Dunkelheit vor sich hin; das klang schon mehr nach der Scoots, die sie kannte, nach ihrer etwas sprunghaften, aber temperamentvollen Freundin aus der Vergangenheit.

Ros schlug die Augen auf und blinzelte in das helle Sonnenlicht, das sie grausam blendete. Es war kalt, furchtbar kalt, und sie fühlte sich steif wie ein Brett und vollkommen durchgefroren; der Arm, den sie um Scoots gelegt hatte, um diese zu wärmen, war in seiner Position erstarrt. Ros versuchte, auf ihre Armbanduhr zu sehen, konnte sich aber nicht bewegen. Sie versuchte, die Lippen zu öffnen, aber auch das gelang ihr nicht. Sie wusste nur, dass sie die ganze Nacht auf das Rettungsboot gewartet hatte, das nicht gekommen war.

Vor ihr stand Bruder Brendan in seiner Dominikanerkutte.

Unter der Robe, ging es Ros durch den Kopf, trug er zweifellos seine schwarze SS-Uniform, die elegant und einschüchternd wirkte, genau wie die, die Luke trug. In der einen Hand hielt er Ros' Taucheranzug, den er offensichtlich in seinem Versteck aufgestöbert hatte, und in der anderen Abigails Bettdecke, die sie auf ihrem Weg vom Kap zum Strand verloren hatten.

Ros hatte das unheimliche Gefühl, nicht länger ein Bauer in

dem großen Schachspiel zwischen England und Deutschland zu sein, sondern die weiße Königin, die die ganze Partie gewinnen konnte, wenn sie es geschickt anstellte. Algie hatte einmal gesagt, dass sie alle lediglich Bauern in diesem Spiel wären, doch Mr Leamington-Smythe hatte sich geirrt. Plötzlich ging Ros auf, dass sie durchaus hoch gewinnen konnte – mit Algernon als ihrer Reserve – wenn sie in der Lage war, in geraden Linien über das Brett zu ziehen, um Lukas von Lukenstedt, Adolf Hitlers schwarzen Läufer, aus dem Spiel zu werfen.

Doch zunächst musste sie sich mit Bruder Brendan, dem schwarzen Springer, beschäftigen. Ros wartete auf den nächsten Zug ihres Gegners.

Er sagte höflich auf Englisch: »Guten Morgen, Lady Roslin.«

»Guten Morgen, Brendan.«

»Das ist gut, zumindest erinnern Sie sich an meinen Namen.«

»Als wir Freunde waren und nicht Feinde.«

»Ich bin immer noch Ihr Freund.«

»Und Adolf Hitler ist immer noch mein Feind.«

Seine Miene erstarrte. Angewidert warf er ihren Taucheranzug und die Decke weg und winkte seine Gehilfen heran, die an diesem Morgen wieder alle ihre Mönchskutten trugen, als wollten sie ihr Recht auf den Besitz der Insel unterstreichen. »Kommt, helft mir mal! Ich habe langsam genug von ihren Frechheiten!«

Die beiden Männer packten sie grob an den Armen, aber Ros schüttelte sie ab. In ihrem hochnäsigsten Englisch sagte sie kalt: »Ich bin durchaus in der Lage, auf meinen eigenen Beinen zu stehen, vielen Dank.«

Leider galt dasselbe nicht für Abigail, die wieder in tiefe Bewusstlosigkeit gesunken war.

30. Kapitel

Den deutschen Namen von Lukes Stellvertreter kannte Ros nicht. Für sie war er weiterhin Bruder Brendan. Er befahl den Männern, sie in einen der Räume im Zwischengeschoss zu sperren, wo sie soweit wie nur möglich von Abigail entfernt war. Es wäre auch zu schön gewesen, hätte man sie in dasselbe Zimmer wie Scoots gebracht.

In ihrer einsamen Gefangenschaft in Giles' ehemaligem Schlafzimmer fand Ros Zeit, ihre Situation zu überdenken. Man brachte ihr regelmäßig ihre Mahlzeiten, die nahrhaft und appetitlich zubereitet waren, Frühstück, Mittagessen, Abendessen, und sie war dankbar dafür, dass man sie nicht hungern ließ. Aber sie hatte nur wenig Appetit, da sie ausschließlich mit der Frage beschäftigt war, wie sie aus dem Haus fliehen und Algie wissen lassen konnte, was hier auf der Insel vorging.

Die Tür zu ihrem Gefängnis wurde jedes Mal fest verschlossen, nachdem man ihr das Tablett auf das Bett gestellt hatte. Seit dem Gespräch auf den Klippen war kein einziges Wort mehr zwischen ihr und ihren Wächtern gefallen. Ros wollte es nicht gelingen, die Bilder von dem Bruder Brendan und dem Pater Luke, die sie letzten Sommer kennen gelernt hatte, aus dem Kopf bekommen; sie waren in ihrem Kopf immer noch ein Orden harmloser Priester, die die Insel und die alte Priorei von Grayson gepachtet hatten, um dort zu studieren und zu beten. Und doch brachten gerade diese Männer mit ihrer Heimlichkeit und ihrem

Verrat Angst, Schrecken und vielleicht sogar den Tod über die Familie Ramson.

Ros betete nur, dass Scoots nichts passiert sein möge, nachdem sie die ganze Nacht in bitterer Kälte auf den Klippen ausgeharrt und darauf gewartet hatten, dass Leamington-Smythes Leute sie holen kamen. Sie hatte bald festgestellt, dass sie Abigails Decke unterwegs verloren hatten und suchten daher Schutz in einer Höhle unter dem Felsüberhang der Klippen. Doch aus Angst, das Rettungsteam zu verpassen, falls dieses doch noch kommen sollte, hatte sie Scoots schließlich zum Strand zurückgeschleift, wo sie sich beide hilfesuchend suchend aneinandergekauert hatten, bis ihre Erschöpfung die Oberhand gewann und sie beide einschliefen.

Der Rest war ein Kinderspiel für die Deutschen. Ihre Wächter hatten sie bald gefunden und sich grausam über ihre Lage lustig gemacht, bevor sie sie zum Hausherrn brachten, zum Abt der Insel. Eine Woche später fragte Ros sich langsam, ob Luke tatsächlich immer noch die Befehlsgewalt auf der Insel hatte. Oder hatte man ihn etwa nach Berlin zurückgerufen? Hatte er mit einem U-Boot die Insel längst verlassen?

Und hatte dann der ehemalige Bruder Brendan jetzt das Kommando? Er, der sich über Scoots und ihren *Ausflug,* wie er es spöttisch nannte, so sehr amüsiert hatte? Ros hoffte, dass es tatsächlich nicht so war. Was wollten die Deutschen eigentlich damit erreichen, dass sie Abigail und sie selbst hier festhielten? Doch sobald Ros sich diese Frage stellte, fielen ihr genügend Gründe dafür ein. Sie und Scoots hatten sich als eine echte Bedrohung für die geheime und stets gefährdete Anwesenheit der Deutschen auf Orca erwiesen. Und so unwahrscheinlich Ros das Ganze auch vorkam, wusste offensichtlich niemand etwas über diese feindliche Macht auf englischem Boden, selbst Algie glaubte noch immer daran, dass Major Luke Duffield für das Empire arbeitete. Oder war Algie über die Tatsachen sehr wohl im Bilde, war aber bereit, das Lamm zu opfern, um den Wolf zu fangen? Das erschien ihr sehr viel wahrscheinlicher.

Ros versuchte, ihre Möglichkeiten logisch zu überdenken.

Die Deutschen würden sie und Abigail nicht so bald gehen lassen, das jedenfalls stand fest. Sie würden sie bestimmt nicht ein zweites Mal laufen lassen. In den Augen der Deutschen war sie eine Spionin, und Spione wurden von den Deutschen erschossen. Also stand ihr Tod möglicherweise kurz bevor, dank Abigail, die so töricht und eigensinnig gewesen war, hierher zurückzukommen. Aber was würde mit dem Baby geschehen? Die Deutschen konnten doch unmöglich einen kaltblütigen Mord an einem unschuldigen Kind begehen, oder?

Im Grunde wollte Ros über diese Dinge gar nicht genauer nachdenken. Sie wusste, dass die Deutschen versucht hatten, Scoots mit Hilfe von Laudanum abhängig und wehrlos zu machen und auf lange Sicht sogar zu töten. Laudanum enthielt Opium. Wahrscheinlich wurde auch die Milch des Babys mit Opium versetzt, die man ihm vor dem Schlafengehen verabreichte. Und höchstwahrscheinlich machten die Deutschen dasselbe mir ihr, obwohl sie bisher an ihrem Essen keinerlei Nachgeschmack hatte feststellen können und auch keine üblen Nebenwirkungen hatte verzeichnen können.

Trotzdem beschloss Ros, vorsichtig zu sein, und sie aß und trank immer weniger von dem, was man ihr auf dem Tablett aus der Küche brachte. Ihr Trinkwasser bezog sie aus dem Wasserhahn in Giles Schlafzimmer. Zumindest konnte sie sich sicher sein, dass ihre Wächter wohl kaum den Wasservorrat vergiften würden, mit dem auch der Rest des Haushalts versorgt wurde. Doch wie lange konnte man allein von Wasser überleben?

Drei Wochen vergingen, und Luke hatte noch immer nicht nach ihr geschickt.

In gewisser Weise war Ros froh darüber. Es bestärkte sie in ihrer Vermutung, dass man ihn seines Kommandos auf Orca enthoben hatte, weil er diese Mission in den Augen des deutschen Oberkommandos vermasselt hatte. Ros konnte sich nicht dagegen wehren, dass sie darüber nachdachte, dass dies vielleicht seine Rettung darstellte! Noch besser wäre es allerdings, man würde ihn an die russische Front schicken, wo er seine militärischen Fähigkeiten gegen andere Soldaten richten konnte statt gegen harmlose Frauen und Kinder. Am besten wäre es, er würde bald als wahrer Held für sein Vaterland erschossen, statt sich wie eine Bestie zu benehmen, die sich über alle moralischen und humanen Rechte hinwegsetzte – das jedenfalls hatte er der Familie Ramson angetan, mit der Deutschland im vergangenen Juli, als Luke auf die Insel gekommen war, definitiv noch nicht im Krieg gelegen hatte.

Es war Ros vollkommen gleichgültig, dass sie Luke vielleicht nie wiedersehen würde; wenn seine Vorgesetzten ihn zurückbeordert hatten, damit er dem Dritten Reich an anderer Stelle dienen konnte, dann würde sie ihm bestimmt keine Träne nachweinen. Wie konnte sie sich nur in diesen Mann verlieben, in diesen Feigling, in dieses Ungeheuer, in einen Mann, der ihre beste Freundin als Waffe gegen sie eingesetzt hatte, um sie zu verletzen und zu vernichten, so wie er vorher Abigail vernichtet hatte. Luke war ein Tier, ein gefräßiges, schlaues, gefährliches, wildes Tier, gegen das Abigail und sie keine Chance hatten!

Andererseits konnte seine Versetzung auch böse Folgen für sie beide haben; besser der Teufel, den man kannte, als ...! Ros nahm sich fest vor, jede Chance, die sich ihr bieten würde, zu nutzen, und wenn sie dabei sterben sollte, dann würde sie vorher immerhin Schaden angerichtet haben – vielleicht sogar in dem Ausmaße, dass er die deutsche Mission auf Orca gefährdete!

Tapfere Worte, sagte sie sich spöttisch. Weißt du noch, du magst körperliche Schmerzen nicht besonders. Erinnerst du dich an Camp O? Vielleicht hatte Luke bereits beschlossen, keine Probleme mit ihr zu riskieren und hielt eine direkte Begegnung mit ihr für unnötig, weil er sich darauf verließ, dass Bertha auch sie vergiften und ihm damit die unangenehme Aufgabe ersparen würde, zwei Frauen und ein neugeborenes Baby erschießen zu müssen!

In der Zwischenzeit beschäftigte Ros sich damit, in Giles' alten Büchern zu stöbern, die von Archäologie, Geschichte und Geologie und anderen Dingen, die Jungen interessierten, handelten. Was Luke betraf, gelangte Ros nach einiger Zeit zu dem Schluss, dass er tatsächlich ein Feigling war. Und wenn das tatsächlich der Fall war, verachtete sie ihn dafür nur noch um so mehr.

Ansonsten benahm Ros sich wie eine mustergültige Gefangene und gehorchte allen Befehlen, wobei es im Grunde keine Befehle, sondern lediglich Verhaltensregeln für sie gab. Wenn sie Bertha Fragen stellte, bekam sie immer nur einsilbige Antworten:

»Dürfte ich wohl bitte ein Bad nehmen und mir das Haar waschen?«

»Nein.«

»Könnte man das Fenster wohl ein bisschen weiter aufmachen? Es ist so stickig hier drin.«

»Nein.«

»Dürfte ich wohl einen kurzen Spaziergang durch den Garten machen, um etwas frische Luft zu schnappen? Ich verspreche auch, nicht wegzulaufen.«

»Nein.«

»Geht es meiner Cousine und ihrem Kind gut?«

Daraufhin stürmte die deutsche Frau meistens aus dem Raum und Ros war genauso klug wie zuvor.

Am 27. Mai feierten die deutschen Agenten auf Orca die Kapitulation der belgischen Armee und die Tatsache, dass alle britischen Streitkräfte überhastet aus Flandern abgezogen worden waren. Nur drei Tage zuvor hatte das deutsche Heer Boulogne eingenommen, und bestärkt von diesen guten Neuigkeiten, wandten die Deutschen sich ihrem neuen Ziel zu: auch Ostende, Ypres Lille und andere Städte in Frankreich und Belgien einzunehmen. Es gab reichlich Grund zum Feiern im deutschen Lager auf Orca.

31. Kapitel

Sir!« Ein frischgebackener Signalmaat aus der Kommandogruppe 19 salutierte vor dem wachhabenden Offizier und wiederholte: »Sir, ich dachte, Sie würden darauf vielleicht gerne einen Blick werfen ... Wir haben in letzter Zeit ein paar ziemlich seltsame Signale von der Peilstation Land's End abgefangen, Sir. Sie haben dort Lichtsignale von Samson aufgenommen ... von der Insel Samson. Dachte, ich zeige sie Ihnen besser, Sir, weil sie ... so merkwürdig sind, Sir.«

»Wieso merkwürdig?«

»Sehr seltsam, Sir. Die Signale sind schwach, und sie kommen in unregelmäßigen Abständen. Manchmal empfangen wir tagelang nichts, an anderen Tagen empfangen wir mehrmals dieselbe Nachricht.«

»Vielleicht sind es ja Außerirdische, Korporal, haha!«

»Das glaube ich nicht, Sir.«

»Das war ein Witz, Sie Dummkopf! Um was für eine Art Signale handelt es sich?«

»Es sind Taschenlampensignale bei Nacht, Sir, immer dasselbe schwache, sporadisch auftretende Funksignal, das wir während der zweiten Nachtschicht empfangen. Es scheint, Sir, als würde es von einem anderen Signal blockiert. Wir bekommen diese Nachrichten jetzt seit drei Wochen, Sir.«

»Also doch Außerirdische.«

»Nein, Sir, es sind Morsezeichen ...«

»Mir ist klar, dass das Morsezeichen sein müssen, verdammt! Und wie lautet die dekodierte Nachricht?«

»*Samson und Delila*, Sir.«

Der Wachhabende riss dem Maat das Blatt aus der Hand. »Nach der Peilung müsste das irgendwo draußen im Atlantik sein ... Vielleicht ein U-Boot?«

»Nein, Sir, vermutlich nicht, denn das Signal kommt jedes Mal mit gleicher Peilung rein, von den Scilly-Inseln.«

»Verdammt, es gibt Hunderte von diesen verdammten Inseln!«

»Ja, Sir. Aber die Peilstation St. Eval and Chivnor haben dieselben Signale via Samson bekommen – das ist ebenfalls eine Scilly-Insel, Sir – und die haben dann festgestellt, dass die Signale von der Insel Orca kommen, Sir, die wiederum westlich von Samson liegt.«

»Nie gehört von dieser verdammten Insel! Was soll das sein, dieses Orca, irgendein idiotischer großer Felsen mitten im Atlantik?«

»Etwas in der Art, Sir.«

»Oh, hm, es könnte natürlich wichtig sein, obwohl ich eher zu der Auffassung neige, dass da irgendwelche Möwen auf ein heißes Stück Glas scheißen. Es dauert sowieso nicht mehr lange, und wir sehen die Roten auch unter unseren Betten. Geben Sie die Sache mal an Waddington weiter. Die da oben sind ja so verdammt clever, die können bestimmt auch mit Außerirdischen kommunizieren ...« Der Offizier runzelte die Stirn. »Schlechte Zeit, um mit so was anzukommen, wo wir doch im Moment genug damit zu tun haben, unseren Hintern aus Dünkirchen rauszubekommen. Also bitte keine weiteren mysteriösen Nachrichten, ja? Ich habe weiß Gott genug damit zu tun, unsere Fischer dazu zu bewegen, ihren Aufgaben bei der Evakuierung vom Kontinent nachzukommen.

»Jawohl, Sir!«

Statt die fügsame Gefangene zu spielen, die sie während des letzten Monats gewesen war, beschloss Ros, die Dinge nun selbst in die Hand zu nehmen, nachdem Luke noch immer kein Wort von sich hatte verlauten lassen.

Mit einem dicken Polizeiknüppel aus Ebenholz, den Giles entweder geschenkt bekommen oder als Souvenir von einem Polizeibeamten der Metropolitan Police geklaut hatte, hämmerte Ros an die massive Eichentür. »Lasst mich hier raus ... sofort! Ich will mit Luke reden ... Er hat kein Recht, mir so etwas anzutun, mir nicht, und auch Abigail und dem Kind nicht. Ich muss mit ihm sprechen! Er wird erfahren wollen, warum ich auf die Insel zurückgekehrt bin, und wer mich hergeschickt hat ...«

Ros schlug so lange schreiend mit dem Polizeiknüppel gegen die Tür, bis sie heiser wurde und das Holz die ersten Splitter bekam. »Ich werde Luke alles sagen, aber nur ihm ...« Ihre plötzliche Entschiedenheit trug Früchte. Bertha riss wütend die Tür auf. »Hören Sie auf damit! Hören Sie auf, hören sie schon auf mit diesem Krach! Er sagt, er würde mit Ihnen reden, aber nur, wenn Sie ruhig sind.«

Ros holte tief Atem; Luke war also nicht versetzt worden, er hatte noch immer das Kommando auf der Insel. Sie ging zum Waschbecken, spritzte sich kaltes Wasser ins Gesicht, zog sich einen Kamm durch ihr zerzaustes Haar und fragte sich, ob sie es wohl erneut wagen sollte, um ein Bad zu bitten.

»Nein!«, erklärte Bertha vehement, »unsere Wasservorräte sind knapp. Ihre dumme Cousine hat stundenlang das Wasser laufen lassen und versucht, ihr Baby zu ertränken, so sehr scheint sie es zu hassen. Wobei ich nicht sagen kann, dass ich ihr deshalb Vorwürfe machen kann ...« Dann fügte sie auf Deutsch barsch hinzu: »Komm!«

Dieser kurze Wortwechsel mit der Deutschen bestätigte Ros immerhin, dass Scoots noch am Leben war.

Bertha begleitete Ros die Zederntreppe hinunter in Graysons Arbeitszimmer. Sie machte sich nicht die Mühe, erst an die schwere Eichentür zu klopfen, sondern stieß diese auf und sagte laut: »Die andere Engländerin ist hier, die, die den ganzen Lärm gemacht hat.«

»Vielen Dank, Bertha, du kannst jetzt gehen. Komm herein, Roslin.« Luke kehrte dem Schreibtisch und der *Enigma* den Rücken und wandte sich ihr zu, sodass sie einander unmittelbar gegenüber standen. Ros befand sich Auge in Auge mit dem wahren Luke, der diesmal eine deutsche Uniform trug. Ros versuchte die Augen vor dem Bild des Lukes zu verschließen, dem sie bedingungslos geglaubt und vertraut hatte; ihr Herz war ein Eisblock.

Bertha schloss die Tür hinter sich.

Luke schien sich nicht verändert zu haben, nichts hatte sich verändert, abgesehen von dieser verdammten Uniform, die ihr eine höllische Angst einjagte. So elegant und gut geschnitten und einschüchternd; es war, als hätte der Teufel selbst diese Uniform entworfen. Ros wischte sich verstohlen eine Träne weg – Tränen waren hier fehl am Platz, sie musste stark bleiben! Ros fragte lediglich: »Warum?«

»Warum ich der bin, der ich bin?«

»Warum du das hier alles tust ... Warum du das Abigail antust, ihrem Kind und auch mir? Du kannst doch nicht wirklich so schlecht, so grausam sein wie ... wie es den Anschein zu haben scheint. Sag mir gefälligst, warum du mir das angetan hast, warum du es Abigail angetan hast?« Ros schluckte und versuchte, ihre Gefühle in den Griff zu bekommen, ein Versuch, der sie all ihre Kraft kostete. Diese Konfrontation mit ihm würde weitaus qualvoller werden, als sie es sich vorgestellt hatte.

Luke antwortete mit einer Gegenfrage: »Warum scheint dich meine veränderte Aufmachung und die Tatsache, dass ich auf der Seite des Feindes bin weniger zu schockieren als die Tatsache, dass ich dich angeblich mit Abigail betrogen habe? Ah! Die Liebe ist blind, nicht wahr, Roslin? Bin ich vielleicht deshalb nicht mehr dein Geliebter, sondern dein Feind?«

Irgendetwas in Ros weigerte sich noch, von ihrem Glauben an

diesen Mann abzulassen, von dem Bild, das sie im Sommer noch von ihm hatte. »Du hast zumindest Recht damit, dass ich dich jetzt als Feind betrachte. Obwohl ich früher immer gehofft hatte, du seist der Mann, den ich auf ewig lieben und bewundern könnte.«

»Der Krieg hat also deine Wahrnehmung der Liebe verändert?«

»Vollkommen. Wie könnte es auch anders sein?«

»Warum sollte es denn so sein? Bin ich nicht derselbe Mann, den du im vergangenen Sommer geliebt hast?«

»In keiner Hinsicht!«, stieß Ros wütend hervor.

»Ich verstehe wirklich nicht, warum sich deine Gefühle für mich verändert haben, Roslin.«

»Du hast die Unverschämtheit, die Frechheit und die ungeheure Arroganz, so etwas zu sagen – so zu tun, als wärst du vollkommen unschuldig an ... an dem, was du Scoots angetan hast, ihrem Kind und mir?«, fragte Ros ungläubig.

»Was habe ich denn getan?«

»Als wüsstest du das nicht ganz genau!« Sie schrie ihn beinahe an.

»Roslin, bitte ...«

»Sei endlich still!«

Lukes aufreizende Ruhe schockierten sie vollends.

»Bitte.« Er lehnte sich auf seinem Stuhl zurück und deutete auf das Sofa. »Setz dich, Roslin, und wenn du dich ein wenig beruhigt hast, kannst du mir erzählen, wer dich nach Orca zurückgeschickt hat – wiederum mit einer Eskorte von der Marine –, und du kannst mir erklären, warum das geschehen ist.«

»Ich ziehe es vor zu stehen, vielen Dank. Und den Grund für meine Anwesenheit auf Orca kennst du ganz genau!« Ros funkelte ihn wütend an.

»Wie du meinst, aber bitte, werde nicht immer so laut, wir wollen doch nicht, dass Bertha unser Gespräch mit anhört, denn sie steht jetzt zweifellos draußen und lauscht am Schlüsselloch ... Könntest du dir vorstellen, mit mir einen Spaziergang durch den Garten zu machen?«

Ros sah ihn mit maßlosem Erstaunen an, denn nichts von alledem hatte sie erwartet.

»Ich weiß, wer du bist und ich weiß, was du hier machst ...«, sagte Ros plötzlich. »Kommunizieren Sie!«, waren Leamington-Smythes' letzte Worte gewesen und Ros versuchte, diesen Rat zu befolgen. Sie versuchte, ihn zu provozieren, versuchte, irgendwie mit ihm zu kommunizieren, um zu dem wahren Luke vorzudringen.

Doch Luke reagierte nicht. »Komm.« Er öffnete die Bibliothekstür und wartete auf Ros, während Bertha ihren massigen Körper eilig in Richtung Küche bewegte. Ros bemerkte, dass Luke versuchte, ein Lächeln zu unterdrücken, als er ein Päckchen Zigaretten aus seiner Jackentasche zog. Allerdings war sie sich nicht sicher, ob dieses Lächeln nun ihr galt oder Bertha oder irgendetwas anderem, von dem sie nichts wusste.

Im Garten sog Luke dann gierig den Zigarettenrauch in seine Lungen, statt die herrliche, frische Luft des milden Inselfrühlings zu genießen, der sich bald in perfekten englischen Sommer verwandeln würde. Der blaue Dunst des Tabaks vermischte sich mit dem berauschenden, intensiven Duft Orcas und diese Mischung raubte Ros plötzlich den Atem. Sie kämpfte das Gefühl von Schwäche und Übelkeit mit aller Kraft nieder. Luke musterte indessen ihre blassen, hageren und gequälten Züge und sagte ein wenig ängstlich: »Haben sie dich etwa nicht gut behandelt, Roslin?«

»Doch, an der Behandlung ist eigentlich nichts auszusetzen.« Sie versuchte, gleichmäßig ein- und auszuatmen und gleichzeitig zu verhindern, dass ihr Herz die Oberhand über ihren Kopf gewann. Schließlich fügte sie tapfer hinzu: »Vermutlich bin ich nur nicht mehr an so viel frische Luft auf einmal gewöhnt. Und da ich leider damit rechnen muss, dass man mich langsam vergiftet, halte ich mich hauptsächlich an das Krahnwasser. Deshalb wirke ich so schwach und blass.«

Wieder dieses Aufflackern eines leichten Lächelns um Lukes

Mund herum. »Deinen typisch britischen Sinn für Humor hast du jedenfalls nicht verloren.«

»Im Gegensatz zu Ihnen, *Major* Duffield.«

Er ignorierte die Provokation. »Ich denke, das ist es, was mich vor allem an dir angezogen hat, Roslin, meine Rosalind.«

Ros schluckte. Er war grausam, viel grausamer als sie gedacht hatte. Sie durfte nicht zulassen, dass er sie in die Defensive zwang, dass er sie einlullte mit seinen Worten, dass er sie zu seiner Gefangenen machte – seiner Gefangenen, nicht nur was den Körper, sondern auch was ihren Geist und ihre Seele betraf. Denn das war es, was die Liebe einem Menschen antun konnte, sie machte ihre Opfer blind gegen alles außer dem Gegenstand ihrer Liebe selbst. »Und was hat dich an Abigail angezogen?«, fragte Ros, die immer noch versuchte, ihn zu provozieren.

Das Sonnenlicht zeichnete Muster auf den gepflasterten Pfad des Küchengartens. Luke blieb vor einem Limonenbusch stehen, riss ein paar Blätter ab, zerrieb sie zwischen Daumen und Zeigefinger und hielt Ros schließlich seine duftenden Finger unter die Nase. Er sagte: »Angenehmer Geruch, hm, Roslin?«

Sie ließ sich von dieser Geste nicht ablenken.

Leise fügte er hinzu: »Du hast ein großes Risiko auf dich genommen, indem du einfach so hierhergekommen bist. Sie würden dich als Spionin erschießen, sobald ich den Befehl dazu gäbe.«

»So wie die tote Frau in dem Grab auf dem ehemaligen Mönchsfriedhof?«, fragte Ros, einer spontanen Eingebung folgend. »War sie eine Frau wie Abigail, die dir nach einer Weile auf die Nerven ging, Luke? Oder sollte ich dich das vielleicht lieber nicht fragen, damit ich nicht auch erschossen und in einem namenlosen Grab beerdigt werde?«

Er lachte, ein überaus charmantes und kultiviertes Lachen, geradeso wie es Pater Luke getan hätte, dachte Ros verwirrt.

»Du bist immer besonders entzückend, wenn du wütend bist – aber ich glaube, das habe ich dir schon einmal gesagt. Ein angenehmer Geruch, nicht wahr?« Er ließ die zerdrückten Limonenblätter auf den Weg fallen und ging ihr voraus zu der Tür in der Mauer. »Lass uns zum Kap hinaufgehen, Roslin. Da oben redet es sich leichter. Es tut mir sehr Leid, dass Bertha, die eigentlich für den Haushalt zuständig ist, dich die ganze Zeit über in deinem Zimmer eingesperrt hat. Deine Einzelhaft war nicht meine Idee. Bertha hatte kein Recht, dich wie eine Gefangene zu behandeln und ich hatte keine Ahnung, dass sie es getan hat. Ich habe in letzter Zeit ziemlich viel um die Ohren gehabt und hatte keine Zeit, mich darum zu kümmern.«

»Du bist ein Lügner, Luke! Spar dir deine Entschuldigungen – nichts, was du sagen oder tun könntest, wird mich dazu bringen, dich jemals wieder zu respektieren.«

»Von dem Augenblick an, als ich wusste, dass du meine wahre Identität kennst, Roslin, meine süße Roslin, wusste ich, dass es sehr hart für mich werden würde, dein Vertrauen und deinen Respekt wiederzugewinnen und – darf ich das sagen, deine Liebe?«

»Warum hast du nicht schon früher nach mir geschickt? Warum? Warum musstest du mich wochenlang völlig isoliert halten, bis mir nichts anderes übrig blieb, als Lärm zu schlagen, um deine Aufmerksamkeit zu erringen? Hattest du Angst vor mir, oder was?«

»Ja, ich habe Angst vor dir und Angst vor dem, was du mir antun kannst – mir als Mann, nicht als Priester, nicht als steifem englischen Offizier oder als dem deutschen Feind. Ich liebe dich, Roslin, so wie du bist, und zwar auf die einzige Weise, die mir möglich ist, nämlich als der Mann, der ich eigentlich bin. Der Krieg zwischen unseren Heimatländern und die Tatsache, dass wir uns im Augenblick als Feinde gegenüberstehen, hat nichts damit zu tun! Du möchtest wissen, warum ich dir nicht gesagt habe, dass ich ein deutscher Offizier bin, der in Spionage und Geheimdienstaktivitäten der Deutschen verwickelt ist und nicht der britische Major Duffield, als den ich mich ausgegeben habe? Na komm schon, Ros, das liegt doch auf der Hand!«

Es lag Ros auf der Zunge zu erwidern: Wir sind im Krieg und

im Krieg bist du mein Feind – Lukas von Lukenstedt aus Heidelberg, ein Feind meines Staates, ein Spion, ein Saboteur, und deshalb habe ich jedes Recht, dich zu erschießen, mit Algies Pistole, der Pistole, die ich versteckt halte, die ich Tag und Nacht wie meinen Augapfel hüten und die Scoots vor vier Wochen für mich in der Babywiege versteckt hat, als Bertha, dieses verfluchte Weib, mich einer Leibesvisite unterzogen hat. Ich kenne jeden Zentimeter dieser Insel, ich könnte sicherlich entkommen, nachdem ich dich erschossen habe, ich könnte zu den Klippen an der Nordwestspitze der Insel laufen und mich in einer der vielen, euch unbekannten Höhlen in diesem felsigen und gefährlichen Teil der Insel verstecken, bis die Küstenwache mein Signal auffängt, was früher oder später sicherlich geschehen würde. Ich weiß, dass du Spürhunde auf der Insel hast, obwohl sie hier im Grunde gar nicht benötigt werden. Du und deine Männer, ihr fühlt euch hier scheinbar völlig sicher und für den Notfall gerüstet, mit eurem U-Boot, das dicht unter der Wasseroberfläche in britischen Gewässern lauert und nur darauf wartet, euch alle nach Berlin zu bringen, sobald ihr eure Aufgabe hier erfüllt habt. Ich bin die Einzige, die zwischen dir und deinem Schöpfer steht, zwischen deinem Schöpfer und meinem. Doch das ahnst du nicht, du fühlst dich völlig sicher und deshalb glaube ich dir – ich glaube diesmal wahrhaftig, dass du mir die Wahrheit sagst, Lukas von Lukenstedt ...

Aber Roslin sagte nichts von alledem, denn plötzlich erschien Mr Dennison von Standort X vor ihrem inneren Auge, der sie zu warnen schien, und sie konnte sich gerade noch rechtzeitig Einhalt gebieten. Stattdessen fragte sie: »Was ich nicht verstehen kann, ist, warum du Abigail und ihr Baby als Geiseln benutzen musstest?«

»Das war niemals meine Absicht, Ros. Du magst zwar meine Gründe im Augenblick nicht verstehen – du kannst sie gar nicht verstehen –, aber eines Tages wirst du es tun. Falls es dir irgendein Trost sein sollte, es gibt auch einige Menschen in Deutschland, die keine Nazis sind.«

»Willst du damit vielleicht sagen, du wärest kein Feind Englands? Du hast Grayson und seine Gastfreundschaft, die Gastfreundschaft der Familie ausgenutzt, um dir einen Weg in unser Haus und in unsere Herzen zu erschleichen. Du hast Scoots verführt, und um ein Haar hättest du dasselbe mit mir getan ...«

»Um ein Haar?«, fragte er überrascht.

Ros sagte trotzig: »Ja – ich habe dich geliebt, genauso wie meine Cousine dich geliebt hat!« Sie konnte nicht verhindern, dass ihr Tränen in die Augen stiegen und dass ihre Stimme zitterte. Ros holte tief Luft, blinzelte in den strahlenden Sonnenschein und fuhr fort: »Jawohl – ich habe dich geliebt, Luke! Und das Schrecklichste daran ist, dass ich jetzt eine Verräterin meines eigenen Landes geworden bin, weil ich dich, den Feind, geliebt habe! Aber du hast mich mit Abigail betrogen, du hast mich betrogen mit deinen vielen Lügen und deinen falschen Versprechungen ...« Ros wandte sich voller Abscheu von ihm ab. »Ich kann es nicht mehr ertragen, dich anzusehen, ich empfinde so viel Hass für dich, so viel Abscheu und Verachtung, dass ich dich mit Freuden töten könnte ... Ohne Reue ... ohne einen Funken von Barmherzigkeit oder sonstiger Gefühle ... hätte ... hätte ich nur ... den Mut ... da ... dazu ...« Sie wischte sich wütend die Tränen aus ihrem Gesicht, außerstande, ihm die Dinge zu sagen, die sie ihm sagen musste und die sie ihm sagen wollte.

In dem langen Schweigen, das nun folgte, während sie beide nichts von ihrer Umgebung, von diesem wunderbaren Morgen auf Orca wahrnahmen, an dem Himmel, Meer, Land und Wetter perfekt miteinander harmonierten, sagte Luke leise: »Du musst mir einfach glauben, Roslin. Ich kann dir nicht mehr anbieten als mich selbst. Ich bin nun einmal ein deutscher Offizier in einer deutschen Uniform, der für Deutschland kämpft – das ist nicht zu ändern.«

»Ein Jammer, dass du mir das nicht vor einem Jahr sagen konntest.«

»Du hättest es nicht verstanden, Ros. Du glaubst mir jetzt noch nicht einmal, dass ich kein Nazi bin.«

»Das hast du schon einmal gesagt, und ich wiederhole, du bist trotzdem mein Feind und ich deiner. Und Feinde können weder Freunde sein noch Liebende, sobald sie es versuchen, sind sie Kollaborateure!«, stieß Ros verzweifelt hervor.

»Das ist wahr. Aber ich möchte, dass du verstehst, dass es auch eine andere Seite von Deutschland gibt, die Seite, von der die Propagandisten, die Politiker, die Premierminister und Patrioten nicht reden.«

»Ich will nichts von alledem hören. Kein Wort. Und ganz bestimmt will ich nicht mit dir darüber diskutieren. Du bist ein Lügner und Betrüger, und selbst wenn du kein Deutscher wärest, fiele es mir schwer, dir irgendetwas von dem zu glauben, was du mir jetzt sagst.«

»Ich kann dich verstehen, Ros. Ich erwarte ja auch nicht von dir, dass du so tust, als wäre nichts geschehen.«

Schweigend gingen sie eine Weile weiter, bis Luke schließlich einen letzten Zug von seiner Zigarette nahm und seufzend fortfuhr: »Obwohl ich wünschte, wir könnten immer noch das sein, was wir einander im letzten Sommer waren.«

»Wir sind Feinde, Luke – was immer vorher geschehen ist, es hat keinerlei Bedeutung mehr! Du bist ein Feind des Empire, ein Feind hier auf Orca!«

Er wandte sich von ihr ab, um den Blick auf den Horizont zu richten. »Dabei liebe ich diese Insel, und ich wünschte, ich könnte für immer hier bleiben.«

Sie hatten das Kap erreicht. Ros holte tief Atem. Es war wahrhaftig ein wunderbarer Morgen, ein sonniger Tag zwischen Ende Mai und Anfang Juni, der ganz Orca in goldenes Licht zu tauchen schien und der den dunkelgrünen Fichtenwald wie einen Schutzwall zwischen Land und Meer wirken ließ.

»Das ist wahrhaftig eine ebenso bezaubernde wie auch verzauberte Insel«, bemerkte Luke, der, die Hände hinterm Rücken verschränkt, die sich ihm bietende Aussicht auf sich wirken ließ. »Mich jedenfalls hat Orca ganz und gar in seinen Bann geschlagen. Ich liebe seinen Frieden, seine Abgeschiedenheit und seine Schönheit. Wenn ich diese Insel betrachte, frage ich mich oft, ob all das da draußen die Mühe überhaupt wert ist, wo es hier so viele Dinge gibt, die man einfach genießen könnte.«

Wieder einmal hatte Ros das unheimliche Gefühl, sich nicht in der Realität, sondern in einem Albtraum zu befinden; hier stand sie, bekleidet mit einem blauen Pullover, wie ihn die Fischer trugen, blauen Hosen, gummibesohlten Schuhen und ungewaschenen, zerzausten Haaren – zweifellos stank sie nach den vielen Wochen ohne ein Bad –, während Luke seine elegante deutsche Uniform trug, schwarz, ehrfurchtgebietend, voller Abzeichen und Orden – ein Inbegriff des tapferen Soldaten und der absolute Gegensatz zu Pater Luke.

»Versuchst du etwa ... versuchst du, mir zu sagen ...?« Ros musste sich immer wieder ermahnen, daran zu denken, dass Luke der Feind war. Ein sehr raffinierter und mächtiger Feind. Er war charmant, berechnend und verschlagen – eine wahrhaft tödliche Kombination! Er wusste genau, was er zu tun hatte, hatte es bereits gewusst, als er Orca von Grayson übernommen und anschließend versucht hatte, sich in ihre Herzen einzuschleichen.

Und wieder einmal benutzte er seinen sanften Charme – um sie aus der Reserve zu locken, bevor er sie als Spionin erschoss. *Wenn Sie je gefangen genommen werden – und ich hoffe zu Gott, dass das nicht geschieht –, dann versuchen Sie, eine persönliche Beziehung zwischen sich und dem Feind herzustellen*, hatte Sergeant Major Morris immer wieder betont. *Auf diese Weise können Sie Zeit schinden, und wenn Sie die erst einmal haben, können Sie den Feind über kurz oder lang dazu bringen, ihnen Respekt entgegenzubringen, damit er sie nicht erschießt.*

»Versuchst du mir etwa zu sagen, dass du gern auf deine Rolle als feindlicher Besatzer der Insel verzichten würdest, um hier mit den Ramsons leben zu können?«, forderte Ros ihn heraus.

Er lächelte und kniff die Augen zusammen, da das grelle Licht der Sonne ihn blendete. »Ich liebe deine entzückende Naivität, Roslin, meine geliebteste Ros! Im Augenblick bin *ich* derjenige, der das Sagen auf dieser Insel hat, nicht du oder deine entfernten Verwandten. Du bist *mein* Gast! Ich bin derjenige, der *dich* bittet, die Seite zu wechseln. Verstehst du, Roslin, ich möchte dich hier an meiner Seite behalten, als meine hinreißende, entzückende Frau. Ich bitte dich, mich zu heiraten, eine von *uns* zu werden, um für immer und ewig mit mir auf dieser wundervollen Insel zu leben, inmitten dieser herrlichen Landschaft, in deiner Priorei von Orca ...«

»Hör auf damit, hör auf!«, rief Ros und hielt sich unwillig die Ohren zu. »Du bist ja größenwahnsinnig, Luke! Orca ist Grayson Lord Ramsons Insel, und sie wird *niemals* dir gehören! Und ich werde *niemals* deine Frau werden, es besteht nicht die geringste Aussicht, dass ich die Seiten wechseln werde, also erschieß mich lieber gleich und bring es hinter dich ... du ... du *Verräter!*«

»Warum wusste ich nur, dass du genau das sagen würdest, Roslin?«, lachte Luke.

»Oh, mein Gott ...!« Ros wandte sich zornig von ihm ab. Sie konnte einfach nicht glauben, welche Dreistigkeit und Arroganz dieser Mann besaß. Andererseits – er war ein Deutscher, und die Deutschen hatten vor sechsundzwanzig Jahren schon einmal bewiesen, dass sie eine wunderschöne Welt in Trümmer legen konnten, ihren eigenen Vater eingeschlossen. »Du bist der Verlierer, Luke, nicht ich«, sagte sie mutlos.

»Ja, ich *bin* der Verlierer«, gab er überraschenderweise zurück.

»Das bist du in der Tat!«

»Weil ich noch Hoffnung habe. Ich lebe in der Hoffnung, dass wir morgen vielleicht einen Weg für uns alle finden werden. Und ich hoffe, dass wir beide eines Tages vielleicht das wiederfinden werden, was wir im letzten Sommer bereits hatten, das, was wir nicht aus eigenem Verschulden verloren haben, sondern durch die Pläne anderer, die unsere durchkreuzt haben.«

»Du sprichst von deinem eigenen Führer, Adolf Hitler?«

»Ja, von ihm spreche ich. Hast du jemals etwas von dem Lebensraum-Plan gehört, Roslin?«

»Nein.«

»Niemand weiß etwas davon – was wieder einmal beweist, wie ungeheuer raffiniert und intelligent Hitler ist. Eines Tages, wenn du erst gelernt hast, mir wieder zu vertrauen, werde ich dir alles erklären können. Ich hoffe, du wirst mich nicht mehr für ein Ungeheuer halten, wenn das hier vorbei ist …« Er sah sich um, als sei er sich nicht sicher, ob ihr Gespräch belauscht würde.

Ros spürte sein Unbehagen. Irgendetwas stimmte hier nicht, dachte sie, doch da sie nicht wusste, was, spielte sie ihr Spiel unbeirrt weiter, indem sie das Gespräch nicht abreißen ließ. *Sieh zu, dass der Feind weiterredet, Mädchen, halte das Gespräch im Gang, versuche Zeit zu gewinnen, zieh ihn auf deine Seite, bis du weißt, dass er vorübergehend – und ich sage vorübergehend – in seiner Wachsamkeit nachlässt, und dann kannst du ihn treten, dort, wo es am meisten weh tut.*

»Du bist nicht der liebe Gott, Luke, und dein Führer, Adolf Hitler, ist es auch nicht. Ihr werdet diesen Krieg nicht gewinnen, Luke. Diese winzige Insel, Orca, wird niemals euch gehören, genauso wenig wie der Rest von Großbritannien, denn wir haben zu viel, für das zu kämpfen sich lohnt. Grayson wird von seiner Südamerikareise zurückkommen, und er wird dich und deine Männer von hier verjagen. Wie immer du die gegenwärtige Situation auch einschätzen magst, auf diesem Teil der Scilly-Inseln ist auch in vergangenen Jahrhunderten niemals die weiße Fahne der Kapitulation gehisst worden, und das wird auch niemals geschehen. Ich bin bereit, für das zu sterben, woran ich glaube. Grayson ist der rechtmäßige und legitime Erbe dieser Insel, Orca ist kein herrenloses Niemandsland, das jeder x-beliebige Deutsche sich einfach nehmen kann. Orca gehört der Familie Ramson, tu also was du willst, Luke, aber Orca wird niemals dir gehören und ebenso wenig Adolf Hitler.«

»Tapfere Worte, Roslin. Ich verneige mich vor deinem Mut. Ich habe dir damals gesagt, du sollst nicht zurückkommen, ich habe dich gewarnt. Du hast mir nicht vertraut, und Abigail hat es auch nicht getan. Die Tatsache bleibt, dass Orca jetzt eine besetzte Insel ist, und so wie Norwegen, Holland, Belgien und Luxemburg vor uns kapituliert haben, so werden auch die britischen Inseln in kurzer Zeit kapitulieren müssen ... komm ... komm her zu mir ...« Er streckte die Hand nach ihr aus, *»Komm!* Ich möchte dir etwas zeigen, dazu musst du durch dieses Fernrohr sehen ... *Um Himmels willen, Ros*, ich werde dir nichts tun. Ich möchte doch nur, dass du durch dieses Glas siehst ...« Er hielt es ihr hin.

Ros spähte durch das Fernglas, aber das Bild, das sich ihr zeigte, war verschwommen.

Luke stellte das Glas scharf. »Siehst du all diese Boote da draußen?«

»Ja ... jetzt sehe ich sie ...«

Dutzende kleiner Motorboote, Fischerkähne und sonstiger großer und kleiner Schiffe, seien sie nun seetauglich oder nicht, schienen sich überall um die Inseln herum zu einer riesigen Flotte zu versammeln.

Luke fragte mit schneidender Stimme: »Was tun sie da?«

»Sie tun ... nichts ...«

»Was *tun* sie, Roslin!«

»Ich weiß es nicht!«

»Du bist nicht dumm, also sag mir, was sie *tun*!«

»Sie ... sie ... scharen sich ... zusammen ...«

»Sie *sammeln* sich!«

»Ja, ich nehme an, das tun sie ... aber es sind britische Boote, keine deutschen ...«

»Genau!«

»Was soll das heißen?«

»Weißt du es nicht?«

»Nein, *natürlich* weiß ich es nicht! Man hat mich einen Monat lang in mein Zimmer gesperrt, schon vergessen?«

Er hielt kurz inne. »In Ordnung. Ich glaube dir.«

»Na, dafür bin ich dir wirklich dankbar!« Sie sah ihn spöttisch an.

»Warum und zu welchem Zweck glaubst du, sammeln sie sich, Roslin?«, fragte er ruhig.

»Ich habe keinen Schimmer.«

»Soll ich es dir sagen?«

»Wenn ich nein sage, wirst du es trotzdem tun, also kann ich ebensogut ja sagen.«

»Sie sammeln sich hier und fahren gemeinsam los, und ständig kommen wieder neue. Das geht schon fünf Tage lang so. Sie fahren hinüber nach Frankreich, um eure geschlagene und umstellte britische Armee aus Dünkirchen zu retten.«

32. Kapitel

Die Hände hinter seinem Rücken verschränkt, stand Luke schweigend neben ihr, während sie krampfhaft versuchte, ihre Gefühle in den Griff zu bekommen, ihre Gefühle in Bezug auf diesen Mann und in Bezug auf alles, wofür sie und er in diesem Krieg kämpften. Am Ende blieb ihr nur ein unerbittliches Leugnen all der Dinge, die zwischen ihnen gewesen waren, all der Dinge, die sie in diesem Mann zu sehen geglaubt hatte.

»Dünkirchen?«, brach sie schließlich das Schweigen zwischen ihnen.

»Ja, Roslin.« Wie von einem eigenen Willen getrieben, suchten seine Hände nach dem unvermeidlichen Zigarettenpäckchen. Dann zündete sich Luke eine neue Zigarette an und nahm einen tiefen Zug, bevor er sich wieder ein wenig zu entspannen schien. »In diesem Augenblick sammeln sich all die kleinen Boote da draußen, um eure besiegte britische Armee aus dem besiegten Frankreich zu retten. Glaub mir – England hat den Krieg bereits verloren, ebenso wie Frankreich und Belgien, ebenso wie der Rest von Europa.«

»Ich glaube dir nicht!«, sagte Ros trotzig.

»Du wärest gut beraten, es zu tun.«

Ros war außerstande, zu glauben, was er ihr da sagte. Doch dann fiel ihr wieder ein, dass er ein Lügner war, jemand, der gar nicht anders konnte als eine Rolle zu spielen. Er stellte vermutlich ihre Kraft auf die Probe, er wollte ihre Reaktion auf eine mögliche

Niederlage Englands testen. In einem letzten verzweifelten Angriff auf ihn und all das, wofür er stand, rief sie: »Warum versucht ihr dann nicht, möglichst viele dieser erbärmlichen kleinen Boote da draußen abzuschießen, damit sie unserer geschlagenen britischen Armee nicht mehr zu Hilfe eilen können? Warum steht ihr Deutschen dann nicht mittlerweile allesamt am Ufer, um diese Schiffe in die Luft zu jagen?«

»Wenn wir das täten, Roslin, würden wir unsere eigene Position verraten, die wir unter großen Mühen verschleiert haben. Es ist uns gelungen, uns hier seit fast einem Jahr vor den Briten zu verstecken, und um unserer Mission willen müssen wir noch einige Zeit durchhalten. Unser Plan umfasst weit mehr, als du dir jemals erträumen könntest. Deutschland ist wohl doch nicht so dumm, hm, Roslin? Und du bist es auch nicht, daher denke ich, du kanntest die Antwort auf deine Frage bereits. Ich halte dich nämlich für eine sehr kluge Frau ...« Er lächelte sie auf eine überaus beunruhigende Art und Weise an. »Und ich denke, du verstehst dich auf erheblich mehr Dinge als auf Geschichte und Sprachen.«

»Ich bin ein *Opfer* der Geschichte. Und die Sprache, die ich spreche, ist universell. Sie heißt Frieden.«

»Wie kannst du das sagen, wo du doch selbst Soldat bist? Du bist Angehörige der WAAF – etwas, das man hier wohl Plotterin nennt? Könnte das vielleicht auch mit Spionage zu tun haben, hm, Roslin?«

»Sag mir eins, Luke, wofür kämpfst du selbst, mal abgesehen von deinem Wunsch, die Welt mit Heil-Hitler-Rufen zu ersticken?«

»Für dieselben Dinge wie du, Ros, für das, woran ich glaube.«

»Und was soll das sein?«

»Alles! Alles, wofür du selbst kämpfst, Freiheit, Frieden, Wohlstand, eine gute Ausbildung, Gesundheit – eine Welt, die ein Paradies ist, Roslin.«

»Nun denn, Luke, dann kann ich nur hoffen, dass künftige Generationen nicht in unsere Fußstapfen treten werden«, sagte Ros ironisch.

»Das ist mehr, als du oder ich jemals erhoffen können, Roslin«, antwortete Luke ernst.

»Ich glaube das alles nicht!«, kehrte Ros zu ihrer ursprünglichen Diskussion zurück. »Warum sollte dein Führer, Adolf Hitler, überhaupt den *Wunsch* haben, die Kontrolle über ganz Europa zu erringen, einschließlich der Britischen Inseln? Warum sollte er sich mit Großbritannien ein sperriges Imperium einverleiben, das sich über Afrika, Australien, Nordamerika und Indien erstreckt. Gewaltige Gebiete, die Herr Hitler gewiss nicht unter Kontrolle würde halten können – *niemals!* Sage ihm, er solle doch einmal den ›Untergang des römischen Reiches‹ lesen«, setzte Ros spöttisch hinzu.

»Adolf Hitler hat nicht den Wunsch, gegen die britische Nation zu kämpfen, ebenso wenig wie er ihr Imperium einnehmen will.«

»Nein? Ach herrje, wenn du nach Berlin zurückgehen solltest, Luke, würde ich Adolf darüber aufklären, dass niemand hier drüben ihm Glauben schenkt.«

»Du machst dich über mich lustig, Ros, aber das ist die Wahrheit. Adolf Hitler will den europäischen Kontinent für sich selbst, er will keinen Konflikt mit Großbritannien und er braucht diesen Konflikt auch nicht.«

»Sollen wir ihm vielleicht dankbar dafür sein? Er täuscht sich, wenn er glaubt, das Volk von Großbritannien und seinem Empire würde Hitler dieses Land einfach so überlassen! Norwegen, Dänemark, Holland, Belgien und Frankreich mögen deinem Führer leicht zugefallen sein, England werdet ihr jedoch *niemals* bekommen! Ebenso wenig, wie du *mich* jemals bekommen wirst. Halte dich an Abigail!«

»Abigail bedeutet mir nichts.«

»So leicht war es also für dich, sie zu vergessen?«

»Das habe ich nicht gemeint.«

»Was dann?«

»Ich meinte, sie hat niemals in dem Ausmaß meine Gedanken und Gefühle beherrscht, wie du es getan hast.«

»Ich bin sicher, sie wird überglücklich sein, das zu hören. Willst du mir etwa sagen, ihr Kind sei nicht deins?«

Luke drehte ihr den Rücken zu. »Rede nicht so einen Unsinn, Roslin.«

»Lüg mich nicht an, Luke! Lüg mich nicht schon wieder an!«

Er wandte sich um und sah ihr ruhig in die Augen. »Beruhig dich, Roslin, dann werde ich dir alles erklären. Ich verabscheue kreischende Frauen, früher warst du nie so, das hat mich ja gerade so angezogen. Du mit deiner ruhigen, damenhaften Art und deinem süßen Wesen warst es, von der ich geträumt habe, als ...«

»Ich werde nie wieder ein einziges Wort glauben, das aus deinem Mund kommt, niemals wieder, Luke. Scoots hat mir erzählt ...« Ein Schluchzen machte Ros für einen Augenblick lang das Weitersprechen unmöglich. »Sie hat mir erzählt, du seist der Vater ihres Kindes, und Bertha würde es langsam vergiften, genau wie sie selbst ... Und du scheinst nichts zu tun, um das zu verhindern!«

»Glaubst du das wirklich?«, fragte Luke erstaunt.

»Oh ja! Ich habe dich mit Bertha reden hören – und habe gehört, wie du klein beigegeben hast, wie du ihr sogar Recht gegeben hast, wie du das langsame Todesurteil für Scoots und ihr Kind quasi unterschrieben hast. Streite es ab, wenn du willst, aber ich weiß, was ich gehört habe!«

Seine leuchtend blauen Augen weiteten sich, und er hob fragend die Augenbrauen. »Um Gottes willen, Ros!«

»Komm mir nicht immer mit deinem *Ros!*«

»Roslin, Roslin, bitte, beruhige dich!«

»Was ich wirklich und von Herzen gern wüsste ist, wie seid ihr beide, du und Scoots, überhaupt zusammengekommen?«

»Deine Cousine und ich haben uns in einer irischen Bar in London kennen gelernt.«

»Während du mit den Vorbereitungen für deine Invasion der

britischen Inseln beschäftigt warst? Wofür hältst du mich, Luke, für einen Idiot?«

»Würdest du mich vielleicht antworten lassen?«

»Oh! Natürlich – damit du mir eine neue Lüge auftischen kannst, ja?«

»Wirst du jetzt ebenso hysterisch wie deine Cousine?«, fragte er herausfordernd.

»Wahrscheinlich! Das muss an all dem Opium in unserem Essen liegen! Nein ... ich bin nicht hysterisch, Luke, nur angewidert von dir, und das in jeder nur denkbaren Weise.«

»Abigail und ich haben uns in einer Bar im Westend kennen gelernt«, sagte er, obwohl Ros sich taub stellte. »Ich habe damals meine Rolle als Major Luke Duffield gespielt und ...«

»Es wäre wohl auch nicht gerade passend gewesen, wenn du Scoots in einer Londoner Bar als Pater Luke begegnet wärest?«, fragte Ros ironisch.

»Nicht wenn ich mich als Priester der Heilsarmee ausgegeben hätte«, besaß er die Dreistigkeit zu erwidern.

»Komm zum Wesentlichen!«

»Wir sind miteinander ins Gespräch gekommen, Abigail und ich ...«

»Und sie hat dich vermutlich über die ganze Familiengeschichte ins Bild gesetzt?«

»Sie hat viel von der Familie erzählt, ja.«

»Wann? *Wann* ist das alles passiert?«

»Ungefähr zu dieser Zeit vor einem Jahr.«

»Wirklich?«

»Abigail wusste damals nichts Rechtes mit sich anzufangen und versuchte, jemanden zu finden, mit dem sie sich ein Weilchen amüsieren konnte. Ich war dort, um zu lauschen, um festzustellen, wie die Stimmung in England war, kurzum, um für die Deutschen zu spionieren. Abigail war gerade aus ihrem Pensionat in Europa zurückgekehrt, und sie war eine wahre Fundgrube für mich, was Informationen betraf.«

»Wie das?«

Er holte tief Luft. »Als wir uns kennen lernten, ich als Major Duffield, sie als die wohlhabende, adelige Tochter eines englischen Lords und einer italienischen Contessa, konnte ich mein Glück kaum fassen. Ein paar *Maiden's Prayers*, und sie ließ ihrer Zunge freien Lauf. Sie erzählte mir, ihre Eltern seien 1922 bei dem Erdbeben in Korinth ums Leben gekommen und seither habe ihr Vormund sich um sie gekümmert, der außerdem ihr Stiefbruder sei, Grayson Lord Ramson. Abigail erwähnte auch, dass sie sich auf ihre Sommerferien auf Orca mit dem Rest der Familie freue.«

»Und wieder konntest du dein Glück nicht fassen!«

»Korrekt!«

»Wie ist es dir gelungen, Grayson zu überreden, dir in deiner Rolle als Priester die Insel zu verpachten – an die *Hunde des Herrn*?«

»Das war nicht weiter schwierig. Ich habe mich aus dem *Who's Who* über die Familie Ramson schlau gemacht und dann aus dem Kloster in Cobh an Grayson geschrieben – auf klösterlichem Papier – und ihn gefragt, ob er es je in Erwägung gezogen hätte, seine Insel an eine Gruppe von Bettelmönchen aus dem Dominikanerorden zu verpachten. Wir würden großzügig dafür bezahlen, und wir würden uns außerdem auch um seinen Privatzoo kümmern, während er außer Landes weile. Er ließ sich diesen Vorschlag durch den Kopf gehen, wir wurden handelseinig, und den Rest kennst du ja.«

»Dann hat Grayson also tatsächlich keine Ahnung von deiner Doppelrolle gehabt, oder vielmehr deiner dreifachen Rolle?«

»Aber nein! Er hat uns als das akzeptiert, wofür wir uns ausgaben, und er war sehr zufrieden mit unserem Abkommen.«

»Wie um alles in der Welt ist es dir gelungen, Scoots davon abzuhalten, das alles auszuplaudern – sie konnte noch nie den Mund halten.«

Lukes Lächeln war jetzt angespannt und verlegen. »Nun, sie

hat ja keineswegs den Mund gehalten, oder? Jedenfalls nicht ganz. Sie hat dir davon erzählt.«

»Ja, aber wir beide standen uns auch sehr nahe ... Sie wusste, dass ich das Geheimnis für mich behalten würde. Hat sie dich nie gefragt, warum du die Rolle als frommer Pater von Orca spielen wolltest, statt einfach du selbst zu sein – oder vielmehr Major Luke Duffield, als den sie dich ja kennen gelernt hatte?«

»Glücklicherweise ist deine Cousine im Gegensatz zu dir weder neugierig noch besonders misstrauisch. Sie hat akzeptiert, was ich ihr erzählt habe, nämlich dass wir britische Agenten seien, die für eine geheime Mission auf Orca stationiert worden war, und um unser Inkognito zu wahren, würden wir uns hinter den Röcken der katholischen Kirche verstecken. Sie fand, das Ganze sei ein riesiger Spaß ... ähm ...« Er räusperte sich verlegen. »Abigail ist immer sehr engagiert, wenn das Wort Spaß fällt.«

»Dann hast du also mit ihr geschlafen, damit sie den Mund hielt?«, fragte Ros empört.

Er bestätigte ihren Vorwurf weder, noch stritt er ihn ab.

»Wusstest du, dass Giles und ich am selben Tag, an dem du mit deinen Brüdern aus Cork auf der Insel angekommen bist – vermutlich mithilfe eines deutschen U-Boots und nicht mit einem Ruderboot aus Irland –, auf dem alten Friedhof von Orca eine Frauenleiche gefunden haben?«

»Ist das wahr? Wirklich? Wer war sie – eine Äbtissin oder vielleicht eine Nonne, die irgendein Sakrileg begangen hat?«

»Hier gab es niemals Nonnen. Außerdem trug sie ein Kopftuch, Handschuhe, Stiefel und einen Mantel. Die Kleidung war recht modern. Giles und ich konnten nicht viel von ihrem Gesicht erkennen. Es war zertrümmert, außerdem fing ihr Fleisch bereits an, zu verwesen. Wir haben sie mit unseren Schaufeln wieder umgedreht und zu Gott gebetet, dass niemand jemals Fragen stellen würde. Es ist auch tatsächlich nichts passiert. Wir wurden ja von weitaus gewaltigeren Dingen überrollt, zum Beispiel von der Ankunft von Imogen, die sich eine Ewigkeit nicht mehr hatte blicken lassen. Und inzwischen warst natürlich auch du hier eingetroffen, ein Unbekannter – das heißt, für alle außer Abigail.« Ros fügte nachdenklich hinzu: »Obwohl ich dich durchaus schon einmal gesehen hatte, nämlich in der Nacht zuvor. Ich konnte nicht schlafen und habe gesehen, wie du in deiner Mönchskutte über den Hügel geschlichen bist, und ich dachte, ich träume. Ich dachte, es sei der Geist von Pater Luke oder Abt Simon de Costard. Scoots und ich haben seit über zehn Jahren in jedem Sommerurlaub der Familie erzählt, dass die Geister lange verstorbener Mönche noch immer durch die Klostergänge, die Küchengärten und die Krypta spuken, aber es wollte uns nie jemand glauben – bis letzten Sommer, als du plötzlich auf der Insel warst.«

»Ich weiß, dass Orca auch nicht direkt *meine* Insel ist«, fuhr Ros nachdenklich fort, »aber ich liebe sie wirklich, von ganzem Herzen. Genauso wie du es tust, wie du es mir noch vor ein paar Minuten gestanden hast. Als ich dich das erste Mal sah, wie du der Brandung entstiegst, hatte ich das Gefühl, als seist du immer schon ein Teil dieser Insel gewesen. Und dann begann ich mich zu fragen, ob du nicht schon früher hier gewesen warst, lange bevor du dich uns, der Familie, zu erkennen gegeben hast?«

»Wie meinst du das?«

»Du kanntest die Insel so gut. Ich hatte das Gefühl, dass du schon einmal hier gewesen warst, zu einer anderen Zeit. Wie Pater Luke damals in der Tudorzeit oder Simon de Costard, Mönche, von denen wir als Kinder immer geglaubt haben, sie spukten auf der Insel.«

»Ich bin kein Geist«, versicherte Luke ihr lächelnd.

Ros antwortete mit einem Seufzen: »Vielleicht war dir auch die Insel deshalb nicht fremd, weil du sie bereits ausgekundschaftet hattest, hm, Luke? Kurz nachdem du Scoots in London kennen lerntest. Mir war nie klar, wie verschlagen Abigail sein konnte. Aber du bist vermutlich vorher schon einmal auf Einladung Graysons hergekommen, vielleicht um den Pachtvertrag zu unterzeichnen, bevor wir anderen in unseren Sommerferien hier auftauchten. So ist es doch gewesen, nicht wahr? Nachdem du Scoots in London oder wo auch immer verführt hattest, bist du hierhergekommen, um festzustellen, wie geeignet die Insel für euch und eure militärischen Pläne sein würde, so dicht beim britischen Festland. Und als du nach Graysons Führung feststelltest, *wie* geeignet diese Insel für euch ist, hast du in deiner Maske als Pater Luke den Pachtvertrag für Orca unterzeichnet. Und zu diesem Zeitpunkt wusstest du vermutlich bereits, dass nach der Familie Graysons geliebte Tiere von hier würden verschwinden müssen. Ich habe doch Recht, oder? Wie lange gilt euer Pachtvertrag für Orca – neunhundertneunundneunzig Jahre? Die Lebensspanne des Dritten Reichs?«

Er biss nicht auf den Köder an.

Ros war sich über eines vollkommen im Klaren: Hätte Orca zum Verkauf gestanden, wäre das für die Deutschen natürlich noch viel besser gewesen. Aber diese waren ohnehin im Begriff, den Rest von Europa unter ihre Knute zu bringen, und ob sie ein Stück Land pachteten, mieteten oder kauften, spielte eigentlich keine Rolle, sie glaubten ohnehin, in Kürze die Herren der Welt zu sein. Und als hätte Luke ihre Gedanken gelesen, fragte er: »Warum tun wir beide uns das an, Ros, wo wir die Wahrheit übereinander doch bereits wissen?« Er klang genauso hilflos wie sie, als versuche auch er irgendeinen Sinn in dem Ganzen zu entdecken.

»Wie dumm ich doch gewesen bin, dich zu lieben, während du die ganze Zeit über meine Cousine Abigail geliebt hast. Und wie dumm ich immer noch bin, dass ich nicht aufhören kann, denselben Mann zu lieben, obwohl er mich tausendfach hintergangen hat!«

»Meine Affäre mit Abigail war vor deiner Zeit, Roslin. Es war eine oberflächliche Beziehung, was wir beide wussten und akzeptierten. Das Ganze war in wenigen Wochen vorbei, das versichere ich dir.«

Ganz ähnlich wie bei Felix und mir, dachte Ros traurig, daher konnte sie Scoots auch wohl kaum Moralpredigten halten.

»Deine Cousine ist ein Mädchen, das gern schnell zu frischeren Weiden weiterzieht. Das wusste ich damals nicht, und natürlich kannte ich *dich* zu dieser Zeit noch nicht, was weitaus wichtiger ist. Und deshalb sage ich es dir noch einmal, *ich* bin der Verlierer. Wenn wir uns zuerst begegnet wären ...«

»Sprich es nicht aus ... denk nicht einmal daran, Luke! Wenn du zuerst mir begegnet wärest, statt Abigail, wären wir am Ende dennoch Feinde gewesen.«

Ros dachte an all die Momente der Muße im vergangenen Sommer hier auf dem Kap, als sie und Scoots beieinander gesessen, miteinander geschwatzt und sich über Pater Luke unterhalten hatten, und die ganze Zeit über hatten Luke und Abigail ein Geheimnis gehütet: Ihre Beziehung vor dem Krieg in London. Scoots musste zu dieser Zeit eigentlich gewusst haben, dass sie möglicherweise von ihm schwanger war, und doch war sie bemerkenswert unbekümmert und sorglos gewesen.

Ros sagte: »Was hast du ihr erzählt?«

»Wie meinst du das?«

»Scoots ist nicht so leichtgläubig! Irgendetwas musst du ihr über deine Rolle als Major Duffield erzählt haben. Wie hast du den *Major* erklärt, als du dich hier als Pater Luke vorstelltest, als das Oberhaupt von katholischen Priestern, die auch als die *Hunde des Herrn* bekannt sind?«

»Ich habe es dir doch schon gesagt ...«

»Dann sag es mir noch einmal!«

»Die SOF suchte nach einer entlegenen Insel im Westen des Landes, von der sie den Überblick über deutsche U-Boote behalten konnte, die vom Atlantik her kamen. Orca klang perfekt, vor allem, nachdem deine Cousine hatte durchblicken lassen, dass ihr Vetter, Grayson Lord Ramson, immer knapp bei Kasse war, weil er gewaltige Summen Geldes für seine seltenen, exotischen und meistens kranken Tiere ausgab.«

»Dann hast du sie also in das Geheimnis der heiligen deutschen Dreifaltigkeit eingeweiht?«, fragte Ros spöttisch.

»Wie bitte?«

»Luke – der britische Soldat, dem sie das erste Mal in einer irischen Bar im Westend begegnet war, der Retter der britischen Inseln. Luke – der irische Priester, der als Abt mehrerer Dominikanermönche seine Rolle auf der Insel spielte, und Luke – der deutsche Spion und Eindringling auf Orca? Oder wusste sie nichts von deiner wahren Identität, als ihr euch kennen lerntet?«

»Nein. Damals noch nicht. Sie kannte mich nur als Major Duffield in der Maske des Pater Luke.«

»Arme Scoots! Sie muss inzwischen schrecklich verwirrt sein, genauso wie ich.«

»Im Gegensatz zu dir hat sie immer alles akzeptiert, was ich ihr erzählte.«

»Vermutlich hat sie dich mehr geliebt, als ich es je getan habe.« Ros griff vorsätzlich zu dieser Lüge, um ihr Gesicht zu wahren und ihn zu verletzen. »Deshalb war sie so verblendet und bestrebt, dir alles bereitwillig zu verzeihen.«

»Mag sein.«

»Aber nicht einmal Abigail konnte doch derart naiv sein!«

»Ich habe Abigail erklärt, dass Soldaten aus Sondereinheiten nicht plötzlich in großen Zahlen auf der Insel ihres Stiefbruders auftauchen können, ohne dass irgendjemand entsetzt die Hände ringt, und dass wir, weil wir im Geheimen operieren wollen, jeden Verdacht von vornherein ausschließen müssen, das heißt, auch den der Bewohner anderer Inseln, die sich fragen würden, warum auf Orca so viele britische Soldaten sind.«

»Im Gegensatz zu deutschen Soldaten«, murmelte Ros.

»Ich machte ihr klar, dass wir deshalb neutrale Priester sein mussten. Orca war das denkbar natürlichste Umfeld für Mönche, Äbte und Priester, die die Einsamkeit suchten. Niemand würde auch nur mit der Wimper zucken, wenn Geistliche auf der Insel auftauchten, während britische Soldaten sehr viel mehr Aufmerksamkeit erregt hätten.«

»Oder deutsche«, murmelte Ros abermals.

»Du und Abigail, ihr seid die Einzigen, die davon wissen – oder mache ich mir da etwas vor?« Luke warf ihr einen durchdringenden Blick zu.

Ros sah ihm fest in die Augen. »Du kannst ganz beruhigt sein, Luke, ich habe das Geheimnis streng gewahrt.« Sie hielt einen Augenblick inne. »Möchtest du um der Vergangenheit willen Frieden schließen?«

»Was soll das heißen?« Wieder gab Luke den unnahbaren deutschen Offizier und wandte jetzt das Gesicht dem Horizont zu, sodass sie seine Gedanken nicht erraten konnte.

»Wirst du Abigail und ihr Kind gehen lassen?«

»Was hätte ich von dem Handel?«

»Es ist kein Handel! Ich werde nach wie vor jede Möglichkeit nutzen, um dich zu überlisten und von der Insel zu fliehen. Abigail und das Baby haben keinen derartigen Fluchtweg. Sie werden von dieser grässlichen Bertha zu Tode gequält. Ich möchte, dass du sie gehen lässt! Mrs Moffat und Maudie können sich auf St. Mary's um sie kümmern, bis es Scoots wieder so gut geht, dass sie allein mit dem Kind fertig wird.« Ros konnte sich nicht dazu überwinden, ihn noch einmal zu fragen, ob er der Vater von Abigails Kind war. Im Grunde wollte sie es auch lieber gar nicht wissen.

Luke sagte steif: »Das ist leider nicht möglich.«

»Was ist nicht möglich?«

»Deine Cousine gehen zu lassen oder das Kind. Abigail leidet an einer akuten Depression.«

»Das überrascht mich nicht im Mindesten.«

»Ich meine es ernst, ihre Erkrankung wurde von meiner Mutter diagnostiziert, die eine qualifizierte Hebamme und Geburtshelferin ist.«

Ros versagte die Stimme. »Deine ... deine *Mutter?*«

»Ja. Sie ist an der weltberühmten Hebammen-Schule *Queen Carlotte's* in London ausgebildet worden.«

»Bertha?«

»Ja.«

Wieder einmal hatte Ros das Gefühl, als tue sich der Boden unter ihren Füßen auf, wieder einmal wusste sie nicht, was oder wem sie noch glauben sollte.

Wie aus weiter Ferne hörte Ros Luke sagen: »Sie ist meine deutsche Mutter.«

Und ihre mechanische Antwort, die von weit her zu kommen schien, war: »Warum nennst du sie dann Bertha?«

»Sollte ich sie denn hier inmitten meiner Untergebenen Mutter nennen – na komm schon, Ros!«

»Gut. Ich nehme an, du musst in deiner Position ein gewisses Maß an Würde wahren. Es wäre vermutlich dasselbe, wenn du ein reinblütiger Engländer wärest und deine Mutter als Putzfrau in die Kaserne käme. Ich nehme an, sie ist die reinblütige deutsche Mutter, die deinen angloirischen Vater geheiratet hat?«, fragte Ros.

Luke sog scharf den Atem ein.

Oh Gott! Ein plötzlicher Adrenalinstoß machte ihr erst klar, was sie soeben gesagt hatte. Sie wartete auf seine nächsten Worte, während die Innenflächen ihrer Hände immer feuchter wurden: *Oh mein Gott … oh mein Gott, bitte, mach, dass ich nicht Standort X oder eins unserer Geheimnisse preisgebe, bitte, lieber Gott, ich wollte doch nicht mehr reden, bevor ich nachgedacht habe …*

Ros stieß ein schrilles Lachen aus. Nach Camp O war ihr klar, dass sie eine eher niedrige Schmerzschwelle hatte, und sie hätte so ziemlich alles dafür getan, zu verhindern, dass man die Wahrheit über ihre Mission hier auf Orca aus ihr herausfolterte, mit der Art von Folter, die ihr als einem weiblichen Spion auf feindlichem Territorium möglicherweise bevorstehen würde; Sergeant Major Morris hatte ihr diese Dinge sehr genau auseinandergesetzt. »Oh, es war Scoots …« Ros stieß ein kleines nervöses Lachen aus. »Sie hat mir von Bertha erzählt …« O Gott, sie brachte sich mit jedem Wort immer tiefer in Schwierigkeiten!

Luke runzelte die Stirn: »Wann? Wann hat Abigail mit dir über meine Mutter gesprochen, wo ihr doch beide während des gesamten letzten Monats in Einzelhaft wart?«

»Auf den Klippen. In der Nacht, als ich sie auf törichte und gedankenlose Weise zu retten versuchte. Aber sie gehört schließlich zu meiner Familie, und Blut muss dicker sein als Wasser. Scoots und ich haben die ganze Nacht lang geredet, bis Bruder Brendan uns fand ... Sie hat mir damals alles erzählt.«

»Während du mir noch nicht erzählt hast, auf wen ihr in dieser Nacht gewartet habt, Ros.«

»Du hast mich auch nie danach gefragt. Du wolltest schließlich bis heute nicht mit mir sprechen.«

»Dann frage ich dich eben jetzt.«

»Ich habe auf eine Freundin von der Küstenwache gewartet ...« Ros musste an Mary Martin aus Fowey in Cornwall denken, die nach West Drayton zur Küstenwache gegangen war. »Wir haben zusammen unsere Ausbildung bei der WAAF gemacht. Sie ist dann der Heringsflotte beigetreten, wie wir das nennen. Ich hatte die verrückte Idee, Scoots vor dir zu retten; zweimal habe ich das jetzt versucht, wie du ja weißt, und Mary wollte mir eigentlich dabei helfen. Sie ist hier an der Küste geboren und aufgewachsen, ein echtes kornisches Mädchen ...«

Luke fiel ihr scharf ins Wort. »Ich gebe zu, dir in der Vergangenheit ein paar Lügen über meine Person erzählt zu haben, um meine Identität zu schützen. Aber meine Mutter ist eine gebildete Frau und ganz und gar nicht das deutsche Ungeheuer, für das ihr beide sie haltet.«

O Gott, schon wieder! Wie konnte eine Frau gegen die Mutter eines Mannes argumentieren?

Die arme Scoots, dachte Ros mitleidig, während sie im Geiste ihre nächste scheinbar naive Bemerkung formulierte: »Die einzige Frau, der man seine Geheimnisse anvertrauen kann, *muss* wohl die eigene Mutter sein, stimmt's nicht, Luke? Daher also ihre Anwesenheit hier, in Verbindung mit ... mit allem. Mit Abigail und dem Baby. Eine Art Familiennetzwerk, um die deutschen Geheimnisse zu wahren?«

»Ja.«

»Das erklärt eine Menge. Und ... Daniel?«

»Er hat nichts mit uns zu tun, ich meine, mit meiner Familie, die nur noch aus meiner Mutter und mir besteht.«

»Dann muss er Bruder Brendans Halbbruder sein.«

»Lass deine Witze, Ros, es ist ohnehin schon schmerzlich genug für mich, dass ich dir auf diese Weise meine Seele enthüllen muss. Ich tue es nur, weil ich dich liebe, weil ich dich wirklich liebe.«

»Und du meinst, es wäre weniger schmerzlich für mich, diese ganzen Lügen aus deinem Mund zu hören? Lügen und Verrat und Halbwahrheiten, *immer wieder und wieder und wieder!* Mein Gott, Luke! Du müsstest jede nur erdenkliche Auszeichnung auf der Welt für deine Schauspielkunst bekommen. Verdammt! Wie machst du das nur? Kannst du mir das beantworten?« Ros drehte sich zornig auf dem Absatz um. »Deine *Mutter!* Bertha! Die Abigail gefangen hält und sie langsam vergiftet oder sie zumindest opiumabhängig macht? Ich bin tatsächlich in einem Albtraum gelandet, der in genau dem Augenblick begann, als ich dich letzten Sommer auf den Sanddünen erblickte, Sanddünen, die du und deine deutschen Soldaten zu einer befestigten Monstrosität für eure eigenen Invasionszwecke umfunktioniert habt – aber es wird nicht funktionieren, Luke, es wird nicht funktionieren!«

»Die Dinge sind nicht so, wie sie dir im Augenblick erscheinen!« Luke sah sie gequält an. »Verspotte mich nicht, Roslin, du hast keine Ahnung von den wahren Gründen, die mich nach Orca geführt haben. Deine Cousine Abigail war die letzte Perle in einer langen Kette unglücklicher Umstände in meinem Leben. Aber ich bin dennoch ein deutscher Offizier, der das Kommando über diese Insel hat. Meine Mutter ist hier, um meine Frau und ihr Kind zu beschützen ... Ja, ich gebe es zu! Meine Aufgabe hier ist ohnehin beinahe vollendet.«

»Oh nein!« Ros hörte sich aufschreien: *»Oh nein ... oh nein!«*

In die unheimliche Stille hinein sagte Luke: »Ich habe dir bereits genug erzählt, um meine Position hier zu gefährden.«

»Wieso? Wer kann uns hören?«

Nur mit Mühe begriff Ros, dass sie selbst es war, die diese Worte sagte, denn noch kurz zuvor hatte sie sich völlig erstarrt gefühlt und außerstande, nach Lukes niederschmetterndem Geständnis, dass Abigail seine Frau sei, in irgendeiner Weise zu reagieren.

»Wann?«, fragte sie tonlos.

»Du willst wissen, *wann* wir geheiratet haben?«

»Ja, verdammt nochmal!«

»Letztes Jahr an Weihnachten, als sie mir erzählte, sie sei von mir schwanger, und wenn ich sie nicht heiraten würde, würde sie uns an die Briten verraten.«

»Und so hast du dich also von ihr erpressen lassen, du tapferer deutscher Soldat!«, höhnte Ros. »Du hast sie geheiratet, obwohl du sie nicht liebst! Du hast sie geheiratet, weil sie schwanger war, und obwohl du leugnest, dass das Kind von dir ist! Oh, wie nobel von dir, Luke – falls das überhaupt dein richtiger Name ist«, sagte Ros angewidert. »Erwartest du wirklich von mir, dass ich *irgendetwas* von alledem glaube?«

»Ich erwarte es nicht, nein. Aber ich hoffe es. Da ich dir den *wahren* Grund nicht nennen kann, den wichtigen Grund für all das, was zwischen mir und deiner Cousine vorgefallen ist, muss ich es dabei belassen und hoffen, dass du mir eines Tages verzeihen kannst.«

Ros stützte verwirrt den Kopf in die Hände und spürte den Schweiß auf ihrer Stirn. Er lief ihr den Nacken hinunter, so als hätte sie gerade ein anstrengendes Training auf den unwirtlichen Hängen der Brecon Beacons absolviert ... Sie versuchte mit aller Kraft, sich auf die Realität zu besinnen. Aber es wollte ihr nicht recht gelingen. Dann wandte sie sich wieder Luke zu und fragte entschlossen:

»Ich hatte eigentlich die ganze Zeit über das Gefühl, dass du mich hierher auf das Kap gebracht hast, Luke, um meinem Leben ein Ende zu machen. Was hat dich bewogen, deine Meinung zu ändern? Du erzählst mir, du seist ein deutscher Offizier, der in jeder Hinsicht das Kommando über dieses kleine Stückchen besetzten Territoriums namens Orca hat, während ich eine Spionin auf diesem Territorium bin. Was zum Teufel hast du jetzt also mit mir vor, Luke?«

»Das Schicksal eines Spions auf feindlichem Territorium ist für gewöhnlich eine Kugel bei Tagesanbruch«, sagte Luke und brachte es fertig, auch in diese grausamen Worte noch eine Spur von Poesie zu legen, einer kalten und brutalen Poesie.

»Dann muss ich wohl ...« Ros warf einen Blick auf ihre Armbanduhr, »noch ein paar Stunden Zeit haben bis dahin.«

Luke wandte sich mit undurchschaubarem Gesicht zum Gehen. »Sie haben Zeit bis Sonnenaufgang, Fliegerin Taylor Ramson, Spionin der Engländer, um sich in Luft aufzulösen. Danach wird Bruder Brendan Ihre Fährte aufnehmen, und ich werde ihn nicht daran hindern können.«

»Bruder Brendan?«, rief sie ihm fragend nach.

»Obersturmführer Axel Klett, der keine Gnade kennt, für niemanden.«

Einzig die Möwen, die kreischend über sie hinwegzogen, konnten sich ihren Weg in die Freiheit erobern, dachte Ros verzagt. Sie blickte zu dem strahlendblauen Himmel auf, betrachtete das friedliche Meer um sie herum, das sanfte Plätschern der weißen Brandung über scharfkantige Felsen, und sie ahnte, dass diese Ruhe die Ruhe vor dem Sturm war.

Ros brachte nicht den Mut auf, sich allein bis nach Samson durchzuschlagen. Sie wollte nicht einmal versuchen, mit einem Boot zu entkommen, irgendeinem der Boote von Orca – die sich außerdem vermutlich allesamt in deutscher Hand befanden. Sie hatte einfach nicht die Kraft dazu, gestand sie sich mutlos ein. Schließlich wandte sie sich von der wilden Küste Orcas ab und blickte zu dem großen Haus auf dem Hügel hinauf. Und – sie konnte nicht fliehen ohne Scoots! Welchen Fluchtweg Luke ihr auch immer eröffnet zu haben glaubte, sie hätte Scoots und das Baby mitnehmen müssen. Aber das war ebenfalls unmöglich.

Nach langem Überlegen kam sie zu dem Schluss, dass ihre einzige Chance darin bestand, sich wie die sprichwörtliche Spinne im Netz zu verhalten und zu versuchen, die Priorei von Orca von ihren unerwünschten Bewohnern zu befreien.

33. Kapitel

Nach Lukes indirekter Warnung, einen Fluchtversuch zu wagen, bevor ihre Situation sich noch verschlimmerte, kehrte Ros in das Bärlauchwäldchen zurück und machte sich von dort aus weiter zu den Klippen am Nordwestzipfel der Insel auf.

Sie hatte Algie gegenüber nicht übertrieben, als sie sagte, sie kenne jeden Zentimeter der Insel. Nachdem sie so viele alte Landkarten und historische Dokumente während Giles' Suche nach begrabenen Schätzen und Mönchsskeletten studiert hatte, wusste Ros sogar, wo und wie dank Lord Carlisle die Kanalisation sowie die Wasserrohre für die modernen Sanitäranlagen verlegt worden waren.

Wichtiger noch, sie wusste von den vielen alten unterirdischen Gängen, die erst zu Beginn des 20. Jahrhunderts während der Umbauten der alten Priorei entdeckt worden waren. Einer dieser Gänge war erst wieder während der Verlegung des Hauptwasserrohrs begehbar gemacht worden und führte zur Nordwestspitze der Insel. Diesen Gang hatten sie und Giles oft benutzt. Man konnte ihn von Giles' altem Zimmer aus erreichen, wenn man die Holzvertäfelungen auf der Rückwand von Giles' Kleiderschrank abschraubte und sich so Zutritt zu dem direkt benachbarten Wäschezimmer und vor allem zu der darin gelegenen Wäscherutsche verschaffte. Von dem Waschraum im Keller aus gelangte man in den Geheimgang.

Es war in den letzten Wochen eine relativ einfache Übung für

Ros gewesen, über die Rutsche nach unten in den Waschraum zu gelangen. Schließlich hatte sie solche Dinge im Brecon Beacons trainiert, als sie durch still gelegte Bergwerkschächte hatten rutschen müssen. Auf diese Weise hatte Ros sich fast täglich Zutritt zu dem Geheimgang verschafft, der zum Meer führte.

Auf diesem Wege war Ros immer wieder unentdeckt zu den Klippen der Nordwestspitze gelangt, um von dort aus ihre Signale zu senden.

Ros hörte und spürte das Krachen und die Erschütterungen über ihr, konnte sich aber keinen Reim darauf machen. Lukes Männer benutzten doch wohl kaum ihre schweren Maschinen oder gar Sprengstoff, um abermals Felsen und Baumstämme zu bewegen? Und wenn ja, zu welchem Zweck taten sie es diesmal? Sie befand sich soeben auf halbem Wege in dem Geheimgang und blieb stehen, um zu lauschen. In dem Tunnel erreichten einen alle Geräusche nur gedämpft, es war, als versuche man mit Ohrstöpseln zu lauschen. Plötzlich begann die Erde sich zu bewegen, sie rieselte wie Puderzucker von oben auf Ros herab, langsam zuerst und dann immer heftiger, bis ganze Erdbrocken und Steine unter gewaltigem Getöse herabstürzten. In diesem Augenblick, als hinter ihr ein Teil des Tunnels einstürzte, wusste Ros, dass jemand Bomben auf ihre geliebte Insel warf.

Der Rest des Tunnels konnte jeden Augenblick ebenfalls einstürzen, und ihr schlimmster Albtraum war es, bei lebendigem Leibe begraben zu werden. Den winzigen, silbernen Lichtstrahl ihrer Taschenlampe vor sich her gerichtet rannte Ros los, stolpernd und rutschend, ächzend und atemlos, während die Geräusche des hinter ihr einstürzenden Tunnels sie verfolgten.

Sie hatte das Gefühl, sich in einem nicht enden wollenden Albtraum zu befinden, einem Albtraum, in dem es ihr Schicksal war, für alle Zeit und Ewigkeit zu laufen, ohne jemals Abigail und den Säugling zu erreichen, die sich im Gegenteil immer weiter und weiter von ihr entfernten, je schneller sie lief, um sie einzuholen. Und in ihrem Kopf hallten die Verse des schon lange verstorbenen Francis Thompson nach, eines Flüchtlings vor Gottes erlösender Liebe: *Ich floh Ihn, nächtehin und tagelang; Ich floh Ihn, hin den Bogengang von Jahren; Ich floh Ihn, hin den wirr gewundnen Gang des Hirns, und in der Tränennebel Scharen barg ich vor Ihm mich und in Sprudellachen! Auf weitgeworfener Hoffnung stob ich hin und schoss kopfüber tiefstem Abgrund zu, durch Riesendunkel hin voll Furcht und Krampf vor jener starken Füße Nahgestampf, das mich verfolgt', das folgte ohne Ruh, nie überstürmend, stets im Jägerschritt ... Oh, immer hallten jene Füße mit, bedachte Eile; schnell und meisterlich schlagen sie auf und eine Stimme schlägt weiter, als aller Hall der Tritte trägt: »Jed' Ding verrät dich. Mensch, verrätst du mich!«*

Vom Kopf bis zu den Zehen bedeckt mit einem weißen Kreidefilm und durchnässt bis auf die Haut erreichte Ros das andere Ende des Tunnels im Wäschezimmer. Hinter dem Luftabzug hielt sie kurz inne, um sich davon zu überzeugen, dass sie allein war. Als sie daran keinen Zweifel mehr hatte, entfernte sie das Lüftungsgitter am Tunnelausgang, kletterte in das Wäschezimmer und setzte das Gitter wieder ein.

Nachdem sie aus ihrer Robe geschlüpft war, rollte sie diese wie einen Seesack zusammen, so wie Sergeant Major Morris es sie in Camp O gelehrt hatte. Dann kletterte sie mit Hilfe ihrer gummibesohlten Schuhe die glatten Wände der Wäscherutsche hinauf.

Ächzend stand sie schließlich in Maudies Wäscheschrank, von wo aus sie in Giles' Schrank und anschließend in sein Schlafzimmer kroch, nur um dort feststellen zu müssen, dass Rauch unter der Tür des Raums durchdrang. Da erst begriff Ros, dass man die alte Priorei, ihre geliebte Sommerresidenz, bombardiert hatte. Wer bombardierte hier wen, um Gottes willen? Wenn es die Luftwaffe war, fragte sich Ros, warum bombardierten die Deutschen dann ihre eigenen Leute ...

Und dann dämmerte ihr die schreckliche Wahrheit. Sie wusste jetzt, warum ihre Signale so lange ignoriert worden waren, begriff erst jetzt, wie entbehrlich sie war, ganz zu schweigen von Abigail und dem Baby. Großbritannien befand sich im Krieg, einem Krieg auf Leben und Tod, und würde alles tun, um diesen Krieg zu gewinnen. Was spielte es da schon für eine Rolle, wenn eine junge, naive und sehr törichte Soldatin der WAAF, die sich obendrein noch freiwillig gemeldet hatte, um ihre Pflicht für Gott, König und Vaterland zu tun, im Verlauf einer Mission getötet wurde, die von größter Bedeutung für Großbritannien war? Wen scherte es, wenn ihre halbitalienische, adelige Cousine oder das Kind dieser Cousine in den Flammen eines derart wichtigen Bombenangriffs umkamen? Sie drei waren völlig unwichtige Figuren in diesem Spiel, in dem es darum ging, den Feind zu vernichten.

In dem spärlichen Wasserrinnsal, das aus dem Wasserhahn in Giles' Zimmer kam, befeuchtete Ros, wieder als mittelalterlicher Mönch verkleidet, ein Taschentuch und band es sich ums Gesicht. Sie öffnete die Tür von Giles' Zimmer mit ihrer Haarklammer. Es würde ihr zweifellos keine schlaflosen Nächte bereiten, die Deutschen in einem der von Qualm erfüllten Räume eingesperrt zu lassen, in dem sie erst ersticken und dann von den Flammen verzehrt werden würden.

Der Hauptteil der Priorei hatte bei dem Angriff durch zwei britische *Hurricane*-Kampfflugzeuge der Staffel 138 einen direkten Treffer abbekommen. Überall in den von Rauch und Flammen erfüllten Räumen und Korridoren wurden deutsche Stimmen laut, die Befehle schrien. Männer in Uniformen, Männer in Mönchskutten und einige unbekleidete, die hastig versuchten, sich anzuziehen, rannten in alle Richtungen. Es schien absolutes Chaos zu herrschen, und von irgendwoher ertönte eine Sirene, wahrscheinlich aus dem Keller, wo die deutschen *Enigmas* standen. Ohne große Mühe gelang es Ros, in all dem Chaos um sie herum unentdeckt zu bleiben.

Niemand nahm Notiz von ihr, vor allem da sie in ihrer Mönchsrobe keinen ungewöhnlichen Anblick bot. Ros tastete sich vom Zwischengeschoss zum Schlafzimmerkorridor hinauf, der von beißendem, schwarzem Qualm erfüllt war. Am anderen Ende des Korridors brannte etwas lichterloh; Graysons flämische Wandteppiche gingen bereits in Flammen auf, aber Ros' einzige Sorge galt jetzt Abigail und dem Kind. Sie musste die beiden finden, und zwar schnell, um sie aus diesem Inferno herauszubringen.

Und dann, inmitten all des Durcheinanders, hörte sie Lukes heisere Stimme. Auf Deutsch schrie er durch den Rauch und die Trümmer: »Daniel ... Daniel ... raus hier, raus ... *sofort* ... es hat keinen Sinn ... wir können sie nicht retten ... es ist zu spät ... nimm das Kind und lauf ...«

Zu Ros' Entsetzen sah sie bereits Flammenzungen an der Tür des Kinderzimmers lecken. Der Rest des Korridors war blockiert, im Dach und in den Wänden klafften riesige Löcher, sämtliche Fensterscheiben waren unter dem Druck der Hitze geplatzt. *Oh mein Gott! Oh mein Gott!* Ros stürzte sich Hals über Kopf in die von Qualm erfüllte Dunkelheit. Luke packte sie und riss sie zurück. »Um Gottes willen ... komm zurück, Daniel, du kannst nichts mehr ...« Der Rest seines Satzes endete in einem Hustenanfall, als ihm klar wurde, wen er vor sich hatte.

Daniel tauchte währenddessen keuchend und würgend in der Tür des brennenden Kinderzimmers auf, blankes Entsetzen in den Augen. Er taumelte gegen Ros, die ihm wie ein Racheengel den Weg zu versperren schien. Sie hielt ihn fest, damit er nicht das Gleichgewicht verlor, doch im nächsten Augenblick schrie er in Todesangst auf: *»Bitte ... bitte ... ich will nicht sterben, ich wollte nichts Böses ... Gott im Himmel, nimm es, nimm es ... nimm das Kind ... wir alle wissen doch, dass das der Grund ist, warum du hier bist, um Rache an uns zu nehmen ...«*

Ros nahm das Baby, das Daniel ihr, halb wahnsinnig vor Angst, in die Arme drückte.

Während Ros, ihn schüttelnd und anschreiend, zu wissen verlangte, was mit Abigail geschehen war, schob Luke sich zwischen sie und Daniel. Mit scharfer Stimme fuhr er Daniel an: »Die Bomben haben das Dach getroffen, wir müssen hier schnellstens raus ...« Er holte tief Luft. »Abigail ist tot ... und Bertha ebenfalls ... man kann nichts mehr für sie tun, niemand ...« Als Daniel immer noch, halb wahnsinnig vor Angst, sinnloses Zeug vor sich hin brabbelte, fügte Luke ungeduldig hinzu: »Benimm dich ausnahmsweise einmal in deinem Leben nicht wie ein Idiot ... das ist Roslin, die Engländerin, und nicht etwa einer deiner übernatürlichen Geister der Abtei!«

Daniel ließ sich nicht beruhigen: »Ich glaube Ihnen nicht«, schrie er völlig außer sich, »ich glaube Ihnen kein Wort mehr! Gunter hatte Recht, dieser Ort ist verflucht, und wir hätten niemals herkommen dürfen. Gunter sagte, es sei der Schwarze Reiter persönlich, der hergekommen ist, um uns alle zu holen, und er hat Recht behalten.«

»Geh, Daniel, verschwinde von hier, bevor ich wirklich wütend auf dich werde ... du bist tapfer gewesen, sehr tapfer, aber jetzt redest du Unsinn! Lauf, Daniel, die Männer sammeln sich unten am Kai, das Schlauchboot bringt euch zu dem Unterseeboot hinüber, das euch erwartet ... Roslin, Roslin ... *Um Gottes willen!*« Er riss ihr das Kind aus den Armen, als sie, immer noch rasend vor Angst um ihre Cousine, versuchte, den Flammen und der Hitze des Kinderzimmers zu trotzen, die ihren sicheren Tod bedeutet hätten.

»Neiiin!« Ros drosch verzweifelt mit beiden Fäusten auf ihn ein. »Lass mich los ... lass mich los, Luke, du kannst Abigail nicht auf so schreckliche Weise sterben lassen ...«

»Ros ... bitte, Ros ... das Baby erstickt, du musst jetzt an das Kind denken ... komm mit mir nach unten, *sofort*, bevor der Rest des Dachs auch noch nachgibt ... bitte, um des Kindes willen ... Sei vernünftig, Abigail ist tot ... Wir werden später darüber reden. Jetzt, da hier alles in Flammen steht, ist nicht der richtige Zeitpunkt dafür. Wir haben es eben gerade noch geschafft, die Wiege des Kindes aus dem Zimmer zu ziehen, bevor ein zweiter Feuerball alles verschlungen hat ... Bitte, um deinetwillen und um der Sicherheit des Kindes willen ... bitte, komm mit mir ...« Energisch und doch sanft führte er sie aus den Überresten des alten Hauses, ihrer geliebten Priorei, fort. Ros hatte das Gefühl, dass ihr Herz gebrochen war und nie wieder heilen würde.

Und es war nicht der deutsche Feind gewesen, der all dies angerichtet hatte, sondern ihre eigenen Landsleute – vermutlich auf Anweisung des verfluchten Leamington-Smythe. Ros tobte und schluchzte, hilflos im Angesicht einer so verheerenden Katastrophe.

Luke führte sie in das Bärlauchwäldchen, wo sie beide in Sicherheit sein würden. Ros ließ sich auf den Waldboden sinken und wiegte Abigails Kind in den Armen. Mit tränennassen, roten Augen und verrußtem Gesicht blickte sie zu ihm auf. Es war ihr unmöglich, den Sarkasmus aus ihrer Stimme herauszuhalten, als sie sagte: »Solltest du nicht zusammen mit deiner Truppe in eurem U-Boot verschwinden, bevor die Briten hier sind und euch in die Zange nehmen?«

Er zuckte die Achseln. »Ich lasse es drauf ankommen.«

»So wie du es bei Abigail hast darauf ankommen lassen?«

»Abigail hat sich ihr Schicksal selbst zuzuschreiben, Roslin. Sie war alkohol- und drogenabhängig, Ros. Sie war es bereits, als sie letztes Jahr zu Weihnachten auf die Insel zurückkam. Sie erzählte mir damals, sie erwarte ein Kind von mir. Ich glaubte nicht, dass es von mir war, aber da ich mir dessen nicht ganz sicher sein konnte, habe ich es akzeptiert. Aber Abigail hat mit vielen Männern geschlafen, wie du weißt – auch mit Daniel. Ich habe deine Cousine in einer für uns beide sehr schwierigen Zeit beschützt und umsorgt. Glaube mir – niemand hat deine Cousine vergiftet, sie hat sich selbst vergiftet.«

Ros hatte Mühe zu sprechen und konnte angesichts dieser

Neuigkeiten nur den bitteren Vorwurf hervorstoßen: »Jetzt, da sie tot ist, kannst du ihren Namen ja in den Schmutz ziehen.«

»Ob du mir nun glauben willst oder nicht, deine Cousine war das, was man gemeinhin als Nymphomanin bezeichnet. Sie konnte nie genug bekommen, weder vom Sex, noch von Alkohol oder Drogen. An dem Kind hatte sie nicht das geringste Interesse. Es war Bertha, meine Mutter, die sich um das Kind gekümmert hat, obwohl sie eigentlich als speziell ausgebildete *Enigma-Spezialistin* hier war ... oh, sieh mich nicht so überrascht an, Roslin. Ich weiß genau, dass du es warst, die während der letzten vier Wochen in der Priorei umhergestreift ist, als Geist des echten Pater Luke – oder vielleicht als der des Abtes Simon de Costard? Zweifellos hast du in einem der vielen geheimen Wandschränke der alten Priorei irgendwo ein mittelalterliches Gewand gefunden, nicht wahr? Ein Gewand, das sich von unseren unterschied, sodass selbst meine Männer schließlich glaubten, der Geist der Priorei habe es auf sie abgesehen, um sie zu Tode zu erschrecken – was wahrlich keine Ruhmestat ist für meine angeblich so mutigen Kameraden! Ich weiß mit Sicherheit, dass du zu einer Aufklärungsmission hier warst, unterstützt von einem sehr klugen Mann namens Leamington-Smythe, einem Mann mit einem großen Hass auf die deutsche Nation. Niemand kann ihm einen Vorwurf daraus machen, wenn man an die Wunden denkt, die ihm von den Deutschen während des letzten Krieges an Leib und Seele geschlagen wurden. Wie dem auch sei, meine Mutter hat sich jedenfalls um Abigails Baby gekümmert – von Geburt an ein kränkliches Geschöpf, was vermutlich auf den fahrlässigen und ausschweifenden Lebensstil seiner Mutter vor und während der Schwangerschaft zurückzuführen ist. Ich habe deine Cousine Scoots zwar geheiratet, jedoch nicht aus Liebe. Das ist alles, was ich dir sagen kann, Roslin. Du kannst mir glauben oder nicht, das liegt bei dir. Ich weiß, dass du mich hasst und verachtest für das, was ich bin und was ich dir angeblich angetan habe, dir und Abigail, die ich durch unsere Heirat zu deiner Feindin gemacht habe.

Es war nicht meine Absicht, dir weh zu tun, obwohl mir allerdings vollauf bewusst ist, dass ich genau das getan habe. Ich hoffe, dass du es eines Tages einmal über dich bringen wirst, mir zu verzeihen. So, genug der Erklärungen, ich muss nun gehen. Du wirst für den Augenblick hier sicher sein ...«

»Was ist mit dem Kind?«, begehrte Ros auf. »Es ist dein Kind, du kannst es doch nicht einfach so im Stich lassen!«

Luke antwortete ihr mit einem müden Lächeln. »Ein U-Boot ist nicht der richtige Platz für ein kleines, krankes Kind. Es würde unweigerlich sterben, so viel ist sicher. Ich weiß, dass du dein Bestes für das Kind tun wirst, weil du eben du bist, Roslin – eine einzigartige, gütige und wunderbare Engländerin. Auch wenn du im Moment mutlos und verwirrt bist angesichts des Krieges und dieser Katastrophe hier auf Orca, ich weiß, dass du eines Tages, genau wie das Haus hinter dir, wie ein Phönix aus der Asche wieder auferstehen wirst. Ich werde jetzt gehen. Ich bin ein deutscher Offizier, Ros, ich kann mich nicht kampflos dem Feind ergeben. In meiner gegenwärtigen Situation bist sogar *du* der Feind, dessen *Hurricanes* weitergeflogen sind, bevor wir Zeit hatten, sie mit unseren Maschinengewehren auf dem Dach abzuschießen, und nachdem sie ihre Bomben geworfen hatten. Jetzt befinden sie sich wahrscheinlich schon wieder auf dem Rückweg und werden noch einmal angreifen, sobald wir im U-Boot sind. Aber unser aller Leben liegt in Gottes Hand. Ich werde nicht auf Wiedersehen sagen, Ros, denn ...« Er stockte kurz, dann sagte er auf deutsch: »Ich liebe dich, Roslin.« Nach einem letzten forschenden Blick in ihre Augen salutierte er ihr. In seiner von Brandflecken und Schmutz übersäten SOF-Uniform, so attraktiv und beherrscht wie eh und je, salutierte er, der Feind, und schenkte ihr die Freiheit.

Seine Männer erwarteten ihn zwischen den Trümmern des bombardierten Kais, den er mit solcher Mühe hatte errichten lassen, um die große deutsche Invasion zu ermöglichen. Luke hätte sie so leicht erschießen können, dachte Ros, sie und das Baby, gleich hier an Ort und Stelle, in dem Bärlauchwäldchen. Dann hätte es keine Zeugen mehr für die Aktivitäten der Deutschen auf Orca gegeben, und er hätte beruhigt mit dem Rest seiner Männer in ihrem U-Boot gen Heimat fahren können. Sie hatten vermutlich die Mission erfüllt, zu der Adolf Hitler sie ausgeschickt hatte, vor allem war es ihnen, wie Ros wusste, gelungen, die Moral der Briten zu unterminieren.

Alles, was von der prächtigen alten Priorei übrig war, war eine traurige Erinnerung daran, wie das Leben auf Orca einmal gewesen war und wie es nie wieder sein würde. Inmitten all dieser schwelenden Trümmer lagen irgendwo die verkohlten Überreste von Abigail und Lukes Mutter, der *Enigma-Spezialistin*, die sich trotz all ihrer Fehler aufopfernd um Scoots und das Kind gekümmert hatte.

Tränen traten in Ros' Augen, während sie den wimmernden Säugling in den Armen wiegte und sich fragte, wie um alles in der Welt sie das Kind füttern sollte und was in der niedergebrannten Küche wohl übrig geblieben sein mochte, das sie ihm geben konnte. Schließlich stimmte sie in ihrer Verzweiflung leise ein Wiegenlied an, bis ihr die Stimme brach.

Ros zwang sich, allein um des Kindes willen nicht die Nerven zu verlieren. Als sie kurze Zeit später ihren Blick auf den blassblauen Sommerabendhimmel richtete, an dem keine Spur von einer *Hurricane* zu sehen war, wusste sie, dass auch sie eine Mission hatte. Sie befanden sich im Krieg, in einem Krieg, der gerade erst begonnen hatte, und ihr doch das Gefühl gab, als würde er bereits hundert Jahre dauern. Sie sagte liebevoll zu dem Baby: »Weißt du was, kleine Ursula, du bist ein ziemliches Glückskind. Ich weiß zwar nicht genau, was ich mit dir anfangen soll, aber ich schätze, das werden wir beide schon schaffen. Deine Ma war eine tolle Frau ... eines Tages werde ich dir von ihr erzählen, aber nicht jetzt. Jetzt trauere ich nämlich um sie. Und ich bin fuchsteufelswild auf sie, dass sie mich derart in die Klemme gebracht hat ... Und ich muss mir den Kopf darüber zerbrechen, was wir beide, du und ich, heute Abend essen sollen. Ich habe eigentlich keine Lust, noch eine Nacht hier allein zu verbringen, nun ja, ich wäre natürlich nicht allein, du wärest bei mir. Aber trotzdem – ich möchte nur höchst ungern in einer in Trümmern liegenden Küche schlafen, inmitten von Ruß und Brandgeruch. Wie wär's, wenn wir beide jetzt in den Turm raufgehen würden, um zu versuchen, die Küstenwache auf uns aufmerksam zu machen, hm? Natürlich erst, *nachdem* wir nachgesehen haben, ob wir nicht in diesen schwelenden alten Ruinen irgendwo ein Babyfläschchen für dich finden können, hm?«

Während sich die Dunkelheit über Orca legte, stieg Ros auf den Turm und bat mit verzweifelten Signalen um Hilfe. Und diesmal bekam sie tatsächlich eine Antwort von der Küstenwache: »Nachricht erhalten und verstanden. Sind in einer Stunde bei Ihnen.«

»Das wurde aber auch verdammt nochmal Zeit!«, sagte Ros erleichtert und beschloss im nächsten Augenblick, in Zukunft keine Schimpfworte in Anwesenheit des Kindes zu benutzen. Dann wandte sie sich wieder dem Säugling zu, den sie in einen Hummerkorb gebettet hatte und der zufrieden an einem hastig improvisierten Babyfläschchen mit Zuckerwasser saugte, das sie aus dem Staub und dem Schutt der Küche in der Priorei gerettet hatte. »Weißt du eigentlich, warum ich beschlossen habe, dich Ursula zu nennen? Nein, vermutlich weißt du's nicht. Tatsache ist, deine Ma war zu krank, um einen Namen für dich zu suchen, daher übernehme ich das und taufe dich auf den Namen Ursula, Ursula für Allium ursinum, den Bärlauch von Orca, der in das Wappen der Familie Ramson – deiner Familie – eingeflochten ist. Willkommen in der Familie, Ursula Ramson.« Ros tropfte etwas Zuckerwasser aus der Flasche auf die Stirn des Kindes, das daraufhin lächelte und gluckste und ihr seine großen blauen Augen zuwandte. »Ich sollte dich eigentlich Phönix nennen, wo du dich doch buchstäblich aus der Asche erhoben hast, aber dieser Name ist bereits für mich reserviert, aus Gründen, die du mir bestimmt nicht glauben würdest, nicht in einer Million Jahren.«

Ursula gluckste und es schien Ros, als antworte sie ihr mit einem wissenden kleinen Lächeln.

Epilog

Bayswater Mansion, London 1956

Man hatte für einen großen Staatsbesuch geflaggt. Dass die ausländischen Würdenträger Russen waren, Chruschtschow und Bulganin, veranlasste Grayson Lord Ramson, abfällig zu schnauben.

Jemima, Lord Ramsons Lieblingsschimpansin, tat es ihm nach, blähte ihre breiten Nasenflügel auf und prustete zugleich mit ihren dicken Lippen, sodass die Toastkrümel in alle Richtungen sprühten. Jordan, die deutsche Dogge, lag auf dem Fußboden zu den Füßen seiner Lordschaft und hob jetzt den Kopf und nieste. Jemima plapperte entzückt vor sich hin und begann, Toastbröckchen nach Jordan zu werfen. Grayson ermahnte sie, sich zu benehmen. Woraufhin Jemima kleinlaut gehorchte, denn sie erkannte an der Stimme ihres Herrn, das er nicht zu Scherzen aufgelegt war.

Jeden Morgen wurden zwei Ausgaben der *Times* ins Haus gebracht, eine für ihn und eine für sie. Graysons Ausgabe, die so gefaltet war, dass man die einzelnen Kolumnen bequem lesen konnte, lehnte an der Kaffeekanne vor ihm, Jemimas Zeitung lehnte an der Teekanne, und sie widmete sich ihr mit gespielter Aufmerksamkeit – ihr größtes Vergnügen bestand nun einmal darin, Grayson nachzuäffen! Seine Lordschaft wiederholte, was er schon einmal gesagt hatte: »Was sind das nur für Zustände! Es stinkt zum Himmel! Wohin man sieht, überall diese verdammten Ausländer. Der Tag, an dem sie den alten Bulldogg weggeschickt haben, war der schlimmste Tag für uns alle. Undankbarer Haufen!«

Jemima nickte heftig. Sie stand auf ihrem Stuhl, griff nach dem Marmeladentopf und tauchte einen Finger hinein, an dem sie dann genüsslich nuckelte, bevor sie ihr Messer zur Hand nahm und sich die nächste Toastscheibe mit der Marmelade von *Fortnum and Mason* bestrich. Dass der Krieg seit elf Jahren vorbei war, schien in Bayswater Mansion niemanden zu interessieren: »Verdammt undankbarer Haufen!«, pflichtete Paul Powers seinem Arbeitgeber bei, »das Schlimmste, was eine undankbare Nation dem Mann antun konnte, der uns durch unsere dunkelste Stunde geleitet hat! Ihm einfach den Laufpass zu geben und diesen grässlichen Labourburschen an seine Stelle zu setzen, der jetzt sogar noch mehr Ausländer ins Land holen will.«

»Wie wahr! Armer alter Winny! Aber wissen Sie was, Powy, lassen Sie uns nicht länger von den verdammten Itakern und diesen ganzen ausländischem Gesocks reden, das uns im Stich gelassen hat. Meine liebe kleine Stiefschwester, Scoots, war ja selbst auch eine. Ist am Ende zu Asche verbrannt! Bei Gott, wenn ich diesen deutschen Jesuiten, Pater Luke, jemals in die Finger bekommen sollte, dann hätte ich ihm schon das eine oder andere zu sagen!«

»Ich auch, Euer Lordschaft. Er hat uns alle hinters Licht geführt. Ihre Insel und Ihr klösterliches Heim auf eine solch abscheuliche Art und Weise zu missbrauchen! Nur ein Nazi ist zu einer solchen Barbarei fähig!«

»Hört, hört, Powy! Ich ziehe meinen Hut vor der guten alten Ros. Ohne ihren Mut und ihr selbstloses Handeln hätte Orca und der Rest der Scilly-Inseln vielleicht dasselbe Schicksal erlitten wie die Kanalinseln, besetzt von verfluchten Nazis.«

»Aber Orca war doch von Nazis besetzt«, rief Paul ihm ins Gedächtnis.

»Waren es wirklich Nazis? Ich meine mich daran zu erinnern, Ros hätte etwas von einem deutschen Elitecorps gesagt, das nichts mit den Nazibestien zu tun hatte«, sagte Grayson mit einem grimmigen Stirnrunzeln und ohne von seiner Zeitung aufzublicken.

Seit Jahren diskutierten seine Lordschaft und der Butler jeden Morgen über die deutsche Besetzung Orcas. Ein Jahrzehnt lang hatten sie jetzt die letzten Tage von Ramsons Priorei und die Umstände, die zum Tod eines ihrer Familienmitglieder geführt hatte, der armen Miss Abigail, detailliert erörtert. »Schrecklich, einfach schrecklich«, sagte Paul kopfschüttelnd, »ich frage mich immer wieder, wofür Sie und ich einen Krieg ausgefochten haben, Euer Lordschaft.«

»Recht haben Sie, Powy, verdammt Recht!«

Die Haushälterin, Mrs Grace, die jetzt seit fünfzehn Jahren Witwe war, nachdem ihr Mann während der deutschen Luftangriffe auf London den Tod gefunden hatte, trat ins Speisezimmer – oder sie stürmte vielmehr herein, wie Paul Powers es pikiert zu bezeichnen pflegte. »Sie beide reden doch wohl nicht schon wieder über den Krieg und über diesen Sir Winston! Bei allem schuldigen Respekt, Mylord, der Krieg ist seit zehn Jahren zu Ende. Damals haben Sie sich doch auch nicht für den Krieg interessiert – schließlich waren sie damals in Südamerika und haben nach wilden Tieren gesucht, nach allem was ich gehört habe und was einige andere so erzählen, denn die Wahrheit kommt am Ende immer ans Tageslicht. Sie waren Kriegsdienstverweigerer aus Gewissensgründen und sind erst ein Jahr, nachdem alles vorbei war, wieder zurückgekommen.«

»Hüten Sie Ihre Zunge, Mrs Grace«, brummte Paul sie mit einem finsteren Blick an, »und vergessen Sie nicht, dass Sie mit seiner Lordschaft reden.«

»Ich werde meinen Platz schon nicht vergessen, Mr Powers, sofern Sie Ihren nicht vergessen. In alten Zeiten hätte ein Butler nicht im Traum daran gedacht, am Tisch seines Herrn zu sitzen und mit ihm Kaffee zu trinken. Genauso wenig wie ein Schimpanse!« Mrs Grace warf dem Tier einen angewiderten Blick zu, obwohl ihr natürlich die Hände gebunden waren, was die Auswahl seiner Lordschaft in Bezug auf seine Gäste anging. Und jeden Morgen war es dasselbe, sie redeten und redeten und redeten, und immer ging es um die Vergangenheit, was sie, Grace, bisweilen schier in den Wahnsinn trieb. Schließlich fügte sie hinzu: »Ich könnte dasselbe tun, nachdem ich meinen Albert im Krieg verloren habe, ich meine, ich könnte in der Vergangenheit leben und täglich davon erzählen, dass er Blockwart war und all das – jawohl, und nicht so ein Drückeberger, wie Sie einer waren, *Mr* Powers! Das Leben geht weiter, und zwar nach vorn, nicht nach hinten, und je eher sie beiden das begreifen, desto besser, nichts für ungut, Euer Lordschaft. Ist nur die Wahrheit. Und was Sie betrifft, Mr Powers, Sie haben sich draußen in den Docks von Chatham versteckt und die Hände in den Schoß gelegt, soweit ich gehört habe. Sie haben lieber Muscheln von irgendwelchen Booten abgekratzt, was man wohl kaum als die passende Beschäftigung eines Soldaten bezeichnen kann«, sagte Mrs Grace vorwurfsvoll.

Die beiden Männer tauschten einen gequälten Blick und seufzten resigniert, und beide dachten sie dasselbe: Die Frau muss gehen. Mrs Grace war gewöhnlich, durch und durch gewöhnlich. Paul fand, dass es seiner Lordschaft nun wirklich nicht anstand – und schon gar nicht in den Kreisen, in denen er sich bewegte – eine derart gewöhnliche Frau als Hausdame zu haben. Andererseits war es heutzutage so schwierig, gutes Personal zu finden. Paul blickte finster vor sich hin, während seine Lordschaft die Wurst aufspießte, die sein Butler ihm so aufmerksam auf seinen Teller gelegt hatte. »Ich nehme auch noch etwas von dem Schinken, Powy, und dazu eine Portion Rührei, wenn Sie mir einmal die Schale herüberreichen würden, mein Freund? Was für ein Glück, dass Jemima Vegetarierin ist, sonst würde sie uns auch noch den ganzen Schinken wegessen. Was wollen Sie eigentlich von mir, Mrs Grace, so früh am Tag?«

»Da ich ja weiß, wie geistesabwesend Sie beide sind ...« Sie warf Paul einen bedeutungsvollen Blick zu. »Und ohne irgendjemandem zu nahe treten zu wollen, ich bin nur gekommen, um Sie daran zu erinnern, dass Miss Ursula heute mit einigen Freundinnen für die Dauer der Osterferien heimkommt, und zufällig ist heute auch ihr sechzehnter Geburtstag, Euer Lordschaft. Ich dachte, ich erinnere Sie lieber dran.«

»Vielen Dank, Mrs Grace.«

»Die Köchin hat einen Geburtstagskuchen für die junge Dame gebacken«, fügte die Haushälterin hinzu.

Bei der Erwähnung von Kuchen knüllte Jemima ihre eigene Ausgabe der *Times* zusammen, schleuderte sie auf den Boden, sprang von ihrem Stuhl und hüpfte zur Tür, fest entschlossen, sich unverzüglich in die Küche, wo sie ihn vermutete, zu begeben.

»Wunderbar, Mrs Grace. Ursula wird sich sicher darüber freuen«, sagte Grayson ergeben, der im Grunde nicht den Wunsch verspürte, von dergleichen häuslichen Nichtigkeiten behelligt zu werden, obwohl er die kleine Ursula sehr gern hatte, gerade so, wie er auch ihre Mutter gerne gehabt hatte.

»Werden Sie an der Party teilnehmen, Euer Lordschaft?«

»Party? Was für eine Party?«

»Für Miss Ursula und ihre jungen Freunde aus Cheltenham?«

»Wie viele junge Freunde?«

»Fünf im Augenblick, Sir, wobei ich davon ausgehe, dass die Zahl sich nicht bei Miss Ursulas nächstem Telefonanruf vergrößert haben wird.«

»Männliche oder weibliche Freunde?«

»Ausschließlich weibliche. Ihre Mutter hat darauf bestanden.«

»Na, Gott sei Dank. Wird ihre Mutter auch an der Party teilnehmen?«

»Ich glaube nicht, Euer Lordschaft, sie ist ja noch in der Toskana. Im Augenblick handelt es sich also nur um Miss Ursula und ihre fünf Freundinnen. Verzeihen Sie mir, wenn ich es anspreche, Euer Lordschaft, aber haben Sie ein Geburtstagsgeschenk für die junge Dame besorgt?«

»Nein, habe ich nicht, Mrs Grace!«, blaffte Grayson seine Hausdame verärgert an. »Was soll ich Ihrer Meinung nach einem sechzehnjährigen Mädchen kaufen, das im Grunde nichts anderes mit mir zu tun hat, als dass sie sich gelegentlich als Gast in meinem Haus einquartiert? Eine Tiara aus Diamanten?«

»Es war ja nur eine Frage!«, sagte Mrs Grace tief gekränkt und zog sich in Richtung Tür zurück. Sie versuchte, ihr Bestes für seine Lordschaft zu tun, aber nichts schien seine Billigung zu finden. Die Schuld dafür gab sie seinem Butler, dem ältesten Diener seiner Lordschaft, Mr Paul Powers, einem richtigen kleinen Unruhestifter, der für Frauen nicht allzu viel übrig zu haben schien. Mr Powers hätte es vermutlich am liebsten gesehen, hätte er das Haus ganz allein führen können – wäre es ihm nur möglich gewesen!

»Wo soll die Party denn stattfinden, Mrs Grace?«, erkundigte Grayson sich einlenkend.

»Hier, Euer Lordschaft«, sagte sie und drehte sich noch einmal um ihre eigene Achse, um zu unterstreichen, was sie damit meinte.

»*Hier*? Sie meinen, genau hier?«

Mrs Grace nickte.

»In meinem Speisezimmer, nicht etwa im Ballsaal des Dorchester, wie all diese ... all diese anderen Debütantinnen es halten?«

Wieder nickte Mrs Grace, wenn auch weniger nachdrücklich diesmal, da sie die Röte bemerkte, die bereits die obere Hälfte von Lord Ramsons Gesicht überzogen hatte: Er würde mit seinem weißen Schnurrbart einen guten Weihnachtsmann abgeben, schoss es ihr durch den Kopf, was für ein Jammer, dass Mrs Ursulas Geburtstag in den April fiel und nicht in den Dezember.

Mit einem tiefen Seufzer der Erleichterung lud der Londoner Taxifahrer sechs junge Damen einschließlich Schulkoffern, Hockeystöcken, Tennisschlägern, Hutschachteln, Namensschildern und kreischenden Stimmen an der Türschwelle von Bayswater Mansion ab. Wie es ihnen gelungen war, sich zusammen mit diesem Berg von Gepäck in ein einziges Taxi zu quetschen, grenzte an ein Wunder. Er war noch immer damit beschäftigt, das auf den Penny abgezahlte Fahrgeld nachzuzählen, als die langbeinigste der jungen Damen, die, die sie Ursula nannten, ihm ein zusätzliches Trinkgeld in Form eines Kusses auf die Wange gab: »Vielen Dank, Süßer!« Sie zwinkerte ihm zu.

Wäre er ein Vierteljahrhundert jünger gewesen, hätte er sich jetzt vielleicht Chancen bei der jungen Dame ausgerechnet, sie war nebenbei bemerkt wirklich zum Anbeißen! Stattdessen strich er sich verlegen eine Strähne seines Haares aus der Stirn und flüchtete.

Grayson, der durch die Gardine des Flurfensters spähte, ächzte und winkte Paul zu sich. »Mein Gott, sie sind schon da! Was mache ich denn jetzt?«

»Gratulieren Sie ihr zum Geburtstag, geben Sie ihr einen Kuss auf die Wange und begrüßen Sie ihre Freundinnen eine nach der anderen – man braucht sich nicht all ihre Namen zu merken, Mylord. Geben Sie ihr ihr Geburtstagsgeschenk, und Mrs Grace und ich werden den Rest erledigen.«

»Wo ist es?«

»Wo ist was, Mylord?«

»Das Geschenk ... das verflixte Geschenk, Powy!«

»Das ist alles geregelt, Mylord, von Mrs Grace und mir. Es wird der jungen Dame heute Abend bei ihrer Geburtstagfeier überreicht werden, und zwar von Ihnen höchst persönlich. Ich werde es Ihnen vorher geben, und Sie werden es Miss Ursula anschließend überreichen.«

»Vielen Dank, tausend Dank, Powy.« Grayson drückte seinem alten Diener die Hand. »Ich kann Ihnen gar nicht genug danken. Was würde ich ohne Sie bloß anfangen? Wären Sie damals auf Orca geblieben, als die anderen alle abgefahren sind, wäre uns gewiss die Demütigung erspart geblieben, dass der Feind sich in unserem Domizil breit machen konnte. Wenn ich bedenke, dass ich damals, Tausende von Meilen entfernt in Südamerika, wo ich gegen Wilde und gegen Krankheit und Tod kämpfte, und wusste nicht einmal, was auf meinem eigenen Grund und Boden vorging ... Aber zu meiner Entschuldigung, Powy, sei gesagt – ich hätte lieber ein Haus voller Skorpione, Blutegel und Mörderspinnen als ein Haus voller rabiater Frauen oder kichernder Mädchen.« Grayson schauderte. »Ich bitte Sie, Powy, retten Sie mich vor ihnen.«

»Sehr wohl, Mylord. Ich kenne das Gefühl, das einen überkommt, wenn man sich mit dem anderen Geschlecht in größeren Mengen konfrontiert sieht.«

»Sie sagen es, lieber Freund.«

Ursula war die Erste, die mit ihrem Hockeyschläger über die Türschwelle von Bayswater Mansion stolperte. Sie hatte ihre Schulfreundinnen bereits vorgewarnt, wie ungemein exzentrisch ihr Onkel war. »Darf ich euch mit Jemima bekannt machen, sie ist Graysons Frau.« Sie hatte den Mädchen eingeschärft, nicht zu lachen, zu kichern oder zu prusten, wenn sie mit Lord Ramsons Favoritin bekannt gemacht wurden, die in seiner Zuneigung sogar noch vor dem Butler rangierte.

Jemima, der Begrüßungen immer viel Spaß machten, trat vor, um den Mädchen feierlich die Hände zu schütteln. Vollständig bekleidet mit allem, was die derzeitige Mode für Frauen vorsah, einschließlich einer passenden Handtasche, wirkte die Schimpansin bemerkenswert menschlich.

»Und das ist Jordan, Onkels Lieblingshund«, erklärte Ursula. »Er ist sehr sanft und tut keiner Fliege etwas zuleide, im Gegensatz zu einigen anderen unheimlichen Kreaturen hier, obwohl er ganz abscheulich sabbert, vor allem beim Essen. Es gibt noch jede Menge davon – unheimliche Kreaturen, meine ich –, versucht also, nicht zu schreien, wenn ihr ihnen in irgendeiner dunklen Ecke unerwartet über den Weg lauft ... oh, da kommt mein Onkel Grayson, der ist in der Tat der Unheimlichste von allen. Lasst euch von ihm nicht einschüchtern, in Wirklichkeit ist er ein ganz lieber Kerl, nicht wahr, Onkelchen? Mutter sagte, du seiest in Peru und das Haus stehe leer ... oh, meine Güte, das wirft ein ganz neues Licht auf meine Geburtstagsparty, dass du und Paul und die anderen hier seid ...« Ihr fröhliches Geplapper erstarb, was Grayson das Schlimmste befürchten ließ.

Grayson lächelte steif hinter seinem Nikolausbart. »Ich war auch bis vor ein paar Tagen dort. Allerdings habe ich mich bemüht, rechtzeitig zu deinem Geburtstag zurückzukommen.«

Zwei Arme eines weiblichen Wesens schlangen sich daraufhin um seinen Hals, erstickten ihn halb und brachten ihn in tödliche Verlegenheit. Eine derartig deutlich zur Schau getragene Demonstration von Zuneigung war er von niemand anderem gewohnt als von Jemima.

»Liebstes Onkelchen, ich wusste doch, dass du hier sein und auf mich warten würdest, genau wie immer.« Dann drehte sie sich so schwungvoll zu dem verkniffen dreinblickenden Butler um, dass ihr das glatte, haselnussbraune Haar nur so um den Kopf wirbelte.

Überhaupt fand Paul Powers Miss Ursulas Aussehen insgesamt ziemlich schockierend. Die langen Beine in kurzen Turnhosen, schwarzen Strümpfen und Schulmädchenschnürschuhen, schien sie teils noch ein Kind, teils jedoch eindeutig schon eine Frau zu sein, und man konnte nie wissen, was sie hinter diesen von dichten, dunklen Wimpern umrahmten, strahlend grünen Augen gerade dachte.

»Hallo, Paul, wie geht es Ihnen?«

»Danke der Nachfrage, Miss Ursula, sehr gut. Wie geht es *Ihnen*?«

»Ganz schrecklich, Paul.«

»Oh, warum denn das, Miss Ursula?«

»Mutter besteht darauf, dass ich sie in der Toskana besuche, wo ich doch viel lieber über die Osterferien hier bei Ihnen und Onkelchen in London bleiben würde. Dabei passiert hier in London immer so viel, während in der blöden Toskana rein gar nichts los ist.«

»Oh, das dürfen Sie nicht sagen, Miss Ursula! Der Ort, an dem Ihre Mutter lebt, ist doch gerade der Ort, an den all die Maler und

Bildhauer und ... und dergleichen gern wären. Sie ist dort unter ihresgleichen und scheint endlich wieder glücklich zu sein, nach dem traurigen Tod Ihres armen lieben Vaters ... Warten Sie, lassen Sie mich Ihnen Ihren Schulmantel und den Kricketschläger abnehmen.«

Sie lachte entzückt auf und schlang sich beide Arme um den Leib: »Oh, wie herrlich ist es doch, wieder zu Hause zu sein! Wie gut ich mich daran erinnere und wie sehr ich dieses Gefühl liebe, Paul, nach Hause zu kommen! Kennen Sie dieses Gefühl auch? Dieses absolut *himmlische* Gefühl von Wärme und Zufriedenheit – und auch Erstaunen, dass man irgendwohin gehört, für immer und ewig? Wenn man am Ende eines trübseligen Schuljahrs heimkommt und weiß, dass man dort immer willkommen sein wird, was auch geschieht?«

»Immer, Miss, immer.«

Nur Paul konnte wissen, wie sehr Ursulas Worte die Gefühle einer anderen verzweifelten jungen Frau vor sechzehn Jahren widerspiegelten, und ihm war, als höre er die Stimme von Miss Abigail.

Mit vereinten Kräften versuchten Mrs Grace und Mr Powers, Ordnung in das Chaos zu bringen, auch wenn sie dabei ständig aufeinander herumhackten und gegenseitig mit Hohn und Häme nicht sparten. Mrs Grace blickte auf die Liste in ihren Händen. »Miss Sunny Fennington-Hargreaves und Lady Violet Blomsdale sind in diesem Zimmer untergebracht ...«

»Nein, nein, nein, *nein*!« Paul Powers wedelte unwirsch mit den Händen. »Die beiden wohnen in der Hogarth-Suite, liebe Mrs Grace!«

»Nun, ich habe sie mir allerdings für das Keats-Zimmer notiert, Mr Powers«, erwiderte Mrs Grace mit Blick auf ihre Liste. »Die Ehrenwerte Charlotte Mortimer-Banks hat um ein Zimmer für sich allein gebeten, daher wohnt sie also ...«

»Im Keats-Zimmer! Das Zimmer reicht von der Größe nur für eine einzige Person!«

»Ich dachte, Miss Ursula hätte von der Byron-Suite gesprochen.«

»Vergessen Sie, was Miss Ursula gesagt hat, Miss Grace, wenn Sie den Hausfrieden wahren wollen. Die Ehrenwerte Charlotte wohnt im Keats-Zimmer, Lady Violet und Sunny Har in Hogarth.«

»Na schön, dann kommen La Comtesse Monique St. Deauville und Prinzessin Nyree Khan hier hinein ...«

»Eine französische Katholikin und eine Muslimin in derselben Suite? Ich glaube, das ist keine gute Idee, Mrs Grace.« Paul gestikulierte wild mit seinen Händen. »Sie haben sowohl die Namen als auch die Zimmer völlig durcheinander gebracht, Mrs Grace! Sie hören am Telefon wohl nie richtig zu, wenn Miss Ursula ihre Bitten vorträgt.«

»Ihre Forderungen. Sie bittet niemals, sie fordert grundsätzlich, Mr Powers«, sagte Mrs Grace beleidigt.

»Nun ja, das ist ihr gutes Recht. Sie ist der Spross einer alten, vornehmen Familie, und schreiben Sie sich das hinter die Ohren, Mrs Grace, Sie, die sich offenbar noch nicht einmal etwas dabei denken, verschiedene Klassen, Religionen und Kulturen unter denselben Himmelbettbaldachinen schlafen zu lassen!«

»Mr Powers, schreiben Sie sich erst einmal hinter die Ohren, dass dieses Mädchen auch mir sehr am Herzen liegt. Wo ich und Mr Grace doch keine eigenen Kinder hatten, nachdem er vor sechzehn Jahren von einer Bombe zerfetzt wurde, oh, und wie sehr ich mir wünschte, eine Tochter zu haben, an die ich mich auf meine alten Tage halten könnte!« Sie machte das Beste aus der Gunst des Augenblicks und zog zu Pauls Entsetzen ein Taschentuch heraus, um sich mit wahrhaft theatralischer Gebärde zu schnäuzen.

»Genug jetzt, Mrs Grace! Wir müssen uns jetzt auf Miss Ursulas Gäste konzentrieren. Um sie zu trösten, Mrs Grace, auch wenn ich mich damit vielleicht ein wenig zu weit vorwage, Sie und ich gehören ebenfalls zur Familie, zur Familie Ramson. Wir haben sonst niemanden, auf den wir uns im Alter verlassen könnten. Wir sind wie Waisen, die hier gestrandet sind. Wir wissen beide, dass Lord Grayson ein bisschen seltsam ist mit seinen Zootieren und seiner halb zerstörten und verfallenen Lieblingsinsel Orca, aber wir wissen doch beide sehr genau, auf welcher Seite unser Brot gebuttert ist, stimmt's nicht?«

»Machen Sie mir etwa einen Antrag, Mr Powers?« Sie sah ihn mit erwartungsvollen Augen an.

»O Gott, nein, Mrs Grace! Ich bitte Sie nur darum, den Mund zu halten, während Miss Ursula und ihre Freunde hier bei uns sind, um Miss Roslins willen.«

»Miss Roslin? Wer zum Teufel ist das?«

»Genau das meinte ich, Sie törichte Frau! Sie sind wohl noch nicht lange genug hier, um auch nur den blassesten Schimmer davon zu haben, was für eine feine Dame Miss Roslin ist. Sie wissen gar nichts über diese Familie, also bitte, versuchen Sie auch nicht länger, mich in den Augen seiner Lordschaft herabzusetzen.«

Mrs Grace schnaubte empört, steckte ihr Taschentuch weg und sagte vernichtend: »Wir alle wissen doch Bescheid über Ihresgleichen, *Mr* Powers! Über Leute, die ein Leben lang versuchen, sich bei ihrer Herrschaft einzuschmeicheln, um ein großes Legat zugesprochen zu bekommen, wenn ihre Lord- und Ladyschaften das Zeitliche segnen.« Sie drückte ihm die Schlafzimmerliste mitsamt der Türkarten in die Hand. »Dann machen Sie das also selbst, wollen mal sehen, wie klug Sie wirklich sind.« Mit diesen Worten ließ sie ihn stehen und ging in die Küche, um eine Tasse Tee zu trinken und sich an der massigen Schulter der Köchin auszuweinen. Sie musste unbedingt jemandem erklären, warum sie auf keinen Fall länger in diesem Haus bleiben konnte, unter einem Dach mit Lord Ramsons elendem, versnobtem Butler!

Ursula war das Ganze furchtbar peinlich, und bereits am Anfang der Dinnerparty zu Ehren ihres sechzehnten Geburtstag war sie vollkommen erschöpft. Mr Powers und Mrs Grace hielten die Zügel fest in der Hand. Während Ursula durchaus bewusst war, dass ihr Onkel es nur gut gemeint hatte, war sie doch ziemlich entsetzt gewesen, als plötzlich lauter Fremde mit Geschenken für sie an der Tür von Bayswater Mansion erschienen waren.

Zu Miss Ursula Ramson-Pengellons sechzehntem Geburtstag waren die Jungen aus der sechsten Klasse der Westminster Academy eingeladen worden, und zwar von Lord Ramson, der ihrem Hausvorsteher die Einladung übermittelt hatte. Allerdings wussten das nur Paul Powers und Mrs Grace.

Was hatte Onkelchen sich nur dabei gedacht, der liebe alte Kerl?, dachte Ursula gequält. Wie grässlich! Sie würde Mutter sagen müssen, dass sie Onkelchens exzentrischem Verhalten unbedingt einen Riegel vorschieben müsse, vor allem soweit es sie betraf.

»Ähm ... vielen Dank ... danke ... und wie heißen Sie, bitte? Lloyd? Oh, ähm, vielen Dank, Lloyd, dass Sie zu meiner Geburtstagsfeier gekommen sind, und auch für das Geschenk. Einen Regenschirm kann ich wirklich gebrauchen, es regnet in letzter Zeit so oft, und irgendwie gelingt es mir immer wieder, meinen in einer Telefonzelle oder irgendwo anders stehen zu lassen ... Und wer sind Sie? Michael! Oh, bitte, kommen Sie doch herein, oh, meine Güte, vielen Dank für die Aspidistra. Sehr hübsch, so etwas kann ich immer gebrauchen ... Das Abendessen wird in Kürze aufgetragen werden ...« So ging es in einem fort, sehr bizarr, dachte Ursula, die in der Halle unter einem riesigen Ölgemälde von Ramsons Priorei auf Orca stand. Pflichtschuldig hatte sie die sechs schlaksigen jungen Männer begrüßt. Diese schienen genauso verlegen zu sein wie sie selbst, obwohl Ursula keine Ahnung hatte, warum ihnen das Ganze peinlich war.

»Vielen Dank für die Einladung«, sagten die Jungen, während sie Paul ihre Mäntel und Hüte überreichten und so taten, als bemerkten sie die hübschen Mädchen in ihren Abendkleidern gar nicht, die sich zögernd im Hintergrund hielten.

Ursulas Freundinnen selbst waren dagegen hellauf begeistert und hatten nur Lob für ihre raffinierte Gastgeberin, die die Anwesenheit der Jungen bis zum letzten Augenblick – wie es schien – geheim gehalten hatte, wo sie schon geglaubt hatten, es würde ein langweiliger Mädchenabend in Gesellschaft von Ussys verschrobenen, exentrischen Onkel werden.

Mrs Grace fiel der Fehler als Erster auf. Während die jungen Leute sich im Salon bekannt machten, zischte sie Paul im Speisezimmer zu: »Sie haben dreizehn Personen bei Tisch! Sie können unmöglich dreizehn Personen an den Tisch setzen, das bringt doch Unglück.«

»Oh, seien Sie nicht so abergläubisch, Sie törichtes altes Frauenzimmer! Außerdem, wie kommen Sie eigentlich auf die Zahl dreizehn, Mrs Grace, wo wir doch sechs Personen beiderlei Geschlechts am Essenstisch haben werden? Sechs Jungen und sechs Mädchen ergeben nach meiner Rechnung zwölf.«

»Und mit Lord Grayson am Kopfende des Tisches ergeben sie dreizehn!«

»Oh ja, Lord Grayson hatte ich ganz vergessen«, gestand Paul. »Aber egal, Mrs Grace, überlassen Sie die Sache nur mir, ich werde das Problem schnell gelöst haben.« Zu Mrs Graces Entsetzen deckte er daraufhin am anderen Ende des Tisches einen Platz für die Schimpansin. »So, alles klar! Damit hätten wir vierzehn Personen bei Tisch, Mrs Grace. Das Problem ist damit gelöst.«

»Oh nein, nein, nein!«, rief die Haushälterin und riss Jemimas Teller und das Namensschild wieder weg, »wollen Sie denn das arme Mädchen noch weiter in Verlegenheit stürzen, das seinen sechzehnten Geburtstag ohne Familie feiern muss? Soll sie denn jetzt auch noch eine Schimpansin an ihrer Geburtstagstafel haben? Oh nein, nein, nein, Mr Powers! Haben Sie nicht ihr Gesicht gesehen, das arme Ding, als all diese fremden Jungen hereinmarschiert sind ... ich wünschte wirklich, Sie hätten mich ein Wörtchen mitreden lassen, Mr Powers. Vor ihren stinkfeinen Freundinnen aus Cheltenham so zu tun, als hätte sie jede Menge Verwandte und Freunde, die ihr wie einer richtigen Debütantin die Ehre erweisen – das ist eine Idee, auf die wirklich nur Männer kommen! ... Ziehen Sie schon ab, Mr Powers. Ich werde mich selbst um diese törichte Angelegenheit kümmern, jawohl, das werde ich!« Und damit rauschte sie davon, um seiner Lordschaft die Situation zu schildern.

Grayson war überglücklich. »Ganz recht, Mrs Grace. Man kann unmöglich dreizehn Personen bei Tisch sitzen lassen. Bitte, entschuldigen Sie mich bei Miss Ursula und sagen Sie ihr, ich hätte eine leichte Grippe und könne nicht an ihrer Party teilnehmen, aus Angst, die Infektion zu verbreiten. Oh, und geben Sie ihr bitte dies hier ...« Er drückte ihr ein kleines, mit Geschenkpapier eingewickeltes Kästchen in die Hand. »Komm, Jemmy, für uns zwei Hübschen ist jetzt Schlafenszeit ... Achooo ...!« Er nieste probeweise und drückte sich ein Taschentuch auf die Nase.

»Soll ich Paul mit einem heißen Whisky-Grog nach oben schicken, wenn Sie die Grippe haben, Euer Lordschaft?«, fragte die Haushälterin augenzwinkernd.

»Oh, tun Sie das bitte, Mrs Grace, und vielen Dank, dass Sie heute Abend Mutterstelle an meiner Nichte vertreten ... zumindest denke ich, dass sie meine Nichte ist, obwohl ich es nicht beschwören könnte. Vielleicht ist sie ja auch eine Cousine zweiten Grades oder so etwas ...« Seine gerunzelte Stirn glättete sich, als er fortfuhr: »Wie dem auch sei, sagen Sie Paul einfach, er soll mit einer Flasche von meinem besten Scotch und zwei Gläsern nach oben kommen. Gute Nacht und noch einmal vielen Dank, Mrs Grace.«

»War mir ein Vergnügen, Euer Lordschaft«, antwortete sie und machte einen flüchtigen Knicks.

Grayson fragte sich, warum sie plötzlich ihm gegenüber einen ganz anderen Ton anschlug; es sah ihr gar nicht ähnlich, um ihn herumzuscharwenzeln und ihn mit liebevoller Fürsorge zu verwöhnen. Aber dann zuckte er nur die Achseln! Frauen folgten eben ihrem eigenen Gesetz – selbst Jemima, das liebe Geschöpf, konnte je nach Bedarf entweder liebevoll als auch ziemlich widerborstig sein.

Ursulas Geburtstagsessen blieb eine schüchterne, steife und sehr wortkarge Angelegenheit, bis einer der Jungen, Adrian, eine Dose mit Pillen, so genannten *Purpurherzen* herumreichte.

»Was ist das?«, fragte Ursula fasziniert.

»Bonbons gegen Mundgeruch, bevor die Küsserei anfängt«, sagte Michael augenzwinkernd, der ihr die Aspidistra geschenkt hatte, und die anderen fingen an zu lachen.

Lloyd, der neben Ursula saß und ihr kurz zuvor den Regenschirm überreicht hatte, fragte: »Willst du auch mal einen probieren? Sie sind völlig harmlos.«

»Bestimmt?«

Von der anderen Seite des Tisches erklärte Monique: »Vollkommen harmlos, Ussy. Ich habe sie in Frankreich probiert, und sie sind einfach göttlich. Es ist der Himmel, ich sage es dir.« Sie winkte den gut aussehenden Adrian mit dem Zeigefinger zu sich, nachdem sie ihm bereits den ganzen Abend über schöne Augen gemacht hatte.

Ursula gab der Versuchung nach. Sie schluckte erst ein Bonbon, dann noch eins. Die anderen taten dasselbe, und im Handumdrehen, als hätte jemand einen Zauberstab über die gehemmten jungen Seelen geschwungen, wurde die Party lebendig. Der Essenstisch war plötzlich verwaist, während sie sich alle auf die Suche nach einem Plattenspieler machten oder besser noch nach einer Musiktruhe, wie eine in Lord Ramsons Salon stand. Während alle völlig begeistert waren von dem wunderschönen Wallnussschrank, entlockte ihnen die Musikauswahl seiner Lordschaft lediglich ein Stöhnen. Oper und Blasmusik, igitt!

Ursula hatte das Gefühl, dass der Salon ihres Onkels nicht der richtige Ort war, um ausgelassen zu tanzen, da sein Schlafzimmer direkt darüber lag. Sie sagte daher: »Oben auf dem Dachboden steht noch ein Kofferplattenspieler. Er gehörte meinen Eltern.«

Woraufhin sich die ganze Gesellschaft auf den Dachboden begab, ein riesiger und unendlich aufregenderer Ort mit lauter »komischen« Sachen aus der Vergangenheit. Und weil der Dachboden weit entfernt vom Rest der Welt schien, vor allem von der Welt der Erwachsenen, veranstalteten die jungen Leute dort eine kleine Rock'n'Roll-Party zu Ehren von Ursulas sechzehntem Geburtstag. Einige der Mädchen hatten in weiser Voraussicht ihre eigenen Platten mitgebracht, ebenso wie einige der Jungen, und natürlich hatte auch Ursula ihre Lieblings-Rock 'n' Roll-Platten in ihrem Schlafzimmer.

Zum Essen war Limonade gereicht worden, was ganz und gar nicht dem Geschmack der ihrer Meinung nach bereits erwachsenen und weltgewandten Sechstklässler aus Westminster entsprach. Es musste Wein sein – Wein, Frauen und Bill Hailey und seine *Comets*. Lloyd und Michael entdeckten den Keller, und Ursula, die sich dank der Purpurherzen herrlich befreit und ungezwungen in ihrer Gesellschaft fühlte, erklärte ihnen, wo in der Speisekammer der Schlüssel des Butlers zu finden war. In dem Wissen, dass Paul sich mit seiner Lordschaft einen Whisky als Schlummertrunk gönnte, plünderten die Jungen den Keller, suchten sich edle Weine und vor allem Champagner aus und brachten das Ganze über die Dienstbotentreppe zum Dachboden hinauf.

Kurz darauf fanden sich die anderen zum Tanzen zu Paaren zusammen, Ursula zögerte dagegen noch. Dasselbe galt für einen sehr intelligent und gewissenhaft aussehenden Jungen namens Nigel, der Vertrauensschüler seines Hauses war. Sie saßen in einer Ecke und redeten, weil Ursula sich nun etwas schwindelig und müde fühlte, eine typische Folge der Purpurherzen, erklärte er ihr. Nigel hatte nicht wie die anderen mit dem Alkohol zusammen einige der Pillen genommen, sondern sich mit zwei Gläsern Champagner begnügt und war daher der einzige seiner Clique, den man als nüchtern betrachten konnte. »Alter Spielverderber«, nannte ihn einer seiner Kameraden. Nigel schien das nichts auszumachen, außerdem fühlte er sich für den Rest der Gesellschaft verantwortlich, vor allem aber für ihre Gastgeberin. Er fragte Ursula, ob er ihr ein Glas Wasser aus der Küche holen solle. »Ja bitte«, flüsterte sie dankbar und kam sich dabei furchtbar dumm vor. Nigel war vernünftig und wirklich süß, er gefiel ihr sehr. Er war fürsorglich und aufmerksam, und diese Eigenschaften schätzte sie sehr. Sie wünschte jetzt, sie hätte sich nicht von den anderen dazu überreden lassen, die Tabletten zu nehmen, und nahm sich vor, nie wieder der Verlockung verbotener Drogen nachzugeben; sie waren das unangenehme Gefühl, das danach kam, eindeutig nicht wert.

Gegen zwei Uhr morgens war der Lärm, den die vergnügt tanzenden Teenager im oberen Geschoss des Hauses machten, auf einem schier unerträglichen Pegel angelangt. Es hörte sich in etwa danach an, als würden sie sich ausgelassen mit Geburtstagstorte bewerfen, und die Freudenschreie der Mädchen klangen immer schriller und durchdringender. Die Nachbarn begannen sich bereits zu beschweren – etwas, was es in der Tradition des Bayswater Mansion nach nicht gegeben hatte. Mrs Grace knotete mit grimmiger Entschlossenheit den Gürtel ihres kariertes Morgenrocks zusammen, obwohl die Entwicklung des Abends sie sehr betrübt hatte. Das war alles Mr Powers' Schuld! Sie hatte während des Abends wiederholt an die Tür seiner Lordschaft geklopft, jedoch ohne Erfolg. Paul Powers hatte sie jedes Mal fortgeschickt.

Noch einmal hämmerte sie entschlossen an die Tür seiner Lordschaft, um das weitere Vorgehen mit ihm abzuklären, bekam jedoch dieselbe Antwort. Pauls trunkene Stimme von der anderen Seite der Tür erklärte ihr, sie solle gefälligst verschwinden und sich selbst um die Kinder kümmern, seine Lordschaft schlafe bereits tief, und es wäre durchaus nicht angebracht, ihn jetzt aufzuwecken, damit er ein paar ungebärdigen Teenagern die Leviten las, während sein Hauspersonal Däumchen drehe.

»Dann kommen Sie raus und sagen Sie es ihnen, Mr Powers, da Sie ja hier offenbar die Autoritätsperson zu sein scheinen!«, rief Mrs Grace wütend und wollte erneut an die Tür hämmern. Sie ballte bereits die Faust, besann sich dann aber eines Besseren und beschloss, seine Lordschaft lieber nicht zu stören, wenn er schlief. Besser, er schlief bis zum Morgen weiter und erfuhr nicht, was unter seinem Dach geschah.

Und Gott mochte wissen, was hinter *dieser* verschlossenen Tür vorging, mit einem Mann wie Powers und einer Schimpansin namens Jemima, dachte Mrs Grace grimmig. Es war schon schlimm genug, sich das Gekicher, das Geschnaufe und Gläsergeklimper aus der Hogarth-Suite anzuhören, wo dieses französische Flittchen und ihr Partner für die Nacht sich weigerten, die Tür zu öffnen, und in der Byron-Suite gaben sich die Tochter eines Earls und ein anderer pickeliger Junge zweifellos ebenfalls höchst schockierenden Betätigungen hin. Schockierend und anrüchig, weil kein anständiges Mädchen einen Jungen in sein Schlafzimmer mitnahm, wenn es nicht um Sex ging. Dies war wirklich das verrückteste Haus, in dem sie je in Stellung gewesen war, und das sagte sie dem Butler auch.

Paul öffnete die Tür, ein Buch in der Hand, trat schwankend auf die Schwelle und sah ganz so aus, als hätte er sich mehr als nur ein Gläschen zu viel von dem Whisky seiner Lordschaft einverleibt. »Machen Sie doch nicht so einen Wirbel, Mrs Grace, junge Leute sind eben so.« Er gähnte ungeniert und lachte: »Waren Sie denn selbst niemals jung? Nein, wahrscheinlich nicht! Na schön, gute Nacht, altes Mädchen, ich geh jetzt ins Bett. Dasselbe würde ich Ihnen vorschlagen, wenn Sie die Leute nicht mit Ihren Lockenwicklern zu Tode erschrecken wollen.« Und damit torkelte er seinem eigenen Zimmer entgegen.

Mrs Grace stürmte zum wiederholten Male in dieser Nacht empört zum Dachboden hinauf, und obwohl sie noch nicht lange in diesem Haus beschäftigt war, traf sie einen Entschluss: Lieber wollte sie ihre Stellung verlieren, als dieses Benehmen länger zu dulden.

Diesmal hatte offenbar jemand vergessen, die Tür des Dachbodens abzuschließen, um sie auszusperren. Mrs Grace traute ihren Augen kaum – da lagen sie eng umschlungen auf dem Boden! Einige der jungen Männer schliefen, fest an ihre Partnerinnen geschmiegt, hier und da sogar eine Hand auf dem Busen des Mädchens, einfach widerwärtig! Überall lagen leere Flaschen herum, Weingläser und Essensreste, und sämtliche Gäste schienen berauscht zu sein. Es war das reinste Sodom und Gomorra, das Gott zu guter Letzt für seine Verderbtheit strafte – genau wie es in der Bibel stand. Es war wahrhaftig das Ende der Zeit gekommen, mit diesem Elvis, der seine Hüften kreisen ließ, wie kein anständiger Mensch es jemals tun würde, und diesen wilden Tänzen der jungen Leute heutzutage. Die Welt war in einem Sumpf moralischer Verderbtheit versunken! Wofür hatten sie und ihr armer, verstorbener Ehemann eigentlich gekämpft? Für *diese* Art einer neuen Welt? Der arme Albert wäre vor Scham gestorben, hätte er jetzt die Verdorbenheit dieser jungen Leute sehen können, der Generation, für die er gekämpft hatte. »Miss Ursula, ich habe sie wahrhaftig anders eingeschätzt! Ich werde mich gleich morgen Früh mit ihrer Mutter in Verbindung setzen, um ihr mein tiefstes Missfallen über die Vorgänge heute Nacht mitzuteilen«, sagte Mrs Grace mit eisiger Verachtung, »und danach werde ich meine Kündigung einreichen.«

Ursula sprang erschrocken vom Fußboden auf, ebenso wie der bebrillte Junge neben ihr.

»Es tut mir Leid, Mrs Grace, wirklich ... Nigel versucht schon die ganze Zeit über, sie zum Gehen zu bewegen. Wir haben den anderen gesagt, dass die Party vorbei sei, aber sie rühren sich einfach nicht von der Stelle.«

»Rühren sich nicht von der Stelle, was? Na, das werden wir ja sehen!« Mrs Grace schnaubte, schnappte sich flink einen alten Billardstock aus einer verstaubten Ecke und stach den Gästen des Hauses in alle erreichbaren empfindlichen Stellen. »Hoch mit Ihnen, hoch! Stehen Sie auf, Sie kleines Flittchen ... und Sie auch, junger Herr! Ihre Eltern wären entsetzt von diesem schamlosen Benehmen, und ich bin es auch! Raus hier! Sofort! Die Party ist vorbei, raus hier!«

»Oh ... schwirren Sie schon ab, Sie dumme alte Kuh ...« Lloyd, der auf dem Busen eines gut entwickelten Mädchens namens Sunny lag, streckte in seinem Rausch ein Bein aus, um Nigel, der in seinen Augen ein Spielverderber war, vors Schienbein zu treten, traf aber stattdessen eine Skulptur, die daraufhin von ihrem Podest krachte. Der Krach riss die meisten der jungen Hausgäste aus dem Schlaf. Lloyd richtete sich erschrocken auf, sah Mrs Grace mit dem Stock in der Hand über sich stehen und sagte: »Oh, Scheiße ... ich meine: Entschuldigung! Ich dachte, Sie wären Nigel, der uns schon wieder auf die Nerven gehen wollte. Tut mir schrecklich Leid ...«

Ursula jammerte: »Oh Lloyd, sieh nur, was du getan hast!«

»Was ... was?«, fragte er, noch benommen. »Was habe ich denn getan?«

»Du hast die Büste von meiner Tante Veronica in tausend Stücke zerschlagen.«

»Oh ... bitte, mach dir deswegen keine Gedanken, Ussy, mein Vater wird einen Scheck dafür ausschreiben ... so *heißt* du doch, nicht wahr, *Ussy*?« Dann verlor er abermals das Bewusstsein, sank rückwärts auf den Busen des Mädchens zurück und schreckte kurze Zeit später wieder hoch: »Verdammte Scheiße, wo bin ich?«

»Bayswater Mansion, London, Sie nutzloser, betrunkener, drogensüchtiger Tagedieb«, sagte Mrs Grace unumwunden.

»Und wer sind Sie?« Lloyd richtete sich abrupt auf, hellwach diesmal. »O Gott, Sie sind doch nicht Ussys Mutter ...?«

»Mein Name ist Mrs Gladys Grace, Haushälterin von Lord Ramson, und ich schlage vor, dass Sie und Ihre ganze Bande sich jetzt in die Landhäuser Ihrer Eltern verziehen, bevor ich Ihnen die Polizei auf den Hals hetzte, weil Sie illegale Drogen an minderjährige Mädchen verteilt haben, Mr Lloyd.«

»Er heißt eigentlich mit Vornamen Lloyd, Mrs Grace. Lloyd Viscount FitzGibbon.«

»Es schert mich nicht, und wenn Ihr Name auch FitzSchimpanse lauten möge, Mr Lloyd, ich will, dass Sie und Ihre Schulkameraden unverzüglich von hier verschwunden sind«, sagte die Haushälterin streng.

Sunny versuchte schlaftrunken, ihn wieder zu sich herunterzuziehen, indem sie an seinem Hosenbein zupfte. »Komm schon, Lloyd, Baby ... ich will ... die ganze Nacht ... nur küssen und kuscheln!«

Mrs Grace stieß ihr den Billardstock in die Rippen. »Hoch mit Ihnen, junge Dame, Ihr Vater steht mit seinem Rolls Royce vor der Tür.«

»Oh Mist ...« Sie sprang auf, und ihre Frisur ähnelte einem schief sitzenden Vogelnest, während ihre verschmierte Mascara sich nahezu überall befand – nur nicht mehr in der Nähe ihrer Augen. »Ussy, wie spät ist es? Meine Eltern sollten mich doch nicht vor Mittag abholen ...«

»Nun, jetzt sind sie jedenfalls hier, Lady, wer auch immer Sie sind.« Mrs Grace hatte nicht die geringsten Skrupel, zu lügen. Dann wandte sie sich an Ursula: »Wenn das die Art junger Damen ist, mit der Sie in Cheltenham verkehren, Miss Ursula, sollten Sie sich in Grund und Boden schämen. Schlechte Freunde verderben gute Manieren!«

»Ja, Mrs Grace ... tut mir Leid«, erwiderte Ursula kleinlaut.

Nigel trieb hastig die Jungen zusammen und drängte sie in die kühle Frühlingsnacht hinaus. Bevor er ging, entschuldigte er sich immer wieder: »Tut mir schrecklich Leid, wirklich, so etwas wird nicht noch einmal vorkommen.«

»Nein, das wird es ganz sicher nicht«, sagte Mrs Grace streng, die neben Ursula in der Eingangshalle stand, den Billardschläger immer noch in der Hand, »denn keiner von Ihnen wird je wieder in dieses Haus eingeladen werden.«

»Es tut mir Leid wegen der zerbrochenen Büste ... ich werde Lloyd daran erinnern, dass er euch morgen den Scheck schickt«, sagte Nigel zu Ursula.

»Spar dir die Mühe«, erwiderte sie bedrückt. »Die könnte er ohnehin nicht bezahlen. Es war ein Familienerbstück, das meine Mutter vor langer Zeit mal in irgendwelchen Sommerferien angefertigt hat. Hatte sicherlich nur einen Erinnerungswert. Ich glaube nicht, dass irgendjemand noch an das Ding denkt.«

»Na ja, wie auch immer, ich entschuldige mich jedenfalls dafür, dass mein Haus deinem Haus so viel Ärger bereitet hat.«

Ursula kicherte. »Wie Romeo und Julia! Übrigens, nochmal Danke für das Geburtstagsgeschenk ...«

»Oh, es war nur ein altes Armband von meiner Mutter.«

»Nun, sie sollte es trotzdem wieder zurückbekommen. Hier ...« Ursula nahm das Armband von ihrem Handgelenk und gab es ihm zurück. »Vielleicht braucht sie ihre Diamanten und Saphire ja noch. Trotzdem vielen Dank, Nigel, es war lieb gemeint. Sag deinen Freunden, dass sie ebenfalls bis heute Abend den Schmuck ihrer Mütter zurückbekommen sowie den Schirm und die Aspidistra.«

»Kommen Sie schon, Mr Nigel ... raus ... mit Ihnen ...« Mrs Grace stach ihm mit dem Billardstock in den Rücken. »Wir können nicht die ganze Nacht hier herumstehen und über ausgeliehene Armbänder diskutieren, es ist nämlich eiskalt bei offener Tür. Gute Nacht!«

Es war vier Uhr morgens, und die Vögel stimmten bereits ihr Konzert über London an. Als die Haustür hinter dem – in Mrs Grace Augen – Pöbel aus einer der besten Privatschulen Londons zufiel, sagte diese zu Ursula: »Ich möchte, dass Ihre Ladyschaften nach dem Frühstück hier verschwinden, Miss, noch bevor seine Lordschaft diese verkaterten jungen Damen zu Gesicht bekommt, sorgen Sie bitte dafür!«

»Ja, Mrs Grace«, erwiderte Ursula kleinlaut.

»Und Sie gehen jetzt erst einmal ins Bett! Ich weiß, dass es nicht Ihre Schuld war. Die Schweinerei auf dem Dachboden können Sie morgen sauber machen.«

»Ich würde es lieber jetzt gleich tun. Ich bin plötzlich wieder hellwach.«

»Na schön, machen Sie es so, wie Sie wollen.« Sie lehnte den Billardstock, der ihr gute Dienste geleistet hatte, in eine Ecke der Halle und stapfte in Richtung Küche davon, um sich nach all der Aufregung einen Becher heiße Milch zu machen.

Ursula folgte ihr, um sich einen Handfeger und ein Kehrblech zu holen. »Mrs Grace, Sie haben einen sehr langen Tag hinter sich und eine lange Nacht. Es ist meine Schuld, ich habe die Verantwortung für das, was hier passiert ist, und es tut mir wirklich furchtbar Leid. Ich beseitige die Schweinerei ganz alleine und ich werde es gründlich tun – machen sie sich keine Sorgen! Morgen haben Sie wieder einen langen Tag vor sich, aber stehen Sie bitte nicht um sechs Uhr auf ... das ist nämlich nicht mehr lange hin«, sagte Ursula mit einem Blick auf ihre neue Diamantarmbanduhr, ein wirklich tolles Geburtstagsgeschenk von ihrem Onkel. Sie wusste, dass es sich um ein altes Familienerbstück handelte. Die Uhr hatte früher einmal seiner Mutter gehört, Lady Margareth, und daher war sie erst recht gerührt von seiner Großzügigkeit. Ihr teures Abendkleid war dagegen genauso zerknittert, wie sie sich fühlte und wie Mrs Grace aussah; die Nacht forderte langsam ihren Tribut. »Ich werde Paul sagen, dass Sie heute länger schlafen werden ...«

»Sie brauchen ihm gar nichts zu sagen, junge Dame. Ich werde nicht ins Bett gehen, sondern meine Koffer packen. Ich werde seiner Lordschaft meine Kündigung überreichen, sobald er zum Frühstück nach unten kommt.«

»Oh ja, das hatte ich ganz vergessen ... Sie wollen doch nicht wirklich gehen!« Ursula fand es schrecklich, dass Mrs Grace ihretwegen kündigen wollte. Sie arbeitete noch nicht lange hier bei Ihrer Lordschaft, und Ursula kannte sie noch kaum. »Bitte, versuchen Sie es doch noch einmal, Mrs Grace ... Ich verspreche Ihnen auch, dass es nicht wieder vorkommen wird.«

»Nein, das wird es bestimmt nicht, Miss! Zerbrechen Sie sich bitte nicht den Kopf darüber, dass Sie die Schuld daran tragen. Das tun Sie nämlich nicht. Ich kann einfach diesen Mr Powers nicht ausstehen, das ist die ganze Wahrheit!«, sagte die Haushälterin seufzend.

»Man braucht eine Weile, um sich an Paul zu gewöhnen, Mrs Grace. Er stellt Sie nur auf die Probe.«

»Was soll das heißen?« Sie hatte bis zu diesem Augenblick den kleinen Topf mit Milch auf dem Küchenherd beobachtet, aber jetzt drehte sie sich zu Ursula um.

»Er versucht das immer bei neuen Angestellten im Haus. Wenn Sie jetzt gehen, wird er denken, er hätte gewonnen. Paul hält sich für etwas Besonderes, Mrs Grace. Er denkt, er sei der Einzige, der tüchtig genug ist, um Lord Ramson zu versorgen. Die neuen Dienstboten bleiben niemals lange, und das ist ... ehrlich gesagt ziemlich unangenehm für ... für meinen Onkel und mich. Jedes Mal, wenn ich nach Hause komme, erwartet mich hier ein neues Gesicht ... bitte, versuchen Sie es doch noch einmal, Mrs Grace. Ich räume auch den Dachboden und das Esszimmer auf, Sie brauchen sich um nichts zu kümmern. Aber bitte, lassen Sie nicht zu, dass Paul schon wieder mit seiner Masche durchkommt – auch um Onkel Graysons willen. Er braucht Sie hier, damit Sie ein Auge auf alles haben und auch auf ihn.«

»Hmmm!« Die Haushälterin musterte Ursula von Kopf bis Fuß und gab dann nach. »Na schön, wir werden ja sehen, Miss. Aber es gibt Butler und Butler, und Mr Powers ist in meinen Augen einfach eine ölige kleine Kröte. Ich mag diese Weichlinge nicht, die Frauen für etwas Abnormes halten.«

Plötzlich sehnte sich Ursula nach den zärtlichen Armen ihrer geliebten Mutter und dem warmen Sonnenschein der Toskana. Sie bedachte Mrs Grace mit einem schwachen, entschuldigenden Lächeln. »Bis morgen Mittag sind wir alle hier verschwunden und dann kehrt wieder Ruhe ein. Ich verspreche Ihnen, morgen sind Sie uns alle los.«

»Das hoffe ich, Miss.«

»Also, dann bis morgen – beziehungsweise heute – Mittag, Mrs Grace, und sorgen Sie dafür, dass Sie bis dahin im Bett bleiben«, sagte Ursula ermutigend. Dann ließ sie Mrs Grace in der Küche allein und ging mit Mopp und Besen, Kehrschaufel und Handfeger und einem großen Müllbeutel nach oben auf den Dachboden. Wo sollte sie anfangen? Sie sah sich verwirrt auf dem großen Dachboden von Bayswater House um und war entsetzt: Inmitten all des Durcheinanders von Dingen, die untrennbar mit der Vergangenheit verschiedenster Generationen verknüpft waren, von Kunstwerken, alten Schulkoffern, Tennisschlägern, Büchern, Spielsachen und allen möglichen anderen Staubfängern, türmten sich Weinflaschen, Gläser, Aschenbecher, Zigarettenkippen, Essensreste und vor allem natürlich die Trümmer der Büste von Tante Veronica, die ein achtloser Tritt hatte zerschmettern lassen. Ursula machte sich seufzend daran, die Trümmer ihrer Geburtstagsfeier aufzulesen.

Plötzlich hielt sie inne, denn inmitten der Splitter von Tante Veronicas Kopf lag eine kleine Schatztruhe, die, wie sie feststellte, Erinnerungen an die Kriegszeit enthielt.

Sie wusste, dass ihre Mutter diese Skulptur vor einer Ewigkeit angefertigt hatte, während eines Sommerurlaubs auf Orca. Ihrer Mutter zufolge hatte Tante Veronica die Büste niemals abgeholt oder bezahlt, sodass sie seit siebzehn Jahren hier herumliegen musste und Staub angesetzt hatte. Ursula erinnerte sich daran, dass sie sie als Kind hier oben gesehen hatte, immer wenn sie hier oben gewesen war, um mit den alten Sachen zu spielen oder um sich mit all den alten, nach Mottenkugeln riechenden Kleidungsstücken aus den Koffern zu verkleiden. Sie hatte dann immer das Gefühl gehabt, als folge ihr Tante Veronicas Blick auf eine unheimliche Art und Weise, denn die Büste sah ihr ungeheuerlich ähnlich.

Tagebücher von 1939 – 1945, daneben etwas, das aussah wie eine Art Codebuch, außerdem Briefe, Quittungen, ein schweres, goldenes Kreuz. Ursula kniete zwischen all diesen Dingen und versuchte, eine Erklärung dafür zu finden. Wo kamen sie her? Wer hatte sie überhaupt so geschickt in der Büste von Tante Veronica versteckt, wo sie die ganze Zeit über eingeschlossen gewesen waren? Warum und aus welchem Grund?

Willkürlich schlug sie in dem Tagebuch für das Jahr 1945 irgendeine Seite auf. Sie blätterte zurück, las einen Eintrag von 1940, blätterte dann interessiert wieder zu 1939 zurück und schließlich weiter nach vorne, in das Jahr 1944. Am Ende setzte sie sich hin und fing an, die Tagebücher in chronologischer Reihenfolge zu lesen, vom 1. Januar 1939 bis zum 31. Dezember 1945.

Niemand ahnte, dass sich Ursula die ganze Zeit über dort oben auf dem Dachboden aufhielt. Ihre Schulfreundinnen waren gegen Mittag aufgebrochen, um die Osterferien bei ihren jeweiligen Familien zu verbringen und von Ursula glaubten alle, dass sie ein wenig Schlaf nachholen wolle. Als Ursula vierundzwanzig Stunden später schließlich die Dachbodentreppe hinunter gewankt kam, bemerkte Paul die dunklen Ringe unter den Augen des jungen Mädchens. Sie schien nicht mehr sechzehn zu sein, sondern sechzig. »Warum habt ihr mir nichts gesagt?«, fragte sie mit hohl klingender Stimme.

Grayson, alamiert durch ihre ungewöhnliche Einsilbrigkeit, murmelte: »Was denn, Ussy?«

»Dass ich gar nicht zu euch gehöre. Und dass ich weder zu meiner Mutter gehöre noch zu meinem verstorbenen Vater.« Sie sprach wie jemand, dessen Welt gerade zusammengebrochen war. Grayson hatte weder eine Antwort noch eine Erklärung für sie, er hasste es, in irgendwelche Konflikte hineingezogen zu werden, und zog es vor, im Zweifelsfalle seine Meinung für sich zu behalten.

Während seine Lordschaft die Bedeutung von Miss Ursulas Worten noch immer nicht erfasst zu haben schien, überschlugen sich in Pauls Kopf die Gedanken: Mein Gott, sie sieht schrecklich aus! Was um alles in der Welt war dort oben auf dem Dachboden passiert, zusammen mit diesen Teenagern, die angeblich der Crème de la Crème der Gesellschaft entstammten? Mrs Grace hatte Purpurherzen erwähnt. »Miss Ursula, bitte, stören Sie seine Lordschaft nicht länger, er fühlt sich nicht wohl und braucht unbedingt Ruhe.«

»Ach gehen Sie doch zum Teufel, Paul! Und du auch, Onkel Grayson! *Lügen!* Alles, was ihr mir erzählt habt, waren Lügen, nichts als Lügen ... Sechzehn Jahre lang habe ich nur Lügen und Lügen und *noch mehr Lügen* zu hören bekommen! Und das gilt sogar für meine Mutter!«

»Bitte, beruhige dich doch, Ussy ...«, flehte Grayson sie an, der inzwischen selbst den Tränen nahe war.

Ursula riss sich zusammen. Sie versuchte, ihre Gefühle unter Kontrolle zu halten, nachdem sie Stunden um Stunden ganz allein oben auf dem Dachboden gesessen und geweint hatte, verwirrt, hilflos und traumatisiert. Die Tränen, die sie nach einigen ebenso schockierenden wie widerwärtigen Enthüllungen vergossen hatte, von denen jeder im Haus zu wissen schien – jeder, nur sie nicht –, waren schließlich wieder getrocknet.

All das hatte eine tiefe Leere dort hinterlassen, wo sie früher ihr Herz so deutlich spüren können, und einen üblen Nachgeschmack in ihrem Mund. Aber das war nur die Spitze des Eisbergs. Ursula versuchte, mit ruhiger Stimme weiterzusprechen: »Das Geringste, was du jetzt für mich tun kannst, Onkel Grayson, ist, mir ein Flugticket nach Italien zu buchen ... *Ich hasse euch alle!*«, fügte sie noch voller Verachtung hinzu, bevor sie in ihr Schlafzimmer hinaufstürzte, um ihren Koffer zu packen.

Grayson ließ sich schwer in seinen Sessel fallen. »Wissen Sie was, Powy, es ist ja so wahr, diese Bibelstelle, in der es heißt, die Sünden der Väter würden die Kinder heimsuchen. Auf der Familie Ramson liegt ein Fluch seit der Zeit, da einer meiner Vorfahren an den Ufern von Orca ganz bewusst unschuldige Menschen in den Tod gelockt hat. Ich glaube, dass ich die alte Priorei doch nicht werde restaurieren lassen. Ich werde den Handwerkern Bescheid geben, dass sie ihre Arbeit niederlegen sollen, und damit obendrein eine Menge Geld sparen.«

»Oh, aber das dürfen Sie nicht tun! Die Arbeiten gehen so gut voran, Mylord. Und Sie haben schon so viel Geld dafür ausgegeben, dass es eine Schande wäre, jetzt alles abzublasen. Noch ein paar Jahre, und die Priorei wird wieder das sein, was sie früher war, ein wunderschöner, friedlicher Ort.«

»Es liegt ein Fluch auf diesem Haus, Powy.«

»Unfug, Euer Lordschaft, und das wissen Sie sehr gut! Ich mag solches Gerede nicht besonders. Das Leben ist wie es ist, der einzige Fluch dabei ist der, dass wir alle früher oder später sterben müssen.«

»Sollte ich noch mit ihr sprechen, mit dem Mädchen? Über ... über alles, Powy?«

»Sie muss es selbst herausfinden, Mylord, und sie muss es aus dem Mund ihrer Mutter – ihrer Adoptivmutter – hören. Nichts, was Sie oder ich oder sonst irgendjemand tun könnte, wird sie daran hindern, uns bis in alle Ewigkeit zu hassen, wenn sie es nicht begreift. Am meisten gräme ich mich um die arme Miss Roslin. Es würde ihr das Herz brechen, wenn Miss Ursula sie jetzt im Stich ließe, nach all diesen Jahren.«

»Obwohl ich allein den Gedanken daran verabscheue und mir geschworen habe, mich niemals in meinem Leben in die Probleme anderer Menschen einzumischen, meinen Sie, wir sollten mit ihr zusammen nach Italien fliegen?«, fragte Grayson hilflos – ein wahrhaft generöses Angebot, wenn man bedachte, wie sehr ihm genau das widerstrebte.

»Nein. Ich denke, es ist das Beste, wenn die beiden von Frau zu Frau miteinander reden«, erwiderte Paul.

Toskana: April 1956

In dem kühlen Schatten einer wunderschönen Pergola in ihrem Garten der Toskana schnitt Ros mit einer Schere die Jackmanii zurück. Das Gesumm der Bienen, die in der Nähe Nektar sammelten, gab eine schläfrig wirkende Kulisse für den warmen, stillen Abend ab. In dem nahen Dorf Frassino läutete die Kirchenglocke sechs Mal.

Ros richtete sich auf, dehnte ihren schmerzenden Rücken ein wenig und schob sich ihren Sonnenhut in den Nacken. Das Motorengeräusch eines Wagens, der sich von Frassino aus zur Villa Clematide, in der Ros lebte, hügelaufwärts mühte, weckte ihr Interesse. Nur ein einziges Auto hier klang wie ein keuchender Asthmatiker, nämlich das Taxi des Dorfes. Sie ließ die Schere auf einer Gartenbank liegen und ging zur Vordertür, in der Hoffnung, es möge Ursula sein, obwohl sie sie erst in zwei Tagen erwartete.

Das Taxi blieb in einer Wolke aus Staub auf der Straße stehen. Ros erkannte den Koffer auf dem Dachgepäckträger des Wagens, und ihr Herz machte einen Satz. Es war tatsächlich Ursula, die diesmal offensichtlich mit sehr leichtem Gepäck reiste. Für gewöhnlich reichte der Dachgepäckträger kaum aus, um ihre Siebensachen unterzubringen. »Liebling ... wie schön, du bist früher gekommen als erwartet ...« Ros eilte auf sie zu, um sie zu umarmen, sobald sie aus dem Fond des Taxis steigen würde. »Alles Gute zum Geburtstag, Schätzchen!«

Was dann geschah, kam so unerwartet und war so schockierend, dass Ros einige Sekunden brauchte, um zu begreifen, *was* da vorgefallen war. Ursula hob die Hand und schlug Ros so heftig und voller Zorn ins Gesicht, sodass diese gegen den weißen Zaun taumelte. »Ich hasse dich, ich hasse dich mehr als irgendjemanden sonst, du Verräterin, du Lügnerin, du Intrigantin, du!«, schrie Ursula sie an, während ihr die Tränen über die Wangen strömten. »Du bist genauso wenig meine Mutter wie Onkel Graysons Köchin!«

Gabriella, Ros' Haushilfe aus dem Dorf, war hinausgestürzt, als sie das Taxi und das anschließende Geschrei gehört hatte, gerade rechtzeitig, um mit anzusehen, wie Miss Ursula ihrer Mutter ins Gesicht schlug. Gabriella war ebenso sprachlos wie Luigi, der die Engländerin und ihre Tochter gut kannte. Dies war das erste Mal, dass er Miss Ursula in einer feindlichen und verzweifelten Stimmung in die Villa Clematide gefahren hatte. Für gewöhnlich fielen Mutter und Tochter einander in die Arme, glücklich über das ersehnte Wiedersehen. So etwas aber hatte er bei den beiden noch nie erlebt – er hatte überhaupt noch nicht erlebt, dass ein Kind die Hand gegen Vater oder Mutter erhob. Luigi war schockiert. Er wollte gerade verwirrt Miss Ursulas Koffer vom Gepäckträger hieven, als ihm die junge Frau mit eisiger Entschlossenheit befahl: »Lassen Sie das! Ich bleibe nicht ... Ich möchte dieser Frau nur ein oder zwei Dinge mitteilen, bevor ich zurück zum Flughafen fahre.«

Gabriella, die einen Arm um Roslins zitternde Schultern gelegt hatte, schnalzte missbilligend mit der Zunge. Roslin presste sich eine Hand auf den Mund, während auf der einen Seite ihres Gesichts der flammend rote Abdruck der Hand ihrer Tochter prangte. »So sprechen Sie aber nicht mit Ihrer Mutter, Miss Ursula!«

»Meiner Mutter?« Ursula sah Gabriella mit hochgezogenen Augenbrauen an. »Das ist ja der Witz! Sagen Sie ihr schon, Mrs Pengellon, wer meine wirkliche Mutter ist. *Na los ... sag es ihr!*«, schrie Ursula hysterisch. »Und sag ihr auch gleich, wer mein *Vater* ist! Sein Name ist nicht Professor David Pengellon, dein Ehemann, nicht wahr ... *nicht wahr? Sag ihr die Wahrheit, verdammt nochmal!* Sag ihr, wer ich *wirklich* bin ... sag es ihnen allen! Sag es der ganzen verdammten Welt! Sag ihnen schon, dass ich ein Niemand bin, der außereheliche Bastard einer italienischen Hure und eines deutschen Nazis ... Na los, sag ausnahmsweise einmal in deinem erbärmlichen Leben die Wahrheit, *Mutter*, du Verräterin ...!« Ursula sah so aus, als würde sie ihre Mutter am liebsten totschlagen, aber Luigi legte ihr energisch die Arme um die Taille und hielt sie fest, während Gabriella ihm Anweisungen gab:

»Bring sie weg, Luigi, *sofort*, in das Haus meiner Eltern ... behalte sie da und sag meinen Eltern, ich bleibe hier bei der Signora ...«

»Nein, nein ... ich bringe die junge Dame in *mein* Haus ... Wir haben viele Töchter wie sie, wir werden sie dort schon wieder beruhigen, Gabriella, und danach bringe ich sie zurück. Es ist nur ein Familienstreit, wir alle kennen solche Dinge ... Kommen Sie jetzt, Signorina ... Kommen Sie, lassen Sie Ihre Mutter mit Gabriella allein, erzählen Sie mir und meiner Frau von Ihren Sorgen ...«

»Lassen Sie sie hier!« Ros versuchte, ihrer aufgewühlten Gefühle Herr zu werden. »Lassen Sie sie in Ruhe ... sie bleibt hier! Luigi, bringen Sie den Koffer hinein, und dann fahren Sie Gabriella nach Hause. Ich möchte mit meiner Tochter allein sein. Wir haben viel zu besprechen. Komm, Liebling, lass uns zusammen hineingehen ... bitte.«

Ursula ließ sich auf den Boden sinken, und ihre Tränen vermischten sich dort mit dem Staub. »Warum ... warum ... warum hast du es mir nicht früher gesagt ... warum?« Sie schluchzte, erinnerte an einen zerbrochenen Zweig, der dort mitten auf der Straße lag, während Ros neben ihr kniete. Selbst die Bienen im Garten schienen verstummt zu sein. In der abendlichen Dämmerung waren nunmehr nur die Stimmen der drei weinenden Frauen zu hören und die des alten Mannes, der sich verlegen räusperte. Gabriella zog ihre Schürze aus und warf sie aufs Gras. Dann nickte sie Luigi mit feuchten Augen zu, der daraufhin vorsichtig Ursulas Koffer vom Wagen hob und ihn an das Tor stellte. Schließlich fuhren er und Gabriella zurück ins Dorf.

Ros strich Ursula sachte das zerzauste Haar aus dem Gesicht, und ihre Tränen vermischten sich mit denen ihrer Tochter. Sie zog Ursula fest an sich, bis deren Kopf auf ihrer Brust lag, und seufzte innerlich, denn sie kannte das Gefühl, verraten worden zu sein, nur allzu gut, und sie hätte gewünscht, dem Menschen, den sie von allen anderen auf der Welt am meisten liebte, niemals einen solchen Schmerz würde zufügen müssen. Niemals, nicht in ihren schlimmsten Albträumen, war ihr der Gedanke gekommen, dass gerade ihr langes Schweigen Ursula einmal solchen Schmerz verursachen würde.

Als Ros wieder in der Lage war, zu sprechen, sagte sie: »David und ich wollten dich so gern beschützen, *so gern*, Ussy. Soweit es uns betraf, warst du unsere Tochter und wirst das auch immer sein. Wir wollten dir von der Adoption erzählen, sobald du alt genug warst, es zu verstehen. Aber dann wurde David sehr krank, und während ich ihn all diese Jahre gepflegt habe, habe ich dieses Gespräch aufgeschoben, obwohl ich das eigentlich nicht hätte tun dürfen. Als er starb, schien die Frage deiner Herkunft angesichts dieser Tragödie nicht mehr von großer Bedeutung zu sein. Während der letzten anderthalb Jahre habe ich dann erst einmal versucht, mit seinem Tod fertig zu werden, aber ich vermisse ihn so sehr. Ich wollte immer, dass du in ihm deinen wirklichen Vater siehst. Ich wollte weder dich noch ihn zu einem so kritischen Zeitpunkt aufregen und habe das Gespräch hinausgezögert. Zu lange, wie man sieht! Ich kann nur sagen, dass es mir Leid tut, so furchtbar Leid, mein Liebling. Jetzt erkenne ich meinen furchtbaren Fehler – ich hätte nicht so lange schweigen dürfen ... aber ich wollte dich wohl einfach festhalten, nur noch ein klein wenig länger, nachdem er gestorben war, Ussy, mein Liebes ...« Ros konnte nicht weitersprechen, denn die Tränen schnürten ihr die Kehle zu.

Nach einer Weile flüsterte sie in Ussys Haar: »Auch wenn du es nicht glauben solltest, ich hatte mir fest vorgenommen, dir in diesen Ferien von Abigail zu erzählen, und ich hatte furchtbare Angst davor. Ich wusste, dass ich dich nicht länger würde halten können, ohne dir die Wahrheit zu sagen, nicht jetzt, da du sechzehn und eine junge Frau bist mit einem Recht auf dein eigenes Leben. Ich sehe, es ist zu spät ... Ich erkenne meinen Fehler und meine Schuld. Aber bevor wir hineingehen, versuche bitte ... versuche, gegen dieses schreckliche Misstrauen anzukämpfen, ich wünsche mir so sehr ...«

»Ich kann dir nie wieder vertrauen ... solange ich lebe, werde ich dir nie wieder vertrauen.« Ursula hatte den Wunsch, immer wieder und wieder mit ihren Worten zuzustechen, um in Roslins Herzen eine tiefe Wunde zu schlagen, um sich für den schrecklichen Schmerz zu rächen, den sie ihr zugefügt hatte.

Ros verstand. Sie verstand, welchen irreparablen Schaden sie ihrer Beziehung zu Ussy zugefügt hatte, und wollte nun nur noch wissen, wer das Geheimnis gelüftet hatte. »Wer hat es dir erzählt, Ussy, war es Veronica? Oder Imogen?«

»Keiner«, antwortete diese mit gedämpfter Stimme.

»Grayson?«, fragte Ros sachte.

»Spielt das etwa eine Rolle, spielt das *jetzt* noch eine Rolle?« Ursula zuckte vor Ros' Berührung zurück.

»In gewisser Weise ja, mein Liebling.«

»Ich habe es selbst herausgefunden.«

»Wie?«

»Tante Ronnies Kopf hat es mir erzählt!« Ursula riss sich trotzig los und legte den Kopf auf ihre angewinkelten Knie, um Ros nicht ansehen zu müssen. Abermals schüttelte sie die liebkosende Hand ihrer Mutter ab.

»Ich verstehe nicht, Ussy«, sagte Ros verwirrt.

»Die Skulptur! Die verdammte Skulptur! Die, die du von Tante Veronica gemacht hast, als ihr alle eure letzten Sommerferien zusammen auf Onkel Graysons Insel verbracht habt ... Nur dass er auch nicht mein Onkel ist, nicht wahr? Wen habe ich denn sonst noch verloren, was die Familie angeht? Mein Vater ist nicht mein Vater, meine Mutter ist nicht meine Mutter, meine Tante und mein Onkel sind nicht meine Tante und mein Onkel, wo gehöre ich jetzt hin, Mut...ter ... Lügnerin ... Verräterin ...« Sie brach aufs Neue in Tränen aus und schluchzte stoßweise.

Das Wort Mutter war ihr ganz spontan über die Lippen gekommen, es war die Macht der lebenslänglichen Gewohnheit. Ros sagte behutsam: »Komm, Liebling, es wird dunkel. Wir können nicht die ganze Nacht mitten auf der Straße sitzen. Gabriella hat dein Lieblingsessen gemacht, Lasagne. Lass uns hineingehen und reden ... bitte.« Sie zog Ursula vom Boden hoch, griff nach dem Koffer, der am Tor stand, und ging mit ihrer Tochter in die Küche.

Bei dem Geruch des köstlichen italienischen Essens wurde Ursula erst klar, wie hungrig und müde sie war. Aber sie weigerte sich, nachzugeben. Sie stocherte in ihrem Essen herum, außerstande, etwas runterzuschlucken. Ihre Augen und ihr Mund wollten die Lasagne, ihr Magen wollte sie nicht. Sie hatte das Gefühl, als würde sie sich während der letzten drei Tage in einem andauernden Albtraum befinden.

Gleichzeitig nahm sie wahr, dass Roslin sich ein Glas Rotwein eingeschenkt hatte; auch sie hatte ihr Essen nicht angerührt. O Gott, es würde von jetzt an einfach schrecklich sein, sie Mutter nennen zu müssen, wo sie nichts dergleichen war. Wie sollte sie sie in Zukunft nennen, Ros oder Roslin? Mrs Pengellon? *O Gott, lieber Gott!* Ursula legte ihre Gabel weg und tupfte sich mit einer Ecke des blaukarierten Tischtuchs den Schweiß von ihrem blassen, müden Gesicht ab.

Ros drückte ihre Schulter, immer noch liebevoll, immer noch tröstend, die Frau, die sie doch eigentlich nach wie vor als ihre Mutter betrachtete, die sie genährt, gepflegt und großgezogen hat, seit sie wenige Wochen alt gewesen war. Ros sagte sanft: »Möchtest du vielleicht ein Glas Wein, Liebes? Ich werde mit dem Anfang beginnen ... Danach kannst du mich hassen, so sehr du willst, aber bitte, hör mich zuerst an. In Ordnung? Abgemacht?«

Ursula nickte schwach.

Ros schenkte ihr etwas Wein ein und holte dann tief Luft. »Wie viel weißt du schon? Wo genau soll ich beginnen?«

»Am Anfang.«

»Ja, ich weiß ... aber es gibt viele Anfänge und viele Enden ... die Dinge sind komplizierter als du denkst ... das Codebuch, das du gefunden hast, hast du es irgendjemandem sonst gezeigt oder irgendjemandem davon erzählt?«

»Nein. Ich habe alles mitgebracht, in meinem Koffer.«

Ros entspannte sich ein wenig. Aber sie wusste immer noch kaum, wo sie anfangen sollte, und überließ sich schließlich dem Fluss ihrer Worte. »Ussy, mein Liebes, vor sechzehn Jahren, in dem Jahr deiner Geburt also, habe ich der Regierung Seiner Majestät Verschwiegenheit gelobt, wegen der Art von Arbeit, die ich damals ausgeübt habe. Großbritannien lag mit Deutschland im Krieg. Während des Jahresurlaubs der Familie Ramson auf Orca in jenem letzten Friedenssommer, 1939, kamen einige Mönche auf die Insel. Sie nannten sich *Domini canes*, die *Hunde des Herrn*. Grayson hatte, wie wir bald erfahren sollten – mit wir meine ich Veronica, Abigail, Giles und Lady d'Oilier Barra –, ihnen die Insel verpachtet. Abigail – Scoots, wie wir sie nannten – war damals siebzehn, ich selbst war achtzehn. Wir verloren damals beide wegen desselben Mannes den Kopf, es ging um den Abt der Insel, Pater Luke ...«

»Das ist ja widerlich!«, sagte Ursula vernichtend. Sie senkte den Kopf, denn sie wollte die Frau, die ihr einmal die ganze Welt bedeutet hatte, nicht ansehen. »Ein Priester, das ist abscheulich!«

»Ja, ich nehme an, so muss es in deinen Augen wohl aussehen. Aber so war es nicht. Ich für meinen Teil war bereit, ihn aus der Ferne anzuhimmeln, und ich hätte das auch weiterhin so gehalten, hätte er nicht ... hätte er mich nicht auch ... bemerkt. Er war gut aussehend und charismatisch. Und mehr noch, er war klug, gebildet, witzig und charmant, und wir alle gerieten unweigerlich in seinen Bann. Keiner von uns ahnte damals, dass er ein deutscher Offizier war, er und seine Männer, die sich als Mönche ausgaben. Nun ... zuerst jedenfalls gab er sich als Priester aus und dann erklärte er uns, er sei in Wirklichkeit ein britischer Geheimagent, der in die Maske eines Priesters geschlüpft sei, und er sei mit seinen Männern nach Orca gekommen, um den Südwesten Englands gegen eine deutsche Invasion zu sichern. Keiner von uns wusste, was er glauben sollte, es war für uns alle eine sehr verwirrende Zeit.« Ros schenkte sich ein weiteres Glas Wein ein, während die Lasagne auf ihrem Teller langsam fest wurde.

Ursula, die sich durch den Wein ebenfalls ein wenig entspannte, wartete, dass Ros fortfuhr. Zum ersten Mal in den drei Tagen tiefsten Kummers wurde ihr klar, dass doch nicht alles für sie vollkommen verloren war, und dass es sehr wohl noch ein Leben gab nach ihren schmerzlichen Entdeckungen.

»Als im September 1939 der Krieg erklärt wurde, sind Scoots und ich noch ein paar Tage auf Orca geblieben, nachdem Ronnie, Giles und Imogen die Insel bereits verlassen hatten ... Oh, und Michael natürlich, der damals Veronicas Verlobter war.«

»Onkel Michael, der ebenfalls im Krieg umgekommen ist, als die Deutschen sein Schiff versenkt haben?«

»Ja. Die HMS Jervis Bay. Michael ist damals eigens nach Orca gekommen, um sie zu bitten, ihn endlich zu heiraten, weil Großbritannien sich für den Krieg rüstete und er auf sein Schiff zurückkehren musste.«

»Dann war also Tante Veronicas Eheleben nicht gerade glücklich? Ich meine, weil sie doch so kurz nach ihrer Hochzeit Witwe geworden ist?«

»Ja. Aber sie ist die Art Mensch, die sich von nichts aus dem Gleichgewicht bringen lässt – manchmal habe ich mir damals gewünscht, ich wäre in dieser Hinsicht so wie sie. Sie lebte nach dem Motto: Das Leben muss weitergehen! Mir kam es schon wie das Ende der Welt vor, wenn das Garn, mit dem ein Knopf angenäht war, nicht die richtige Farbe hatte.«

»Warum seid ihr beide, du und Abigail, länger auf Orca geblieben? Wegen Luke?«

Ros nickte.

»War er denn in euch *beide* verliebt?«

Ros zögerte.

»Wenn man deinen Tagebüchern aus jener Zeit Glauben schenken darf, schien er dich mehr zu lieben als ... als Abigail ... meine Mutter.«

»Ich weiß es nicht, Ussy. Ich selbst war damals schrecklich leichtgläubig. Ich war noch nie zuvor verliebt gewesen, hatte mich noch nie so sehr zu einem Mann hingezogen gefühlt. Und es geschah so viel Verwirrendes um uns herum. Ich wusste nur, dass ich ihn von ganzem Herzen liebte, und dass ich mich obendrein ziemlich dumm benahm.«

»Geschieht dir recht.«

»Ja, das stimmt wahrscheinlich. Ich hatte keine Ahnung, dass er eine Beziehung mit ... mit deiner Mutter hatte.«

»In seiner Maske als Priester, als Brite oder als Nazi?« Ursulas Stimme troff noch immer von Sarkasmus; sie würde dieser Frau, die sich ihre Mutter nannte, niemals verzeihen, niemals!

»Als Priester und als Brite. Er war niemals ein Nazi, Ussy, nur ein deutscher Offizier, der seine Pflicht tat.«

»Quatsch! Du möchtest doch nur, dass ich nur das Beste von ihm denke, weil du in ihn verliebt warst.«

»Vielleicht.«

»Was war mit meiner Mutter – meiner richtigen Mutter? Nach deinem Tagebuch schien sie eine ziemliche Schlampe gewesen zu sein.«

»Oh nein, Ursula, niemals! Deine Mutter war der wundervollste, temperamentvollste, glücklichste und liebenswerteste Mensch, den man sich nur denken konnte ... Sie und ich waren die besten Freundinnen, seit wir beide in früher Kindheit zu Waisen wurden und nur einander hatten, um uns Halt zu geben.«

»Also, was ist schief gegangen?«

»Scoots war immer ziemlich wechselhaft – flatterhaft nannte man das damals, was wohl an der italienischen Seite ihres Wesens gelegen haben wird. Sie erzählte mir, dass sie Major Luke Duffield, alias Pater Luke, in einer irischen Bar in London kennen gelernt habe.«

»Ist sie immer allein in Bars gegangen, um irgendwelche Männer aufzulesen?«

»Nachdem wir Cheltenham hinter uns hatten, hatte ich keine Ahnung mehr, was Abigail trieb. Ich war vollauf damit beschäftigt, ein Kunststudium in Clapham zu absolvieren, und wohnte dort in einem kleinen Zimmer. Deine Mutter lebte seinerzeit noch in Bayswater Mansion, mit Grayson als ihrem Vormund. Sie konnte jedoch frei über ihre Zeit verfügen. Ich habe nicht die geringste Ahnung, was sie mit ihrer freien Zeit angefangen hat – aber dass sie davon reichlich hatte, das steht fest.«

»Warum haben er und seine Männer sich ausgerechnet für Orca entschieden? Wie haben sie überhaupt von der Insel erfahren?«

»Nun, ich denke, das hing mit Scoots zusammen. Sie hatte Major Duffield bei ihrer ersten Begegnung erzählt, dass ihr Stiefbruder, Grayson, eine entlegene Insel an der Küste von Cornwall besitze, wo er sich jedoch nicht häufig aufhalte. Sie hat ihm erzählt, dass die Familie dort ihren alljährlichen Sommerurlaub verbrachte. Nun ja, hätte Grayson damals den wahren Grund für Major Duffields Eifer gekannt, die Insel von ihm zu pachten, während er nach Südamerika ging, hätte er niemals eingewilligt. Vor allem nicht für militärische Zwecke, da Grayson jedwede Gewalt verabscheut und Kriegsdienstverweigerer war wie dein Vater – wobei ich jetzt von David spreche.«

Überall flatterten Motten um sie herum, die sich von der Lampe über dem Tisch angezogen fühlten. Ros, die langsam jedes Zeitgefühl verlor, fuhr fort: »Ich denke, Major Duffield hätte es vorgezogen, für die gesamte Dauer seines Aufenthalts auf Orca weiter den Priester zu spielen, aber angesichts der Tatsache, dass Abigail bereits über seine wahre Identität im Bilde war und er nicht wissen konnte, wie viel sie mir bereits von ihm erzählt hatte ... Er sah uns oft auf dem Kap miteinander plaudern, oben beim alten Folly ... Nein, du bist natürlich nie dort gewesen, hast die Insel nie gesehen, aber eines Tages wirst du es vielleicht ... Wie dem auch sei, ich nehme an, dass er ein wenig besorgt war, sie könne die Bombe bezüglich seiner Doppelrolle am Ende doch noch platzen lassen. Also hat er mir schließlich von sich aus reinen Wein eingeschenkt. Außerdem hatten wir uns zu dieser Zeit bereits bis über beide Ohren ineinander verliebt.« Ros kratzte sich verlegen an der Stirn.

Ursula unterbrach ihre Gedanken: »Und doch hast du meinen Vater geheiratet ... ich meine David. Du hast ihn also nie wirklich geliebt?«

»Oh doch, ich habe ihn geheiratet, *weil* ich ihn geliebt habe, Ussy. Unsere Beziehung war viel tiefer und reifer und erfüllter als die rauschhaften und ziemlich törichten Gefühle, die ich damals für Luke empfand ... David und ich lagen auf ein und derselben Wellenlänge, intellektuell und spirituell.«

»Aber nicht emotional.«

»Er war eben kein emotionaler Mann.«

»Dann war es zwischen euch beiden also nicht Liebe auf den ersten Blick?«

»Vielleicht nicht gleich am Anfang. Er war sehr ruhig, sehr sanft und sehr verständnisvoll, und das hat mich mehr als alles andere zu ihm hingezogen, seine ... seine Stärke, seine Entschlossenheit, sein Mut. Und Liebe kann wachsen, das versichere ich dir, gerade so wie eine Pflanze, der man Wasser gibt und deren tote Blätter immer wieder von einer zärtlich liebenden Hand abgezupft werden. Genau das hat David für mich getan. Er hat all die toten und kranken Blätter meiner vorherigen Existenz abgezupft, um mir ein neues Leben im Sonnenschein zu ermöglichen. Wegen seiner Gesundheit sind wir hier nach Italien gezogen, als du noch ein kleines Mädchen warst, an diesem Ort zu leben gefiel uns beiden sehr. Aber noch einmal zurück zu Luke, ich bin also damals davon ausgegangen, dass er meine Gefühle erwiderte, weil er mir sein Leben und das Leben seiner Männer anvertraut hatte, und ich kann dir versichern, blindes Vertrauen hat in der Zeit, von der ich hier spreche, tatsächlich oft Menschenleben gekostet. Mir ist klar, dass das heutzutage unverständlich erscheint, aber es war Krieg, und in Notzeiten wie diesen konnte das Schlimmste wahr werden – vor sechzehn Jahren lagen die Dinge eben anders als heute. Nun, Luke nahm mir also das Versprechen ab, sie nicht auffliegen zu lassen, und er erklärte mir, er und seine Männer hätten eine lebenswichtige Mission zu erfüllen – die Verteidigung des Südwestens gegen den deutschen Feind. Natürlich ist uns allem am Ende, als es zu spät war, klar geworden, dass die Mönche keine britischen Soldaten waren, sondern deutsche. Um die Geschichte abzukürzen – ich war gerade sechs Monate bei der WAAF, als man mich wieder nach Orca schickte, um deine Mutter aus der Gefahrenzone herauszuholen – und das ist der Anfang der Geschichte, soweit es dich betrifft.«

»Warum haben sie dich geschickt und nicht irgendeinen Agenten?«

»Weil die Leute, die damals das Sagen hatten, annahmen, dass ich die Insel besser kannte als irgendjemand sonst und dass ich außerdem vielleicht eine Chance haben würde, mit dem Abt der Insel einen Handel zu schließen.«

»Haben sie, ich meine deine Vorgesetzten, denn gewusst, dass auf Orca Deutsche waren?«

»Oh ja, das haben sie. Ich habe es erst später herausgefunden ... aber die hohen Tiere haben Bescheid gewusst, das steht fest.«

»Und trotzdem haben sie dich nach Orca zurückgeschickt, mitten in die Gefahrenzone hinein?«

»Ich war, um es einmal mit einem militärischen Begriff auszudrücken, entbehrlich. Das vordringliche Ziel der Operation *Delila* und meine eigene Aufgabe bestand darin, Informationen zu sammeln, deine Mutter von Orca wegzubringen und dann mit ihr und allen wichtigen Informationen, die ich zusammentragen konnte, aufs Festland zurückzukehren. Von dir wusste niemand etwas, nicht einmal ich, nicht bis zum allerletzten Moment, von dem an alles so furchtbar schief ging.«

»Ich war also buchstäblich das Haar in der Suppe – vermutlich bin ich es immer gewesen«, setzte Ursula bitter hinzu. »Niemand wusste, was er mit mir anfangen sollte, wenn ich nicht gewesen wäre, wäre meine Mutter vielleicht gar nicht gestorben.«

»Ussy, du warst niemals das Haar in der Suppe, wie hättest du das sein können? Du hast nicht darum gebeten, in eine vom Krieg zerrissene Welt hineingeboren zu werden. Wenn irgendjemand Schuld trifft, dann sind es die so genannten Verantwortlichen – Politiker, Berufssoldaten, religiöse Fanatiker, Größenwahnsinnige wie Hitler.«

»Erzähle weiter, bitte.«

»Als Operation *Delila* fehlschlug, wurde Operation *Samson* in die Wege geleitet. Orca und seine Priorei wurden bombardiert, um Lukes Stoßtrupp deutscher Soldaten von der Insel zu vertreiben und der Gefahr, dass sie Verstärkung bekommen könnten, einen Riegel vorzuschieben. Die meisten von Lukes Männern wurden getötet, einigen wenigen gelang es, das U-Boot zu erreichen, das sie nach Deutschland zurückbringen sollte. Luke war einer der wenigen, die sich in Sicherheit bringen konnten. Mir ist es noch immer lieber, diese Männer als Priester zu betrachten und nicht als deutsche Soldaten, frag mich nicht, warum. Aber für deine Mutter kam damals jede Hilfe zu spät, Ussy. Sie war sehr krank, nachdem sie dich zur Welt gebracht hatte, und sie starb während der Bombardierung der Insel durch die RAF.«

»Dann war also in gewisser Weise mein so genannter Vater für den Tod meiner Mutter verantwortlich?«

»Ja, Ussy, das war er ganz sicher. Obwohl ich keine Ahnung habe, in wie weit das seine Absicht gewesen sein mag.«

»War sie hübsch?«

»Ja, das war sie.«

»Aber sie war Italienerin.«

»Halbitalienerin.«

»Was bedeutet, dass sie während des Kriegs eigentlich deine Feindin war.«

»Sie war niemals meine Feindin.«

»Was war mit Pater Luke, der sich Major Duffield nannte und der in Wirklichkeit ein Geheimagent namens Lukas von Lukenstedt war?«

Ros lächelte. »Ich sehe, du hast deine Hausaufgaben gemacht, Ussy.«

»Wenn ich es nicht getan hätte, hätte es wohl niemand sonst für mich getan.« Ursula warf den Kopf in den Nacken und griff beinahe trotzig noch einmal nach der Weinflasche, als warte sie nur auf Ros' Protest.

Ros wagte es jedoch nicht, sie zu hindern, nicht jetzt. Ursula war intelligent, jung und sehr verletzlich; genauso wie sie selbst es einst gewesen war, genauso wie die liebe, arme Scoots. Ros wusste, dass Scoots, wäre sie gesund gewesen, ihr Leben gegeben hätte, um Ursula zu beschützen. Sie hatte das Gefühl, dass sie mit ihrem Gespräch zumindest ein paar Zentimeter an Boden gutgemacht hatte.

»Erzähl mir von ihm«, bat Ursula.

»Da gibt es im Grunde nicht viel zu erzählen.« Ros schluckte den Kloß in ihrer Kehle herunter. »Bis auf die Tatsache, dass er Soldat war und ein Spion der Deutschen und dass der Führer ihn und seine Männer zu einem Geheimauftrag ausgesandt hatte. Sie sollten den Weg für eine weit größere Invasion ebnen, die Invasion von England. Einen Monat später wurden die Kanalinseln von den Deutschen besetzt, möglicherweise aufgrund von Informationen, die Pater Luke und seine Mönche auf den Scilly-Inseln zusammengetragen hatten. Den letzten, vernichtenden Schlag erhielt Orca jedoch von unserer eigenen Seite, die die Insel in der

Hoffnung bombardierte, Lukas von Lukenstedt und vor allem seine Mutter zu töten.«

»Seine *Mutter*!«, wiederholte Ursula ungläubig. »Er hatte seine *Mutter* bei sich?«

Ros lächelte gequält. »Genauso habe ich damals auch reagiert ... der Fall liegt anders, als du denkst – sie war Hitlers Top-Agentin, eine sehr kluge und fähige Enigma-Kryptografin. Aber bitte, Ussy, das hier muss unbedingt unter uns bleiben! Die dreißig Jahre meines Schweigegelübdes sind noch nicht vorbei, ich bin immer noch offiziell an den Geheimhaltungseid gebunden.«

»Dann ... könnte ich dich also ins Gefängnis schicken, wann immer es mir gefällt!«, sagte Ussy nachdenklich. Sie starrte noch immer auf das Tischtuch, ihre Stimme klang aber zum ersten Mal seit ihrer Ankunft in der Villa ein wenig lebhafter, als hätte sie das Gefühl, dass sie sich theoretisch endlich für all das würde rächen können, was man ihr an Grausamkeiten zugefügt hatte.

»Oh ja, mein Mädchen, du könntest mich sehr leicht ins Gefängnis schicken.« Ros lächelte kläglich.

»Hm ... ich werde darüber nachdenken. Dann ist also diese Frau, Adolf Hitlers Krypto ...«

»Das Wort Spionin ist einfacher auszusprechen«, erwiderte Ros. »Ihr Name war Bertha.«

»Bertha ... dann war sie also meine Großmutter, wenn sie die Mutter meines so genannten Vaters war?«

»Nein. Ich glaube nicht, Ussy. Sie war nur deine ... sie war Lukas' Stiefmutter, also nicht mit dir verwandt.«

»Nun, dafür danke ich Gott!« Ursula stieß einen Seufzer der Erleichterung aus.

»Sie hat sich allerdings in den ersten drei Wochen deines Lebens auf Orca um dich gekümmert, ich nehme daher an, dass sie gar nicht so ein Ungeheuer war, wie ich es selbst während dieser Zeit geglaubt habe.«

»Ich muss sagen, du und Scoots ... meine echte Mutter, es scheint, als wäret ihr zwei tolle Frauen gewesen! Was für ein aufregendes Leben ihr beide hattet! Aber ... aber wenn Lukas von Lukenstedt wirklich mein richtiger Vater war, bin ich also zur Hälfte Deutsche und zur Hälfte Italienerin – na ja, zumindest ein Viertel von mir ist italienisch! Und nicht Engländerin wie du und mein Vater – womit ich meinen heißgeliebten Adoptivvater meine.«

Ros sagte: »David war dein Vater, dein richtiger Vater, Ussy. In jeder nur erdenklichen Hinsicht, und du warst seine über alles geliebte, kleine Tochter. Er war immer zur Stelle, um dir deine Tränen wegzuwischen, um dich mit einem Kuss zu trösten, wenn du dir die Knie aufgeschürft hattest, er hat deine Windeln gewechselt, und er war zur Stelle, um dein zweites Wort zu hören, Papa ...«

»Dann muss mein erstes Wort wahrscheinlich Mama gewesen sein!«

»Du darfst unsere gemeinsamen Jahre als Familie nicht abtun, Ussy. Bitte, tu das nicht. Dein Vater war es, der die ganze Nacht bei dir gesessen hat, wenn du krank warst, der sich jeden Augenblick des Tages Gedanken gemacht hat, wenn irgendetwas für dich nicht so lief, wie es sollte. Bitte, setze das Engagement jetzt nicht herab.« Ros wappnete sich auf einen weiteren Ausbruch von Aggressionen von Seiten ihrer Adoptivtochter, einen Schlag ins Gesicht, einen Stich ins Herz.

Aber Ursula sagte nach einer Weile nur nachdenklich: »Auch wenn meine echte Mutter sich offensichtlich durch alle Betten geschlafen hat, nach allem, was ich in deinen Kriegstagebüchern gelesen habe – oh, ich weiß, dass du solche Dinge nicht mit Absicht geschrieben hast, du hast einfach nur mit sehr bildhaften Ausdrücken dein alltägliches Leben festgehalten. In Cheltenham hast du für deine Aufsätze sicherlich immer eine Eins bekommen, Ersatzmama!« Ursula zog die Nase hoch und kämpfte wieder mit den Tränen. »Aber egal, woher weißt du denn, dass er mein richtiger Vater ist? Ich meine, ich weiß jetzt, wer meine richtige Mutter ist! Aber ich würde auch schrecklich gern mehr über meinen richtigen Vater wissen. Hast du ihn nach dem Krieg noch einmal getroffen?«

»Nein.«

»Woher weißt du, wer es war? Es sieht so aus, als sei sich nicht einmal meine leibliche Mutter in dieser Hinsicht allzu sicher gewesen.«

»Das ist doch nicht wichtig, Ussy.«

»Für mich ist es aber wichtig! Weißt du, wo er jetzt lebt?«

Ros zögerte.

»Du weißt es, nicht wahr! Du *hast* ihn wiedergesehen!«

»Nein, *nein*! Das habe ich nicht. Als David und ich kurz nach dem Krieg beschlossen, zu heiraten, fand David, wir sollten seine Erlaubnis einholen, um dich adoptieren zu können. David hat damals in Oxford Physik und Mathematik gelehrt. Er hat es geschafft, Kontakt zu ... zu deinem Vater aufzunehmen, der in Heidelberg arbeitete und lebte. Er war dort Professor für klassische Sprachen an der Universität.«

»Ha ha, das ist ja wohl ein Witz! Ein Nazi, der Latein und Griechisch lehrt!«

»Nenn ihn nicht einen Nazi, Ussy, das war er nicht.«

»Oh, wer's glaubt, wird selig!«, sagte sie trotzig.

»Ussy, er war wirklich niemals ein Nazi. Er war sogar einer der wenigen, die versucht haben, Adolf Hitler zu stürzen, geradeso wie sein Vater vor ihm es versucht hat.«

»Oh ja! Das behaupten sie doch alle! Dieses ganze Pack, diese Nachkriegsdeutschen! Sie versuchen, sich reinzuwaschen mit ihrem Gejammer: Wir haben nichts gewusst, wir haben wirklich keine Ahnung gehabt, wir hatten überhaupt keine Ahnung, was da vor sich ging. Das ist doch alles Mist, Mutter! Du betrachtest diese Angelegenheit eben mit den Augen einer Frau, die einen deutschen Soldaten geliebt hat. Streite es nicht ab! Ich will die Wahrheit über dich und meinen echten Vater wissen!«

»Wenn man euch auf Cheltenham beibringt, dass alles auf dieser Welt entweder schwarz oder weiß, gut oder böse ist, dann ist diese Schule nicht so gut, wie ich dachte, Ussy. Das Leben besteht nun mal aus beidem – und die Menschen ebenfalls.«

»Ach ja? Dann war Adolf Hitler also kein Ungeheuer, sondern hatte auch gute Seiten? Er war gar kein Größenwahnsinniger und Mörder? Und wie steht es mit Stalin? Und mit Jack the Ripper? Werd endlich erwachsen, liebste *Mutter*!«

Ros ließ sich jedoch nicht beirren. »Wir sind alle mal schwarzgut und mal böse, Ussy. Es gibt keine Heiligen!«

»Das klingt aber ganz schön deprimierend, liebste *Mutter*!«

»Manchmal stellt es sich heraus, dass Menschen, die wir als die Erzengel des Herrn ansehen, alles andere sind als das. Und umgekehrt. Manchmal ist dieser in Wirklichkeit der Teufel und umgekehrt ...«

»Pater Luke? Was versuchst du mir zu sagen, liebste *Mutter*?«

»Ich möchte nicht, dass du mit dem Glauben aufwächst, die ganze Welt sei durch und durch verkommen und verkorkst, Ussy.«

»Verzeih mir, da bin ich inzwischen schon selbst hintergekommen, liebste *Mutter*!«

»Ussy, nach dem Krieg gab es eine Art Friedenspolitik, ein Freundschaftsband zwischen englischen und deutschen Städten, mit Schüleraustausch und Ähnlichem. Wie dem auch sei, mein Mann, David, war Pazifist. Ein Kriegsdienstverweigerer, wenn du so willst. Das *weißt* du, Ussy! David war gegen jede Art von Krieg. Deshalb hat er sich für Bletchley gemeldet.«

»Um den Krieg vom Schreibtisch aus zu führen? Das heißt, er hat das Seine zum Krieg beigetragen, ohne das offen zu zeigen? All dieses Enigmazeugs, mit dem ihr damals zu tun hattet? Ob das wirklich etwas anderes ist?«

Ros fühlte sich vollkommen hilflos. Ursula hatte ihre alten Tagebücher offensichtlich sehr gründlich gelesen. Sie hatte keine Antwort, die sie ihr darauf hätte geben können. Nach sechzehn Jahren hatte die Welt sich verändert, die Menschen hatten sich verändert, die Meinungen hatten sich verändert. Es hatte keinen Sinn, das Ganze jetzt wieder aufzurollen. Außerdem hatte jede Generation ihre eigene Geschichte, das würde Ursula wohl niemals verstehen.

»Komm endlich zur Sache, *liebste Mutter*!«, sagte Ursula mit bebenden Nasenflügeln. »Er wollte mich also auch nicht haben! Ist es das, was du mir zu sagen versuchst?«

»Wieso denn ›auch nicht‹, Ussy? David und ich wollten dich als unser eigenes Kind großziehen.«

»Aber nur wegen seiner Tuberkolose-Erkrankung und der Tatsache, dass ihr deshalb keine eigenen Kinder bekommen konntet.«

»Wer hat dir denn das erzählt?« Ros war schockiert.

»Ich habe vor langer Zeit einmal Großtante Imogen und Tante Veronica darüber reden hören. Nur dass ich damals nicht wusste, dass ich ein Adoptivkind war. So wie sie geredet haben, dachte ich, ich sei euer einziges Kind und weil Papas Krankheit sich verschlimmerte, konntet ihr keine weiteren Kinder mehr bekommen. Aber ich kann ihn ja jetzt noch nicht einmal mehr Papa nennen, nicht wahr!«

»Oh doch, das kannst du, natürlich kannst du das! Du bist *unser* Kind, Ursula, Davids und meins. Wir *sind* deine Eltern! Wir mögen nicht deine leiblichen Eltern sein, aber wir sind deine wahren Eltern, wahr im wahrsten Sinne des Wortes! David und ich waren immer für dich da!« Ros versuchte voller Verzweiflung, Ursula davon zu überzeugen, dass sie das Wichtigste in ihrem Leben war. »Wir haben dir unsere Liebe geschenkt.«

»Aber trotz allem bin ich die unerwünschte Tochter eines deutsches Nazis ...«

Ros weigerte sich, auf diesen Köder anzubeißen. Diesmal musste sie endgültig klarstellen, was es mit Luke auf sich gehabt hatte. »Er war kein Nazi! Wenn er einer gewesen wäre, wäre ich die Erste gewesen, die ihn vorbehaltlos abgelehnt hätte – ohne Kompromiss, oh ja, obwohl er der Mann war, den ich liebte, lass dir das gesagt sein, mein Mädchen! Denn die Bedrohung durch die Nazis musste um jeden Preis und ein für alle Mal gebannt werden. Die Tyrannei von seiten einer einzigen Person oder einer ganzen Nation – die Tyrannei in jeder Ausprägung – muss um jeden Preis verhindert werden, sonst wäre die Welt kein guter Ort mehr zum Leben. Nach dem Krieg, bei der Nachbearbeitung der Operationen *Delila* und *Samson*, erzählte man mir Näheres über Lukas von Lukenstedt, einem von Hitlers Topagenten.«

»Einem Nazi!«

»Nein, das war er nicht, Ussy.«

»Alle Deutschen im letzten Krieg waren Nazis.«

»Du irrst dich, du weißt gar nicht, wie sehr.«

»Wie geblendet du doch bist, liebste *Mutter*! Das Wort ›Liebe‹ vernebelt scheinbar noch immer dein Urteil.«

Ros konnte nicht fassen, wie hart und zynisch Ussy plötzlich geworden war. Sie blieb jedoch standhaft. »Lukes Vater, ein General der Weimarer Republik, ist beim Röhm-Putsch auf Hitlers Geheiß hin erschossen worden. Seine Stiefmutter wurde danach gezwungen, für die Nazis zu arbeiten.«

»Sie war eins der Opfer, als die Priorei von Orca bombardiert wurde, nicht wahr?«

»Ja.«

»Du hast davon gesprochen, dass auch Luke an einer Verschwörung gegen Hitler beteiligt war.«

»Das kam später, im Juli 1944. Zu diesem Zeitpunkt waren viele deutsche Offiziere den Krieg gründlich leid und gaben sich keinen Illusionen mehr darüber hin, was Deutschland unter Hitler zu erwarten hatte. Aber der Teufel gibt gut Acht auf die Seinen. Hitler konnte entkommen und hat grausame Rache an jenen genommen, von denen er glaubte, sie hätten an der Verschwörung teilgehabt.«

»Hatte Luke damit zu tun?«

»David sagte, das sei der Fall gewesen ... Er hat ihn nach dem Krieg an der Universität Heidelberg getroffen, als er seine Unterschrift auf den Adoptionspapieren brauchte ... Wie dem auch sei,

Luke geriet nicht in Verdacht, weil er sehr geschickt vorgegangen war. Er hatte dem Führer als treuer Soldat und Spion gedient und zur gleichen Zeit hinter Hitlers Rücken seinen Sturz geplant. Man brachte ihn nie mit dieser Verschwörung in Zusammenhang.«

»Nun, in einem Punkt hast du jedenfalls Recht: Der Teufel kümmert sich tatsächlich um die Seinen! Zuerst haltet ihr alles vor mir geheim, jetzt erzählst du mir, dass David sogar nach Heidelberg gefahren ist, um mit ihm zu plaudern und sich seine Unterschrift abzuholen!«

Oh, das führte nirgendwohin! Ros fühlte sich vollkommen hilflos im Angesicht von Ursulas unverhohlener Feindseligkeit, obwohl sie ihr nicht die Schuld daran geben mochte. »Bitte, sprich nicht so mit mir, Ursula, das ist wirklich unfair! Deine Mutter ist tot. Ich glaube nicht, dass sie einen Grund hatte, mich anzulügen, als sie mir erzählte, Luke sei dein Vater ... der natürlich nicht in Wirklichkeit Luke heißt, das war nur sein Codename während des Krieges.«

»Wie auch immer er heißen mag, er wollte mich nicht haben und hat sich vor seiner Verantwortung gedrückt, deshalb hat er mich mit Freuden dir überlassen und ... und David. Wenn er nicht mein richtiger Vater war oder vielleicht nicht glaubte, es zu sein – und niemand von euch kann sich in dieser Hinsicht sicher sein –, warum habt ihr dann nach dem Krieg noch einmal Verbindung zu ihm aufgenommen, um seine Erlaubnis für eine Adoption einzuholen?«

»Weil wir es für richtig hielten. Du hattest keine richtige Geburtsurkunde, da deine Geburt auf Orca unter äußerst schwierigen und – sagen wir mal unkonventionellen – Umständen stattfand. Es ist mir jedoch gelungen, nachträglich eine Geburtsurkunde für dich zu bekommen, indem ich bezeugt habe, wer dein Vater und deine Mutter waren.«

»Ist das die Urkunde, von der du sprichst?« Ursula nahm etwas aus ihrer Tasche und warf es auf den Tisch. »Mutter: La Contessa Abigail Florence Amelie Ramson de Steffani, Vater:

Major Luke Duffield ... na toll, einfach wunderbar! Eine italienische *puta* als Mutter und ein Mann, den es gar nicht gibt, als Vater, was für ein Start ins Leben kann das schon sein!« Sie knüllte ihre Geburtsurkunde voller Abscheu zusammen und warf sie auf den Boden.

Ros bückte sich und hob die Urkunde auf. Dann strich sie sie wieder glatt. Sie sah so aus, als hätte Ursula sie bereits vorher in Fetzen gerissen und sie dann mit Tesafilm wieder zusammengeklebt. Leise sagte Ros: »Deine Eltern sind David und Roslin Pengellon, Ursula.«

»Ach ja? Nur zu deiner Information, ich habe diese wertlose Geburtsurkunde inmitten all des anderen Krams gefunden, den du in dieser dummen Büste versteckt hattest! Ob ich will oder nicht – *das* ist meine Geburtsurkunde, liebste *Mama*!« Sie zeigte auf das zerknitterte Stück Papier auf dem Tisch. »Nicht die, die du mir für all meine Schulunterlagen gegeben hast, und auf der steht: Mutter: Roslin Taylor Ramson-Pengellon, Vater: Professor David Edward Pengellon.« Ursula schob ihren Stuhl zurück, und das Kratzen der Stuhlbeine auf den Küchenfliesen ging Ros durch Mark und Bein. Ursula stand auf. »Sehe ich ihm ähnlich?«

»Was?«

»Sehe ich ihm ähnlich? Dem Abt der Insel?«

»Ich ... ich ...«, stammelte Ros überrumpelt.

»Na komm schon, Mutter, sieh mich an! Du musst doch wissen, ob ich ihm ähnlich sehe oder nicht. Immerhin hast du ihn doch auch geliebt. Jeder Zentimeter dieses Mannes muss sich dir eingeprägt haben ... Sehe ich ihm ähnlich?«

»In gewisser Weise ... Es ist so lange her, Ussy, ich erinnere mich nicht mehr so genau, wie er aussah.«

»War er groß, dunkelhaarig und gut aussehend wie ich?«

»Ja. Aber eben nicht ganz so wie du ... Du hast die Augen deiner Mutter.«

»Welche Farbe hatten seine Augen?«

»Ich erinnere mich nicht.«

»Dann gib dir etwas mehr Mühe, Mutter! Waren seine Augen grau, oder braun, schwarz oder grün oder blau?«

»Blau ... denke ich.«

»Du weißt verdammt gut, dass sie blau waren! Das hast du jedenfalls in deinem Tagebuch geschrieben. Du hast dort alles über ihn niedergeschrieben. Du hast geschrieben, wie sehr du ihn geliebt hast und wie sehr er dich liebte! Du hast von euren Begegnungen im Wald geschrieben. Und du scheinst ständig Briefe an ihn geschrieben zu haben – hast du sie jemals abgeschickt, nachdem er nach Deutschland zurückgekehrt war? Hat mein Adoptivvater je Bescheid gewusst über das ganze Ausmaß deiner Gefühle für diesen anderen Mann – einen Deutschen! Ist das der Grund, warum Veronica und Imogen nichts mehr mit dir zu tun haben wollen, weil sie denken, du habest England durch die Liebe zu diesem Deutschen verraten? Weil du den Namen Ramson in den Schmutz gezogen hast? Ist das der Grund, warum du ein Geheimfach in den Sockel von Tante Ronnies Kopf eingearbeitet hast – um deine anstößige Vergangenheit zu verstecken? Oder wolltest du nur nicht, dass die Briten von dem deutschen Enigma-Codebuch erfuhren, das du mit schlechtem Gewissen so sorgfältig verborgen hattest?«

»Würdest du dich jetzt bitte mal hinsetzen und dir erklären lassen, was es mit diesem Codebuch auf sich hat, Ussy?«

»Nenn mich nicht so ... mein Name ist Ursula!«

»Ich weiß. Ich war diejenige, die dir diesen Namen gegeben hat, nachdem dein Vater dich aus den Flammen gerettet hatte.«

»Er ist nicht mein Vater!«, schrie Ursula verzweifelt und hielt sich die Ohren zu.

»Ich denke schon, dass er es ist ... Ich glaube das, was deine Mutter darüber gesagt hat – deine richtige Mutter!«

»Die zu hintergehen dir offenbar nichts ausgemacht hat?«

»Ja – obwohl sie mich hintergangen hat! Genauso wie Luke übrigens. Als ich das zweite Mal auf die Insel zurückkehrte, hatte ich keine Ahnung, dass Luke sie inzwischen geheiratet hatte. Ich nenne ihn jetzt weiter Luke, um die Dinge zu vereinfachen, obwohl das nicht sein richtiger Name ist.«

»Wie du das immer wieder betonst! Also, wie lautet sein richtiger Name? Nicht, dass ich etwa den Wunsch hätte, zuzugeben, dass in meinen Adern Naziblut fließt.«

»In deinen Adern fließt nichts dergleichen. Er war ein deutscher Soldat, der seine Pflicht gegenüber dem Vaterland tat – so wie wir es alle in jenen schrecklichen Kriegsjahren für unser Land getan haben.«

»Alle bis auf meinen angeblichen Vater, David, der ein so genannter Pazifist und Kriegsdienstverweigerer war! Ich frage mich, wie viele andere Mädchen in der Schule zwei Väter und zwei Mütter haben, noch dazu allesamt Personen, zu denen sie sich lieber nicht bekennen würden!«

Roslin versuchte, Ursulas Seitenhiebe und ihren Spott zu ignorieren. Ursula war so verletzt, wie man es nur sein konnte, wenn einem über Nacht sein Leben und die eigene Identität weggerissen wurden. Es war zu spät, sich zu wünschen, sie und David hätten Ursula beizeiten die Wahrheit gesagt, aber David hatte ihr eine glückliche, unbeschwerte Kindheit und die nötige Charakterstärke mitgeben wollen, sodass sie zur rechten Zeit in der Lage gewesen wäre, mit einer solchen Enthüllung fertig zu werden. Aber sie hatten den richtigen Zeitpunkt dafür ungenutzt verstreichen lassen, dabei hatte ein Kind ein Recht auf seine Vergangenheit. »Luke war ein Gentleman, Ussy«, erklärte Ros entschieden. »Ob er nun Deutscher war oder nicht, er war dennoch ein Gentleman, und darauf werde ich bis ans Ende meiner Tage beharren.«

»Wenn er ein Gentleman war, dann hat er sich aber sehr von dem Rest seiner Rasse unterschieden!«

»Ussy, beruhige dich! David und ich haben dich nicht dazu erzogen, dass du eines Tages selbst mit solchen Naziparolen um dich wirfst! Der Krieg ist vorbei. Was passiert ist, ist passiert – auch wenn man sich immer daran erinnern sollte. Keiner von uns kann die Vergangenheit ändern. Wir können nur nach vorn blicken und versuchen, ein neues Morgen aufzubauen, ein Morgen in Frieden und Harmonie für alle Menschen.«

»Du hast ihm *verziehen*, was er euch allen angetan hat? Was er mir angetan hat?«

»Das ist sehr lange her«, sagte Ros müde.

»Dann gibt es wohl nichts mehr zu sagen! Mein Leben ist ein Scherbenhaufen, ich habe keinen Vater und keine Mutter ...«

»Doch es gibt noch etwas dazu zu sagen, Ursula. Eines darfst du niemals vergessen: dein Vater – dein Adoptivvater – mein Mann, hat dich so sehr geliebt, wie nur je ein echter Vater sein Kind lieben kann. Und deshalb, *war* er dein Vater! Er war derjenige, der dich großgezogen hat. Er war derjenige, der dich von dem Augenblick an, als du in unser Leben kamst, geliebt und umsorgt hat. Als ich ihn an Standort X kennen lernte ... Zweifellos hast du in den Tagebücher auch ein wenig über meine Arbeit dort gelesen. David und ich haben dort beide gearbeitet, durften aber niemals miteinander über Details unserer Arbeit reden. Das war verboten, selbst unter Eheleuten. Wir haben uns an die Regeln gehalten. Nach allem, was auf Orca passiert war, der Bombardierung der Priorei, Abigails Tod und Lukes Verschwinden mit seinen Männern, befand ich mich in einer Art Vakuum.

Ein Mann namens Leamington-Smythe, mein Chef, setzte sich dafür ein, dass ich zu Standort X zurückkehren konnte. Ich galt in Regierungskreisen als ›gefährlich‹, deshalb zögerten sie, mich wieder einzustellen. Eine Weile spielte man dann mit dem Gedanken, mich, nachdem ich die Operation *Delila* erfolgreich absolviert hatte, mit Spionage- und Sabotageaufträgen nach Frankreich zu schicken. Am Ende kam man jedoch überein, dass man mich auf keinen Fall als Spionin, Saboteurin oder zu sonstigen gefährlichen Aufgaben nach Europa schicken könne, weil man Angst hatte, ich würde unter der Folter alles verraten, falls man mich gefangen nahm. Standort X und *Ultra* waren der Hauptgrund. Man legte mir also quasi einen Maulkorb an, für alle Zeit. Am Ende beschlossen sie jedoch, mich zumindest wieder nach Bletchley Park zu schicken, als eine von Winston Churchills Gänsen, die zwar niemals gackerten, es aber immer irgendwie fertigbrachten, goldene Eier zu legen – wie man es damals im Kriegsjargon ausdrückte –, darüber hast du sicher ebenfalls in meinen Kriegstagebüchern gelesen. Ich bin also noch immer durch den Eid gebunden und habe ohnehin schon viel zu viel preisgegeben. Daher habe ich damals Veronicas Büste noch ein Stück hinzugefügt, einen großen, quadratischen Sockel, auf den ich dann ihren Kopf gestellt habe. Ein Hohlraum, in dem ich all meine geheime Erinnerungsstücke verborgen habe – Dinge, die eigentlich bis 1975 dort hätten unentdeckt bleiben sollen, denn dann bin ich nicht mehr an meinen Eid gebunden. Ich kann darüber also immer noch ins Gefängnis kommen, bitte, behalte das im Kopf, aber ich denke, das wirst du trotz allem tun.« Ros hatte nach wie vor das Gefühl, Ursula vertrauen zu können.

»Also, was ist nun mit diesem deutschen Codebuch, von dem ich das Gefühl habe, dass es eigentlich nicht in deinem Besitz sein dürfte?«

»Ich habe es in Giles ehemaligem Schlafzimmer gefunden.«

»Sprichst du von Onkel Giles, dem Spitfirepiloten, der während der Schlacht um England abgeschossen wurde?«

Ros stand auf und trat an die Spüle. Sie drehte den Wasserhahn auf und blickte über ihren mondbeschienenen, friedlichen, italienischen Garten. Sie stand so lange unbewegt dort und starrte hinaus, dass Ursula sich langsam Sorgen machte, die Küche könne währenddessen überflutet werden. »Mutter …«

Ros zuckte zusammen, füllte ein Glas mit Wasser, drehte den Hahn zu und kam an den Tisch zurück, wo sie sich wieder auf ihren Platz setzte. »Ja, der gute alte Giles … Ihn hat's am Ende doch noch erwischt, über Kent. Imogen war nach seinem Tod nie wieder ganz die Alte.« Ros lächelte kläglich bei der Erinnerung an ihren Vetter. »Aber wie dem auch sei, wo war ich gerade?«

»Bei dem deutschen Codebuch.«

»Oh ja, das war für uns von großem Wert! Standort X ist es damit gelungen, so viele deutsche Funksprüche zu knacken, dass sie mit Codes einen entscheidenden Beitrag zum Krieg geleistet haben!« Ros' Stimme klang müde.

»Und das ist alles?«, fragte Ursula streng.

»Mehr oder weniger. Leamington-Smythe war natürlich ganz außer sich vor Begeisterung, als ich das Codebuch nach der Bombardierung Orcas mit nach London zurückbrachte. Auch die anderen hohen Tiere von der RAF waren ganz aus dem Häuschen deswegen, sogar Winston Churchill! Sie konnten mir damals keine öffentliche Anerkennung dafür zuteil werden lassen, weil sie den Deutschen damit offenbart hätten, dass sie das Geheimnis um *Ultra* gelüftet hatten. Unglücklicherweise jedoch änderten die Deutschen ständig ihre Codes, und so hatte das Buch, das ich in Giles' Zimmer in der Priorei gefunden hatte, nur begrenzten Nutzen für uns. Die deutschen Streitkräfte hatten verschiedene Enigma-Codebücher – für ihr Heer, die Marine und die Luftwaffe –, sodass wir uns einer gewaltigen Aufgabe gegenübersahen. Wie dem auch sei, dank Bertha konnte ich meinen Beitrag dazu leisten, dass der Krieg schließlich zu unseren Gunsten entschieden wurde.«

»Und warum hattest du das Bertha zu verdanken?«

»Sie hatte Giles' Zimmer bewohnt, in dem ich nach meiner Gefangennahme festgehalten wurde. Die Deutschen haben es gewählt, weil es zu weit von Scoots' Zimmer entfernt war, als dass ich Verbindung zu ihr hätte aufnehmen können – beispielsweise indem ich an Mauern oder Rohre klopfte. Auf einem der Bücherregale in Giles' Zimmer fand ich jedenfalls das Enigma-Codebuch der deutschen Luftwaffe. Bertha hatte es scheinbar dort versteckt und hatte dann während der Bombardierung der Priorei keine Zeit mehr, es zu holen. Daher war die Operation *Delila* also ganz und gar nicht erfolglos: Ich hatte dich, und Großbritannien hatte ein Mittel in der Hand, um während jenes furchtbaren Sommers im Jahre 1940 die deutsche Luftwaffe von unserem Himmel zu vertreiben.«

»Was glaubst du, warum er meine Mutter geheiratet hat, obwohl er doch scheinbar gar nicht wollte?«, verlangte Ursula zu wissen.

»Diese Frage hat mich auch lange beschäftigt, Ussy. Es sei denn, er hat es deshalb getan, weil er ein echter altmodischer Gentleman war. Bertha, seine Mutter oder vielmehr Stiefmama, war jedenfalls ganz und gar nicht entzückt, eine Italienerin zur Schwiegertochter zu haben. Abigail war übrigens nicht ihre Gefangene, jedenfalls nicht im wahrsten Sinne des Wortes, da sie aus freiem Willen nach Orca zurückgekehrt war. Sie hätte jedoch auch nicht weggekonnt, weil Bertha ihre Depression behandelte und Scoots damals bereits eine Gefahr für sich selbst darstellte.«

»Du meinst also, Luke könne sie vielleicht geheiratet haben, weil ... weil er ein netter Mann war und ein Gentleman ... wie du sagst. Kann er sie auf seine eigene Art und Weise vielleicht doch geliebt haben?«, fragte Ursula, weit weniger aggressiv als noch kurz zuvor. »So wie du David geliebt hast, nach ihm?«

Ros blickte auf und lächelte. »Davon bin ich überzeugt, mein Liebes.«

»Und du denkst, er könnte doch mein Vater sein, obwohl er es bestritten hat?«, sagte Ursula nachdenklich.

»Unbedingt!«, pflichtete Ros ihr bei.

»Würde dir das sehr viel ausmachen?«, fragte Ursula.

Ros sah sie verblüfft an. »Nein, natürlich nicht!«

»Erzähl mir mehr über David.«

»Er hat dich über alles geliebt, Ussy, daran darfst du niemals zweifeln! Er und ich haben unsere Bekanntschaft erneuert, nachdem man mich 1941 zurück nach Bletchley Park geschickt hatte. Wir kannten uns schon während des Krieges, allerdings eher aus der Ferne, denn keiner von uns durfte dort intensiveren Kontakt mit anderen aufnehmen und über seine Arbeit sprechen. Als der Krieg endete, nahmen wir beide unsere Freundschaft sofort wieder auf, diesmal jedoch auf einer viel persönlicheren Basis. Wir beschlossen bald, zu heiraten. Und weil ich – ob es mir passte oder nicht – über so viele Dinge aus der Zeit vor und während des Krieges mit David nicht sprechen durfte, begrub ich sie im Kopf jener Skulptur, die ich während eines Sommers auf Orca angefertigt hatte.«

»Warum hast du das getan?«

»Warum ich das alles aufgehoben habe? Eigentlich weiß ich das nicht so genau. Abgesehen davon habe ich immer den Wunsch gehabt, irgendwo hinzugehören. Ich habe gehofft, mir einen Platz in der Welt zu erobern, gehofft, um meiner Kinder willen ... ich weiß es nicht.«

»Es tut mir Leid, dass ihr beide, du und David, niemals eigene Kinder hattet.«

»Wir hatten doch dich.«

»Aber das kann doch nicht dasselbe sein wie ein eigenes Kind?«

»Oh doch, das kann es! Absolut dasselbe.« Ros ging das Risiko ein, eine Hand auf Ursulas Arm zu legen, eine sanfte Geste des Friedens und der Versöhnung.

»Ein komischer Ort, um irgendwo hinzugehören, Tante Veronicas Kopf!« Ursula lachte leise auf.

Ros drückte zaghaft die Hand ihrer Tochter. »Ja, nicht wahr! Sie ist auf ihre alten Tage ziemlich kauzig geworden, aber sie gehört trotzdem zur Familie – wir alle gehören zur Familie! Ich habe dich wirklich nicht absichtlich so lange über deine Herkunft im Unklaren gelassen; aus Liebe zu dir haben wir den Tag der Wahrheit vielleicht zu lange hinausgezögert, statt darüber nachzudenken, was wir dir damit antun. Glaub mir bitte – von dem Augenblick an, als man dich mir in die Arme legte, konnte ich nicht anders, als dich zu lieben. Von dieser Nacht an, vor sechzehn Jahren, als ich mit dir in dem nach Fichten und Bärlauch duftenden Wäldchen von Orca saß und mich verzweifelt fragte, wie ich dich füttern solle und womit, warst du meine Tochter. Und nach dem Krieg wurdest du auch Davids Tochter.«

»Wer hat sich denn um mich gekümmert, als du nach Bletchley Park zurückgegangen bist?«

»Ich habe mich um dich gekümmert. Ich habe mich immer um dich gekümmert.«

»Heimlich?«

»Ja, heimlich!«

»Du kannst doch unmöglich deine tägliche Arbeit mit einem Baby im Schlepptau verrichtet haben? Wie hast du das geschafft?«

»Oh, das ging ganz gut – es ist schon überraschend, wozu man in der Lage ist, wenn es sein muss. Ich habe eine neue Unterkunft gefunden und meiner Vermieterin erzählt, mein Mann sei bei Dünkirchen gefallen. Sie hatte großes Mitgefühl und hat mich aufgenommen und sich um mich und mein Kind gekümmert. Sie war eine vornehme Dame und hatte selbst sowohl ihren Mann als auch ihren Sohn verloren, die für die polnische Luftwaffe von Sektor 11 geflogen sind. Ich war ebenfalls einmal in Sektor 11 stationiert, aber das ist lange her ...«

»Felix!«

Ursula bemerkte mit einiger Befriedigung, dass Ros dunkelrot anlief: »Oh ja, liebste Mutter! Deine Geheimnisse sind jetzt auch meine Geheimnisse.« Sie warf das Haar auf eine sehr erwachsene und verführerische Weise zurück, und Ros fühlte sich stark an Abigail erinnert. Nun, Ros hoffte aufrichtig, dass Ursula nicht etwa denselben Weg gehen würde wie die arme Scoots. David und sie hatten sich schließlich bemüht, ihr Dinge mitzugeben, die Scoots immer gefehlt hatten. »Keine Sorge, Mutter, jedes Mädchen muss irgendwann mal seine Jungfräulichkeit verlieren, ob nun an ihren Ehemann oder ihren Freund. Zumindest weiß ich, dass es bei dir mit einem Kanadier namens Felix geschehen ist und nicht mit einem Deutschen Namens Pater Luke. Das wäre wirklich mehr, als ich verkraften könnte! Dann wären die Dinge auch noch viel komplizierter als sie ohnehin schon sind. Ich meine, wenn du mit dem Mann meiner Mutter ... Es ist alles ziemlich verwirrend, nicht wahr, wenn man eine so große Familie hat. Wie dem auch sei, diese polnische Vermieterin, Mrs Powlinski oder wie sie auch geheißen haben mag, und deren polnische Verwandschaft in London haben also für dich auf mich aufgepasst, bis der Krieg zu Ende war. Dann müsste ich doch eigentlich auch polnisch sprechen können.«

»Das hast du auch. Damals jedenfalls. Aber sobald der Krieg endete, wollten David und ich ein neues Leben zusammen anfangen, zusammen mit dir, und mit der Zeit hast du deinen polnischen Wortschatz, der als kleines Kind noch nicht sehr viele Worte umfasste, vergessen! Um dich an die Powlinskis erinnern zu können, warst du damals noch viel zu klein.«

»Wie hat er, David, es damals aufgenommen, dass du ein Kind hast?«

»Ich habe ihm irgendwann die Wahrheit gesagt – als ich zurückkam und wir uns ein wenig näher gekommen waren.«

Die Motten waren inzwischen überall, denn sie fühlten sich von der grünen Lampe über dem riesigen Küchentisch magisch angezogen. Die meisten verbrannten an der heißen Glühbirne und fielen hinab auf den Tisch. »Darf ich einen Schluck von deinem Wasser haben?«, fragte Ursula mit gepresster Stimme.

Ros schob ihr das Glas hin.

»Ach, eigentlich lieber doch nicht«, sagte Ussy angeekelt, »da schwimmen schon tote Motten drin ... ich denke, ich gehe jetzt ins Bett, ich bin fix und fertig.«

»Kein Wunder.«

Ursula stand auf. »Ich habe dir noch nicht verziehen, dass du das nur weißt.« Dann überließ sie Ros sich selbst und verschwand in ihr Zimmer.

Ros griff nach der Weinflasche, die inzwischen fast leer war. Sie schenkte sich den letzten Rest ein und musste an ihren verstorbenen Mann denken.

Die Tränen liefen ihr übers Gesicht, und ihre Schultern zuckten lautlos. Nicht einmal in dem Augenblick, als Luke ihr das goldene

Kreuz, das er als Abt der Insel getragen hatte, in die Hand gelegt und damit gleichzeitig seinen größten Verrat begangen hatte, den Verrat an dem armen, kränklichen Kind namens Ursula, war sie so vollkommen ohne Trost gewesen.

Am nächsten Morgen machte Ros zwei Tassen Tee, eine für sich selbst, eine für Ursula; es war ein neuer Tag und hoffentlich auch ein neuer Anfang. Es würde einige Zeit dauern, um die Scherben zu kitten, um die Bande des Vertrauens zu erneuern, die Zuneigung ihres geliebten Kindes zurückzugewinnen. Doch Ros war bereit zu warten, auch wenn sie sich an diesem Morgen wie der leibhaftige Tod fühlte, mit einer ungeheuren Last der Schuld auf ihren Schultern, die von Minute zu Minute schwerer zu werden schien.

Ros ging die Treppe hinauf zu Ussys Zimmer. Dort klopfte sie an die Tür und rief: »Ich bringe dir eine Tasse Tee, Liebes ...« Keine Antwort. Ros versuchte es noch einmal. Sie wusste sehr gut, dass Ussy oft bis zum Mittag wie eine Tote schlafen konnte. Gerade nach den schrecklichen Geständnissen des vergangenen Abends wollte sie sie nicht aus dem erholsamen Schlaf reißen, der Ursula bereits seit einigen Tagen nicht mehr vergönnt gewesen war. Früher hätte sie an die Tür gehämmert, um sie zu wecken, wäre hineingegangen und hätte sie an den Füßen gekitzelt, bis Ursula vor Lachen nicht mehr hätte an sich halten können, und Ros hätte sie erbarmungslos aus dem Bett gezerrt, damit sie sie nach Florenz oder Sienna oder Arrezo begleitete. Sie wären dann zusammen durch Boutiquen geschlendert, hätten sich Kunstwerke angesehen oder ein Pferderennen besucht. Doch diesmal wusste Ros, dass sie Ursulas Wünsche respektieren musste. Für den Augenblick war es das Beste, was sie tun konnte – respektvoll Abstand halten, aber gleichzeitig zur Stelle sein, sobald Ussy sie brauchte.

Ros lies die Tasse Tee und den Keks auf der Untertasse vor der

Tür stehen. Wenn Ussy wach war, würde sie die Tür aufmachen und sich den Tee und den unerlässlichen Schokoladenkeks holen – und falls nicht, würde Ros eben warten müssen, bis Ursula bereit war, ihr zu verzeihen.

Doch als Ros, kurz nach ihrem einsamen Mittagessen, in ihrem geliebten Garten war und Luigi zusammen mit Gabriella in seinem Taxi erschien, ahnte sie, dass etwas nicht stimmte und verlor die mühsam erkämpfte Ruhe wieder. Ihr Herz beschleunigte seinen Schlag. Gabriella las ihre Schürze von der Wiese auf, wo sie sie am Abend zuvor hingeworfen hatte, und drückte sie sich mit einer dramatischen Geste an die Brust. »Signora, Signora ... wir haben uns solche Mühe gegeben, Luigi und ich und unsere Familien, aber sie ließ sich einfach nicht davon abbringen, sie wollte unbedingt fort ...«

Ros sank auf die Bank nieder, die im Garten stand. »Fort? Wer, Gabriella? Von wem sprechen Sie?«

»Von Signorina Ursula!«

»Würden sie mir bitte erklären, was sie damit meinen?« Ros sah mit einem Ausdruck tiefster Verwirrung von einem zum anderen.

Gabriella benutzte auf typisch italienische Art und Weise ihre Hände zum Sprechen und tupfte sich zwischendurch mit ihrer Schürze die Augen, während sie alles daran setzte, Ros die Situation zu erklären, die sich über Nacht ergeben hatte: »Sie kommen zu uns, gestern nacht, in Mitte der Nacht, zuerst zu meinem Haus. Dann zu Luigi und Francesca ... Signorina Ursula reden mit uns allen, darüber, was sie von jetzt an mit ihrem Leben soll anfangen, denn sie haben jetzt keine Mutter mehr und keinen Vater und keine Familie Ramson. Wir sagen ihr, sie sein dumm, sein nicht wohl in ihrem Kopf und in ihr Herz, dass sie haben einen großen Schock und müssen noch einmal nachdenken, denn sie haben doch alles hier bei Ihnen, und bevor ihr Vater, David, sterben ...« Gabriella und Luigi bekreuzigten sich hastig, bevor Gabriella fortfuhr: »Aber sie gehen trotzdem. Sie gehen! Sie bestehen darauf, dass Luigi sie bringen zum Flughafen in Arrezo ... sie sagen, sie machen eine Reise um die ganze Welt. Es tut mir ja so Leid für Sie, Signora Roslin, und Luigi auch ...« Luigi nickte betreten. »Das ganze Dorf können nichts tun, wir stehen auf der Seite von der Signora, aber Ihre Tochter, sie bestehen darauf, dass sie gehen und Sie verlassen.« Die Italienerin schaute Ros voller Mitleid an.

»Ich danke Ihnen, Gabriella.« Ros ließ die beiden auf der Straße vor ihrer kleinen Villa stehen und schleppte sich mit müden Schritten hinauf in Ursulas Zimmer. Auf dem Kissen fand sie einen Brief, der ihre schlimmsten Befürchtungen bestätigte:

»Trotz allem, was du zu erklären versucht hast, kann ich dich nicht länger Mutter oder Mama nennen, denn du bist nicht das, wofür ich dich in den letzten sechzehn Jahren meines Lebens gehalten habe. Genauso wenig ist es mein Vater – Papa, wie ich ihn immer genannt habe. Ihr seid nicht meine Eltern, das weiß ich jetzt. Ich wünschte, Ihr hättet mir von Anfang an die Wahrheit gesagt, dann wäre ich mit der Situation vielleicht viel besser fertig geworden. Aber wie die Dinge liegen, weiß ich einfach nicht, wem ich noch glauben oder wem ich noch vertrauen kann. Anscheinend kommt der schlimmste Verräter immer aus den eigenen Reihen – das jedenfalls hat Tante Veronica einmal gesagt, die, wenn sie die Stiefschwester meiner Mutter war, enger mit mir verwandt ist als du, und die überhaupt nicht mit der Familie Ramson verwandt, sondern nur eine entfernte angeheiratete Cousine ist! Das alles ist mir durch deine Tagebücher jetzt klar geworden. Du hättest sie nicht behalten sollen. Aber gibt es nicht ein Sprichwort, nach dem unsere Sünden uns früher oder später immer einholen? Ich glaube, dass Luke mich von Anfang an nicht anerkannt hat, weil er eine solche Bürde in seinem Leben einfach nicht auf sich nehmen wollte. Er zumindest war in dieser ganzen Angelegenheit ehrlich. Was ich dagegen nicht akzeptieren kann, ist die Tatsache, dass ihr mich vorsätzlich getäuscht habt, du und David, weil ihr mir die ganze Zeit vorenthalten habt, dass ich nicht *euer Kind bin. Es tut mir Leid, was passiert ist. Es wäre vermutlich besser gewesen, wenn ich*

das Alter von sechzehn Jahren gar nicht erreicht hätte. Vielleicht hättest du mich lieber auf Orca sterben lassen sollen, als ich so ein kränkliches Baby war, nach allem, was du geschrieben hast ...«

Ros war außerstande, weiterzulesen. Eine Flut von Tränen ließ die Worte vor ihren Augen verschwimmen. Ihr Herz klopfte wie wild und sie fühlte ein Stechen in ihren Lungen. Dann wurde sie ohnmächtig.

Orca 1970

In seinen Augen war sie noch immer so jung und schön wie eh und je. Er beobachtete sie aus der Ferne, wie sie mit Pinsel und Farbe die Leinwand bearbeitete und die Motive, die sie als Nächstes malen wollte, einer genauen Musterung unterzog. Er hatte sie immer geliebt – seit sie ein linkisches junges Ding von elf Jahren gewesen war und ihn ängstlich und gleichzeitig voller Ernsthaftigkeit nach der Rattenpopulation von Orca befragt hatte. Seit er die Insel von seinem Vater geerbt hatte, von Carlisle, dem dritten Lord Ramson, und seit das verwaiste Kind irgendeines entfernten Vetters zu ihnen ins Haus gekommen war, weil sie den Namen Ramson mit ihnen teilte – seither hatte er sie mehr als alles andere auf der Welt geliebt, seine wunderschöne Roslin.

»Schieben Sie mich rauf, Paul!«, drängte Grayson Paul, der ihn als sein treuer alter Diener nach wie vor begleitet hatte.

»Uns steht eine Hitzewelle bevor, Mylord!«, sagte Paul ächzend, während er die Hände um die Griffe des Rollstuhls seiner Lordschaft legte; denn auch er war kein junger Mann mehr. »Wo soll ich Sie diesmal abstellen?«

»Neben ihrer Staffelei.«

»Was malt sie denn jetzt schon wieder, um Himmels willen?« Paul tupfte sich seine schweißüberströmte Stirn ab. »Hoffentlich nicht schon wieder ein Ölbild von Orca, der Himmel erspare uns ein weiteres Bild von dieser Sorte.«

»Sie malt die Ansicht, die man von Ramsons Folly auf die neu erbaute Priorei hat.«

»Sie wissen doch, Mylord, dass die Küchenräume stark umgebaut und modernisiert worden sind. Sie haben keine Ähnlichkeit mehr mit ...«

»Ja, ja!«, sagte seine Lordschaft gereizt. »Tun Sie einfach, was ich Ihnen sage und stellen Sie mich neben Roslin ab, wenn Sie so freundlich sein wollen, Paul.«

»Jawohl, Sir!«

Grayson beugte sich über die Armlehne seines Rollstuhls und griff nach Roslins linker Hand. »Mach mal einen Augenblick Pause, mein Mädchen, damit ich dir einen glücklichen fünfzigsten Geburtstag wünschen kann.«

»Scht!« Ros lachte und wischte dann den Pinsel an einem öligen Tuch ab. »Nicht so laut bitte, ich möchte gar nicht daran denken, dass ich schon so alt bin.«

»Ich auch nicht«, sagte seine Lordschaft, »und dabei bin ich doch erst siebzig und ein paar Zerquetschte. Auch ich werde von heute an wohl eher der Vergangenheit angehören.«

»Genau wie dieser Rollstuhl, Mylord, wenn Sie weiterhin darauf bestehen, jeden Tag, den Gott werden lässt, so viel zu essen«, bemerkte Paul, der schnaufte und ächzte wie eine alte Dampflok. »Ich werde zu alt für diesen Unfug.«

»Tun Sie mir den Gefallen und lassen Sie uns ein Weilchen allein, alter Freund.« Grayson versuchte, Paul mit einer viel sagenden Handbewegung wegzuscheuchen, doch dieser tat so, als bemerke er es nicht und rührte sich nicht von der Stelle. »Hier.« Grayson ließ zwei schwere, schmiedeeiserne Schlüssel vor Ros' Nase baumeln. »Nimm sie, mein Mädchen, und viel Glück.«

»Bitte?«

»Die Schlüssel zur Zitadelle«, erklärte Grayson.

»Zu welcher Zitadelle?«

»Zu der, die du vor dreißig Jahren vor der völligen Zerstörung gerettet hast. Die jetzt wieder aufgebaut ist und nur darauf wartet, abermals zu einer Zuflucht für die bedrohten Tiere dieser Welt zu werden – die, nebenbei bemerkt, heutzutage in noch nie dagewesenem Umfang verfolgt und ausgerottet werden …«

»Danke – aber ich brauche keine Schlüssel, um in die Priorei hineinzugelangen, Grayson. Sowohl Paul als auch du seid hier, wann immer ich hierherkomme. Du weißt doch, dass ich immer versuche, meine Besuche hier mit deinen zu koordinieren.«

»Nein, nein, du missverstehst mich, mein liebes Mädchen! Ich möchte, dass du in Zukunft frei über Orca verfügen kannst – du und die Deinen, auf alle Zeit. Orca gehört dir. Diesmal verpachte ich die Insel nicht, ich verschenke sie vielmehr – Orca, mit allem, was dazu gehört, soll von nun an dir gehören, weil ich weiß, dass keinem diese Insel mehr bedeutet als dir. In meinem Testament wirst du als meine Nachfolgerin genannt, meine liebe Roslin.«

Paul, der Sentimentalitäten hasste, griff sich mit theatralischer Gebärde an die Stirn. »Oh weh, ich bin enterbt! Es bekümmert mich zutiefst, so sehr, dass Gefahr besteht, dass ich von nun an meine Treue und Ergebenheit der Erbin von Orca zuwende.«

»Halten Sie den Mund, Paul!«, knurrte seine Lordschaft, denn Grayson hasste es, unterbrochen zu werden. Seine ganze Aufmerksamkeit galt Roslin und ihrer Reaktion auf seine großzügige Geste.

Ros glaubte zunächst, sich verhört zu haben. Sie ließ sich Zeit mit dem Säubern ihrer Pinsel und erst nach einer, für Grayson qualvoll langen Weile begann sie aus dem Schutz ihres Sonnenhuts leise zu sprechen. »Lass mich das bitte noch einmal zusammenfassen, damit ich weiß, ob ich es auch wirklich richtig verstanden habe. Du machst mir die Insel mitsamt der Priorei von Orca zum Geschenk, und das für immer, obwohl die Ehrenwerte Veronica deine nächste Blutsverwandte ist und daher von Rechts wegen deine Erbin sein sollte.«

Grayson nickte heftig, und sein weißer Bart wippte dabei auf und ab. »Und glaube ja nicht, dass ich nicht mehr weiß, was ich tue. Ich bin nicht so senil, wie Paul es jedem einzureden versucht, der bereit ist, ihm zuzuhören. Erklären Sie es ihr, Paul!«

»Erklär du es mir, Grayson«, bat Ros leise.

»Ich tue das aus vielen Gründen, mein liebes Mädchen. Erstens habe ich keinen männlichen Erben, an den ich den Besitz der Ramons weitergeben könnte, nachdem unser armer Giles vor dreißig Jahren abgeschossen wurde. Ich weiß, dass du um ihn getrauert hast, wie auch ich um ihn getrauert habe, als er in der Blüte seiner Jahre den Tod fand. Es hat keinen Sinn, zurückzublicken, Roslin, wir müssen nach vorne schauen. Ich habe dir die Schlüssel zu meiner Insel und der neuen Priorei gegeben, weil ich weiß, dass sie dir mehr bedeuten als jedem anderen Mitglied unserer Familie. Wäre Giles am Leben geblieben, wäre Orca in seinen Besitz übergegangen – so war es seit jeher Brauch bei den Ramons. Ronnie und ihre Mutter sind, in meinen Augen, hoffnungslose Fälle: Vielleicht würden sie Orca sogar verkaufen, ganz sicher jedoch nicht privat nutzen. Du dagegen weißt Orca zu schätzen. Ich möchte dir hier die Chance geben, dein Leben noch einmal ganz von vorne zu beginnen, Roslin, also nimm das Geschenk bitte an! Hier – die Schlüssel von Orca.«

Ros hätte am liebsten gesagt: Aber ich will sie nicht haben, ich will diese Last nicht auf meine Schultern laden, mich um das Land und die Gebäude, die Dienstboten und spleenige Verwandten kümmern, die ich unterstützen und sicherlich auf Orca beherbergen werden muss. Ich möchte lieber ein stilles, friedliches Leben in meinem kleinen Haus in meinem kleinen Dorf in der Toskana führen. Ich weiß dein Angebot sehr zu schätzen, Grayson, aber ich möchte es dennoch nicht annehmen. Andererseits war ihr klar, wie undankbar das gewesen wäre und was für eine schreckliche Zurückweisung das für Grayson bedeutet hätte. Sie war mittlerweile eine Expertin in Sachen Zurückweisung, daher sagte sie stattdessen: »Ach du liebe Güte, ich weiß gar nicht, was ich sagen soll.«

»Vielen Dank, Mylord, wäre für den Anfang nicht schlecht, Mylady«, bemerkte Paul trocken.

»Ich danke dir, mein lieber, liebster Grayson ...« Ros beugte sich vor und küsste ihn auf seine stoppelige Wange.

»Du brauchst gar nichts zu sagen, Ros«, wehrte Grayson ab. »Ich bin froh, dass du mein Erbe annimmst!« Dann wandte sich Grayson an Paul: »Kommen Sie, ich habe furchtbaren Durst, alter Knabe, und ich glaube, zusammen mit diesen Torfsäcken, die uns da heute geliefert worden sind, ist auch eine Menge Whiskey aus Schottland mitgekommen.«

Paul drehte sich noch einmal zu Roslin um und sagte mit triumphierender Miene: »Vielleicht gibt es ja noch mehr Überraschungen für sie, Mylady! Wer weiß, was der Tag noch bringen wird ...«

»Verschwinden Sie schon, Paul, sie werden sicherlich bereits sehnsüchtig erwartet ...«, lachte Ros. »Warum diese arme Frau zugestimmt hat, Sie zu heiraten, geht über meinen Verstand.«

»Sie liebt mich«, sagte er schlicht.

»Irgendjemand muss das ja wohl tun«, parierte Ros augenzwinkernd, außerstande, sich die Tatsache begreiflich zu machen, dass sie plötzlich die Erbin von alledem war, was sich ihrem Blick darbot. Verwundert und ungläubig schüttelte sie den Kopf. Grayson würde dieses Angebot gewiss bedauern, sobald er wieder nüchtern und bei Verstand war und es Paul überlassen, sie darüber zu informieren. Sie rief sich ins Gedächtnis, dass man vor nichts auf dieser Welt sicher war, am wenigsten vor der Launenhaftigkeit der menschlichen Rasse.

Später am Tag legte das Boot von St. Mary's am Kai an und entließ eine ganze Schar von Gästen auf die Insel. Mrs Powers, die ehemalige verwitwete Mrs Glattis Grace, die 1960 Lord Graysons Butler geheiratet hatte, legte letzte Hand an das Büfett, das zur Feier von Miss Roslins fünfzigstem Geburtstag draußen stattfinden sollte.

Jetzt griff sie aufgeregt nach dem Arm ihres Mannes. »Paul, Paul, reiß dich zusammen! Sie sind schon da ...«

»Das weiß ich doch, du Dummchen. Lass meinen Ärmel los, Herzblatt, dann gehe ich sie abholen.«

»Mit ihren Banjos und ihren Geigen und diesem ganzen Hippiekram – diese Beatniks sind ganz sicher das Ende der Welt, Paul, genau wie es in der Bibel steht ...«

»Wenn du so weitermachst, wünsche ich mir sicher bald, dass es zunächst einmal dein Ende ist, Schätzchen! Von deinem frommen Gerede wird mir eines Tages noch der Kragen platzen. Seine Lordschaft weiß selbst am besten, wen er hierher auf die Insel eingeladen hat. Aber bitte, kein Wort über ihr Alter, hast du verstanden, Grace?«

»Als würde ich so etwas jemals tun! Und jetzt los mit dir ... nein, nein ...« Sie hielt ihn zurück. »Paul, du erinnerst dich doch an die Zeit, als ich ganz frisch in Bayswater Mansion in Stellung war?«

»Ja – aa«, sagte er vorsichtig.

»Dann erinnerst du dich sicherlich an die Feier von Miss Ursulars sechzehntem Geburtstag und daran, wie das Ganze endete? Im Chaos – und das ist ganz sicher nicht übertrieben!«

»Ja – aa, Gracy.«

»Nun, ich wünschte, ich hätte dieser Feier heute nicht zugestimmt! Es sollte ein nettes, kleines Fest ganz unter uns werden, womit ich seine Lordschaft, Miss Roslin und uns beide meinte. Und da musst du dein großes Maul aufmachen und sagen, wie schön es wäre, Miss Ros zu überraschen, indem wir alle noch einmal nach Orca einladen.«

»Also, worauf willst du hinaus, mein kluges Weib?«

»Ich hoffe nur, um unser aller Willen, Paul, dass du dir da nicht etwas zu viel vorgenommen hast, wie damals, vor all diesen Jahren mit Miss Ussy.«

»Vertrau mir«, sagte er und tätschelte liebevoll ihre Kehrseite. »Diesmal haben wir eine ganze Insel für uns allein. Der einzige

Nachbar, der uns mit Beschwerden wegen des Lärms zu Leibe rücken könnte, wäre der Leuchtturmwärter in Land's End.«

»Ich hoffe, du weißt, was du tust, Paul, schon um Miss Ros' Willen. Du weißt, dass sie eher der stille Typ ist und jedwedes Theater hasst.«

Es war alles so wunderschön, einfach alles! Alles, was Grayson für sie arrangiert hatte, machte diesen Tag für sie zu einem einzigartigen Erlebnis. Als die Sonne hinter dem Horizont versank und ihre letzten Strahlen verglühten, kamen die chinesischen Laternen zu ihrem Recht. Das reglose, stahlgraue Meer um sie herum, die weiße Brandung auf den Felsen, der makellose Sandstrand, ein Grill, über dem ein saftiges Schwein briet, und vieles mehr durfte sie, zusammen mit Freunden und Nachbarn von den anderen Inseln, genießen – mit der Familie Hargreaves, Eileen und dem alten Bob, dem tumben Toby und seiner jungen Familie, mit Maudie Moffat und ihrer Mutter, mit Veronica und Imogen aus London.

Doch wie viel schöner es alles noch gewesen wäre, hätten Giles, Abigail, Michael, David, aber vor allem ihre geliebte Ussy diesen Augenblick mit ihr teilen können. Roslin hatte plötzlich Mühe, sich an diesem herrlichen Juliabend die Tränen zu verkneifen. Das war also die andere Überraschung, die Paul angedeutet hatte, ein Fest, mit dem ihr wundervolles Erbe endgültig besiegelt wurde; und vielleicht waren die anderen ja doch im Geiste alle hier – die Geister der Insel, die nun über ihr Schicksal wachten, denn es waren viele Opfer gebracht worden und der Fluch, der auf Orca lag, schien endlich aufgehoben.

Imogen Lady d'Oiler Barra, die mit zittrigem Griff ein Glas Champagner festhielt, kam auf Ros zugewankt, und ihre dünnen hohen Absätze bohrten sich in den Sand von Orca. Sie hauchte Ros hastig ein Küsschen auf die Wange und sagte mit zuckersüßer Stimme: »Alles Gute zum Geburtstag, Roslin. Wir werden alle alt, also willkommen im Club. Ich möchte einen Toast auf dich ausbringen: Auf die Roslin, die sich im Krieg so um ihr Vaterland verdient gemacht hat – auf die Verräterin!« Ohne ihre Antwort abzuwarten, stolzierte Imogen davon.

Ros fragte sich seufzend, was sie wohl erst sagen würde, wenn sie erfuhr, dass Grayson sie zu seiner Erbin ernannt hatte.

Veronica übertrumpfte ihre Mutter jedoch noch: »Liebste Verräterin«, flötete sie und küsste Ros irgendwo in die Nähe ihres linken Ohrs, »ich bin ja so froh, mit dir zu feiern, dass du heute fünfzig wirst. Erinnerst du dich eigentlich noch manchmal an früher? Ich wusste ja immer, dass du uns früher oder später im Stich lassen würdest. Und jetzt höre ich sogar, dass Grayson dich zu seiner Erbin erkoren hat. Nun, das werden wir ja noch sehen! *Cheers!*« Veronica erhob ihr Glas. »Auf meinen Bruder Giles, der dann sicherlich zurückkommen wird, um bei dir auf Orca zu spuken.« Sie blies Ros Zigarettenrauch in die Augen. »Aber vielleicht sollten wir erst mal das Finale des Feuerwerks abwarten, mein liebes Mädchen, vielleicht wirst du dann eine Überraschung erleben, die du so schnell nicht wieder vergisst.«

Ros hakte ungerührt ihre plappernde Cousine unter. »Wir sind wirklich zwei lustige Witwen, du und ich! Als wir jung waren, Ronnie, habe ich dich immer für eine alte Dame gehalten, weil du so viel älter warst als Scoots und ich. Aber so viel älter bist du gar nicht, nicht wahr? Ich meine, wie viel ist es denn? Sieben, acht Jahre höchstens? Manchmal relativiert sich so ein Altersunterschied, wenn man älter wird, wie wir jetzt. Wie wär's, wenn wir die Vergangenheit begraben würden, zusammen mit den Toten, hm?«

»Oh – ich bin dabei, wenn du es so willst. Ich gebe demnächst eine Abendgesellschaft für ein paar reizende alte Damen, wie wir es sind. Ich schicke dir eine Einladung. Deine ehemalige Chefin vom Hauptquartier der WAAF, Tremmy-Fortescue, wird begeistert sein, dich nach all diesen Jahren einmal wiederzusehen. Ihr beiden alten Leutchen könnt dann in Erinnerungen schwelgen und von Waschbecken erzählen, die in RAF-Kasernen von den Wänden fielen, nachdem du sie geputzt hattest ... Oh ja! Sie hat mir davon erzählt. Was für ein Witz!« Leise vor sich hin kichernd ging Veronica weiter.

Und was für ein Blödsinn, dachte Ros, gerade als die nächste Gruppe über die Sanddünen kam, die nächste Bootsladung von Blumenkindern. Gerade stieg eine Frau mit einem Baby auf der Hüfte und mehreren Kindern, die sich an ihre langen, gebatikten Röcke klammerten, aus dem Boot. Mit erstaunten Augen und unverhohlenem Entzücken betrachteten die Kinder den Sand zu ihren Füßen und das große Feuer am Horizont, und machten sich daran, alles genau zu erkunden. Hinter der jungen Frau schlenderte ein langhaariger, bebrillter junger Mann, mit einem Stirnband und einer Gitarre über die Schulter gehängt. »Hallo, Ros«, sagte er und bückte sich, um ihr einen Kuss auf die Wange zu geben. »Tolle Party!«

Noch eine Überraschung! Ros hatte befürchtet, sie würden die Einladung ablehnen – oh ja, sie wusste davon, dank der beiden streitlustigen Powers! Mit einem verstohlenen Lächeln dachte Ros, dass Nigel mit seinen über dreißig Jahren wohl ein klein wenig zu alt war, um sich immer noch wie ein Hippie zu geben. Aber dann rief sie sich schmunzelnd ins Gedächtnis, dass niemand jemals zu alt für irgendetwas war, dass die Jahre, die das eigene Leben bezifferten, nur eine Zahl waren; es kam darauf an, wie man sich im Innern fühlte.

Roslin küsste pflichtschuldigst ihre Enkelkinder, angefangen vom Ältesten bis zum Jüngsten: Tiger, Monmouth, Harebell, Shanklin, Topaz und Rosebud.

»Ma, wir haben diesmal einen ganz besonderen Gast mitgebracht«, sagte Ussy verlegen. »Und wenn du glaubst gleich einen hysterischen Anfall bekommen zu müssen, dann bitte, tu es leise. Nigel und ich und die Kinder wollen gar nicht wissen ... Du kannst jetzt aus dem Boot kommen, Grandpa, sie beißt nicht mehr.«

Ros starrte die Gestalt an, die sich anschickte, aus dem Boot zu steigen und hatte das unbestimmte Gefühl, sie zu kennen. Konnte das etwa Luke sein? Wenn ja, schien die Zeit mit ihm weit grausamer umgegangen zu sein als mit ihr. Wo war nur all sein schönes, dichtes, dunkles Haar geblieben? Was waren das für lange, dünne, graue und zerzauste Rattenschwänze, die unter dem leuchtend bunten Stirnband steckten? Dazu diese herabhängenden Schultern und der sich abzeichnende Bierbauch – all das konnte unmöglich zu dem Mann gehören, der ihr einst so aufrecht erschienen war, so stolz und groß. Ein Bierbauch! Unmöglich! Und er trug immer noch diese abscheuliche Robe, obwohl – es war wohl eher ein Kaftan. Wo war das Blau seiner Augen geblieben, das sie so verzaubert hatte? War das vor ihr wirklich der ehemals so gut aussehende Abt der Insel? Dieser ältliche, ungepflegte Hippie in Beatniksandalen? Ros gelang es nicht, ihn mit dem Mann in Einklang bringen, den sie einst gekannt und geliebt hatte. Ja, die Zeit war tatsächlich grausam umgesprungen mit Pater Luke, sehr grausam.

Plötzlich war Ros verlegen, konnte man ihr etwa ihre Gedanken ansehen? Sie hoffte, dass er sie nicht ebenfalls von Kopf bis Fuß musterte und sie in dem Maße begutachtete, wie sie es getan hatte. Dann dachte er jetzt vermutlich: Eine in die Jahre gekommene Mama, voller Falten und Runzeln, ergraut, verwelkt und elend ... wo sind all die Blumen hin, wo sind sie geblieben? Das hätte sie selbst gern gewusst.

Ursula hatte sie jedoch gebeten, sie, Nigel und ihre kleine Familie nicht in Verlegenheit zu bringen, indem sie jetzt etwas Unbedachtes sagte. Ros hatte allerdings ohnehin das Gefühl, dass es – selbst wenn sie etwas hätte sagen können – über ihre Kräfte gegangen wäre, Ussys Missvergnügen zu erregen. Sie akzeptierte also diesen deutschen Großvater schweigend und stellte zu ihrer Überraschung fest, dass sich die Farbe seiner, in den Sandalen steckenden Füße verändert hatte. Natürlich hatte er sich verändert! Sie alle hatten sich verändert. Die ganze Welt hatte sich im Laufe der dreißig Jahre verändert. Sie waren nicht länger die verantwortungsbewussten und ernsthaften jungen Leute der Kriegsjahre, denen ein bösartiger Diktator ihre Jugend nahm – ein Mann, der in seinem Größenwahn die ganze Welt beherrschen wollte.

Bevor er noch den Mund aufmachen konnte, sagte sie schnell: »Du bist willkommen – aber wenn du auch nur mit einem einzigen Wort die Turteltaube und den Phönix erwähnst, werfe ich dich von dieser Insel! Diesmal habe ich hier das Sagen.«

»Um genau zu sein, war es der Phönix und die Turteltaube. Alles Gute zum Geburtstag, Roslin«, sagte er lachend, und seine Stimme hatte sich kein bisschen verändert. Es war seine schöne Stimme, seine liebevolle Stimme mit dem Anflug von Humor darin – ja, er war tatsächlich immer noch ihr Pater Luke.

»Willkommen auf Orca, Großvater Luke ... Ich hoffe, du hast nichts dagegen, wenn ich dich so nenne ...« Mit seinem richtigen Namen hatte Ros sich nie anfreunden können, er hatte in ihren Augen nichts mit der charismatischen und faszinierenden Persönlichkeit des Pater Luke oder Major Luke Duffield zu tun, den sie kennen gelernt hatte.

Ros' Gedanken schweiften ab zu dem gut aussehenden jungen Mann, der damals zufällig ...

Doch dann riss sie sich zusammen – was nutzte es einem, in der Vergangenheit zu schwelgen? Die Gegenwart war wichtig! Ros wandte sich Luke zu und fragte neugierig: »Bist du verheiratet? Lebt deine dritte Frau noch? Oder bist Du inzwischen Junggeselle? Ich habe so einen Verdacht, was Männer angeht, die auf entlegenen Inseln mit ihren Müttern zusammenleben und beschließen, auf ihre alten Tage noch Hippies zu werden. Hast du eine neue Familie? Bist du immer noch Professor in Heidelberg? Was hat dich dazu gebracht, Ussys Einladung zu meinem fünfzigsten Geburtstag anzunehmen? Na komm schon, Grandpa Luke, diesmal musst du mir Rede und Antwort stehen!« Ros raffte ihre langen Röcke und zog ihn zu dem steilen Pfad hinüber, der vom Strand zum Kap hinaufführte, wo die anderen grillten. »Lass uns etwas essen, ich bin halb verhungert ... und, wie gesagt, ich werde dich nicht bei deinem richtigen Namen nennen, denn soweit es mich betrifft, war Pater Luke meine erste Flamme – und auch meine letzte, buchstäblich, wie ich vielleicht hinzufügen darf –, insbesondere nachdem du mich hier mit einem brennenden Haus und einem brüllenden Baby zurückgelassen hast ...«

»Sieh dir die beiden doch nur an«, sagte Ussy missbilligend zu Nigel, die beide, mit den Kindern im Schlepptau, hinter den beiden alten Leuten hergingen. »Es ist doch einfach abscheulich, wie die beiden miteinander flirten – noch dazu in ihrem Alter!«

»Er hilft ihr doch nur den Hang hinauf, Ussy ... So werden wir eines Tages auch sein, romantisch und ein wenig altersschwach.«

»Ich hoffe nicht. Reiche mir doch bitte den Schierlingsbecher, falls ich dir jemals zur Last werden sollte, Nigel – versprich es mir!«

»Wenn du so alt bist wie deine Ma und noch so gut aussiehst wie sie, sehe ich keinen Grund zur Klage.«

Es lag Ussy auf der Zunge, ihn daran zu erinnern, dass Ros eigentlich nicht ihre Ma war, aber dann besann sie sich eines Besseren; natürlich war Roslin ihre Ma, sie hatte und wollte auch keine andere. Sie rückte den Kleinen, der auf ihrer Hüfte saß, ein wenig höher und sagte nachdenklich: »Hm, wenn du später mal so aussiehst wie mein Vater, Nigel, dann werde *ich* aber Grund zur Klage haben! Und dass er mein richtiger Vater ist, kann man nun wirklich nicht abstreiten. Erinnere dich an den Vaterschaftstest, den wir in Heidelberg haben machen lassen – unsere Blutgruppen stimmten überein.«

»Die meisten Menschen haben Blutgruppe 0, daher ist es kein Wunder, dass eure übereinstimmt.«

»Nigel! Du weißt genau, dass Luke ... und ich die Blutgruppe AB haben, die selten vorkommt!« rief Ussy entrüstet.

Nigel lächelte. Sie erreichten das Kap, und als sie ihre kleine Familie mit Essen und Ingwerbier und sich selbst mit Wein versorgt hatten, stimmte Nigel zufrieden ein paar Akkorde auf seiner Gitarre an. »Ich habe heute einen neuen Song geschrieben, Baby, willst du ihn hören?«

Ussy saß zusammen mit ihm und den Kindern an derselben Stelle, an der vor dreißig Jahren Abigail und Roslin gesessen hatten, ihre leibliche Mutter und ihre Adoptivmutter, um stundenlang das Meer zu beobachten und zu reden. Und jetzt waren hier die neue und die alte Generation vereint, und sie sangen Lieder und erzählten einander am Lagerfeuer Geschichten. Roslin sagte zu Luke: »Du weißt doch noch, dass auf dieser Insel und ihren Bewohnern ein Fluch liegt, oder?«

»Nein, das wusste ich bisher nicht.«

»Nun, dann erzähle ich es dir jetzt. Diese alten Gräber, Gräber frommer Menschen, sind im Laufe der Zeit von allen möglichen Tunichtguten geplündert und geschändet worden – einschließlich Giles und mir selbst, muss man fairerweise sagen. Vor langer Zeit, damals war ich achtzehn, habe ich durch das Fenster meines Schlafzimmers deine Ankunft auf dieser Insel beobachtet. Ich hatte damals eine Vorahnung, dass nicht alles zum Besten stand. Du hast mir Angst eingeflößt, und trotzdem kam ich nicht dagegen an, dich zu lieben.«

Nach einer langen Pause fragte Luke mit seiner melodischen, charismatischen Stimme: »Nur gut, dass ich immer ein goldenes Kreuz und eine Schnur Knoblauchzehen um den Hals hängen hatte.«

»Oh, du! Jetzt machst du dich über mich lustig.«

»Nein, tu ich nicht, Ros, meine süße, süße Rosalind.« Und in dem Blick, den er ihr zuwarf, sah sie noch einmal die Vergangenheit aufschimmern.

Ros sah schnell zur Seite, zu dem blauen Ozean hinüber und dem Mondlicht, das einem silbernen Pfad glich, der von Orca über das Wasser bis zum Mond hinaufzuführen schien. »Dieser Fluch ist uns genommen worden, Luke. Endlich fühle ich mich frei, ebenso wie Orca jetzt frei ist. Der Fluch des Krieges und der Gewalt, des Hasses und der Feindschaft, der Lüge und des Verrates, der Eitelkeit und des Neides – ich hoffe, all diese Dinge sind von nun an für immer von diesem herrlichen Ort verschwunden.

Meine Hauptsorge gilt jetzt dem Wohlergehen und der Sicherheit meiner Enkelkinder.«

»Und meiner«, fügte Luke ernst hinzu.

»Ich nehme es an.«

»Ich habe nie aufgehört, dich zu lieben, Roslin.«

Und ich habe nie aufgehört, dich zu lieben, dachte sie in ihrem Herzen und erschrak, denn sie sah sich nicht in der Lage, sich jemals wieder zu binden und David und all die Jahre ihres Lebens mit ihm und die süßen Erinnerungen daran zu opfern. Die Erinnerungen, die sie an die Zeit mit Luke hatte, waren zu gewaltsam und traumatisch gewesen; alles, was sie jetzt noch wollte, war Frieden in ihrem Leben.

»Als ich Imogens großen Wagen das erste Mal sah, den schwarzen Humber, wusste ich, dass es ein Leichenwagen war, der gekommen war, um uns alle zu holen. Von da an floh ich vor ihm, floh durch Tage und durch Nächte und durch die Gewölbe der Jahre. Bis er erneut in mein Leben trat – unerwartet und äußerst unwillkommen. Ein uneingeladener, unerwünschter Gast, und das alles nur wegen der Dinge, die zwischen Ursula und mir vorgefallen waren.

Später ging sie von mir fort, fort von der Villa Clematide, um sich ein neues Leben, eine neue Identität aufzubauen. Und ich ließ sie gehen, denn Luigis Frau, Francesca, hatte ja Recht gehabt. Man muss sein Kind gehen lassen, nur dann wird es auch wieder zurückkommen. Ussy hat gefunden, wonach sie suchte, ich bin sicher! Als ich die beiden gestern Abend zusammen sah, Ussy und Luke, wusste ich plötzlich, dass Scoots mir die ganze Zeit über die Wahrheit gesagt hatte, dass er tatsächlich der Vater ihres Kindes war. Ihres Kindes, meines Kindes, unseres Kindes … ich habe die beiden jetzt das erste Mal, seit Ursula ein Baby war, zusammen gesehen, und sie hat eine solche Ähnlichkeit mit ihrem Vater, dass es schon beinahe unheimlich ist. So stark ist die Ähnlichkeit, dass mir das Herz weh tut, wenn ich sie Seite an Seite sehe. Ihre Gestik, ihre

Mimik, ihr Wesen – es kann keinen Zweifel daran geben, wer ihre Eltern sind. Ursula hat die dunkelgrünen Augen ihrer Mutter geerbt, von der angloirischen Seite der Familie, von Lord Carlisles Seite. Der Rest ist ganz Luke, etwas, das ich immer verdrängt hatte, aus Angst, die Narben, die ich aus der Vergangenheit davongetragen hatte, könnten wieder aufgerissen werden. Aber nachdem ich die beiden heute Abend zusammen gesehen habe, kann ich es nicht länger leugnen, sie ist tatsächlich seine Tochter.

Ussy zog als Hippie von Ort zu Ort, von Nepal und Goa bis nach Heidelberg, um ihn zu suchen, den Mann, von dem sie immer halb gefürchtet und halb gehofft hatte, dass er ihr leiblicher Vater sei. Am Ende hatte sie ihn tatsächlich gefunden, ich habe eigentlich immer geahnt, dass es so kommen würde.

Heute Abend hat sie ihn dann hierhergebracht, zusammen mit ihren Kindern, seinen Enkelkindern, um mir meinen Irrtum zu zeigen – um mir zu zeigen, dass Blut dicker ist als Wasser und dass ihre Kinder niemals meine Enkelkinder sind, oder die von David, sondern die Enkelkinder ihres deutschen Vaters und ihrer halbitalienischen Mutter, Scoots. Am Ende betrachten uns unsere Kinder oft als Feinde, obwohl wir doch eigentlich ihre Zukunft sind. Denn ob sie es wollen oder nicht, Kinder haben letztlich nur eine Zukunft durch ihre Eltern und ihre Familie, die ihnen helfen, ihren Platz in der Welt – entgegen allen Widrigkeiten – zu finden.«

Ros legte ihren Stift beiseite.

»Du schreibst doch wohl nicht *immer noch*, Ma!«, sagte Ussy stirnrunzelnd, die mit Rosebud auf der Hüfte hinter sie getreten war.

»Ich fürchte doch, Liebes.«

»Es macht mir übrigens nichts aus, wenn du dich wieder in ihn verlieben solltest«, sagte Ursula augenzwinkernd und gab damit einer neuen Beziehung ihren Segen. »Schließlich habe ich sie ja gar nicht gekannt, meine leibliche Mutter. Und ich weiß, dass er dich liebt, der Mann, den du immer noch Luke nennst. Ich weiß, dass der Krieg alles kaputt macht, einschließlich der menschlichen Beziehungen. Aber ich will dir etwas sagen, Ma: Nigel und ich sind nicht verheiratet, obwohl wir sechs Kinder in die Welt gesetzt haben. Wir glauben nicht, dass materielle Dinge wie goldene Ringe oder Verträge, uns noch intensiver aneinander binden würden. Unsere Liebe wird von beiden Seiten aus freien Stücken geschenkt und aus freien Stücken gepflegt.«

Ros erwiderte mit tiefem Ernst: »Ich bin ganz deiner Meinung. Es ist nicht das Amtssiegel, das die größte Rolle spielt, Ussy, es ist sein Träger.«

Ursula beugte sich vor und küsste Ros auf ihre kühle, glatte Wange. »Du bist der toleranteste, großzügigste und netteste Mensch, den ich kenne. Es ist nahezu unmöglich, sich mit dir zu streiten – nur Luke hat das scheinbar geschafft ... und da kommt er gerade, er hat mich nämlich gebeten, ein gutes Wort für ihn einzulegen ...«

Ursula verließ eilig den Raum, und Luke kam herein – das haben die beiden zweifellos vorher hinter meinem Rücken abgesprochen, dachte Ros mit einem Lächeln.

»Du warst gestern Abend so beschäftigt mit deinen Gästen, selbst mit den unwillkommenen, und ich war zu überwältigt von deiner Schönheit, um etwas anderes tun zu können, als dich anzubeten – eine Vision des Himmels ...«

»Oh, hör auf, Süßholz zu raspeln, und komm zur Sache!«

»Ich habe es gestern versäumt, dir dein Geburtstagsgeschenk zu geben«, sagte Luke ernst.

Ros nahm das eckige, in Geschenkpapier gewickelte Päckchen entgegen und ließ sich Zeit mit ihrer Untersuchung. Sie hob es in die Höhe, schüttelte es vorsichtig und klopfte probeweise dagegen. »Was ist es?«, fragte sie gespannt.

»Mach es auf«, sagte er lachend.

Es war ein Buch, wie sie es vermutet hatte. Manchmal war auch Luke leicht zu durchschauen, dachte Ros mit einem kleinen Lächeln. Sie schlug eine wunderschön gebundene Ausgabe sämtlicher Sonette Shakespeares auf, und das seidene Lesezeichen lag genau dort, wo sie es erwartet hatte – bei dem Phönix und der Turteltaube. Ros verbarg ihre Rührung und sagte neckend: »Vielen Dank, Luke! Genau das, was ich mir immer gewünscht habe. Vielleicht kannst du mir das Sonett ja irgendwann einmal erklären, ich habe nie verstanden, was es eigentlich bedeuten soll ... bis jetzt!« Ros blickte zu ihm auf und wurde ernst: »Luke, ich möchte dir danken, weil du Ussy als Tochter anerkannt hast. Es war höchste Zeit – vor allem für Ussy! Denn das ist es, was sie sich immer so sehnlich gewünscht hat – sich ihren Platz im Leben zu erkämpfen, vor allem einen Platz im Herzen ihres Vaters!«

Ein rundum gelungener Liebesroman mit historischem Hintergrund

Irene ist eines von acht Kindern einer englischen Arbeiterfamilie und sie träumt davon, Goldschmiedin zu werden. Sie hat als junges Mädchen Anfang des 19. Jahrhunderts jedoch wenig Chancen. Die Gutsbesitzerin Lady Catherine hingegen ist von ihrer Intelligenz und Begabung überzeugt und wird ihre Mentorin für die nächsten drei Jahre. Irene lernt auf dem Gutshof Randolph, den Neffen der Gutsbesitzerin, kennen und verliebt sich in ihn. Ihre Liebe wird aber nicht erwidert, denn Randolph heiratet Hals über Kopf die flatterhafte Camilla. Irene beginnt ihre Ausbildung in Russland, wo ihr der arrogante Ausbilder Micha sehr viel beibringt. Sie lernt Rasputin und Russland kennen und erlebt aus der Ferne den Ersten Weltkrieg. Im Laufe der Zeit verliebt sie sich in Micha, und dieses Mal wird ihre Liebe auch erwidert. Die beiden wollen heiraten ...

ISBN 3-404-14695-6

BASTEI LÜBBE

Der große Schicksalsroman über Liebe und Verrat – und den Zauber der schottischen Highlands

Lord Lindsay war Annies große Liebe und er ist der Vater ihres Sohnes. Eine Heirat war jedoch nie möglich gewesen. Jetzt, nach Lindsays Tod ist Annies Zukunft ungewisser denn je. Als Lord Rory, Lindsays Bruder und Rivale, aus dem Krieg zurückkehrt, hält er um Annies Hand an und will mit ihr auf den Familiensitz Glengarth in den schottischen Highlands zurückkehren. Nur zögernd stimmt sie zu. Unter der Bedingung, dass Jamie als legitimer Sohn akzeptiert und nicht als Bastard in die schottische Aristokratie eingeführt wird ...

ISBN 3-404-15202-6

BASTEI
LÜBBE